DROEMER

Über die Autorin:
Sophia Langner ist das Pseudonym einer promovierten Historikerin, die sich seit mehr als einem Jahrzehnt auf den frühen Buchdruck fokussiert. Ihre Forschung wurde bereits mehrfach von renommierten historischen Gesellschaften gefördert. »Die Herrin der Lettern« war ihr erster Roman und basiert auf den neuesten Erkenntnissen zur Buchdruckerin Magdalena Morhart in Tübingen. Er wurde von der Leserschaft begeistert aufgenommen.

Sophia Langner

Das Haus der Buchstaben

Historischer Roman

DROEMER

Besuchen Sie uns im Internet:
www.droemer.de

Aus Verantwortung für die Umwelt hat sich die Verlagsgruppe Droemer Knaur zu einer nachhaltigen Buchproduktion verpflichtet. Der bewusste Umgang mit unseren Ressourcen, der Schutz unseres Klimas und der Natur gehören zu unseren obersten Unternehmenszielen. Gemeinsam mit unseren Partnern und Lieferanten setzen wir uns für eine klimaneutrale Buchproduktion ein, die den Erwerb von Klimazertifikaten zur Kompensation des CO_2-Ausstoßes einschließt. Weitere Informationen finden Sie unter: www.klimaneutralerverlag.de

FSC
www.fsc.org
MIX
Papier aus verantwortungsvollen Quellen
FSC® C019821

Originalausgabe Januar 2023
Droemer Taschenbuch

Ein Imprint der Verlagsgruppe
Droemer Knaur GmbH & Co. KG, München

Redaktion: Heike Fischer
Covergestaltung: Alexandra Dohse / grafikkiosk.de
Coverabbildung: Collage von Alexandra Dohse
unter Verwendung von Motiven von Bridgeman Images
Satz: Adobe InDesign im Verlag
Druck und Bindung: C.H. Beck, Nördlingen
Printed in Germany
ISBN 978-3-426-30878-3

2 4 5 3 1

Personenverzeichnis

(HISTORISCHE PERSÖNLICHKEITEN SIND MIT EINEM STERNCHEN VERSEHEN.)

Magdalena Morhart*
Buchdruckerin in Tübingen, Witwe von Ulrich Morhart dem Älteren

Ulrich Morhart der Jüngere*
Magdalenas Stiefsohn (aus einer früheren Ehe ihres Mannes)

Oswald*, Jakob*, Georg*, Moritz*, Magda*
Magdalenas Kinder

Bartholomäus
Katholischer Spion

Michel und Karl
Studenten an der Universität Tübingen, Helfer von Bartholomäus

Primus Truber*
Slowenischer Reformator im württembergischen Exil

Jakob Andreae*
Lutherischer Theologe und Reformator

Margarethe Egenolff*
Buchdruckerin in Frankfurt am Main

Leonhart Fuchs*
Professor an der Universität Tübingen

Nikodemus
Professor an der Universität Tübingen

Franz Kurtz*
Kammersekretär von Herzog Christoph von Württemberg

Anna
Tochter des Papierers in Urach

Katharina Morhart* , geb. Kuhn
Ehefrau von Ulrich Morhart dem Jüngeren

Anna* , Johann*
Kinder von Katharina und Ulrich Morhart dem Jüngeren

Kapitel 1

SPANIEN, JANUAR 1555

Der Ketzer auf dem Scheiterhaufen hatte schon vor einiger Zeit aufgehört zu schreien. Trotzdem sah Bartholomäus gebannt zu, wie die Flammen den Körper des Mannes gierig verschlangen. Der stechende Geruch von verbranntem Fleisch und Haaren lag in der Luft. Viele der Anwesenden hielten sich ein Stück Stoff vor Mund und Nase. Nicht aber Bartholomäus, der den beißenden Geruch zufrieden einzuatmen schien. *Das Königreich Spanien wird endlich Stück für Stück vom Gift des Protestantismus gesäubert,* dachte er bei sich. Er sah diese »neue Lehre« als ein bösartiges Geschwür an, das sich nach und nach im ganzen Körper ausbreitete, bis der Tod eintrat. Wenn man nicht handelte und schnell und rigoros gegen es vorging. Genau das hatte sich Bartholomäus vorgenommen. Er würde alles in seiner Macht Stehende tun, um sein Land zu retten. Allerdings waren die Ketzer wie Ratten. Es gab viele von ihnen, aber man konnte sie kaum ausfindig machen, da sie sich feige in ihren Löchern versteckten.

Er konnte den Körper des Ketzers in den Flammen kaum noch erkennen. Einige Frauen standen in der ersten Reihe direkt am Scheiterhaufen. Die Funken, die vom Feuer zu ihnen herüberstoben, schienen sie nicht zu spüren, obwohl sie sicherlich Brandlöcher in den Kleidern hinterlassen würden. Einige schrien, andere sahen dem Geschehen mit stummem Entsetzen zu. Bartholomäus war zufrieden mit sich und seiner Leistung. Wieder einmal hatte er eine der Ratten aufspüren können, die nun ihrem gerechten Schicksal auf dem Scheiterhaufen zugeführt wurde. Über mehrere Wochen hatte sich Bartholomäus das Vertrauen des Mannes erschlichen und sich ebenfalls als Protestant ausgegeben. Die beiden hatten sich immer heimlich getroffen, und der Dummkopf hatte ihm schließlich sogar angeboten, mit zu einem geheimen Gottesdienst zu kommen. Dann hätte Bartholomäus noch mehr Protestanten denunzieren können. Aber diese Ketzer mussten von ihm und seinen Plänen Wind bekommen haben, denn von dem Gottesdienst wurde schließlich nicht mehr gesprochen, sodass Bartholomäus letztendlich nicht zum Zuge gekommen war.

Doch das war nicht weiter schlimm. Er müsste nur warten. Er blickte die Frau an, die vor dem Scheiterhaufen besonders laut geschrien hatte. Sie war die Frau des Verurteilten, wie er herausgefunden hatte. Bartholomäus war sich sicher, dass sie auch eine Protestantin war, und sie würde ihn nichtsahnend bald zu weiteren Ketzern führen, hatte er erst einmal ihr Vertrauen gewonnen. Danach würde sie ihrem Ehemann in die Hölle folgen.

Du bist als Nächstes dran, dachte er, und ein maliziöses Lächeln schlich sich auf seine Lippen. *Sieh dir genau an, was dir blüht, mein Kind.* Sein Blick wanderte wieder zum Scheiterhaufen.

Nachdem die Menge sich zerstreut hatte, ging Bartholomäus langsam auf die Frau zu. Er trug ein schlichtes Wams über seiner braunen Hose und einen dunklen Hut. Für viele sah er damit aus wie ein gewöhnlicher Arbeiter und nicht wie ein Adeliger, der er in Wirklichkeit war. Sein voller Bart und seine zotteligen Haare verstärkten den Eindruck noch. Er hatte sich über die Jahre hinweg angewöhnt, wie ein einfacher Mann des Volkes zu sprechen, um sich so das Vertrauen seiner Opfer zu erschleichen. Viele waren dank dieser List auf ihn hereingefallen, und einige hatten sogar Mitleid mit ihm gezeigt. Er konnte sich in diesen Momenten das Lächeln kaum verkneifen. Wie leichtgläubig die Menschen doch waren. Aber was blieb ihnen auch anderes übrig. Schließlich war er ein guter Schausteller.

Auf gleicher Höhe mit der Frau blieb er etwas abseits stehen. Während er noch überlegte, wie er am besten das Wort an sie richten könnte, beobachtete er unauffällig, wie zwei Frauen neben ihr sie mit heftigen Gesten dazu bewegen wollten, sich endlich von dem grausamen Anblick abzuwenden. Doch sie sträubte sich. Schließlich gaben die beiden Frauen auf. Sie wandten sich nach einem letzten Blick auf sie um und gingen ihres Weges. Bartholomäus ergriff die Gelegenheit. Er näherte sich der Frau und sah, dass ihr Tränen über die Wangen liefen. Als er in ihr Blickfeld trat und sie ihn kurz ansah, drehte er sich betont nach allen Seiten um, um ihr zu bedeuten, dass sich niemand mehr in ihrer Hörweite befand. Zusätzlich sprach er mit verhaltener Stimme, um ihr zu zeigen, dass er nicht so hart wie die Obrigkeit über ihren Mann urteilte.

»Eine entsetzliche Strafe. Nur weil er einem anderen Glauben angehörte.« Er war stolz, wie echt sein geheucheltes Mitgefühl klang. Um dem Ganzen noch mehr Gewicht zu verleihen, griff er bestürzt nach seinem Hut, führte ihn zur Brust und deutete eine Verbeugung an. »Ihr tut mir sehr leid, meine Teure, dass Ihr solch einen Schmerz ertragen müsst.« Er hoffte, mit seiner Anrede nicht zu weit gegangen zu sein, und forschte in ihrer verweinten Miene, wie sie seine Worte aufgenommen hatte. Allerdings konnte er ihren Gesichtszügen nichts entnehmen.

»Wart Ihr mit ihm verwandt?«, wagte er einen neuen Vorstoß. »Ich komme nicht von hier und bin nur auf Durchreise. Ihr könnt mich Carlos nennen.«

Kaum hörbar hauchte sie »Maria«. Sie konnte ihren Blick immer noch nicht vom Scheiterhaufen abwenden, auf dem die Gestalt inzwischen nicht mehr sichtbar war. Nach einer Weile hatte er Maria entlockt, dass sie als Wäscherin im Ort arbeitete. *Ein wahrer Glücksgriff,* dachte er bei sich. *Sie ist durch ihre Arbeit mit sehr vielen unterschiedlichen Haushalten in Kontakt. Wahrscheinlich auch mit Mägden von vornehmeren Familien, die ebenfalls dem falschen Glauben anhängen. Das könnte die Gelegenheit sein, auch endlich arrogante Bürger brennen zu sehen.*

»Ich werde für Euch und Euren Mann beten, liebe Maria«, sagte er und verabschiedete sich, bevor seine Miene doch noch verriet, was er in Wirklichkeit dachte. *Je weniger es von euch gibt, desto besser für Spanien!* Er würde ihr in den nächsten Tagen einen Besuch abstatten und mit weiteren Gesprächen langsam die Beziehung zu ihr vertiefen. Trauernde Witwen waren im Umgang mit Fremden meist unvorsichtig, wie er aus Erfahrung wusste.

Hochzufrieden ging er zu seiner Herberge. Es war ein einfaches Haus, welches nur Platz für wenige Gäste bot. Daher fiel ihm sofort im Schankraum ein unauffällig gekleideter Mann auf, der in einer Ecke am Tisch saß. Bartholomäus war dem Mann vorher nie begegnet, aber er erkannte das vereinbarte Zeichen, das sein Auftraggeber mit ihm ausgemacht hatte: Ein Handschuh lag vor dem Fremden auf dem Tisch, der andere lag auf dem Boden unter dem rechten Fuß des Mannes. *Merkwürdig!,* schoss es Bartholomäus durch den Kopf. Eigentlich wäre es an ihm gewesen, nun seinen Auftraggeber von der gelungenen Ausmerzung eines weiteren Ketzers in Kenntnis zu setzen. Dessen ungeachtet tat Bartholomäus das, was er beim Anblick des Zeichens zu tun hatte. Er hustete zwei Mal kurz, aber laut, und verließ nach kurzer Zeit die Herberge, um einen nahe gelegenen, doch recht unauffälligen Ort anzusteuern, an dem man sich ungestört unterhalten konnte. Tags zuvor hatte Bartholomäus ganz in der Nähe eine Nische in der Stadtmauer entdeckt, die, wenn man nah beieinanderstand, zwei Leute gut vor den Blicken Vorbeilaufender versteckte. Er zwängte sich in die Nische, und kurz darauf gesellte sich auch schon der Fremde zu ihm, der ihm gefolgt war.

Ohne Umschweife kam der zu seinem Anliegen. »Ich muss Euch warnen«, flüsterte er erregt. Mit einem Blick hatte Bartholomäus sein Gegenüber eingeschätzt: jung, adelig, noch recht unerfahren als Ausspäher der Regierung, weswegen er bisher auch nur zu Botendiensten wie diesem eingesetzt wurde. »Man ist Euch auf der Spur. Ihr habt zu viele Ketzer gerichtet. Das ist unserem Feind nicht verborgen geblieben. Unsere Ausspäher haben erfahren, dass von einigen hochrangigen Ketzern ein Mörder auf Euch angesetzt wurde. Aber noch weiß der Mörder wohl nicht, wie Ihr ausseht.« Der Junge schnappte nach Luft. Dann sagte er eindringlich: »Ihr müsst schnell diese Gegend verlassen. Es ist zu gefährlich.«

Bartholomäus musste dem anderen recht geben, hatte er doch selbst schon vermutet, dass sein hiesiger Aufenthalt bereits zu lange dauerte. Die Protestanten waren nicht dumm und hatten inzwischen ebenfalls einige Ausspäher im Einsatz. Die konnten zwar den katholischen nicht das Wasser reichen – vielfach agierten sie sehr stümperhaft und waren zu auffällig in ihrem Verhalten und Vorgehen –, aber unterschätzen sollte man sie trotzdem nicht.

»Wie schade«, entgegnete Bartholomäus ungerührt, sehr zum Erstaunen des Jungen. »Wo ich doch gerade eine besonders heiße Spur hatte.« Aber der Junge war zu aufgeregt, um den Witz von Bartholomäus zu verstehen. *Du musst noch viel lernen, hijo.* »Nun gut. In anderen Orten werde ich sicherlich auch genügend Ketzer finden.« Den letzten Satz sprach er mit einem starken Akzent aus, der im Süden des Landes gesprochen wurde, wo er sich wohl nun als Nächstes betätigen würde.

Doch der andere erwiderte: »Unser Auftraggeber hat eine andere Verwendung für Euch. Ihr sollt noch heute Abend zu ihm gehen.«

Nachdem Bartholomäus seinen neuen Auftrag erhalten hatte und spät in der Nacht wieder in sein Quartier zurückgekehrt war, war er noch immer überrascht. Er würde diesmal wieder außerhalb Spaniens arbeiten. Offenbar war seinem Herrn inzwischen aufgefallen, wie schnell Bartholomäus sich das Vertrauen von anderen sichern und diese manipulieren konnte. Sein Auftraggeber hatte deshalb einen kühnen Plan gefasst. Anstatt die Ketzer einzeln in Spanien auszurotten, sollte Bartholomäus nun ins Ursprungsland der Ketzerei reisen und dort, direkt an der Quelle, dafür sorgen, dass das Gerüst des Protestantismus in sich zusammenfiel. Dabei spielte das Herzogtum Württemberg in El Imperio als einer der wichtigsten Orte eine bedeutsame Rolle, denn hier wurden seit Jahren Reformen im Namen des sogenannten neuen Glaubens durchgeführt. In jungen Jahren war Bartholomäus schon einmal in El Imperio gewesen, um in Wittenberg Einblicke in den Irrglauben zu gewinnen. Damals hatte er sich als Konvertit ausgegeben, der die Wahrheit erkennen wollte. Dabei hatte er sich auch gute Kenntnisse dieser barbarischen Sprache angeeignet. Doch dieses Mal, da sich die Verführung zum Bösen seitdem immer weiter ausgebreitet hatte und in Wittenberg verschiedene Ausspäher eingesetzt waren, würde er an anderer Stelle tätig werden.

Bartholomäus hatte seinen Herrn gefragt, ob er denn am Hof des Herzogs von Württemberg eingesetzt würde, worauf ihm erklärt worden war, dass man Ausspäher dort am ehesten erwartete. Weitaus sicherer wäre es, wenn er an der einzigen Universität im Herzogtum tätig sein würde, denn dort wurden die Reformen von den Professoren mitentworfen und geprüft. Wenn Bartholomäus die dortigen Reformen genauestens beobachten und schnell weitergeben könnte, um damit den katholischen Widerstand zu nähren, wäre die Position der Protestanten erheblich geschwächt. Bartholomäus war sofort die Perfidie des Vorhabens aufgefallen. Wer würde schon einen Ausspäher in einer Universitätsstadt vermuten? Trotzdem waren seine Aufgaben nun anderer Art als bisher. Er musste sich nun nicht mehr das Vertrauen von Bauern oder Wäscherinnen erschleichen, sondern das von Bürgern und Akademikern. Das würde nicht einfach werden, aber Bartholomäus sah der Herausforderung entgegen. Er schmunzelte zufrieden und rieb sich die Hände.

Kapitel 2

REUTLINGEN, JUNI 1555

Magda Morhart lief vorsichtig die Gasse entlang und zwängte sich an den vielen Leuten vorbei. Sie mochte das Gedränge nicht, doch wollte sie sehen, was heute passieren würde. Schon seit Tagen strömten die Menschen nach Reutlingen. Morgen begann der große Jahrmarkt, und dafür kamen die Leute aus vielen umliegenden Orten. Ihren Bruder Moritz, der meinte, dass es sich für einen Schüler nicht ziemte, zu rennen, hatte sie schon weit hinter sich gelassen.

Sehr wohl, Herr Academist, hatte Magda schon auf der Zunge gelegen. Doch sie wollte ihn nicht ärgern. Seine Mitschüler hänselten ihn schon genug, weil er öfters ungeschickt war.

Nun pirschte sich Magda langsam, aber zielstrebig voran und war ganz in der Nähe eines der Stadttore. Sie hörte laute Rufe, Pferdegetrappel und Musik. Auswärtige aus Ulm waren angekommen, begleitet von Trommeln und Pfeifen. Sie alle trugen prächtige, farbige Gewänder, und vier offenbar wichtige Persönlichkeiten saßen auf Pferden, deren Mähnen mit Federn geschmückt waren. Schon eilte eine Gruppe Jungen zu ihnen, bereit, ihnen das Gepäck abzunehmen und es zur Herberge zu bringen. Um die Reiter herum hatte sich ein Halbkreis von Schaulustigen gebildet, die sie bestaunten und bewunderten, während Pferdewirte und Hufschmiede sich um die Tiere kümmerten. Magda sah auch einige Bettler auf die Männer zukommen, doch sie wurden rigoros von den Stadtwächtern zurückgedrängt. Unter ihnen befand sich auch eine noch jung aussehende Mutter mit einem kleinen Kind im Arm. Sie ging tief gebückt, und ihr Gesicht war ganz verdreckt. Ihr Kind hielt sie eng an die Brust gedrückt. Sie reckte die rechte Hand mit einer kleinen Schale, die einige Kreuzer enthielt, den Menschen entgegen. Magda meinte, schon von ihr gehört zu haben. Sie war die Frau eines Goldschmieds, der seine Schulden nicht mehr bezahlen konnte und den man deshalb in den Kerker geworfen hatte. Seitdem blieb ihr nichts anderes übrig, als für sich und ihr Kind zu betteln. Doch ein Stadtwächter versperrte ihr den Weg, und als sie sich an ihm vorbeidrängen wollte, versetzte er ihr unbarmherzig einen harten Schlag. Sie stürzte, und Magda hielt den Atem an. Die Schale mit den Münzen war ebenfalls zu Boden gegangen. Die anderen Bettler stürzten sich auf die Kreuzer. Wimmernd lag die Frau am Boden, doch keiner half ihr. Magda wollte zu ihr gehen, doch inzwischen kam der Stadtrat aus dem Rathaus geschritten, um die Neuankömmlinge zu begrüßen, und das Gedränge wurde immer dichter. Die Menschen schoben sich zwischen die Frau und Magda. Obwohl Magda mehrfach versuchte, zu ihr zu kommen, gelang es ihr nicht.

Ihr Bruder Georg war unterdessen in der Druckerei oder, besser, in dem Haus, das seine Mutter und Geschwister Druckerei nannten. Seit die Familie Morhart im Frühjahr vor der Pest in Tübingen nach Reutlingen geflohen war, hatte sie ihre hiesige Unterkunft notdürftig in eine Werkstatt umgewandelt. Ihre erste Bleibe, die sie in der fremden Stadt bezogen hatten, hatte durch ihre Druckerpresse und die schweren Metalllettern deutlichen Schaden erlitten. Der Holzboden war, kurz nachdem sie die Presse aufgestellt und benutzt hatten, eingebrochen. Die Traglast der Dielen war nicht für diese schwere Last ausgelegt gewesen. Dem Vermieter mussten sie daraufhin den Schaden bezahlen und sich auch noch eine neue Bleibe suchen. Diese war zwar etwas besser als ihre erste, weil sie nun im Wohnraum mehr Platz für die Presse und zudem eine separate Schlafkammer für die Familie bot. Aber die Wohnung war kein Vergleich zu ihrem mehrstöckigen Haus in der Tübinger Burgsteige, das sowohl Platz für zwei Pressen auf einem belastbaren, verstärkten Boden als auch für mehrere Schlafkammern, einen Verkaufsraum und ein geräumiges Lager hatte.

Georg dachte wehmütig an seine alte Heimat. Nicht zuletzt wegen der dortigen zahlreichen Aufträge. Seit die Familie in Reutlingen war, kamen immer weniger Käufer in die neue Druckerei. Manchmal blieben sie sogar tagelang aus. Wenigstens heute in der Mittagspause, in der Georg die Stellung hielt, während seine Mutter und sein Bruder Oswald einige Besorgungen und Auslieferungen machten, war der Hauslehrer eines Adeligen gekommen, der für den großen Jahrmarkt nach Reutlingen gereist war.

Der ältere Mann murmelte leise vor sich hin, während er die wenigen Bücher betrachtete, die Georg ihm gegeben hatte. Der hatte sich danach in den hinteren Teil des Raumes zurückgezogen, um dort einige Bogen zusammenzulegen, weil sich der Besucher die Bücher zunächst allein ansehen wollte. Erst als er sich räusperte und Georg einen Blick zuwarf, eilte dieser sofort an seine Seite und hoffte auf ein Geschäft.

»Junger Mann«, die Stimme des Hauslehrers klang so streng, als würde er mit einem seiner Schüler sprechen. »Was ist das hier für ein Schund?« Georg wusste nicht, worauf der Mann hinauswollte. Er sah sich das Druckbild der Bogen an, die dieser in den Händen hielt, konnte aber keine Mängel feststellen. Doch als er näher trat und der Mann die Bogen zu ihm hinschob, sah er, was dieser meinte. Am unteren Rand befanden sich dunkle Schimmelflecken auf dem Papier. Georg spürte, wie seine Ohren heiß wurden und ihm die Röte ins Gesicht stieg. Er hatte gerade erst heute Morgen seine Mutter, die Buchdruckerin, gebeten, an diesem Tag, falls Käufer in die Druckerei kämen, die Exemplare eigenhändig heraussuchen und das Gespräch mit den Interessenten allein führen zu dürfen, da er endlich mehr Verantwortung im Geschäft übernehmen wollte. Er hatte sich die Bücher dann jedoch nur im fahlen Morgenlicht, das durch das Fenster fiel, angesehen. Nun, da die Sonne hoch am Himmel stand und durch die offene Tür der Druckerei schien, war der Schimmel deutlich zu sehen. Wie unangenehm, dass ihm ein solch grober Fehler unterlaufen war, vor allem weil es wegen der Feuchte in den Wänden der Reutlinger Druckerei leider immer wieder zu Flecken in den Büchern kam, die schon längere Zeit lagerten.

Georg murmelte eine Entschuldigung und kam nach kurzer Zeit mit einem weiteren Exemplar aus dem hinteren Teil des Raumes wieder. Dieses hatte er aus dem einzigen Regal genommen, das sie besaßen und auf welchem die Drucke einigermaßen trocken blieben. Aber auch dieses war nicht fehlerfrei, was Georg jedoch erst sah, als der ältere Mann das Exemplar schon in den Händen hielt. Diesmal waren die Seiten von Mäusen angenagt worden. Georg wusste nicht, was er sagen sollte.

»Ein anderes Exemplar habt Ihr wohl nicht zu bieten?«, meinte der Besucher ungnädig.

»Es tut mir sehr leid, mein Herr. Aber wenn ich Euch einen Vorschlag machen dürfte?« Georg sah eine Gelegenheit, das fehlerhafte Exemplar doch noch zu verkaufen. »Wenn Ihr die Ränder abschneidet, dann sieht man von den Mäusebissen nichts mehr. Da das Buch vor dem Binden sowieso noch geschnitten werden muss, macht es also keinen Unterschied.« Er nahm an, dass der Hauslehrer – im Gegensatz zu vielen anderen Käufern – die meisten seiner Bücher binden ließ, und hoffte daher, dass ihn dieses Argument überzeugen würde.

Doch Georg hatte sich getäuscht, denn der Mann drehte die geknickten Bogen weiterhin unschlüssig in den Händen. Als er kurz davor war, Georg das Buch zurückzugeben, machte der einen weiteren Versuch.

»Vielleicht möchtet Ihr es dennoch kaufen, wenn ich Euch etwas vom Preis nachlasse?« Der Hauslehrer hob interessiert seine Augenbrauen, kaufte das Buch aber erst, als Georg bis zur untersten Grenze des Preises gegangen war. Somit hatte die Familie Morhart gerade einmal die Produktionskosten des Buches abgedeckt, aber keinen Gewinn gemacht. Als der Käufer schließlich die Druckerei verließ, ließ sich Georg enttäuscht auf einem Schemel nieder und nahm sich vor, umgehend alle von ihm zur Seite gelegten verkaufbaren Exemplare noch einmal gründlich auf Mangelhaftigkeiten zu untersuchen.

Doch noch bevor er sich an die Arbeit machte, kam seine Mutter von ihrer Auslieferung zurück. Sie hatte mehrere unverkaufte Bogen unter ihrem Arm. Neben der großen Presse wirkte sie klein und zierlich, doch sie schritt wie gewohnt zügig und zielstrebig zum Tisch. Dort legte sie die Bogen ab.

»Ich hoffe, du hattest mehr Glück als ich. Sind einige neue Käufer gekommen?«

»Nur einer. Aber ich musste ihm das Buch fast schenken.«

Dann brach es aus ihm heraus.

»Es kommen immer weniger Käufer in die Druckerei. Und warum sollten sie auch? Wir haben ihnen schließlich nichts Ordentliches anzubieten. Das eine Buch ist verschimmelt, das andere angenagt. Wenn sich herumspricht, was für minderwertige Ware wir hier verkaufen, kommt bald gar keiner mehr!«

Er spürte, wie Zorn in ihm aufstieg. Seit Wochen wusste er bereits, dass es so nicht weitergehen konnte. Doch bislang hatte er seinen Ärger immer verdrängt. Er wollte seiner Mutter das Leben nicht noch schwerer machen, als es seit der Flucht aus ihrer Heimat ohnehin schon für sie war. Dennoch beschlich ihn immer häufiger das Gefühl, dass sie nicht ausreichend auf das vorbereitet war, was ihnen drohte. Es kam ihm vor, als würde sie die Augen vor der düsteren Zukunft, die ihnen bevorstand, verschließen. Deswegen sagte er nun geradeheraus: »Hier können wir kein vernünftiges Geschäft führen. Die württembergische Regierung gibt uns zwar den ein oder anderen Auftrag, aber das reicht gerade einmal aus, um unser Überleben zu sichern, aber nicht, um wieder eine gewinnbringende Druckerei zu führen. Und die Tübinger Universität, die wegen der Pest nach Calw gezogen ist, gibt uns sogar fast gar keine Aufträge mehr.«

In der Zwischenzeit war auch sein Bruder Oswald hereingekommen und hatte Georgs Ausbruch schweigend verfolgt. Georg und Magdalena sahen ihn nun fragend an. Nach einem kurzen Augenblick nickte Oswald und sagte: »Ich glaube, Georg hat recht. Wir können die wenigen Bücher, die wir bei unserer Flucht aus Tübingen mitgebracht haben, hier nicht richtig lagern! Und Verkäufe machen wir auch nur noch wenige. Daher sind die Gelder, die wir auf unserer Flucht mit hierhergenommen haben, auch schon fast vollständig aufgebraucht. Und die Miete für den nächsten Monat steht auch bald wieder zur Bezahlung an.«

»Und die Steuern«, warf nun wieder Georg ein. »Dabei machen wir momentan noch nicht einmal Gewinn!«

Magdalena wusste genau, was die beiden meinten. All das war ihr nicht neu. Doch die letzten Wochen in Tübingen, in denen die Seuche gewütet hatte, waren ein Albtraum für sie alle gewesen. Die vielen Toten, die Angst, auch noch krank zu werden, die Schreie der Nachbarn, als sie von brutalen Plünderern überfallen worden waren und Magdalena und ihre Familie nichts dagegen hatten tun können … Noch nie in ihrem Leben hatte sie sich so hilflos gefühlt! Sie hätten damals gleich fliehen müssen, dann aber vor dem Nichts gestanden. Nur der Umstand, dass sie noch länger in der Stadt geblieben waren, um den Druck des Landrechts abzuschließen und die Bezahlung der Regierung bei Ablieferung der vereinbarten Druckexemplare zu erhalten, hatten es der Familie ermöglicht, danach wenigstens eine bescheidene Druckerei in Reutlingen einzurichten, um für sie alle den Lebensunterhalt zu sichern. Magdalena wusste, dass sie bei alldem noch großes Glück gehabt hatten. Ganz im Gegensatz zu ihrem alten Freund Hannes, dem Fuhrmann, der seine Familie und seinen ganzen Besitz verloren hatte. Obwohl er zuletzt noch in der Tübinger Druckerei mitgeholfen hatte, wollte er der Familie Morhart nicht mit nach Reutlingen folgen. Einen alten Baum verpflanzt man nicht, hatte er gesagt und angeboten, stattdessen, so lange und so gut es ging, ein Auge auf die Tübinger Druckerei zu haben, bis die Morharts zurückkehrten. Doch nachdem die schrecklichen Nachrichten aus Tübingen nicht abrissen, hatten sie ihren Aufenthalt in Reutlingen notgedrungen verlängern müssen. Aus Wochen waren inzwischen Monate geworden, und Magdalena zögerte immer noch, in ihre Heimat zurückzukehren. Sie hatte das ungute Gefühl, dass die Pest dort noch nicht überwunden war. Hoffentlich hatte sie nicht auch Hannes dahingerafft. *Er wäre doch besser mitgekommen. Dieser Sturkopf!*

Mittlerweile hatte sich Magdalena gedankenverloren auf einen Schemel neben Georg gesetzt. Oswald suchte den Blick seines Bruders. Jetzt war eine gute Gelegenheit gekommen, über die nächsten Monate in der Druckerei zu sprechen. Die beiden jungen Männer hatten sich schon öfters darüber ausgetauscht, was in Reutlingen alles schieflief, allerdings ohne dass Oswald jemals über die Zukunft der Druckerei sprechen wollte. Georg fragte sich jedoch immer dringlicher, warum sie damals in Tübingen unter den schlimmsten Bedingungen ausgeharrt hatten, nur um jetzt in Reutlingen letztlich alles zu verlieren. Ihm war klar, dass sie mit den wenigen Einnahmen, die sie nun hatten, nicht länger über die Runden kommen würden.

»Mutter«, sagte Georg sanft und legte seine Hand auf die ihre. Als sie ihn anblickte, fuhr er beherzt fort. »Wir haben hier sehr hohe Ausgaben. Da wir nun keine Universitätsangehörigen mehr sind wie in Tübingen, müssen wir höhere Abgaben an die Stadt leisten. Zudem müssen wir auch noch für die Reparaturen in unserer vorherigen Unterkunft aufkommen, und wir müssen Miete bezahlen, und das, obwohl sich auch diese Unterkunft kaum für das Drucken eignet. Wir haben hier zu wenig Platz, um die Bogen zu trocknen, und die wenigen, die wir aufhängen können, trocknen nicht richtig. Noch dazu macht uns das Ungeziefer zu schaffen.«

Er sah sie eine Weile fest an und sprach dann mit sanfter Stimme weiter. »Ich habe heute Morgen schon viele Bücher aussortieren müssen, die wir nicht mehr verkaufen können. Und ich habe dabei trotzdem noch einige fehlerhafte Exemplare übersehen. Wir haben also noch viel weniger brauchbare Bücher, als wir bisher angenommen haben. Alle anderen können wir nur noch zum Heizen benutzen. Hoffentlich lassen sich die paar Exemplare, die noch in Ordnung sind, wenigstens auf der Frankfurter Messe verkaufen. Dafür sollten sie allerdings nun besonders trocken gelagert und sichergestellt werden, dass ihnen in den nächsten Wochen nichts mehr widerfährt.«

Magdalena nickte langsam. Sie hatte zuletzt noch gezögert, dieses Jahr endlich zum ersten Mal auf die große Messe zu fahren, da die Familie sich die Reise eigentlich nicht leisten konnte. Doch war ihr in der letzten Zeit immer klarer geworden, dass sie die hohen Kosten in Kauf nehmen musste, um dort die Bücher zu veräußern, die in ihrem Geschäft in Reutlingen keine Käufer fanden. Außerdem hatte ihr Jakob, ihr Zweitältester, der bei einem Tübinger Buchbinder lernte, der mit der Universität nach Calw gegangen war, etwas ausrichten lassen: Er würde dieses Jahr auch auf der Messe sein, weil er sich von dort aus auf seine Wanderschaft begeben wolle. Für Magdalena war dies eine gute Gelegenheit, ihn zuvor noch einmal zu sehen. Wer wusste schon, wie lange seine Walz dauern würde. Es konnten mehrere Jahre vergehen, bis er wieder heimkehrte.

Oswald stimmte seinem jüngeren Bruder zu, hatte aber noch

einen letzten Einwand. »Der Verkauf auf der großen Messe wird uns aber nicht retten. Selbst wenn Ihr es schafft, einige Bücher zu verkaufen, steht uns das Wasser immer noch bis zum Hals. Und wer weiß, ob die meisten Käufer Euch sofort bezahlen oder uns die Kosten erst später erstatten werden.«

Georg war der gleichen Meinung. »Über kurz oder lang muss sich jedenfalls etwas ändern. Wir müssen wieder mehr Kontakte zu Buchhändlern aufbauen. Früher hat sich noch Ulrich darum gekümmert.« Bei der Erwähnung ihres Stiefsohns verfinsterte sich Magdalenas Blick. Doch Georg fuhr unbeirrt fort. »Nun müssen wir die Beziehungen zu ihnen wieder aufbauen. Zumal sich immer mehr zeigt, dass wir darauf angewiesen sind, unsere Bücher auch in anderen Städten anbieten zu lassen.« Das hatte Georg schon öfters angemerkt, und Magdalena wusste durchaus, dass er damit recht hatte. Sie wusste auch, dass er darauf beharrte, weil er es war, der sich darum kümmern wollte. Denn während seinem Bruder Oswald neben der Produktion auch noch die Papierbestellung oblag, hatte Georg noch keinen einzigen Bereich, für den er allein zuständig war.

»Außerdem müssen wir schnellstmöglich nach Tübingen zurück. Daran führt kein Weg vorbei.«

»Aber wir können nicht zurück! Die Seuche ist bestimmt immer noch dort«, protestierte Magdalena. Sie verschränkte ihre Arme vor der Brust.

Doch Georg gab so schnell nicht auf. »Denkt Ihr nicht, dass das Schlimmste längst überwunden ist? Ich habe gehört, dass sich einige Tuchhändler bereits wieder in die Nähe der Stadt trauen. Auch dürfen die Fischer, die von außerhalb kommen, ihren Fang nicht mehr nur am Stadttor verkaufen, sondern schon wieder zu den Brunnen in der Stadt gehen und dort ihre Ware anbieten. Vielleicht sollten wir es also wagen? Bis zum Winter wird unser Geld ohnehin nicht mehr reichen.«

Doch seine Mutter schüttelte nur den Kopf. »Nein, es ist zu gefährlich.«

Georg überlegte, dann fing er erneut an. »Wenn wir weiterhin in Reutlingen bleiben, werden wir aber die Presse, die wir hierher mitgenommen haben, verkaufen müssen. Das wäre der allerletzte Ausweg, denn wer weiß, in was für einem Zustand die zweite Presse ist, die wir in Tübingen zurückgelassen haben. Sicherlich benötigt sie einige Reparaturen, bevor sie wieder einsatzbereit ist. Wenn wir aber keine Presse mehr haben, die wir hier benutzen können, müssten Oswald und ich uns woanders Arbeit suchen. Und da wir nichts anderes gelernt haben, heißt das, dass wir dann dazu gezwungen sind, uns entweder in einer Druckerei in einer anderen Stadt oder aber als Tagelöhner zu verdingen.«

Zu seinem und Oswalds Schrecken schien Magdalena ernsthaft über diese Möglichkeit nachzudenken, denn sie murmelte: »Ich und Magda könnten vielleicht als Näherinnen etwas dazuverdienen. So könnten wir über den Winter kommen und dann erst im nächsten Jahr nach Tübingen zurückkehren. Um die dortige Presse müssen wir uns aber keine Sorgen machen. Wir haben das Haus schließlich gut gesichert. Warum sollte die Presse daher Reparaturen benötigen?«

»Aber Mutter«, setzte Georg ungläubig an. »Das kann doch nicht Euer Ernst sein.«

»Doch. Bevor wir alle ins Armenhaus gehen müssen, wird uns gar nichts anderes übrig bleiben. Du hast selbst gesagt, dass sich unsere Vorräte dem Ende zuneigen, und wenn wir die Presse verkaufen, wie sollen wir dann noch weiter an Einnahmen kommen? Wir sollten die von dir vorgeschlagene Möglichkeit nicht völlig verwerfen, bevor wir stattdessen zu früh nach Tübingen zurückkehren und alle an der Pest sterben. Ich möchte nicht für immer hier in Reutlingen bleiben, denn schließlich haben wir ein Haus und eine zweite Presse in Tübingen. Wir sollten nur sicher sein, dass wir nicht doch noch der Pest zum Opfer fallen.«

Das überzeugte ihre Söhne allerdings nicht. Georg versuchte erneut, seine Mutter umzustimmen. »Aber ich sagte doch, dass jetzt schon einige Händler wieder in die Stadt gehen. Und man sagt, die Universität wird auch bald zurückkehren.«

Magdalena blieb jedoch hart. »Das weißt du doch alles nur vom Hörensagen. Wer weiß, ob das wirklich stimmt. Aber wenn wir nun daraufhin zurückgehen, könnte das bedeuten, dass wir alle zum Tode verurteilt sind.«

Kapitel 3

Mittlerweile war es bereits Ende der Woche, aber Oswald hatte das Gespräch, das er und Georg mit ihrer Mutter geführt hatten, nicht mehr zur Ruhe kommen lassen. Nachdem diese einst den Buchdrucker Ulrich Morhart geheiratet hatte und die Familie in dessen bereits bestehende Druckerei gezogen war, hatte sich Oswald immer mehr für den Buchdruck interessiert. Schnell stand für ihn fest, dass er später selbst eine Druckerei leiten wollte, und seine Mutter schien der Idee, dass einmal eine zweite Morhart'sche Druckerei eröffnet würde, nicht abgeneigt gewesen zu sein. Doch nun war dieser Traum in weite Ferne gerückt. Seine ganzen Ersparnisse waren, genauso wie die der übrigen Familienmitglieder, für die Nahrungsbeschaffung während der Pestzeit verbraucht worden. Denn die Preise waren über Monate hinweg um ein Vielfaches des ursprünglichen Preises gestiegen. Er hatte gehofft, dass sie mit dem Umzug nach Reutlingen wieder zu Geld kommen würden, war in dieser Hinsicht aber bitter enttäuscht worden. Danach hatte er seine Hoffnung darauf gesetzt, dass sie bald wieder in Tübingen für die Universität und die Regierung drucken könnten. Doch dieser Fall würde nun auch nicht eintreten, wenn sie vorerst, und wahrscheinlich sogar noch bis ins nächste Jahr, hier in Reutlingen ausharrten. Ohne Ersparnisse konnte Oswald nur noch sehr selten auf ein Bier in eine Gaststätte gehen, geschweige denn seine Schuhe reparieren lassen. Die wiesen schon mehrere kleine Löcher auf, und er mochte deshalb gar nicht an den Winter denken, wenn ihm die Füße frieren würden. Trotzdem hatte er sich in den Streit zwischen Georg und Magdalena nicht einmischen wollen. Denn eigentlich zögerte er, genau wie seine Mutter, nach Tübingen zurückzugehen. Was, wenn die Pest noch nicht vorbei war? Oder wiederkommen würde? Aber andererseits konnten sie auch nicht in Reutlingen bleiben.

Er war hin- und hergerissen. Doch all das war noch nichts im Vergleich zu dem, was ihn am meisten schmerzte. Denn je länger er auf seine eigene Druckerei warten müsste, desto länger blieb es ihm verwehrt, seine geliebte Anna zu heiraten und mit ihr eine Familie zu gründen. Seitdem er vor gut einem Jahr die Tochter des Papiermachers, von dem sie für eine gewisse Zeit das meiste Papier bezogen hatten, kennengelernt hatte, war sein Leben nicht mehr das gleiche wie früher. Dieser Gedanke erinnerte ihn erneut an jenen Nachmittag, an dem er ihr das erste Mal begegnet war. In ihrem Kittel und mit ihren kurzen Haaren hatte er sie zunächst für einen Jungen gehalten. Sie verhielt sich auch ganz anders als die Frauen, die er bis dahin kennengelernt hatte. Sie wies schon einmal einen älteren Gesellen zurecht, wenn er bei der Arbeit die nötige Vorsicht vermissen ließ, und hatte mit ihren klugen Ratschlägen auch der Familie Morhart hinsichtlich deren feuchten Papiers in der Druckerei geholfen. Anna war klug, wissbegierig, hilfsbereit … Er ertappte sich dabei, wie er wieder ins Schwärmen geriet. Leider hatte er sie seit dem Ausbruch der Pest und aufgrund des Umzugs der Druckerei kaum mehr gesehen, weil seine Mutter nun hauptsächlich das Papier in Reutlingen statt bei Annas Vater in Urach kaufte. Doch er hoffte inständig, dass sie zum Reutlinger Jahrmarkt kommen würde, so wie sie es bei ihrem letzten Treffen versprochen hatte. Wie sehr wünschte er sich, sie wieder in den Arm nehmen zu können und ihre Lippen auf den seinen zu spüren.

Oswald hatte sich zwar schon länger auf den heute beginnenden Jahrmarkt gefreut, doch nun war er in Gedanken versunken. Auf seinem Weg zum Festplatz beachtete er die vielen Spielmänner kaum, die auf ihren Pfeifen spielten. Selbst an einem Feuerschlucker ging er vorbei, obwohl hier viele Leute stehen blieben, um zu sehen, wie der magere Mann eine Fackel langsam in die Höhe hob und sie dann in seinen Mund und Hals absenkte. Die Menge klatschte und legte seinem Gehilfen Münzen in den Hut, den dieser ihnen entgegenhielt. Am eigentlichen Festplatz angekommen, blieb Oswald schließlich doch für einen Moment stehen und ließ seinen Blick über die hier versammelte Menschenmenge schweifen.

Anna zu finden würde nicht einfach sein. Oswald hatte bei ihrem letzten Treffen vorgeschlagen, dass sie sich vor der Druckerei treffen könnten, doch Anna, die noch nicht wusste, ob sie tatsächlich kommen konnte, hatte gesagt, dass sie ihm in diesem Fall nicht den Spaß verderben wolle. Sie würden sich schon auf dem Platz finden, weil sie doch innerlich miteinander verbunden seien, hatte sie gelacht. Wahrscheinlich war ihr nicht bewusst gewesen, wie viele Menschen das Fest besuchten, zumal schon seit Tagen die Sonne schien und wegen des guten Wetters umso mehr Leute nach Reutlingen kamen. Es wogte die Menge. Die Menschen lachten und schrien. Jungen verkauften Wein aus Schläuchen, die sie sich umgehängt hatten. Mädchen boten Kleinigkeiten aus Körben zu essen an und machten lauthals auf ihre Waren aufmerksam. Es war ein einziges Durcheinander.

Nachdem Oswald eine lange Zeit vergebens nach ihr gesucht hatte, ließ er sich schließlich erschöpft etwas abseits vom Geschehen auf der Wiese nieder. Selbst das laute Schnarchen des neben ihn liegenden Mannes, der anscheinend zu viel getrunken hatte, störte ihn nicht. Er legte sich für eine kurze Pause rücklings ins warme Gras und beobachtete die wenigen Wolken am Himmel. Sobald er sich kurz ausgeruht hätte, wollte er wieder nach Anna suchen.

»Ach, da ist wohl die innerliche Verbindung doch nicht so stark!«, vernahm er plötzlich Annas Stimme. Erschreckt richtete er sich auf und sah sich um. Anna kam von der Stadtmauer her winkend auf ihn zu. Sie trug wieder das helle Kleid mit den Blumenranken, das er schon bei ihrem letzten Besuch auf dem Jahrmarkt in Tübingen an ihr bewundert hatte, ihr nun aber um den Leib schlackerte. Auch an ihr war die leidvolle Zeit der Pest nicht spurlos vorübergegangen. Die ohnehin schon schlanke junge Frau war noch schmaler und blasser geworden. Jetzt lag auf ihrem Gesicht jedoch ein glückliches Lächeln, und der Wind spielte mit ihren kurzen Haaren. So schnell er konnte, rappelte er sich auf und lief ihr entgegen.

»Entschuldige. Ich habe die ganze Zeit nach dir Ausschau gehalten, aber …«, sagte er verlegen, als er vor ihr stand. Doch er konnte den Satz nicht beenden, denn Anna griff mit ihrer rechten Hand nach seinem Hemd, zog Oswald an sich und küsste ihn leidenschaftlich. Er erwiderte ihren Kuss nicht minder leidenschaftlich und umarmte sie dabei innig. *Würde dieser Augenblick doch nie vorübergehen*. Nach einer Weile lösten sie sich voneinander, und Anna grinste Oswald verschmitzt an.

»Was wolltest du sagen?«

»Ich … ich … habe es bei diesem Überfall glatt vergessen«, stammelte er und strich ihr eine Haarsträhne aus dem Gesicht.

»So, und nun zeig mir mal dieses Fest, von dem seit Wochen alle sprechen«, forderte sie ihn auf und schmiegte sich an seine linke Seite, worauf er den Arm um ihre Schultern legte und sie gemeinsam über die Wiese zurück zum Festplatz schlenderten. Während Oswald ihr von den Vorbereitungen für das Ereignis erzählte, steuerten sie auf einen der Jungen zu, die Wein verkauften. Oswald bezahlte für zwei Becher mit seinem letzten Geld und reichte einen Anna. Ihre Fragen zu den Geschäften in der Druckerei beantwortete er ausweichend. Stattdessen versuchte er, das Gespräch auf die Geschäfte des Papierers in Urach zu lenken. Anna erzählte ihm von den Aufträgen der Papiermühle. Auch ihnen hatte der Wegzug der Universität Probleme bereitet, denn nun kauften die Akademiker das von ihnen unter anderem für die Administration benötigte Papier von einem anderen Papiermacher. Auch Anna hoffte, dass die Universität bald nach Tübingen zurückkehrte und sie dadurch wieder mehr Aufträge bekommen würden. Sie stellte sich kurz auf die Zehenspitzen und gab ihm einen flüchtigen Kuss auf die Wange. »Wenn wir dann heiraten, werden wir ein sehr gutes Gespann abgeben. Wenn wir nämlich neben einer Druckerei auch noch eine Papiermühle haben, werde ich diese für uns übersehen, während du die Geschäfte in der Druckerei leitest. Ich habe von meinem Vater gehört, dass es einige Drucker gibt, denen auch eine Papiermühle gehört. Und da könnte ich uns helfen.«

Oswald verlangsamte seinen Schritt. »Zwei Geschäfte? Eine Druckerei zu führen bedeutet schon nicht wenig Arbeit. Wie sollen wir es da bewerkstelligen, gar zwei zu betreiben, und noch dazu an verschiedenen Orten?«, sagte er.

»Nun, wenn wir die Druckerei in Urach einrichten, könnten wir doch die Mühle meines Vaters nach seinem Ableben weiterführen. Und mit dir als seinem Schwiegersohn wäre er sicher sehr zufrieden.«

Oswald stockte bei dem Gedanken, wie weit Anna sich offenbar schon ihrer beider Zukunft ausgemalt hatte. Er blieb stehen. Als sie ihn fragend ansah, bemerkte sie für einen Bruchteil seinen sorgenvollen Gesichtsausdruck. Doch dann lächelte er sie an. »Du steckst schon wieder voller Eifer«, sagte er und zog sie erneut an sich, um sie zu küssen. Allerdings merkte sie, dass ihn etwas bedrückte.

»Aber … du hast inzwischen eine andere kennengelernt?«, scherzte sie. Als er jedoch nicht auf ihre neckende Frage einging, wurde auch sie ernst. »Was ist denn? Ist irgendetwas passiert?«

Einen Moment zögerte er, doch dann sagte er leichthin: »Nein, nein. Es ist alles in Ordnung. Und ich würde niemals eine andere haben wollen als dich.« Erneut zog er sie an sich heran und umarmte sie fest, damit sie sein trauriges Gesicht nicht bemerkte. Er konnte doch noch nicht einmal eine Druckerei eröffnen, wie sollte er es da schaffen, zusätzlich noch eine Papiermühle zu betreiben? Dafür würde er viel Geld brauchen, und er hatte ohnehin schon keins. Doch das wollte er ihr nicht eingestehen. Während er sie drückte, kreisten seine Gedanken um seine Zukunft. Schließlich sah er nur einen Weg. Er wollte alles dafür tun, dass es der Morhart'schen Druckerei bald wieder besser ging und er wieder Ersparnisse anlegen konnte. Denn er wollte Anna unbedingt für den Rest seines Lebens an seiner Seite wissen. Seine Familie konnte nun nicht länger in Reutlingen ausharren. Hier liefen die Geschäfte einfach zu schlecht. Sie mussten das Risiko, so schnell wie möglich nach Tübingen zurückzukehren, eingehen und die Gefahr, an der Pest zu erkranken, in Kauf nehmen.

Kapitel 4

AUGUST 1555

Doch alle Bemühungen, die Oswald in den nächsten Wochen unternahm, um seine Mutter von der Notwendigkeit der Rückkehr zu überzeugen, waren vergebens, was Oswald zunehmend ärgerte. Magdalena hielt weiterhin daran fest, in Reutlingen zu bleiben und die Rückkehr nach Tübingen so weit wie möglich hinauszuschieben. Da sie den letzten Regierungsauftrag nun fertiggestellt hatten und Georg die gedruckten Bücher an den Hof in Stuttgart brachte, machte sich Magdalena auf den Weg, um mit einigen Händlern in der Stadt zu sprechen. Auch wenn sie noch nicht ernsthaft darüber nachdachte, ihre Presse hier in Reutlingen zu verkaufen, wollte sie dennoch wissen, wie viel man ihr dafür bieten würde. Nachdem sie die einzige Druckerei in Reutlingen waren, musste Magdalena versuchen, einen Händler zu finden, der für sie Erkundigungen in den größeren Nachbarorten und Reichsstädten anstellte, wer gegebenenfalls an einer Presse interessiert sei. Was wiederum bedeutete, dass sie wahrscheinlich erst in den nächsten Wochen eine Antwort bekommen würde. Inständig hoffte sie, dass sie bis dahin vielleicht schon bessere Nachrichten aus Tübingen erhalten hätten, um doch noch vor Jahresende wieder in das eigene Haus mit der zweiten Presse zurückkehren zu können. Dann hätten sie endlich das Schlimmste überstanden.

Nachdem das gemeinsame Abendmahl beendet war, setzte sich Georg mit Magda nach draußen in den Hof. Den ganzen Tag über war es bedeckt gewesen. Doch zur Abenddämmerung brachen noch ein paar letzte Sonnenstrahlen durch die Wolkendecke. Georg nutzte dies, um seiner kleinen Schwester bei ihren Leseübungen mit dem Katechismus zu helfen. Magdalena hingegen, die sich währenddessen dem Rechnungsbuch widmete, war ganz in ihre Arbeit vertieft und bemerkte erst nach dem zweiten Klopfen, dass sie noch einen späten Besucher bekommen hatten. Sie kannte den Mann nicht, der vor ihrer Tür stand, doch sie ließ ihn hinein. Der Mann erschien ihr auf den ersten Blick eigenartig und kam ihr zugleich unauffällig wie rätselhaft vor. Seine Kleidung war die eines Pfarrers, doch man sah ihm an, dass er nicht aus den umliegenden Landen stammte. Was ihn so rätselhaft machte, konnte Magdalena nicht genau sagen. Sein fester Blick richtete sich auf die Buchdruckerin, deren Gesicht er genau betrachtete, bevor er mit ernster Miene zu sprechen begann.

»Magdalena Morhart, nehme ich an?« Seine Stimme klang rau, und sie bemerkte einen starken Akzent, den sie aber nicht zuordnen konnte.

»Ihr liegt richtig. Womit kann ich Euch dienen, Herr …?«, fragte Magdalena und lud ihn mit einer einladenden Handbewegung ein, auf einem der beiden Schemel Platz zu nehmen und ihr sein Anliegen vorzutragen.

»Mein Name tut nichts zur Sache«, sagte er knapp und übersah ihre Geste. Bevor sie auf seine harsche Entgegnung reagieren konnte, machte er jedoch eine beschwichtigende Handbewegung. Er sah über ihre Schulter hinweg in den hinteren Teil des Raumes. Magdalena vermutete, dass er sicherstellen wollte, dass sie allein waren. Misstrauen erwachte in ihr.

»Der hochwohlgeborene Doktor Vergerius hat Euch empfohlen. Ihr habt schon einige seiner Werke zu seiner Zufriedenheit gedruckt. So denke ich, dass Ihr mir auch mein Buch drucken könnt. Und hier ist auch ein Empfehlungsschreiben von ihm.« Magdalena nahm das Schreiben entgegen, das er ihr hinhielt. Sie hatte in der Tat schon einige kleine Bücher von Vergerius gedruckt, der einer der Berater von Herzog Christoph von Württemberg war, jedoch war er noch nie persönlich in ihrer Druckerei erschienen. Er hatte ihr seine Werke immer nur per Boten geschickt, obwohl er wie sie in Tübingen wohnte. Magdalena kannte den Doktor daher nicht näher, sondern hatte ihn nur ab und zu in den Straßen von Tübingen gesehen. In dem Schreiben machte sie aber sofort die Handschrift von Vergerius aus, die sie von seinen Manuskripten kannte. Ihr anfängliches Misstrauen gegenüber dem Fremden legte sich wieder.

»Um was handelt es sich?«, fragte sie ihn.

Der Mann zog langsam ein dickes Bündel aus seiner Tasche. Das Bündel war mehrfach in dickes Papier eingeschlagen und gut verschnürt worden. Es dauerte eine Weile, bis Magdalena die beschriebenen Seiten ausgepackt hatte. Sie vermutete, dass er dieses Manuskript drucken lassen wollte. Sie fuhr kurz mit ihrem Daumen über das Papier und überschlug den Umfang des Werkes. Sie würde dafür sicherlich fast zwei Dutzend Druckbogen benötigen. Je nachdem, wie viele Exemplare sie davon verkaufen könnte, bedeutete das, dass der Druck dieses Buches sie für einen weiteren Monat über die Runden brächte. Damit stünde der Verkauf der Presse nicht mehr sofort an. Sie spürte, wie Hoffnung in ihr aufkeimte.

Sie wollte sich gerade bei ihm erkundigen, wie viele Exemplare er drucken lassen wollte, als ihr etwas ins Auge stach. Die Handschrift auf den Seiten war sehr regelmäßig und sauber. Es waren kaum Tintenflecken zu sehen. Der Mann vor ihr musste daher sehr akribisch arbeiten, ganz im Gegensatz zu so manch einem Kanzleischreiber, dessen Schrift sie manchmal verzweifeln ließ. Der gute Zustand des Manuskriptes war allerdings nicht das, was sie stutzen ließ. Ganz im Gegenteil. Es war der Umstand, dass sie kein einziges Wort verstehen konnte.

»Welche Sprache ist das?«, fragte sie langsam. Lateinisch, Italienisch und Französisch hätte sie erkannt. Die Buchstaben in dem Manuskript waren ihr auch vertraut. Insofern würde sie das Buch drucken können. Aber die Wörter ergaben für sie keinen Sinn. Die Sprache war ihr gänzlich unbekannt.

»Das ist Windisch«, antwortete er knapp. Als er allerdings sah, dass Magdalena ihn immer noch fragend ansah, fügte er hinzu: »Das ist die Sprache in meiner Heimat, im Südosten des Reiches. Im Herzogtum Krain. Und was Ihr gerade in Euren Händen haltet, ist ein Schulbuch.«

»Aber da hier keiner diese Sprache spricht, kann ich auch kein Exemplar davon verkaufen, selbst wenn Ihr mir einen Zuschuss zu den Kosten gebt«, entgegnete sie enttäuscht. »Es könnte sogar einen Verlust für mich bedeuten.« Im Gegensatz zu den Aufträgen einer Institution, wie zum Beispiel der württembergischen Regierung, die ihr alle Exemplare abkaufte, waren die Aufträge von Autoren immer mit einem Risiko verbunden. Zwar trugen diese meist auch einen Teil der Druckkosten, aber eben nur einen Teil, und in ihrer momentanen Lage konnte sie sich ein Verlustgeschäft unter gar keinen Umständen leisten. Noch dazu besaß sie außer dem Empfehlungsschreiben keine weitere Sicherheit. Der Mann kam nicht von hier, hatte wahrscheinlich auch keine Verwandten im Land und somit keinen Bürgen, der ihr den Schaden ersetzte, wenn er sie nicht bezahlen und auf den Kosten sitzen lassen würde. Und ob Vergerius dann für diese aufkäme, war fraglich.

Der Fremde lächelte kurz, wurde dann aber schnell wieder ernst. »Ein Verlust wird es für Euch nicht«, sagte er und griff an seinen Gürtel, von dem er ein kleines, aber prall gefülltes Säckchen abmachte. Er reichte es ihr, und sie schaute hinein. Es waren alles württembergische Münzen. Damit müsste sie in Reutlingen noch nicht einmal in eine Wechselstube gehen. Sie schätzte, dass sie mit diesem Geld sogar bis zum Christfest in Reutlingen ausharren konnten. Doch bevor sie die Münzen genau abzählen konnte, nahm der Pfarrer ihr das Beutelchen wieder weg.

»Falls wir uns einig werden, gebe ich Euch die Münzen bei Fertigstellung des Schulbuches, und Ihr gebt mir im Gegenzug alle Exemplare.«

Doch damit gab sich Magdalena nicht zufrieden. »Wenn wir uns einig werden, dann werdet Ihr mir eine ordentliche Anzahlung geben. Immerhin werde ich in den nächsten Wochen schon einige Ausgaben für Euer Buch tätigen müssen. Unsere Papiervorräte sind aufgebraucht, und neue Druckfarbe benötigen wir auch.« Das stimmte zwar nicht ganz, sie hatten noch einige Dutzend Bogen übrig, aber sie wollte eine Sicherheit haben. Für den Fall, dass der Fremde sie schließlich mit den unverkäuflichen Büchern sitzen ließe.

Nach einigem Zögern willigte er ein und brummte: »Das ist nur … wie sagt man im Deutschen noch einmal … recht und billig.« Er begann, einige Batzen abzuzählen und sie auf den Verkaufstisch zu legen.

»Da wir mit der Sprache nicht vertraut sind, wird die Korrektur der einzelnen Bogen länger dauern. Schließlich müssen wir Buchstabe für Buchstabe abgleichen. Ich vermute, dass wir daher in gut zwei Monaten die ersten Exemplare fertiggestellt haben werden.«

Der Fremde hielt inne. »Nein. Das muss schneller gehen. In einem Monat muss ich spätestens abreisen.« Er ließ die Münze, die er gerade in der Hand hatte, zurück in den Beutel fallen und machte Anstalten, das bereits abgezählte Geld ebenfalls wieder an sich zu nehmen.

Aus einem Impuls heraus packte Magdalena ihn am Arm. Für einen Moment glaubte sie, dass er seinen Arm wegziehen würde und sie ihn gänzlich vergrämt hatte, doch er hielt inne und blickte dann langsam auf. Magdalenas Gedanken überschlugen sich, während sie nach einer Lösung suchte. Sie müsste bald auf die Frankfurter Messe reisen. Dann wären ihre Kinder hier in der Druckerei allein und auf sich selbst gestellt. Könnten sie den Druck so schnell ohne sie herstellen? »Wir könnten …«, begann sie gedehnt, während sie verschiedene Möglichkeiten blitzschnell in ihrem Kopf durchspielte. Sie räusperte sich, um mehr Zeit zu gewinnen. »Wir könnten einen anderen Auftrag eventuell nach hinten verschieben und Euren bevorzugt behandeln.« Sie sah in seinen Augen, dass er noch nicht entschieden hatte, ihr den Auftrag zu entziehen. Eine Möglichkeit gab es noch. Nur wusste Magdalena noch nicht, wie sie sie nutzen konnte.

»Könnt Ihr mir dann die Fertigstellung in einem Monat garantieren?«, fragte er.

Magdalena presste die Lippen aufeinander. »Das Problem mit der Korrektur bleibt. Wir haben niemanden, der diese Sprache spricht. Es sei denn, Ihr kennt jemanden?« Sie hob die Augenbrauen und sah ihn an.

Der Pfarrer musterte sie und überlegte. Vielleicht kannte er tatsächlich jemanden?

»Ich werde selbst kommen und Korrektur lesen.«

Damit hatte Magdalena nicht gerechnet. Hatte er keine anderen Verpflichtungen oder Aufgaben auf seiner Reise? »Nun, Ihr müsstet jeden Tag kommen. Nur dann schaffen wir es innerhalb eines Monats. Könnt Ihr mir dies denn zusagen, habt Ihr die Zeit dazu?«

Der Fremde zögerte. Er schaute auf seinen Geldbeutel, den er noch nicht ganz zugeschnürt hatte. Dann sprach er einige unverständliche Worte. Wahrscheinlich dachte er laut in seiner Muttersprache nach. Magdalena wartete gespannt auf seine Antwort. Sie selbst freundete sich langsam mit dem Gedanken an, dass er die Korrektur persönlich übernehmen würde. Denn wenn er jeden Tag käme, hätte sie eine zusätzliche Garantie, dass er es mit dem

Auftrag ernst meinte und sie am Schluss keinen Verlust machen würde.

Letztendlich schluckte er und stimmte zu. »Es passt mir eigentlich nicht. Aber ich werde es einrichten.« Magdalena nickte zufrieden. »Auf diese Weise«, fügte er noch hinzu, »kann ich auch überprüfen, dass Ihr keine Zeit für andere Dinge verschwendet und Euer Wort haltet.« Magdalena überging diese Spitze seinerseits und streckte ihm die Hand hin. Er nahm sie, und sie beschlossen ihr Geschäft per Handschlag.

Kapitel 5

Nachdem der Pfarrer die Druckerei verlassen hatte, nahm Magdalena sein Manuskript noch einmal zur Hand. Sie blätterte es langsam durch. Dabei sah sie kein einziges ihr bekanntes Wort. Noch nicht einmal eine Überschrift auf Latein oder eine kleine Glosse. Sie schüttelte langsam den Kopf, ordnete die Seiten wieder und ging in den Hof hinaus zu Georg und Magda. Ihr Sohn hatte schon bemerkt, dass Magdalena Besuch bekommen hatte, und sah seine Mutter nun fragend an.

»Wer war das? Gibt es gute Neuigkeiten?« Den Gesichtsausdruck seiner Mutter wusste er nicht zu deuten. Dann sah er das Manuskript in ihrer Hand. »Ein neuer Auftrag?«

»Ja, aber ein seltsamer.« Sie gab ihm das Buch und erzählte ihm von dem Fremden und seinem Auftreten. Georg öffnete das Manuskript langsam. »Was ist es denn für ein Buch?« Er fuhr mit dem Finger über einige Zeilen.

Sie setzte sich neben ihn auf die Bank. »Er sagt, es sei ein Schulbuch.« Georg sah kurz auf. »Woher sollen wir das wissen, wenn wir die Sprache nicht kennen?«

»Das wird schon seine Richtigkeit haben. Er hat mir ein Empfehlungsschreiben von Doktor Vergerius gezeigt.« Sie sah, dass Georg weiterhin Zweifel hatte. Er dachte wahrscheinlich an das Gleiche wie sie kurz zuvor, nämlich an die Konfiszierung der übersetzten Kirchenordnung im letzten Jahr. Für deren Druck hatten sie damals keine Erlaubnis vonseiten der Regierung gehabt, woraufhin diese die gesamte Auflage nicht nur beschlagnahmt, sondern auch noch eine hohe Geldstrafe für die Morharts verhängt hatte. Es war ein herber Schlag für die Druckerei gewesen. Aber diesmal waren sie auf der sicheren Seite.

Schließlich hatten sie das Empfehlungsschreiben von Doktor Vergerius.

»Die einzige Schwierigkeit wird sein, dass ich während der Abwicklung des Auftrags die meiste Zeit nicht hier sein werde. Aber ich hoffe, dass wir in den ersten Tagen so gut mit dem Pfarrer zusammenarbeiten, dass auch danach alle Arbeitsschritte reibungslos verrichtet werden können.«

Als Oswald sich nun zu ihnen gesellte und von dem windischen Manuskript erfuhr, meldete auch er Zweifel an. »Natürlich würde ich mir wünschen, dass wir endlich wieder einen einträglichen Auftrag haben. Aber was ist, wenn dieser Mann, der Euch nicht einmal seinen Namen nennen wollte, mit gezinkten Karten spielt? Können wir ihm vertrauen? Und können wir dem Empfehlungsschreiben Glauben schenken? Habt Ihr es Euch genau angesehen? Vielleicht ist es gefälscht.«

Sie warf ihm einen durchdringenden Blick zu. »Natürlich habe ich es mir genau angesehen. Ich habe schließlich schon einige schlechte Erfahrungen mit Schreiben gemacht, die unter falschen Namen verfasst worden sind.« Magdalenas letzter Satz war gegen Georg gerichtet. Er verzog das Gesicht, hatte er doch damals hinter ihrem Rücken in ihrem Namen ein Gesuch bei der Universität eingereicht, um zu verhindern, dass sich in Tübingen ein zweiter Drucker niederließ. Doch ließen sich die beiden Fälle schlecht miteinander vergleichen, fand Georg, denn er hatte schließlich nicht die Handschrift seiner Mutter gefälscht. Trotzdem verkniff er sich jede Erwiderung.

»Ich glaube ihm. Er hat auch schon eine stattliche Anzahlung geleistet. Wenn wir seinen Auftrag ausführen, werden wir die Presse außerdem nicht verkaufen müssen, sondern können fürs Erste die Druckerei weiterbetreiben. Ist das nicht genau das, was ihr wolltet?«

Verlegen sahen ihre beiden Söhne daraufhin zu Boden. *Jetzt haben wir endlich einen großen Auftrag, und ihr seid immer noch nicht zufrieden,* dachte Magdalena bei sich. Versöhnlich meinte sie dann: »Wenn wir mit dem Auftrag fertig sind, wird es vielleicht schon wieder bessere Nachrichten aus Tübingen geben. Sobald sicher ist, dass die Pest dort nicht mehr grassiert, werden wir wieder zurückkehren.« Ihre Söhne wirkten immer noch nicht überzeugt, hatten aber keine weiteren Argumente und ließen es vorerst dabei bewenden.

Kapitel 6

Am nächsten Morgen begann Georg mit dem Setzen der seltsamen Schrift. Da ihm zwar die einzelnen lateinischen Buchstaben vertraut, aber die Wörter insgesamt alle unbekannt waren, brauchte er dafür deutlich länger als sonst. Normalerweise entwickelte er beim Setzen eines Textes schnell Routine, sodass man das regelmäßige leise Klicken der metallenen Lettern auf dem Winkelhaken hören konnte. Aber heute war das Geräusch nur in großen Abständen zu vernehmen.

Magdalena warf ihm immer wieder verstohlene Blicke zu und sah, wie er von Mal zu Mal eine Seite des Manuskripts in die Hand nahm und mit zusammengekniffenen Brauen die Schriftzeichen darauf betrachtete. Magdalena hatte eigentlich gehofft, dass er nach einigen Anfangsschwierigkeiten in einen guten, wenn auch etwas langsameren Rhythmus finden würde. Aber Georg kam immer wieder ins Stocken. Dabei war Magdalena nicht sicher, ob es tatsächlich nur daran lag, dass er Mühe mit den fremden Wörtern hatte oder ob sich in ihm auch ein gewisser Widerwillen gebildet hatte. Seit ihrem Gespräch gestern Abend spürte Magdalena, dass ihren beiden Söhnen der Auftrag nicht geheuer war. Sie hatten nach dem Gespräch mit ihrer Mutter noch lange leise miteinander im Hof gesprochen. Auch beim Morgenmahl waren die zwei sehr wortkarg gewesen. Magda hatte zwar versucht, die Stimmung aufzuheitern, war damit aber kläglich gescheitert.

Am späten Vormittag kam der Fremde, wie verabredet, wieder in die Druckerei. Er nickte Magdalena kurz zu und schaute direkt über die Presse auf die dort gespannte Leine, an der schon ein Exemplar des ersten Bogens hängen sollte. Doch dort war keins.

Überrascht und ein wenig verärgert fragte er Magdalena, wieso sie mit dem ersten Bogen noch nicht fertig wären.

»Mein Herr, wir kennen Eure Sprache nicht, und daher dauert es etwas länger. Wir müssen uns erst in sie einfinden, aber wir werden Euch den ersten Bogen noch vor dem Mittagsmahl geben können. Bitte setzt Euch doch. Darf ich Euch in der Zwischenzeit eine Erfrischung anbieten?«

Er brummte etwas Unverständliches, das Magdalena als Zustimmung deutete. Schnell holte sie eine Karaffe Wein und goss ihm einen Becher ein. Unwirsch nahm er den Becher entgegen, setzte sich auf den Schemel und starrte wortlos auf den Boden.

Magdalena war darum bemüht, ihren Gast bei Laune zu halten. »Ich hoffe, Ihr habt eine gute Herberge in der Nähe finden können?«

»Ja«, antwortete er kurz angebunden. Dann fügte er noch widerwillig hinzu: »Im Schwan.« Sie kannte die Herberge in der Nähe der Stadtmauer. Es handelte sich dabei um eine recht einfache Unterkunft, von der gesagt wurde, dass sie bald schließen müsste. Kaufleute, vor allem die Tuchhändler von außerhalb, machten seit Langem einen großen Bogen um den Schwan und nächtigten eher in einer der besseren Herbergen in der Nähe des Marktplatzes. Die miserablen Speisen im Schwan waren ein weiterer Grund, dort nicht einzukehren. Böse Zungen behaupteten sogar, dass dort mit Rattenfleisch gekocht würde.

Einem plötzlichen Impuls folgend, sagte Magdalena deshalb: »Falls Ihr möchtet, könnt Ihr auch gerne mit uns speisen.« Er warf ihr einen fragenden Blick zu. Schnell fügte sie noch erklärend hinzu: »Nur damit Ihr nicht Eure Arbeit unterbrechen müsst. Ihr seid an unserem Tisch immer willkommen«, denn sie wollte ihm keinesfalls das Gefühl geben, ihn als arm einzustufen, weil er in solch einer Unterkunft nächtigte.

Sie beschloss, die Unterhaltung weiterzuführen, auch wenn er ihr nicht antwortete, und gab ihrem Gast ein paar Ratschläge, wo man sich zum Beispiel am besten ein Fuhrwerk leihen konnte, welche Apotheke zu bevorzugen sei und welche Boten am schnellsten Briefe und Nachrichten überbrachten. Er schien nur halbherzig an dem interessiert zu sein, was sie ihm erzählte, horchte jedoch beim letzten Punkt auf. Daher führte Magdalena noch weiter aus, was sie über die städtischen Boten wusste. Er stellte ihr jedoch keine Fragen, und nach einer Weile versank er wieder in Gedanken.

Schließlich hörte sie, wie Georg den Satz in die Presse legte und seinen Bruder von draußen hereinrief, damit er die Presse bediente. Magdalena erhob sich, ging zu ihren Söhnen, nahm sich die Druckballen, färbte den Satz ein und klemmte das Papier in den Rahmen. Georg widmete sich bereits dem Setzen der nächsten Seite. Oswald zog den Bengel, und kurz danach hielt Magdalena den fertigen Bogen in der Hand. Sie hing ihn zum Trocknen auf und gesellte sich wieder zu ihrem Gast, der schon ungeduldig mit den Fingern auf seinen Oberschenkel klopfte.

Nach kurzer Zeit stand er auf, ging zu der Leine und nahm den Bogen herunter.

»Aber die Farbe ist noch nicht getrocknet«, protestierte Magdalena.

»Ich habe heute aber noch einiges zu tun«, erwiderte er und begann den Bogen hin und her zu schwenken. Dass er wusste, wie er den Trocknungsprozess beschleunigen konnte, zeigte Magdalena, dass er schon einmal in einer Druckerei gewesen sein und beim Drucken zugesehen oder aber sogar in einer gearbeitet haben musste. Denn beileibe nicht jeder Autor war mit den Abläufen in der Druckerei so vertraut.

Als die Farbe endlich halbwegs getrocknet war, sah er sich suchend nach einer Sitzmöglichkeit um. An dem Tisch, an dem die Familie ihre Mahlzeiten einnahm, schien es ihm zu dunkel zu sein. An dem großen Fenster war der Setzkasten aufgebaut, vor dem Georg stand, sodass sich der Pfarrer auch dorthin nicht setzen konnte. Ohne ein Wort zu sagen, eilte er mit dem Papier aus der Druckerei ins Freie, kam aber sofort wieder zurück, sah sich kurz um, ergriff ein Brett als Unterlage und ging wieder hinaus. Georg und Oswald sahen Magdalena fragend an. Die zuckte nur mit den Schultern und folgte dann ihrem Gast nach draußen. Der saß inzwischen auf der Bank, hatte das Brett auf seinen Schoß gelegt und korrigierte den darauf liegenden Bogen. Die Farbe war an manchen Stellen leicht verschmiert und haftete auch an seinem rechten Ärmel, aber er achtete nicht weiter darauf. Angestrengt las er Wort für Wort und fügte hier und da Änderungen mit einem von ihm mitgebrachten Federkiel ein.

Nach bemerkenswert kurzer Zeit kam er zurück und gab Georg ohne ein weiteres Wort den korrigierten Bogen. »Ich möchte noch einmal betonen, dass ich es eilig habe«, sagte er, bevor er sich wieder auf den Schemel setzte. Georg unterbrach sofort seine Arbeit und nahm die Änderungen unter Beobachtung des Gastes im stehenden Satz vor, indem er die falschen Lettern vorsichtig herauszog und die richtigen einsetzte. Nach einem letzten prüfenden Blick gab er schnell den Satz an seine Mutter weiter und widmete sich wieder dem Setzen des neuen Bogens. Magdalena und Oswald begannen nun, die vom Pfarrer gewünschte Anzahl Exemplare zu drucken. Sie waren noch nicht ganz mit dem ersten Dutzend fertig, als ihr Gast schon wieder neben ihnen stand. Er nahm sich wieder einen Bogen von der Leine und ging mit schnellen Schritten zum Ausgang, während er das Papier fächerte.

Den Rest des Tages ließ er sich nicht mehr blicken. Am späten Nachmittag gab Magdalena Oswald und Georg ein paar Münzen von der Anzahlung, damit sie sich den Bart und die Haare schneiden lassen konnten. Vielleicht konnten sie bei dieser Gelegenheit auch mit ein paar Händlern sprechen und Neuigkeiten aus Tübingen erfahren.

Kapitel 7

Als Magdalena am Sonntag mit Magda und Moritz nach dem Gottesdienst zurück nach Hause ging, wurde sie vor der Haustür von einer Frau angesprochen. Erst beim zweiten Hinsehen erkannte Magdalena sie. Die Pest hatte sie stark gezeichnet. Sie wirkte nicht mehr so ungestüm wie früher, sondern kraftlos und schon fast zerbrechlich. »Cordula!«, rief Magdalena und blieb unvermittelt stehen. »Was machst du denn hier? Warum bist du den weiten Weg hierhergekommen?«

»Magdalena, endlich! Ich habe die Druckerei zunächst gar nicht gefunden. Habt ihr zuvor nicht woanders gewohnt? Ach, das ist nicht weiter wichtig. Nun habe ich euch gefunden.« Erleichtert schloss Cordula Magdalena in die Arme. Die war immer noch verwundert, erwiderte aber die Umarmung. Es war schön, ihre gute Freundin nach all den Monaten endlich wiederzusehen. Auch Magda umarmte Cordula fest. Besonders Moritz freute sich. Seit Cordula ihm damals geholfen hatte, im Verkaufsladen der Tübinger Druckerei die Stellung zu halten, während Magdalena und Oswald auf einer Prozession Bücher verkauft hatten, war er ihr besonders verbunden. »Du bist groß geworden, Moritz. Man kann dich kaum noch von den Studenten unterscheiden.« Beschämt lächelte Moritz. »Noch bin ich keiner«, sagte er verlegen. Magdalena schloss derweil die Tür auf und ließ die anderen eintreten. »Oswald und Georg sind noch zu einem Spaziergang aufgebrochen, falls du dich fragst, wo sie sind, Cordula. Wir haben hier in Reutlingen keine Genehmigung, auch sonntags zu arbeiten.« Cordula nickte.

Magda stellte sich währenddessen neben den Gast und räusperte sich. »Cordula, gibt es in Calw Frauen oder Männer, die Armen regelmäßig Mahlzeiten anbieten?«

Verdutzt sah Cordula erst zu Magda und dann zu Magdalena. Dann sagte sie langsam: »Ich glaube schon. Eine Witwe in unserer Nachbarschaft tut dies. Einmal wöchentlich, wenn ich mich recht entsinne. Aber warum interessiert dich das?« Magdalena drehte sich ebenfalls fragend zu ihrer Tochter. Die schaute ihre Mutter mit festem Blick an.

»Wir sollten so etwas auch tun. Es gibt Bedürftige, denen wir helfen können. Haben wir nicht gerade erst in der Predigt gehört, dass wir unsere Habe mit den Armen teilen sollen?« Magdalena wusste, dass ihre Tochter ein weiches Herz hatte. Aber woher rührte auf einmal ihr Bestreben, sich für Bedürftige einzusetzen? Als hätte sie ihre Gedanken gelesen, schob Magda nach: »Es gibt immer mehr Arme. Da müssen wir doch etwas tun.«

»Das werden wir auch, Magda.« Magdalena drückte sanft den Arm ihrer Tochter. »Aber erst wenn wir selbst wieder genügend Geld haben.«

Magdalena bedeutete Cordula mit einem Blick, ihr zu folgen.

»So nun rück aber endlich mit der Sprache raus. Was machst du hier? Wie bist du überhaupt hierhergekommen? Doch nicht etwa zu Fuß?«

»Nein, nein.« Cordula schüttelte amüsiert den Kopf. »Du weißt doch, ich gehe ungern weite Strecken. Ich bin auch nicht mehr die Jüngste. Wer weiß, was ich mir dabei noch alles brechen würde. Man sollte das Schicksal nicht herausfordern. Zu Fuß wäre ich außerdem einen ganzen Tag unterwegs gewesen. Aber so hatte ich nette Gesellschaft, die mich auf ihrem Fuhrwerk mitgenommen hat. Allerdings fahren die Leute auch bald wieder zurück. Ich kann also nicht lange bleiben.«

Das alles war zwar leicht dahingesagt, aber Magdalena merkte, dass die Reise ihre Freundin angestrengt hatte.

»Komm, wir setzen uns draußen auf die Bank, und du erzählst mir mehr.«

Im Hof angekommen, ließ sich Cordula schwerfällig nieder. Dann kam sie ohne Umschweife auf ihr Anliegen zu sprechen. »Nun, Magdalena, du musst dich nicht aufregen. Uns geht es allen gut, und wir haben die Flucht vor der Pest gut überstanden.« Magdalena atmete erleichtert aus.

»Trotzdem gibt es etwas, das ich dir sagen möchte. Aber …« Cordula warf einen Blick zurück ins Haus. »Aber wie wäre es eigentlich mit einem Becher Wein? Du hast nicht noch zufällig etwas Honigwein? Du weißt schon, den vom letzten Sommer, als alles noch viel einfacher war.«

Typisch, Cordula, dachte Magdalena. *Ohne ihren Wein kann sie nicht sein.* »Nein, den habe ich bei unserer abrupten Abreise aus Tübingen nicht mehr mitnehmen können. Aber den Wein aus Reutlingen kann man auch gut trinken.«

Cordula verzog das Gesicht in gespielter Enttäuschung. »Wenn es sonst nichts anderes gibt …« Als sie schließlich einen Becher in der Hand hielt, erzählte sie Magdalena zunächst noch von ihrem Haus in Calw und was ihr Ehemann Konrad an diesem alles auszusetzen hatte. Erst nach einer Weile kam sie auf das zu sprechen, weswegen sie gekommen war. »Magdalena, ich habe gehört, dass die Universität längere Zeit nicht zurück nach Tübingen gehen wird.«

Magdalena verschluckte sich fast an ihrem Wein. »Was? Aber ich dachte, man würde die Rückkehr schon vorbereiten?«

»Ja, das dachten einige. Ich würde auch lieber heute als morgen nach Tübingen zurückkehren. Aber Konrad sagt, dass so ein Umzug Monate im Voraus geplant werden muss. Selbst wenn die Seuche überstanden ist, und das glauben noch nicht mal alle, wird es noch lange dauern, bis die Stadt die Universität wieder bewirtschaften kann. Die Nahrungsmittel sind knapp, die Felder nicht bestellt …« Sie machte eine ausholende Geste. »Das wird sich so schnell nicht ändern. Daher vertagen die Herren Professoren die Diskussion über einen möglichen Umzug auch ständig. Wenn du mich fragst, weichen sie dieser Frage aus und wollen sich alle Möglichkeiten offenlassen. Aber das bedeutet auch, dass das Leben in Tübingen, so wie wir es gewohnt sind, noch für eine lange Zeit nicht wiederkehren wird.«

Sie seufzte und setzte den Becher an die Lippen. Magdalena war nachdenklich geworden. Das waren keine guten Neuigkeiten für ihre Druckerei. Wie lange sie diesen Notbetrieb in der Reutlinger Druckerei noch aufrechterhalten könnten, stand in den Sternen. Aber der Wegzug aus Tübingen hatte auch die Universität schwer getroffen. Sie lief ebenfalls auf Minimalbetrieb, was Magdalena aufgrund der geringen Anzahl von Druckaufträgen deutlich zu spüren bekam. So erhielten sie zum Beispiel kaum noch Disputationen, die in früheren Jahren einen Großteil ihrer regelmäßigen Druckaufträge ausgemacht hatten. Sie wusste auch, dass schon viele Studenten an andere Universitäten gewechselt waren. Auch einige der Professoren hatten der Tübinger Universität den Rücken gekehrt. Zum Glück nicht Nikodemus, wie Magdalena von einem Universitätsangehörigen erfahren hatte. Trotzdem hatte sie schon länger nichts mehr von ihm gehört und hoffte inständig, dass er keinen Rückfall in die schlimme Krankheit erlitten hatte, die ihn zu Anfang des Jahres ereilt hatte. Sie merkte, wie sie sich gedanklich mehr und mehr mit Nikodemus beschäftigte, und zwang sich deshalb, sich wieder auf Cordula zu konzentrieren.

»Magdalena, wo bist du schon wieder mit deinen Gedanken?«

»Ach, ich habe nur an die Herren Professoren gedacht.«

»An einen bestimmten? Vielleicht an deinen Retter in der Not?« In Cordulas Augen blitzte der Schalk auf. Magdalena fühlte, wie ihr die Röte ins Gesicht stieg.

»Oh, Magdalena wird rot. Wie ein kleines Mädchen. Da habe ich wohl ins Schwarze getroffen.« Magdalena machte eine abwehrende Handbewegung. »Gib zu, da ist mehr, als du mir gegenüber bisher zugegeben hast.«

»Nun, er ist sehr nett … und er hat mir sehr geholfen …«, kam Magdalena ins Stottern.

»… und du würdest ihn nicht von der Bettkante stoßen.«

»Cordula!« Magdalena knuffte ihre Freundin in die Seite. »Du und dein loses Mundwerk.«

»Mein loses Mundwerk trifft aber öfters die Wahrheit.« Cordula zwinkerte Magdalena zu. »Nun sag schon, dein ganzes Leben kann sich doch nicht nur ums Geschäft drehen. Du hast doch bestimmt schon das ein oder andere Mal darüber nachgedacht, wie Nikodemus unter seinem Talar aussieht.«

Magdalena stieß sie darauf mit dem Ellenbogen an. »Nun hör aber auf.« Cordula gefiel das Spiel zwar, aber sie wollte ihre Freundin nicht länger aufziehen. »Nun im Ernst. Hat er dir Avancen gemacht?«

»Cordula! Ich habe erst letztes Jahr meinen Mann zu Grabe getragen.«

»Ach nun tu doch nicht so. Ich kenne dich doch. Du hast Gefühle für Nikodemus. Vor mir kannst du sie nicht verbergen.«

Die Pause, die nun entstand, war Bestätigung genug.

»Nun, als er mich dazu überreden wollte, Tübingen wegen der Pest zu verlassen, hat er mich umarmt und zum Abschied sogar auf die Wange geküsst«, sagte Magdalena schließlich. »Aber zu mehr kam es nicht.«

»Noch nicht …«, raunte Cordula verheißungsvoll.

»Es reicht jetzt. Sonst kriegst du keinen Wein mehr.«

Cordula verzog das Gesicht. »Und dafür bin ich den weiten Weg hierhergefahren. Ich habe dir einen wichtigen Dienst erwiesen, Magdalena. Du möchtest deinen Boten doch nicht verdursten lassen?«

»Du hast mir noch gar nicht berichtet, wie deine Reise von

Calw hierher war. Was haben deine Mitreisenden erzählt? Gibt es interessante Kunde aus fernen Ländern?« Cordulas Augen verengten sich, doch sie ging bereitwillig auf Magdalenas Themawechsel ein.

Nachdem sich Cordula schließlich verabschiedet hatte, bereitete Magdalena zusammen mit Magda das Abendmahl vor. Sie hatten sich seit langer Zeit endlich wieder einmal einen Fisch geleistet, den sie nun ausnahmen und mit Butter anbrieten. Dazu gab es gesalzenen Haferbrei, den Magdalena mit Kräutern abschmeckte. Moritz saß bereits am Tisch und machte Rechenaufgaben mithilfe einer kleinen Tafel. Georg und Oswald mussten bald von ihrem Spaziergang zurück sein, und so bat Magdalena ihre Tochter, die Schüsseln zu füllen. Als sie ihre Söhne schließlich vor der Haustür hörte, wollte sie ihnen die Tür aufmachen. Doch dazu kam es erst gar nicht, denn die beiden stürzten außer Atem herein, bauten sich vor Magdalena auf und riefen: »Der fremde Pfarrer ist ein Betrüger! Und ein gefährlicher noch dazu! Wenn wir weiter für ihn drucken, kommen wir in Teufels Küche!«

Kapitel 8

Magdalena musste sich setzen. Georg, dessen Gesicht noch immer ganz rot vom schnellen Laufen zurück in die Druckerei war, stützte sich auf dem Tisch ab. Er sog die Luft mehrere Male tief ein, dann explodierte er förmlich.

»Mutter. Wir haben uns umgehört. Man erzählt sich allerhand seltsame Geschichten über diesen Mann. Keiner weiß, wo er herkommt. Keiner weiß, was er hier macht. Manche vermuten sogar, dass er mit dem Teufel im Bunde steht. Das ist gefährlich! Wenn er irgendetwas Verbotenes drucken lässt, dann wird der Druck nicht nur konfisziert …«

Oswald unterbrach ihn, um den Satz zu vollenden. »… sondern wir landen im Gefängnis!«

Magdalena sah ihn ungläubig an. Aber die beiden waren noch nicht fertig. »Wir können sein Buch nicht lesen. Vielleicht handelt es sich dabei um schwarze Magie …«

»Dann enden wir nicht nur im Gefängnis, sondern vielleicht sogar auf dem Scheiterhaufen!«

»Auf jeden Fall müssten wir unter Schimpf und Schande die Stadt verlassen.«

Die Stimmen ihrer Söhne überschlugen sich fast. Magdalena konnte nicht glauben, was sie da hörte.

»Das sind doch alles nur üble Gerüchte. Mit dem Teufel im Bunde … glaubt ihr das wirklich? Er trägt die Kleidung eines Pfarrers. Ich bin mir sicher, er ist ein Kirchenmann.«

»Die Kleidung hat er sich zugelegt, um uns zu täuschen!«

»Das glaube ich nicht. Ihr wisst doch, wie gerne sich die Leute solche Geschichten erzählen …«

Aber der Zweifel nagte an ihr. Sie würde diesen Fremden zur

Rede stellen, sobald er das nächste Mal in die Druckerei kam. Nachdem es der Fremde gestern so eilig hatte, würde er sicherlich morgen früh wiederkommen, um den neu gedruckten Bogen zu korrigieren. Er hatte von Anfang an rätselhaft auf sie gewirkt. Und es stimmte auch, dass er ihr seinen Namen nicht hatte sagen wollen. Aber was war dann mit dem Empfehlungsschreiben? Sollte es tatsächlich eine Fälschung sein? Tief in ihrem Inneren wollte sie nicht glauben, dass sie einen Betrüger vor sich hatte. Er wahrte sicherlich seine Geheimnisse, aber sie fühlte, dass er nichts Übles gegen sie im Schilde führte. Im Großen und Ganzen konnte sie die Menschen, mit denen sie es zu tun hatte, eigentlich immer richtig einschätzen. Bis auf ihren Stiefsohn. Ihre Miene verzog sich unwillkürlich. Was hatte er ihr nicht alles angetan ... Doch sie verdrängte die aufkommenden Gedanken an Ulrich den Jüngeren wieder. Stattdessen hoffte sie, dass der Fremde möglichst bald wieder in die Druckerei käme, um Licht ins Dunkle zu bringen.

Ihre Einschätzung war richtig gewesen. Er kam in der Tat kurz nach dem Morgenmahl am Montag. Er war noch nicht ganz durch die Tür, als ihm Georg, Oswald und Magdalena auch schon entgegentraten. Georg hatte seine Arme vor der Brust verschränkt, und Oswald blickte düster drein. Doch Magdalena hatte den beiden eingeschärft, den Fremden zuerst zu befragen, bevor sie ihn vorschnell verurteilten. Sie setzte gerade an, ihm die erste Frage zu stellen, als Georg vorpreschte.

»Ihr seid ein Betrüger!«, rief er mit zornesfunkelnden Augen und reckte dem Pfarrer seine Faust entgegen. »Ihr ...« Magdalena nahm seinen Arm, zog ihn hinab und schob Georg ein Stück hinter sich. Dabei bedachte sie ihn mit einem vernichtenden Blick, den er störrisch quittierte. Allerdings verhielt er sich nun ruhig. Der Pfarrer war unerwartet stehen geblieben. Er wirkte erschrocken und wusste zuerst nicht, wie ihm geschah. Dann aber erstarrte seine Miene. Er wirkte wieder so schroff wie gestern.

»Was sollen diese Anschuldigungen?«, blaffte er zurück. »Geht Ihr so mit Euren Auftraggebern um? Was für eine Unverschämtheit!«

Nun war es Oswald, der sich nicht länger zurückhalten konnte. »Wer uns so hinters Licht führt, ist in unseren Augen ein Betrüger.«

»Was wollt Ihr damit sagen? Wie und womit soll ich Euch hinters Licht geführt haben?«

»Stimmt es etwa nicht, dass Ihr uns ein ketzerisches Buch untergeschoben habt? Wir wissen gar nicht, was wir da drucken«, sagte nun Magdalena.

»Das müsst Ihr auch nicht. Ihr müsst nur wissen, dass es nicht ketzerisch ist! Ganz im Gegenteil.« Der Pfarrer schüttelte verständnislos den Kopf. »Aber wenn Ihr Euch dieser Aufgabe nicht gewachsen seht, dann werde ich zu einer anderen Druckerei gehen.« In großen Schritten durchquerte er den Raum, nahm sein Manuskript, das neben dem Setzkasten lag, und wollte die Druckerei schon wieder verlassen, als Magdalena sich ihm in den Weg stellte.

»Nun mal nicht so eilig«, entgegnete sie ihm, worauf er tatsächlich stehen blieb. »Ist es wirklich ein Schulbuch, das wir da drucken? Und warum habt Ihr Euch geweigert, mir Euren Namen zu nennen?«

»Ja, was für einen Grund gibt es dafür? Was habt Ihr zu verbergen?«, fragte Oswald herausfordernd. Magdalena warf ihm und seinem Bruder einen vielsagenden Blick zu.

»Ihr zwei haltet Euch zurück. Ich möchte jetzt Antworten auf die gestellten Fragen hören und keine weiteren Anschuldigungen.« Trotzig stemmte Oswald seine Hände in die Hüfte, sagte aber nichts mehr. An den Fremden gewandt, fügte sie hinzu: »Ihr könnt uns vertrauen. Wenn Ihr nichts Verbotenes vorhabt, werden wir Stillschweigen über Euer Vorhaben bewahren.«

Der Fremde überlegte. Schon wollte er sich an Magdalena vorbeidrängen, doch dann hielt er inne und wandte sich ihr zu.

»Also gut.« Er seufzte. »Mein Name ist Primus Truber. Ich bin Pfarrer in der Reichsstadt Kempten, und ich möchte es Doktor Martin Luther gleichtun und die Bibel in meine Landessprache übersetzen. Was Ihr gerade druckt, ist das übersetzte Matthäus-Evangelium.« Er holte tief Luft, trat ein Stück zurück und setzte sich an den Tisch. Die anderen taten es ihm gleich.

»Ihr müsst wissen, ich bin ein großer Bewunderer von ihm. Er hat dem Volk aufs Maul geschaut. Er hat die Bibel so übersetzt, wie die Leute sprechen. Sein kleiner Katechismus ist überall bekannt. Ich möchte Ähnliches vollbringen. Aber vor allem möchte ich, dass meine Landsleute wissen, was tatsächlich in der Bibel geschrieben steht, und nicht nur das hören, was ihnen die Kirchenmänner weismachen wollen. Sie sollen sich nur an der Heiligen Schrift orientieren, denn einzig und allein sie führt uns zur Gnade Gottes.« Er berichtete weiter über die Errungenschaften des neuen Glaubens, die Magdalena gut bekannt waren. Sie war sich nur allzu bewusst, warum der Fremde ihnen dies alles nicht gleich von Anfang an gesagt hatte. Der langwährende Reichstag in Augsburg, der schon seit Februar abgehalten wurde, hatte immer noch zu keiner Übereinkunft zwischen Katholischen und Protestanten geführt. Man munkelte auch bereits, dass dies wohl nie der Fall sein würde. Doch dann drohte in vielen Ländern Krieg. Schon jetzt wurden einige Herrscher unruhig und rüsteten sich dafür. Momentan duldete der Stadtrat in Reutlingen noch beide Glaubensrichtungen. Aber wie lange noch? Und wie hart würde er später mit denen, die andersgläubig waren, ins Gericht gehen?

Oswald und Georg, die sich bis dahin zurückgehalten hatten, meldeten sich erneut zu Wort. »Ganz ungefährlich ist das nicht für uns. Wer weiß schon, ob dies tatsächlich Teile der Bibel sind.

Wir können es schließlich nicht überprüfen. Und Ihr habt uns bereits einmal angelogen.«

Georg fügte hinzu: »Wir haben nämlich gehört, dass in ganz Nürnberg kein einziger Drucker Euer Buch annehmen wollte. Weil sein Inhalt viel zu heikel ist! Es könnte alles Mögliche sein. Ein Buch für das Anbeten des Teufels, eine Schrift von den Widertäufern, ein Aufruf, sich gegen den Kaiser zu stellen und auf die Seite der Türken zu wechseln …« Er war immer lauter geworden.

Erschrocken und ungläubig starrte Truber Georg an. Magdalena erkannte, dass seine Miene nicht aufgesetzt war. Er schien in der Tat aufrichtig entsetzt über das zu sein, was sie ihm unterstellten. Sagte er tatsächlich die Wahrheit? Sie wollte ihm zu gerne glauben, waren sie doch so sehr auf das Geld, das er ihnen für den Druck geben würde, angewiesen. Nur wollte sie ihm dies nicht gestehen.

»Nein«, wehrte der Pfarrer nun ab. »Es verhält sich genauso, wie ich es Euch gesagt habe. Ihr habt das Matthäus-Evangelium vor Euch. Darauf habt Ihr mein Wort.« Magdalena betrachtete ihn lange. Die Art, wie er sprach, hatte in der Tat etwas Überzeugendes. Aber er wirkte schließlich wie ein Pfarrer, und war es als solcher nicht seine Aufgabe, auch Zweifler zu überzeugen?

»Ich habe auch schon zwei Bücher in Windisch drucken lassen. Einen Katechismus und ein Abecedarium, welches tatsächlich ein Schulbuch ist, mit dem die Sprache gelernt werden kann. Aber der Drucker, der mir damals geholfen hat, ist nun weggezogen. Er ist nicht mehr in Schwäbisch Hall, sondern mittlerweile in Hohenlangsberg. Als ich nach einem neuen Drucker gesucht habe, hat mir Doktor Vergerius Euch empfohlen. Es tut mir leid, ich hätte von Anfang an ehrlich mit Euch sein sollen. Aber ich habe befürchtet, dass Ihr mich dann abweist.«

Georg schnaubte. »Ja, das hätten wir auch und sollten es immer noch tun. Euer Druck birgt zu viel Gefahr in diesen unsicheren Zeiten. Wenn neue Verordnungen erlassen werden, und das werden sie bestimmt, könnte es verboten werden, Bücher in Sprachen zu drucken, die uns nicht bekannt sind. Doch was wird dann mit den vielen Ausgaben, die wir zu diesem Zeitpunkt bereits für den Druck getätigt haben? Ich sage es Euch: Wir werden die gesamte Auflage vernichten müssen und statt Gewinn nur Verluste machen.« Oswald nickte bekräftigend.

»Und das ist noch nicht mal das Schlimmste. Wir könnten für dieses Vergehen eingekerkert werden! Wer weiß, für wie lange. Und danach könnten wir aus der Stadt gejagt werden. Es ist viel zu gefährlich für uns!« Georg und Oswald nickten einander zu. Nur Magdalena sagte nichts. Sie sah Truber weiterhin aufmerksam an. Er wirkte etwas erleichtert, nun da er ihnen alles gesagt hatte. Doch im Grunde hatten ihre Söhne recht. Aber wenn sie seinen Auftrag nun nicht vollständig ausführten, müssten sie wiederum entscheiden, ob sie lieber die Presse verkaufen oder aber es wagen sollten, nach Tübingen zurückzukehren. Hinzu kam noch, dass niemand wissen konnte, ob das, was Georg und Oswald sich ausmalten, überhaupt eintreffen würde. Natürlich war es gefährlich. Aber vielleicht konnten sie den Auftrag auch weitestgehend geheim halten. Wenn sie keiner Menschenseele davon erzählen und dem Anschein nach gleichzeitig noch einen anderen Auftrag bearbeiten würden, dürfte es wahrscheinlich niemand auffallen. Schließlich brauchten sie nach dem Druck nicht jedem Haushalt ein Exemplar davon zu geben, so wie sie es damals mit dem verbotenen Traktat von Professor Fuchs getan hatten.

»Wir werden Euch helfen«, sagte sie zur Überraschung ihrer Söhne und auch zu ihrer eigenen. Früher hätte sie solch einen riskanten Auftrag gar nicht erst in Betracht gezogen, sondern von vorneherein abgelehnt. Jedoch hatte sich die Entscheidung für das geheime Manuskript von Professor Fuchs, das sie letztes Jahr trotz großem Risiko gedruckt hatten, letztlich als richtig erwiesen. Inzwischen war sie deutlich risikobereiter, stellte sie erstaunt fest.

»Mutter«, protestierte Oswald. »Ihr wisst nicht, auf was Ihr Euch da einlasst.«

»Doch, das ist mir sehr wohl bewusst. Aber ich denke, dass der Zeitpunkt gerade gut gewählt ist. Die Stadtherren hier in Reutlingen haben alle Hände voll zu tun mit dem großen Schützenfest, das in vier Wochen stattfinden soll. Es werden viele bedeutende Gäste von auswärts erwartet, und die Vorbereitungen dazu werden die ganze Aufmerksamkeit des Stadtrats in Anspruch nehmen. Zusätzlich werden wir versuchen, den Druck so weit wie möglich geheim zu halten, und mit niemandem darüber sprechen. Schließlich haben wir vor, in einem Monat fertig zu sein. Auf diese Weise werden wir hoffentlich kein Aufsehen erregen, und Ihr«, sie wandte sich nunmehr wieder an Truber, »werdet doch wohl mit allen Exemplaren Reutlingen schnellstmöglich verlassen, oder?«

Er nickte. »Je nachdem, wie schnell Ihr druckt, werde ich sogar noch vor dem Schützenfest die Stadt verlassen haben.«

»Dann steht meine Entscheidung fest.«

»Aber …«, versuchte es Georg noch einmal, doch seine Mutter stand einfach nur auf, ging zum Setzkasten und nahm den weiteren Probebogen, den sie am Samstag noch fertiggestellt hatten.

Als sie ihn Truber gab, war dieser immer noch verblüfft, verlor allerdings keine Zeit und nahm den Bogen mit in den Hof hinaus, um ihn erneut auf der Bank zu korrigieren.

Obwohl Oswald und Georg weiterhin protestierten, blieb Magdalena bei ihrer Entscheidung. Auch wenn sie letztendlich nicht beweisen konnte, dass Truber die Wahrheit sprach, und auch nicht wusste, ob sie mit dem Druck seines Manuskriptes gegen das Gesetz verstieß. Sie würde es riskieren!

Schweigend arbeiteten sie alle vor sich hin, bis Magdalena mit einer kleinen Glocke den Feierabend einläutete. Als ihr Gast gegangen war, konnten sich Oswald und Georg nicht länger zurückhalten. Sie warfen ihrer Mutter vor, dass sie nur deswegen an diesem Auftrag festhielt, weil sie nicht zurück nach Tübingen wolle. Besonders Oswald beharrte darauf, dass sie mit dem Auftrag Kopf und Kragen riskierten. Er betonte noch einmal, dass Trubers Empfehlungsschreiben aus Württemberg kam und nicht aus Reutlingen. Hier könnte sich die Gesetzeslage schnell ändern, und zwar zu ihren Ungunsten. Das Empfehlungsschreiben würde in diesem Falle zu nichts nütze sein. Am Anfang hörte sich Magdalena seine Vorwürfe noch geduldig an, doch sie merkte, wie sie zunehmend ärgerlicher wurde. Schließlich verbot sie ihm kurzerhand das Wort, worauf sich Oswald empört in die Schlafkammer zurückzog, nachdem er vorher noch einmal mit der Faust auf den Tisch gehauen hatte.

Kapitel 9

Magdalena wusste nicht, ob es das Misstrauen ihrer Söhne oder ihre eigene Neugier war, die sie dazu trieb, noch mehr über den unbekannten Pfarrer herauszufinden. Während am nächsten Tag alle am Druck arbeiteten, nutzte sie die Pausen zwischen dem Einfärben der Lettern, um sich ihren Gast genauer anzusehen, der in gleichmäßigem Rhythmus ein gedrucktes Blatt von der Leine nahm, es fächelte und, sobald es getrocknet war, korrigierte. Er bemerkte ihr Interesse und hielt mehrfach inne, doch suchte er ihren Blick nicht. Ja fast hatte sie den Eindruck, als versuche er, sie zu ignorieren, um schnellstmöglich mit seiner Arbeit fertig zu werden und die Druckerei verlassen zu können.

Währenddessen arbeiteten Oswald und Georg schweigend und mit verkniffenen Mienen am Druck. Magdalena konnte ihre Verärgerung spüren. In den Augen ihrer Söhne war sie offenbar eine einfältige Frau, die von einem Betrüger wie Truber leicht getäuscht werden konnte. Sie hatte zudem ein viel zu gutes Herz, und über kurz oder lang würden sie es alle bitter bereuen müssen, wenn sie wegen der mangelnden Urteilskraft ihrer Mutter im schlimmsten Fall zu einer Gefängnisstrafe verurteilt würden. In ihren Augen *war* er ein Betrüger! Was sie über ihn gehört hatten, klang äußerst verdächtig. Außerdem huschte er durch die Straßen, sprach mit niemandem und bewegte sich so unauffällig, wie er nur konnte. Dies alles erregte Misstrauen. Dass deshalb einige Reutlinger bereits dachten, dass er Übles im Schilde führte, konnten sie gut nachvollziehen.

Als Truber wieder einmal zur Leine und von dort nach draußen ging, um sich auf die Bank zu setzen, sah Oswald Georg an und schüttelte nur den Kopf. Georg sah kurz zu Magdalena hinüber, dann wieder zu Oswald, verzog den Mund und schüttelte ebenfalls den Kopf. Laute Kritik wagten sie offenbar nicht zu äußern, um es sich mit ihrer Mutter nicht zu verderben. Auch wenn sie sich so gut wie sicher waren, dass ihnen Unheil bevorstand.

Magdalena entging der Unmut ihrer Söhne nicht, und als die beiden sie wieder einmal ansahen, bedachte Magdalena sie mit einem scharfen Blick. Sie beschloss, an etwas anderes zu denken. Nach einiger Zeit fasste sie einen Entschluss, legte die Ballen nieder und begab sich nach draußen zu der Bank, auf der Truber saß.

»Was genau ist das für eine Sprache, in der Ihr das Evangelium verfasst? Sie erinnert mich so gar nicht an die Sprachen, die ich kenne.«

Er hielt inne und sah sie an. Offensichtlich wollte er abschätzen, ob ihr Interesse nur vorgegeben war. »Das sagte ich Euch bereits. Es ist Windisch.« Seine Worte klangen hart und abweisend. Magdalena wich unwillkürlich einen Schritt zurück. Darauf wurde der Blick des Pfarrers weicher, und er erklärte nachträglich: »In meinem Land sprechen wir diese Sprache schon seit Menschengedenken. Doch wir schreiben nicht auf Windisch.«

Magdalena war verblüfft. »Wie kann man in einer Sprache schreiben, für die es gar keine Schriftform gibt?«

»Es war nicht leicht, das kann ich Euch sagen. Es hat mich daher viel Zeit und Mühe gekostet, das Evangelium des Matthäus nun auf Windisch niederzuschreiben«, antwortete er langsam. »Wisst Ihr, ich habe lange nachgedacht und mich schließlich dazu entschieden, jedes Wort so zu schreiben, wie ich es auch ausspreche.«

Magdalena nickte verständnisvoll. Sie konnte sich allerdings nicht vorstellen, wie Truber es geschafft hatte, die gesamte Heilige Schrift auf diese Weise zu übersetzen. Die Arbeit musste ihn viele Jahre seiner Lebenszeit gekostet haben.

»Wisst Ihr, in meinem Land sind die Menschen scharf voneinander getrennt. Wer sein Kind auf eine Lateinschule schicken kann, gibt ihm damit die Möglichkeit, Lesen und Schreiben zu lernen. Ein wahres Glück. Die einfache Bevölkerung ist hingegen dazu verdammt, nur wenig Geld zu verdienen, da sie des Lesens und Schreibens unkundig ist und kein Latein kann. Wenn sie nun aber die Gelegenheit bekäme, Windisch lesen und schreiben zu lernen, stünden ihr viele neue Wege offen.« Magdalena hörte ihm aufmerksam zu. Ihre Gedanken wanderten zu ihrer Jüngsten. Magda durften sie auch auf keine Schule schicken, und einen Hauslehrer konnten sich die Morharts nicht leisten. Magdalena hatte einst, als sie selbst ein junges Mädchen gewesen war, dieses Privileg noch genießen können, denn ihr Vater hatte als Notar in Tübingen gearbeitet und sorgsam darauf geachtet, dass Magdalena und ihre beiden Schwestern im Lesen, Schreiben und Rechnen unterrichtet wurden. Auch wenn ihr Vater ansonsten ein sehr strenger Mann gewesen war, hatte ihm Magdalena dies immer hoch angerechnet. Nun wollte Magdalena ihrerseits ihrer Tochter gewisse Grundlagen vermitteln, und so half sie Magda zusammen mit Georg, das Lesen zu lernen. Und der Kleinen schien es zu gefallen. Inzwischen war sie sogar so gut, dass sie in der Druckerei bereits ab und zu als Korrekturleserin mithelfen konnte. Natürlich verstand sie nur wenige Worte in den Gesetzestexten oder den lateinischen Universitätspublikationen, doch es erfreute sie, die Buchstaben aus dem Manuskript mit denen auf den gedruckten Seiten abzugleichen. Wenn sie dann einen Fehler fand, schwang ihre Feder eifrig über das Papier und markierte die Stelle. Georg schaute sich ihre Arbeit anschließend immer noch einmal an, bevor er die Korrekturen im Satz vornahm. Dabei bemerkte er, dass seine Schwester schon bald keiner Kontrolle mehr bedürfte.

Truber schloss derweil seine letzten Korrekturen ab und stand von der Bank auf. Er reckte und streckte sich und brachte das

Blatt zurück zu Georg, damit dieser die Änderungen vornehmen konnte. Kurz danach kam er zu Magdalena zurück und setzte sich erneut auf die Bank. Er rückte auf die rechte Seite, um ihr zu bedeuten, sich neben ihn zu setzen. Magdalena nahm die unausgesprochene Einladung an. Ihre Söhne würden noch einen Moment ohne sie auskommen müssen. »Da habt Ihr Euch ein großes Ziel gesetzt. Wie genau wollt Ihr vorgehen?«

»Nun, ich werde Luthers Beispiel folgen. Er hat alle Dialekte zusammengebracht und zu einer gemeinsamen Sprache verschmolzen. Ich habe bereits vor mehr als zehn Jahren begonnen, in meiner Muttersprache zu schreiben. Vorher wurde sie noch nie geschrieben oder gelesen. Auch gibt es noch keine eigenen Buchstaben für sie, ich muss mir, wie Ihr seht, mit lateinischen und ab und zu auch mit deutschen Buchstaben helfen.« Er räusperte sich und sah sie dann unvermittelt an. Dann beugte er sich etwas nach vorn und räusperte sich erneut.

»Wisst Ihr, ich habe noch eine Bitte an Euch.« Magdalena sah ihn überrascht an.

»Morgen werdet Ihr auf die Messe fahren, nicht wahr?« Sie nickte langsam, wusste aber nicht, worauf er hinauswollte.

»Nun, wenn der Druck vollendet ist, werde ich das Buch an einige wichtige Fürsten im Reich schicken.« Sie nickte erneut. Das hatte sie schon geahnt. Wahrscheinlich hoffte er, auf diese Weise an Spenden zu kommen, mit denen er dann einen Teil der von ihm ausgelegten Druckkosten decken konnte.

»Aber ich würde zudem gern noch weitere Exemplare verkaufen.«

»Bis morgen werden wir aber nicht mit dem gesamten Buch fertig werden«, sagte Magdalena vorsichtig.

»Nein, nein.« Er hob abwehrend die Hände. »Das weiß ich natürlich.« Unvermittelt lächelte er, und Magdalena stellte fest, dass er dadurch sogar fast freundlich wirkte.

»Aber vielleicht könntet Ihr mir den Gefallen tun und schon einmal ein paar Exemplare des ersten Bogens mitnehmen. Nur zur Ansicht. Die Buchhändler in Augsburg zum Beispiel verkaufen auch Bücher bis in meine Heimat. Für sie könnten die Bücher durchaus interessant sein. Wenn Ihr ihnen diese Exemplare also zeigt und sie tatsächlich Interesse haben, könnte ich ihnen später gewiss auch einige fertige Bücher verkaufen.«

Unsicher rutschte Magdalena auf der Bank hin und her. Sie wollte den Druck aufgrund seiner nicht zu verstehenden Sprache eigentlich, so gut es ging, geheim halten. Und nun sollte sie dafür Werbung machen? Noch dazu ausgerechnet auf der Messe, wo so viele Drucker und Buchhändler zusammenkamen und der Rat der Stadt Frankfurt besonders darauf achtete, dass die Drucke den Zensurgesetzen entsprachen?

»Euer Vorhaben für Euer Heimatland ist anerkennenswert. In einer Sprache zu schreiben, in der bisher noch kein anderer geschrieben hat … ist eine Errungenschaft. Aber …«, sie suchte nach den richtigen Worten, »aber Eure Bücher in Frankfurt anzupreisen … also, nehmt es mir bitte nicht übel …« Magdalena brauchte den Satz nicht zu Ende zu sprechen.

Trubers Miene verhärtete sich, und er lehnte sich zurück. Lange musterte er sie ohne Worte. Dann seufzte er und erhob sich. »In diesem Falle möchte ich Euch nicht weiter von Eurer Arbeit abhalten.« Seine Stimme klang erneut kalt.

Kapitel 10

Am Abend sah Magdalena sich noch einmal die Bücher an, die sie am nächsten Morgen mit zur Messe nehmen würde. Georg hatte recht behalten, es waren tatsächlich nicht allzu viele. Es waren gerade einmal ein paar württembergische Gesetzbücher, natürlich nur solche, für die sie eine Verkaufsgenehmigung besaß, und einige Universitätsdrucke. Eins der wenigen Bücher, von dem aber noch zahlreiche Exemplare übrig waren, war eine Beurteilung der katholischen Messe, geschrieben von Valentin Wanner. Das Buch war ursprünglich von einem Regierungsbeamten in Auftrag gegeben worden, doch bezahlt hatte die Drucklegung der Herzog. Der Inhalt des Werkes war wohl ein recht heikler, aber anscheinend auch einer, der sich gut verkaufen ließ. Daher hatte Magdalena schließlich noch eine weitere Auflage gedruckt. Aber wer wusste denn schon, ob das Buch auf der Messe noch immer gefragt wäre? Sie beschloss daher, nur wenige Exemplare davon mitzunehmen.

Neben ihr stand das alte Eichenfass, das sie noch aus Tübingen mitgenommen hatten und das ihr nun als Transportbehälter für die Bücher nach Frankfurt dienen sollte. Es war nicht sehr groß, aber sich ein zusätzliches auszuleihen wäre schon wieder eine Ausgabe, die sie sich eigentlich nicht leisten konnte. Die Reise war ohnehin schon teuer genug. Aber wenigstens würde sie mit vielen Kaufleuten und Handwerkern zusammen reisen. Der Stadtrat von Reutlingen hatte sich mit dem Stadtrat von Ulm verständigt, dass die Handeltreibenden aus Ulm hier eine kurze Rast einlegen würden, nach der sie schließlich gemeinsam nach Frankfurt aufbrechen würden.

Am Abend näherte Magdalena sich mit ihrer Tochter dem

Marktplatz, um den Ulmern erste Fragen zur Reise nach Frankfurt zu stellen. Sie vernahm laute Rufe und Viehgebrüll. Auf dem Platz angekommen, sah sie, dass die Kleidung von vielen Reisenden stark verschmutzt war. Die meisten Leute sahen müde aus, und einige, die es sich leisten konnten, begaben sich auch umgehend in ein Wirtshaus. Doch die Mehrheit der Reisenden blieb bei ihren Waren und ließ sich in ihrer Nähe auf den Boden nieder. Das Vieh wurde abgespannt, Ochsen und Pferde wurden getränkt und gefüttert. Magdalena und Magda sahen ganz unterschiedliche Menschen, angefangen von Krämerfrauen, die mit einer Kiepe auf dem Rücken alle Art von Kleinigkeiten anboten, bis hin zu wohlhabenden Kaufleuten, die offensichtlich einen ganzen Wagen für sich gemietet hatten, und nicht wie Magdalena nur ein Fass auf einem Wagen. Sie hörten einige Lautenspieler, die zur Freude vieler begannen, Musik zu machen. Andere zogen sich in einer kleinen Gruppe für ein vertrauliches Gespräch zurück. In der Ferne sah Magdalena einen Stadtwächter stehen, der sich mit einem anderen unterhielt. Magdalena ging auf die beiden zu und fragte: »Ich werde mich morgen dem Zug anschließen. Ihr lasst mein Fass doch in aller Frühe abholen, richtig?«

»Gleich zum ersten Hahnenschrei«, lautete die knappe Antwort. »Wenn Ihr dann nicht bereit seid, werden wir ohne Euch losziehen.«

Während ihre Mutter mit den Stadtwächtern sprach, wandte sich Magda ab. Sie hatte eine kleine Katze entdeckt, die sie im ersten Moment für ihre eigene gehalten hatte. Doch das war unmöglich, denn Fräulein Pfote hatten sie in Tübingen zurücklassen müssen. Als sie überhastet abgereist waren, war die Katze nirgends zu finden gewesen. Magda hatte geweint und die Stadt nicht ohne ihr Tier verlassen wollen. Doch Magdalena hatte sie letztendlich dazu überredet. Die Katze wird auf sich aufpassen können, hatte sie gesagt. Nun sah sich Magda die andere Katze genauer an, die nur scheu auf sie zukam. Doch sie kniete sich hin und sprach leise mit dem verängstigten Tier. Schließlich ließ sich die Katze von Magda sogar streicheln, doch als ein Pferd in unmittelbarer Nähe zu wiehern begann, lief das Tier erschrocken davon.

»Kommst du etwa auch mit nach Frankfurt, mein Kind?«, fragte da eine warme Stimme hinter Magda. Das Mädchen drehte sich um und betrachtete die Fremde. Sie trug einen langen Umhang mit tiefen Taschen und hatte mehrere Beutel an ihrem Gürtel befestigt.

Magda schüttelte den Kopf. »Meine Mutter, die Buchdruckerin, wird sich morgen dem Zug anschließen.« Neugierig blickte sie auf die Beutel der Frau. »Was verkauft Ihr auf der Messe?«

»Ich verkaufe ganz verschiedene Sachen. Sieh her.« Die Fremde öffnete einen der Beutel. Darin sah Magda etwas schimmern, konnte aber nicht erkennen, was es war. »Das sind Armreifen, die hat mein Mann hergestellt.« Die Händlerin zog einen heraus. Magda trat näher. Sie streckte ihre Hand aus und warf einen fragenden Blick auf die Frau. Die nickte zustimmend. Magda nahm den Armreif in die Hand. Er war schwerer, als er aussah. Als sie ihn gegen das Licht hielt, konnte sie eine Gravur darin erkennen. Langsam las sie die Worte vor.

»Danket dem Herrn, denn er ist gütig, und seine Huld währt ewig.«

Sprachlos sah die Fremde sie daraufhin an. »Wo hast du so gut lesen gelernt?«

Magda gab ihr den Armreif zurück. »Mein Bruder und meine Mutter haben es mir beigebracht.« Sie wollte noch weiter ausholen, doch da hörte sie schon ihre Mutter rufen. Sie winkte ihr, und Magdalena kam zu den beiden herüber. Die Frau, die sich ihnen nun als Agathe vorstellte, befragte Magdalena über die Arbeiten in der Druckerei und betonte dabei auch, wie erstaunt sie darüber war, dass Magda von ihrer Mutter das Lesen gelernt hatte. Sie sprachen noch über die Vorkommnisse auf der Reise von Ulm nach Reutlingen, die aber ohne große Zwischenfälle verlaufen war, bevor sie sich schließlich für den nächsten Tag verabredeten.

Am Morgen war die Stadtwache sogar noch vor dem ersten Hahnenschrei in der Druckerei. Sie brachte zwei junge Burschen mit, die kräftig wirkten und die Magdalenas Fass ohne große Mühen auf einen der gemieteten Wagen hievten. Dann gingen sie zu einem anderen Haus und verluden auch dort die Waren. Magdalena verabschiedete sich liebevoll von ihren Kindern, wusste doch keiner von ihnen, ob sie sich alle gesund wiedersehen würden. Nachdem Oswald und Georg sie noch zur Tür gebracht hatten, eilte sie dem Marktplatz entgegen, wo bereits viele Händler und Kramer zusammengekommen waren. Die Stadtwache erteilte noch einige letzte Befehle, und dann setzte sich der Zug langsam in Bewegung. Wegen der vielen Leute, die schwer bepackt mit Kiepen oder Körben zu Fuß gingen, kam der Zug nur schwerfällig voran. Magdalena lief in der Nähe des Fuhrwerks, das auch ihr Fass geladen hatte. Es wurde von mehreren Ochsen gezogen, die gemächlich durch den Matsch stapften. Agathe und Magdalena schritten gemeinsam Seite an Seite und setzten sich auch in den Pausen zusammen, in denen die Tiere mit Wasser und Futter versorgt wurden. Bereits am Nachmittag kamen sie in der Stadt an, in der sie die erste Nacht verbringen würden. Magdalena musste sich ihr notdürftiges Schlaflager unter freiem Himmel einrichten. Das Essen, das sie in einem Wirtshaus erstanden hatte, schmeckte fad, aber es füllte ihr den Magen. Die anderen Tage der Reise verliefen ähnlich. Magdalena war froh, dass es kein einziges Mal regnete und sie trockenen Fußes in Frankfurt ankommen würde.

Schon von Weitem sah sie Scharen von Menschen, die in die Stadt strömten. Vor lauter Staunen blieb sie mit offenem Mund unwillkürlich stehen. Es waren so viele, dass Magdalena sie nicht mehr zu zählen vermochte. Aus allen Himmelsrichtungen kamen sie, zu Fuß, zu Pferd und auch zu Schiff. Alles war in Bewegung.

Am Ufer standen große Kräne, die das Schiffsgut verluden. Kaufleute, aber auch Gaukler und Bettler, Dirnen, Pfarrer und viele, viele Händler gingen, schwatzten und schrien durcheinander. Magdalena beeilte sich, in die Stadt zu kommen. Agathe hatte ihr geraten, dass sie sich zuallererst eine Unterkunft suchen sollte, da die meisten bereits belegt waren. Agathe nächtigte zum Beispiel in einem Haus, in dem auch viele ihrer Geschäftspartner eine Bleibe gefunden hatten. Also ging Magdalena zuerst zum Gasthaus Krachbein in der Fahrgasse, welches ihr von anderen Mitreisenden empfohlen worden war. Sie sprach mit einem der Helfer vor dem Eingangstor.

»Ihr wollt hier unterkommen?« Er musterte sie von Kopf bis Fuß. »Habt Ihr denn Euer diesjähriges Kommen bereits auf der letzten Messe angekündigt?«

»Ich war nicht auf der letzten Messe.«

Er rümpfte die Nase. »Wir haben nichts mehr, was wir Euch anbieten können.« Mit diesen Worten ging er ins Haus. Beim Alten Wetterhahn fand sie ebenfalls keine Unterkunft. Magdalena musste den ganzen restlichen Tag über suchen, bis sie endlich eine Bleibe gefunden hatte. Dabei war die Kammer eine Zumutung. Sie stank, das Stroh auf dem Boden war alt und dreckig, und es gab noch nicht einmal eine Truhe, in die sie ihre Sachen hätte legen können. Magdalena seufzte. Sie würde sich hier nur während der Nachtruhe aufhalten. Die restliche Zeit wollte sie auf der Messe verbringen. Als sie die hohe Summe für die Kammer zahlte, musste sie an sich halten, den Hausherrn nicht als Betrüger zu beschimpfen. Es war eine Frechheit, was er für das, was er bot, verlangte. Aber sie hatte keine andere Wahl. Erschöpft sank sie abends auf das Stroh und fiel in einen unruhigen Schlaf.

Am nächsten Morgen stand sie früh auf und ging zu dem Gewölbe, in dem ihr Bücherfass gelagert wurde. Es hatte die Reise gut überstanden und stand inmitten von zahlreichen anderen Fässern. Magdalena öffnete es und schaute sich einige der Bücher an. Sie hatte sie zu kleinen Päckchen zusammengebunden, damit die Bogen nicht zerknitterten. »Wo kann ich meine Bücher anbieten?«, fragte sie den Mann, der das Gewölbe beaufsichtigte. Er kräuselte die Lippen und antwortete etwas Unverständliches. Magdalena wiederholte ihre Frage, doch wieder konnte sie seine Antwort nicht verstehen.

»Er kommt nicht von hier!«, mischte sich darauf ein zweiter Mann hinter ihr ein. Er war hager und trug einen großen Korb Pelze bei sich.

»Wisst Ihr vielleicht, wo ich hier einen Stand, einen kleinen Tisch oder eine Platte mieten kann, um meine Waren anzubieten?«

Er schnaubte. »Alle Tische sind schon längst vergeben.« – »Alle? Ich habe auf dem Weg hierher gesehen, dass an einigen Häusern auch Tische befestigt sind und es kleine Buden gibt. Sind die auch schon alle vergeben?« – »Ja, und manche sogar für viele Jahre. Die Mietverträge hier werden häufig für zehn Messen geschlossen.«

Magdalena schluckte. »So lange im Voraus?« – »Ja, allerdings. Aber Ihr könnt es am Flussufer versuchen.« – »Am Ufer? Dort soll ich meine Bücher anbieten?« – »Nein, doch nicht anbieten. Dort könnt Ihr sehen, ob Ihr ein kleineres Fass als das Eure erstehen könnt. Eines, das vielleicht undicht geworden ist, denn dann wird es günstiger verkauft, und Ihr könnt es aufstellen und als Verkaufstisch nutzen.« Magdalena sah ihn dankbar an und ging, nachdem sie sich von ihm verabschiedet hatte, hinunter zum Main.

Dort herrschte ein großes Durcheinander von Arbeitern der Stadt, Schiffs- und Kaufleuten. Die beiden Letzteren schrien einander laute Befehle zu, von denen Magdalena die meisten nicht verstehen konnte, weil sie in fremden Sprachen gerufen wurden, während mehrere Kräne gleichzeitig noch Kisten, Kästen, Fässer und Körbe hochhoben und Träger sie ausluden. Nach langem Suchen fand sie am Uferrand auch einen Berg nasser Fässer. Sie kaufte ein leeres, welches so groß war, dass Magdalena gut neben ihm stehen konnte, und ließ es neben ihr Fass mit den Büchern stellen. Danach begann sie, nach einer bezahlbaren Mahlzeit zu suchen. Sie durchquerte einige Gassen und Straßen und fand sich schließlich in einer Gegend wieder, in der viele Frauen Selbstgekochtes verkauften. Sie saßen mit ihren Töpfen auf dem Boden und priesen ihr Essen in den höchsten Tönen an.

»Versucht das Huhn bei der Frau mit den großen Töpfen am Ende der Gasse«, sagte da plötzlich jemand zu ihr. Die Stimme kam ihr vertraut vor. Sie drehte sich um und sah sich ihrem Sohn Jakob gegenüber. »Mutter, was für eine Freude, Euch endlich wiederzusehen.« Statt einer Antwort umarmte sie ihn stürmisch. Dann begutachtete sie ihn ausgiebig.

»Mein Junge, was hast du denn mit deinen Haaren gemacht? Ich hätte dich fast nicht erkannt.«

Er fuhr sich mit der rechten Hand über den Kopf. »Ein Barbier hat mir meine Mähne letztens fast vollständig abgeschnitten. Nun kann ich sie endlich bändigen«, lachte er. Sie kam nicht umhin, ihm ebenfalls durch das raspelkurze Haar zu fahren.

»Es sieht gut aus. Viel besser als der Schnitt, den wir dir früher verpasst haben.«

Gemeinsam gingen sie los, um sich etwas zu essen zu holen. Er erzählte ihr von seiner nun abgeschlossenen Lehre in Calw. Sein Lehrmeister Josef hatte ihm erlaubt, die Lehre ob seiner guten Kenntnisse und Geschicklichkeit bereits frühzeitig abzuschließen. »Ich habe viel gearbeitet und bin meinem Meister immer zur Hand gegangen. Schließlich erlaubte er mir, die Prüfung zu machen, obwohl ich mein drittes Lehrjahr noch nicht vollendet hatte.«

Magdalena betrachtete ihn voller Stolz. Für gewöhnlich dauerte die Buchbinderlehre viel länger, manch einer brauchte dafür sogar fünf Jahre. Wie hatte sich Jakob doch verändert. Aus ihrem raufenden, widerspenstigen Sohn war nun ein pflichtbewusster und hart arbeitender junger Mann geworden.

»Das hast du gut gemacht. Dein Meister war sicher sehr erfreut.« – »Der schon. Aber ein anderer Buchbinder, Samuel Streler, hat versucht, bei der Universität Einspruch gegen meine Prüfung einzulegen.« – »Warum das?« – »Er dachte, dass wir damit gegen die Regeln verstoßen. Er kennt die Regeln sehr genau, müsst Ihr wissen. Man munkelt auch, dass er Absichten hat, der nächste Pedell zu werden.« – »Ach, Eberhard soll ersetzt werden?« Magdalena blieb stehen, als sie an den Universitätspedell dachte. Was hatte sie sich zunächst über ihn geärgert, als sie die Druckerei übernommen hatte. Doch als die Pest in Tübingen ausgebrochen war und er es zunehmend mit der Angst zu tun bekommen hatte, weil die Universität sich nicht entscheiden konnte, wegzuziehen, hatte er ihr fast leidgetan.

»So sagt man. Aber wer weiß, ob es wirklich dazu kommt. Als ich Calw verlassen habe, wusste man schließlich noch immer nicht, wann die Universität nach Tübingen zurückgehen wird.«

»Und nun beginnst du deine Wanderschaft hier in Frankfurt?«

»Ja, ich wollte mir die Messe nicht entgehen lassen. So viele sprechen über sie. Über die Leute, die man dort trifft, über das Essen, über den Wein … Das wollte ich einfach einmal gesehen haben.«

»Es ist jedenfalls sehr voll in der Stadt. Voller, als ich erwartet habe.« Sie erzählte ihm von ihrer Unterkunft und dem Verkaufsstand.

»Ja, das ist in der Tat schwierig. In der Buchbinderei, in der ich nun bin, vermietet der Meister seine Kammern auch an Gäste, und sie waren ebenfalls schon sehr lange im Voraus belegt. Sogar sein Dachboden, der eigentlich nicht als Unterkunft taugt.«

Sie schlenderten am Leinwandhaus vorbei. Vor diesem hatte sich eine lange Schlange gebildet. Die Menschen trugen Tuchrollen vor sich her oder entluden sie von den Wagen, auf denen sie sie hergekarrt hatten. Magdalena vermutete, dass hier die Güte der Tücher bestimmt wurde, damit sie rechtzeitig vor dem morgigen Beginn der Geschäftswoche bereitgelegt werden konnten. Nachdem sie dann eine Woche lang angeboten worden waren, würden die Waren schließlich in der zweiten Woche, der sogenannten Zahlwoche, verkauft. So viel hatte Magdalena schon in Erfahrung bringen können. »Komm, wir gehen zum Kornmarkt. Da sind, soweit ich weiß, die meisten Buchhändler und Buchdrucker zu finden.« Als sie sich ihrem Ziel näherten, sah Magdalena, dass einige Männer bereits ihren Stand aufgebaut hatten. Ihre Verkaufsstände waren zum Teil mit bemalten Tüchern versehen, die das Signet ihrer Druckerei zeigten. Die Männer hingen die Titelseiten der Publikationen, die sie verkaufen wollten, an jede Fläche, die sich dazu eignete. Magdalena beschloss, dass sie morgen ihre Bücher ebenso mit den Titelseiten anpreisen würde.

Schließlich gingen Jakob und Magdalena zum Mainufer. Dort wurden immer noch Fässer verladen, aber es hatten sich nun auch schon Kramer eingefunden, die vorzeitig damit begannen, Geschäfte zu machen. Magdalena sah Frauen, die alles Mögliche verkauften: Spiegel, Konfekt, Lorbeeren, Messer, Bilder, Tafeln, Kreuze, Schmuck, Gürtel … Magdalena verlor den Überblick. Es schien nichts zu geben, was hier nicht angeboten wurde.

Am ersten Tag der Geschäftswoche war Magdalena früh auf den Beinen. Zumindest dachte sie das. Doch als sie auf die Straße trat, sah sie, dass schon viele andere unterwegs waren. Mit Jakobs Hilfe holte sie das kürzlich erworbene Fass, das sie aufstellte, und legte einige Bücher darauf, die sich die Leute ansehen konnten. An den Bauch des Fasses heftete sie die Titelseiten, damit sie für jedermann gut sichtbar waren. Zunächst schien sich niemand sonderlich für ihre Bücher zu interessieren. Die Leute gingen vor allem zu den größeren Ständen und unterhielten sich dort mit den Verkäufern. Erst allmählich kamen auch einige zu ihr. Sie schauten sich entweder nur still die Bücher an, oder sie stellten einige Fragen dazu, kauften aber nichts. Magdalena wurde ungeduldig.

Auch tags darauf traten nur wenige Besucher zu ihr. Dies änderte sich erst, als eine Frau in einem schwarzen Kleid mit kleinem Schleier am Stand stehen blieb. Sie hatte einen Diener bei sich. Mit behandschuhten Händen griff sie nach einer Titelseite. »Ihr seid die Witwe Morhart aus Tübingen?« Magdalena wollte gerade einige Erläuterungen zu der Wüttembergischen Verordnung machen, die sie jetzt in den Händen hielt, als die Frau sie unvermittelt fragte: »Wann ist Euer Mann von Euch gegangen?«

Magdalena hielt inne. Für einen Moment war sie sprachlos. Dann entschied sie sich für eine kurze Antwort. »Es ist schon über ein Jahr her.«

Ihr Tonfall ließ die Frau das Buch weglegen. Sie sah Magdalena unverwandt ins Gesicht. »Verzeiht. Meine Frage war vielleicht etwas zu forsch.« Sie lächelte kurz entschuldigend. »Aber auch ich bin nun eine Druckerwitwe.«

Dass die Frau eine Druckerei führte, ließ sie aufhorchen. »So, in welcher Stadt befindet sich denn die Eure?« – »Hier in Frankfurt. Mein Name ist Margarethe Egenolff.« – »Egenolff? Mein Mann hat diesen Namen einmal erwähnt. Eure Druckerei wurde bereits vor über zwanzig Jahren eröffnet, richtig?« Mehr wusste Magdalena allerdings nicht über diese Offizin.

»Ja, das ist wahr. Mein Mann hat auch den Namen Eurer Druckerei erwähnt«, erwiderte Margarethe Egenolff höflich, doch Magdalena war sich nicht sicher, ob dies der Wahrheit entsprach. Die Witwe ließ sich daraufhin von Magdalena ihre Bücher zeigen. Zu jedem stellte sie Fragen und schaute sich sowohl die Anfangsseiten als auch die Schlussseiten an. »Ihr scheint zum ersten Mal hier zu sein. Ich habe Euch vorher noch nie gesehen.« Magdalena erzählte von ihren bisherigen Erfahrungen auf der Messe. Margarethe nickte daraufhin und gab Magdalena noch einige Hinweise. Dann verabschiedete sie sich mit den Worten: »Ich wünsche Euch noch gute Geschäfte.« Sie gab ihrem Diener bereits das Zeichen zum Weitergehen, als sie sich noch einmal umdrehte. »Falls Ihr bei Eurer Abreise noch Bücher übrig habt, bringt sie mir. Ich werde sehen, dass ich die noch für Euch verkaufen kann. Und wenn Ihr noch ein anderes Fass habt, das nicht undicht ist«, sie sah kurz auf das Fass, das Magdalena als Verkaufstisch diente, »könnt Ihr mir das auch verkaufen.« Magdalena wusste zunächst nicht, was sie sagen sollte, dann bedankte sie sich überschwänglich.

Nach diesem Besuch war es Magdalena, als stünden die Sterne günstiger für sie. Denn in den folgenden Tagen kamen immer mehr Leute an ihren Stand, sie wickelte die ersten Verkäufe ab und erhielt von einigen Buchhändlern Bestellungen für verschiedene Bücher. Vor allem ein Augsburger Buchhändler, der sich ihr als Georg Willer vorstellte, erkundigte sich ausführlich nach den Publikationen, die sie in der letzten Zeit in Reutlingen hergestellt hatte. Besonders interessierten ihn die herzoglichen Gesetze, und er bot ihr an, diese gegen andere Bücher aus seiner eigenen Sammlung zu tauschen, welche Magdalena wiederum in Reutlingen verkaufen könnte. Magdalena dachte unvermittelt an Truber und sein Anliegen. Sie nahm sich vor, ihm bei ihrer Rückkehr von Willer zu erzählen, sodass er sich selbst an den Buchhändler in Augsburg wenden konnte.

Als die Messe schließlich beendet wurde, war Magdalena erschöpft und gähnte fast durchgehend, als sie mit Jakob ein Abschiedsmahl einnahm und sich mit guten Wünschen von ihm verabschiedete. Im Gasthof hörte sie noch, dass nicht wenige Händler nun auf die Messe nach Leipzig weiterfahren wollten, und fragte sich, wo sie die Kraft dafür hernahmen. Letztendlich hatte Magdalena fast alle Bücher verkaufen können und den Rest Margarethe Egenolff gegeben. Die hatte, wie besprochen, auch das Fass genommen, sodass Magdalenas Rückreise erheblich einfacher verlief, als sie es erwartet hatte.

Kapitel 11

SEPTEMBER 1555

Als Magdalena durch das Reutlinger Stadttor ging, dämmerte es bereits. Auf dem Marktplatz verabschiedete sie sich von denjenigen, mit denen sie sich vor allem in den letzten Stunden ihrer Reise unterhalten hatte. Ihr Körper schmerzte, sie war müde und konnte sich kaum mehr auf den Beinen halten. Außerdem hatte sie großen Durst. So schnell ihre Beine es zuließen, eilte sie zur Druckerei. Das Haus lag nicht weit vom Marktplatz entfernt. Von Weitem hörte sie schon das Geräusch der Presse. Als sie durch die Tür trat, sah sie Oswald gerade den Bengel ziehen und Georg anschließend den bedruckten Bogen entnehmen.

»Mutter«, sagte Georg und hielt inne. »Ihr seid zurück!« Magda, die im Hintergrund die bereits hängenden Blätter zusammengeschoben hatte, um Platz für den neuen Bogen zu machen, kam auf ihre Mutter zugerannt und umarmte sie fest.

»Ist Euch auch nichts passiert? Die Tochter des Zinnmeisters hat mir schlimme Geschichten über die Messe erzählt. Seid Ihr all den Gaunern und Halsabschneidern entkommen?«, fragte das Mädchen mit großen Augen. Magdalena musste lächeln.

»So schlimm war es nicht. Aber du wirst kaum glauben, wen und was ich alles gesehen habe. Kommt, wir setzen uns an den Tisch, und ich erzähle euch alles. Ich muss mich ausruhen.«

Magda nahm ihr derweil das Gepäck ab. »Ich habe schon das Abendmahl vorbereitet. Ihr habt sicher großen Hunger«, sagte sie und ging dann zur Feuerstelle, um dort die Glut anzufachen. Im Handumdrehen loderten wieder Flammen unter dem Kessel, und die darin befindliche Suppe begann, zu dampfen.

»Wir setzen uns gleich zu Euch, aber vorher werden wir noch die letzten Bogen zu Ende drucken. Sonst bekommen wir morgen Ärger mit dem Pfarrer«, sagte Georg, und seine Stimme klang dabei leicht spöttisch.

»Der Druck von Truber ist noch nicht abgeschlossen?«, fragte Magdalena und drehte sich erstaunt zu ihm um.

»Doch, der Auftrag, mit dem wir vor Eurer Abreise begonnen haben, ist beendet. Aber er hat mittlerweile zwei neue Bücher in Auftrag gegeben, unter anderem eine Neuauflage seines Abecedariums«, antwortete nun Oswald. »Und die müssen natürlich mit größter Eile fertiggestellt werden.«

»Aber ich habe ihm doch gesagt, dass er nach der Fertigstellung des Matthäus-Evangeliums sofort die Stadt verlassen soll, damit wir nicht doch noch Ärger bekommen.« In Magdalenas Stimme schwang Verärgerung mit.

Doch Georg verteidigte sich. »Es hat sich seitdem aber einiges geändert. Vor allem weil nun auch Vergerius selbst in Reutlingen wohnt. Wir können mittlerweile sogar sagen, dass wir für ihn arbeiten, denn als Truber einmal kurz verreist war, mussten wir Vergerius die Druckbogen zur Überprüfung bringen.«

Das beruhigte Magdalena. Dass Vergerius nun in ihrer unmittelbaren Nähe wohnte, verlieh ihrem Druckvorhaben zusätzliche Sicherheit. Sie merkte, wie die plötzliche Anspannung von ihr abfiel.

»Ihr habt also nun Vergerius sogar persönlich kennengelernt?«

»Kennengelernt wäre zu viel gesagt. Wir haben uns in seinem Haus eingefunden und dort gewartet, bis einer seiner Diener kam, der uns die Bogen schließlich abgenommen hat. Der Herr des Hauses hat sich nicht blicken lassen.«

»Das müsst ihr mir gleich noch ausführlicher erzählen. Aber jetzt vollendet zunächst euer Tagwerk.«

Die beiden wandten sich wieder ihrer Arbeit zu und fuhren

mit dem Druck fort. Magdalena ging derweil ins Obergeschoss und begrüßte Moritz, der noch mit seinen Schulaufgaben beschäftigt war und seine Mutter nicht kommen gehört hatte.

Wenig später machten sie sich alle hungrig über die Suppe her. Magda hatte einen Laib Brot gekauft, und Magdalena nahm sich eine Scheibe, um damit die letzten Reste in ihrer Schale aufzutunken. Sie merkte, wie ihre Kräfte langsam zurückkehrten. Sie erzählte ihren Kindern, was ihr auf der Reise und anschließend auch in Frankfurt widerfahren war. Besonders Georg unterbrach sie immer wieder mit neuen Fragen und wollte Genaueres über die Verkäufe und die Buchhändler erfahren. »Ihr habt auch mit Buchhändlern aus Augsburg gesprochen? Wenn wir in der Reichsstadt wieder Bücher verkaufen könnten, wäre das viel wert.«

Magdalena lehnte sich auf ihrem Stuhl zurück. »Ja, und ich dachte mir, dass du dort hinfahren könntest, um die bestellten Bücher persönlich abzuliefern. Danach könntest du dich auch noch bei anderen Buchhändlern umsehen, die unsere Bücher vielleicht ebenfalls anbieten möchten.«

Georgs Augen begannen zu leuchten. »Ich soll nach Augsburg fahren? Wann? Schon bald?« Seine Stimme überschlug sich fast vor Begeisterung.

»Je früher, desto besser. Am besten noch vor den ersten Herbststürmen.«

Ihr Sohn nickte eifrig. »Und was ist mit den beiden Büchern von Truber?« – »Für die paar Tage werden Oswald und ich dich schon ersetzen können«, versicherte ihm Magdalena, der es viel lieber war, nach dem anstrengenden Messebesuch vorerst zu Hause bleiben zu können.

Aus dem Augenwinkel heraus sah sie, wie Oswald aufstand. Er ging zum Kessel, um sich noch etwas Suppe zu holen, blieb dann aber stehen. »Nun da Ihr zurückgekehrt seid, Mutter, müssen wir über den Umzug nach Tübingen sprechen. Wir haben inzwischen erfahren, dass die Universität im nächsten Frühjahr wieder vor Ort sein möchte.« – »Kann das nicht bis morgen warten?«, entgegnete sie müde. Aber er setzte sich nicht wieder hin. Sie seufzte tief. »Gut. Ich werde Nikodemus schreiben und ihn fragen, ob das stimmt. Du weißt doch, es hat diesbezüglich schon mehrmals Gerüchte gegeben. Wir sollten aber ganz sicher sein, was den Umzug der Universität betrifft.«

Starr blickte Oswald sie eine Weile an, bevor er ihr antwortete. »Und wenn es stimmt, dürfen wir nicht länger warten. Wir müssen allerhand Vorbereitungen für den Umzug treffen. Unsere Presse zu transportieren wird nicht leicht werden. Und wenn wir im Frühjahr wieder einsatzbereit sein wollen, müssen wir spätestens nach dem Christfest Reutlingen verlassen.«

Kapitel 12

Bartholomäus war nun schon seit mehreren Wochen in Calw und gab sich als Kaufmann aus, der vor allem mit Tuch handelte. Es war unfassbar, dass diese Universität der Stolz des Herzogtums Württemberg sein sollte. Die Professoren waren zwar überhastet zu Beginn des Jahres 1555 aus Tübingen hierher geflohen. Aber sie hatten wohl angenommen, nur für ein paar Monate in der Stadt bleiben zu müssen, und dabei den Ausbruch und das heftige Wüten der Pest gänzlich falsch eingeschätzt. *Was sind das nur für Stümper!* Und dieser hochgelobte Professor Fuchs schien auch jetzt keinen blassen Schimmer zu haben, wie lange es noch dauern würde, bis sie zurückkehren konnten. Daher hatten die Gelehrten in Calw nur einen Grundbestand an Büchern zu ihrer Verfügung, für einen größeren waren die Unterkünfte, in denen unterrichtet wurde, nicht geeignet. Auch beklagten sich viele Studenten über die einfachen Schlafstätten. So manch adeliger Academist hatte deshalb schon lauthals seinem Ärger Luft gemacht, andere waren deswegen auch bereits an eine andere Universität gewechselt.

Bartholomäus nahm dies alles mit Genugtuung zur Kenntnis. Sein Auftrag war es schließlich, im Land des Feindes die Reformen dieser Ketzer aufzuhalten. Denn je besser der angebliche »neue Glaube« sich durch Gesetzeswerke in der Bevölkerung verfestigte, umso schwieriger würde es sein, ihn ein für alle Mal wieder auszurotten. Und genau dafür war Bartholomäus gesandt worden. Die Reformen des Herzogs wurden in vielen Fällen in enger Zusammenarbeit mit den Gelehrten an der Universität vorbereitet. Wenn er jedoch genug Intrigen spinnen konnte, würde sich die Ausarbeitung der Gesetze in die Länge ziehen, im günstigsten Falle sogar niemals zu Ende kommen. Bartholomäus hatte schon verschiedene Schwachstellen bei der reformatorischen Bewegung entdeckt, von der Konzipierung der Gesetze und ihrer Überarbeitung bis hin zur anschließenden Verbreitung durch den Buchdruck. Er konnte die Weiterentwicklung des neuen Glaubens auf verschiedene Weise behindern, nur musste er sich zuvor überlegen, welche Ansatzpunkte dafür die vielversprechendsten waren.

Als Bartholomäus ursprünglich von seinem Auftrag erfahren hatte, war er zunächst enttäuscht gewesen, weil er nun keine Ketzer mehr brennen sehen würde. Zumal nur auf dem Scheiterhaufen das Gift des Protestantismus seiner Meinung nach endgültig aus dem Körper des Volkes entfernt werden konnte.

Dann allerdings war ihm die Raffinesse dieser veränderten Vorgehensweise bewusst geworden. Nun würde er nicht mehr einzelne Ketzer auslöschen, sondern ein ganzes Land reinigen. Was wäre das für ein Erfolg! Ins Herzogtum Württemberg war er allein entsandt worden, hatte aber gehört, dass in den benachbarten Reichsstädten auch andere katholische Ausspäher verdeckt aktiv waren. Zusammen würden sie das gesamte Reich von dem falschen Gedankengut der Protestanten befreien. Dann hätte ein für alle Mal der rechte Glaube gesiegt! Um seinen Auftrag auszuführen, brauchte Bartholomäus aber zuallererst ein paar Handlanger, die ihm willig dienten. Er hatte auch schon eine Idee, wie er an diese kommen könnte.

Am späten Vormittag machte er sich auf den Weg in seine Unterkunft. In dieser hatte ihm ein anderer Tuchhändler einen Raum vermietet, in welchen er sogar einen Schreibtisch und zwei Schemel für Bartholomäus hatte stellen lassen. Dort würde er nun seine Gäste empfangen. Er brauchte nicht lange zu warten, und die beiden Studenten traten in seine Kammer. Ihre ausgebesserte Kleidung zeigte ihm auf einen Blick, dass sie aus einfachen Verhältnissen stammten. Mit ihnen würde er, wie gewohnt, leichtes Spiel haben. Der eine, Michel, war groß und hatte keine Haare mehr auf dem Kopf. Stattdessen war seine Kopfhaut mit Ausschlag und Schorf bedeckt. *Kopfgrind,* vermutete Bartholomäus nun bei sich und schätzte Michel auf dreizehn Jahre. Der andere, Karl, war unauffällig, klein und nicht viel älter.

»Setzt euch doch bitte«, sagte Bartholomäus sanft. »Ich habe heute Morgen von einem meiner Diener erfahren, dass euch ein wertvolles Buch abhandengekommen ist, welches ihr von der Universität ausgeliehen habt, um eine eigene Abschrift zu erstellen«, begann er ohne weitere Umschweife.

Die beiden sahen sich kurz an. »Wer behauptet das?«, fragte Karl. Bartholomäus spürte sofort, dass dessen Selbstsicherheit nur aufgesetzt war. Michel hatte indes seine Augen niedergeschlagen, was für Bartholomäus einem Schuldeingeständnis gleichkam.

»Mein Gehilfe hat gehört, wie ihr euch über die Sache unterhalten habt.«

»Aber, wir haben uns doch gar nicht …«, fing Karl an. Dann dämmerte es ihm. Mehr an sich selbst als an Bartholomäus gewandt, murmelte er: »Stimmt. Heute Morgen. Aber wir waren allein …«

Bartholomäus zog die Augenbrauen hoch. »Augenscheinlich wart ihr es nicht. Aber sorgt euch nicht, ich möchte euch helfen, denn ihr wisst doch, welch hohe Strafe auf den Diebstahl von Universitätseigentum steht. Nicht nur, dass ihr das Buch ersetzen müsst. Euch droht auch für mehrere Tage der Karzer.« Vor dem Karzer fürchteten sich so gut wie alle Studenten, das hatte Bartholomäus bereits in Erfahrung gebracht. Als er sich diesen einmal näher angesehen hatte, war ihm aufgefallen, dass der in Calw um einiges unangenehmer war als die üblichen Karzer, in denen kaum Ratten hausten und die weitaus weniger feucht und zugig waren.

Die Studenten tauschten entsetzte Blicke aus. »Aber …«, begann Michel, »wir haben doch nichts gestohlen. Wir hatten das Buch in unserer Kammer, und die haben wir gut abgeschlossen …«

Karl unterbrach ihn. »Aber als wir zurückkamen und die Kammer aufschlossen, war das Buch weg. Es war einfach verschwunden. Aus einer verschlossenen Kammer.« Er schüttelte den Kopf. »Es muss uns jemand bestohlen haben.«

Bartholomäus sah ihn durchdringend an. Dann sagte er langsam: »Das wird euch keiner glauben. Wer soll denn in eure abgeschlossene Kammer eingedrungen sein? Es wird nicht lange dauern, und dann wird euch der Senat zu sich rufen. Dem müsst ihr Rede und Antwort stehen. Auch eure Erklärung, unter welchen Umständen das Buch verschwunden ist, wird niemand zufriedenstellen.«

»Aber wenn es doch die Wahrheit ist«, entgegnete Karl verzweifelt.

Bartholomäus nickte verständnisvoll. »Schon, aber es nützt euch doch nichts, wenn ich euch glaube, der Senat jedoch nicht«, meinte er dann. Nach einigem Nachdenken fügte er hinzu: »Ich hätte allerdings einen Einfall, wie ich euch aus dieser misslichen Lage heraushelfen könnte.« Er sah sie aufmunternd an.

»Noch ist nicht bekannt geworden, dass ihr das Buch nicht mehr besitzt. Ihr selbst könnt allerdings keine Nachfragen anstellen, ohne Aufmerksamkeit zu erregen. Daher werde ich dies für euch übernehmen und dabei unauffällig vorgehen.«

Auf den Gesichtern der beiden Studenten spiegelte sich Erleichterung, aber auch Skepsis. »Warum wollt Ihr uns helfen?«

»Auch ich stamme aus einfachen Verhältnissen und habe dank eines Stipendiums an einer Universität studieren können, bevor ich meinen Handel aufgebaut habe. Während meines Studiums war ich fast immer allein unter vielen Adeligen und reichen Bürgersöhnen, die mir gerne etwas anlasteten, was ich nicht getan hatte. Das war leidvoll. Nun befinde ich mich in einer Lage, in der ich ein solches Unrecht verhindern kann. Wer weiß, welcher Adelssohn es auf euch abgesehen hat.«

Bartholomäus sah, dass die Studenten seinen Lügen, ohne zu zögern, Glauben schenkten, und musste sich ein Grinsen verkneifen. Denn in Wahrheit war es genau andersherum gewesen. Er hatte die armen Schlucker während seiner Studentenzeit immer gern vorgeführt. Schon damals hatte es ihm großes Vergnügen bereitet, seinen Mitstudenten von niederer Geburt ihre Grenzen aufzuzeigen. Und jetzt mimte er deren Beschützer, ohne auch nur den geringsten Verdacht zu erregen.

Karl und Michel ahnten von alldem nicht das Geringste. Inzwischen sahen sie ihn sogar dankbar an. Ihre anfängliche Skepsis hatte sich in Erleichterung und Zuversicht verwandelt.

»Ich lasse es euch wissen, sobald ich etwas herausgefunden habe«, lächelte er sie an und entließ sie mit diesen Worten. Dann lachte er leise, denn das Buch war schon längst in seinem Besitz. Er selbst hatte es gestohlen. Geschlossene Türen, zumal in privaten Wohnhäusern, stellten für ihn schon lange kein Hindernis mehr dar. Bartholomäus dachte an das gebogene Werkzeug, mit dem er problemlos so gut wie alle Schlösser öffnen konnte. Es hatte ihm schon häufig gute Dienste geleistet, und die beiden Studenten waren von ihm bereits vor einiger Zeit als Opfer ausgesucht und länger beobachtet worden. Vor allem der mit dem Ausschlag wurde von vielen wie ein Aussätziger behandelt und wäre daher sicherlich besonders gefügig. Also hatte Bartholomäus in Abwesenheit der beiden Studenten ihre Kammer durchsucht. Als er dabei auf das Buch gestoßen war, welches sie abschrieben, hatte er darin ein gutes Druckmittel gesehen und es kurzerhand mitgenommen. Und nachdem sie ihm gerade seine Darstellung des Geschehens abgekauft hatten, hatte er nun zwei willige Gehilfen gefunden, die er für seine Zwecke gebrauchen konnte. Hatte er es doch gewusst: ein leichtes Spiel. Dass die beiden ihn verdächtigen würden, hielt er für ausgeschlossen, dafür waren sie einfach nicht schlau genug.

Kapitel 13

JANUAR 1556

Der Karren rumpelte laut über die sich windende Straße. Es war ein einfacher Wagen, auf dem die schwergewichtige Druckerpresse befördert wurde, und die alten Ochsen, die ihn zogen, schnauften vernehmlich ob der Last, die sie zu ziehen hatten. Die Morharts mussten daher öfters eine Pause einlegen, damit sich die Tiere erholen konnten. Von Zeit zu Zeit warf Oswald einen besorgten Blick auf die beiden Hinterräder. Sie hatten am Morgen schon viel Zeit verloren, weil sie eines der beiden Räder austauschen und ihr einziges Ersatzrad verwenden mussten. Der Wagen war eigentlich viel zu schwer beladen mit ihrer Druckerpresse samt ihren Habseligkeiten. Der Fuhrmann hatte ihnen zu Recht zu einem größeren Wagen geraten, aber das hätte ihren Umzug noch einmal verzögert. Denn größere Wagen waren über das ganze Jahr hinweg nicht leicht zu bekommen, und schon gar nicht, wenn sie zeitnah gebraucht wurden. Aber Oswald hatte seiner Mutter wegen des Umzugs keine Ruhe mehr gelassen, und nachdem ihnen Nikodemus auf ihre Anfrage hin bestätigt hatte, dass die Universität im März nach Tübingen zurückkommen würde, hatte Magdalena dem Drängen ihres Ältesten schließlich nachgegeben. Der Wagen quietschte und knarrte, als die Räder sich durch ein größeres Loch quälten. Auch Magdalena beunruhigte dieses Geräusch nun zunehmend. Hoffentlich hielten die Räder noch die letzte Stunde durch. In der Ferne zeichneten sich bereits die Türme der Stiftskirche und die von Schloss Hohentübingen ab. Bald hätten sie es geschafft. Allerdings wunderte es Magdalena, dass sie bisher kaum Leuten begegnet waren, die ebenfalls nach Tübingen aufgebrochen waren. Die Stadt lag ungewöhnlich ruhig vor ihnen.

»Mutter, glaubt Ihr, Fräulein Pfote hat die letzten Monate gut überstanden?«, wurde Magdalena von ihrer Tochter aus ihren trüben Gedanken gerissen. Sie blickte sich kurz zu ihr um. »Das hat sie bestimmt«, sagte Magdalena, ohne groß darüber nachzudenken. Um die Katze machte sie sich gerade die wenigsten Sorgen. Doch als sie merkte, dass sie ihre Tochter mit diesen Worten keineswegs beruhigt hatte, trat sie neben sie und legte ihr, so gut es ihrer beider Gepäck erlaubte, den Arm um die Schulter.

»Sie wartet bestimmt schon auf uns«, sagte Magdalena etwas sanfter und hoffte, Magda damit aufzumuntern, die, je länger der Aufenthalt der Familie in Reutlingen dauerte, immer größere Zweifel daran gehegt hatte, dass sie Fräulein Pfote lebend wiedersehen würde.

»Ich hoffe, wir sind in der nächsten Stunde endlich da!«, rief Georg. »Ich habe gewaltigen Hunger.«

»Und ich könnte ein ganzes Wildschwein verdrücken«, versuchte Moritz, einen Witz zu machen. Doch in seiner Stimme lag die gleiche Müdigkeit, die Magdalena auch in den Gesichtern ihrer anderen Söhne sah. Sie trugen alle viel Gepäck, weswegen sie am Nachmittag noch viel langsamer vorangekommen waren als am Morgen. Doch es beklagte sich keiner, und Oswald ging sogar ein paar Schritte vor dem Wagen, als könne er es kaum mehr erwarten, wieder in die Universitätsstadt zurückzukehren.

Magdalena dachte daran, wie sie die Druckerei zuletzt gesehen hatte. Sie hatten einen Teil der Einrichtung in ihrem von außen und innen verbarrikadierten Haus zurückgelassen und auch eine Reihe von Vorräten im Innenhof vergraben, sodass sie nun mit etwas Glück schon bald wieder ihr altes Leben fortsetzen könnten. Günstigerweise verfügten sie dank der weiteren Aufträge von Truber zudem wieder über mehr Geld, sodass sie sogar einige

Zeit ohne neue Druckaufträge überleben würden, sollten widrige Umstände auf sie zukommen. Trotz der anstrengenden Reise, die sich nun ihrem Ende zuneigte, und all der Sorgen, die sie sich machte, verspürte Magdalena auch Erleichterung. Endlich war sie wieder in ihrer Heimat! Doch ihre Heiterkeit nahm mit jedem Schritt, den sie sich der Stadtmauer näherten, ab.

Die einst so reich bestellten Felder in der Nähe der Stadtmauer lagen brach oder waren von kniehohem Unkraut überwuchert. Dazwischen verstreut lagen abgebrannte Bauernhöfe. Einige der ehemals großen Ställe waren sogar völlig verschwunden und auf keinem der Felder auch nur ein einziges Tier zu sehen – ein trostloser Anblick, so weit das Auge reichte. Magdalena bereitete sich innerlich auf das Schlimmste vor, und auch ihre Kinder waren verstummt. Unterbrochen wurde die Stille nur gelegentlich von den Rufen des Fuhrmanns, der die Ochsen antrieb.

Als sie endlich am Stadttor angekommen waren, wurden sie von zwei Männern der Stadtwache angehalten. Der eine war ein kleiner Bursche mit struppigen Haaren und großer Nase. Unruhig hielt er seine Büchse in der Hand und wusste wohl nicht so recht, wie er sich verhalten sollte. Er schien diesen Posten noch nicht lange innezuhaben. Daher sah er mehrere Male Hilfe suchend zu dem anderen Wachposten hinüber. Dieser war nicht viel älter als er, mit einem leichten Oberlippenflaum. Doch er stand breitbeinig da und hielt stolz seine Büchse, obwohl ihm sein Leibrock viel zu groß war.

Magdalena vermutete, dass sich unter den Pesttoten auch viele Männer der Stadtwache befunden hatten und man daher nun jeden aufnahm, der sich auch nur ansatzweise dafür eignete. »Was wollt Ihr in der Stadt?«, fragte der Größere der beiden barsch. Abschätzig musterte er sie, ihre Kinder und dann zuletzt den vollbeladenen Wagen. »Für fahrendes Volk gibt es hier keinen Platz«, fügte er knapp hinzu und legte drohend eine Hand an die

Büchse. Der Kleinere tat es ihm sofort gleich. *Anscheinend hat man dir nicht beigebracht, wie man heimkehrende Einwohner respektvoll behandelt,* dachte Magdalena, ließ sich jedoch nichts anmerken.

Ganz im Gegensatz zu Oswald, der dies sofort als Provokation auffasste. Er warf einen kurzen Blick zu Georg, und als der ihm zunickte, gingen die beiden Brüder auf die Stadtwache zu. Moritz wollte seinen Brüdern folgen, doch Magdalena hielt ihn zurück, als er an ihr vorbeigehen wollte.

»Ihr wisst wohl nicht, wen ihr vor euch habt. Das ist die Druckherrin Magdalena Morhart aus Tübingen, wohnhaft in der Burgsteige. Wir drucken für die Universität und die Regierung. Also lasst uns gefälligst durch!« Magdalena war verwundert, wie gereizt Oswald auftrat. Den ganzen Tag über war er recht wortkarg gewesen, und Magdalena hatte angenommen, dass er seinen Gedanken nachhing, weil ihn irgendetwas beschäftigte. Doch nun wurde ihr klar, dass er verärgert war. Dabei hatte er doch seit Wochen auf die Rückkehr nach Tübingen gedrängt.

Flüchtig warf der größere Wachmann einen Blick auf Magdalena, zeigte sich aber unbeeindruckt und wandte sich dann wieder Oswald zu. »Nicht so schnell«, schnauzte er wichtigtuerisch. »Ihr müsst zuerst Euer Wegegeld entrichten.« Der kleinere zeigte auf eine Truhe mit Schlitz, die auf dem Boden stand und angekettet war.

»So ein Unsinn. Als Universitätsangehörige brauchen wir nichts zu bezahlen. Und jetzt lasst uns endlich durch.« Oswald ging drohend einen weiteren Schritt auf die beiden Männer der Stadtwache zu. Es wäre sicherlich zu einer Schlägerei gekommen, wenn Magdalena nicht dazwischengegangen wäre.

»Hat man euch denn nicht gesagt, dass wir als Universitätsangehörige vom Wegegeld befreit sind?« Sie bemühte sich um einen versöhnlichen Tonfall, während sie sich vor Oswald stellte, da sie befürchtete, dass er sonst doch noch handgreiflich werden könnte, aber da meldete sich unerwarteterweise der Kleinere der beiden zu Wort, den der Streit sichtlich beunruhigte.

»Aber die Uni…, Univer…, Universität ist doch weg«, quietschte er und sah wieder aufgeregt zum anderen Wachmann. Der grinste frech, nickte und machte eine Geste, die bedeutete, dass man nun Geld erwartete. Magdalena machte jedoch keine Anstalten, ihm Münzen zu geben. »Ich hörte, die Universität wird dieser Tage ebenfalls zurückkommen, sodass hier nun wieder das Universitätsrecht gilt.«

»Sie ist aber noch nicht da. Und das Recht gilt somit nicht«, gab der Große knapp zurück.

»Aber wann erwartet ihr denn die Professoren zurück? Sie müssen doch bald kommen, wenn sie zum neuen Semester hier sein wollen.«

»Was weiß denn ich? Sie sind jedenfalls nicht da. Her mit dem Geld.«

Den letzten Satz richtete er an Oswald, der ihn immer noch wütend anfunkelte.

»Georg, Oswald, könnt ihr mir das Geld vom Wagen holen?«, sagte Magdalena, weil sie wusste, dass es keinen Sinn hatte, sich weiter zu widersetzen. Nachdem sie das Wegegeld gezahlt hatte, hörte Magdalena die beiden Wachmänner sogar noch feixen, als sie bereits mit knurrendem Magen den Weg zur Burgsteige einschlugen.

Die kleine Gruppe setzte ihren Weg in die Oberstadt fort. Die einst so stolze, gepflegte Stadt war nicht mehr wiederzuerkennen. Ganze Häuserzeilen waren nun Ruinen. Die Wände waren zum Teil bis auf die Grundmauern abgerissen, Holzsplitter lagen überall auf dem Boden, und Glas war aus den Fenstern gebrochen worden. Was bewachte die Stadtwache eigentlich noch? Vereinzelt tauchten einige Gestalten auf, verschwanden jedoch so schnell wieder, wie sie gekommen waren, wortlos und stumm. Die Stille, die überall um sie herum herrschte, war ungewöhnlich und fast schon unheimlich.

Neben den inzwischen sehr erschöpften Ochsen ging ein nicht minder erschöpfter Fuhrmann, der aufmunternde Worte vor sich hin murmelte. »Na komm. Lass dich nicht hängen. Wir haben es gleich geschafft.« Ob sie ihm selbst oder den Tieren galten, war schwer zu sagen.

Hinter ihm gingen zu beiden Seiten des Fuhrwerks Magdalenas Söhne, die kein Wort mehr sprachen. Die Auseinandersetzung mit der Stadtwache beschäftigte sie wohl noch immer. Moritz schlurfte nur noch vor sich hin und schob seine Hände des Öfteren unter die Riemen der Kiepe auf seinem Rücken, deren Gewicht ihn immer mehr niederzudrücken schien. Als Letzte, hinter dem Fuhrwerk, gingen Magdalena und ihre Tochter. Die Druckerin hatte es sich nicht nehmen lassen, den Abschluss zu bilden, um ein wachsames Auge auf die kleine Gruppe haben zu können.

Magda wollte gerade etwas sagen, als sie sich plötzlich die Hand vor Mund und Nase hielt. »Was für ein entsetzlicher Gestank!« Auch Magdalena verspürte plötzlich Brechreiz. Am Rand der stark beschädigten Straße sahen sie eine Gruppe Männer, die, jeweils mit Tüchern vor Mund und Nase, einen Stapel toter Tiere auf einen Wagen lud. Die Kadaver waren schon stark verwest, und es umgab sie eine Unmenge von Fliegen. Die Männer wollten sie augenscheinlich zu einer offenen Feuerstelle bringen, um sie dort zu verbrennen. Aber das war nicht der einzige entsetzliche Anblick, der sich den Rückkehrern bot.

Als sie zum unteren Ende der Burgsteige kamen, erkannten sie das volle Ausmaß der Zerstörung. Schon bei ihrer Abreise vor fast einem Jahr hatten dort die Plünderer gewütet, doch in der Oberstadt waren die Häuser besser gesichert gewesen, weswegen bis dahin viele verschont geblieben waren. Das hatte sich nun geändert. Zwar stand ein Großteil der Häuser noch, doch auch sie waren nun stark beschädigt. Türen und Fenster waren mit brutaler Gewalt eingeschlagen worden, Fensterläden aus den Verankerungen gerissen und lagen nun vor den Häusern oder waren woanders hingebracht worden.

Die ganze Burgsteige war voller Unrat, sodass sich die Morharts gegen den Gestank die Arme vor die Nase halten mussten. Langsam zogen sie mit dem Wagen die Burgsteige hinauf. Sie mussten immer wieder stehen bleiben, weil sie oder die Ochsen öfters im Dreck ausrutschten oder weil sie Gegenstände zur Seite räumen mussten. Wenn Magdalena jedoch gedacht hatte, das Schlimmste schon gesehen zu haben, hatte sie sich getäuscht. Oswald war der Erste, dem ein Schreckensschrei entfuhr, als er um die letzte Biegung kam, hinter der man nun die Druckerei sehen konnte.

»O nein! Das darf nicht wahr sein!« Der Tonfall seiner Stimme ließ Magdalena erschaudern.

Kapitel 14

Magdalena lief, so schnell es der glitschige Untergrund erlaubte, zu ihrem Sohn. Nun sah sie mit eigenen Augen, was ihm den Schrei entlockt hatte. Von der Druckerei war nicht mehr viel übrig geblieben. Nur noch die Mauern standen, und das auch nur mehr oder weniger. Die Bretter, die sie vor Fenster und Türen angebracht hatten, waren mit großer Gewalt entfernt worden, die sogar deutlich sichtbare Schäden an den Steinen hinterlassen hatte. Und auch die äußerst sorgfältig errichteten Barrikaden hatten der Zerstörungswut der Eindringlinge nicht standhalten können. Die Fenster waren alle eingeschlagen, zum Teil sogar die Rahmen herausgebrochen worden. Der Eingang war völlig zerstört. Nur noch die verbogenen eisernen Angeln wiesen darauf hin, dass sich hier einmal eine große, stattliche Eichentür befunden hatte. Wo sich diese befand, war allerdings ein Rätsel. Magda trat neben ihre Mutter. Ihr Gesicht war kreidebleich. In ihren weit aufgerissenen Augen spiegelte sich das Entsetzen, das auch Magdalena empfand. Langsam deutete das Mädchen nach oben zur Spitze des Hauses. Magdalena folgte ihrem ausgestreckten Arm und sah, dass das Giebeldach fast vollkommen zerstört war. Große Teile davon fehlten, wahrscheinlich waren die Balken ab- und in andere Häuser weggetragen und dort verbrannt worden.

Oswald löste sich schließlich aus seiner Starre und lief, so schnell es ging, in die Druckerei. Die anderen folgten ihm zögernd, vor allem Magdalena, die immer noch nicht fassen konnte, wie schlimm ihre Druckerei aussah. Im Inneren des Hauses bot sich ihnen kein wesentlich besserer Anblick als von außen. Alles war kahl und leer. Das Regal im Ladenbereich, auf dem die Bücher normalerweise lagerten, war zerhackt worden; wo der Verkaufstisch gestanden hatte, befanden sich nur noch Holzüberreste. Der Vorhang zum Produktionsraum war herausgerissen worden. In der Feuerstelle konnte man noch ein paar letzte Fetzen von ihm erkennen. Offensichtlich war er neben dem Holz des Regals und des Tisches ebenfalls zum Heizen verwendet worden.

Doch den schlimmsten Anblick bot die Presse, die sie in der Druckerei zurückgelassen hatten. Von dem großen hölzernen Ungetüm war kaum etwas übrig geblieben. Der obere Teil war gänzlich verschwunden, der Bengel fehlte, die Füße waren abgehackt worden. Nur noch der Schlitten war halbwegs ganz, wahrscheinlich weil er hauptsächlich aus Metall bestand und nicht als Feuerholz genutzt werden konnte. Selbst die Setzkästen waren achtlos ausgeleert worden, um sie zu verbrennen. Die metallenen Lettern lagen verstreut auf dem Boden um den traurigen Rest der Presse herum.

Magdalena kämpfte mit den Tränen. Die Druckerei, die ihren Lebensunterhalt sichern sollte, war vollkommen zerstört. Oswald trat näher an die Lettern heran, die normalerweise fein säuberlich voneinander getrennt in die kleinen Fächer der Setzkästen einsortiert waren. Zuerst klaubte er nur ein, zwei Buchstaben vom Boden auf und musterte sie aufmerksam. Hier und da waren Ecken herausgebrochen, womit sie sich nicht mehr zum Drucken eigneten. Danach nahm er eine Handvoll auf und untersuchte mehrere Lettern eingehend. Das gleiche Bild. Da packte ihn die Verzweiflung, und er schleuderte die Lettern gegen die Wand. Seine Schwester, die neben ihm stand, zuckte zusammen und sah ihn erschrocken an.

»Kaputt. Unbrauchbar. Das gesamte Material ist hin!«, fluchte er und trat voller Wut gegen die Überreste der Presse.

Georg näherte sich langsam seinem Bruder und legte ihm vorsichtig eine Hand auf die Schulter. Oswald drehte sich ruckartig zu ihm um.

»Wir hätten die Druckerei niemals für einen so langen Zeitraum aufgeben dürfen. Fast ein ganzes Jahr!«, schimpfte er.

»Wir hatten sie doch gut gesichert. Mehr konnten wir nicht tun!«, versuchte Georg, ihn zu beruhigen. »Und schließlich haben wir doch noch die zweite Presse, die wir aus Reutlingen mitgebracht haben, und einen Setzkasten voll Lettern.«

Doch Oswald ging nicht darauf ein, sondern schritt wütend auf Magdalena zu. »Wir hätten viel früher nach Tübingen zurückkommen müssen. Aber Ihr hattet immer Eure Befürchtungen. Nun stehen wir vor dem Nichts!« Er streckte den Zeigefinger aus und deutete anklagend auf seine Mutter.

Magdalena stand sprachlos da und sah aus dem Augenwinkel, dass sich Magda und Moritz besorgte Blicke zuwarfen.

Dann antwortete sie ihm mit möglichst ruhiger Stimme. »Wir hatten keine andere Wahl. Wenn wir früher zurückgekehrt wären, hätten wir uns an der Pest angesteckt und wären nun alle tot.«

»Wir hätten uns doch genauso wie letztes Jahr wieder hier in der Druckerei von den anderen Menschen absondern können. Schließlich haben wir die Zeit damals gut überstanden.«

»Selbst wenn wir uns nicht angesteckt hätten, woher hätten wir genug zu essen bekommen? Die meisten Händler waren doch bereits vor uns fort! Und was meinst du, was diese Plünderer mit uns gemacht hätten, wenn wir hiergeblieben wären?«

»Woher wollt Ihr das denn wissen? Das sind doch wieder nur weitere Vermutungen von Euch.«

»Sieh dich doch einmal um. Alles, was brennbar war, wurde von den Leuten zum Feuermachen benutzt, die hier wahrscheinlich wochenlang gewohnt haben. Als das Holz ausging, haben sie sogar den Vorhang verbrannt. Das waren Hilfe suchende Menschen, die sich in der Druckerei verschanzt haben.«

»Wahrscheinlich sind sie gekommen, nachdem die Plünderer

alles aufgebrochen hatten«, schlussfolgerte Georg nun und versuchte, möglichst versöhnlich zu klingen.

Doch nun brauste Magdalena plötzlich auf. »Wir können von Glück sprechen, dass wir hier niemand mehr angetroffen haben. Die Leute hätten ihre neue Bleibe mit dem Mut der Verzweiflung verteidigt. Auch das hätte uns umbringen können! Wir haben also Glück im Unglück.«

Sie sah noch immer Ärger in Oswalds Augen. Da schaltete sich wieder Georg ein. »Das Hab und Gut, das wir aus Reutlingen mitgebracht haben, macht uns wenigstens halbwegs einsatzbereit. Natürlich haben wir hier vorerst alle Materialien verloren. Aber wir können drucken. Wenn auch nur langsam. Und wir haben endlich wieder einen richtigen Trockenraum. Unsere Bücher werden nicht mehr so schnell schimmeln wie bisher«, versuchte er, der Lage wenigstens etwas Gutes abzugewinnen.

»O Gott, der Trockenraum. Die Schlafräume!«, stieß Magdalena hervor. Die hatte sie ganz vergessen. Sie drehte sich, so schnell es ihre müden Glieder zuließen, um und rannte auf die Stiege zu. In allen Schlafkammern waren die Türen verschwunden. Auch die Strohsäcke, auf denen sie normalerweise schliefen, waren nicht mehr da. Nur noch einige Strohhalme lagen auf dem nackten Boden. Der Tisch im Trockenraum war ebenfalls entwendet oder verbrannt worden. Selbst die Leinen, an die die gedruckten Bogen üblicherweise gehängt wurden, waren nicht mehr an ihrem Platz. In der Dachkammer im zweiten Obergeschoss, wo einst die Lehrlinge gewohnt hatten, bot sich ihnen ein ähnlicher Anblick.

Inzwischen war Oswald wieder stiller geworden. Es schien ihm einzuleuchten, dass seine Mutter nicht ganz unrecht hatte. Aber die Lage war nun äußerst ernst. Als sie alle wieder im Produktionsraum zusammenstanden, sagte Magdalena in die Runde: »Es ist müßig, sich noch länger darüber zu streiten, ob wir besser früher zurückgekommen wären oder nicht. Wir müssen nun nach vorne blicken und uns überlegen, was wir als Erstes tun müssen. Nach dem langen heutigen Tag brauchen wir zunächst etwas zu essen. Danach werden wir etwas Platz schaffen, damit wir unser Gepäck aus Reutlingen abladen und ins Haus bringen können. Georg, Oswald und Moritz, ihr räumt auf und kümmert euch danach um das Gepäck. Magda, du kommst mit mir.«

Obwohl Oswald immer noch verärgert war, ließ er es dabei bewenden und half seinen Brüdern. Magdalena war währenddessen in den Innenhof gegangen und stellte dort zu ihrer Erleichterung fest, dass der Brunnen wenigstens noch benutzbar war. Dann orientierte sie sich von ihm ausgehend nach Süden, machte drei große Schritte und bedeutete Magda schließlich, dort mit ihr zusammen die Erde aufzuscharren. Nachdem die Erde so locker war, dass sie sie mit den Händen ausheben konnten, fand Magdalena schnell, wonach sie gesucht hatte. Ihre Finger zogen an einem kleinen metallenen Gegenstand. Es war die Schaufel, die Magdalena noch vor ihrer Flucht nach Reutlingen hier vergraben hatte. Mithilfe der Schaufel drang sie nun zu dem Versteck vor, das noch tiefer in die Erde eingelassen worden war. Darin befanden sich mehrere Tonkrüge gefüllt mit Mehl, getrockneten Zwiebeln, Kohl, Äpfeln, Schwarzwurzeln, Pastinaken, Rüben und Möhren. Magdalena sandte ein Stoßgebet zum Himmel und dankte dem Herrgott dafür, dass alles, was sie an Viktualien vergraben hatte, noch immer vorhanden und vor allem nicht verdorben war. Zumindest würden sie nicht verhungern müssen. Die Vorräte würden zwar keine Festmähler ergeben, aber für die nächste Zeit ihre Mägen füllen.

Nachdem das erste Mahl gekocht war und die jungen Männer alles ins Haus gebracht hatten, fielen sie hungrig über die Mehlsuppe her. Magdalena zerschnitt einen getrockneten Apfel und teilte ihn unter den Kindern auf. Keiner sprach ein Wort. Danach schoben sie vorsorglich ihre Reisetruhe direkt vor den Eingang mit seiner nun nicht mehr vorhandenen Eichentür. Die stellte zwar nur ein unzureichendes Hindernis für einen Eindringling dar, vermittelte ihnen aber trotzdem ein gewisses Gefühl von Sicherheit. Zudem wollten ihre Söhne trotz ihrer Müdigkeit abwechselnd Wache halten. Obwohl auch das im Ernstfall kaum helfen würde, einem ungebetenen Besucher oder mehreren den Zutritt zum Haus zu verwehren, vertraute Magdalena darauf, dass schon nichts passieren würde. Die ganze Stadt hatte auf sie verlassen gewirkt, sodass sie annahm, dass fast alle Häuser vollständig geplündert worden waren, die Plünderer wahrscheinlich weitergezogen und Tübingen endgültig verlassen hatten.

Die Familie legte sich zum Schlafen im Produktionsraum auf den Boden nieder. Ohne Strohlager war es hier hart und kalt. Aber so müde, wie sie waren, war ihnen das egal. Kurz bevor sie einschlief, flüsterte Magda ihrer Mutter noch zaghaft zu: »Wie wird es nun weitergehen?«

Magdalena sah das Mädchen an und streichelte ihm zärtlich über das Haar. »Es wird sich schon alles fügen. Sorge dich nicht.« Doch so ganz war Magdalena von ihren eigenen Worten selbst nicht überzeugt.

Kapitel 15

Die folgenden Tage schufteten sie unermüdlich von morgens früh bis abends spät. Das Wichtigste war zunächst, das Haus wieder bewohnbar zu machen, da sich bereits die raue Seite des nahenden Winters zeigte und es sehr kalt war. Das hieß, dass die immensen Schäden zu reparieren und abhandengekommene Gegenstände zu ersetzen waren. Magdalena konnte zu überteuerten Preisen noch ein paar Strohsäcke und Decken erstehen, mit denen sie, wenn sie sich alle dicht nebeneinanderlegten, hinreichend den ersten Frösten trotzen konnten. Als deutlich schwieriger hingegen gestaltete sich, die Außenmauern auszubessern, Türen und Fenster neu einzusetzen und den teilweise kaputten Dachstuhl wieder instand zu setzen und neu zu decken.

Magdalena war sich bewusst, dass sie von alldem nur einen kleinen Teil selbst erledigen konnten und für die meisten Arbeiten Handwerker benötigten. Allerdings keimte in ihr Hoffnung auf, als sie nach ein paar Tagen von wandernden Handwerkern hörte, die in die Stadt kamen, um den Rückkehrern zu helfen, ihre Häuser wieder herzurichten. Die Zerstörungen waren natürlich nicht zu übersehen, aber ein Großteil der Häuser stand zumindest noch, und so konnte man immer häufiger in der ganzen Stadt lautes Hämmern und Rufen vernehmen. Schon nach ein paar Tagen konnten sie mit einem Zimmermann verhandeln, der sich bereit erklärte, für einen vergleichsweise geringen Geldbetrag die Reparaturen in der Druckerei durchzuführen. Dafür würde die Familie Morhart ihm Unterkunft und Verpflegung stellen. Ihre Vorräte neigten sich zwar bereits dem Ende zu, aber die Familie kam überein, dass die Reparaturen schnellstmöglich ausgeführt werden mussten.

Dazu räumten sie zunächst die aus den Wänden herausgebrochenen oder -geschlagenen Gesteinsbrocken aus dem Weg und beseitigten den Schmutz, der im ganzen Haus verteilt war. Es waren viele hölzerne Gegenstände mit ins Haus gebracht und dort verbrannt worden. In den Hinterlassenschaften fand sich auch sehr viel Unrat: Überreste von Tieren, die wohl verzehrt worden waren. Hörner, Knochen, Hufe. Magdalena entdeckte sogar einen menschlichen Zahn, der einem Bewohner ausgefallen sein musste. Jedenfalls hoffte sie das. Vielleicht war er ihm aber auch ausgeschlagen worden. Die Jungen sammelten die Steine ein und schichteten sie in der Ecke des Hofes zu Haufen auf. Vielleicht konnten sie sie noch für die Wiederherstellung des Mauerwerks verwenden. Magda beseitigte ihrerseits mit einem geborgten Reisigbesen den liegen gebliebenen Dreck und die Asche, die sich überall im Gebäude verteilt hatte.

»Als Nächstes werde ich versuchen, die Lettern zu sortieren!«, rief Georg mit schweißnassem Gesicht seiner Mutter zu, als er schließlich den letzten großen Stein in den Innenhof schleppte. Sie hatten die Lettern aus dem Produktionsraum zu denen im Lagerraum gelegt, die ebenfalls durcheinander auf dem Boden lagen. »Es sei denn, Ihr möchtet, dass ich einer anderen Aufgabe nachgehe, Mutter?«, fragte er Magdalena. Doch die winkte ab. »Nein. Du wirst von uns allen am wenigsten Zeit dafür benötigen.« Durch das Setzen, das er fast ganz allein in der Druckerei verrichtete, hatte er ein gutes Auge dafür bekommen, welche Buchstaben zu welchem Typensatz gehörten. Sie und Oswald täten sich dagegen sicherlich weit schwerer damit.

Als der Zimmermann schließlich eintraf, war der gröbste Unrat im und um das Haus herum bereits beseitigt, sodass er sich um die Fenster und Türen kümmern konnte. Obwohl er am Anfang recht wortkarg war, taute er nach einigen Tagen auf. Wenn sie nach dem Abendmahl zusammensaßen, erzählte er ihnen aus seinem Dorf, das etwa eine Tagesreise von Tübingen entfernt lag.

Als er gehört hatte, dass die Bewohner Tübingens nun nach und nach zurückkehrten, hatte auch er sich auf den Weg gemacht, da er in der Stadt auf Arbeit hoffte.

»Die Geschichten über die Pest und die Plünderer in Tübingen erzählt man sich überall. Es muss schlimm hier gewesen sein«, sagte er und blickte Magdalena an. Die nickte nur stumm und erinnerte sich an all die Monate, die sie noch in ihrem Haus ausgehalten hatten, bevor auch sie geflüchtet waren. Es lief ihr eiskalt über den Rücken.

»Wir hatten große Hilfe von einem Fuhrmann namens Hannes. Er ist aber spurlos verschwunden. Ihr habt nicht zufällig von ihm gehört oder ihn sogar gesehen?«, fragte Magdalena. Seit ihrer Rückkehr hatte sie viele Leute nach Hannes gefragt, aber keiner wusste, was aus ihm geworden war.

»Leider nein. Aber ich kann mich gerne umhören«, bot er an. Als er merkte, dass die Familie bei den Gedanken an die Pestzeit bedrückt schwieg, versuchte er, sie mit einem Lied aus seinem Dorf aufzuheitern.

Der Zimmermann schaffte es, schnell gute Beziehungen zu den hiesigen Holzarbeitern herzustellen und einen niedrigen Preis für das von ihm benötigte Material auszuhandeln. In nur einem Monat hatte er schließlich mithilfe der Familie die gröbsten Schäden in der Druckerei ausgebessert, neue Türen eingesetzt und auch bei der Wiederherstellung der Fenster ganze Arbeit geleistet. Dass die Wärme des Feuers im Produktionsraum nun nicht mehr durch die offenen Türen und Fenster entfleuchte, war spürbar. Auch im Inneren hatte der Zimmermann seine Aufgaben gut erledigt. Dank ihm waren die Schemel, das Regal im Verkaufsraum, der Verkaufstisch und der Esstisch neben der Feuerstelle rasch ersetzt worden. Nur was die Presse anging, konnte er nicht helfen, denn dafür hatte er nicht die passenden Werkzeuge. Zwar sah er sich immer wieder die andere Presse an und versuchte, sich an ihr zu orientieren. Aber so richtig wollte es ihm nicht gelingen. Er riet ihnen, die halb zerstörte zu verkaufen, damit sie Geld für weitere Reparaturen hatten.

Magdalena sorgte sich zudem, weil die Universität noch immer nicht in Tübingen war. Hoffentlich hatten sich deren Pläne bezüglich der Rückkehr nicht geändert! Der Druckerei fehlten nach wie vor ihre früheren wichtigsten Einnahmequellen. Zum einen die Aufträge der Professoren und Disputanten, zum anderen der Verkauf der Bücher an die Studenten. Damit blieben fast nur noch die Aufträge der württembergischen Regierung, die allerdings, auch schon in Reutlingen, nur noch wenige Manuskripte an sie geschickt hatte.

Insofern war sie erleichtert, dass Georg inzwischen guten Kontakt zu mehreren Buchhändlern hatte herstellen können. Er war, wie besprochen, gleich nachdem Magdalena von der Messe zurückgekehrt war, nach Augsburg gereist und hatte dort Geschäfte, zunächst mit Georg Willer, getätigt und zudem auch noch Bücher an andere Händler verkaufen können. Die Willer'schen Bücher, die er im Gegenzug von seiner Reise nach Tübingen mitgebracht hatte, waren von ihm wiederum an fahrende Buchhändler in der Umgebung von Reutlingen verkauft worden. Dabei hatte Georg verschiedene Konditionen ausgehandelt. Einige kleinere Buchhändler, die nur mit einer Kiepe durch die Lande zogen, kauften ihm die Bücher sofort ab, um danach ihre eigenen Geschäfte mit ihnen zu machen. Andere Buchhändler wiederum, die einen Laden betrieben, gaben Georg das Geld erst nach dem Verkauf und behielten dabei einen Teil des Geldes für ihre Dienste ein. Georg hatte es sich zum Ziel gesetzt, auch Bücher in den größeren Wirtshäusern anbieten zu lassen, in denen Reisende bereits Waren wie Schuhe, Kleidung, Amulette und Messer erwerben konnten. Denn wenn Reisende nach Württemberg kämen, müssten sie doch die neuesten dort geltenden Gesetze kennen, hatte Georg gesagt.

Kapitel 16

FEBRUAR 1556

Für Magdalena war es ein Lichtblick, dass Nikodemus zu Besuch kam. Sie hatte ihn schon seit Monaten nicht mehr gesehen. Nikodemus wiederum konnte bei Magdalenas Anblick nicht anders, als zu lächeln. Den Bart trug er inzwischen kurz geschoren, und wieder einmal fielen ihr seine gepflegten Hände und Fingernägel auf, die im völligen Gegensatz zu ihren eigenen schmutzigen standen.

»Nikodemus, welch eine Freude!«, rief Magdalena und legte den Bogen, dessen Druckbild sie gerade untersucht hatte, beiseite.

Innerlich hatte sie darauf gehofft, dass er sie bald besuchen käme, denn sie hatte gehört, dass einige Professoren schon vorab nach Tübingen kommen würden, um mit dem Pedell zu sprechen, der in ihrer Abwesenheit auf die Gebäude der Universität aufpasste. Magdalena hatte seit ihrer Rückkehr mehrfach mit dem Pedell Eberhard gesprochen, der sie seitdem auf dem Laufenden hielt, sobald er etwas Neues über die Akademiker hörte. Nun stand Nikodemus tatsächlich vor ihr.

»Was gibt es Neues?«, sagte sie und drehte sich verlegen zu den Schemeln um, die sie heranzog, damit sie beide sich setzen konnten. Denn sie hatte gemerkt, dass sein Anblick sie erröten ließ, was sie ihm aber nicht zeigen wollte. Statt zu antworten, zog Nikodemus nun hinter seinem Rücken einen Holzstock hervor und überreichte ihn ihr mit einer Verbeugung.

»Eine kleine Aufmerksamkeit für eine bemerkenswerte Frau.«

»Alter Schmeichler«, wehrte Magdalena ab, nahm dann aber die kleine Kostbarkeit bewundernd in die Hand.

»Ich danke Euch. Es ist wunderschön!« Der Holzschnitt zeigte eine elaborierte Initiale, die von Blüten umrankt war. Sie fuhr mit dem Zeigefinger über die feinen Linien im Holz. Nikodemus stellte sich hinter Magdalena und sah ihr über die Schulter.

»Ein wandernder Holzschnitzer ist letztens nach Calw gekommen und hat dort seine Kunstfertigkeit angepriesen. Er ist wohl davon ausgegangen, dass die Tübinger Druckerei mit uns nach Calw gezogen wäre und Ihr ihm nun seine Holzstöcke abkaufen würdet. Ich habe ihm gesagt, dass ich Euch von seiner Kunst berichten werde.« Sein Atem kitzelte sie im Nacken. Es war Magdalena nicht unangenehm. Sie spürte, wie ein wohliger Schauer über ihren Körper lief. Schnell ging sie einen Schritt zur Seite, denn sie wollte sich von ihren Gefühlen nicht übermannen lassen. Sie legte den Holzstock auf den Verkaufstisch und drehte sich zu Nikodemus um. Der fragte: »Wie laufen die Geschäfte, nun, da Ihr wieder in Tübingen seid?«

»Nun, wir kommen mehr schlecht als recht aus.« Sie war froh, mit Nikodemus offene Worte wechseln zu können, denn gegenüber ihrer Familie versuchte sie tunlichst, kein düsteres Bild der Zukunft zu zeichnen. »Wenn der Betrieb der Universität nicht schnellstens anläuft …« Magdalena beendete den Satz nicht. Entmutigt ließ sie sich auf einem Schemel nieder. »Glaubt mir, wenn mir demnächst einer ein gutes Angebot für den Kauf der Druckerei macht, werde ich vielleicht zustimmen.« Sie schluckte schwer.

»Ach Magdalena.« Nikodemus ergriff vorsichtig ihren Arm. »Ihr seid doch eine hervorragende Druckerin. Zwar gibt es immer noch ein paar Engpässe, aber sobald die Universität zurückkommt, werdet Ihr Euch kaum noch vor Aufträgen retten können. Außerdem, was habt Ihr nicht alles ertragen und geopfert, um die Druckerei zu behalten? Gegen wie viele Anfeindungen und Intrigen habt Ihr Euch behauptet? Und später habt Ihr selbst dann noch mutig weitergearbeitet, als die Pest längst in Tübingen war.« Magdalena musste seufzen, als sie sich all diese Dinge noch einmal vergegenwärtigte. »Ihr seid eine so tapfere Frau.« Sie spürte, wie sie erneut errötete. Dann, aus einem plötzlichen Impuls heraus, lehnte sie ihren Kopf an seine Schulter. Es war ein sehr schönes Gefühl, ihn so nah bei sich zu spüren. Unvermittelt schrak sie jedoch zurück und setzte sich wieder aufrecht neben ihn.

»Entschuldigt, Nikodemus. Ich weiß nicht, was gerade über mich gekommen ist«, brachte sie stotternd hervor.

Er grinste verschmitzt. »Na, na, Magdalena. Ihr dürft Euch gerne bei mir anlehnen, wenn Ihr einmal Halt braucht.«

Sie spürte, wie ihr noch mehr Hitze ins Gesicht stieg. Schnell lenkte sie das Gespräch auf ein anderes Thema. »Ich vergesse ganz meine Pflichten als Gastgeberin. Darf ich Euch einen Becher Wein anbieten?«, sagte sie, um ihre Sicherheit zurückzugewinnen. Noch bevor er antworten konnte, ging sie schon zum Weinfass im hinteren Teil des Raumes und füllte zwei Becher ab. Dabei schossen ihr verschiedene Gedanken durch den Kopf.

War er auch zu anderen Frauen so nett und freundlich? Oder war sie etwas Besonderes in seinen Augen? Wenn dem so war, sollte sie vielleicht einen Vorstoß wagen? Aber was wäre, wenn er ihre Gefühle nicht erwiderte? Sie merkte, dass der Wein im Becher schon fast überlief, und drehte den Hahn am Fass zu. Sie sammelte sich kurz, atmete tief ein, füllte dann den anderen Becher und ging vorsichtig, um den Wein nicht zu verschütten, zurück zu ihrem Gast.

Nikodemus hatte immer noch ein leichtes Lächeln auf den Lippen, wurde dann allerdings zunehmend ernst, weil er sie nicht weiter in Verlegenheit bringen wollte.

»Ich hoffe, Euch geht es gut in Calw, und Eure Studenten waren bisher fleißig und wissbegierig?«, fragte sie ihn und nahm einen großen Schluck Wein.

»Ach. Die Studenten sind faul wie eh und je«, begann er. »Ihr wisst doch, es ist das Wesen eines Studenten, faul zu sein.«

»Ich hoffe, Moritz wird der Universität zeigen, dass Studenten auch strebsam sind.«

»Gut, dass Ihr darauf zu sprechen kommt. Ich wollte Euch noch mitteilen, dass die Universität in Anbetracht der rückläufigen Immatrikulationen Ausnahmen für Studienanfänger macht. Eigentlich müssen diese vierzehn Jahre alt sein, aber nun dürfen sich auch jüngere immatrikulieren. Euer Sohn ist doch schon zwölf Jahre alt. Er könnte im Wintersemester bereits zur Universität gehen.«

Verblüfft sah ihn Magdalena an. »Das ginge?«, hakte sie nach und stellte sich vor, wie ihr Jüngster einen ähnlichen Talar wie Nikodemus trug. Was würde Moritz sich freuen, wenn er diese Nachricht hörte. Dann beschlichen sie jedoch Zweifel.

»Selbst wenn die Geschäfte bald wieder besser gehen, werden wir uns das nicht leisten können. Moritz muss ein weiteres Jahr warten.«

»Es ist doch noch Zeit genug. Das Frühjahrssemester hat noch nicht begonnen. Ihr könntet Euch nach einem Stipendium umhören.«

Magdalena wurde hellhörig. »Stipendium? Ich dachte, die werden nur an bestimmte Familien vergeben.«

»Ja, aber eventuell werden zusätzliche Stipendien gestiftet. Das steht jedoch noch nicht fest. Falls es dazu kommt, könnte eins davon für Moritz infrage kommen.«

»Das wäre eine wahre Erleichterung! Denn die Gebühren und die Bücher für die Universität werden uns schon genug abverlangen. Obwohl wir natürlich die Möglichkeit haben, günstiger an die Studienbücher heranzukommen. Andererseits stellen wir nicht alle her, die er für seine Studien braucht, und werden einige aus anderen Städten kaufen müssen. Wenn Moritz aber einen Teil dieser Kosten mit einem Stipendium abdecken könnte … würde uns das sehr helfen.«

»Ich werde meine Ohren aufhalten, meine Liebe.« Über Magdalenas Rücken lief erneut ein wohliger Schauer.

Die Universität kam schließlich einige Wochen vor dem neuen Semester im März 1556 zurück. Am späten Nachmittag sprengte als Erstes eine kleine Delegation von Reitern durch das Stadttor, die die Strecke für den Umzug überprüfte. Sofort erteilte sie lautstark Befehl, die Straßen in der Stadt freizuräumen. Karren wurden daraufhin fortgeschoben, Unrat beseitigt, große Löcher auf dem Weg notdürftig aufgefüllt, damit kein Rad in ihnen stecken bleiben und zu Schaden kommen würde. Einige Zeit später kamen die vollbepackten Fuhrwerke dahergerumpelt, und im Handumdrehen waren die Straßen und Gassen Tübingens wieder voller Menschen. Sie waren damit beschäftigt, das Gepäck abzuladen, die Zugtiere zu verpflegen und den Akademikern auch sonst auf jedwede Art behilflich zu sein. Der Zug aus Dutzenden von Wagen kam immer wieder zum Stillstand, da diese mit viel Vorsicht durch die engen Gassen gelenkt werden mussten.

Der Wirt des Hirschen klatschte vor Freude in die Hände, denn vor seiner Wirtschaft standen nun wieder viele Gäste. In den letzten Monaten war sein Gewinn erheblich geringer ausgefallen, da kaum jemand bei ihm eingekehrt war. Entsprechend schlecht war seine Laune gewesen. Wenn seine Gehilfen einen Fehler machten, war ihm öfters als zuvor die Hand ausgerutscht. Nun wandte er sich an seinen besten Helfer und sagte fast schon freundlich zu ihm: »Endlich wieder genug Kundschaft. Hol ein gutes Fass Wein aus dem Keller. Wir wollen unsere Gäste willkommen heißen.« Zunächst blickte der Mann seinen Herrn misstrauisch an, sah dann aber, dass dessen Zuversicht nicht gespielt war, und eilte in den Keller, um seinen Auftrag auszuführen. Indessen baute sich der Wirt an der Straße direkt vor seiner Wirtschaft auf und prostete mit einem Becher Wein jedem Neuankömmling zu. So manch ein Student sah dies als Einladung an und begab sich darauf zur Freude des Wirtes in die Schenke.

Einige der einflussreichen Professoren saßen weiter vorne im Zug auf einem Wagen, der von einem Pferd gezogen wurde. Ihnen stand die Anstrengung der Reise ins Gesicht geschrieben. Sie mussten in aller Frühe aufgebrochen sein. Als ihr Wagen wieder einmal stehen blieb, erhoben sich manche der Herren schwerfällig und kletterten ungeschickt von ihm herunter. Einige griffen sich ins Kreuz und bewegten vorsichtig ihre steifen Glieder.

Kapitel 17

Auch Bartholomäus war in den frühen Morgenstunden aus Calw aufgebrochen, um in seine neue Wirkungsstätte zu ziehen. Viele Händler hatten sich dem Universitätszug nach Tübingen angeschlossen. Eigentlich hätte er bequem auf einem Pferd reiten können, denn er war schließlich von adeliger Herkunft. Doch seine neue Rolle als Kaufmann aus ärmlichen Verhältnissen, der trotz seines späteren Reichtums immer noch vorsichtig mit allen Ausgaben war, erforderte es, dass er möglichst wenig Aufmerksamkeit auf sich lenkte. So konnte er sich das Vertrauen der einfältigen, armen Studenten viel besser erschleichen, wie sich gezeigt hatte. Mittlerweile hatte er schon auf die eine oder andere Weise ein halbes Dutzend junge Männer für sich gewinnen können. Er verzog seine Lippen zu einem spöttischen Lächeln, als er sich noch einmal vergegenwärtigte, wie einfach es gewesen war, sie von sich zu überzeugen. Seine Taktik war so gut wie immer die gleiche gewesen: Bringe sie in eine scheinbar ausweglose Lage und erscheine dann als ihr Retter in der Not. Das hatte sich auch bei seinen Ketzerverfolgungen in Spanien stets bewährt. Mit der Zeit war er darin so gut geworden, dass er sich sogar selbst Glauben schenken würde. Bei diesem Gedanken hätte er nun beinah laut aufgelacht. Doch die Schmerzen aufgrund der langen Wanderung von Calw nach Tübingen holten ihn ins Hier und Jetzt zurück.

Um den Anschein zu wahren, war er wie viele andere, die die Universität begleiteten – Apotheker, Buchbinder, Schneider, Gärtner –, neben einem Fuhrmann hergegangen, der auf einem Ochsenkarren sein weniges Hab und Gut transportierte. Seine Füße taten ihm vom langen Gehen weh, und auch in seinem Rücken zog es immer wieder heftig. Inzwischen hatten sie ihr Ziel schon fast erreicht. Er betrachtete das vor ihm liegende Tübingen mit Verachtung. Obwohl er noch nicht in der Nähe des Stadttors war, umfing ihn bereits ein widerlicher Geruch. Er konnte ihn nicht genauer beschreiben oder gar zuordnen, aber ein Gefühl der Übelkeit überkam ihn. *Das soll also die ehrenwerte Universitätsstadt sein, mit der sich der Herzog von Württemberg brüstet?* Im Gegensatz zu seiner ehemaligen Universität in Madrid wirkte hier alles armselig. Die Stadtmauer war an vielen Stellen zerstört, die Häuser wirkten heruntergekommen, und vor der Stadt türmten sich Berge von Unrat. Selbst das Schloss Hohentübingen beeindruckte ihn nicht sonderlich. Er hatte schon weitaus prunkvollere Schlösser gesehen.

Sein schlechter Eindruck verstärkte sich noch, als er durch das Stadttor schritt. Das Straßenpflaster war an vielen Stellen beschädigt. Man hatte es wohl notdürftig in Eile zu reparieren versucht, doch musste der Fuhrmann vorsichtig den Wagen über die vielen Unebenheiten lenken, damit dieser nicht stecken blieb. Bartholomäus hielt den Bewohnern zwar zugute, dass die Stadt einen schweren Pestausbruch hinter sich hatte, in dem vieles zu Bruch gegangen und geraubt worden war, doch hätte man all diese Schäden längst beseitigen können, wenn man nur gewollt hätte. Auch die Tübinger, die er bisher gesehen hatte, machten einen jämmerlichen Eindruck. Ein paar Knechte standen bereit, die ihm sofort mit seinem Gepäck helfen wollten. Doch Bartholomäus scheuchte sie wie lästige Fliegen weg. Nicht dass sie auch noch Läuse oder Schlimmeres auf ihn übertrugen.

Da ihn die Vorstellung, in diesem Ort auf unbestimmte Zeit leben zu müssen, mit Unmut erfüllte, wandte er sich in Gedanken einem erfreulicheren Thema zu. Seine Ideen, wie er im Herzogtum Württemberg, inmitten all dieser Protestanten, verdeckt Schaden anrichten könnte, hatten schon ziemlich konkrete Formen angenommen. Auch hatte er inzwischen die Professoren an der hiesigen Universität ausmachen können, die die herzoglichen Reformen entwickelten und formulierten. Bereits in Calw hatte er wichtige Einzelheiten über die Professoren in Erfahrung gebracht. Zudem war es ihm gelungen, sich einige Regierungsbeamte gefügig zu machen, sodass er einen gewissen, wenn auch nicht allzu großen Einfluss in Stuttgart ausüben konnte. Und zu guter Letzt hatte er sein Vorhaben noch einmal erweitert. Er würde nicht mehr nur bei der Konzipierung der Reformen ansetzen, sondern sich gleichermaßen auch auf deren Drucklegung konzentrieren. Denn er hatte gehört, dass nun, nach dem Religionsfrieden, eine Vielzahl von neuen Ordnungen eingeführt werden sollte und es dem Landesherrn dabei ein besonderes Anliegen war, sein eigenes, protestantisch geprägtes Personal zu schulen und einzusetzen.

Das war eine Kerbe, in die er schlagen konnte. Denn in diesem Fall würden viele arme Studenten an die Universität strömen, um dort die ketzerischen Ideen wie mit der Muttermilch einzusaugen. Nicht nur, dass diese sich durch ein Stipendium das Studium erschlichen. Nein, sie nähmen anschließend auch Anstellungen an, die ihnen nicht zustanden. Mit dieser Meinung stand Bartholomäus bei Weitem nicht allein da. Viele adelige Familien sahen in genau diesem Umstand ihre Privilegien gefährdet, waren es doch hauptsächlich ihre Kinder, die an die Universitäten gehen sollten.

Am Abend des Umzuges saß er bei Wein und Bier mit einigen jungen Adeligen zusammen, mit denen er sich im Laufe der Zeit gut gestellt hatte. Einer von ihnen hatte in Tübingen eine geräumige Wohnung, die Platz für ein halbes Dutzend Männer bot. Nachdem sie einige Zeit mit Belanglosigkeiten verbracht hatten, sah Bartholomäus den geeigneten Zeitpunkt gekommen, das Wort zu ergreifen. Geschickt lenkte er das Thema des Gespräches auf die Zustände an der Universität.

»Es ist eine Schande!«, sagte er, und der Kreis seiner Zuhörer sah ihn interessiert an. »Es ist eine Schande, wie viele Studenten«, er sprach das letzte Wort verächtlich aus, »heutzutage die Universität besuchen können. Es sind einfache Leute aus dem Volk, die statt einer Lateinschule, wie ihr sie absolviert habt, mit all den dazugehörigen schwierigen Prüfungen, nur kurz oder gar keine Unterweisung in die lateinische Sprache erhalten haben.« Er sah, wie die jungen Männer nickten.

»Wie, frage ich euch …«, er blickte Zustimmung heischend in die Runde, »wie sollen sie folglich in der Lage sein, den Dienst zu tun, den ihr nur nach jahrelangem Studium der Sprache erfüllen könnt? Ihr, und nur ihr, seid dafür vollends ausgebildet. Alle anderen sind nur Scharlatane, Männer von niedriger Geburt, die sich euch aber dennoch ebenbürtig fühlen.« Er schwieg einen Moment und genoss die empörten Kommentare seiner Zuhörer.

»Eigentlich müsstet ihr sie mit Schimpf und Schande davonjagen. Maßen sie sich doch Ämter an, für die sie völlig ungeeignet sind. Sie verunglimpfen das Studium. Keiner braucht sie. Ich sage, fort mit ihnen! Schickt sie dahin, wo sie hergekommen sind!« Zustimmendes Gemurmel war sein Lohn. Er liebte solche Auftritte. Sie gaben ihm ein Gefühl der Macht.

Kapitel 18

Der Gottesdienst, der zur Rückkehr der Universität gefeiert wurde, hätte glanzvoller nicht sein können. Schon im Vorfeld hatte Nikodemus Magdalena wissen lassen, dass es sich um eine ganz besondere Feier handeln würde, mit der zum Ausdruck gebracht werden sollte, dass die Stadt nach der Pest wieder erblühte. Und Magdalena ihrerseits hatte in der Stadt, was das Fest betraf, sogar noch etwas anderes erfahren, was sie ihm bei seinem nächsten Besuch mitteilte. »Stellt Euch vor, Nikodemus, der Herzog wird einen Teil seiner Hofkapelle schicken, und Jakob Andreae, einer seiner Berater, wird die Predigt halten. Im Anschluss gibt es für alle Einwohner Gebäck und Wein. Es werden auch eine Reihe hochgestellter Persönlichkeiten anwesend sein … und der Herzog hat eine große Zahl Kerzen gestiftet.«

»Und Magdalena, ich kann Eure Freude sogar noch steigern. Es gibt ein Stipendium für Moritz!«, verkündete er. Dabei begann er zu schmunzeln.

»Was?« Magdalena sah ihn gleichzeitig erstaunt und erfreut an. »Wie kommt das?« – »Nun, es gab einen unerwarteten Stifter.« Er sagte es in solch einem Tonfall, dass Magdalena die Augenbrauen nach oben zog.

»Einen unerwarteten Stifter?« – »Einen Medizinprofessor.« – »Professor Fuchs etwa? Hat er nicht selbst zehn Kinder, die Stipendien brauchen?« – »Nein, es ist einer, der weniger veröffentlicht hat als Professor Fuchs. Nur etwas weniger, möchte ich betonen.« – »Ihr meint doch nicht etwa …« – »Doch, ich habe gestiftet und die Anforderungen dafür so formuliert, dass Euer Sohn keine großen Mühen haben wird, es ab dem Wintersemester zu erhalten.« Er sah sie erfreut an. »Aber es ist nur ein kleines

Stipendium von zehn Gulden im Jahr. Ich hoffe, dass Euch dies reichen wird.« – »Das können wir nicht annehmen, Nikodemus!« – »Das müsst Ihr aber. Es wäre schade, wenn das Stipendium an jemand anderen ginge.«

Magdalena war sprachlos. Dann umarmte sie ihn dankbar.

Gemeinsam gingen sie wenig später zum Gottesdienst. Magdalena hatte tatsächlich nicht zu viel versprochen. Als sie die Stiftskirche erreichten, bot sich ihnen ein ergreifender Anblick. Viele Männer, Frauen und Kinder in ihren besten Gewändern drängten sich vor dem Eingang der Kirche. Magdalena befürchtete schon, sie würden gar keinen Sitzplatz mehr bekommen. Daher erlaubte sie ihren Kindern sogar, sich hinzusetzen, wo noch Platz war, auch wenn sich die Familie dann über das gesamte Kirchenschiff verteilte. Glücklicherweise hatte Nikodemus noch zwei freie Plätze entdeckt, die sich in einem Seitenflügel am Rand befanden. Magdalena und er ließen sich erschöpft auf der Bank nieder.

Zum Beginn des Gottesdienstes intonierten die Trompeten nun »Ein feste Burg ist unser Gott«, und Magdalena war sichtlich ergriffen von Luthers Lied. Die Turmbläser trugen herzogliche Gewänder und verliehen dem Gottesdienst schon allein damit ein besonders festliches Gepränge. Während der Predigt hatte Magdalena genügend Zeit, sich etwas in der Kirche umzusehen. Speziell interessierte sie sich für die Bankreihe der Ehrengäste. Unter diesen waren eine Reihe Adelige, die in kostbare Pelze gekleidet waren, obwohl die einfachen Kirchenbesucher auch ohne Pelz nicht zu frieren brauchten. Die Stiftskirche war voll besetzt, und die vielen Kerzen erwärmten den Innenraum noch zusätzlich. Magdalena setzte sich ein wenig aufrechter hin, um besser sehen zu können. Der Mann, der in der Bankmitte quer zum Altar saß, erregte ihr besonderes Augenmerk. Er reckte sein Kinn nach oben und dirigierte mit knappen Gesten seine Diener. Magdalena machte Nikodemus mit einer leichten Kopfbewegung und fragend nach oben gezogenen Augenbrauen auf ihn aufmerksam. »Der hohe Herr Vergerius ist auch gekommen«, stellte sie fest. Nikodemus brummte nur. »In Reutlingen und auch zuvor in Tübingen habe ich ihn fast nie zu Gesicht bekommen, nur ab und an auf der Straße, aber nie in der Druckerei«, sagte sie schließlich, um ihm weitere Hinweise zu entlocken. Aber Nikodemus ließ sich nicht auf ein Gespräch über ihn ein.

Nach dem Gottesdienst begaben sich alle auf den Kirchplatz. Auch hier waren zahlreiche Kerzen aufgestellt, die im leichten Wind flackerten. Der Duft von frischen Backwaren und Honigwein erfüllte die Luft, gepaart mit dem von Wachskerzen. Magdalena verspürte ein tiefes Gefühl von Glück und Zufriedenheit in sich. Aus dem Augenwinkel heraus sah sie wieder Vergerius, der nun nach allen Seiten hin huldvoll grüßte und sichtlich die Bewunderung der Menge genoss. Soeben sprangen zwei Bedienstete herbei, um ihm einen hohen Sessel zu bringen. Bevor er sich setzte, strichen sie ihm seine Gewänder aus feinster Seide glatt und reichten ihm danach mit einer Verbeugung einen Kelch mit Wein, den sie aus einem besonderen Fass zapften. Er nahm ihn mit einer erhabenen Geste entgegen. *Ob er das Weinfass etwa eigens mitgebracht hat, um sich vor Gift zu schützen?*, ging es Magdalena spontan durch den Kopf. *Oder nimmt er einfach nur jede Gelegenheit wahr, um aufzufallen?* Magdalena versuchte, sich nicht von seinem Auftreten beeindrucken zu lassen, verspürte jedoch zu ihrem Unwillen, dass ihr das nicht ganz gelang. Denn obwohl sie eigentlich ihr Augenmerk nicht weiter auf Vergerius richten wollte, sah sie unwillkürlich immer wieder in seine Richtung, weil auch die anderen Umstehenden ständig ihre Köpfe zu ihm wandten.

Sie beschloss, stattdessen nach Nikodemus Ausschau zu halten, den sie nach dem Gottesdienst aus den Augen verloren hatte. Langsam schlenderte sie über den Kirchenvorplatz, einen Becher

Honigwein in der einen und etwas Gebäck in der anderen Hand. Hin und wieder blieb sie stehen und begrüßte Bekannte. Endlich entdeckte sie ihn. Nikodemus hatte sich zu Professor Fuchs gesellt und unterhielt sich angeregt mit ihm. Die beiden Professoren hielten sich eher am Rande des Geschehens auf, und Magdalena kam es so vor, als legten sie keinen sonderlichen Wert darauf, eine Rolle in Vergerius' Schauspiel zu übernehmen. Der war inzwischen von einer Gruppe hochgestellter Städter umringt. Von Zeit zu Zeit fing Magdalena, natürlich ungewollt, Fetzen von deren Gespräch auf. Sie konnte zwar nicht ausmachen, worum es im Einzelnen ging, aber Vergerius' Stimme war eindrucksvoll und beherrschend.

Nach einer Weile kam Magda zu ihrer Mutter. Sie hatte ebenfalls Gebäck in der Hand und aß es mit Genuss. »Der Druckerei geht es nun wieder besser, oder?«

Magdalena strich ihr über den Arm. »Ja, jetzt sind wir hoffentlich aus dem Gröbsten raus.« Sie genehmigte sich einen kleinen Schluck Wein.

»Gut, dann können wir uns nun um die Armen und Bedürftigen kümmern.« Ihre Mutter hielt inne. Sie erinnerte sich wieder an Magdas Frage, die an Cordula gerichtet war, und das kurze, sich daran anschließende Gespräch, als die Freundin zu Besuch nach Reutlingen gekommen war. Hatte sie, Magdalena, ihrer Tochter da nicht gesagt, dass sie helfen würde? »An was genau denkst du dabei? Wir könnten vielleicht mehr in die Spendenbüchsen legen.« Energisch schüttelte Magda den Kopf. »Nein. Es sollte mehr als nur Geld sein. Ich dachte an Mahlzeiten. Wir könnten bedürftige Frauen an einem Tag in der Woche mit uns zu Mittag essen lassen.« Es entstand eine Pause.

»Wann sollten wir das machen? Du weißt, dass unsere Mittagspausen zu unterschiedlichen Zeiten stattfinden und manchmal auch ziemlich kurz ausfallen.« Das war ein vorgeschobener

Grund, denn eigentlich widerstrebte es Magdalena in Wirklichkeit einfach, fremde Menschen zum Essen in ihrer Druckerei zu haben.

Magdas Gesichtsausdruck wurde bitter. »Ihr habt gesagt, wir werden helfen, wenn es uns wieder gut geht.«

Langsam nickte Magdalena. »Das werden wir auch, und ich werde darüber nachdenken, wie wir das am besten machen.«

Kapitel 19

Magdalena!«, flötete Cordula, als sie die Druckerei nach Feierabend betrat. Ihre Freundin sah von ihrem Buch auf, in dem sie gerade die Rechnungsposten addierte. »Sieh, wen ich hier habe.« Cordula hielt Fräulein Pfote im Arm. Die Katze war verängstigt und sprang sofort zu Boden, als Cordula sie losließ. »Ich habe sie auf dem Weg hierher herumstreichen sehen und dachte mir, dass sie sicher schon sehnlichst vermisst wird.« Staunend sah Magdalena sie an. »Also stimmt es tatsächlich. Die Katze hat bisher gut auf sich aufgepasst.« Sie bückte sich, um die Katze zu streicheln, doch Fräulein Pfote wich ihr aus.

Cordula griff darauf in den Stoffbeutel, den sie bei sich trug, und zog eine kleine Flasche heraus. Sie schwenkte sie vorsichtig hin und her. »Und hier habe ich noch etwas – nur für uns. Es ist süßer Moselwein. Konrad hat ihn geschenkt bekommen. Er wollte ihn für einen besonderen Tag aufbewahren. Ich denke aber, dieser Tag ist gekommen, und wir sollten den Wein nicht länger warten lassen.«

Magdalena klappte das dicke Buch zu. »Und was verschafft mir die Ehre, diesen Wein zu erhalten?« Sie ging kurz zum Esstisch, um zwei Becher zu holen, die sie dort nach dem Säubern abgestellt hatte.

»Nun, wie wäre es mit der Tatsache, dass wir endlich wieder in ein und derselben Stadt leben und nicht mehr so weit auseinander?« Cordula öffnete die Flasche und goss den Wein in die Becher. Sie prostete Magdalena zu. Die nahm ihren Becher nun ebenfalls zur Hand und trank. Es war ein ganz vorzüglicher Wein.

»Auf dass wir hoffentlich das Schlimmste überstanden haben!« Sie tranken noch einen Schluck. Cordula setzte sich auf einen

Schemel, und Magdalena ließ sich neben ihr nieder. »Wie war eure Rückreise?«, fragte Magdalena.

Cordula winkte ab. »Grässlich. Wir mussten viel in Calw lassen, und die Reise war sehr beschwerlich. Vor allem weil wir ständig mit dem Universitätszug Rast einlegen mussten.« – »Und wie sah euer Haus aus, als ihr wiedergekommen seid?« – »Es ist wie viele andere auch geplündert worden. Die Aufräumarbeiten haben lange gedauert. Und wie war es bei euch?« Cordula sah sich im Verkaufsraum um. »Es sieht alles anders aus. Du musstest wohl ebenfalls viel ersetzen.« Magdalena nickte. »Ja, und die Arbeiten werden sich noch weiter hinziehen. Nun, da viele Tübinger wieder zurückgekehrt sind, sind die Handwerker rar. Wir hatten einen guten Zimmermann, aber der musste uns vorzeitig verlassen. Die Dachkammer ist zum Beispiel immer noch unbewohnbar.« Sie seufzte tief.

»Das Wichtigste ist jedoch, dass es wieder bergauf geht.« Cordula drückte Magdalenas Hand. »Die Dachkammer brauchst du wahrscheinlich erst mal nicht.«

»Ja, das ist wahr«, bestätigte Magdalena.

»Was gibt es sonst Neues im Hause Morhart?«

»Hab ich dir schon erzählt, dass Moritz sich bald an der Universität immatrikulieren wird?«

»Was? Ist er denn schon so alt?«

»Schon ganze zwölf Jahre.«

Nun war Cordula diejenige, die seufzte. »Ach der Kleine. Ich weiß noch, wie er seine ersten Schritte gemacht hat. Und nun soll er schon einen Talar tragen? Er wird immer mein Kleiner bleiben. Aber Magdalena, sag, wie machst du es mit den Kosten? Ich will dir nicht zu nahe treten, aber so wie es hier aussieht, müsst ihr die Kreuzer zusammenhalten.«

»Stell dir vor: Nikodemus hat ein Stipendium für ihn gestiftet.«

»Schon wieder Nikodemus.« Cordula lächelte süffisant.

»Ach, was du schon wieder denkst«, wehrte Magdalena ab.

Cordula schnalzte mit der Zunge. Doch bevor sie etwas sagen konnte, lenkte Magdalena das Thema auf ihre Tochter. »Magda möchte nun mehr für die Armen tun und hat deshalb Mahlzeiten hier im Haus vorgeschlagen.« – »Sie meint es damit wohl sehr ernst. Was denkst du, was dahintersteckt?«

Magdalena zuckte mit den Achseln. »Ich weiß es nicht. Vielleicht bedrückt sie das viele Elend, das sie seit dem Pestausbruch gesehen hat. Oder sie nimmt sich die Predigten zur Armut besonders zu Herzen. Aber ich bin mit den Essen hier im Haus nicht einverstanden.«

»Dann sag ihr doch, dass sie die Mahlzeiten zubereiten kann, aber auf der Straße verteilen soll.«

Magdalena blickte ihre Freundin lange an. »Cordula. Was bin ich doch froh, dass du mir nun wieder mit deinen weisen Ratschlägen zur Seite stehst.« – »Die Ironie hättest du dir sparen können. Sonst werde ich dir nichts mehr raten«, wies Cordula Magdalena zurecht. Ihr schelmischer Blick verriet jedoch, dass ihre Worte nicht ernst gemeint waren.

Kapitel 20

Das Semester begann mit einer feierlichen Prozession der Universitätsangehörigen durch die ganze Stadt. Fast alle Einwohner Tübingens standen am Straßenrand und sahen dem Spektakel zu. Auch Magdalena und ihre Kinder gingen im Zug mit. Dabei erinnerte sich die Buchdruckerin an eine der letzten Prozessionen, bei denen sie zusammen mit Oswald Bücher aus der Druckerei verkauft hatte, um mit dem Geld das dringend benötigte Papier für das Landrecht kaufen zu können.

Einige Tage später bemerkte Magdalena, wie sich auch in der Druckerei wieder die Aufträge häuften, mehr Leute den Weg in ihre Offizin fanden, und dass sie nun endlich einige der Reparaturen vornehmen konnte, die sie bislang aus Geldmangel aufgeschoben hatte. Einer der Besucher, der zu dieser Zeit in die Druckerei kam, war ein gewisser Bartholomäus. Er trug einen Umhang aus allerfeinstem Tuch, eine lange eindrucksvolle Kette um den Hals und einen teuren Siegelring an seinem kleinen Finger. Magdalena fühlte einen Anflug von Ehrfurcht, als er in den Laden trat.

Bartholomäus hatte sich zuvor genau überlegt, wie er die Buchdruckerin am besten für sich einnahm, konnte sich diese doch in zweifacher Hinsicht als nützlich für ihn erweisen. Zum einen würde sie ihn, sobald sie ihm ergeben war, über die neuesten Reformversuche und die Probedrucke, die sie dafür herstellte, informieren können. Zum anderen könnte sie ihm darüber hinaus auch bei der Drucklegung von Schriften behilflich sein, die er für die Mobilisierung des katholischen Widerstandes benötigte. Das müsste sie selbstverständlich im Geheimen machen, damit sie kein Aufsehen erregte. Natürlich würde sie dies alles nicht ganz freiwillig tun, aber er würde schon etwas finden, das er als Druckmittel gegen sie einsetzen könnte. Sein ursprünglicher Gedanke, die Buchdruckerin als unfähig hinzustellen, weil sie ein Weib war, schien ihm mittlerweile wenig erfolgversprechend zu sein, denn viele Professoren tolerierten sie offensichtlich, manche hatten sogar eine recht hohe Meinung von ihr, wie zum Beispiel Professor Fuchs. Zudem würde dies nur nach sich ziehen, dass die Regierung einen neuen Drucker ins Herzogtum rief, der eventuell sogar in der Landeshauptstadt Stuttgart sein Werk verrichten würde und somit schwieriger zu kontrollieren wäre. Das Gleiche wäre auch der Fall, wenn er die Druckerei schlichtweg zerstören würde. Um seine verschiedenen Pläne also in die Tat umzusetzen, war es für Bartholomäus letztendlich von Vorteil, dass die Morhart'sche Druckerei weiterhin arbeitete, dies aber unter seinem Einfluss. Wie er den ausüben konnte, wollte er nun herausfinden.

»Ich bin neu hier in der Stadt. Aber ich weiß, wie wichtig eine Druckerei für Universitätsbelange ist, vor allem für die vielen fleißigen Studenten. Ihr könnt mir sicherlich durch Eure guten Kontakte zu anderen Druckern Bücher beschaffen, an die ich selbst nicht so einfach herankäme. Ich habe diesbezüglich eine kleine Liste vorbereitet. Für die anzuschaffenden Bücher werde ich Euch natürlich gut bezahlen. Hier ist ein kleiner Vorschuss.« Er entleerte das lederne Säckchen auf dem Verkaufstisch und war sich wohl bewusst, dass er ihr einen deutlich höheren Vorschuss pro Buch gab als üblich. Manch einer gewährte überhaupt keinen Vorschuss, sondern bezahlte erst, wenn er das Buch auch tatsächlich in den Händen hielt. Er war sich sicher, dass die große Summe zusammen mit seinen feinen Kleidern bei ihr den Eindruck erwecken würde, in seiner Person einen sehr vielversprechenden Käufer vor sich zu haben. Als tüchtige Geschäftsfrau würde sie sich daher besonders gut mit ihm stellen wollen. Somit wäre der erste Schritt getan.

Magdalena nickte in der Tat anerkennend mit dem Kopf und sah sich die Münzen genauer an. Dann dankte sie ihm überschwänglich. Innerlich triumphierte er wieder ob seiner gelungenen Taktik. Nachdem sie einige Worte über die Bücher auf seiner Liste gewechselt hatten, ging er langsam, aber sicher dazu über, sie vorsichtig über die Druckerei auszufragen. Denn erst wenn er diese genauer kennengelernt hatte, konnte er auch gezielt überlegen, wie er am besten vorging, um den Betrieb der Druckerei bestmöglich beeinflussen zu können.

»Bei einer so gut laufenden Druckerei habt Ihr sicherlich viele Männer, die für Euch arbeiten?«, fragte er und bemühte sich, so beiläufig wie möglich zu klingen.

»Für gewöhnlich sind es nur meine Kinder und ich. Aber jetzt, da die Universität wieder hier ist, werden wir sicherlich auch den ein oder anderen Studenten einstellen, wenn wir mit der Produktion eines Buches ansonsten zu langsam vorankommen.«

»Falls das in naher Zukunft der Fall sein sollte, gebt mir bitte Bescheid. Ich habe inzwischen ein paar zuverlässige Studenten kennengelernt, die sicherlich gern für Euch arbeiten würden.« *Hauptsächlich werden sie natürlich für mich arbeiten und die Regierungsdrucke an mich weiterleiten*, fügte er in Gedanken hinzu. *Zudem können sie das Manuskript heimlich abschreiben oder ein zusätzliches Exemplar des Probedrucks herstellen.* Ihm fielen gleich mehrere Möglichkeiten ein, wie ihm seine Gehilfen von Nutzen sein konnten.

»Das ist ein sehr freundliches Angebot. Ich habe allerdings schon genügend Helfer, auf die ich zurückgreifen kann«, sagte Magdalena. Sie lächelte dankbar. Da die Universität in absehbarer Zeit wieder viele Aufträge an die Druckerei übergeben würde, benötigte sie zwar sicher schon bald die ein oder andere helfende Hand. Aber etwas hatte sie davon abgehalten, sein Angebot anzunehmen. Sie wusste nicht genau, was es war. Er wirkte aufrichtig und vertrauenswürdig, und dennoch. Im Gegensatz zu Truber sagte ihr ein untrügliches Gefühl, dass sie ihm gegenüber vorsichtig sein musste.

Mit dieser Antwort hatte er nicht gerechnet, sondern angenommen, dass es sich bei einer Druckerei, die gewiss öfters Aushilfen brauchte, relativ einfach gestalten würde, seine Leute unterzubringen, vor allem dann, wenn sich Aufträge überschnitten. Doch mit irgendetwas hatte er wohl ihr Misstrauen erregt. Sie war also keine so einfache Beute, wie er gedacht hatte. Andere hätten sich nun an seiner Stelle geärgert. Aber Bartholomäus bekam fast schon ein wenig Respekt vor dieser Buchdruckerin. Sie machte ihm sein Vorhaben nicht einfach, aber genau deswegen würde er das Spiel umso mehr genießen. Natürlich war er davon überzeugt, dass er letztendlich über sie triumphieren würde. Ihr Widerstand würde seinen Sieg nur umso köstlicher machen.

Deshalb entschied er, nun zurückzurudern. »Selbstverständlich habt Ihr bereits Helfer. Ich hatte nicht bedacht, dass Ihr schließlich schon länger in Tübingen arbeitet und Euer Mann vor Euch hier ebenfalls schon lange tätig war. Ihr verfügt bestimmt über exzellente Kontakte zu vielen Universitätsangehörigen.« Bartholomäus hoffte, dass sie auf seine indirekte Aufforderung, ihm ihre Kontakte mit Namen zu nennen, geschmeichelt eingehen würde. Dann könnte er sich vielleicht einige von ihnen gefügig machen und so über sie, anstatt über seine studentischen Helfer, ständig über die Geschäfte der Druckerei auf dem Laufenden sein.

Aber diesen Gefallen tat sie ihm nicht, sondern lächelte erneut freundlich und antwortete: »In der Tat. Viele Professoren, Magister und Studenten kaufen bei uns. Und sie sind auch sehr zufrieden mit unseren Druckerzeugnissen.« Sie war nun ganz Geschäftsfrau, zeigte ihm darauf auch einige Bücher, die sie in der letzten Zeit hergestellt hatte. Mit gespieltem Interesse stellte er sogar einige Fragen zu den Texten und ihren Autoren. Er spürte, wie sie immer mehr Zutrauen zu ihm fasste. Noch einige schmeichelnde Worte von ihm, und sie wäre reif für seinen nächsten Vorstoß.

»Das ist ein Druck von sehr hoher Qualität. Ich kann kaum Fehler entdecken, und die Bücher sind in einem sehr guten Zustand.« Er nahm mehrere Bogen in die Hand und sah sich sehr aufmerksam die einzelnen Seiten an. Bartholomäus merkte, dass sein Lob ihr guttat.

»Und dazu scheint Eure Druckerei die schlimme Pestwelle sehr gut überstanden zu haben. Ich habe gehört, dass viele Betriebe aus Tübingen fortgezogen sind, nachdem die Familien herbe Verluste zu beklagen hatten. Ihr scheint jedoch nicht dazuzugehören.« Er klopfte mit der Hand auf den neuen Verkaufstisch, der noch nach frischem Holz roch.

Er sah, dass er dieses Mal ins Schwarze getroffen hatte. Denn ihre Miene verdunkelte sich kurz, und sie erzählte tatsächlich mehr über sich und ihre Familie als bisher. Vor allem als sie die überhastete Flucht nach Reutlingen erwähnte, horchte er auf. *Solch eine missliche Lage hat die Reserven der Morharts sicherlich zu einem guten Teil aufgebraucht,* dachte er sich zufrieden. Was nichts anderes hieß, als dass sie in dem ohnehin schon risikoreichen Druckgeschäft kaum mehr über größere Rücklagen verfügte. Er könnte der Druckerin daher anbieten, ihr eine größere Summe zu leihen. Womit sie ihm ausgeliefert wäre, sollte sie die von ihm verlangten Dienste verweigern, ihm das Geld aber nicht zurückzahlen können. Allerdings würde es in diesem Moment unvermittelt und unpassend daherkommen, böte er ihr dies von sich aus an. Er müsste damit warten, bis die Zeit geeigneter war.

Bartholomäus entschied daher, dass er fürs Erste genug gehört hatte. Die anfängliche Skepsis der Buchdruckerin hatte sich zwar im Verlauf des Gespräches gelegt, aber Bartholomäus wollte nicht Gefahr laufen, sie wieder aufflammen zu lassen.

»Ich bin mir sicher, dass wir in Zukunft gute Geschäfte zusammen machen werden und Ihr mir wahrscheinlich sehr schnell meine gewünschten Bücher beschaffen könnt«, kam er auf sein ursprüngliches Anliegen zurück. Er war stolz auf sich, dass er weder zu dick aufgetragen noch ein weiteres Mal ihr Misstrauen erregt hatte.

»Lebt wohl«, verabschiedete er sich und machte eine kurze Verbeugung.

»Es war eine Freude, Euch heute in meiner Druckerei begrüßen zu können«, antwortete sie höflich.

Nachdem Bartholomäus sich nun einen ersten Eindruck von der Buchdruckerin verschafft hatte, wollte er sich im zweiten Schritt bei anderen über sie erkundigen, um noch ein besseres Bild von ihr zu bekommen und neben den klammen Reserven vielleicht eine weitere Schwachstelle zu erfahren.

Nach ein paar Tagen traf er abends im Hirschen auf Professor Demler, der schon einigen Wein getrunken hatte und recht redselig war. Bartholomäus spendierte ihm sicherheitshalber noch einen Becher und lenkte dann das Gespräch vorsichtig auf die Druckerei Morhart.

»Ich bin nach wie vor der Meinung, dass dieses Weib nichts in einer Druckerei zu suchen hat«, sagte Demler etwas lauter als nötig. Bartholomäus wurde schnell bewusst, dass er den richtigen Gesprächspartner gefunden hatte. Er nahm einen tiefen Schluck aus seinem eigenen Becher und gab Demler damit Gelegenheit, noch mehr zu berichten.

»Sie mag zwar gute Arbeit leisten, aber sie hat sich gegen ihren Stiefsohn gewendet, ihn aus der Druckerei geworfen und ihm nur seinen Pflichtteil ausbezahlt, obwohl er jahrelang an der Seite seines Vaters in Tübingen gedruckt hat. Nach seinem Rauswurf hatte es Ulrich der Jüngere sehr schwer. Er musste sich als Tagelöhner verdingen und schließlich sogar seine Heimat verlassen. Ich kann den Zorn des jungen Mannes auf seine Stiefmutter gut verstehen.«

Bartholomäus horchte auf. Es gab also jemanden, der mit Magdalena Morhart noch eine Rechnung zu begleichen hatte? Und zwar einen weiteren Buchdrucker, der schon in Tübingen gearbeitet hatte? Ein Vorhaben begann, in Bartholomäus Gestalt anzunehmen. Vielleicht könnte er den Streit zwischen Magdalena und ihrem Stiefsohn geschickt für seine Zwecke nutzen. Langsam ließ er den Becher in seiner Hand kreisen und verfolgte mit den Augen die leichten Bewegungen des Weins darin. Demler bemerkte seine Geistesabwesenheit nicht und redete weiter. »Als die Pest in Tübingen ausbrach, musste der junge Ulrich mit seiner Familie flüchten. Danach arbeitete er nur noch als Druckereigehilfe außerhalb des Herzogtums.«

Bartholomäus fragte Demler, woher er all diese Kenntnisse habe, und der antwortete, dass dies das Gerede im Hirschen sei, in dem Ulrich früher ein gern gesehener Gast war. »Der Wirt weiß noch am meisten über Ulrichs Verbleib«, sagte Demler und wies mit einer Kopfbewegung auf den großen dicken Mann hinter der Theke. *Mit dem muss ich mich dringend näher unterhalten,* dachte Bartholomäus.

Kapitel 21

Der Wirt des Hirschen konnte Bartholomäus tatsächlich einige Hinweise geben, mit denen dieser Ulrich schließlich ausfindig machen konnte. Er wohnte in einer kleinen Stadt, die zwei Tagesreisen von Tübingen entfernt war. Die Druckerei, in der er nun arbeitete, war weitaus kleiner als die in Tübingen, und als Bartholomäus in das Haus trat, sah er darin auch nur zwei Männer arbeiten. Keiner von beiden schien der Besitzer zu sein, denn beide trugen sehr einfache Kleidung. Wahrscheinlich war dieser gerade unterwegs. Die zwei waren an der Presse zugange, und Bartholomäus erkannte Ulrich nach der ihm gegebenen Beschreibung des Wirtes sofort. Offenbar war etwas mit der Presse nicht in Ordnung, denn Ulrich fluchte und schlug immer wieder mit der Hand gegen das Holz.

»Zum Teufel noch eins. Wir haben sie gerade repariert, trotzdem klemmt sie schon wieder. Kaspar, zieh noch einmal den Bengel mit aller Kraft.« Der derart Angesprochene stemmte sich mit einem Fuß gegen die Presse und zog mit beiden Händen am Pressbengel. Er zog so kräftig, dass er zu keuchen begann, aber der Bengel rührte sich nicht. Erschöpft ließ er die Arme sinken.

»Ach Gott noch eins«, wetterte Kaspar und verpasste dem Bengel einen heftigen Schlag. Dann bemerkte er Bartholomäus und stieß Ulrich an. Sichtbar verärgert über die Störung, drehte sich Ulrich um. Er kam auch nicht auf Bartholomäus zu, wie es sich bei einem möglichen Käufer gehörte, sondern zeigte ihm mit seinem Gebaren deutlich, dass er in der Druckerei nicht willkommen war. Stattdessen blaffte er den Neuankömmling unwirsch an: »Was gibt es?«

Bartholomäus, der ansonsten keine Respektlosigkeit wie diese duldete, schrieb Ulrichs Unverschämtheit der misslichen Lage zu, in der er sich befand. *Dieser einfältige Tölpel wird mir ein gutes Mittel zum Zweck sein. Er ist meines Ärgers nicht wert,* sagte er sich und setzte eine unbekümmerte Miene auf.

»Mein Name ist Bartholomäus, und ich bin auf der Suche nach Ulrich Morhart dem Jüngeren«, sagte er langsam und mit Bedacht.

Ulrich musterte ihn kurz und meinte dann schroff: »Ich habe jetzt keine Zeit für Euch.« Er drehte sich schon wieder zur Presse um, als Bartholomäus nachsetzte.

»Ich bin auf der Suche nach einem fähigen Drucker. Falls wir ins Geschäft kommen sollten, würde ich Euch bei der Einrichtung einer eigenen Druckerei unter die Arme greifen.« Ulrich hatte Bartholomäus zwar den Rücken zugewandt, aber dieser konnte dennoch erkennen, wie der Drucker innehielt. Auch sein Gehilfe verharrte bewegungslos und sah den Fremden zweifelnd an. Dann drehte sich Ulrich erneut zu Bartholomäus um und bedeutete ihm mit einem leichten Kopfnicken, weiterzusprechen.

»In unserer Universitätsstadt brauchen wir eine repräsentative Druckerei. Eine, die der hohen Qualität der Universität entspricht. Man sagte mir, Ihr könntet diese gewährleisten.«

Während er sprach, musterte der Drucker den Fremden genauer. Seine kostbare Kleidung, seine Kette und seinen Ring.

»Von welcher Universitätsstadt sprecht Ihr?«, fragte Ulrich, und Bartholomäus erkannte am Klang seiner Stimme, dass er das Interesse des jüngeren Mannes geweckt hatte. Da er annahm, dass der Name der Stadt in Ulrich einige schlechte Erinnerungen wachrufen könnte, sagte er nur leichthin: »Es geht um Tübingen.«

Wie zu erwarten, veränderte sich der Gesichtsausdruck des Druckers schlagartig. »Aber dort gibt es doch schon eine Druckerei!«, sagte er ärgerlich und funkelte Bartholomäus an. Bartholomäus fühlte sich darin bestätigt, dass Ulrich noch immer einen tiefen Groll gegen seine Stiefmutter hegte.

»Ach die«, sagte Bartholomäus abfällig. »Die mag bis jetzt ihren Dienst mehr schlecht als recht getan haben. Aber auf Dauer braucht Tübingen eine eindrucksvollere Offizin, sowohl was die Ausstattung und die äußere Erscheinung als auch die Fähigkeit der Drucker betrifft.« Bartholomäus bemerkte mit Genugtuung, dass seine Worte die gewünschte Wirkung erzielten. Er sah, wie der Ärger aus dem Gesicht des Druckers wich und einem niederträchtigen Lächeln Platz machte. *Anscheinend ist meine Stiefmutter den Ansprüchen der Herren Gelehrten also doch nicht gewachsen. Was für ein schöner Gedanke!* Kaspar, sein Gehilfe, konnte wiederum kaum glauben, was er da hörte. »Und was ist mit der Witwe Morhart?«, knurrte er. Ihm war noch in bester Erinnerung, wie sie ihn und Ulrich damals aus der Druckerei geworfen hatte. Sie würde diese nicht so leicht aufgeben.

»Wie ich erfahren habe, hat sie durch eine Anhörung im Senat der Stadt die Druckerei für sich gewinnen können. Aber das bedeutet nicht, dass sie die einzige Druckerei in der Stadt bleibt. Ihr könntet ebenfalls eine eröffnen. Ihr müsstet nur ein entsprechendes Gesuch einreichen, das Geld für die nötige Einrichtung würde ich Euch leihen. Ich bin mir sicher, dass Ihr über kurz oder lang die andere Druckerei an Leistung überbieten könnt. Somit wärt Ihr schließlich die einzige Druckerei in Tübingen, und ich könnte an Eurem Erfolg teilhaben. Dieses Geschäft würde sich für uns beide lohnen.«

»Das Angebot ist sehr großzügig von Euch«, sagte Ulrich nachdenklich, aber noch nicht überzeugt, und ging einen Schritt auf den Fremden zu. »Doch was habt Ihr von alldem? Seid Ihr etwa auch im Druckerhandwerk tätig? Oder vielleicht sogar ein Verleger?«

»Meine Interessen sind rein kaufmännischer Art. Ich rechne mir aus, dass eine Druckerei in einer aufblühenden Universitätsstadt, und Tübingen wird aufblühen, nachdem die Pest nun überwunden ist, satte Gewinne machen wird. An denen wäre ich gerne beteiligt und möchte Euch daher am Anfang unter die Arme greifen.«

Bei dem Wort »Gewinne« hellte sich Ulrichs Miene weiter auf. »Das soll mir nur recht sein. Wir besprechen am besten alles Weitere bei einem Becher Wein«, sagte er und drehte sich zu Kaspar um, um ihn anzuweisen, ihnen Wein zu holen. Erst als alle einen Becher in der Hand hielten, redete Ulrich weiter.

»Ihr spracht von einer eindrucksvollen Druckerei. Aber die Miete für ein größeres Haus in Tübingen und die Einrichtung der Druckerei wird nicht günstig werden«, gab Ulrich zu bedenken.

»Über Geld werden wir uns schon einig. Und es stehen in Tübingen immer noch einige Gebäude leer, selbst in der Oberstadt. Wer weiß, was deren Besitzern zugestoßen ist. Und die Familie Eurer Stiefmutter ist durch die Flucht vor der Pest und die Rückkehr nach Tübingen sehr geschwächt.«

»Aber meine Stiefmutter bekommt sowohl Aufträge von der Universität als auch von der Regierung. Da wird es schwer sein, einen Fuß in die Tür zu bekommen.« Bartholomäus sah wieder Spuren von Zweifel in Ulrichs Gesicht.

»Es wird sich schon ein Weg finden lassen. Ich werde zunächst versuchen, meine Geschäftspartner an der Universität und in der Regierung von Euren Qualitäten zu überzeugen. Das wird dazu führen, dass in Zukunft mehr Aufträge dieser beiden Institutionen an Euch gehen. Wenn Ihr dann gute Leistungen erbringt, bin ich mir sicher, dass Ihr Euch schon bald nicht mehr vor Arbeit retten könnt.«

Ulrich nickte. »Auch wenn anfangs nur ein Teil der Aufträge an uns gehen würde, könnten wir mit der Zeit die einzige Druckerei werden, wenn wir zusätzlich noch unser Angebot erweitern«, meinte er zunehmend zuversichtlich.

»Ihr könntet auch neue Zeitungen drucken«, feuerte Bartholomäus Ulrich noch zusätzlich an. Wie schnell hatte er doch diesen einfachen Menschen für seine Pläne gewinnen können. Wenn dieser dann letztendlich der einzige Drucker in Tübingen wäre, würde er Bartholomäus geradezu aus der Hand fressen.

Nach einer Weile des Überlegens gewann Ulrichs Begeisterung schließlich die Oberhand. Eine prächtige neue Druckerei, funktionierende Pressen, ein Trupp Gehilfen, eine große Anzahl Aufträge, viel Geld und endlich der Sieg über Magdalena!

»Ich bin dabei! Ich bin Euer Mann!«, rief er und stieß mit seinem Gast und Kaspar an. Die Freude stand ihm sichtlich ins Gesicht geschrieben.

»Wahrlich, das sind gute Aussichten«, sagte auch Kaspar und prostete den beiden noch einmal zu.

»Ich werde Euch bald wieder besuchen, um die Einzelheiten mit Euch zu besprechen.« Damit verließ Bartholomäus die beiden Männer, die sich noch eine Weile sprachlos ansahen, bevor sie in Jubel ausbrachen. Vor Kaspars geistigem Auge entstand schon ein prächtiges Gebäude, mit Ulrich und ihm als Druckern.

So ganz überzeugt von Ulrichs Qualitäten als Drucker, wie er es kundgetan hatte, war Bartholomäus jedoch nicht. Dafür wirkte dieser zu einfältig und nicht sonderlich tüchtig auf ihn. Bartholomäus würde daher all seine Überzeugungskraft anwenden müssen, um den Großteil der Universitätsangehörigen von Ulrichs Vorteilen zu überzeugen. Aber Ulrich hatte eine Triebfeder, und die war sein Hass auf seine Stiefmutter sowie die Rachegelüste, die er ihr gegenüber verspürte. Und Bartholomäus, der auf Menschen spielte wie auf Musikinstrumenten, wusste, dass er Ulrichs Vergeltungssucht nur entsprechend anheizen musste, damit dieser alles tun würde, um seine Stiefmutter ein für alle Mal aus Tübingen zu vertreiben. Diesen Machtkampf zwischen den beiden gedachte Bartholomäus zu nutzen, um sich den Drucker gefügig zu machen. Sobald er ihm geholfen hätte, könnte er sich der ewigen Dankbarkeit Ulrichs sicher sein. Und Ulrich würde auf lange Zeit ein gutes Werkzeug in Bartholomäus' Händen sein. Zunächst musste er allerdings äußerst vorsichtig vorgehen, da die Witwe Morhart einen nicht zu unterschätzenden Rückhalt bei einer Reihe von Professoren genoss. Er musste das, was er ersonnen hatte, so lange geheim halten, bis er sicher sein konnte, dass die Witwe Ulrich nichts mehr entgegensetzen konnte. Aber Geduld war eine seiner Stärken.

Kapitel 22

OKTOBER 1556

Magdalena strich ihr Kleid glatt und blickte in den kleinen Spiegel. Sie konnte es nicht glauben, wie schnell das Wintersemester begonnen hatte. Und Nikodemus hatte Moritz nicht nur ein Stipendium verschafft, sondern es auch noch selbst gestiftet! Er war ein so freundlicher, entgegenkommender Mann und half ihr immer wieder. Und erwartete dafür noch nicht einmal eine Gegenleistung von ihr. Nur ab und zu ein paar Bücher zu einem günstigeren Preis, den Magdalena ihm natürlich gerne gewährte. Sie hätte ihm die Drucke sogar geschenkt, aber er ließ dies nicht zu, sondern bestand darauf, sie zu bezahlen.

Magdalena drehte sich und begutachtete den Saum des Kleides. Schon bald wäre sie die Mutter eines Academisten, denn Moritz würde schon in wenigen Wochen die Universität besuchen. Ihr Sohn ginge auf die Universität! Das war seit Langem ihr kühnster Traum gewesen, schon zu der Zeit, als ihr Mann Ulrich Morhart noch lebte. Aber damals hatte es so ausgesehen, als müsse es für immer ein Traum bleiben, denn für das Studium eines ihrer Söhne war nie genügend Geld übrig geblieben, das sie zurücklegen hätten können. Und ein Stipendium war ihr immer unerreichbar erschienen.

Für die Familie Morhart würde ein Student in der Familie vieles verbessern. Er würde einen direkten Kontakt zur Universität haben, sodass sie täglich erfuhren, was dort gerade vor sich ging. Diese Kenntnisse könnten sie wiederum für ihr Geschäft nutzen. Wieder wanderten ihre Gedanken zu ihrem willkommenen Stifter, dem das Wohl der Druckerei am Herzen lag: Nikodemus!

Auf ihrem Weg in den Produktionsraum ging sie an der Kammer neben dem Trockenraum vorbei, die sie inzwischen als Studierkammer für Moritz hergerichtet hatten. Es war nur ein winziger Raum, und sie konnten gerade einmal ein kleines Schreibpult hineinstellen. Doch Moritz hatte sich überschwänglich bedankt und versichert, dass das vollkommen ausreichen würde. Unten angekommen, stieß sie auf ihren jüngsten Sohn, der seinen Talar zum ersten Mal angezogen hatte. In einer Ecke saß Magda mit Fräulein Pfote, die sie abwechselnd kraulte und streichelte. Die anfängliche Scheu der Katze hatte sich wieder gelegt, und sie war nun erneut recht zutraulich. Oswald und Georg begutachteten ihren jüngeren Bruder und zupften an seinem Gewand herum. »Dafür, dass er gebraucht ist, sieht der Talar noch sehr gut aus. Aber pass auf, Brüderlein, dass du ihn nicht gleich zerreißt. Sonst musst du ihn selbst flicken.«

Moritz verzog die Mundwinkel. »Ich bin nicht so ungeschickt, wie ihr denkt.«

Seine Brüder tauschten einen Blick aus. »Natürlich nicht. Der Krug Milch ist letztens von ganz allein umgefallen. Das hatte nichts mit deiner Hand zu tun.«

Empört drehte sich Moritz zu ihnen um. »Der Krug ist mir aus der Hand gerutscht. Das hätte euch auch passieren können.«

»Bestimmt«, lachte Georg und stellte sich neben Moritz. Er klopfte dem Kleinen auf die Schulter. »Wir haben es nicht so gemeint. Schließlich wirst du uns von nun an gute Dienste an der Universität leisten, Brüderchen. Vielleicht wirst du sogar von dem einen oder anderen Professor zum Abendmahl eingeladen werden. Dann darfst du nicht vergessen, bei ihm Werbung für uns zu machen, und musst die Ohren spitzen, welche Bücher demnächst gebraucht werden.«

Oswald trat gleichfalls näher und zerzauste Moritz das Haar, das sich dieser gerade gekämmt hatte. Moritz versuchte, sich wegzuducken, wurde aber von Georg festgehalten. Moritz wand sich aus seinem Griff und begann, sich umgehend wieder die Haare mit den Händen zu glätten.

»Ich werde bestimmt nicht eingeladen. Die Studienanfänger werden zunächst von vielen gar nicht weiter beachtet«, sagte er trotzig. »Außerdem muss ich erst noch einige Prüfungen bestehen, bevor ich überhaupt als richtiger Student gelte.«

»Ach Brüderchen. Sobald du eingeschrieben bist, bist du doch bereits ein Student. Dann werden wir dich nur noch mit Ehrfurcht ansprechen können«, sagte Georg, ohne sich ein Lächeln verkneifen zu können. »Und die Frauenherzen werden dir zu Füßen liegen«, setzte er hinzu. Oswald prustete los. »Wahrscheinlich heiratet er sogar die Tochter eines Professors«, feixte er und schlug Moritz auf die Schulter. Moritz lief rot an und zog sich den Talar enger um seinen Leib.

»Jetzt lasst ihn doch in Ruhe. Er wird sich auf sein Studium konzentrieren und nicht den Mädchen nachschauen.« Magdalena ging zu Moritz hinüber und legte ihm die Hände auf die Schultern. »Hör nicht auf das, was deine Brüder sagen. Wir sind alle sehr stolz auf dich.«

Moritz wich ihrem Blick aus und begann stotternd: »Dabei weiß ich doch noch gar nicht, was mich alles erwarten wird …« Er seufzte. »Die Depositionszeremonie wird, soweit ich gehört habe, sehr unangenehm werden. Und danach bin ich als Pennal für ein Jahr, sechs Monate, sechs Wochen, sechs Tage und sechs Stunden …« Georg warf darauf Oswald einen belustigten Blick zu. »… einem älteren Studenten unterstellt, der mich zwar in alles einweist, dem ich aber zu gehorchen habe.«

»Ach, die erzählen dir doch nur Schlimmes, um dir Furcht einzujagen.« Georg schüttelte den Kopf. »Lass dich nicht ins Bockshorn jagen. Du schaffst das schon!«

Kapitel 23

DEZEMBER 1556

Magdalena kletterte kurz vor Erreichen der Tübinger Stadtmauer vom Wagen und drückte ihren Rücken durch. Das Fuhrwerk besaß keine Federung, und so hatte sie jede Unebenheit auf der Straße von Nürnberg bis hierher gespürt. Sie blickte zu den Wolken, die sich am Himmel versammelt hatten. Lange würde der Regen nicht mehr auf sich warten lassen. Aber sie würde noch trockenen Fußes zu ihrer Druckerei kommen. Kurz sah sie in ihrem Beutel nach dem Vertrag. Er befand sich immer noch zusammengefaltet in das Leder eingewickelt, das sie zum Schutz des Dokumentes mitgenommen hatte. Für die Unterzeichnung hatte sie eigens nach Nürnberg reisen müssen. Der Vertrag lief nun für ein Jahr mit dem Gasthaus Zur Goldenen Gans, in dem sie einen Teil seines unterirdischen Gewölbes für ein Bücherlager gemietet hatte. Die Verhandlungen mit dem Wirt waren langwierig gewesen, da dieser ursprünglich auf einer Vertragslaufzeit von mindestens fünf Jahren bestanden hatte. Genauso wie er es auch mit anderen Händlern hielt. Doch Magdalena wollte sich nicht so lange binden. Noch hatte sich ihre Druckerei nicht gänzlich erholt, obwohl sie nun seit fast einem Jahr wieder in Tübingen waren. Aber die Geschäfte waren längst noch nicht wieder auf dem Stand wie vor dem Pestausbruch. Daher hatte Georg auch vorgeschlagen, das Bücherlager einzurichten, damit ihre Publikationen neben dem Verkaufsraum in der Druckerei zusätzlich noch im Wirtshaus angeboten werden konnten. Auf diese Weise würden zukünftig andere Buchhändler aus der Umgebung schneller an neue Bücher kommen, ohne diese vorab erst umständlich in der

Morhart'schen Druckerei bestellen und dann auf deren Lieferung warten zu müssen.

In Tübingen war heute Markttag. Magdalena schlenderte durch die Straßen, zusammen mit unzähligen Besuchern aus dem Umland. Vor und hinter ihr trieben Bauern ihre vor die vollgeladenen Karren gespannten Ochsen an, Frauen trugen Hühner und anderes Kleinvieh in Käfigen mit sich, und Kinder schleppten Eier, Käse und Wurst. Viele Händler kannten sich von ihren regelmäßigen Besuchen in der Stadt und tauschten untereinander, noch bevor sie den Marktplatz erreichten, die neuesten Neuigkeiten aus ihren Dörfern aus. Um sich herum vernahm Magdalena die wunderlichsten Geschichten wie zum Beispiel von sagenumwobenen Heilenden, der Geburt Unheil verkündender Tiere und einem bevorstehenden Angriff der Ungläubigen. Magdalena schenkte alldem nur wenig Glauben, aber einige Leute um sie herum waren ganz begierig darauf, noch mehr zu hören.

Die Buchdruckerin ließ sich von der Menge ins Zentrum der Stadt treiben. Sie hatte es nicht eilig. Sie wusste, dass die Druckerei bei Oswald in guten Händen war und dass er auch einmal eine Weile gut ohne sie auskam. Es hatte zwar in den letzten Zeiten wieder mehr Spannungen zwischen ihr und ihrem ältesten Sohn gegeben, doch hatte er vor ihrer Abreise nach Nürnberg versichert, dass er sich während ihrer Abwesenheit gut um das Geschäft kümmern würde. Daher konnte sie sich jetzt auch noch kurz auf dem Markt umhören, um zu erfahren, was sich in der letzten Zeit in Tübingen ereignet hatte.

Als sie auf dem gut besuchten Marktplatz eintraf, verweilte ihr Blick einen Moment auf dem hohen Gebäude des Rates, welches an der Kopfseite des Verkaufsplatzes stand. Seine Außenmauern waren mit wunderschönen, farbigen Blumenranken bemalt, die vor Kurzem noch einmal nachgemalt worden waren. Die warme Sonne tauchte die Malerei in ein sanftes Licht und brachte die unterschiedlichen Farben zum Leuchten. Plötzlich wurde Magdalena von der Seite angerempelt. Einer der Männer des Vogtes ging mit geschwollener Brust an ihr vorbei und bahnte sich rücksichtslos seinen Weg durch die Leute. Er ging zielstrebig auf die große Holztafel zu, die nicht weit von ihr am Rande des Marktplatzes angebracht war und auf welcher neben vielen Anzeigen auch wichtige Verlautbarungen der Regierung angeschlagen wurden. Als er dort angekommen war, nahm er einen Pinsel zur Hand, tunkte ihn in das Eimerchen mit Leim, das er mitgebracht hatte, bestrich eine Seite des Papiers, das er in der Hand hielt, mit dem Leim und befestigte es auf der mit Drucken bereits überfüllten Tafel. Neugierig trat Magdalena näher. Es war eine Verordnung des Herzogs, wie sie sofort an den ersten beiden Zeilen erkannte. Führten diese doch nicht nur den gesamten Titel des Herrschers sowie sein Herzogtum auf, sondern auch seine Herrschaftsgewalt über Mömpelgard, das Gebiet westlich von Württemberg. Wahrscheinlich war die Verordnung kurz vor Magdalenas Erscheinen auch schon ausgerufen worden und wurde nun für alle, die sie nicht vernommen hatten, noch öffentlich angebracht.

Magdalena überflog den restlichen Text der Verordnung und stellte fest, dass sie eine neue Bestimmung für die Einhaltung des Sonntagsgebets enthielt. Zufrieden bemerkte sie außerdem, dass das Blatt, wie zu erwarten, in ihrer Druckerei hergestellt worden war. Es war fehlerfrei. Das Schriftbild war elegant und gut leserlich, die Buchstaben reihten sich alle gleichmäßig auf einer unsichtbaren Linie, und den Text umrandeten ebenmäßige Ränder. Dazu zierte eine der Morhart'schen Initialen den Beginn der Verordnung. Oswald hatte in ihrer Abwesenheit ganze Arbeit geleistet.

Sie wollte sich bereits wieder abwenden, als ihr ein anderer Druck auf dem Brett ins Auge stach. Unter den vielen Blättern, die nebeneinander- und zum Teil auch übereinanderhingen, befand sich eine Anzeige, die Bücher samt ihren Preisen auflistete. Sie hatte bereits selbst solche Zettel hergestellt. Doch etwas an diesem Druck stimmte nicht. Auf den ersten Blick sah er zwar so aus, als stamme auch er aus der Druckerei Morhart in der Burgsteige. Die Aufmachung des Textes, die Aufteilung in mehrere Spalten und der große Holzschnitt zu Beginn der Anzeige sahen der von Magdalenas Drucken sehr ähnlich. Aber dem geübten Blick der Buchdruckerin fielen sofort die feinen Unterschiede auf. Die Holzschnitte kamen ihr nicht bekannt vor und zeigten andere Verzierungen. Neugierig geworden, ging sie etwas näher auf den Druck zu. Bei genauerer Betrachtung bemerkte sie nun auch, dass die Buchstaben anders aussahen als die, die sie in ihrer Druckerei verwendeten. Was Magdalena jedoch am meisten beunruhigte, war das Zeichen am Ende des Textes. Es zeigte das Lamm Gottes, welches mühelos mit einem Stab einen am Boden liegenden Drachen besiegte. Umrundet waren die beiden Tiere von zwei Kreisen, in denen das lateinische Wort »Victoria« stand. Es war ihr eigenes Signet, das Markenzeichen, das sie damals für ihren Mann entworfen hatte. Das Zeichen, das sie in den letzten Jahren weit über die Stadtgrenzen Tübingens hinaus bekannt gemacht hatte. Das Zeichen, welches nur mit ihrer und keiner anderen Druckerei verbunden sein sollte. Doch nun wollte es sich wohl ein anderer Drucker zunutze machen.

Sie fühlte, wie sich der Stolz, den sie beim Anblick des Regierungsdrucks gespürt hatte, in Ärger verwandelte. Es gab nur einen, der die Frechheit besaß, ihr in ihrer Stadt auf diese dreiste Art und Weise die Stirn zu bieten. Ihr Stiefsohn Ulrich. Sie hatte inständig gehofft, dass er sich nie wieder in Tübingen blicken lassen würde. Doch ein Rest Furcht vor dem Tag, an dem er zurückkehrte, war geblieben. Denn tief in ihrem Inneren hatte sie immer gewusst, dass er sich nicht so einfach geschlagen geben würde. Schließlich wähnte er sich, der einzige rechtmäßige Erbe der Druckerei seines Vaters zu sein, und hatte deshalb bereits schon einiges versucht, um ihr die Werkstatt abzujagen. Er war vor Gericht gezogen, hatte üble Gerüchte über sie in Umlauf gesetzt und schließlich auch noch ihre Geschäftspartner gegen sie aufgebracht. Allein die leidvolle Seuche hatte sie letztendlich vor weiteren Angriffen seinerseits bewahrt.

Seine Rückkehr und der damit verbundene Wettbewerb zwischen den Druckereien waren ärgerlich genug. Aber was sie am meisten erzürnte, war die Tatsache, dass er ihr Markenzeichen so dreist kopierte. Wie konnte er es wagen, einfach das Signet, das sie selbst für seinen Vater entworfen hatte, zu benutzen? Das war eine offene Herausforderung. Magdalena ärgerte sich maßlos. Dann hatte sie plötzlich einen Gedanken, der sie beunruhigte. Was würde die Landesregierung nun tun, da es zwei Druckereien in Tübingen gab? Würde es Ulrich tatsächlich schaffen, ihnen die einträglichen Aufträge der herzoglichen Kanzlei streitig zu machen?

So weit würde sie es nicht kommen lassen! Mit einer wütenden Bewegung ergriff Magdalena den Zettel, riss ihn vom Brett und zerknüllte ihn mit beiden Händen. Sicherlich war es nicht die einzige Anzeige, die Ulrich in der Stadt angeschlagen hatte. Wahrscheinlich hingen noch mehr an verschiedenen Toren, Türen und Wänden, an denen sonst ebenfalls Bekanntmachungen befestigt wurden. Doch zu wissen, dass nun wenigstens eine Anzeige weniger in Tübingen existierte, fühlte sich bereits besser an. Kurz überlegte sie, den Zettel wegzuwerfen, doch dann besann sie sich eines Besseren, strich ihn wieder glatt, verstaute ihn in ihrer Tasche und schlug den Weg zu ihrer Druckerei ein.

Kapitel 24

Magdalena begab sich auf dem schnellsten Weg nach Hause. Als sie in die Burgsteige einbog, blieb sie wie angewurzelt stehen. *Unfassbar,* dachte sie und blickte ungläubig auf das Haus unweit ihrer eigenen Druckerei. Das Gebäude, das bei ihrer Abreise noch leer gestanden hatte, war nun mit einem metallenen Schild versehen worden, auf dem eine Druckerpresse zu sehen war. Es schaukelte im Wind, und das blank geputzte Metall reflektierte das Sonnenlicht. *Ulrich!* Er besaß also nicht nur die Dreistigkeit, nach Tübingen zurückzukommen, sondern auch noch die, seine Druckerei in unmittelbarer Nähe zu der ihrigen zu eröffnen.

So schnell sie konnte, eilte sie die wenigen Schritte zu ihrer Druckerei, brach durch die Tür und baute sich neben Oswald und Georg an der Presse auf.

»Ist das etwa Ulrich, der nun auch in der Burgsteige druckt?«, platzte sie heraus. Erschrocken ließ Georg den Bogen, den er gerade einspannen wollte, fallen. Oswald fuhr überrascht herum.

»Mutter, Ihr seid schon wieder …?«, begann er, konnte den Satz aber nicht vollenden, denn schon kam ein schneidendes »Ja, wie du siehst« von Magdalena zurück, während sie ihr Gepäck auf den Esstisch warf.

»Was ist hier los? Wie kann es sein, dass Ulrich hier in Tübingen druckt? Seit wann ist er wieder da?« Ihre Stimme wurde immer lauter und wütender. Georg und Oswald tauschten einen kurzen Blick aus. Dann ging Georg vorsichtig einen Schritt auf seine Mutter zu.

»Wir ärgern uns auch über seine Unverfrorenheit«, sagte er in einem ruhigen Tonfall.

»Er hat sein Geschäft vor ein paar Tagen geöffnet. Erst ab da wussten wir, was vor sich ging. Ihr erinnert Euch, dass das Haus schon seit Langem als verkauft galt und der neue Besitzer mit den Umbauarbeiten begonnen hatte. Es wusste nur niemand, was daraus werden sollte, und diesbezüglich wurde auch größtes Stillschweigen von den Handwerkern gewahrt.« Magdalena ärgerte sich über sich selbst. Sie hätte aufmerksamer sein sollen. Zumal sie sich noch gewundert hatte, dass das Vorhaben so geheim gehalten wurde. Sie hätte doch die Möglichkeit in Betracht ziehen müssen, dass der Umbau und Neubezug des Hauses auch zu ihren Ungunsten ausgehen könnte.

Oswald bedeutete ihnen allen, sich an den Esstisch zu setzen. Magdalena war immer noch sehr verärgert, doch folgte sie ihm und setzte sich an das Kopfende. Sobald sie saß, fuhr Oswald fort. »Ihr könnt Euch vorstellen, wie verärgert wir waren, als wir es schließlich erfahren haben. Denn unser lieber Stiefbruder wird alles versuchen, um uns die Aufträge der Regierung und Universität streitig zu machen.«

»Und ihr habt einfach zugesehen? Warum habt ihr nichts dagegen unternommen?«

Nun wurde auch Georg wütend. Er wusste von seinem Stiefvater, mit dem er früher ausführlich und öfter über das Morhart'sche Geschäft gesprochen hatte, wie gefährlich eine andere Druckerei für den eigenen Betrieb sein konnte. Aber weder sein Bruder noch seine Mutter hatten vor etwa zwei Jahren seine Bedenken geteilt, als schon einmal die Gefahr bestand, dass eine zweite Druckerei nach Tübingen kam.

»Was hätten wir denn unternehmen sollen? Etwa ein weiteres Gesuch bei der Universität einreichen? Für das erste, das ich damals kurzerhand in Eurem Namen gemacht habe, tadelt Ihr mich doch heute noch, Mutter.« Georg schaute seine Mutter herausfordernd an. Er konnte sich noch sehr gut daran erinnern, wie hart sie mit ihm umgegangen war, als es herauskam. Seine Mutter hatte dies als schweren Vertrauensbruch angesehen.

Magdalena erkannte an seinem Blick, dass er ihr das immer noch nachtrug. Daher sagte sie laut: »Mit einem solchen Gesuch würden wir nur den Verdacht erwecken, dass wir uns nicht gegen eine andere Druckerei behaupten können. Genau wie es damals auch der Fall war.«

»Wenn dem so ist, was hätten wir dann Eurer Meinung nach sonst noch gegen Ulrich unternehmen sollen?«, entgegnete Georg daraufhin. »Etwa seine Werkzeuge beschädigen?« In der Tat hatte er schon mehr als einmal mit dem Gedanken gespielt, die Druckerei seines Stiefbruders einfach zu zerstören oder die Auslieferung seiner Drucke zu verhindern. Aber dies würde von der Universität geahndet werden. Ihre ausweglose Lage hatte ihm sehr zu schaffen gemacht. »Natürlich nicht! Aber ihr hättet euch Rat bei den Professoren holen können. Ihr kennt Nikodemus doch schließlich auch. Warum habt ihr ihn nicht aufgesucht?«, fragte sie immer noch ärgerlich.

»Nikodemus ist zurzeit nicht in Tübingen, und zu anderen Professoren haben wir keine so gute Verbindung wie Ihr. Deswegen wollten wir warten, bis Ihr zurückgekehrt seid«, sagte Oswald beschwichtigend.

»Das bin ich nun. Wir sollten die neue Druckerei auf keinen Fall einfach so hinnehmen. Wir werden Ulrich noch heute einen Besuch abstatten, und danach werde ich versuchen, mit Professor Fuchs über die Angelegenheit zu sprechen. Er ist uns wohlgesinnt. Und er ist doch wohl nicht ebenfalls auf Reisen, oder?«, fragte sie ihre Söhne provozierend. Georg wollte noch etwas entgegnen, hielt sich dann aber zurück.

Nur wenig später ging Magdalena entschlossen zur Druckerei ihres Stiefsohnes. Oswald wollte es sich nicht nehmen lassen, sie zu begleiten, obwohl Magdalena zunächst meinte, Ulrich durchaus allein zur Rede stellen zu können. Aber ihr Sohn konnte sie letzten Endes überzeugen, ihn mitzunehmen, für den Fall, dass die Unterredung handgreiflich werden sollte.

Schon von außen stellte Magdalena fest, dass die Handwerker ganze Arbeit geleistet hatten. Die Fassade war gestrichen, neue Fensterläden waren angebracht und sogar einige kleine Malereien auf die Hauswand aufgetragen worden. Verärgert nahm sie zur Kenntnis, dass das Haus inzwischen stattlicher aussah als ihre eigene Druckerei. Als sie durch die große Eingangstür trat, verstärkte sich dieser Eindruck noch. Die räumliche Aufteilung im Inneren glich der in der Morhart'schen Druckerei. Ein Ladenbereich mit Regalen, auf denen bereits einige Bücher standen, ein großer Verkaufstisch, und im hinteren Teil des Raumes zwei Pressen. Ulrich und Kaspar standen in ein Gespräch vertieft an einer Presse, während zwei Lehrlinge die gerade benutzte Presse reinigten. *Ulrich hat sogar Lehrlinge!* Das versetzte Magdalena einen Stich. Denn sie selbst durfte keine Lehrlinge ausbilden, da sie als Frau keine Ausbildung zur Druckerin gemacht hatte. So lautete das Urteil des Senats, welches sie immer noch schwer traf.

Magdalena hatte genug gesehen und zog an der kleinen Glocke, um auf sich und Oswald aufmerksam zu machen. Dann steuerte sie auf die Pressen zu. Ulrich drehte sich abrupt um, und als er erkannte, wer in seine Druckerei gekommen war, trat ein zufriedenes Lächeln auf sein Gesicht. Er hatte damit gerechnet, dass sie ihn früher oder später zur Rede stellen würde, und freute sich schon auf die Auseinandersetzung mit ihr. Langsam ging er auf die Neuankömmlinge zu, sein Grinsen wurde dabei immer breiter. Kaspar folgte ihm auf dem Fuß, einen hämischen Ausdruck im Blick. Ulrich baute sich mit verschränkten Armen vor Magdalena auf und reckte ihr herausfordernd sein Kinn entgegen.

»Was wollt Ihr hier?«, fragte er, ohne sie einer Begrüßung zu würdigen.

»Das Gleiche könnte ich dich fragen. Wie kommst du dazu, hier eine Druckerei zu eröffnen?«, gab Magdalena unbeeindruckt zurück.

»Wieso nicht? Ihr habt hier nicht das Vorrecht als alleinige Druckerei«, antwortete Kaspar frech. Ulrich sah sie überlegen an. »Habt Ihr etwa Angst, dass Eure Käufer zu mir überwechseln werden? Zu Recht, denke ich! Sie werden schon bald sehen, dass ich mehr kann als Ihr.«

Magdalena schnaubte. »Und die Universität hat dir das Geschäft erlaubt? So schnell?«, fragte sie ungläubig.

»Alles hat seine Richtigkeit. Nicht nur die Universität, sondern auch die Regierung hat mir dafür die Erlaubnis erteilt.«

»Das glaube ich dir nicht«, feuerte Magdalena zurück.

»Geht doch hin und fragt nach«, antwortete er dreist und zog triumphierend die Augenbrauen hoch. »Dann werdet Ihr erkennen, dass viele Eurer überdrüssig sind. Sie wollen einen fähigen Drucker und eine Druckerei, die man vorzeigen kann. Wie ich höre, arbeitet Ihr nun nur noch mit einer Presse. Doch eine so kleine Werkstatt ist nicht länger repräsentativ für eine so ehrenvolle Universitätsstadt wie Tübingen.« Mit einer ausladenden Handbewegung forderte er sie stolz auf, sich umzusehen.

»Pah«, entfuhr es Magdalena.

»Außerdem bin ich der rechtmäßige Erbe meines Vaters, dem Drucker, der hier in Tübingen lange Zeit gearbeitet hat. Ihr habt es irgendwie geschafft, dass die Druckerei auf Euch und die Euren übergeht. Aber das lasse ich mir nicht weiter gefallen. Ich werde Euch aus dem Geschäft drängen, und dann werde ich die Druckerei meines Vaters schließlich doch noch übernehmen.«

»Nichts wirst du, du undankbarer Hundsfott. Ich werde das zu verhindern wissen. Du, als alleiniger Druckherr in Tübingen?

Dass ich nicht lache. Um hier Fuß zu fassen, musst du zunächst viel investieren. Und wie ich dich kenne, hast du deine ganzen Ersparnisse schon für den Umbau ausgegeben. Ohne weiteres Geld wirst du dich kaum halten können.«

»Das geht Euch gar nichts an. Ich habe genug Geld. Ich werde daher ohne Weiteres hier drucken und Aufträge annehmen können.« Seine Selbstsicherheit ließ Magdalena aufhorchen. Ohne lange nachzudenken, fragte sie: »Wo willst du denn so viel Geld herhaben?«

»Das ist ganz allein meine Sache!«, erwiderte er, und Magdalena beschlich das Gefühl, dass sie etwas angesprochen hatte, über das er nicht reden wollte. Für Ulrich schien das Gespräch damit beendet zu sein, denn er wandte sich bereits wieder der Presse zu. Doch Magdalena war noch nicht fertig mit ihm.

»Du erdreistest dich nicht nur, hier eine Druckerei zu eröffnen, sondern bist auch noch frech genug, mein Signet zu verwenden. Das ist eine Unverschämtheit!«, blaffte sie ihn an. Sie holte den Aushang aus ihrer Tasche und hielt ihn ihm unter die Nase. Wieder grinste Ulrich.

Mit gespielter Ruhe antwortete er: »Ich verstehe nicht, was Ihr wollt. Ihr habt das Zeichen doch für meinen Vater anfertigen lassen. Nicht für Euch. Und ich bin sein Erbe. Demnach gehört es mir.«

Kaspar, der sich bis jetzt im Hintergrund gehalten hatte, setzte noch eins drauf. »Und lasst zukünftig die Finger von unseren Aushängen.« Er riss Magdalena das Blatt aus der Hand.

Ulrich beobachtete das Geschehen kalt lächelnd und holte zu seinem letzten Hieb aus: »Vielleicht wäre es jetzt vielmehr an der Zeit, nachdem ich, der rechtmäßige Erbe der Druckerei, zurückgekehrt bin, Euch ein eigenes Signet zuzulegen.«

Oswald, der zunehmend wütender geworden war, aber nichts gesagt hatte, konnte sich nicht länger zurückhalten. Drohend ging er auf Ulrich zu und hob seine Faust. »Du Mistkerl. Wie kannst du es wagen?«, stieß er hervor und wollte schon zum Schlag ausholen.

»Schlag nur zu. Dann werde ich dich anzeigen, und du wirst in den Karzer gesteckt. Und Eure Druckerei hätte einen Gehilfen weniger. Das würde es mir noch einfacher machen.« Ulrich reckte erneut sein Kinn. Oswald haderte. Einerseits hätte er Ulrich gerne eine Tracht Prügel verpasst, andererseits musste er diesem Widerling doch tatsächlich recht geben und sich zusammenreißen. Ärgerlich trat er gegen den Verkaufstisch, der neben ihm stand.

»Und mein Hab und Gut dürft Ihr auch nicht beschädigen. Wenn Ihr dies noch einmal macht, werde ich den Pedell holen«, sagte Ulrich kalt lächelnd.

Magdalena sah ein, dass sie hier nichts mehr ausrichten konnte. Sie legte ihrem Sohn die Hand auf den Arm. »Komm, wir gehen! Wir werden Ulrich schon mit anderen Mitteln das Handwerk legen.« Sie warf einen letzten herausfordernden Blick in Ulrichs Richtung, der wie Kaspar, einen siegessicheren Ausdruck im Gesicht, noch immer auf der gleichen Stelle stand. *Euch wird das Lachen noch vergehen,* dachte sie. Doch es war eher eine Hoffnung als ein Versprechen. Zusammen mit Oswald verließ sie die Druckerei.

»Ihr dürft das nicht einfach so hinnehmen, Mutter. Wir müssen Ulrich zu verstehen geben, dass wir nicht kampflos aufgeben werden. Wir sollten ihn das Fürchten lehren. Er kann mit uns nicht machen, was er will«, sagte Oswald wutschnaubend.

Das ließ Magdalena nicht auf sich sitzen. »Oswald. Zügele dich. Ich muss mir nicht auch noch deine Vorwürfe anhören.«

Verärgert gingen beide zurück in die Druckerei und wechselten vorerst kein Wort mehr miteinander.

Kapitel 25

Immer noch vor Wut schäumend, eilte Magdalena später schnurstracks zum Nonnenhaus, um Professor Fuchs aufzusuchen. Obwohl der mittlerweile nicht mehr Rektor der Universität war, verfügte er immer noch über viel Einfluss. Vielleicht könnte er etwas für sie erwirken.

Bei ihrer Ankunft im Nonnenhaus musste sie jedoch erfahren, dass der Professor außer Haus war und erst spät am Abend zurückerwartet wurde. Obwohl man ihr riet, bis dahin nach Hause zu gehen, blieb sie, um ihn auf keinen Fall zu verpassen. Sie war sogar ein Stück weit erleichtert über die Abwesenheit des Hausherrn, konnte sie sich auf diese Weise doch etwas von der Auseinandersetzung mit ihrem Stiefsohn erholen. *Dieser widerliche Kerl!* Dabei hatte sie damals nach dem Tod seines Vaters und nach den anfänglichen Schwierigkeiten in der Druckerei sogar noch Mitleid mit ihm gehabt. Nun konnte sie sich das nicht mehr vorstellen, vor allem weil er jetzt noch dreister war als zuvor. Er hatte ihr damals schon viel Schaden zugefügt mit den üblen Gerüchten, die er über sie verbreitet hatte. Aber nun hatte er auch noch einen besseren Stand mit seiner eigenen Druckerei, die zudem noch direkt neben der ihren lag! Sie musste unbedingt wissen, wie sie sich gegen ihn behaupten konnte! Hoffentlich würde ihr Professor Fuchs weiterhelfen können.

Sie vertrieb sich die lange Wartezeit, indem sie sich genauer umsah. Auch diesem Haus sah man an, dass es nach Ausbruch der Pest gelitten hatte. Die Vielzahl der Reparaturen im Eingangsbereich, an den Türen und an den Fenstern zeugten von heftigen Angriffen. Sie hatte außerdem gehört, dass die vielen Kräuter, die der Mediziner in seinem großen Garten wachsen ließ, beträchtlichen Schaden erlitten hätten. Vor allem die Pflanzen, die aus fernen Ländern stammten, konnten so schnell nicht wieder ersetzt werden. Das bereitete ihm besonderen Verdruss, sah er sich deshalb doch außerstande, viele Krankheiten zu heilen.

Während sie sich die Zeit vertrieb, brachte man Magdalena eine kleine Stärkung. Einen Becher Milch und etwas Brot. Doch sie rührte beides nicht an. Sie konnte nach dem aufwühlenden heutigen Tag nicht ans Essen denken. Endlich kam der Professor. Sie hörte seine Stimme und auch, wie ihm mitgeteilt wurde, dass ein Besucher für ihn gekommen wäre. Die Antwort des Professors klang unwirsch. Magdalena befürchtete schon, dass er sie nach Hause schicken würde. Doch unerwarteterweise wurde sie gleich darauf in die Studierkammer des Professors gebracht. Er kam wenig später dazu. Sein schwerfälliger Gang verriet ihr, dass er sich am liebsten für die Nacht zurückgezogen hätte. Und als er sich ihr gegenüber am Schreibtisch niederließ, war ihm die Müdigkeit ins Gesicht geschrieben. Er verstaute das Papier, das er in der Hand gehalten hatte, in einer Schublade. Sie hatte ihn seit der Rückkehr der Universität nach Tübingen zwar schon öfters gesehen, doch immer nur flüchtig wie zum Beispiel bei der Prozession. Nun betrachtete sie ihn genauer. Sein weißes Haar war dünner geworden, und er hatte mehr Falten als zuletzt. Sein Alter machte sich nun deutlich bemerkbar. Als er das Wort an sie richtete, merkte sie jedoch, dass seine Stimme die ihr wohlbekannte Strenge nicht verloren hatte.

»Witwe Morhart. Ich hatte schon damit gerechnet, dass Ihr mich nach Eurer Rückkehr aufsuchen würdet. Ich hoffe, Eure Geschäfte in Nürnberg waren lohnend, und Ihr habt nun dort ein Bücherlager einrichten können?«

Es erstaunte sie nicht, dass er wusste, wo sie sich in letzter Zeit aufgehalten hatte und warum. Auch wenn er nicht mehr der Universität vorstand, wollte er immer noch genauestens über alles informiert sein. »Davon werde ich Euch gerne ein anderes Mal berichten. Doch nun sagt mir, wie kann es sein, dass mein Stiefsohn so schnell eine Druckerei in Tübingen eröffnen konnte? Musste dazu nicht erst ein Gesuch von ihm bei der Universität eingereicht und genehmigt werden? Dazu bedarf es doch sonst mehrerer Monate.«

»Ja, so lange dauert es gemeinhin. Aber er hatte einige Fürsprecher, einer von ihnen ist Euch wohlbekannt, Professor Demler.«

Magdalena verzog das Gesicht, erinnerte sie die Nennung dieses Namens doch unwillkürlich an ihre damalige, unangenehme Anhörung vor dem Universitätssenat, als Ulrich versucht hatte, ihr die Druckerei wegzunehmen. Schon zu dieser Zeit war der Professor ein starker Fürsprecher von Ulrich gewesen und hatte sie beschuldigt, nicht in der Lage zu sein, die Druckerei ihres Mannes ordentlich zu führen.

»Trotzdem verstehe ich nicht, warum er so schnell eine Genehmigung erhalten hat«, sagte Magdalena und schüttelte leicht den Kopf.

»Er ist klug vorgegangen. Anstatt sich nur an uns zu wenden, hat er sich im Vorhinein schon das Wohlwollen einiger Regierungsbeamter in Stuttgart gesichert und konnte daher argumentieren, dass auch der Hof des Herzogs eine zweite Druckerei im Herzogtum befürworten würde.«

»Aber warum? Ich habe doch immer zur vollsten Zufriedenheit des Hofes und der Universität gearbeitet. Und ich habe zudem auch dann noch in Tübingen gearbeitet, als bereits viele, die Universität eingeschlossen, vor der grausamen Pest geflohen sind. Zeichnet mich das nicht als tüchtige Druckerin aus? Woher rührt also nun das Misstrauen mir gegenüber?«

»Es ist kein Misstrauen. Auch wenn es Euch so vorkommen mag. Aber ich kann Euch versichern: Viele haben die größte Hochachtung vor dem, was Ihr geleistet habt. Aus Sicht der Regierung ist eine zweite Druckerei jedoch eine Bereicherung für Tübingen, zeigt dies doch, dass es eine aufstrebende Stadt ist. Ihr kennt sicherlich die Lage in Wittenberg, der bekannten Universitätsstadt, in der Martin Luther wirkte. Sie zählt ungefähr so viele Einwohner wie Tübingen, es gibt in ihr jedoch gleich mehrere Druckereien. Das ist sowohl für alle Käufer eine gute Ausgangslage, da die Druckereien dazu angehalten sind, schneller und besser zu arbeiten. Aber auch die Universität hat dadurch den Vorteil, dass niedrigere Preise zustande kommen.«

»Aus der Sicht der Käufer ist das vielleicht gut. Aber aus meiner Sicht kann so ein Preiskampf auch schnell ins Auge gehen. Vor allem da das Wohl meiner ganzen Familie vom Einkommen der Druckerei abhängt. Ihr versteht, dass mich Ulrichs Auftreten daher besorgt. Außerdem gibt Ulrich nur vor, dass er hier eine weitere Druckerei betreiben möchte. Eigentlich will er der einzige Drucker in Tübingen sein. Wenn er mich aus dem Feld geschlagen hat, wird er alles daransetzen, dass hier keine weitere Druckerei eröffnet wird, um dann die Preise diktieren zu können.«

»Das sind nur Vermutungen. Tatsache ist, dass wir momentan zwei Druckereien haben und dies begrüßt wird. Solltet Ihr dennoch etwas dagegen unternehmen wollen, rate ich Euch dringend davon ab, Euch mit einem Gesuch gegen Ulrich an den Senat zu wenden. Das würde Euch nur so ausgelegt werden, wie Ihr es gerade beschrieben habt, nämlich dass Ihr keine weitere Druckerei duldet, weil Ihr keine niedrigeren Preise anbieten wollt. Nachdem was ich gehört habe, hättet Ihr auch keine guten Aussichten, dass Eurem Gesuch stattgegeben wird, da Ulrich mit seiner neuen Druckerei großen Eindruck geschunden hat.«

Sie presste die Lippen aufeinander. Dann begann sie erneut. »Aber warum hat man mich nicht informiert? Im Prinzip denke ich ähnlich wie Ihr. Nur hatte ich gehofft, dass, sobald wir uns vollends von der Pestkatastrophe erholt hätten, einer meiner Söhne seine eigene Druckerei eröffnen könnte. Vielleicht sogar in Stuttgart, um dort ganz der Regierung und ihren Belangen zur Verfügung zu stehen. Hätte ich gewusst, dass Ulrich eine zweite Druckerei eröffnen will, hätte ich wenigstens versucht, schneller zu handeln.«

»Vermutlich hat Ulrich geahnt, was Ihr vorhabt. Zumindest hat sich Euer Stiefsohn ausrechnen können, dass einer Eurer Söhne dergleichen beabsichtigt, und ist Euch zuvorgekommen.«

»Genauso kenne ich ihn. Er stellt alle vor vollendete Tatsachen.«

»Ich kann Euren Ärger verstehen. Aber die Regierung und die Universität bevorzugen natürlich als zweiten Drucker jemanden, der aus Württemberg kommt, aus einer angesehenen Druckerfamilie stammt und auch noch gute Arbeit leistet. Zudem hat Ulrich wohl einen schönen zweifarbigen Druck als Beweis für seine Fähigkeiten vorlegen können.«

Magdalena rollte mit den Augen, sagte aber nichts. Die Werbeanzeige, die sie auf dem Markt gesehen hatte, war in der Tat besser ausgefallen, als sie es ihm zugetraut hatte. Das musste sie zähneknirschend zugeben.

»Zusätzlich verfügt er über ausreichend Geld, um einen guten Betrieb einzurichten.«

Nun schnaubte Magdalena. »Wer weiß, wo er das Geld herhat. Er hatte nicht viel, als er Tübingen verließ. Und nun kann er seine eigene große Druckerei eröffnen? Da stimmt doch etwas nicht.«

»Frau Buchdruckerin. Nun beruhigt Euch wieder. Habt Ihr Beweise für das, was Ihr sagt? Solche Anschuldigungen können Euch schnell als üble Nachrede ausgelegt werden. Wenn Ihr nicht aufpasst, könnt Ihr hierfür hart bestraft werden.«

Magdalena warf ihm einen verärgerten Blick zu, aber sie wusste, dass er recht hatte.

Der Professor fuhr fort: »Ich mache Euch folgenden Vorschlag, weil Ihr wegen des Pesttraktates bei mir noch etwas guthabt.« Die nachfolgenden Worte sprach er langsam und mit Bedacht: »Sollte sich herausstellen, dass Euer Stiefsohn mit unlauteren Mitteln arbeitet und Ihr dafür Beweise habt, so kommt sofort zu mir. Und zwar nur zu mir. Ich werde mich dann unverzüglich der Sache annehmen und mich auch nicht scheuen, mit dem Pedell und seinen Gehilfen zu Ulrich zu gehen. Wahrscheinlich wird der Pedell Ulrich sowieso schon auf die Finger sehen. Ihr kennt ihn schließlich.« Magdalena nickte. Nachdem sie Jakob auf der Messe getroffen hatte, war tatsächlich der Buchbinder Streler als neuer Pedell eingesetzt worden. Nach der Rückkehr der Universität hatte er sich auch bei ihr in der Druckerei vorgestellt, doch danach hatte sie nur noch wenig mit ihm zu tun gehabt. Allerdings hatte er, genau wie Jakob es bereits vermutet hatte, strengere Regeln für die Buchbinder eingeführt. Es wäre daher nur gut, wenn er Ulrich im Auge behielte. Dennoch wollte sich Magdalena darauf aber nicht verlassen, sondern Ulrich und seine Machenschaften ihrerseits genauestens beobachten.

Der Professor hob erneut an. »Was ich Euch als Nächstes rate, wollt Ihr wahrscheinlich nicht hören, weil es bisher schon viel Ärger innerhalb der Familie Morhart gab. Aber am meisten wäre Euch beiden wohl damit gedient, wenn Ihr Euch verständigt. Das könnte durchaus Vorteile für Euch haben. Falls Material beschädigt ist und Ihr Euch welches leihen wollt, oder falls Ihr in Zeitverzug kommt, könntet Ihr Euch an Ulrich wenden, damit der einen Teil des benötigten Bogens druckt …« Er sah, wie sich Magdalenas Miene verfinsterte. »Überlegt es Euch in Ruhe«, schloss er.

Sie hatte sich zwar mehr von dieser Unterredung erhofft, nun aber wenigstens erfahren, wie es Ulrich gelungen war, die Druckerei so schnell zu eröffnen. Zudem wusste sie, dass sich Professor Fuchs für sie einsetzen würde. Allerdings brauchte sie nun Beweise dafür, dass es bei Ulrichs Druckereieröffnung nicht mit rechten Dingen zugegangen war. Wo sollte sie diese herbekommen? Fieberhaft überlegte sie einige Momente, bis ihr auffiel, dass der Professor sie müde ansah. Obwohl er es nicht offen aussprach, spürte sie, dass ihre Besucherzeit nun vorüber war. Daher dankte sie dem Professor, wünschte ihm eine gute Nacht und verabschiedete sich. Als sie aus dem Nonnenhaus trat, umfing sie nebelige Dunkelheit. Sie konnte trotz einer mitgebrachten Laterne nur einige Schritte weit sehen und ging langsam in die Oberstadt zurück. Dabei hatte sie das ungute Gefühl, dass es nicht lange dauern würde, bis Ulrich zum nächsten Schlag ausholen würde.

Als Katharina vom Wäschewaschen nach Hause kam, traf sie ihren Mann Ulrich immer noch in Hochstimmung an. Er genehmigte sich gerade mit Kaspar einen weiteren Becher Wein und redete lautstark darüber, welche gewinnhaften Geschäfte er in der neu eröffneten Druckerei machen würde. Dabei stießen die beiden Männer mehrfach mit den Bechern an, und Ulrich klopfte seinem Gesellen öfters auf die Schulter. Die beiden Lehrlinge säuberten bereits die Presse, da die Sonne schon im Begriff war unterzugehen.

»Was gibt es zu feiern? Habt ihr denn schon einen Auftrag von der Regierung erhalten?«

»Viel besser, meine Teure!«, sagte Ulrich, kam auf sie zu und drückte ihr einen feuchten Kuss auf die Wange. »Diese abscheuliche Magdalena war hier und hat sich beschwert. Sie meinte, ich hätte kein Recht, hier eine Druckerei zu eröffnen.«

»Ha! Das ist unglaublich! Ich hoffe, du hast ihr Bescheid gegeben!«

»Und ob. Du kannst stolz auf mich sein.«

Kaspar sah sie mit strahlenden Augen an. »Er hat ihr gesagt, dass er der eigentliche Erbe seines Vaters ist und sie diejenige, die hier nichts zu suchen hat, weil sie sich die Druckerei nur erschlichen hat. Sie gehört nicht in diese Stadt. Zumindest nicht so wie wir. Wir sind die eigentlichen Drucker Tübingens.« Er leerte den

Rest seines Bechers in einem Zug. »Ohne Frage sind wir die bessere Druckerei. Das wird sie schon bald einsehen müssen.«

Katharina stellte sich vor, wie die Auseinandersetzung verlaufen war. Zu gerne wäre sie dabei gewesen. Die Stiefmutter ihres Mannes war ihr seit Langem ein Dorn im Auge. Nachdem Magdalena ihren Mann aus seiner eigenen Druckerei geworfen hatte, hatte sie sich nachträglich sogar noch erdreistet, ihr den Wochenlohn ihres Mannes anzubieten. Eine Geste, mit der sie lediglich ein weiteres Mal ihren Triumph über Ulrich und seine Familie auskosten wollte. *Was für eine schreckliche Frau!*, dachte Katharina und schüttelte den Kopf. *Spielt sich als Druckherrin auf und kennt ihren gottgegebenen Platz nicht. Sie sollte endlich wieder heiraten und das Geschäft den Männern überlassen.*

Nachdem ihr Ulrich und Kaspar alle Einzelheiten über Magdalenas heutige Niederlage berichtet hatten, kam auch Katharina in Fahrt. »Wunderbar, Ulrich! Der erste Schritt ist getan. Jetzt gilt es, ihr die Käufer nach und nach abzujagen. Mach Werbung im Hirschen, stell dich auf die Straße und sprich die Leute an. Schenk den jungen Akademikern deine besondere Aufmerksamkeit. Sie müssen ihre Disputationen häufig drucken lassen und werden sich freuen, wenn du ihnen dafür einen niedrigeren Preis als Magdalena anbietest.«

»Weib, du hast wie immer gute Einfälle!« Ulrich drückte sie an sich und küsste sie erneut auf die Wange. »Zum Kirchgang am Sonntag werde ich mich besonders herausputzen und die Leute ansprechen. Sogar die Letzten sollen dann erfahren, dass ich zurückgekehrt bin und nun für all ihre Belange zur Verfügung stehe. Ich werde meine beste Kleidung tragen und dir auch etwas Geschmeide kaufen, damit du an meiner Seite glänzen kannst. Dann werden sie von uns beiden beeindruckt sein.«

Katharina lächelte geschmeichelt. Was sie jedoch nicht sagte, sondern nur bei sich dachte, war: *Es wird auch höchste Zeit, mein lieber Ulrich, dass du dich endlich erkenntlich zeigst. Meine guten Einfälle haben dir schon oft genug geholfen.*

Am Sonntagmorgen trugen Ulrich und Katharina die teuersten Gewänder, die sie besaßen. Katharina hatte ihr Kleid mit Spitze versehen lassen, und ihre Hände steckten in feinen Handschuhen. An ihrem Hals funkelte eine lange Kette, an der eine kostbare Perle hing. Das Ehepaar bewegte sich würdevoll auf die Stiftskirche zu und grüßte nach allen Seiten. Katharina bemerkte mit Freude, dass sich viele Leute nach ihnen umdrehten, und hörte, wie sich so manche bei anderen über Ulrich und sie erkundigten. Besser hätte sie sich ihren ersten öffentlichen Auftritt in Tübingen nicht vorstellen können. Bald schon würde sie sich nur noch in solchen feinen Kleidern sehen lassen. Sobald Ulrich endlich der alleinige Drucker in Tübingen wäre.

Die etwas hinter ihnen gehende Magdalena ärgerte sich zunehmend über dieses Schaulaufen. Es war ihr zunächst nicht bewusst gewesen, um wen es sich bei diesem Paar handelte. Sie hatte die beiden nur von hinten gesehen und vermutet, dass es sich dabei um einen gut betuchten Besucher Tübingens handelte, der zusammen mit seiner Frau Bewunderung erregen wollte. Sie fand das Auftreten maßlos übertrieben, wusste aber durchaus, dass sich viele Leute von so etwas beeindrucken ließen. Immer wieder blieb das Paar stehen und begrüßte Bürger und Akademiker lauter als erforderlich.

Etwas ließ Magdalena jedoch stutzen. Immer wieder bemerkte sie, wie Umstehende verstohlene Blicke in ihre Richtung warfen. Als würden sie auf etwas warten. Nun war Magdalena fast auf der Höhe des Paares. Sie wollte eigentlich an ihm vorbeigehen, ohne ihm besondere Aufmerksamkeit zu schenken, doch dann drehte die Frau ihr Gesicht in Magdalenas Richtung, und die Buchdruckerin erkannte sie plötzlich. Sie blieb wie vom Donner gerührt stehen. *Das sind doch Ulrich und Katharina! Und in was für einem*

Aufzug, schoss es ihr durch den Kopf. In diesem Moment erkannte auch Katharina sie. Ihre Mundwinkel verzogen sich für einen winzigen Augenblick zu einem gehässigen Lächeln. Dann wandte sie sich wieder der Frau neben ihr zu und begrüßte sie überschwänglich. Kurz überlegte Magdalena, ob sie es auf eine öffentliche Auseinandersetzung ankommen lassen sollte. Immer mehr Leute blieben nun stehen und beobachteten gespannt, wie Magdalena sich verhalten würde. *Darauf haben sie also gewartet,* erkannte Magdalena. Es hatte sich wohl sehr schnell in Tübingen herumgesprochen, dass Ulrich und sie nun wieder ihre Rivalität austragen würden. Manche warteten wahrscheinlich schon mit Schadenfreude und Häme auf einen lautstarken Streit. Doch diese Genugtuung wollte Magdalena den Leuten nicht geben. Es kostete sie zwar Überwindung, aber Magdalena entschied sich dafür, einfach wortlos weiterzugehen, was von den meisten enttäuscht zur Kenntnis genommen wurde.

Die Stiftskirche war an diesem Sonntag besonders gut gefüllt. Magdalena stellte sich bewusst an eine der Wände und hielt sich fern von Ulrich und Katharina. Sie überlegte, wie sie sich zukünftig ihnen gegenüber verhalten sollte. Solche Zusammentreffen würde es noch öfter geben, da die beiden nicht mehr in der Unterstadt wohnten wie früher, sondern nun gleich neben ihrer Druckerei lebten. Schon nach dem Gespräch mit Professor Fuchs hatte sie lange überlegt, wie sie am besten vorgehen sollte. Sein Vorschlag, den sie zunächst als unsinnig abgetan hatte, war ihr trotzdem nicht mehr aus dem Kopf gegangen, und so hatte sie mit großem Widerwillen darüber nachgedacht. Denn wenn sowohl der Regierung als auch der Universität daran gelegen war, zwei Druckereien in Tübingen zu haben, sollte sie vielleicht doch gemeinsam mit Ulrich überlegen, wie sie beide ohne Feindseligkeiten nebeneinander existieren konnten. Das würde ihr viel Geld und Zeit sparen. Aber der Auftritt von Ulrich und Katharina zeigte ihr einmal mehr, dass ihr

Stiefsohn nicht an einem friedlichen Zusammenleben interessiert war. Der kurze Blick Katharinas hatte für diese Einsicht genügt. Vielleicht würde sich Ulrich sogar zum Schein auf eine Zusammenarbeit mit Magdalena einlassen, aber nur bis er die erste sich bietende Gelegenheit ausnutzen und ihr Schaden zufügen könnte. Danach würde er mit allen Mitteln darum kämpfen, den Großteil ihrer Aufträge an sich zu reißen. Er würde nicht eher ruhen, bis er sie in den Ruin getrieben hätte. Sie konnte nicht mit ihm zusammenarbeiten. Es war einfach nicht möglich!

Gedankenverloren sah sie nach oben. Ihr Blick blieb am Kirchenfenster hängen, das den heiligen Georg zeigte, wie er den Drachen bezwang. Diese Darstellung hatte ihr damals die Inspiration für das Druckerei-Signet verliehen. In ihrer Druckermarke war es das Lamm Gottes, das den Drachen bezwang. Es war unglaublich, dass Ulrich ihr nun nahegelegt hatte, sie solle das Signet ihm überlassen. *Wie schamlos von ihm!* Sie sah sich das Fenster genauer an. Die Konturen des schuppigen Biestes. Den Bezwinger, der ihm Einhalt gebot. Das Bild hatte eine seltsam aufmunternde Wirkung auf sie: Auch sie musste kämpfen. Für ihr Signet, für ihre Druckerei, für ihre Familie!

Magdalena beschloss, gleich am nächsten Tag aktiv zu werden. Sie hatte schon in der Vergangenheit öfters gemerkt, wie viel Zeit ihr die Hausarbeit stahl und dass sie sich deshalb weit weniger um die Druckerei kümmern konnte, als es geboten wäre, sei es, um Aufträge zu bearbeiten, den zeitlichen Ablauf festzulegen oder um Erledigungen zu machen. Magda unterstützte sie zwar, so gut sie konnte, aber ihre Hilfe beim Korrekturlesen war für den Betrieb viel wichtiger, als dass sie kehrte, sauber machte und das Essen zubereitete. Außerdem erwies sich ihre Tochter auch zunehmend als eine wichtige Stütze der Gemeinde bei der Armenhilfe, wodurch die Familie Morhart einen besonderen Dienst für ihre Mitmenschen leistete und ihren christlichen Pflichten nachkam. Magda war auf Magdalenas Vorschlag sofort eingegangen, einmal in der Woche mittags Essen zu kochen und an die Bedürftigen zu verteilen. Also beschloss Magdalena, eine Magd einzustellen, und fragte gleich tags darauf in ihrem Bekanntenkreis, bei ihren Geschäftspartnern und bei ihren Nachbarn nach, ob sie eine dafür geeignete Person kannten. Tatsächlich wurde ihr nach einigen Tagen eine Magd namens Greta empfohlen.

»Nennt mich Greti«, sagte die schüchtern und sah verlegen zu Boden, als sie bei Magdalena in der Druckerei saß und sich ihr vorstellte. »Das tun alle, seit ich auf der Welt bin. Ich weiß nicht, warum mich meine Eltern nicht gleich so getauft haben.«

Nachdem sie sich mit Magdalena einige Zeit unterhalten hatte, wusste diese, dass ihre Magd ursprünglich aus einem Dorf in der Nähe Böblingens kam und dort von Kindesbeinen an in der Weberei ihrer Eltern mitgearbeitet hatte. Ihre Eltern hatten den Betrieb schließen müssen, und Greti war daraufhin nach Tübingen gegangen, um dort in einer Weberei zu helfen. Ihr neuer Meister hatte allerdings vor Kurzem das Herzogtum verlassen, sodass Greti nun nach einer neuen Anstellung suchte. »Die anderen Webereien hier in Tübingen haben gerade keinen zusätzlichen Bedarf. Aber ich denke, dass ich Euch in der Druckerei ebenso gut zur Hand gehen kann, und würde Euch gerne davon überzeugen.«

»Aber ich fürchte«, fügte sie hinzu, »als Schneiderin tauge ich nicht viel. Einzelne Löcher kann ich stopfen, aber zu mehr reicht meine Handwerkskunst nicht.« Verlegen nestelte sie an ihrem Kleid.

Magdalena sagte ihr, dass es ihr hauptsächlich um die Essenszubereitung und die täglich anfallenden Hausarbeiten ginge. Eifrig versicherte Greti, dass sie diese Aufgaben immer zur vollsten Zufriedenheit ihrer Herrin erledigen werde. Magdalena gab sich noch eine Nacht Bedenkzeit, und als sie keinen Grund fand, der dagegen sprach, stellte sie Greti ein.

Kapitel 26

JAHRESWENDE 1556/1557

In den nächsten Wochen verfolgte Magdalena, wie sehr Ulrich darauf erpicht war, seine Druckerei überall anzupreisen. Wenn herzogliche Beamte durch die Burgsteige zum Schloss Hohentübingen gingen, begrüßte er sie lauthals und bot ihnen einen Becher Wein an. Manch ein Beamter nahm dies dankend an und ließ sich daraufhin die Druckerei zeigen. Ulrich pries auch lautstark seine Gehilfen und seine Pressen an und zeigte vor der Druckerei sogar einige der Bücher, die er bereits fertiggestellt hatte. Er freute sich daher besonders, als eines Tages Jakob Andreae in die Universitätsstadt kam. Andreae war in ganz Württemberg bekannt. Er war ein bedeutender Theologe, der sich, trotz seines Alters von gerade einmal Ende zwanzig, schon gegen viele Widerstände behauptet hatte. Während des Interims, in dem der Kaiser Württemberg gezwungen hatte, zum katholischen Glauben zurückzukehren, hatte sich Andreae den Soldaten in Stuttgart mutig entgegengestellt und seine Predigten nach wie vor abgehalten. Man erzählte sich sogar, dass ihn die Soldaten mit Büchsen, brennenden Lunten und Schießpulver bedroht hätten. Doch er ließ sich nicht beirren, obwohl seine Gemeinde große Angst um ihn hatte. Er zeigte so seine Verbundenheit zum Volk. Inzwischen war Andreae Prediger in Göppingen und ein enger Vertrauter des Herzogs. Er vertrat den Landesherrn öfters bei wichtigen Religionsgesprächen wie dieses Jahr in Worms, bei denen er versuchte, die unterschiedlichen evangelischen Glaubensrichtungen zusammenzubringen.

Bartholomäus hatte Andreae schon den neuen Drucker in der

Stadt Tübingen ans Herz gelegt, ohne das Ulrich ahnte, dass es Bartholomäus bei dieser Empfehlung nur darum ging, Andreaes Arbeit genauestens im Auge zu behalten. Bis jetzt war allerdings noch kein Auftrag von diesem eingegangen, sodass Ulrich den Aufenthalt Andreaes jetzt nutzen und sich persönlich bei ihm vorstellen wollte. Er hatte nämlich erfahren, dass Andreae eine Unterredung mit einem Theologieprofessor in der Oberstadt Tübingens führen wollte und zudem manchmal, wenn er in Tübingen weilte, im Hirschen anzutreffen war. Und so hatte sich Ulrich am vorherigen Abend besonders früh in der Wirtschaft eingefunden und den Wirt, den er gut kannte, gebeten, ihn dem Prediger bei dessen Eintreffen vorzustellen. Der Drucker brauchte nicht lange zu warten, denn Andreae kam schon am frühen Abend in den Hirschen. Er trug ein dunkles, bis oben hin zugeknöpftes Gewand. Mit wachem Blick sah er sich kurz in der Wirtschaft um, machte den Wirt aus und bedeutete ihm mit einer Geste, wohin er sich setzen wollte. Der Wirt eilte dienstfertig auf die kleine Ecke zu und wischte mit dem Tuch, das er über der Schulter trug, den Tisch ab. Dann ergriff er eine kleine Kerze, entzündete sie und stellte sie in der Nähe seines Gastes auf den Tisch. Ulrich verfolgte all dies mit großem Interesse. Nun begann der Wirt, mit seinem wichtigen Gast ein paar Worte zu wechseln. Ulrich konnte zwar nicht ausmachen, worüber sie sich unterhielten, doch vermutete er, dass sie sich über Neuigkeiten in Land und Stadt austauschten, bis der Wirt schließlich die Bestellung des Predigers aufnahm. Danach wandte sich der Wirt erneut an seinen Gast, und Ulrich sah, wie Andreae daraufhin zu ihm herüberschaute. Offenbar sprach der Wirt gerade über ihn. Ulrich zog noch einmal sein Wams glatt, nahm seinen Wein und ging langsam auf den Tisch zu. Er wollte nicht zu eifrig wirken.

»… und hier ist er auch schon. Das Ebenbild seines Vaters. Ich kenne ihn schon seit vielen Jahren und weiß, dass er von Kindesbeinen an in der Druckerei des alten Morhart mitgearbeitet hat. Nun, nach dem Ableben des alten Herrn, hat er seine eigene Druckerei eröffnet und wird noch berühmter werden, als sein Vater es war.« Ulrich legte dem Wirt die Hand auf die Schulter. »Vielen Dank, Peter, für diese netten Worte. Aber übertreib nicht. Ich stehe noch ganz am Anfang mit meiner eigenen Druckerei.« Er lächelte bescheiden in Richtung Andreaes. In seinem Inneren wusste er, dass die Worte des Wirtes wahr waren, dachte aber, dass es besser wäre, dem Prediger gegenüber eher demütig aufzutreten, wenn er ihn als Auftraggeber gewinnen wollte. Der hatte den kurzen Austausch der beiden Männer schweigend verfolgt und sah sich Ulrich nun näher an. »Ich habe bereits von Euch gehört«, sagte er dann und bedeutete Ulrich, ihm gegenüber Platz zu nehmen. Wie sich herausstellte, besaß der Prediger mit Druckereien bisher kaum Erfahrung, kannte allerdings Ulrichs Vater, aus dessen Druckerei er viele Bücher besaß. Daher war er überzeugt, in Ulrich einen guten Drucker gefunden zu haben, und ließ sich von ihm noch einige Einzelheiten über das Druckverfahren erläutern. Denn er hatte in der Tat schon daran gedacht, demnächst eines seiner Werke in den Druck zu geben. Nachdem Ulrich beteuerte, wie schnell er arbeiten konnte, da er momentan nicht viele andere Aufträge hatte, was er selbstverständlich verschwieg, sagte der Prediger zu, ihm bald sein Manuskript zu schicken. Ulrich bedankte sich vornehm und zog sich mit einer abschließenden Verbeugung zurück.

Während Ulrich seinen neuen Auftraggeber im Hirschen bearbeitete, befand sich Katharina in der Schlafkammer ihrer Kinder über der neuen Druckerei. Das Haus, das Ulrich dank der Zuwendungen seines Gönners gekauft hatte, war groß genug, um darin zwei Schlafkammern einrichten zu können, eine für Ulrich und sie, die andere für ihre Kinder. Sie sang ihrem Sohn und ihrer Tochter zum Einschlafen gerade ein Lied vor, welches die fünfjährige Anna schon teilweise mitsingen konnte. Ihr kleiner Bruder Johann wollte jedoch noch nicht ins Bett gehen und ließ seinen Ärger an seiner Schwester aus, die er knuffte und trat. Anna versuchte, ihn mehrmals zu umarmen, doch er entwand sich immer wieder ihren Armen. Der Kleine war sehr eigenwillig und erinnerte Katharina jeden Tag mehr an ihren Mann. *Er wird sicher einmal genauso stark wie sein Vater,* dachte Katharina und sah ihn schon den Bengel einer Presse ziehen. Sie war sicher, dass er eines Tages die Druckerei übernehmen würde, die sie gerade in Tübingen aufbauten. Im nächsten Augenblick holte Johann mit dem Fuß aus und trat gegen Annas Bein. Die schrie auf, und Tränen stiegen ihr in die Augen. Sie sah zu Katharina und hoffte, dass ihre Mutter endlich eingreifen würde. Widerwillig fühlte diese sich genötigt, Johann einen leichten Klaps zu geben. Sie maßregelte ihren Liebling äußerst ungern, vor allem wenn der nur seine Stärke unter Beweis stellen wollte. »Immer bist du auf seiner Seite«, heulte Anna auf und vergrub ihr Gesicht in dem Strohsack, auf dem sie mit ihrem Bruder lag. Katharina verdrehte die Augen. Ihre Tochter war immer so zimperlich und beschwerte sich bei jeder Kleinigkeit. Ihr späterer Mann würde es nicht leicht mit ihr haben. Wahrscheinlich müssten sie und Ulrich ihr eine besonders stattliche Mitgift mitgeben, damit sie überhaupt ein Mann zum Weib nähme. Hoffentlich hätten sie bis zum Zeitpunkt von Annas Vermählung endlich genug Geld für deren Mitgift.

Sie sah sich kurz in der kärglichen Kammer um. Bis auf den Strohsack, auf dem die Kinder lagen, und den Nachttopf in der Ecke war der Raum leer. Sie hatten sich noch nicht einmal eine Truhe für ihre Kleidung und die der Kinder leisten können. Ulrich hatte von Bartholomäus zwar eine großzügige Summe für den Kauf des Hauses und die Einrichtung der Druckerei erhalten, aber keinen Kreuzer mehr. Alles, was von einem Käufer nicht in

Augenschein genommen werden konnte, und darunter fielen die beiden Schlafkammern und die Dachkammer, wo sie die Drucke zum Trocknen aufhingen, bedürfe auch keiner weiteren Ausgabe, hatte Bartholomäus gesagt. Nur für die Sonntagskleidung für sie, Ulrich und die Kinder hatte der Gönner noch eine Ausnahme gemacht, denn es war wichtig, dass die Leute dachten, dass sie Geld hätten und die Druckerei florieren würde. Auch wenn es in Wirklichkeit nicht so war. Nur Kaspar war eingeweiht und daher auch der Einzige, der die Blätter in den Trockenraum der Dachkammer brachte. Die Lehrlinge waren hingegen angehalten, sich nur im unteren Bereich der Druckerei aufzuhalten, wo sie auch zum Feierabend ihr Schlaflager einrichteten und vor dem Feuer schliefen.

Sie merkte, dass ihre Kinder nicht mehr dem Lied zuhörten, das sie ihnen vorsang. Anna heulte immer noch, und Johann hatte sich nun einem dicken Käfer zugewandt, der langsam die Wand entlangkrabbelte. Als seine Schwester nicht hinsah, nahm er den Käfer und ließ ihn auf ihren Kopf fallen. Katharina beobachtete dies mit Zufriedenheit. Es geschah Anna ganz recht. Ihr ständiges Geheul war Katharina zuwider. Sie wollte keine wehleidige Tochter haben. Wieso nur hatte sie keinen zweiten Sohn bekommen?

Sie beschloss, die letzte Strophe nicht mehr zu singen, richtete sich auf, nahm die Kerze mit und verließ die Kammer. Sollten die beiden Kinder ihren Streit doch unter sich austragen. Sie ging in die Werkstatt, in der sie noch einen Riss in Ulrichs Hemd ausbessern wollte. Erst als sie damit fertig war, hörte sie ihren Mann vor der Tür. *Wenn er so spät kommt, ist das sicherlich ein schlechtes Zeichen,* mutmaßte sie. Hatte er etwa vergebens auf den Prediger gewartet und seine Enttäuschung deshalb im Wein ertränkt? Doch Ulrich hatte ausgesprochen gute Laune, als er in die Werkstatt trat und sie dort sitzen sah.

»Holdes Weib, bring uns zwei große Becher vom guten Wein.« Katharina ließ ihr Nähzeug sinken. Seinen Worten entnahm sie, dass sein Vorhaben gelungen war. Sie eilte zu dem kleinen Fass, das neben dem großen mit dem säuerlichen Wein stand, welchen sie üblicherweise tranken, weil er deutlich günstiger war. Vom guten Wein nahmen sie nur, wenn es einen besonderen Anlass gab. Sie warf einen kurzen Blick auf die Lehrlinge, die unweit der Fässer schon fest schliefen. Sie hatten einen langen Tag mit viel harter Arbeit hinter sich. Als sie mit den beiden gefüllten Bechern zurückkam, ging sie mit Ulrich, der die Kerze mitnahm, die Stiege hoch, um sich ungestört mit ihm in ihrer Schlafkammer unterhalten zu können.

»Da wir nun den guten Wein trinken, denke ich, dass du den Prediger angetroffen hast? Was hat er gesagt?«, fragte Katharina neugierig, nachdem sie die Tür zur Kammer geschlossen hatte. Ulrich stellte derweil die Kerze auf den Boden.

»Ich habe ihn für uns gewonnen. Er wird mir demnächst ein Manuskript zukommen lassen. Und dann werde ich dafür sorgen, dass alle in Tübingen erfahren, wem der enge Berater des Herzogs sein Vertrauen geschenkt hat. Wenn ich Andreae dann auch noch mit meiner Schnelligkeit und Genauigkeit überzeugen kann, haben wir einen wichtigen Fürsprecher für unsere Druckerei gewonnen.« Auf einmal nahm Ulrich Katharina in den Arm. Sie konnte an seinem Atem riechen, dass er schon einiges getrunken hatte. Wahrscheinlich war er nach der Unterredung mit dem Prediger noch in eine andere Wirtschaft gegangen. »Du wirst sehen. Bald werden wir uns vor Aufträgen nicht mehr retten können. Und dann werden wir tatsächlich reich sein und uns nicht länger nur dafür ausgeben müssen.« Der viele Wein machte ihn übermütig. Mit dem einen Arm hielt er sie fest umschlungen, mit dem anderen deutete er auf die leeren Wände. »Hier werden wir eine große Truhe hinstellen. Daneben vielleicht einen Tisch. Wir werden ein richtiges Federbett haben und noch mehr feine Kleider.«

Seine Begeisterung war ansteckend. Ihre Augen begannen zu leuchten. Endlich würde sie nicht mehr jeden Kreuzer umdrehen müssen. Sie könnte eine Magd einstellen, die ihr im Haus zur Hand ging. Vielleicht sogar eine Köchin und einen Knecht, noch dazu einen gut aussehenden, der für sie besondere Dienste verrichten würde! Was waren das für Aussichten. Sie führte den Becher an die Lippen und trank. Der gute Wein schmeckte vorzüglich und beflügelte sie noch mehr in ihrer Fantasie. Ausgelassen schlang sie beide Arme um Ulrichs Hals und küsste ihn leidenschaftlich. Sie spürte, dass ihn diese plötzliche Anwandlung seiner Frau verdutzte, doch dann ließ er seine Hände über ihre Hüfte gleiten. Schnell wurden sie fordernder. Mit wenigen Handgriffen entkleidete er sie und legte sich mit ihr auf das Strohlager. Er streifte seine Hose ab und liebte sie, wie er es seit Wochen nicht mehr getan hatte.

Der Januar war gerade einmal ein paar Tage alt, als ein Bote in Ulrichs Druckerei kam. Es war ein junger Mann mit einem stoppeligen Bart und einem dicken Mantel über seinem Lederwams. Seine Beinlinge waren aus dicker Wolle, um ihn gegen die eisige Kälte, die seit einigen Wochen herrschte, zu schützen. Er sagte, dass Andreae ihn schickte, und zog ein kleines Manuskript aus seiner Tasche. »Ihr könnt mit dem Setzen schon einmal beginnen, die Vorrede wird noch von Johannes Brenz nachgeliefert. Mein Herr sagt, dass ihr dafür einen ganzen Bogen Platz lassen sollt.« Ulrich kannte diese Vorgehensweise bereits von seinem Vater. Auch viele Professoren an der Universität arbeiteten in dieser Manier. Vorworte wurden meist von berühmten Männern geschrieben, die allerdings das Werk oftmals erst zur Gänze lesen wollten, bevor sie den Eingangstext dafür niederschrieben. Um nicht unnötig Zeit zu verlieren, wurde dem Drucker daher zuvor gesagt, wie viel Platz er noch für das Vorwort lassen sollte. Auf diese Weise konnte Ulrich schon einmal das gesamte Buch herstellen, bis er den fehlenden Text erhielt, dann noch den zusätzlichen Bogen drucken und ihn an den Anfang legen. Ulrich war sich bewusst, dass der Bote Andreae über die Ablieferung des Manuskripts berichten würde, und gab sich daher besonders viel Mühe bei dessen Bewirtung. Er gab ihm nicht nur einen Becher vom guten Wein, sondern auch ein üppiges Mahl, bestehend aus Brot, Wurst und mehreren Eiern. Andreae sollte hören, dass es in seiner Druckerei an nichts fehlte. Als der Bote gegessen hatte, geleitete Ulrich ihn hinaus. Er bemerkte, dass mehrere Leute in Hörweite waren, und verabschiedete sich deshalb lauthals. »Und bestellt dem hohen Herrn Jakob Andreae einen schönen Gruß von mir. Ich werde ihm die Korrekturen so schnell wie möglich zusenden.« Einige Köpfe drehten sich darauf in seine Richtung, und Ulrich schaute lächelnd in die Runde, nickte wohlgefällig und kehrte zurück in sein Haus.

Unweit des Geschehens stand Oswald, der gerade aus der Unterstadt kam und auf dem Weg nach Hause war. Konnte das wahr sein, was er gerade gehört hatte? Sofort beschleunigte er seine Schritte und suchte im Haus nach Magdalena. Sie stand zusammen mit Georg im Hinterhof und reparierte den Eimer am Brunnen. Georg hielt den Eimer fest, während Magdalena die Schnur entknotete.

»Mutter, Ulrich hat zum nächsten Schlag gegen uns ausgeholt. Er hat einen wichtigen Auftraggeber werben können. Jakob Andreae wird bei ihm drucken lassen.« Magdalena hielt inne. Georg starrte seinen Bruder ungläubig an. Für einen Moment sah es so aus, als würde ihm der Eimer aus der Hand gleiten.

»Sag das noch einmal. Andreae? Der berühmte Andreae? Warum kommt er nicht zu uns? Er ist doch ein Berater des Herzogs und muss wissen, dass die Regierung bei uns drucken lässt.«

Oswald trat zu den beiden heran und senkte die Stimme, damit nicht zufällig einer der Nachbarn mit anhörte, was er sagen wollte. »Ulrich muss ihn irgendwie zu sich gelockt haben. Vielleicht hat er ihm einfach unaufgefordert ein paar Bücher und Druckproben geschickt. Oder er hat ihm einen besonders günstigen Preis gemacht. Wie dem auch sei. Das kann jedenfalls sehr gefährlich für uns werden. Denn wenn sich herumspricht, dass einer der bekanntesten Prediger im ganzen Herzogtum Ulrich und nicht uns sein Vertrauen schenkt, werden ihm viele weitere Auftraggeber folgen, wahrscheinlich auch einige Angehörige der Universität.«

Georg schaute zu seiner Mutter, die gedankenverloren die Schnur aus der Hand legte. Er selbst stellte den Eimer auf dem Brunnenrand ab. Als Magdalena weiterhin nichts sagte, warf er einen fragenden Blick zu Oswald und meinte dann: »Wir müssen unbedingt etwas unternehmen. Er darf uns nicht auf diese Weise das Wasser abgraben.« Als seine Mutter immer noch nicht reagierte, fügte er hinzu: »Was können wir tun? Vielleicht wieder einen Abverkauf ankündigen? Das hat beim letzten Mal, als wir das Papier für das Landrecht kaufen mussten, doch gut funktioniert.«

Oswald nickte. »Der Vorschlag ist nicht schlecht. Damit würden wir uns bei allen in Erinnerung bringen und gleichzeitig zu einem netten Nebenverdienst kommen. Schließlich haben wir wieder einiges auf Lager.«

Nun ließ sich endlich auch Magdalena vernehmen. »Ich glaube, genau so etwas erhofft sich Ulrich. Er möchte, dass wir uns zu unüberlegten Handlungen hinreißen lassen. Beim Abverkauf müssten wir mit den Preisen natürlich heruntergehen, damit es sich für die Käufer auch lohnt. Allerdings würde das unseren Gewinn schmälern, und wir hätten kaum noch Rücklagen an Büchern. Ich halte dies deshalb für keine gute Idee, Georg.«

Ihr Sohn begann zu grübeln. Dabei legte er den Kopf in den Nacken und kratzte sich am Kinn. »Was noch? Was könnten wir sonst noch machen?«, sagte er mehr zu sich als zu den anderen. »Wir könnten …«, überlegte Oswald, hielt dann aber mitten im Reden inne. »Nein, das wäre auch nicht von Nutzen«, schloss er dann, um kurz danach erneut anzuheben. »Doch was haltet Ihr davon, Werbezettel in der Stadt zu verteilen, Mutter? Wir könnten damit noch einmal zeigen, mit welchen unterschiedlichen Schriften wir drucken können, und auch noch einmal hervorheben, dass wir mit hebräischen und griechischen Typen arbeiten. Die hat sich Ulrich bestimmt noch nicht zulegen können. Soweit ich gesehen habe, hat er als Schriften bisher nur eine größere Antiqua, eine kleine Schwabacher und eine mittlere Fraktur verwendet.«

Er schaute hoffnungsvoll zu Magdalena. Doch die winkte nur ab. »Nein. Die wenigen, die griechisch und hebräisch drucken lassen, wissen, dass wir die Schriften haben und nicht Ulrich. Diese Gelehrten müssen wir nicht mit Werbezetteln überzeugen und dafür zusätzliches Geld ausgeben.«

»Aber vielleicht könnten wir damit neue Käufer gewinnen? Vielleicht hat ein Gelehrter noch ein Manuskript auf seinem Pult liegen, das er bisher nicht in den Druck gegeben hat. Der Werbezettel könnte ihn dazu bewegen, dies nun zu tun«, verteidigte sich Oswald, dessen Stimme langsam lauter wurde. Es ärgerte ihn zunehmend, dass Magdalena jeden ihrer Vorschläge ablehnte.

Magdalena schüttelte leicht den Kopf und legte den Finger auf die Lippen. Dann fuhr sie mit verhaltener Stimme fort: »Was meinst du denn, wie viele Manuskripte unbeachtet auf den Pulten liegen? Gewiss nicht so viele, wie du denkst. Und es ist auch nicht sicher, dass sie sich gut verkaufen lassen. Selbst wenn der Autor einen Teil der Kosten übernimmt, könnte es dennoch ein Verlustgeschäft für uns werden, wenn wir auf den Exemplaren der Publikation sitzen bleiben. Dann wäre das Papier nur noch zum Heizen zu gebrauchen.«

Oswald gab sich nicht zufrieden. Er sagte, ohne die Stimme zu senken: »Aber irgendetwas müssen wir tun. Wir können uns doch nicht einfach unserem Schicksal ergeben. Zumindest sollten wir uns nun endlich wieder eine zweite Presse zulegen.«

»Und was willst du mit der drucken? Für die Aufträge, die wir gerade haben, reicht eine aus. Das heißt, eine weitere Presse würde nur Ausgaben verursachen.«

Da brach es aus Oswald heraus: »Mutter, Ihr lasst Euch zu viel gefallen. Ihr könnt nicht immer nur klein beigeben, auch wenn Euch das leichter fällt. Ulrich wird uns noch ruinieren, aber Ihr steht nur da und seht ihm dabei zu. Euch fehlt es an Entschlossenheit!«

Aus dem Augenwinkel sah er, wie sich Georgs Augen weiteten. Sein Bruder dachte wahrscheinlich das Gleiche wie er, hätte es aber niemals so hart formuliert. Schließlich wusste Georg, wie streng seine Mutter sein konnte, wenn sie angegriffen wurde. Deswegen erstaunte ihn ihre Antwort auch nicht.

»Sieh dich vor, Oswald. Ich«, sagte sie mit schneidender Stimme und betonte dabei das letzte Wort besonders, »werde eine Lösung finden. Ich sehe es nur nicht als notwendig an, vorschnell zu handeln. Das hat nichts mit mangelnder Entschlossenheit zu tun. Ganz im Gegenteil. Du dagegen musst erst noch lernen, dass man zunächst immer nachdenken sollte, bevor man handelt.«

Oswald wollte etwas erwidern, doch Magdalenas eisiger Blick brachte ihn zum Schweigen.

»Ich werde mir genau überlegen, was wir tun können – und was wir schließlich tun werden. Und das, ohne uns allen zu schaden.« Ihr Blick durchbohrte ihn nun geradezu. »Das ist mein letztes Wort!«

Sie wandte sich wieder dem Eimer zu und bedeutete Georg, ihr zu helfen. Ohne Oswald noch eines weiteren Blickes zu würdigen, sagte sie kühl: »Nun geh mir aus den Augen. Die Presse muss noch gereinigt werden, dabei kannst du deine überschäumende Kraft zum Einsatz bringen.«

Kapitel 27

Den ganzen nächsten Tag über gab es Spannungen in der Druckerei Morhart. Oswald hatte seit dem Streit mit seiner Mutter kaum noch ein Wort mit ihr und seinen Geschwistern gewechselt. An der Heftigkeit, mit er den Bengel an der Presse zog, konnte man ablesen, wie sehr er sich noch immer ärgerte. Georg versuchte mehrmals, ihm gut zuzureden, doch all seine Anstrengungen liefen ins Leere. Sein Bruder blieb kurz angebunden, und wenn Georg ihn etwas fragte, antwortete er entweder nur einsilbig oder gar nicht. Zum Nachmittag hin gab es Georg schließlich auf, und die beiden arbeiteten nunmehr stillschweigend nebeneinander. Nur das rhythmische Krachen der Presse war im Haus zu hören. Magdalena legte derweil die gedruckten und inzwischen getrockneten Bogen eines Buches zusammen und knickte sie anschließend entsprechend. Danach überprüfte sie die Papiervorräte. Sie hatten in letzter Zeit einige große Aufträge vom Hof bekommen und deshalb nur noch wenige Stapel an leeren Bogen übrig.

Als Greti schließlich das Abendmahl auf den Tisch stellte, sagte Magdalena an ihre Söhne gewandt: »Ich habe heute gesehen, dass wir neues Papier brauchen.« Georg nickte stumm und warf einen Seitenblick auf Oswald. Der löffelte wortlos seinen Eintopf. Eigentlich oblag es ihm, Bescheid zu geben, sobald neues Papier bestellt werden musste.

Als er sich aber immer noch nicht äußerte, schubste ihn Magdalena an. »Oswald«, forderte sie ihn auf.

Widerwillig sah er endlich von seiner Schüssel hoch und brummte: »Wir haben noch genug für die nächsten Monate.«

»Nicht wenn wir für einen größeren neuen Auftrag bereitstehen wollen. Falls wir dann erst Papier bestellen müssen, könnten wir in Verzug geraten«, lautete ihre kühle Antwort. Oswald blickte wieder auf seine Schüssel. »Falls wir überhaupt noch Aufträge erhalten und sie nicht an Ulrich gehen!«, knurrte er. Magdalena überging die Spitze. Sie wollte sich nicht weiter über Oswalds Vorwürfe ärgern, vor allem weil in ihr mittlerweile eine Idee heranreifte, wie sie Ulrichs Angriff abwehren könnte. Allerdings würde sie diese ihren Söhnen erst dann unterbreiten, wenn sie bereits in die Tat umgesetzt wäre, damit die beiden sie nicht noch von ihrem Vorhaben abbringen konnten. Trotzdem gedachte sie, Oswald in seine Schranken zu verweisen.

»Eigentlich hätte ich nun einen Boten nach Urach geschickt, der dem Papierer unsere Bestellung mitteilt. Aber da du dich hier so aufführst, wirst du selbst noch in dieser Woche nach Urach reisen.«

Oswald schluckte. Dieser Winter war besonders heftig, und in den letzten Tagen war sogar Schnee gefallen. Keiner verbrachte mehr Zeit als nötig im Freien, vor allem nicht für eine längere Wanderung. Da im Augenblick die Sonne erst sehr spät aufging, würde er erst weit nach dem Morgenmahl aufbrechen können und daher nicht vor der Abenddämmerung in Urach eintreffen. Selbst wenn er dort seine geliebte Anna sah, würde ihm die Wanderung einiges abverlangen. Seine Mutter musste sich sehr über ihn geärgert haben, wenn sie ihm diese Reise auferlegte.

Nachdem Oswald am nächsten Tag vergeblich versucht hatte, einen Begleiter für den Weg nach Urach zu finden, oder gar eine Möglichkeit, in einem Karren mitzufahren, musste er sich bereit machen, den langen Weg allein zu gehen. Er suchte etwas Brot und ein paar Äpfel zusammen. Diesen Vorrat legte er in ein Tuch, welches er sich um die Schulter band. Als er sich von seiner Familie verabschiedete, bemerkte er, dass seine Mutter immer noch wütend auf ihn war, und verließ froh darüber, sie eine Weile nicht mehr sehen zu müssen, das Haus. Dass sie so völlig tatenlos blieb, konnte er nicht nachvollziehen. Jetzt galt es, zu handeln, sonst würde Ulrich immer mehr Käufer gewinnen, unter denen sich auch ein Großteil der ihren befände. Vielleicht würde ihm auf dem langen Weg ein guter Einfall kommen, wie er dieses Unheil abwenden konnte.

Es lag zwar inzwischen kein Schnee mehr, aber dafür wehte ein eisiger Wind. Oswald hatte gerade einmal die Tübinger Stadtmauer hinter sich gelassen, als er sich auch schon die Hände reiben musste, so kalt war es. Er hatte sich besonders dicke Socken angezogen und schritt auch kräftig aus, um seine Füße warm zu halten. Wenn er ausatmete, bildete sich ein kleines Wölkchen vor seinem Gesicht. Nach einer Weile bemerkte er, dass er seine Nase kaum noch spürte. Er zog seine Mütze tiefer ins Gesicht und den Kragen hoch bis zu seinen Augen. Eine lange Zeit begegnete ihm keine Menschenseele. Wahrscheinlich hielten sich alle in der Nähe eines wohlig warmen Feuers auf. Auf einer Koppel sah er Pferde, die sich dicht aneinanderdrängten. Manche hatten ihre Köpfe am Hals und in der Mähne der anderen Tiere vergraben. Andere hatten Decken auf dem Rücken. Bei einem der Tiere gewann er den Eindruck, es sähe ihn besonders mitleidig an.

Die Sonne stand schon hoch am Himmel, als er eine längere Rast einlegte. Er setzte sich an das Ufer eines kleinen Baches und nahm Brot und Äpfel zur Hand. Am Rand des Baches, wo das Wasser etwas langsamer floss, hatte sich bereits eine dünne Eisschicht gebildet. Gerne hätte er jetzt einen Becher heißen würzigen Weins getrunken und seine Hände an dem Gefäß gewärmt. Doch da er Durst hatte, musste er mit dem eiskalten Wasser im Bach vorliebnehmen. Um sich wenigstens etwas gegen die Kälte zu wappnen, rieb er seine Hände kräftig aneinander und pustete in sie hinein. Dann suchte er sich einen kleinen Stein, durchbrach mit ihm die dünne Eisschicht und schöpfte mehrmals mit der hohlen Hand Wasser. Bevor er es herunterschluckte, wärmte er es eine Weile im Mund. Trotzdem spürte er, wie es seine Kehle hinablief und seinem Magen nicht wohl bekam. Er hatte in seinem Ärger über seine Mutter ganz vergessen, einen Schlauch mit Wasser mitzunehmen. Hoffentlich könnte Anna ihm einen für den Rückweg leihen. Als er endlich wieder Gefühl in den Fingern hatte, machte er sich erneut auf den Weg und beschloss, an etwas Anderes zu denken.

Er malte sich aus, wie er Anna heiraten würde. Sie in einem schönen Brautkleid, einen Kranz von Blumen im Haar, er in einem feinen Gewand. Er würde ihr das Versprechen geben, sie und keine andere immer zu lieben und zu ehren, nur sie. Gemeinsam würden sie mit ihren Familien feiern, guten Wein trinken und ein Festmahl genießen. Dann würden sie zusammen bis tief in die Nacht tanzen. Danach würde er sie lieben. Zärtlich würde er sie küssen, ihre weiche Haut streicheln, ihr Verlangen spüren und sich schließlich mit ihr vereinen. Es wurde ihm ganz wohl ums Herz, und er spürte die Kälte nur noch wie aus weiter Ferne.

Die Sonne war bereits im Begriff, unterzugehen, als er Urach vor sich liegen sah. Die Vorstellung, Anna in Kürze in seine Arme schließen zu können, spornte ihn an, den Weg zur Papiermühle zügig zurückzulegen. Was würde sie wohl sagen, wenn er auf einmal unangekündigt vor ihr stünde? Er freute sich nicht minder auf die Wärme im Haus, ein deftiges Essen und einen Becher warmen Wein.

Er war nur noch einige Schritte von der Mühle entfernt, als ihm auffiel, dass das Haus ungewöhnlich ruhig dalag. Bei dem Wetter war dies eigentlich nicht weiter verwunderlich, wahrscheinlich hielten sich alle Hausbewohner drinnen auf. Aber er sah von der Straße aus in keinem der Fenster eine Bewegung.

Seltsam, dachte er. *Hoffentlich ist nichts passiert. Aber dann hätten sie uns doch Bescheid gegeben,* versuchte er, sich zu beruhigen.

Als er an die Haustür klopfte, blieb alles ruhig. Nichts regte sich. Kein Anzeichen, ob ihn einer gehört hatte. Er klopfte erneut, diesmal lauter. Schließlich hörte er langsame Schritte. Die Tür wurde geöffnet, und Oswald sah sich Annas Vater gegenüber. Wieder einmal dachte Oswald, wie sehr er einem großen Bären ähnelte. Doch seit Oswald ihn das letzte Mal gesehen hatte, war Johannes dünner geworden, merklich dünner sogar. Sein sonst so unbeschwert lächelndes Gesicht war zudem ernster geworden.

Der Mann schaute ihn mit großen Augen an. »Ihr, Herr Drucker? Was bringt Euch zu mir?« Er war so verwundert über den Besuch aus Tübingen, dass er für einen Moment einfach in der Tür stehen blieb. Dann wurde ihm schlagartig bewusst, wie kalt es draußen war, und er fügte hastig hinzu: »Aber kommt doch bitte herein und wärmt Euch. Ihr seid sicher ganz durchgefroren.« In der Tat zitterte Oswald bereits und war dankbar, sich nun endlich vor einem Feuer wärmen zu können. Er zog seinen Umhang aus, rieb sich erneut die Hände und ging im Eingangsbereich auf und ab, während Johannes die Tür schloss und den Riegel wieder vorschob. Danach folgte Oswald dem Hausherrn Richtung Küche. Er hörte das vertraute Geräusch des Stampfwerkes, das vom Wasser angetrieben wurde und Lumpen zu einem Brei zerkleinerte, den man für die Papierherstellung benötigte. Er bemerkte, dass nur in der Küche ein Feuer entfacht war und keine Kerzen in den anderen Räumen brannten. Auch sah er, dass auf den Stufen der Stiege viele Töpfe und Körbe abgestellt waren, was Oswald darauf schließen ließ, dass die Familie nur noch den unteren Teil des Hauses bewohnte. Johannes sah Oswalds Blick zur Stiege hin und erklärte: »Oben wird ausgebessert. Unser Dach ist nicht mehr dicht. Im Herbst ist viel Wasser in die Schlafkammern gedrungen. Aber momentan finden wir keinen Handwerker, sodass wir bis zum Frühjahr hier unten in der Küche bleiben.«

»Wer ist denn gekommen, Vater?«, hörte er Annas Stimme aus dem hinteren Küchenbereich. Als sie Oswald sah, weiteten sich ihre Augen. Sie ließ das kleine Messer fallen, mit dem sie gerade eine Möhre schnitt, sprang auf und lief zu ihm. Er breitete die Arme aus und zog die junge Frau fest an sich. Annas Vater stand neben den beiden und betrachtete sie mit einem seltsamen Ausdruck im Gesicht. Anna löste sich schließlich von Oswald. »Bist du etwa den ganzen Weg von Tübingen zu Fuß hierhergekommen? Bei der Kälte? Du musst völlig durchgefroren sein! Komm, stell dich vors Feuer.« Sie nahm seine Hand und zog ihn zur Feuerstelle.

Oswald beantwortete ihre Fragen, während er sich schwerfällig auf einem kleinen Hocker niederließ und seine Schuhe auszog. Anna rieb ihm derweil kräftig über den Rücken, um ihn zu wärmen. Sie und ihr Vater hörten zufrieden, dass Oswald von ihnen eine größere Menge Papier zu kaufen gedachte.

»Von den zehn Ballen, die Ihr zu kaufen wünscht, haben wir zwei Ballen hier«, sagte Johannes und kam damit sofort zum Geschäftlichen. »Wenn Ihr die nicht gleich morgen braucht, kann ich sehen, ob in der nächsten Zeit ein Händler seine Ware mit einem Fuhrwerk nach Tübingen bringt und er noch genug Platz hat, um das Papier mitzunehmen. Vielleicht finde ich bereits in der nächsten Woche jemanden. Aber spätestens Ende des Monats solltet Ihr es haben.«

Oswald hob zu sprechen an, doch Johannes schien schon zu wissen, was er sagen wollte. »Anna könnte die Ballen natürlich auch bringen, aber unser Karren ist momentan nicht zu gebrauchen. Wir müssen ihn reparieren lassen.«

»Das ist in Ordnung, Johannes«, beruhigte ihn Oswald. Er war sowieso der Meinung, dass sie noch genügend Papier in der Druckerei vorrätig hatten.

»Wann denkt Ihr, dass Ihr die restlichen acht Ballen liefern könnt?«, erkundigte er sich. »Jeweils Ende Februar vier Ballen und Ende März vier Ballen?«

»Ja, wisst Ihr, Oswald …«, begann Johannes und zupfte sich verlegen am Ohr. »Es hat sich in den letzten Monaten einiges bei uns geändert. Wir haben nun keine Lehrlinge mehr. Sie … haben uns vorzeitig verlassen. Dürfte ich Euch daher vorschlagen, Ende Februar und Ende März jeweils drei Ballen und dann Mitte April die restlichen zwei Ballen zu liefern?«

Bevor Oswald antworten konnte, schob Johannes nach: »Anna und ich werden Tag und Nacht an Eurer Lieferung arbeiten.« Er nickte seiner Tochter zu, die das Gespräch mit anhörte, während sie weiterhin Möhren schnitt. Oswald überlegte kurz und willigte schließlich ein.

»Bei so einem großen Auftrag könnten wir auch neue Gehilfen einstellen. Vielleicht nehmen wir zwei Hilfsjungen bei uns auf, die dann später auch ihre Lehre bei uns machen können. Wie wäre das, Vater?« Der missmutige Blick von Johannes entging Oswald nicht. Offensichtlich hatten die beiden schon öfters über dieses Thema gesprochen und waren sich uneins darin, wie der Betrieb ohne Lehrlinge weiterlaufen sollte.

»Ja, das können wir sicherlich. Aber der Herr Drucker hat schon gesagt, dass es ihm nicht eilt. Wir beide sind doch ein eingespieltes Gespann und werden gut vorankommen, nicht wahr, Anna?« Er nickte Oswald zu, doch dieser bemerkte, dass sich Annas Miene leicht verfinsterte. Für einen kurzen Moment sah es so aus, als wollte sie etwas entgegnen. Doch dann sah sie zu ihrem Gast hinüber und lächelte ihn an. Oswald spürte allerdings, dass sie etwas bedrückte. Schließlich meinte sie leichthin: »Wir könnten unserem Gast schon einmal zeigen, wie gut wir zu zweit zusammenarbeiten. Die Kräuter müssen noch geschnitten werden. Ihr wisst doch, wo die Messer sind, Vater.« In ihrer Stimme schwang gespielte Heiterkeit mit. Während er schnitt, erzählte der Papierer Oswald einige Neuigkeiten aus Urach. So waren Himmelserscheinungen gesehen worden, die von einigen dahin gedeutet worden waren, dass es bald einen erneuten Ausbruch der Pestilenz geben würde. Daraufhin waren mehrere Familien geflohen und hatten ihr gesamtes Hab und Gut zurückgelassen.

Schließlich brachte Johannes drei Krüge Bier, und Anna deckte den Tisch. »Du musst uns verzeihen, Oswald. Wir haben nicht mit so hohem Besuch aus Tübingen gerechnet und können dir daher nur einen gewöhnlichen Eintopf anbieten«, neckte sie ihn und füllte seine Schüssel bis zum Rand. »Du musst schließlich wieder zu Kräften kommen«, lächelte sie ihm zu, nahm danach die Schüssel ihres Vaters und schöpfte diese etwas weniger voll. Oswald beteuerte, dass sie sich auf keinen Fall entschuldigen müsse, denn er würde jederzeit einen Braten stehen lassen, um mit ihr zu essen.

Nachdem sie gegessen hatten, half Oswald Anna beim Abwasch. Dabei streifte er ihre Hand, wann immer es ihm möglich war, und sah sie zärtlich an. Sie lächelte ihm zu und freute sich sichtlich darüber, dass er so unerwartet nach Urach gekommen war. Johannes schürte derweil das Feuer und legte weitere Holzscheite auf. Dann zog er mehrere Strohsäcke heran und legte sie im sicheren Abstand vor dem Feuer nebeneinander. »Ihr seid sicher müde, Herr Drucker«, sagte er an Oswald gewandt und drückte ihm eine Decke in die Hand. Oswald hatte sich ursprünglich darauf gefreut, sich am späten Abend noch mit Anna austauschen zu können. Aber die Wanderung in der Kälte hatte ihn so mitgenommen, dass er schon jetzt verlangend auf das Strohlager schaute. »Ich werde mich nur kurz ausruhen«, beteuerte er und legte sich hin. Doch das weiche, wohlige Lager, die angenehme

Wärme und sein gefüllter Magen führten dazu, dass er, obwohl er es nicht wollte, sofort einschlief.

Im halblauten Ton besprach Johannes noch den nächsten Tag mit seiner Tochter. »Du hast ihn gehört. Zehn Ballen Papier. Das ist eine große Lieferung, und ein sehr willkommener Auftrag für uns. Wir dürfen die Druckerfamilie also nicht enttäuschen. Das heißt, dass wir uns nun noch mehr anstrengen müssen als vorher.« Er setzte eine ernste Miene auf. »Ich wollte ihn jetzt nicht darauf ansprechen, aber ich habe erfahren, dass es nun einen zweiten Drucker in Tübingen gibt.« Johannes sah schnell zu Oswald hinüber, um sich zu vergewissern, dass er tatsächlich schlief. Als der ein leises Schnarchen von sich gab, sprach Johannes weiter. »Es handelt sich dabei wohl um Oswalds Stiefbruder, und es gibt viel Ärger in der Familie.« Anna sog hörbar die Luft ein. »Ulrich? Er ist zurück in Tübingen? Das ist doch ungeheuerlich.«

»Aus Oswalds Sicht ist es das bestimmt. Aber wir können darauf keine Rücksicht nehmen. Wir brauchen dringend neue Aufträge, und eine neue, zweite Druckerei könnte uns diese bescheren«, gab Johannes zu bedenken.

»Aber Vater! Die Morharts würden sich fühlen, als wären wir ihnen in den Rücken gefallen. Die beiden Druckereien in Tübingen sind sich spinnefeind«, protestierte Anna.

»Wir können uns die Käufer nicht aussuchen, Anna. Vor allem nicht jetzt. Du weißt, wie schlimm es um die Papiermühle steht. Wir können von Glück sprechen, wenn wir es bis zum nächsten Winter schaffen.«

Anna blickte bedrückt zu Oswald, der nichts ahnend auf dem Strohlager lag und schlief. Sie wollte sich ihm so gerne anvertrauen, wusste jedoch nicht, wie viel sie ihm sagen durfte. Schließlich war er ein wichtiger Käufer, und sie wollte nicht, dass er wieder bei dem Papierhändler in Reutlingen kaufte. Der Gedanke, sich entweder für die Treue zu Oswald oder für das Fortbestehen der Papiermühle entscheiden zu müssen, war für sie unerträglich.

Johannes sah das betrübte Gesicht seiner Tochter. »Ich weiß, Anna, es ist schwer. Doch wir haben keine andere Wahl.«

Am nächsten Morgen erwachte Oswald ausgeruht. Er sah, dass die beiden Strohlager, auf denen Anna und Johannes geschlafen hatten, bereits leer waren. Dann entdeckte er, dass die beiden schon am Tisch saßen, wo sie sich gedämpft unterhielten. Anna hatte den Brei fürs Morgenmahl zubereitet und nahm davon ab und zu einen Löffel, während sie ihrem Vater zuhörte. Als sie sah, dass Oswald erwacht war, zwinkerte sie ihm zu. »Habt Ihr gut geruht, werter Gast? Ich habe gestern allerdings gar nichts mehr von deinem Besuch gehabt.« Sie füllte auch ihm eine Schüssel mit dem dampfenden Brei. »Da kommst du den weiten Weg und gibst nur eine Bestellung auf.« Oswald schaute betreten drein. »Ich hatte doch ebenfalls gehofft, mich noch länger mit dir unterhalten zu können. Aber dann hat mich die Müdigkeit übermannt«, entschuldigte er sich und trat zu ihr an den Tisch. »Jetzt musst du bestimmt gleich arbeiten, und ich muss zurück nach Tübingen. Was machen wir denn nun?«, fragte er bedrückt.

Sie hielt ihm seinen Löffel hin. »Ich habe diesbezüglich schon einiges bewirken können. Mein Vater wird gleich das Tagwerk beginnen. Aber da er mich erst später braucht, konnte ich ihn davon überzeugen, dass ich dich bis dahin noch ein Stück des Weges begleite.« Oswald sah sie erfreut an und dann zu Johannes hinüber, der gerade vom Tisch aufstand. Er nickte den beiden wohlwollend zu und ging dann zum Stampfwerk. Oswald drehte sich wieder zu Anna, und da ihr Vater nicht mehr im Raum war, gab er ihr einen innigen Kuss. »Etwas mehr Dankbarkeit hatte ich mir schon erhofft. Es war nicht leicht, meinen Vater zu überzeugen.« Sie sah ihn schelmisch an. Er küsste sie erneut, diesmal mit mehr Leidenschaft. »Schon besser. Davon hätte ich gerne noch mehr, bevor mein Vater wieder in die Küche kommt.«

Nachdem sie gegessen hatten, zogen sie sich besonders warm an. Anna hatte noch eine Pelzmütze aus Kaninchenfell, die ihre verstorbene Mutter ihr einst genäht hatte. Nachdem sie diese aufgesetzt hatte, gab sie Oswald noch einen Schlauch Wasser mit und verließ dann gemeinsam mit ihm das Haus. Im Vergleich zum gestrigen Tage merkte Oswald, dass die Kälte nicht mehr ganz so schneidend war. Der scharfe Wind hatte sich inzwischen gelegt, stellte Oswald zu seiner Erleichterung fest. Denn so gern er auch in Annas Begleitung das erste Stück Weg ging, machte er sich doch Sorgen, dass sie sich einen Husten einfangen könnte. Sie waren erst einige Schritte gegangen, als Anna sich wie selbstverständlich bei ihm einhakte. Er streichelte ihren Arm.

»Ich habe dich so sehr vermisst, Anna!«, sagte er zärtlich und suchte dabei ihren Blick. Sie erwiderte seinen Blick. »So, hast du? Und deshalb kommst du so selten nach Urach? Das nehme ich dir nicht ab.« Sofort setzte er zur Verteidigung an. »Ich würde so gerne viel öfters zu dir kommen. Das musst du mir glauben. Aber gerade jetzt im Winter fahren die Fuhrmänner nicht mehr so oft zwischen Urach und Tübingen hin und her. Und die wenigen Plätze, die sie haben, sind schnell vergeben.« Sie blieb unvermittelt stehen und sah ihn streng an. Dann veränderte sich ihre Miene, und sie lachte laut. Beschwichtigend sagte sie: »Das weiß ich doch, mein Lieber. Ich wollte dich doch nur aufziehen.« Sie stellte sich auf die Zehenspitzen und gab ihm einen Kuss auf die Lippen.

»Ach, meine Liebste«, seufzte er. »Ich wünschte, ich bräuchte niemals mehr von dir zu gehen.«

»Es zerreißt mir auch jedes Mal das Herz, wenn ich dich ziehen lassen muss …«, sagte sie nun ernst, und in ihre Stimme mischte sich Traurigkeit.

»Das muss doch nicht so bleiben«, versuchte er sie aufzumuntern. »Sobald ich meine eigene Druckerei habe, wirst du die Frau an meiner Seite sein. Und wir werden uns nie mehr trennen.«

Glücklich strahlte sie ihn an. Ihr Lächeln ließ ihn für einen Moment die Kälte vergessen. Er zog sie enger an sich.

»Ich bin froh, dich wieder glücklich zu sehen, Anna. Gestern kamt ihr, du und Johannes, mir so vor, als läge euch etwas auf der Seele. Ich hoffe, bei euch ist alles in Ordnung?« Er hatte sie das gestern Abend schon fragen wollen, nachdem er bemerkt hatte, dass es in der Papiermühle nicht mehr so zuging wie bei seinen letzten Besuchen.

Anna verlangsamte den Schritt und schaute starr nach vorne. Ihre Heiterkeit war plötzlich verflogen.

»Na, komm!«, ermunterte er sie. »Du kannst mir alles anvertrauen.«

»Oswald, es ist nicht so einfach. Ich würde dir gerne alles erzählen, aber du bist auch unser Geschäftspartner …«, begann sie. Sie stieß mit dem Fuß einen kleinen Stein aus dem Weg. Er bemerkte, wie sie innerlich mit sich kämpfte.

»Ich schwöre dir, Anna, dass ich keinem ein Sterbenswort verraten werde.« Dann setzte er hinzu: »Besonders nicht meiner Mutter, falls du Angst hast, dass sie daraufhin ihren Auftrag zurückzieht.« Er vermutete, dass sich die Papiermühle in Geldnöten befand und Anna deswegen zögerte, ihm als Käufer die Wahrheit zu sagen.

Zuerst schwieg Anna weiterhin, dann aber begann sie stockend: »Manchmal glaube ich, dass mein Vater sich wünscht, er hätte einen Sohn. Der könnte kräftiger mit anpacken, als ich es vermag. Denn es steht momentan nicht gut um die Mühle. Mein Vater hat dir gestern schon erzählt, dass wir keine Lehrlinge mehr haben.« Oswald schwieg.

»Zum einen gab es in der letzten Zeit tatsächlich keinen, der Interesse daran zeigte, bei uns in die Lehre zu gehen. Zum anderen hätte Vater aber die Möglichkeit gehabt, einen der bereits ausgebildeten Lehrlinge als Gesellen zu übernehmen. Denn dieser wollte durchaus in Urach bleiben.« Sie machte eine Pause. »Doch das war meinem Vater zu teuer. Er möchte lieber Lehrlinge haben, weil die schließlich Lehrgeld mitbringen und ihn dementsprechend weniger kosten. Aber ich bin mir nicht sicher, dass er richtig gehandelt hat. Schließlich hat auch die Pestilenz in Urach für viele Tote gesorgt, sodass in nächster Zeit kaum mit mehr Lehrlingen zu rechnen ist. Dazu kommt noch, dass wir nicht die einzigen Papierer hier in der Umgebung sind und sich die anderen Papiermühlen um die wenigen Lehrlinge reißen. Aber mein Vater will das nicht einsehen. Er sagt, ich sorge mich zu viel. Somit sind wir jetzt nur noch zu zweit und können die anfallende Arbeit kaum mehr bewältigen. Dadurch bekommen wir wiederum weniger Aufträge und natürlich auch weniger Geld. Im schlimmsten Fall werden wir niemanden mehr einstellen können.«

Nun, da es ausgesprochen war, schien Anna selbst erschrocken über die düsteren, von ihr beschriebenen Aussichten zu sein und beeilte sich, Oswald noch zu sagen: »Du brauchst dir um deinen Auftrag aber keine Sorgen zu machen. Die Zeiträume zwischen den Lieferungen liegen schließlich weit auseinander. Vor allem wenn noch Hilfsjungen oder Hilfsmädchen mit anpacken.«

Oswald blieb stehen und drückte sie fest an sich. »Ach Anna. Das tut mir leid. Ich wusste nicht, dass dich so viele Sorgen bedrücken.« Er strich über ihr kurzes Haar und gab ihr einen Kuss auf die Stirn. Sie schlang daraufhin ihre Arme um seinen Oberkörper. Er spürte, dass sie gegen die Tränen ankämpfte, die ihr in die Augen stiegen. Sie schniefte leise und wischte sich dann verstohlen eine Träne aus dem Augenwinkel. Schließlich drückte sie ihn sanft von sich weg und sah ihn an. »Das ist sehr lieb von dir. Aber ich glaube, ganz so schlimm, wie ich dir sagte, wird es schon nicht werden.« Sie lächelte tapfer. Doch Oswald blieben Zweifel. »Anna«, sagte er ernst, »ihr seid in einer schwierigen Lage, auch wenn du es mir gegenüber nicht so ganz zugeben möchtest.« Er sah Zustimmung in ihrem Blick.

»Ihr könnt vielleicht Gehilfen aus den umliegenden Orten und Städten anwerben. Ein oder zwei Burschen wären bestimmt schon eine große Hilfe«, überlegte Oswald laut vor sich hin. »Dafür braucht ihr natürlich Geld … Wie wäre es, wenn ich meine Mutter dazu überreden könnte, euch einen Teil des Geldes für die gesamte Papierlieferung schon im Voraus zu bezahlen? Das würde euch sicher helfen.«

Sein Gesicht verdüsterte sich, als er an den letzten Streit mit seiner Mutter dachte, was Anna nicht entging. »Das würde tatsächlich helfen. Aber sag, ist irgendetwas vorgefallen? Du wirkst gleichfalls, als ob dich einiges bedrückt.«

»Es ist nur …« Anfänglich wollte er nicht so recht mit der Sprache herausrücken, doch da sie sich ihm ihrerseits anvertraut hatte, wollte er nicht hinter ihr zurückstehen und ihr die volle Wahrheit sagen. Also erzählte er ihr kurz, was in der Tübinger Druckerei vorgefallen war.

»Man muss Ulrich seine Grenzen aufzeigen. Er darf nicht denken, dass er leichtes Spiel mit uns hat. Es hängt jetzt alles davon ab, was meine Mutter tut. Sie könnte Werbezettel verteilen, sie könnte ihre Käufer aufsuchen und sie nach Aufträgen fragen, oder sie könnte Georg und mich auf die Suche nach Auftraggebern schicken. Aber sie tut nichts. Rein gar nichts. Das kann uns alle in Schwierigkeiten bringen.«

»Aber Oswald«, sagte Anna sanft. »Deine Mutter hat doch nach dem Tod deines Stiefvaters bereits bewiesen, dass sie die Druckerei gut leiten kann. Hat sie sich nicht sogar vor dem Universitätssenat behauptet?« Widerwillig nickte Oswald, sagte aber nichts.

»Wahrscheinlich will sie nicht übereilt handeln. Das könnte euch nämlich auch in Schwierigkeiten bringen. Vielleicht ist es zudem genau das, was Ulrich möchte. Er reizt euch so lange, bis ihr euch selbst in den Ruin treibt.« Oswald knurrte. »Genau das hat sie auch gesagt. Ihr zwei könntet euch zusammentun.«

»Hast du deine Mutter denn einmal gefragt, wie sie vorgehen möchte?« Als er nicht antwortete, fuhr sie fort: »Oder hast du ihr nur Vorschläge gemacht und bist nun verärgert, weil sie keinen davon in Betracht gezogen hat?« Damit hatte sie einen wunden Punkt getroffen, und er schaute sie schuldbewusst an. »Ah, habe ich es doch gewusst. Oswald, du musst deiner Mutter etwas mehr Vertrauen schenken.«

»Aber sie war noch nie in so einer schlimmen Lage. Ulrich könnte uns alle Käufer abspenstig machen. Und davon werden wir uns nie wieder erholen!«

»Sieh doch nicht gleich so schwarz.« Als er nichts entgegnete, stieß sie ihn an und lächelte verschmitzt. »Nun bist du dran, zu sagen: ›Das werden wir schon hinbekommen!‹«

Er musste trotz seines Ärgers lachen. »Du bist mir eine.« Wieder einmal bewunderte er ihre Schlagfertigkeit. Er zog sie erneut zu sich heran und küsste sie. Ihre Lippen ließen ihn alles vergessen.

Als sie am Waldrand angekommen waren, sagte Anna schweren Herzens: »Mein Lieber, ich muss umkehren. Wann sehen wir uns wieder? Ich hoffe sehr, dass du mich diesmal nicht mehr wochenlang warten lässt?« Statt einer Antwort küsste er sie so lange, dass ihr die Luft wegblieb. »Halte er an sich!« Sie schlug ihm spielerisch gegen die Brust. »Ihr wollt eine Jungfrau doch nicht in Bedrängnis bringen.«

»Würde mir nie einfallen«, grinste er und umarmte sie ein letztes Mal, bevor er ging.

Kapitel 28

»He, was soll das? Willst du uns verdursten lassen?«, rief Philipp zum Wirt der Schenke hinüber. Er griff in seinen Geldbeutel am Gürtel und schmiss ein paar Kreuzer in Richtung der Theke. Sein Blick war bereits leicht getrübt. Daher fielen einige der Münzen klirrend zu Boden. *Dann soll der Wirt die Münzen eben aufheben.* Philipp war das egal. Er war schließlich der älteste Sohn des Grafen von Hanau-Lichtenberg und würde nach dem Tod seines Vaters die Grafschaft regieren. Dieser Wirt und jeder andere hatte ihm zu gehorchen, wenn er ihn rief, vor allem nachdem dies hier eine so lausige Wirtschaft war.

Philipp hatte sie sich ausgesucht, weil es dort freizügige Frauen geben sollte, wie es hieß. Aber heute Abend waren nur hässliche Weibsbilder dort. Und zudem noch Hugo von Massenbach, dieser eingebildete Sohn eines herzoglichen Oberrates. Der schwafelte in den Disputationen stets, ohne ein Ende zu finden, weil er sich wohl für etwas Besseres hielt. Hugo saß nicht weit von ihm entfernt mit einigen seiner Gefolgsleute und lachte gerade laut. Philipp hätte ihm am liebsten das Maul gestopft. Er selbst war nur mit zwei seiner Kumpane hier: Theodor und Balthasar. Theodor konnte wie immer nicht an sich halten und musste schon wieder vor die Wirtschaft gehen, um sich zu erleichtern. Als er zurück an den Tisch kam, zog Philipp ihn auf. »Du bist eine Schande für deine Familie. Du kannst noch nicht einmal mehrere Becher Bier trinken, ohne wie ein Weib pissen zu müssen.« – »Ach, halt die Backen, du Arschloch«, brummte Theodor und wandte sich ab.

»Findet ihr nicht, dass der am Nebentisch ein besonders dämliches Sackgesicht hat?«, schimpfte Balthasar und sah zu einem der drei jungen Männer hinüber, welche zwischen Philipps und Hugos Tisch saßen.

»Das passende Gesicht für einen, der selten dämlich ist«, zischte Philipp. Nun drehte sich auch Theodor zu den dreien am Nebentisch um und danach wieder zu seinen Begleitern. »Der eine heißt Hans. Er ist in einer meiner Vorlesungen. Er ist einer von denen, die sich ein Stipendium unter den Nagel gerissen haben.«

Der alte Ärger über all die Studenten, die seiner Meinung nach nicht an die Universität gehörten, keimte erneut in Philipp auf. *Es ist doch unerhört, dass uns Adeligen nun dieses Privileg streitig gemacht wird. Man müsste diese Nichtsnutze strenger aussortieren. Sie nehmen uns die Plätze weg!* Seine Wut steigerte sich mit jedem Schluck Bier, den er nahm. Unwillkürlich tastete er nach seinem Dolch. »Er hat wirklich ein richtiges Sackgesicht«, brummte Philipp und stand schließlich auf. Seine Begleiter sahen ihn erstaunt an, erhoben sich dann aber ebenfalls. Philipp ging zum anderen Tisch hinüber.

»Was willst du hier, du Pfaffenfurz?«, provozierte Philipp Hans. Der wusste nicht, wie ihm geschah. Einer seiner zwei Begleiter duckte sich instinktiv und machte abwehrende Gesten. Er wollte in keinen Streit geraten. Doch Hans war unbeeindruckt. »Wir haben genauso ein Recht, hier zu sein, wie Ihr«, sagte er und stand auf, damit er sich auf gleicher Augenhöhe mit Philipp befand. Allmählich wurde es in der Gaststätte still. Die Augen aller richteten sich auf die beiden Streithähne. Aus dem Augenwinkel sah Philipp, wie auch Hugo ihn nun aufmerksam ansah.

»Du solltest im Kuhstall bleiben. Da, wo deine Artgenossen stehen.« Balthasar, der dicht hinter Philipp stand, muhte laut auf, und Theodor begann zu lachen. Hans senkte den Blick, erwiderte aber nichts. Seine Begleiter hätten ihn wahrscheinlich gerne verteidigt, wagten es aber nicht. Stattdessen rutschten sie unruhig auf ihren Stühlen hin und her. Dann sagte einer leise:

»Wir wollen keinen Streit mit Euch.« – »Was mischst du dich denn ein, Klotzkopf?«, raunte Balthasar ihm zu und hob drohend die Faust.

Erschrocken wich der andere zurück. »Schon gut, schon gut. Wir wollten sowieso gleich gehen«, versuchte er zu beschwichtigen. Er stand auf und machte einen Schritt auf die Tür zu, doch Balthasar stellte sich ihm in den Weg. »Ihr geht nicht eher, als bis wir es euch erlauben. Und vorher gebt ihr noch jedem von uns mehr Bier aus.«

Philipp setzte nach. »Ihr Bauernpack müsst eure Abgaben schließlich noch leisten.« Seine Hand griff wieder nach dem Dolch. »Oder wollt ihr euch etwa drücken?« Er sah mit Genugtuung, dass in den Augen des Burschen Angst aufflackerte. Nun wirkte er wie das aufgescheuchte Wild, das Philipp so gerne schoss. Nur Hans, der noch immer vor Philipp stand, zeigte keinerlei Regung. »Das werden wir nicht tun«, sagte er ruhig, aber bestimmt. Er hielt Philipps Blick stand. Der ging drohend noch einen weiteren Schritt auf ihn zu, aber Hans bewegte sich nicht. »Wir werden in Ruhe unser Bier austrinken und dann gehen«, sagte er stattdessen und setzte sich langsam wieder hin.

Philipp ärgerte sich maßlos. Warum hatte dieser Student keinen Respekt vor ihm? Warum zitterte er nicht vor Angst? Er wollte Hans am Kragen packen und ihm eine verpassen. Doch Theodor hielt Philipp davon ab und zog ihn zurück an ihren eigenen Tisch. Von Hugos Tisch hörten sie Gemurmel und schließlich auch Gelächter.

Nach einer Weile erschien ein reicher Kaufmann an ihrem Tisch und beugte sich zu Philipp herunter. Er schüttelte leicht den Kopf. »Eine unangenehme Auseinandersetzung, die Ihr da eben hattet. Ich konnte nicht umhin, sie mit anzusehen.« Dann sah er die drei jungen Adeligen auffordernd an. »Ihr dürft Euch diese Dreistigkeiten nicht gefallen lassen. Diese Studenten sollten

Euch Respekt zollen«, begann Bartholomäus und sah, dass er genau das Richtige gesagt hatte. In der Tat waren seine Worte vor allem Wasser auf Philipps Mühlen, der mit dem Ausgang der Auseinandersetzung höchst unzufrieden war. Da aber die zwei anderen nicht an einer Schlägerei interessiert waren, hatte er es vorgezogen, nachzugeben.

Bartholomäus beugte sich verschwörerisch vor. »Sie müssen in ihre Schranken verwiesen werden. Ihr seid viel zu milde gewesen. Ich habe Euch beobachtet. Und nicht nur ich. Über kurz oder lang geht so Euer guter Ruf verloren. Niemand wird mehr Respekt vor Euch haben, sondern Ihr werdet beleidigt und ausgelacht werden.« – »Aber was sollen wir denn tun?«, fragte Balthasar. »Die Universität ahndet Prügeleien.«

Bartholomäus seufzte tief. »Habt Ihr denn nicht genug Geld, um Eure Strafen zu mildern? Ihr kommt doch aus gutem Hause.« Er setzte einen unschuldigen Gesichtsausdruck auf. »Und im Übrigen, wo kein Kläger, da kein Richter.«

Es begann in Philipp zu arbeiten. Er nahm seinen Becher, setzte ihn an den Mund und leerte ihn schließlich in einem Zug. Dann knallte er ihn auf den Tisch. Das Geräusch ließ einige hochschrecken. Philipps Augen hefteten sich wieder auf Hans. Der würdigte ihn keines Blickes. Als wäre nichts gewesen. Philipp stand ruckartig auf und ging wieder zu dem anderen Tisch. Ohne lange nachzudenken, verpasste er einem der Begleiter von Hans einen kräftigen Faustschlag auf den Hinterkopf. Der Schlag war so heftig, dass der Student vom Stuhl fiel. Er schlug mit dem Kopf auf dem Boden auf und verlor die Besinnung. Nichtsdestotrotz holte Philipp mit dem Fuß aus und trat ihm noch heftig in die Magengrube. »Wer nicht weiß, wo er hingehört, dem werde ich es zeigen«, dröhnte er. Langsam zog er seinen Dolch aus der Scheide.

»Nicht so schnell, Hanau-Lichtenberg.« Plötzlich stand Hugo

neben ihm, und alle seine Begleiter, Philipp zählte sechs, stellten sich breitbeinig hinter ihm auf. »Hat man dich in deiner bäuerlichen Grafschaft nicht gelehrt, dass man nicht nach Leuten tritt, die bereits am Boden liegen?«

»Was mischst du dich ein, Massenbach?«, fuhr Philipp ihn an. »Du willst wohl wieder allen deine Überlegenheit zeigen.«

Hugos Augen verengten sich. »Ich muss jedenfalls nicht sofort zum Dolch greifen. Du kannst wohl nicht mit deinen Fäusten kämpfen?«

Philipp verzog sein Gesicht zu einem schiefen Grinsen. »Kann ich doch. Soll ich es dir zeigen?« Er steckte seinen Dolch weg und ballte die Hände zu Fäusten. Hugo ließ ihn nicht aus den Augen, zumal er sah, dass nun auch Balthasar und Theodor näher kamen.

Dann holte Philipp zum ersten Schlag aus. Hugo parierte und schlug ebenfalls zu. Er zielte auf Philipps rechten Oberarm, den dieser aber im letzten Moment zur Seite drehte. Philipps Faust kam Hugos Gesicht gefährlich nahe, doch Hugo duckte sich und versetzte seinem Gegner einen bösen Haken unters Kinn. Philipp taumelte kurz, fing sich aber ebenso schnell wieder. Balthasar stürzte sich derweil auf einen von Hugos Kameraden und trat ihm kräftig gegen das Knie.

Die anderen Besucher des Wirtshauses riefen durcheinander. Einige feuerten die Kämpfenden an, andere suchten das Weite. Der Wirt griff sich den Knüppel an der Wand und schrie gegen die Lautstärke an.

Bartholomäus' Mundwinkel zuckten. Er hatte sich unbemerkt etwas abseits in Sicherheit gebracht. Nun genoss er es, zu sehen, wie sich die Protestanten gegenseitig an die Kehle gingen. Es würde heute Verletzte geben, vielleicht sogar einige Schwerverletzte. In seiner Nähe lag der als Erster zu Boden gegangene ärmliche Student. Hans kniete neben ihm und schüttelte ihn, aber er regte sich nicht. Bartholomäus ging nun ebenfalls neben ihm in die Knie und sagte: »Er braucht einen Bader. Schnell. Holt ihn. Ich passe derweil auf, dass ihm nichts passiert.« Hans sah ihn dankbar an und bahnte sich seinen Weg ins Freie.

Bartholomäus betrachtete den jämmerlichen Studenten. Er blutete stark am Kopf. Aber seine Brust hob und senkte sich noch. Er war also noch am Leben. *Wie schade!* Für Bartholomäus wäre es nun ein Leichtes, die Welt von diesem Ketzer zu befreien. Immer noch in der Hocke, lehnte sich Bartholomäus mit seinem Körpergewicht nach vorne, sodass seine Knie auf die Brust des Verletzten drückten. Er merkte, wie dieser sich mit dem Atmen immer schwerer tat. Er verstärkte den Druck seiner Knie. Der Student stöhnte und wand sich in seiner Bewusstlosigkeit. *Du kannst nichts gegen mich ausrichten,* dachte Bartholomäus. Er hörte, wie eine Rippe unter seinem Gewicht brach. Dann noch eine. Die Bewegungen des Studenten wurden immer schwächer.

»Ich bin zwar kein Bader, aber ich kann versuchen zu helfen.« Bartholomäus schreckte auf und nahm sofort die Knie vom Oberkörper des Studenten. Als er sich umdrehte, sah er einen jungen Mann auf sich zukommen. Bartholomäus überlegte schnell, doch der andere hatte aus seinem Blickwinkel hinter ihm gewiss nicht sehen können, was passiert war. »Ich habe mich gerade davon überzeugt, dass er noch atmet«, sagte er und mimte den Sorgenvollen. Der andere kniete sich neben ihn. Er schöpfte offenbar keinen Verdacht. »Gut, dann werde ich jetzt die Wunde am Kopf versorgen.« Er machte sich an die Arbeit. Der Kampf wurde von den Studenten mittlerweile im hinteren Teil des Raumes ausgetragen. Hugo und Philipp hatten inzwischen einige Schläge eingesteckt. Der eine blutete aus der Nase, der andere oberhalb der Augenbraue. Bartholomäus richtete sich auf. »Ich werde sehen, ob ich Hilfe holen kann«, log er und stahl sich davon. Draußen vor der Wirtschaft sah er den Pedell, der mit seinen Männern angerannt kam. Bartholomäus entfernte sich möglichst unauffällig in die andere Richtung. Eigentlich hätte er mit sich zufrieden sein sollen, da er weitere Zwietracht gesät hatte. Doch leider war auch diesmal die Zahl der Ketzer in Württemberg noch immer nicht kleiner geworden.

Kapitel 29

Während Oswald sich auf dem Rückweg nach Tübingen befand, brachte ein Bote aus der herzoglichen Kanzlei in Stuttgart einen neuen Auftrag in die Druckerei Morhart. Der junge Bursche, der das Manuskript vom Hof übergab, war gänzlich durchgefroren, trotz des dicken Umhangs, den er wegen der Kälte trug. »Der Herrgott meint es heute nicht gut mit uns. Er lässt einen eisigen Wind über das Land peitschen«, sagte er und stellte sich vor das Feuer im Produktionsraum. Magdalena überkam ein schlechtes Gewissen. Sie hatte Oswald, weil er sie offen kritisiert hatte, in dieses Wetter hinausgeschickt, weil sie sich so über ihn geärgert hatte. Nun hoffte sie, er würde unbeschadet wieder zurückkommen.

Nachdem Magdalena dem Boten einen Becher Wein gegeben hatte, sah sie sich das Manuskript an. Es war nur ein kurzes Schreiben, das auf einen halben Bogen passte. Dazu sollte es auch nur in wenigen Hundert Exemplaren gedruckt werden. Dieser Auftrag würde ihnen nicht besonders viel Geld einbringen, aber wenigstens etwas.

»Wisst Ihr, ob die Regierung gerade noch an einem anderen größeren Werk arbeitet?«, fragte sie, während er sich im Produktionsraum umsah. Er war zwar schon öfters hier gewesen, allerdings fand er den Setzkasten immer wieder aufs Neue interessant. Der Bote beobachtete Georg dabei, wie er einige Lettern reinigte.

»Ihr habt wohl gerade wenig zu tun«, sagte er leichthin und ging auf Georg zu. Er nahm ein paar Lettern in die Hand.

»Wir haben gerade ein größeres Werk fertiggestellt und haben den heutigen Tag genutzt, um neue Materialien zu kaufen«, entgegnete Magdalena schnell und hoffte, dass er ihr glauben und nicht denken würde, dass sie gerade keine Aufträge hatten. Dann kam sie auf ihre ursprüngliche Frage zurück. »Wisst Ihr, ob wir bald noch mehr Drucksachen von der Regierung erhalten werden? Da wir noch andere Aufträge haben und wir die Regierung natürlich nicht warten lassen wollen, würde uns ein entsprechender Hinweis weiterhelfen.« Sein Gesichtsausdruck blieb unverändert und ließ sich nicht deuten.

»Das kann ich Euch nicht sagen. Als Bote werde ich nicht in die Entscheidungen der Kanzlei mit einbezogen. Mir obliegt es nur, das fertige Manuskript zu überbringen.«

»Das weiß ich, aber ich weiß auch, dass in der Kanzlei, wie auch an anderen Orten, gerne viel geredet wird. Daher könntet Ihr vielleicht etwas über die nächsten Manuskripte erfahren haben.«

Um seinem Misstrauen vorzubeugen, betonte sie noch einmal: »Ich muss Vorbereitungen treffen, und ich will die Regierung auf keinen Fall warten lassen.«

Damit gab er sich zufrieden. »Ich würde Euch gerne weiterhelfen, aber ich weiß von nichts.« Magdalena, die ihn genau beobachtet hatte, seufzte leise, denn sie war sich sicher, dass er die Wahrheit sprach.

»Wenn Ihr wollt, kann ich mich aber für Euch erkundigen, Frau Buchdruckerin«, sagte er hilfsbereit.

»Nein, das ist nicht nötig. Ich hatte sowieso vor, bald nach Stuttgart zu reisen, da ich dort einige Erledigungen zu machen habe.« Dass diese Erledigungen eigentlich nur eine Unterredung mit dem Kammersekretär des Herzogs waren, wollte sie ihm nicht auf die Nase binden.

Als er sich kurz darauf verabschiedete, begleitete sie ihn noch zur Tür. Sie sah ihm nach, als er die Burgsteige hinunterging, und wollte sich gerade wieder ins Haus begeben, als sie bemerkte, dass er vor Ulrichs Druckerei stehen blieb. Anscheinend hatte man ihn aus der Werkstatt gerufen. Kurz danach sah sie auch schon ihren Stiefsohn aus der Druckerei kommen und auf den Boten zutreten. Er hatte ihn wohl vorher zu Magdalena gehen sehen und deshalb auf ihn gewartet. Mit ausladenden Gesten begrüßte er den Boten, legte ihm dann einen Arm um die Schultern und zog ihn in die Druckerei, aus der lautes Knarren und Quietschen ins Freie drang. Die Pressen waren schon den ganzen Morgen im Einsatz. Magdalena meinte noch zu hören, dass Ulrich den Boten zu einer Stärkung an einem solch kalten Tag einlud. *Ulrich macht vor gar nichts halt,* ärgerte sie sich. *Jetzt möchte er auch noch den Boten beeinflussen. Damit der dann der Regierung berichtet, dass die zweite Druckerei in Tübingen gut aufgestellt ist.* Wahrscheinlich zeigte ihm Ulrich gerade die neuen Pressen und die bereits hergestellten Drucke sowie die Gehilfen, die er inzwischen eingestellt hatte. *Und das ausgerechnet, nachdem der Bursche bei uns soeben gesehen hat, dass wir so gut wie nichts zu tun haben.* Sie musste ihrem Stiefsohn endlich Einhalt gebieten. Ihr Vorhaben, nach Stuttgart zu fahren, um dort in der Kanzlei vorzusprechen, konnte nun nicht länger warten. Sie musste sich noch heute erkundigen, auf welchem Weg sie am schnellsten zur Regierung gelangen konnte.

Am Abend hatte sie tatsächlich einen Händler gefunden, der am nächsten Tag nach Stuttgart reiste. Er hatte sich ein Fuhrwerk mit einem Pferd geliehen, und es kam ihm sehr gelegen, dass er sich die Kosten für die Fahrt mit ihr teilen konnte. Magdalena wäre in Anbetracht der Ausgaben lieber zu Fuß gegangen, aber sie musste nun schnell handeln und wollte dies nicht am Geld scheitern lassen. Hoffentlich würde der Kammersekretär sie empfangen. Sie betete, dass er zurzeit nicht außer Landes war. Denn dann wäre die Reise nicht nur vergebens gewesen, sondern hätte auch unnötig Geld gekostet. Als sie mit dem Händler unterwegs war, bemerkte sie schnell, dass er wohl noch nicht allzu oft einen Wagen gelenkt hatte. Er gab zu, dass er tatsächlich zum ersten Mal allein unterwegs war. »Das Pferd kann ich schon selbst bändigen. Ich muss ihm schließlich nur sagen, wann es anhalten und wann es loslaufen muss«, lachte er. Doch schon bald zeigte sich, dass noch mehr dazugehörte. Wiederholt blieb das Tier einfach stehen und regte sich noch nicht einmal, wenn er die Peitsche benutzte. Dann wiederum rannte es unvermittelt los oder wählte bei einer Abzweigung den falschen Weg. Darauf musste der Kaufmann den Wagen wenden, was ihm nur mit Mühe gelang. Einmal blieb ihm sogar nichts anderes übrig, als unter Fluchen abzusteigen und das Pferd kurz am Zügel zu nehmen. Magdalena beschloss, sich gut festzuhalten, damit sie nicht vom Wagen fiel. Außerdem nahm sie sich fest vor, mit einem anderen Fuhrwerk wieder nach Hause zu fahren. Und einmal mehr wünschte sie sich, zu wissen, wo ihr alter Freund Hannes abgeblieben war und ob es ihm gut ging. Sie hoffte, ihn nicht zum letzten Mal in ihrem Leben gesehen zu haben.

Gegen Mittag war Magdalena heilfroh, unversehrt angekommen zu sein. Schnurstracks ging sie zur Kanzlei und fragte einen jungen Knaben, der dort die Stufen fegte, ob er sie beim Kammersekretär ankündigen könnte. Natürlich wusste sie, dass einer der wichtigsten Beamten im Herzogtum nicht alles stehen und liegen ließe, um sie zu empfangen. Daher sagte sie dem Knaben, dass sie in der Nähe der Kanzlei warten würde, wo man sie jederzeit rufen könnte. Als sie ihm noch eine Münze in die Hand drückte, nahm er den Besen unter den Arm und verschwand schnell in dem dreigeschossigen Gebäude. Kurze Zeit später kam er wieder und sagte ihr, dass sie Glück hatte, denn der Kammersekretär könnte sie tatsächlich noch an diesem Tag zu sich bitten, auch wenn er nur wenig Zeit hätte. Sie solle sich daher im Innenhof der Kanzlei bereithalten. Magdalena beschloss, sich die Zeit damit zu vertreiben, sich näher umzusehen.

Der Nachmittag war bereits weit fortgeschritten, als endlich ein Bediensteter auf sie zukam. Es war ein junger Mann, der trotz seines Alters schon leicht gebückt ging. Er musste wohl viel Zeit hinter dem Schreibpult verbringen.

»Der werte Herr Kammersekretär hat nun Zeit für Euch. Ich werde Euch zu ihm bringen«, sagte er mit einer leichten Verbeugung. Die Kanzlei war im Inneren noch größer, als sie von außen anmutete. Sie durchquerten mehrere Gänge und begaben sich schließlich in den oberen Teil des Hauses. Nachdem sie wiederum eine ganze Weile gegangen waren, hielt der Bedienstete vor einer großen massiven Holztür mit schönen Schnitzereien. In dem fahlen Nachmittagslicht, das durch die Fenster hereinfiel, sah Magdalena bewundernd auch den vergoldeten Türgriff, den der Mann vor ihr herunterdrückte, nachdem er laut hörbar angeklopft hatte. Er ging einen Schritt durch die Tür, verbeugte sich tief vor seinem Herrn und meldete sie an. »Die Witwe Morhart, Buchdruckerin in Tübingen.« Dann nickte er und begab sich nach draußen.

In dem Raum, in dem sich Magdalena nun befand, war es deutlich heller als im Gang. Das Schreibpult stand direkt vor dem großen Fenster, damit es möglichst viel Licht hatte. Der Kammersekretär Franz Kurtz saß hinter dem Pult und legte das Schreiben aus der Hand, welches er soeben noch gelesen hatte. Links und rechts von ihm türmten sich mehrere Stapel mit Briefen und Büchlein. Seit ihrem letzten Zusammentreffen schien kaum Zeit ins Land gezogen zu sein, denn er sah noch genauso aus wie vor gut zwei Jahren, als Magdalena ihm die eintausend Exemplare des Landrechts überbracht hatte. »Magdalena Morhart. Bitte setzt Euch.« Er bedeutete ihr, auf einem der Stühle vor seinem Pult Platz zu nehmen. Es tat gut, nach der unbequemen Fahrt und dem langen Warten auf einem Stuhl zu sitzen, der zudem mit einem weichen Lederkissen versehen war. »Wie Ihr seht«, meinte er mit einer Handbewegung auf die Stapel auf seinem Pult, »habe ich leider nicht viel Zeit. Aber als ich gehört habe, dass Ihr eigens aus Tübingen gekommen seid, dachte ich mir, dass es sich um etwas Wichtiges handeln muss. Was verschafft mir die Ehre? Ich hoffe, es gibt keine Probleme bei der Fertigstellung? Ihr habt doch erst gestern die neueste Verlautbarung erhalten?«

»Ja«, entgegnete sie und kam dann direkt zur Sache. »Es geht um die zweite Druckerei. Wie Ihr wisst, hat mein Stiefsohn eine Genehmigung der Regierung erhalten, eine weitere Druckerei in Tübingen zu eröffnen.«

»Das bereitet Euch doch keine Probleme? Als er hier in Stuttgart vorgesprochen hat, hat er gesagt, dass es in Tübingen durchaus genügend Aufträge für eine weitere Druckerei gibt.« Magdalena musste an sich halten, um keinerlei Gefühlsregung zu zeigen. Natürlich hatte Ulrich das behauptet, aber Magdalena bezweifelte, dass beide Druckereien florieren könnten. Viel lieber hätte sie es Oswald ermöglicht, seine eigene Druckerei in Stuttgart zu eröffnen, das wäre wirtschaftlich viel attraktiver für die Familie gewesen.

Franz hob erneut an. »Ihr müsst zugeben, für unsere Regierungsaufträge ist es gut, eine weitere Werkstatt zu haben, falls es einmal zu einer Häufung von Aufträgen kommt, die von einer einzigen Druckerei nicht mehr zeitnah hergestellt werden können. Nachdem der neue Glaube nun durch den Religionsfrieden bekräftigt wurde, möchte unser Landesfürst noch weitere große Reformen durchführen. Dafür brauchen wir besonders viele Exemplare von einer ganzen Reihe von Dokumenten. Das versteht Ihr doch, nicht wahr?«

»Bei diesen Aufträgen werde ich Euch«, sie machte eine kleine Pause, um die nachfolgenden Wörter hervorzuheben, »wie immer gut dienen. Ich hoffe, Ihr erinnert Euch noch daran, dass ich das Landrecht trotz des Ausbruchs der Pestilenz zum vereinbarten Zeitpunkt bei Euch abgeliefert habe.«

»Das ist mir durchaus nicht entfallen. Aber warum seid Ihr heute zu mir gekommen? Wenn Ihr damit gerechnet habt, dass wir Ulrich die Genehmigung wieder entziehen, dann muss ich Euch leider enttäuschen.«

»Nein, das hatte ich nicht im Sinn. Ich möchte Euch nur, in Anbetracht meiner guten bisherigen Leistungen, darum bitten, die zukünftigen Aufträge der Regierung zuallererst mir anzubieten. Falls Ihr mir tatsächlich einmal mehr Drucke geben solltet, als ich rechtzeitig schaffen kann, mögt Ihr diese gerne, in Absprache mit mir, an Ulrich weitergeben.« Magdalena hatte lange überlegt, ob sie dem Kammersekretär für diese Gefälligkeit ein Entgelt anbieten sollte. Sie unterließ es jedoch, obwohl sie wusste, dass solche Gelder viel bewirken konnten und auch in Regierungskreisen gerne angenommen wurden. Aber da sie sich schon einmal länger mit ihm unterhalten hatte, hielt sie ihn für unbestechlich. Wie sie zu dieser Einschätzung kam, konnte sie nicht erklären. Aber sie war sicher, dass er das Geld nicht annehmen und dazu noch von ihr denken würde, dass sie anscheinend keine andere Wahl hatte, als sich auf solche Weise ihre Aufträge zu sichern.

»Ja, das ist ein verständlicher Wunsch.« Franz nickte bedächtig. Dann schaute er sie durchdringend an. »Was soll denn dann Euer Stiefsohn drucken?«

»Mein Stiefsohn wird sich schon zu helfen wissen. Er hat bereits begonnen, eigene Käufer zu werben. Unlängst habe ich gehört, dass nun auch Jakob Andreae bei ihm drucken lässt.«

»Ich sehe, Ihr seid hervorragend informiert.«

»Als gute Geschäftsfrau muss ich das auch sein. Und vor allem muss ich einer Gefahr begegnen, wenn ich sie auf mich zukommen sehe.«

»Und Ihr denkt, Euer Stiefsohn stellt eine Gefahr für Euch dar? Er hat doch gerade erst begonnen, Ihr dagegen habt vor fast drei

Jahren bereits das Geschäft Eures Mannes übernommen. Was habt Ihr folglich zu befürchten?«

Zum Glück weiß er nicht, wie schlimm es um uns steht, dachte Magdalena. *Die Ausbesserungsarbeiten in der Druckerei sind immer noch nicht abgeschlossen, und ich wage gar nicht daran zu denken, was passiert, wenn Georg oder Oswald für längere Zeit krank werden. Dann hätten wir große Probleme.* Aber Magdalena brachte nichts davon zur Sprache, sondern meinte nur: »Ich möchte nur sichergehen, dass ich nichts zu befürchten habe und die Regierungsaufträge zuallererst an mich gehen.«

»Gut, das sichere ich Euch zu.« Der Kammersekretär machte eine Handbewegung, die darauf schließen ließ, dass das Gespräch für ihn damit beendet war.

»Noch eine Bitte«, warf sie ein, und er hielt inne. »Nun, da die Universität zurückgekehrt ist, wird Tübingen endlich wieder aufblühen.« – »Das hoffen wir alle«, bestätigte Franz.

»Ich möchte meinen Beitrag dazu leisten, indem ich meine Druckerei vergrößere. Daher möchte ich mir von der Regierung neunzig Gulden leihen. Zu dem üblichen Zinssatz von fünf Prozent, versteht sich.« Magdalena sah Franz erwartungsvoll an. Sie konnte sich noch gut daran erinnern, wie schwer es gewesen war, Geld zu leihen, als sie damals das Landrecht drucken musste. Allerdings hatte sie sich nun bewährt und auch von der Regierung schon gelegentlich einen Vorschuss bekommen. Daher hoffte sie, dass der Kammersekretär der Verleihung zustimmen würde.

Franz dachte nach. »Wann würdet Ihr das Geld zurückzahlen?«

Magdalena atmete innerlich auf. Sie hatte schon befürchtet, dass er sie nach der genauen Verwendung des Geldes fragen würde, worauf sie zugeben müsste, dass sie das Geld eigentlich dafür benötigte, die Druckerei wieder in den Zustand zu versetzen, in dem sie sich früher befunden hatte. Vor allem wollte sie endlich die kaputte Presse ersetzen und Georg damit beauftragen, sich nach einer günstigen umzuhören.

»In zwölf Monaten.«

»So viel Zeit kann ich Euch nicht geben. Denn die Pest hat auch die Regierungsausgaben stark getroffen.«

»Dann zahle ich es Euch in sechs Monaten zurück.«

Er seufzte.

»Bedeutet das, dass Ihr zustimmt?«

»Sechs Monate und keinen Tag länger.«

Zufrieden stand Magdalena auf. »Ich danke Euch, Herr Kammersekretär.«

Kapitel 30

Nach der Besprechung mit dem Kammersekretär verließ Magdalena die Kanzlei, um ihre Unterkunft für die Nacht aufzusuchen. Sie schlug den Weg zu Simons Buchhandlung ein. Ihr Sohn Georg unterhielt zu Simon schon fast ein freundschaftliches Verhältnis, seitdem dieser für die Morharts viele Bücher in Stuttgart verkaufte. Wann immer Georg daher die Drucke der Regierung an den Hof lieferte, kehrte er bei Simon ein, um mit ihm über neue mögliche Verkäufe zu sprechen. Und deshalb hatte auch Magdalena bei dem Buchhändler eine Bleibe für die heutige Nacht gefunden. Als sie abends mit ihm und seiner Familie zusammensaß, tauschten sie die neuesten Neuigkeiten aus dem Umland aus. Es war sowohl für Magdalena als auch für Simon wichtig, möglichst rasch zu erfahren, welche Handelsstraßen gerade unsicher waren oder welche Bücher derzeit von anderen Druckern angeboten wurden.

Als Magdalena sich schließlich in der kleinen Gästekammer umzog, wanderten ihre Gedanken wieder zu ihrer Unterredung mit dem Kammersekretär zurück. Sie hatte gehofft, dass er ihr mehr Zugeständnisse machen würde. Schließlich hatte sie mit der Fertigstellung des Landrechts herausragende Arbeit geleistet. Doch ihr war durchaus bewusst, dass er es nicht riskieren konnte, nur auf ihre Druckerei angewiesen zu sein. Mit dem Versprechen, das er ihr gegeben hatte, würde sie nun wenigstens eine gewisse Sicherheit haben. Gleichzeitig müsste sie jedoch aufpassen, dass nichts passierte, was die Druckvorhaben der Regierung in irgendeiner Weise behinderte. Keine langwierigen Krankheiten innerhalb der Familie, keine längeren Ausfälle wegen einer defekten Presse, keine Aufträge, die nicht verschoben werden konnten, falls ein wichtiger Regierungsdruck hereinkam. Auch mussten die Bevorratung und der Nachschub aller Materialien gesichert sein. Sie müsste auf alles ein sehr gutes Auge haben, damit die Regierungsaufträge nicht doch noch an Ulrich gingen.

Schon früh am nächsten Morgen verabschiedete sich Magdalena von Simon, der ihr noch einige Buchbestellungen aufgab, die sie Georg aushändigen würde. Sie machte sich zum Marktplatz in Stuttgart auf, um dort zu fragen, ob sie jemand in seinem Fuhrwerk nach Tübingen mitnehmen konnte. Doch wartete sie einige Stunden vergebens, bis sie sich schließlich einem Fuhrmann anschließen konnte. Wenigstens verstand es dieser, im Gegensatz zu dem Kaufmann, mit dem sie am Vortag gereist war, sein Pferd ohne jedes Problem zu lenken.

Als sie endlich wieder in Tübingen war, ging sie ohne Verzug in die Druckerei, wo sie Greti empfing. Die Magd nahm ihr das Reisegepäck ab und brachte ihr etwas zu trinken. Magdalena ließ sich zunächst im Verkaufsraum nieder und von Greti berichten, was in ihrer Abwesenheit geschehen war. Magda hatte sich heute schon früh auf den Weg gemacht, um den Armen zu helfen, da ihre Brüder sie heute erst am späten Nachmittag in der Druckerei benötigten. Magdalena nickte zufrieden.

Nach einer Weile hörten Magdalena und Greti, wie die Presse hinter dem Vorhang verstummte, da Oswald und Georg eine Pause machten. Magdalena zog daraufhin den Vorhang auf und ging zu den beiden. Nachdem sie sich begrüßt hatten, wandte sich Magdalena Oswald zu. Georg nutzte den Umstand, um in den Hinterhof zu gehen und sich dort seine Hände mit Brunnenwasser zu säubern. Greti folgte ihm und nahm sich eine Bürste, um ihm zu helfen. Aus dem Augenwinkel sah Magdalena, wie Greti Georg dabei immer wieder anlächelte.

Oswald begann noch vor Magdalena zu sprechen. »Es tut mir leid, Mutter, dass ich an Euch gezweifelt habe.« Sie nickte, umarmte ihn und drückte ihn dabei fest an sich, um ihm zu zeigen, dass sie ihm für seine kritischen Äußerungen nicht länger gram war. Dann erzählte sie ihm von ihrem Besuch in der Kanzlei. Oswald pfiff leise durch die Zähne. »Neunzig Gulden! Das war ein guter Schachzug. Und solange wir es verhindern können, dass Ulrich Regierungsaufträge bekommt, kann er uns nicht viel anhaben.«

»Und wie geht es Anna und ihrem Vater? Können sie uns das Papier bald liefern?«, fragte sie im Gegenzug.

»Ja, allerdings wird es ein paar Wochen länger dauern. Zudem brauchen Anna und ihr Vater einen Vorschuss.«

Magdalena schluckte. »Junge, du weißt, dass es uns momentan nicht besonders gut geht.«

Oswald nickte. »Ich weiß, aber Anna und ihr Vater brauchen diesen Vorschuss, weil sie noch einige Ausgaben tätigen müssen.« Oswald hatte lange überlegt, wie er Magdalena am besten überzeugen konnte, den Urachern eine Vorauszahlung zu gewähren, ohne dabei zu erwähnen, dass der Papierer in Schwierigkeiten steckte. Doch da er kein überzeugendes Argument gefunden hatte, sagte er seiner Mutter nun die Wahrheit und hoffte, dass Anna es ihm verzeihen würde.

Magdalena überlegte. Sie klopfte geistesabwesend mit den Fingerknöcheln auf die Tischplatte des Esstisches, an dem sie mit Oswald stand. Ihre Möglichkeiten, Anna zu helfen, waren begrenzt. Generell wollte sie das Geld, das sie gerade erst von der Regierung erhalten hatte, für nichts anderes als die Instandsetzung der Druckerei ausgeben. Wer wusste schon, was für plötzliche Ausgaben sonst noch auf sie zukamen. Das Ersetzen beschädigter Druckmaterialien, weitere Reparaturen im Haus oder fehlende Einnahmen …

Als hätte er ihre Gedanken gelesen, sagte Oswald: »Ich weiß, Ihr wollt das Geld für die Druckerei.« Magdalena brummte zustimmend.

»Oswald. Wir haben uns gerade erst einigermaßen erholt. Und du weißt, wie schnell sich das wieder ändern kann.«

»Ja, aber wenn wir Anna und ihren Vater nun nicht unterstützen … Wer weiß, was dann passieren wird. Ich möchte mir jedenfalls nicht vorstellen, dass die beiden bankreutig werden.«

Magdalena sah ihn an und wollte ihm schon entgegnen, dass sie sich in diesem Fall wieder an die Papierhändler in Reutlingen wenden würde, die ihr, nachdem sie dort während der Pestzeit in Tübingen gelebt und gearbeitet hatte, inzwischen ebenfalls einen guten Preis anboten. Zwar immer noch nicht so gut wie Anna und ihr Vater, aber angemessen. Doch Magdalena würde Oswald damit nur vor den Kopf stoßen und einen neuen Streit entfachen. Also zügelte sie sich und versuchte, ihn zu besänftigen.

»Junge, ich werde es mir durch den Kopf gehen lassen. Ich sage dir morgen, wie ich mich entschieden habe.«

Kapitel 31

So, Ulrich Morhart, nun zeigt mir, wie Ihr mein Geld angelegt habt. Schließlich sind zweihundert Gulden eine stattliche Summe.« Bartholomäus war noch am späten Abend zu Ulrich in die Druckerei gegangen, in der der Hausherr dafür gesorgt hatte, dass sie sich ungestört unterhalten konnten. Die beiden Lehrjungen hatte er zu Kaspar geschickt. Nachdem Ulrich und Bartholomäus ein paar Begrüßungsworte gewechselt hatten, war der Gast ohne Umschweife auf den Grund seines Besuches zu sprechen gekommen. Der strenge Tonfall seiner Stimme veranlasste Ulrich, ihm schnellstmöglich alle Anschaffungen für die Druckerei aufzuzählen. Aber wenn er geglaubt hatte, seinen Gast damit beeindrucken zu können, hatte er sich geirrt. Der wedelte nach einiger Zeit ungnädig mit der Hand, um Ulrich zum Schweigen zu bringen.

»Guter Mann, Ihr habt mich falsch verstanden. Mich verlangt zu wissen, was Ihr bereits hergestellt habt. Zeigt mir Eure Drucke.« Er blickte sich im Raum um und ging dann, ohne Ulrichs Antwort abzuwarten, zu einem kleinen Regal, in dem Ulrich einige Exemplare aufbewahrte. »Mein Herr, hier sind auch noch …« Aber Bartholomäus schnitt ihm das Wort ab. »Bringt mir eine Kerze. Ich kann hier überhaupt nichts sehen«, sagte er barsch. Der Jüngere beeilte sich, seinem Wunsch nachzukommen. Mit der Kerze in der Hand sah sich Bartholomäus die wenigen Bücher an. »Ist das alles?« Er richtete sich auf und warf Ulrich einen tadelnden Blick zu.

Der Drucker hob zu einer Erklärung an. »Trotz meiner Bemühungen, die Einwohner Tübingens auf mich aufmerksam zu machen, haben bisher nur wenige Akademiker ihren Weg in meine

Druckerei gefunden. Obwohl ich keine Gelegenheit ausgelassen habe, sie auf der Straße anzusprechen und ihnen Wein anzubieten. Ich habe ihnen meine Bücher gezeigt und ihnen im Rahmen meiner Möglichkeiten auch einen guten Preis dafür gemacht. Leider mit weit weniger Erfolg, als ich es mir erhofft hatte.« Bartholomäus sah ihn ausdruckslos an und würdigte ihn keiner Antwort. Daher fügte Ulrich schnell hinzu: »Aber seht.« Er griff ins Regal und nahm eines der Bücher heraus. »Das hier hat der ehrwürdige Jakob Andreae verfasst und nur mir zur Drucklegung gegeben. Er hat dank Eurer Empfehlung nun sein erstes Werk bei mir herausgegeben. Es werden sicherlich noch viele weitere folgen.« Mit wiedergewonnener Sicherheit hielt Ulrich seinem Gast das Buch hin. Doch der nahm es noch nicht einmal in die Hand.

»Hat er bereits den nächsten Auftrag in Aussicht gestellt?«

»Nein, aber ich bin …«

Wieder schnitt ihm Bartholomäus das Wort ab. »Schweigt. Wie ich sehe, habe ich noch nicht viel Gegenwert für mein Geld bekommen. Ich habe Euch das Geld geliehen, damit Ihr hier die einzige Druckerei werdet und entsprechend gute Geschäfte macht. Nur das lohnt sich für uns beide.« Ulrichs Schultern sackten aufgrund dieser neuen Demütigung seines Gönners nach unten.

»Ihr seid nun schon seit Monaten in Tübingen. Dennoch habt Ihr der Druckerei Eurer Stiefmutter bislang nicht viel entgegensetzen können.« Ulrich senkte den Blick zu Boden. »Offensichtlich fehlt es Euch an Einfällen, wie Ihr die Oberhand gewinnen könnt. Ich werde Euch wohl unter die Arme greifen müssen«, sagte Bartholomäus und ging geradewegs auf den Tisch zu, der in der Nähe der Feuerstelle stand und an dem die Familie üblicherweise ihre Mahlzeiten einnahm. Er zog den Stuhl am Kopfende, auf dem üblicherweise Ulrich als Familienoberhaupt saß, zu sich heran, runzelte die Stirn und zog dann umständlich ein Tuch aus seiner Gewandtasche. Er hielt es an einem Zipfel fest und fuhr damit dann mehrere Male kreuz und quer über den Sitz, um ihn zu reinigen. Erst dann setzte er sich. Unwirsch wies er Ulrich an, links neben ihm auf der Bank Platz zu nehmen.

»Nun«, Bartholomäus machte eine weit ausholende Geste. Er musste sich wohl noch einmal den Hass Ulrichs auf die Witwe Morhart zunutze machen. »Wenn Eurer Stiefmutter auf die bisherige Art und Weise nicht beizukommen ist, müsst Ihr Euch überlegen, was Ihr sonst noch tun könnt.«

»Was sollte das denn sein? Sie macht aus ihren Geschäften ein Geheimnis. Ich weiß nie, was sie als Nächstes produziert.«

»Dann müsst Ihr sie eben aushorchen lassen.«

»Aber wie soll ich das denn machen? Mir oder meinen Männern wird sie bestimmt nichts anvertrauen. So dumm ist sie nicht. Es müsste also jemand sein, dem sie nach einiger Zeit Vertrauen schenkt.«

»Ich sehe, Ulrich, Ihr versteht nun, was ich meine. Ich hätte genau den Mann, den Ihr dafür braucht. Selbstverständlich dürft Ihr Euch bei diesem Vorhaben nicht erwischen lassen. Aber das wird Euch bewusst sein. Ich denke, darauf sollten wir anstoßen. Bringt uns doch einen Becher Eures besten Weines.« Sofort sprang Ulrich auf. Er ging zu dem kleinen Fass, in dem er den guten Wein aufbewahrte, und füllte zwei Becher. Einen stellte er vor seinem Gast auf den Tisch und prostete ihm zu. Bartholomäus nahm einen Schluck und verzog daraufhin leicht das Gesicht. *Was für ein grausames Gesöff. Eher Essig als Wein.* Bartholomäus beließ es bei dem einen Schluck und stand auf. »Ich lasse Euch nun allein. Dann habt Ihr noch genug Gelegenheit, Euch für den Rest des Abends zu überlegen, wie Ihr der zweiten Druckerei schaden könntet. Ich bin mir sicher, dass Ihr Eure Stiefmutter in den nächsten sechs Monaten hier aus Tübingen vertrieben habt.«

Ulrich rieb sich die Hände und grinste voller Vorfreude. Er brachte Bartholomäus zur Tür und verabschiedete ihn. Dann rief er leise nach seiner Frau Katharina, von der er wusste, dass sie am oberen Rand der Stiege, ungesehen von ihrem Gast, dem Gespräch gelauscht hatte.

»Ulrich, nun können wir einen Ausspäher in die andere Druckerei einschleusen.« Liebevoll strich sie ihm über das Gesicht. Das Lob seiner Frau beflügelte ihn noch mehr. »Ich habe mir außerdem noch etwas anderes überlegt. Komm, meine Liebe, setz dich zu mir.« Er schob ihr den von Bartholomäus verschmähten Wein zu, den sie mit Genuss trank. Dann erzählte er ihr ausführlich, was ihm in den Sinn gekommen war. Ein guter Teil seiner Einfälle war in Katharinas Augen allerdings nicht durchführbar, aber das verschwieg sie ihm, weil sie seine Begeisterung nicht dämpfen wollte. Andere wiederum durchdachte sie mit ihm. So schlug er zum Beispiel vor, Magdalenas gesamter Familie etwas ins Essen zu mischen, wovon sie alle krank wurden und nicht weiterarbeiten konnten. Katharina merkte allerdings an, dass dies schwierig in die Tat umzusetzen sei. Was jedoch noch viel schlimmer war, war die Tatsache, dass dies verdächtig wirken und sich womöglich auf ihn zurückführen ließe. Im schlimmsten Fall könnte es sogar mit seiner Bestrafung enden.

Nach einer Weile klang seine Begeisterung ab. »Solange sie von der Universität und der Regierung immer wieder Aufträge bekommt, werde ich nichts gegen diese verdammte Erbschleicherin ausrichten können. Mir muss etwas einfallen, womit ich diese beiden Institutionen für mich gewinnen kann.«

»Vielleicht musst du das Problem anders angehen. Anstatt dir zu überlegen, wie du ihr die beiden Auftraggeber abspenstig machen kannst, solltest du vielleicht versuchen, sie von dir zu überzeugen.«

»Wie soll ich das denn tun? Soll ich mehr Holzschnitte kaufen? Aber bei Gesetzestexten werden die nicht verwendet. Es ist unmöglich. Ich kann in dieser Hinsicht nichts machen.«

»Doch, Ulrich! Das kannst du, und das wirst du«, sprach sie ihm neuen Mut zu. »Wenn du ihr, was die Qualität betrifft, nicht beikommen kannst, dann musst du sie im Preis unterbieten.«

»Im Preis unterbieten, wie soll das denn gehen? Ich wüsste nicht …« Plötzlich stockte er. Seine Augen weiteten sich, sein Mund öffnete sich, und er sah seine Frau lange an, ohne ein Wort zu sagen. Dann meinte er:

»Ich glaube, ich weiß nun endlich, wie ich die Käufer auf meine Seite ziehen kann. Warum habe ich nicht schon früher daran gedacht. Und sie wird nichts dagegen ausrichten können. Auf jeden Fall nicht sofort. Und selbst wenn sie dann später etwas dagegen unternimmt, werden wir bis dahin einen entscheidenden Vorsprung gewonnen haben.«

Kapitel 32

Oswald wartete ungeduldig auf die Entscheidung seiner Mutter. Er war am Morgen schon vor Greti wach geworden und hatte ihr deshalb vor lauter Unruhe die Arbeit abgenommen, Wasser aus dem Brunnen zu holen. Er musste sich einfach mit etwas ablenken, konnte er es doch kaum erwarten, dass ihm seine Mutter endlich sagen würde, ob sie Anna einen Vorschuss gäbe.

Beim Morgenmahl war Magdalena schweigsam und besprach nur die Arbeitsabläufe mit ihren Kindern. Magda würde nach dem Mahl aufbrechen und in der Stadt neues Rosshaar kaufen, um damit die Druckballen auszustopfen, damit sie den Satz wieder gleichmäßig einfärbten. Georg würde ihr dabei helfen. An Oswald gewandt, sagte Magdalena, wie viele fertige Drucke sie heute erwartete. Aber in Bezug auf das Papier und den Vorschuss sagte sie nichts. Oswald überlegte, ob er sie vor seinen Geschwistern darauf ansprechen sollte, ließ es aber sein, weil er befürchtete, sie würde seine Bitte dann ablehnen. Somit begann er zusammen mit Georg an der Presse zu arbeiten, während seine Mutter die bereits gedruckten Bogen zusammenlegte und Magda sich in die Stadt aufmachte. In einer Pause wollte Oswald seine Mutter schließlich fragen, doch die war gerade in ein Gespräch mit einem neuen Käufer verwickelt und bedeutete ihm, sich im Hintergrund zu halten.

Erst zur Mittagspause gelang es ihm, endlich mit ihr über Anna und ihren Vater zu sprechen, wobei er seine Ungeduld kaum noch verbergen konnte. »Nun, Mutter, was denkt Ihr? Können wir den Urachern einen Vorschuss geben?« – »Oswald«, begann Magdalena, während sie noch einige Unterlagen auf dem Verkaufstisch beiseiteräumte und es dabei vermied, ihm in die Augen zu schauen. »Es ist nicht einfach.« Nun wandte sie sich dem Regal zu und ordnete die Bücher erneut. Sie suchte immer noch nach den richtigen Worten. Die Entscheidung war ihr nicht leichtgefallen. Schließlich drehte sie sich zu ihm um. »Wir sind nun endlich wieder in der glücklichen Lage, ein wenig Luft zu haben. Der Umzug aus Reutlingen und die bisherigen Reparaturen haben uns fast unsere gesamten Rücklagen gekostet. Zwar haben wir nun das geliehene Geld der Regierung zur Verfügung. Aber Ulrich ist als zweiter Drucker hier und wird uns bestimmt bald weitere Schwierigkeiten bereiten.«

Oswald verzog zunächst keine Miene, obwohl er nach dieser Einleitung schon ahnte, wie die Antwort ausfallen würde. Dann aber konnte er sich nicht länger beherrschen. »Wir lassen Anna und ihren Vater also im Stich?«, sagte er bissig. »Ich kenne unsere Möglichkeiten ebenfalls. Wir sind durchaus in der Lage, Anna die gesamte Summe für den Auftrag zu geben. Damit wäre ihr sehr geholfen.«

»Und genau deswegen bin auch ich hier die Druckherrin und nicht du, weil du viel zu leichtfertig mit Geld umgehst. Wir müssen eiserne Reserven haben, denn wir wissen nicht, wann die nächsten Aufträge eintreffen und ob sie so viel Gewinn abwerfen, dass wir damit die nächsten Monate gut über die Runden kommen.«

Es erboste Oswald, dass sie ihn so maßregelte. Er wollte bereits etwas erwidern, als sie sagte: »Aber wir werden Anna und ihren Vater natürlich nicht im Stich lassen. Wir werden ihnen aber auch nicht den Vorschuss in der Höhe geben, an den du gedacht hast, sondern nur einen Teil davon.«

Oswald war überrascht, hatte er doch schon mit einer Absage gerechnet. Er sah seine Mutter lange an und nickte dann. Natürlich hatte er auf die gesamte Summe gehofft, doch auch ein Teil würde den Urachern sicher schon helfen. Sie könnten damit vielleicht eine Hilfskraft einstellen, die Anna zur Hand ging, und damit wiederum ihre Produktion steigern und mehr Aufträge bekommen.

Die Ladenglocke ertönte. Oswald begab sich darauf wieder an die Presse, während Magdalena in den Laden ging, wo auf das vorangegangene Klingeln gerade ein Student die Druckerei betrat. Sie hatte ihn noch nie zuvor gesehen, denn er wäre ihr aufgefallen. Er war groß gewachsen, wahrscheinlich ein oder zwei Jahre älter als Moritz, und hatte einen schrecklichen Ausschlag auf dem Kopf. Für einen Wimpernschlag hielt Magdalena inne, doch sie ließ sich nichts anmerken. Seine Kleidung ließ darauf schließen, dass er der Artistenfakultät angehörte. Allerdings war sein Talar recht abgenutzt, und Magdalena mutmaßte, dass er ihn wahrscheinlich einem anderen Studenten abgekauft hatte.

»Grüß Gott, Frau Buchdruckerin«, ließ er sich vernehmen. »Ich brauche für meine Studien das Buch des Valentin Wanner. Seine Abhandlung über die katholische Messe ist von großer Bedeutung in den von mir besuchten Vorlesungen. Soweit ich gehört habe, habt Ihr sie hergestellt, und ich würde gerne ein Exemplar kaufen.«

Magdalena kannte das Buch gut. Während der Zeit, in der sie mit ihrer Druckerei in Reutlingen gewesen war, hatte der Herzog für die Drucklegung des Buches bezahlt. Es hatte sich so gut verkauft, dass Magdalena schnell nachgefragt hatte, ob sie eine weitere Auflage des Buches drucken durfte, um die hohe Nachfrage zu decken. Nachdem ihr dies gewährt worden war, folgten sogar noch weitere Auflagen nach. Nun konnte sie das Buch sowohl auf Deutsch als auch auf Lateinisch anbieten.

»Sehr gern. In welcher Sprache möchtet Ihr es haben?« Da öfters nach dem deutschen als dem lateinischen Exemplar gefragt wurde, hatte sie einige deutsche in der Ablage unter dem Verkaufstisch liegen. Sie zog sie heraus und gab sie dem Studenten zur Durchsicht.

»Ein lateinisches Exemplar werde ich Euch ebenfalls noch holen«, sagte sie und ging auf die Truhe unter dem Fenster zu. Sie entnahm dieser ein Bündel Papiere und legte es neben die deutschen Exemplare.

Der Student verglich einige Bogen, doch Magdalena sah schnell, dass er ein deutsches Exemplar bevorzugte. Trotzdem sagte er dies zuerst nicht geradeheraus, sondern beschäftigte sich noch einige Zeit mit dem lateinischen. Dann räusperte er sich. Er wirkte plötzlich verlegen.

»Die Herren Professoren erwarten sicherlich von mir, dass ich die lateinische Ausgabe kaufe. Schließlich werden wir auch auf Latein darüber disputieren.« Er sah sie an.

»Aber meiner Familie war es nicht möglich, mich auf eine gute Lateinschule zu schicken. Daher habe ich immer noch meine Schwierigkeiten mit der Sprache. Besonders der Ablativ ist für mich nicht ganz verständlich.« Er schob ihr den Stapel deutsche Exemplare hin, von dem sie die obersten Bogen zusammensuchte, damit er eine komplette Ausgabe hatte.

Sein Zögern konnte Magdalena gut nachvollziehen. Sie selbst konnte nur sehr wenig Latein, obwohl ihr die Buchstaben alle geläufig waren. Natürlich erriet sie, wenn sie Bücher auf Latein druckte, ungefähr, worum es in ihnen ging. Aber wirklich verständlich war ihr die Sprache nicht.

Als sie ihm das Exemplar übergab, fragte sie höflich: »Kann ich sonst noch etwas für Euch tun, mein Herr? Wünscht Ihr, noch weitere Bücher zu sehen?« Aber sein Blick verriet ihr, dass er ein anderes Interesse verfolgte. Er strich mit der Hand über den Tisch und wusste wohl nicht genau, wie er sein Anliegen am besten formulieren sollte.

»Wisst Ihr, Frau Buchdruckerin, ich bin ein Student, der im Gegensatz zu vielen meiner Mitstudenten leider nur über sehr begrenzte Mittel verfügt.«

Magdalena wappnete sich schon dagegen, dass er nunmehr versuchen würde, einen Preisnachlass mit ihr auszuhandeln. Grundsätzlich könnte sie ihm mit den Kosten für das Buch etwas entgegenkommen, allerdings fürchtete sie aufgrund der Nebenbuhlerschaft Ulrichs, dass sie auf jeden Kreuzer angewiesen war. Doch entgegen ihrer Erwartung verfolgte der Student diese Absicht gar nicht, sondern kam stattdessen auf ein anderes Thema zu sprechen.

»Man sagte mir, dass Ihr hier einmal mit mehreren Lehrbuben gewohnt habt.« Magdalenas Lächeln gefror, denn damit hatte er einen wunden Punkt getroffen. Dass sie als Frau keine Lehrlinge ausbilden durfte, stellte immer noch ein nicht zu unterschätzendes Problem für sie dar.

»Deshalb …« Er geriet ins Stocken, als er ihren Gesichtsausdruck sah. »… wollte ich Euch fragen, natürlich nur wenn es Euch nichts ausmacht, und falls Ihr überhaupt auf ein solches Angebot eingehen wollt …« Magdalena schwieg, war nun aber gespannt, was er sie fragen würde, da sie sich bislang keinen Reim darauf machen konnte, auf was er hinauswollte.

Schließlich gab er sich einen Ruck und sagte: »… falls Ihr in Eurem Haus also noch Platz habt, wollte ich Euch fragen, ob ich eine Kammer mieten kann.«

Sie sah ihn sprachlos an. Zwar wusste sie, dass es in Tübingen gang und gäbe war, dass viele Studenten außerhalb der Burse lebten und von Einwohnern Tübingens Kammern mieteten. Nicht selten befanden sich diese Kammern in den Häusern der Professoren. Aber auch einige Händler, mit denen Magdalena zu tun hatte, vermieteten Räume an Studenten. Bis jetzt hatte sich diese Frage für sie allerdings nie gestellt, da in der Dachkammer lange Zeit die Lehrlinge gewohnt hatten. Nach ihrer Rückkehr aus Reutlingen hatte die Familie zwar viele Missstände in dem zerstörten Haus behoben und zunächst vor allem das Dach repariert, der Dachkammer selbst allerdings keine besondere Aufmerksamkeit mehr geschenkt. Durch die Löcher im Dach war während ihrer Abwesenheit über längere Zeit hinweg Wasser in die Kammer eingedrungen. Sie hätten diese daher an vielen Stellen ausbessern und mit ein paar Gegenständen, allem voran einem Strohsack zum Schlafen, ausstatten müssen, um sie wieder bewohnbar zu machen. Da dafür aber keine Notwendigkeit bestand, hatte Magdalena diese Arbeiten bislang aufgeschoben. Doch nun überlegte sie, wie schnell sie die Dachkammer für einen Gast herrichten könnte, der den Morharts mit der Miete, die er bezahlte, zusätzliches Geld einbringen würde. Selbstverständlich müsste sie sich auch überlegen, was sie dem Studenten dann zum Essen anbieten konnte. Er hatte sicherlich, wie viele Studenten, das Verlangen nach gutem Wein und nach viel Fleisch.

Doch bevor sie weitere Überlegungen anstellen konnte, meinte er auch schon kleinlaut: »Ich fürchte, ich könnte Euch allerdings nur eine sehr geringe Miete bezahlen.« Schamesröte stieg ihm dabei ins Gesicht, und er fügte, bevor Magdalena seine Bitte ablehnen konnte, noch schnell hinzu: »Dafür könnte ich Euch in der Druckerei zur Hand gehen. Ich könnte zum Beispiel für Euch Korrektur lesen. Meine Lateinkenntnisse sind zwar nicht besonders gut, aber zum Korrekturlesen eines Druckes mit dem Manuskript daneben reicht es allemal. Und wenn ich bei Euch wohnen würde, ginge das auch viel schneller vonstatten, sodass Ihr nicht eigens einen Universitätsprofessor darum bemühen müsstet, der vielleicht nicht sofort Zeit für Euch hat. Obendrein nimmt ein Universitätsprofessor sicherlich einige Kreuzer für diese Dienste.«

Bei der Erwähnung eines Korrekturlesers musste Magdalena unvermittelt an Nikodemus denken. Sie hatte ihn in den letzten Monaten nur selten gesehen und hoffte, dass ihn sein Weg bald wieder in die Burgsteige führen würde. Vielleicht könnte sie ihn dann dazu bringen, nur noch die lateinischen und griechischen Texte zu korrigieren, sodass sie dem Neuen die deutschen Texte anvertrauen könnte. Denn Magda war zwar mittlerweile gut darin, aber immer noch langsamer als ein Student, der das Lesen und Schreiben jahrelang in der Schule gelernt hatte. Auf jeden Fall musste die Anfrage des Studenten wohl überlegt werden. Magdalena wollte keine überstürzte Entscheidung treffen.

»Das ist ein sehr interessantes Angebot, Herr …«, sagte sie.

Er reichte ihr seine Hand. »Michel Hoffmann.«

»Michel. Euer Angebot ist für unsere Druckerei eine Überlegung wert. Es ist sehr nett, dass Ihr uns unterstützen wollt, denn in der Tat können wir helfende Hände immer gebrauchen. Allerdings muss ich mir erst ein Bild von den Räumlichkeiten machen, die wir Euch eventuell anbieten können. Ihr werdet sicherlich verstehen, dass sich durch den Ausbruch der Pest und unseren Wegzug aus Tübingen hier einiges im Haus verändert hat.«

»Selbstverständlich. Es muss eine schwierige Zeit für Euch gewesen sein. Ich war damals zwar noch nicht in Tübingen, habe aber von zurückgekehrten Einwohnern viel über die letzten beiden Jahre erfahren. Ich weiß daher, dass die Stadt sehr unter der Seuche gelitten hat und viele ihr Haus gänzlich verloren haben. Ich kann zudem an den vielen Reparaturen sehen, dass die Pestwelle auch an Eurem Haus nicht spurlos vorübergegangen ist. Dazu gibt es jetzt auch noch eine zweite Druckerei in der Stadt. Das macht die Sache sicher nicht einfacher für Euch.«

Magdalena horchte auf. *Worauf will er hinaus? Will er mich etwa über Ulrich aushorchen? Vielleicht auch noch auf dessen Geheiß hin? Was hat er vor?* In ihr kam das ungute Gefühl auf, dass er nicht ehrlich mit ihr war. Sie beschloss daher, ihm keine weitere Auskunft mehr zu geben, sondern ihm nur kurz auf seine Bitte zu antworten.

»Ich werde Euer Anliegen gerne überdenken«, sagte sie etwas

schroffer, als sie beabsichtigt hatte, und fügte daher schnell hinzu: »Ich weiß es zu schätzen, dass Ihr es mir unterbreitet habt. Ihr könnt gerne in einer Woche noch einmal vorbeikommen, dann werde ich Euch meine Entscheidung wissen lassen.« Er nickte, nahm seinen Geldbeutel zur Hand und zählte die Münzen für das Buch ab. Dann nahm er den Oktavband und zugleich ein Stück Stoff zur Hand, welches er aus seiner Tasche zog. Er wickelte die losen Bogen darin ein, damit sie nicht durcheinanderkamen, und verabschiedete sich. Magdalena sah ihm hinterher und dachte über die Unterhaltung nach. Eigentlich hätte sie froh darüber sein müssen, dass ein Gehilfe bei ihr einziehen wollte. Doch die Erfahrungen der letzten Jahre hatten sie misstrauisch gemacht. Nicht alle hatten Gutes im Sinn. Aber dann dachte sie unvermittelt an Primus Truber. Auch bei ihm war sie vorsichtig gewesen, doch wie sich im Nachhinein herausstellte, war ihr Misstrauen ihm gegenüber unangebracht gewesen. Sie seufzte und beschloss, sich die Sache noch einmal gründlich durch den Kopf gehen zu lassen.

Michel ging derweil in seine Unterkunft zurück. Er wollte kein Aufsehen erregen, es sollten nur wenige mitbekommen, was er als Nächstes tat und wen er als Nächstes traf. Bis jetzt war seine Beziehung zu dem Mann noch nicht bekannt. Man hatte sie noch nirgendwo zusammen gesehen, und Bartholomäus hatte zudem darauf bestanden, dass er niemals in die Druckerei des jungen Morhart gehen sollte. Die Leute kommen leicht ins Reden, hatte er gemeint, und es dürfe unter gar keinen Umständen bekannt werden, dass er auf Geheiß Ulrichs einen Auftrag ausführte. Daher gedachte Michel auch, die Zeit bis zum Sonnenuntergang noch mit seinen Studien zu verbringen. Abends hatte er sich mit Ulrich im Hinterzimmer des Hirschen verabredet, wo sich stets nur wenige Männer aufhielten. Als er seine Unterkunft wieder verließ, war es schon so dunkel, dass er eine Laterne mitnehmen musste. Die Stadt lag ruhig da, und nur selten hörte er ein Schwein grunzen. Einige Bewohner Tübingens hielten sich die Tiere in einem kleinen Stall, obwohl dies vom Vogt nicht gern gesehen wurde. Die Abendluft war frisch, und der Wind spielte mit seinem Talar. Als er in die Gasse einbog, sah er am Ende schon das beleuchtete Wirtshaus, in dem er sich mit Ulrich verabredet hatte. Von drinnen drangen laute Stimmen ins Freie. Michel hörte sogar einige Männer singen. Er schnaubte, denn er wusste genau, dass die Männer, die sich gerade in den Armen lagen und laut zusammen sangen, sich nach ein paar weiteren Bieren wahrscheinlich prügeln würden. Es ärgerte ihn, dass sie ihren Lohn so leichtsinnig jeden Abend in die Schenke trugen. Er dagegen musste auf jeden Kreuzer achten und konnte sich noch nicht einmal einen neuen Talar leisten. Wenigstens hatte ihn Bartholomäus nun zu Ulrich geschickt, der ihn für seine heutigen Dienste entlohnen würde. Und sobald er dann auch noch bei der Buchdruckerin wohnte, würde er einiges an Geld sparen können.

Er betrat das Wirtshaus. Das Singen wurde lauter. In einer Ecke sah Michel drei Männer, ein Blick auf ihre Kleidung ließ ihn auf Kaufleute schließen, die lauthals ein Lied sangen:

»Sie war noch ganz unschuldig,
doch ich machte sie zur Frau.
Wie viele ich schon vor ihr hatte,
das weiß ich nicht mehr ganz genau.«

An den beistehenden Tischen hatten sich die Gäste zu den dreien umgedreht und schlugen im Takt auf ihre Beine. Michel wandte sich von dem Lärm ab und steuerte schnell auf den Wirt zu. Der hatte ihn bereits erwartet, war ihm von Ulrich doch vorab mitgeteilt worden, dass Michel kommen würde. Nun ließ der Wirt Michel wissen, wie Ulrich aussah und gekleidet war, damit er ihn eindeutig ausmachen konnte. Mit einer Kopfbewegung bedeutete er ihm, hinter der Theke in den Raum zu gehen, der mit einem Vorhang vom Schankraum abgetrennt war. Kaum war er durch den schweren Vorhang getreten, als der Lärm auch schon deutlich nachließ. In dem kleinen Raum waren Tische aufgestellt. Allerdings saßen nur wenige Gäste an ihnen, die sich zudem leise unterhielten. Michel hatte gehört, dass hier an einigen Abenden verbotenerweise mit Würfeln gespielt wurde. Doch heute Abend schienen die Männer nur vertrauliche Gespräche zu führen. Als er einen kurzen Moment zu lange den Blick auf einen der Herren richtete, verstummte dieser und stieß seinen Nachbarn an. Beide sahen Michel an und warteten, bis er an ihnen vorbei zu Ulrich gegangen war. Erst dann setzten sie ihr Gespräch im Flüsterton fort.

Während Michel auf Ulrich zuging, starrte dieser zuerst angewidert auf seinen Kopf, riss sich aber schließlich zusammen. Kaum hatte sich der Student gesetzt, schob ihm Ulrich einen Krug Bier zu. »Ihr seid also Michel?«, fragte er, worauf dieser seine Vermutung bestätigte. »Nun berichtet. Was hat sich heute in der Druckerei meiner Stiefmutter zugetragen?« Im Gegensatz zu den anderen Männern im Raum hatte er in normaler Lautstärke gesprochen, was ihm deren missbilligende Blicke eintrug. Er tat das mit einer beschwichtigenden Handbewegung ab, senkte aber dennoch seine Stimme. »Sie hat doch hoffentlich keinen Verdacht geschöpft?« Michel schüttelte den Kopf. Erneut konnte Ulrich nicht anders, als auf den Ausschlag auf Michels Schädel zu starren.

»Ich glaube, sie hat Vertrauen zu mir gefasst. Sie hat sich Zeit genommen, um mit mir zu sprechen, und ist meinem Wunsch, bei ihr einzuziehen, nicht abgeneigt.«

Ulrich rieb sich die Hände. »Wunderbar. Einfach wunderbar«, murmelte er und griff nach seinem Krug. »Und sie hat wirklich keinen Verdacht geschöpft?« »Nein«, kam die knappe Antwort zurück. Michel griff in den Beutel, den er bei sich trug, und zog das Buch, das er bei Magdalena gekauft hatte, hervor.

»Sie hat Euch also abgenommen, dass Ihr des Lateinischen nicht mächtig seid und daher ein deutsches Exemplar braucht?«

»Ja, denn so abwegig ist es nicht. Schließlich gibt es hier gar nicht so wenige Studenten, denen Latein große Schwierigkeiten bereitet.«

Wieder einmal freute sich Ulrich darüber, dass ihm eine so gute Idee gekommen war. Seine liebe Stiefmutter würde nicht vorhersehen können, was er vorhatte. Er sah sich kurz das Buch an und legte es dann zur Seite. Dann nahm er seinen Geldsack zur Hand und suchte ein paar Münzen heraus. »Das sollte Eure Kosten für das Buch decken. Den Rest könnt Ihr behalten. Für Eure Dienste sozusagen.« Mit einer großmütigen Geste schob er die Münzen über den Tisch zu Michel, der sie dankbar entgegennahm und Ulrich zunickte. »Ich sehe, Bartholomäus hat mir genau den richtigen Mann vermittelt. Und wenn Ihr jetzt auch noch in der Druckerei einzieht und mir einige Hinweise gebt, werdet Ihr noch mehr Geld bekommen«, sagte Ulrich übertrieben gönnerhaft und beendete das Gespräch dann mit den Worten: »Ihr könnt nun gehen.« Michel erhob sich, nickte Ulrich zum Abschied noch einmal zu und verließ den Hirschen. Draußen sog er begierig die frische Luft ein, nachdem es im Wirtshaus so stark nach Essen, Bier und Schweiß gerochen hatte.

Langsam setzte er sich in Bewegung. Er wollte nicht auf dem schnellsten Weg zurück in seine Kammer, sondern brauchte noch etwas Zeit, um nachzudenken. Er machte seine Laterne an, die bei jedem seiner Schritte flackerte. Die Summe, die ihm Ulrich gerade gegeben hatte, war für seine Verhältnisse recht hoch. Er würde sich mehrere Mahlzeiten davon leisten können. Doch so recht wollte sich die Freude über diesen Nebenverdienst nicht einstellen. Michel konnte sich nicht erklären, woran das lag. Seit

Bartholomäus in sein Leben getreten war und ihm geholfen hatte, ohne Strafe davonzukommen, nachdem das von ihm ausgeliehene Buch auf so seltsame Weise verschwunden war, hatte er hin und wieder Dienste für ihn ausgeführt. Er hatte für ihn Leute belauscht, Hinweise gesammelt und geheime Botengänge erledigt und wusste, dass es hierbei auch öfters nicht mit rechten Dingen zugegangen war. Dennoch hatte er sich noch nie so unwohl gefühlt wie in diesem Moment. Michel wusste zwar nicht, was Ulrich vorhatte. Aber der Student hatte das ungute Gefühl, dass die Buchdruckerin dadurch zu erheblichem Schaden kommen würde. Sie war bislang jedoch eine der wenigen, die ihn nicht mit Abscheu betrachtete. Obwohl er sich inzwischen daran gewöhnt hatte, weil dies bei den meisten seiner Mitstudenten der Fall war. Aber auch viele Tübinger Bürger behandelten ihn schlechter als andere. Ihre angeekelten Blicke kannte Michel von Kindesbeinen an. Aber er hatte gehofft, dass sich dies ändern würde, sobald er es als Student an die Universität geschafft hätte. Doch musste Michel feststellen, dass es nicht ausreichte, gute Leistungen zu erbringen. Er wurde trotzdem immer noch aufgrund seines Schorfs vorverurteilt, auch wenn man ihm nun als Student einen gewissen Respekt hätte zollen müssen. Besonders belustigt über sein Aussehen zeigten sich die jungen Adelssöhne, die meist nur an die Universität gingen, um sich dort die Zeit zu vertreiben. Viele von ihnen nahmen ihre Studien nicht im Geringsten ernst. Dafür amüsierte es sie umso mehr, Michel zu beleidigen. Manche waren sogar gehässig genug, zu sagen, dass Michels Mutter ihn bei seiner Geburt wie eine räudige Katze hätte ertränken sollen.

Auch von Bartholomäus fühlte er sich schlecht behandelt, obwohl er von diesem immer wieder Aufträge erhielt. Der Mann betrachtete ihn zwar als nützlichen Handlanger, der ihm wegen des Geldes gerne zur Verfügung stand und keine Fragen stellte. Doch nun hatte er Bedenken. Was bedeutete sein Handeln für andere? Sollte er wirklich alle Aufträge von Bartholomäus ohne Gewissensbisse ausführen? Auch wenn er wahrscheinlich Menschen wie Magdalena Morhart, die von seinen Intrigen nichts ahnten, damit hinters Licht führte?

Er war selbst über die Gedanken, die ihm auf einmal durch den Kopf gingen, verwundert. Denn eigentlich konnte es ihm egal sein, solange er reichlich Geld dafür erhielt, welches er gut brauchen konnte. Aber wieso konnte er sich dann nicht über die Münzen freuen, die nun in seiner Tasche waren?

Nachdem Michel gegangen war, blickte sich Ulrich selbstzufrieden um. Er hatte wieder einmal erreicht, was er wollte. Sein Blick fiel auf zwei Männer, die an einem Tisch in der Ecke saßen. Beide hatten ihre Hüte tief ins Gesicht gezogen und trugen dunkle unauffällige Kleidung. Allerdings beleuchtete die flackernde Kerze auf dem Tisch ab und an das Gesicht des einen, und Ulrich erkannte in ihm den Ratsherrn Müller. Seine Familie war eine der bekanntesten in ganz Tübingen, und sowohl sein Großvater als auch sein Vater waren ehrenwerte Mitglieder des Stadtrates gewesen. Nun war auch er selbst vor Kurzem ein Mitglied des Rates geworden. Ulrich wusste, dass sich Tübingen hierin nicht von anderen Städten unterschied. Es waren stets die einflussreichen und alteingesessenen Familien, die sich gegenseitig die Ämter zuschoben. Er wusste allerdings auch, dass er sich einen großen Vorteil gegenüber Magdalena verschaffen könnte, wenn er es schaffte, in ein Amt gewählt zu werden. Er würde klein anfangen müssen, aber wenn er sich gut anstellte, hoffte er, auch als Sohn eines ehemals aus einer anderen Stadt zugezogenen Druckmeisters irgendwann dem Stadtrat angehören zu können. Dann wäre er so hoch aufgestiegen, dass er Tübingen nie wieder verlassen musste.

Nach seinem Gespräch mit Michel wollte Ulrich seinen Erfolg weiter ausbauen. Also strich er sich sein Wams glatt, stand auf und ging langsam zu dem Tisch des Ratsherrn hinüber. Müller sah ihn kommen und bedeutete seinem Begleiter, zu verstummen. Dieser zog seinen Hut tiefer ins Gesicht und senkte den Kopf, um nicht erkannt zu werden. Da sich kein weiterer Stuhl am Tisch befand, blieb Ulrich einfach neben dem Ratsherrn stehen. »Werter Herr, was für eine Freude, Euch hier zu sehen.« Ulrich versuchte, besonders unterwürfig zu klingen, um dem Ratsherrn zu schmeicheln und ihn für sich einzunehmen. *Der kann mir noch sehr nützlich sein,* dachte Ulrich und machte eine tiefe Verbeugung. In seinem Eifer fiel ihm die gefurchte Stirn des Ratsherrn nicht auf. »Ich hatte gehofft, Euch einmal zu treffen und mich länger mit Euch unterhalten zu können.«

Müller war es sichtlich unangenehm, derart begrüßt zu werden, doch auch das merkte Ulrich nicht und redete deshalb einfach weiter. »Vielleicht darf ich den Wirt bitten, mir noch einen Stuhl dazuzustellen«, sagte er und wollte schon auf den Vorhang zugehen, hinter dem der Wirt die Gäste im Schankraum bediente. Doch da stand Müller schnell auf und hielt Ulrich am Arm zurück. Sein Begleiter am Tisch wurde indessen noch kleiner und versuchte, Ulrichs Blick auszuweichen.

»Meister Morhart, nicht so eilig. Ich befinde mich gerade in einem vertraulichen Gespräch.«

Doch der Buchdrucker verstand diesen Hinweis nicht. »Aber selbstverständlich. Dann werde ich warten. Ich setze mich solange wieder an meinen Tisch, sodass Ihr zu mir kommen könnt, wenn Ihr fertig seid«, erklärte Ulrich und tätschelte dabei die Schulter des Ratsherrn.

Dessen Blick wurde kühl. Er zog sein Gewand gerade und strich mit der Hand über die Stelle, die Ulrich gerade berührt hatte. »Ich habe mich wohl nicht deutlich genug ausgedrückt. Ich habe heute keine Zeit für Euch. Wenn Ihr ein Gespräch mit mir führen wollt, meldet dies bitte in der Amtsstube an.«

Die Gespräche der anderen Anwesenden waren inzwischen

verstummt. Alle sahen zu Ulrich und dem Ratsherrn hinüber. Ulrich spürte, wie ihm die Schamesröte ins Gesicht stieg. »Entschuldigt bitte … selbstverständlich wollte ich Euch nicht stören … natürlich werde ich mich in Eurer Amtsstube melden.« Verlegen nahm er seinen Hut ab und drehte ihn in beiden Händen. Die schadenfrohen Blicke der anderen Gäste bedeuteten eine zusätzliche Schmach für ihn. Ulrich zog es vor, schnell zu verschwinden. Er verbeugte sich zum Abschied noch einmal und eilte dann auf den Vorhang zu. »Noch ein Bier, Ulrich?«, rief ihm der Wirt zu, der von den Vorgängen im hinteren Raum nichts mitbekommen hatte. Er griff nach einem Becher und wollte ihn schon füllen, als sein Gast ihm nur entgegenschmetterte: »Halt dein Maul!« Wutentbrannt bahnte sich Ulrich seinen Weg zur Tür. Doch es war inzwischen so voll im Hirschen, dass einige Gäste nicht schnell genug beiseitetreten konnten, worauf sie unliebsame Bekanntschaft mit seinen Ellenbogen machten. Ein Mann wäre deshalb fast gefallen, aber das war Ulrich egal. Er stapfte durch die Tür, als der Wirt ihm noch etwas Unflätiges hinterherrief. Doch Ulrich schlug nur die Tür hinter sich zu.

Als er draußen stand und bemerkte, dass er seine Laterne zu Hause vergessen hatte, riss er beide Arme hoch und stieß einen lauten Wutschrei aus. Er hatte sie auf dem Hinweg nicht gebraucht, weil es noch hell gewesen war. Nun würde er wahrscheinlich vom Nachtwächter anbelangt werden, da er ohne Licht durch die Stadt ging. *Soll er nur kommen,* dachte Ulrich ärgerlich, während er wartete, bis sich seine Augen an die Dunkelheit gewöhnt hatten. Dann schlug er den Heimweg ein. Falls der Nachtwächter ihm in die Quere käme, würde er ihm ein blaues Auge verpassen. Doch als ihm dieser auf dem Weg in die Druckerei nicht begegnete, war er schon fast enttäuscht. Schwerfällig stolperte er in sein Haus. Der Lärm weckte einen der Lehrlinge, die vor der Presse schliefen. Es war Stephan, über den er sich bereits in den letzten Tagen immer wieder geärgert hatte, weil er so langsam und gewissenhaft arbeitete. Erschreckt sah der seinen Meister im Schein des nur noch schwach brennenden Feuers an. Denn der Ärger seines Meisters verunsicherte ihn. Kurz überlegte er, was er tun sollte. Schließlich konnte er sich nicht mehr schlafend stellen, da Ulrich schon gemerkt hatte, dass er aufgewacht war. Er wagte aber auch nicht, seinen Meister anzusprechen. Als er daher immer noch stumm und bewegungslos aufgerichtet auf seinem Strohlager saß, kam Ulrich zu ihm herüber. Ohne ein Wort zu sprechen, holte er aus und verpasste dem Lehrling einen kräftigen Tritt. Stephan schrie auf und weckte damit auch Marcus, den zweiten Lehrling.

»Steht auf, ihr faules Pack. Ihr seid zu nichts zu gebrauchen. Wieso habe ich euch überhaupt hier in die Lehre genommen?« Die beiden sahen sich erschrocken an. Sie kannten die Wutausbrüche ihres Meisters, der sie auch schon öfters geohrfeigt hatte. Aber so brutal wie heute Abend hatte er sich ihnen gegenüber noch nie verhalten. »Los. Wird's bald! Steht auf!«, brüllte er nun und wollte Stephan erneut treten. Blitzschnell standen die beiden Jungen auf und wichen in die Ecke zurück. »Ihr habt wohl Angst vor mir! Zu Recht! Ich werde euch zeigen, wie ich mit faulen Lehrlingen umgehe.« Er nahm den Knüppel zur Hand, den er eigentlich zur Verteidigung gegen Einbrecher an der Wand befestigt hatte, der aber auch seinen Lehrlingen als ständige Warnung dienen sollte, weshalb er auch direkt hinter deren Lager hing. Bislang hatte er sie aber noch nie mit dem Knüppel verprügelt. Ulrich holte aus. Stephan bereitete sich auf das Schlimmste vor. Neben ihm begann Marcus, leise zu weinen.

»Ulrich!« Katharinas Stimme gellte durch die Druckerei. Ulrich hielt inne. Seine Frau war mit einer Kerze in der Hand die Stiege hinuntergekommen. Sie trug ihr Nachtgewand und eine Mütze auf dem Kopf. Ein Blick auf die verängstigten Lehrlinge und den Knüppel in der Hand ihres Mannes verriet ihr alles, was sie wissen musste. »Mein lieber Ulrich«, sagte sie nun sanft und beruhigend, während sie langsam auf ihn zuging. Er hielt zwar weiterhin inne, drehte sich aber nicht zu ihr um. »Was ist dir widerfahren, mein Liebling? Komm, sag es mir.« Sie legte ihm liebevoll die Hand auf den Rücken und streichelte ihn. Er ließ sich die Berührung gefallen, behielt den Knüppel aber weiterhin in der Hand. »Lass uns nach oben gehen«, sagte sie, während sie ihn weiterhin streichelte. Langsam begann sein Widerstand zu brechen. Er ließ den Knüppel sinken. Sie nahm ihn am Arm und zog ihn langsam zur Stiege. »Du kannst mir alles anvertrauen. Wir werden einen Ausweg finden.« Ulrich sah sie immer noch nicht an, widersprach ihr aber auch nicht. Den Knüppel legte er beiseite und ging dann langsam die Stiege hinauf. Bevor Katharina ihm folgte, wandte sie sich noch an die Lehrlinge. »Ihr beide!« Sie warf ihnen einen strengen Blick zu. »Was immer ihr auch angerichtet habt, ihr werdet morgen dafür büßen.« – »Aber … aber«, stammelte Stephan, doch Katharina ließ ihn nicht ausreden.

»Wagt es nicht, mir zu widersprechen. Ich bin die Gemahlin eures Herrn, und ich werde euer Fehlverhalten streng ahnden. So könnt ihr nicht mit Eurem Meister umgehen.« Abrupt drehte sie sich um, steuerte auf die Stiege zu und befahl den Lehrjungen noch: »Schlaft jetzt«, bevor sie nach oben ging.

In ihrer Kammer wartete Ulrich schon auf sie. Er hatte ihr wieder den Rücken zugekehrt und schnaufte laut. Dazwischen stieß er immer wieder Sätze hervor. »Wer denkt er eigentlich, wer er ist? … Der Fürst persönlich?« Katharina konnte sich in etwa denken, was im Hirschen passiert war. Ulrich versuchte seit Längerem, einen guten Eindruck bei den Stadtherrn zu machen. Wahrscheinlich hatte er heute wieder einen Vorstoß unternommen, der allerdings misslungen war. Ulrich trug noch immer seinen Umhang, weswegen sich Katharina ihm langsam näherte und sagte: »Ulrich, lass mich dir aus deinem Umhang helfen.« Sie ging einen weiteren Schritt auf ihn zu. Da hörte er auf zu sprechen und ließ sie gewähren. Das ermutigte sie, ihm ihre Frage von vorhin noch einmal zu stellen. »Was ist denn geschehen, mein Liebling?« Doch ihre Worte erinnerten ihn wieder an das Gespräch im Hirschen, und neuer Ärger flammte in ihm auf. Er holte aus und schlug mit seiner Faust gegen die Wand. Katharina wusste, dass er seinem Ärger öfters auf diese Weise Luft machte. »Mein wilder Stier! Die Leute wissen gar nicht, was in dir steckt!« Sie wählte ihre Worte mit Bedacht und hoffte, dass sie genau das aussprach, was ihm im Kopf herumging. »Ulrich Morhart, du bist ein findiger Geschäftsmann. Was du dir ausgedacht hast, um deine Stiefmutter endlich aus dem Geschäft zu drängen, zeigt, wie einfallsreich du bist. Das werden die Ratsherren auch bald bemerken. Du musst nur Geduld haben.« Er heulte auf und drehte sich nun endlich zu ihr um. »Aber es ist nicht gerecht. Nur weil mein Vater nicht aus Tübingen stammt, habe ich hier einen schweren Stand.«

»Ich weiß, mein Liebling!«, säuselte sie.

»Sie behandeln mich wie einen einfachen Handwerker. Dabei bin ich ein Buchdrucker! Das allein sollte doch schon ihren Respekt verdienen.« – »Ich weiß«, wiederholte Katharina und legte ihm nun bedächtig die Hand auf den Arm. »Wir werden es denen schon zeigen. Du wirst sehen. Bald werden sie erkennen, was in dir steckt. Und dann wirst du den Respekt bekommen, der dir gebührt. Für mich bist du der beste Ehemann, den sich eine Frau nur wünschen kann.« Er sah ihr daraufhin das erste Mal an diesem Abend in die Augen. Verführerisch öffnete sie ihr Nachtgewand und streifte es über ihre Schultern. Mit der Linken griff Ulrich hungrig nach ihren Brüsten, während er mit der Rechten versuchte, seine Hose zu öffnen. Geschwind half sie ihm dabei. Während sie ihn mit ihren Lippen liebkoste, murmelte sie: »Liebster, es wird nicht mehr lange dauern … Bald wirst du den Rat für dich eingenommen haben.« – »Ja …«, stöhnte er lustvoll.

Kapitel 33

Magdalena hatte ihrer Familie von Michel erzählt, war sich aber weiterhin nicht sicher, welche Entscheidung sie treffen sollte. Die Fragen Michels hatten sie aufhorchen lassen, doch vielleicht war sie auch schlichtweg zu vorsichtig, nun da sich Ulrich wieder in Tübingen befand und sie davon ausging, dass er ihr auf Schritt und Tritt schaden wollte.

»Ja, Ulrich wird nichts unversucht lassen, da bin ich mir sicher«, gab Oswald zu bedenken. »Aber wir dürfen uns ein so gutes Angebot auch nicht ohne Weiteres entgehen lassen. Es kostet uns nicht viel, wenn dieser Student hier einzieht. Aber wir haben dann einen zusätzlichen Gehilfen, der uns von großem Nutzen sein kann.«

Magdalena war immer noch nicht ganz überzeugt.

»Wir sollten uns dennoch vorsichtig ihm gegenüber verhalten. Er darf jedenfalls keinen Einblick in unser gesamtes Geschäft bekommen.«

Georg nickte langsam. »Lassen wir es auf einen Versuch ankommen. Und ich gebe Oswald recht, Mutter, es wird hilfreich sein, noch zwei weitere Hände zur Unterstützung zu haben.« Schließlich stimmte Magdalena zu und gab Michel, nachdem eine Woche ins Land gegangen war, ihr Einverständnis. Es dauerte danach noch eine Weile, bis er einzog, weil die Morharts erst noch die Dachkammer herrichten mussten. Sie besserten die Wände und den größten Teil des Fußbodens aus und wischten ihn. Der neue Strohsack, der Michel als Bett diente, wurde mit einem frisch gewaschenen Tuch umwickelt, und ein Brettergestell wurde zu einem behelfsmäßigen Schreibtisch umfunktioniert.

Als Michel schließlich die Dachkammer bezog und beim ersten Abendmahl mit der Familie zusammensaß, unterhielt er sich vor allem mit Moritz über die Tübinger Professoren und Mitstudenten. Am anderen Ende des Tisches saß Greti eng bei Georg und hing an dessen Lippen, während er mit Oswald sprach. Gretis Gesicht zeigte einen Ausdruck, der zwischen Bewunderung und Verzückung lag. Magdalena war dies rein zufällig aufgefallen. Aber es machte ihr bewusst, dass sie von nun an darauf achten musste, dass es unter ihrem Dach zu keiner Liebelei kam. Sie nahm sich vor, nach dem Essen kurz mit Georg zu sprechen.

Michel erzählte derweil von seiner ehemaligen Unterkunft in der Burse, wo er mit elf anderen Studenten in einem Raum schlief, zwischen vier und fünf Uhr aufstand und dann zuerst die Stube kehren musste.

»Du verpasst also nicht viel, wenn du nicht in der Burse lebst«, sagte er an Moritz gewandt. »Wärst du allerdings der Sohn eines Adeligen, könntest du länger schlafen und bräuchtest keinen Besen in die Hand zu nehmen.«

Moritz schnaubte verächtlich. »Natürlich gelten für diese Studenten andere Regeln.«

»Ja, auch bei der Rückkehr in die Stube. Wir mussten bereits um sechs Uhr abends zurück sein, aber für so manch andere galt diese Regel nicht. Zuerst dachte ich noch, dass sie für ihr Zuspätkommen wenigstens getadelt würden. Aber weit gefehlt.«

»Wohin geht man denn als Student so lange?«, fragte nun Magda.

»Nun, sie gaben vor, Federkiele zu besorgen, gingen in Wirklichkeit aber in die sogenannten Bierdörfer und betranken sich dort. Dabei ist ihnen das Saufen strengstens verboten.« Magda schüttelte den Kopf.

Moritz nickte. »Davon habe ich auch schon gehört. Wurde denn jemals einer dafür in den Karzer geworfen?«

»Ach, um den Karzer kommt man schnell herum, wenn man einen gefüllten Geldbeutel besitzt.«

Moritz ergänzte: »Oder wenn man den richtigen Familiennamen trägt.«

Michel horchte auf. »Du bist doch auch noch Pennal, oder? Ich habe noch gar nicht gefragt, wer der Student ist, dem du zu dienen hast?«

Moritz schwieg zunächst. Dann sagte er nur knapp: »Philipp von Hanau-Lichtenberg.«

Michel sog hörbar die Luft ein. »Dem bist du unterstellt?«

Moritz nickte nur und blickte dann auf seinen Teller. Es entstand eine längere Pause, die sogar Oswald, Georg und Greti aufmerken ließ. Magdalena sprach zuerst. »Was ist mit diesem Philipp?«

Die beiden Studenten wechselten einen schnellen Blick. Dann starrte Moritz wieder angestrengt auf seinen Teller. Langsam wandte sich Michel an Magdalena. »Ach, das ist nur ein Student, dessen Namen viele kennen«, sagte er leichthin. »Er gibt öfters einmal Runden im Hirschen aus.« Er sah zu Moritz hinüber, und dieser nickte bekräftigend. Danach sprachen sie über andere Themen.

Nach dem Abendmahl passte Michel Moritz ab und sprach leise mit ihm.

»Anscheinend hast du deine Mutter nicht ins Vertrauen gezogen. Du kannst dich auf mich verlassen. Ich werde ihr nichts sagen. Aber ich kann mir vorstellen, was du gerade erleidest. Philipp von Hanau-Lichtenberg hat sich doch letztens erst in der Wirtschaft geprügelt und sich danach mit mehreren Gulden von seiner Schuld freigekauft. Ich hoffe nur, dass er dich nicht ebenfalls schlägt?«

Moritz antwortete nicht.

»Du musst durchhalten. Es gibt kaum etwas, das du dagegen

tun kannst. Aber jede Zeit geht vorüber. Auch wenn sie noch so schlimm ist.«

Moritz nickte nur knapp und ging dann die Stiege hoch.

Magdalena hatte, gleich nachdem das Abendmahl beendet und der Tisch abgetragen worden war, Georg kurz zur Seite genommen.

»Ich brauche dich noch kurz im Laden«, hatte sie gesagt und ihm bedeutet, mit ihr in den vorderen Bereich des Hauses zu gehen. Nun zog sie den Vorhang hinter sich zu und drehte sich zu ihm um. »Du musst mit Greti aufpassen.«

»Was denn, Mutter? Weswegen soll ich aufpassen?«, fragte Georg und war sichtlich erstaunt, weil er nicht wusste, worauf Magdalena hinauswollte.

»Nun, Georg, ich fürchte, sie macht sich Hoffnungen. Bist du auch an ihr interessiert?«

»Interessiert? Wovon sprecht Ihr?«

»Greti scheint dich sehr zu mögen. Vielleicht möchte sie, dass du sie ehelichst.«

Georg war empört. »Mutter, was denkt Ihr? Sie ist doch nur nett zu mir.« Er lief rot an.

»Dann mach ihr bitte deutlich, dass du keine ernsten Absichten hegst, was sie betrifft.«

Georg winkte ab. »Ihr seht Dinge, die es gar nicht gibt.«

»Mag sein«, meinte Magdalena, »aber pass trotzdem auf.«

Kapitel 34

Vater, ich glaube, wir sollten noch einmal nachsehen, ob das Dach keine weiteren Löcher bekommen hat, nun da es wieder anfängt zu regnen. Wahrscheinlich sind die Töpfe, die wir aufgestellt haben, um das Wasser aufzufangen, schon gefüllt.« Anna wollte aufstehen, doch ihr Vater hielt sie zurück. Sie sah ihn an. »Was ist denn?«

»Anna …« Als sie ihm in die Augen schaute, sah er verlegen weg. »Was ist los? Ist das Stampfwerk wieder ins Stocken geraten?«

»Nein. Das ist es nicht. Wir … wir müssen uns unterhalten.«

Langsam ließ sie sich zurück auf ihren Schemel sinken.

»Es duldet keinen Aufschub, und … es tut mir so leid«, sagte Johannes und vergrub seinen Kopf in den Händen. Anna betrachtete ihren Vater, der wie ein Häufchen Elend vor ihr saß, und bemerkte, dass die Sorgenfalten auf seiner Stirn noch tiefer geworden waren. *Es wird doch nichts Schlimmes passiert sein? Ist er nur müde? Oder gibt es noch andere Probleme, von denen er mir bisher nichts gesagt hat?*

Johannes blickte auf und sah seine Tochter lange an. Dann räusperte er sich. »Anna«, begann er mit ernster Stimme. Ihr schwante nichts Gutes.

»Ich hoffe, dir ist warm genug?«, sagte Johannes unvermittelt, stand auf, nahm einen der kleinen Äste aus dem Korb und warf ihn ins Feuer. Es zischte, als die Flammen an dem feuchten Holz leckten. Sie hatten schon seit Längerem kein Geld mehr für Holzscheite ausgegeben, weil Johannes behauptete, dass sie auch genauso gut mit gesammelten Ästen heizen konnten. Allerdings waren diese meist nass und brannten nicht so gut.

Johannes stocherte mit einem Haken im Feuer herum und suchte nach den richtigen Worten. Seufzend ließ er sich schließlich wieder am Tisch nieder und schaute noch einen Moment lang ins Feuer. Dann räusperte er sich erneut und blickte Anna fest in die Augen.

»Wir können unsere Aufträge kaum mehr bewältigen. Zu zweit können wir das Geschäft nicht mehr betreiben.«

Ihr Vater sah ungewohnt ernst aus. Also versuchte Anna, ihn aufzumuntern. »Na, so schlimm wird es schon nicht sein. Wir haben doch bereits einige Schwierigkeiten überwunden und sind immer heil aus ihnen herausgekommen. Ihr werdet sehen, wenn der nächste Monat beginnt, sehen die Dinge bestimmt anders aus. Wenn die Tage wieder länger werden, können wir auch wieder mehr produzieren.«

Sie legte ihre Hand beruhigend auf seine. Johannes legte wiederum seine andere Hand auf die ihre und drückte sie fest.

»Ich fürchte, diesmal ist es anders. Wir häufen mehr und mehr Schulden an. Früher oder später sind wir bankreutig.«

»Nein, das kann nicht sein! Ihr beurteilt unsere Lage sicher zu streng«, sagte Anna kämpferisch, aber Johannes schüttelte nur den Kopf.

»Den Vorschuss, den wir aus Tübingen bekommen haben, musste ich schon zur Gänze unseren Gläubigern geben. Es ist nichts mehr von dem Geld übrig, und wir sind immer noch nicht schuldenfrei. Ich weiß auch nicht mehr, wie wir das bewerkstelligen sollen. Außer …« Johannes stand unbeholfen auf, tat ein paar Schritte, um sich dann wieder hinzusetzen. »Ich habe lange überlegt, wie wir wieder zu Geld kommen können. Schließlich ist mir nur eine Möglichkeit eingefallen. Es scheint nicht anders zu gehen, Anna! Ich sehe keinen anderen Ausweg mehr!«

»Was, Vater? Was meint Ihr?« Anna beschlich zunehmend ein mulmiges Gefühl. So langsam ahnte sie, was er vorhaben könnte.

»Anna, du musst uns nun retten. Nur du kannst es noch. Du kennst doch den Papierer Lindemann. Dessen Sohn würde als mein Schwiegersohn in unsere Mühle einsteigen. Als dein Ehemann also.«

Anna verschlug es die Sprache.

»Er hat mir bereits ein Angebot gemacht. Es ist ehrlich und anständig. Er möchte uns nicht übers Ohr hauen. Bis zum Juli muss ich ihm mitteilen, ob wir es annehmen. Sonst werden mich meine Gläubiger vor Gericht bringen.«

Anna fand immer noch keine Worte. Sie schluckte. Dann endlich fand sie die Kraft, ihm zu antworten.

»Sagt, dass das nicht wahr ist! Ich darf Oswald nicht heiraten? Das könnt Ihr mir nicht antun. Wir lieben uns! Wir wollen heiraten!« Sie verstummte. Dann setzte sie erneut an, und plötzlich überschlug sich ihre Stimme. »Seit wir uns kennen, wissen wir, dass wir unser Leben gemeinsam verbringen möchten. Oswald versteht mich wie kein anderer. Ich mag seine Familie, und sie mag mich. Magdalena sieht mich auch schon als ihre Schwiegertochter an!«

»Aber das hilft uns nicht. Das bringt uns kein Brot auf den Tisch. Wir brauchen jemanden, der uns schnell helfen kann. Nicht jemanden, der dich vielleicht in ein paar Jahren ehelicht.« Für Anna waren seine Worte wie ein Schlag ins Gesicht. Sie zuckte zurück.

»Es tut mir leid, Anna. Ich wollte nicht so schroff zu dir sein. Aber die Schlinge um unseren Hals zieht sich immer weiter zu. Wir müssen nun handeln. Wir können nicht länger warten. Lindemanns Angebot scheint mir der einzige Ausweg zu sein! Es sei denn, du findest innerhalb der nächsten Monate noch eine andere Lösung.«

Johannes hatte sich vor diesem Gespräch gefürchtet. Er wusste, dass er Anna damit das Herz brach. Aber wenn es um die Existenz ging, konnte ein vorteilhafter Eheschluss nun einmal entscheidend sein und auf Gefühle keine Rücksicht mehr genommen werden. »Anna, es steht schlimm um uns«, wiederholte er noch einmal, diesmal dringlicher. »Nur deine Heirat mit Lindemann kann uns noch retten. Sieh es doch ein!« Aber Anna hörte ihm schon längst nicht mehr zu. Sie stand so rasch auf, dass ihr schwindelig wurde, und sie musste sich am Tisch festhalten, um nicht zu stürzen.

»Ihr habt gesagt, wir haben noch Zeit?« Johannes wollte sie besänftigen und erhob sich nun ebenfalls. Doch sie wich sofort einen Schritt von ihm zurück. Betreten nickte er nur.

»In den nächsten Monaten werde ich nichts unversucht lassen. Und nun schaue ich nach dem Dach.« Mit diesen Worten lief sie auf die Stiege zu. Johannes sah ihr nach, sagte aber nichts. Er musste nun an die Papiermühle denken, aber es tat ihm in der Seele weh, seiner Tochter solchen Kummer zu bereiten. Er konnte nur hoffen, dass Anna ihn doch noch vor dem Kerker bewahren würde.

Kapitel 35

Georg kam atemlos zurück in die Druckerei. In den Händen hielt er einen Brief, den er von einem Händler erhalten hatte, und ein kleines Büchlein. »Mutter! Ich habe es gerade von Simon aus Stuttgart erfahren. Seht Euch an, was Ulrich getan hat.« Magdalena legte den Lappen beiseite, mit dem sie gerade den Verkaufstisch abgewischt hatte. Georg trat zum Tisch und legte das Buch darauf.

»Das ist doch das Buch von Wanner.« Magdalena sah es sich genau an. »Aber …« Sie las den Text auf der Titelseite. Es waren nur wenige Zeilen. Doch, es stimmte. Es war tatsächlich das Buch, das sie letztes Jahr gedruckt hatte. Nur dass nun auf der Titelseite folgender Zusatz stand: *Getruckt zu Tübingen/bey Ulrich Morhart. Anno 1557.*

»Das ist doch nicht zu fassen!«, entfuhr es Magdalena. Sie lief zu der großen Truhe am Fenster, öffnete sie und suchte mit zittrigen Händen nach dem Buch, das in ihrer Druckerei hergestellt worden war. Endlich fand sie ein Exemplar. Sie zog alle dazugehörenden Bogen heraus, trug sie zum Verkaufstisch und legte sie neben das Buch von Ulrich.

»Er hat unser Buch einfach nachgedruckt«, sagte sie ungläubig. Georg nickte stumm. Dann griff er nach den beiden Büchern und nahm sie in Augenschein. »Nur gibt es einen entscheidenden Unterschied zwischen den beiden Büchern. Das von Ulrich hat weniger Bogen. Daher verkauft er es auch für sieben Kreuzer pro Exemplar, wie mir Simon sagte, während wir elf Kreuzer verlangen.«

»Was, wie kann das sein? Hat er Textstellen weggelassen?« Sie durchblätterte die beiden unterschiedlichen Exemplare und verglich sie miteinander. »Nein. Alle Abschnitte sind da. Nur der Index am Schluss nicht. Aber der ist ohnehin sehr kurz. Das macht den Unterschied nicht aus.«

Sie schüttelte den Kopf. »Ich verstehe das nicht. Er hat den gleichen Text. Aber weniger Bogen. Und er hat nur den Index nicht gedruckt.« Sie stemmte die Hände in die Hüften. »Dieser Hund. Was hat er nur gemacht?«

Magdalena nahm erneut die beiden Exemplare in die Hand und schob eins zu Georg. »Komm, wir werden Zeile für Zeile vergleichen. Ich möchte wissen, was er im Einzelnen geändert hat.«

Es dauerte nicht lange, bis sie feststellten, wie Ulrich es geschafft hatte, auf weniger Bogen zu kommen. Er hatte eine kleinere Schrift verwendet, sodass er mehr Text auf eine Seite drucken konnte. Statt zweiundzwanzig Zeilen zählten seine Seiten dreißig Zeilen. Damit konnte er viel Papier einsparen. Außerdem waren seine Zwischenüberschriften kleiner, wodurch er zusätzlichen Platz gewann.

»Schau, er hat die lateinischen Ausdrücke auch nicht in einer anderen Schrift gesetzt, so wie wir. Dadurch werden die Wörter zwar nicht mehr hervorgehoben, aber er hat weniger Aufwand beim Setzen.« Georg zeigte auf eine Seite mit einigen fremdsprachigen Wörtern. Magdalena nickte. »Aber er hat den Lesern gleichzeitig auch einige Hilfen an die Hand gegeben. Er hat mehr Nummerierungen als wir, und während die unseren mit dem Text verbunden sind, hat er die seinen an den Rand gesetzt. Damit sind sie deutlicher zu sehen, und der Text wird übersichtlicher.«

»Einige Referenzen sind ebenfalls als Randglossen zu finden.«

»Und er hat hier und da zusätzlich noch eine Zierung eingebaut.«

Georg ließ sich auf einem Schemel nieder. »Also, ich fasse zusammen. Ulrich kann Wanners Buch für einen niedrigeren Preis anbieten als wir, weil er mehr Platz und dadurch Papier gespart hat. Er hat das Buch stellenweise sogar verbessert und …«

Seine Mutter warf ihm einen bösen Blick zu. »Du sprichst diesen Satz lieber nicht zu Ende.«

»Er hat eines unserer Bücher einfach als Kopie herausgebracht.« Magdalena setzte sich ebenfalls. Sie strich sich das Kleid glatt und schwieg für eine lange Zeit.

»Wo hatte er das Buch überhaupt her?«, fragte Georg.

»Das ist nicht weiter wichtig. Er kann das Buch leicht von einem der vielen Buchhändler gekauft haben, die inzwischen unsere Drucke anbieten«, antwortete Magdalena.

»Das bedeutet, wir werden nun auf unseren Exemplaren sitzen bleiben. Denn wer soll diese noch länger kaufen, wenn er den gleichen Text doch günstiger von Ulrich haben kann?« Sie stand auf und ging zur Truhe, in der sich weitere Exemplare ihres Buches befanden. Sie trat so wütend und heftig gegen die Truhe, dass deren Deckel laut ins Schloss fiel. Magdalenas Fuß schmerzte, doch sie war zu zornig, um es zu merken.

Georg versuchte, seine Mutter aufzuheitern. »Das ist noch nicht gesagt. Wir unterhalten doch mittlerweile sehr gute Beziehungen zu den Buchhändlern in Augsburg, Nürnberg und Frankfurt. Die wissen doch noch nicht, dass Ulrich das Buch ebenfalls hergestellt hat und nun billiger verkauft.«

»Du sagst es. *Noch* wissen sie es nicht. Aber das ist nur eine Frage der Zeit.« Mutlos sank sie auf den Schemel neben Georg. Der seufzte. »Über kurz oder lang wird ihm das mehr Käufer bescheren. Und wer weiß, vielleicht gehören die Regierung und die Universität schon bald dazu.«

Während sie so dasaßen, trat Moritz in die Druckerei. Die Blicke seines Bruders und seiner Mutter richteten sich auf ihn. Doch er schlug seine Augen nieder und grüßte nur kurz, bevor er die Stiege hochkletterte. Georg drehte sich zu Magdalena. »Was ist denn mit dem los?« Seine Mutter zuckte mit den Schultern. »Ich frag ihn später, aber nun lass uns wieder über das da sprechen.« Sie zeigte auf die beiden Bücher.

»Können wir unsere restlichen Exemplare jetzt nicht ebenfalls günstiger anbieten?«, fragte Georg. Magdalena verzog das Gesicht. »Das werden wir wohl müssen. Aber das heißt, dass wir in jedem Fall Verlust machen.«

»Und wenn wir noch eine weitere Auflage davon drucken und den Text ebenfalls in einer kleineren Schrift setzen?«

»Das rechnet sich nicht. Überleg doch nur, wie viele Exemplare nun von diesem Text schon existieren. Wir wissen doch nicht einmal, ob es für die jetzigen noch genügend Käufer gibt? Und trotzdem sollen wir noch einmal hundert oder zweihundert Exemplare drucken, ohne zu wissen, ob wir davon auch nur ein einziges verkaufen können? Dann würden wir noch einen viel größeren Verlust machen.«

Auf einmal sprang Georg auf. »Und wenn wir ein Privileg beantragen? Es gibt doch die Möglichkeit, den Kaiser um ein solches zu ersuchen. Dann müsste Ulrich seine gesamten Exemplare vernichten und uns eine Entschädigung zahlen.«

»Das wäre schön. Aber dazu hätten wir das Privileg noch vor dem Drucken erhalten müssen. Es ist dafür nun viel zu spät. Außerdem kostet es Zeit und Geld, das Privileg zu beantragen, und wer weiß, ob wir es überhaupt bekommen würden. Ein solches Gesuch kann auch abgewiesen werden.«

»Wir müssen doch etwas tun können«, sagte Georg trotzig.

»Ich fürchte, das können wir nicht«, erwiderte sie enttäuscht. »Mit dem Druck dieser Kopie hat er kein Gesetz gebrochen.«

»Dann kann er nun also jedes unserer Bücher nachdrucken?«

»Im Grunde ja. Aber wenn wir die benötigte Stückzahl von vorneherein richtig einschätzen, kann er so viel nachdrucken, wie er möchte. Er wird seine Bücher dann nicht mehr loswerden.« Sie sah Georg fest in die Augen. »Daher ist deine Aufgabe nun umso bedeutender. Die Suche nach einer neuen Presse solltest du vertagen. Stattdessen musst du dich nochmals genauer als bisher bei den Buchhändlern umhören, welches Buch in welcher Stückzahl benötigt wird. Das hilft uns nicht nur, die zeitliche Abfolge der Drucke genauer festzulegen, sondern wir können auch besser kalkulieren und damit Ulrichs Kopien hoffentlich zuvorkommen.«

Kapitel 36

Oswald war in seine Arbeit vertieft, als er von Magdalena unterbrochen wurde. Ihre Miene war sorgenvoll, doch sie sagte nur: »Komm bitte mit mir.« Oswald, der sich keinen Reim darauf machen konnte, um was es ihr ging, folgte ihr in den Laden, wo er sich plötzlich Anna gegenübersah. Von ihrer sonst so heiteren Art war nichts mehr zu spüren. »Was machst du denn hier?«, fragte er dennoch freudig und wollte sie umarmen. Doch sie zögerte zunächst, bevor sie seine Umarmung erwiderte.

»Können wir vielleicht im Innenhof sprechen?«

Verdutzt sah Oswald sie an. »Natürlich. Aber warum bist du so ernst? Es ist doch hoffentlich nichts Schlimmes passiert?« Dabei nahm er wahr, dass auch Magdalena Anna gespannt ansah. Doch sie übte sich in Zurückhaltung und hielt den beiden den Vorhang auf, damit sie zur Hintertür und von dort aus in den Hof gehen konnten. Auf dem kurzen Weg nach draußen bemerkte Oswald, wie angespannt Anna war. Er konnte sich beim besten Willen nicht erklären, was ihre Wandlung verursacht haben könnte. Langsam begann er, sich zu sorgen. Als sie am Brunnen angekommen waren, versuchte er erneut, sie in die Arme zu schließen, nun da sie in trauter Zweisamkeit waren. Doch sie wies seine zärtlichen Annäherungsversuche zurück. Oswald war verwirrt. »Was ist denn los? Ist etwas mit Johannes? Gibt es weitere Probleme in der Mühle? Der Vorschuss hat euch doch hoffentlich etwas geholfen.«

»Oswald, ich brauche dringend mehr Geld.« Sie sah ihn beschwörend an.

»Was? Wofür denn?«

Sie biss sich auf die Lippen und wollte nicht so recht mit der Sprache herausrücken. Zu tief war ihr Schmerz, als dass sie darüber sprechen konnte, ohne in Tränen auszubrechen. Sie musste sich innerlich stählen, um ihrem Geliebten die schlimmen Nachrichten zu überbringen. Da sie immer noch nichts sagte, hakte Oswald erneut nach. »Komm, sag es mir, Anna. Vielleicht kann ich dir helfen? Du wirst sehen, nicht alles ist so schlimm, wie es auf den ersten Blick aussieht.«

Anna konnte sich nicht länger beherrschen. Abrupt sah sie ihm in die Augen, seine schönen braunen Augen. »Ach Oswald«, seufzte sie und begann zu weinen. Dann stürzte sie sich in seine Arme. »Mein Vater will, dass ich einen anderen heirate …« Sie schluchzte laut auf und vergrub ihr Gesicht an seiner Brust. »Es sei denn, ich kann unsere Schulden so schnell wie möglich bezahlen.«

»Was?« Oswald fasste sie entgeistert an beiden Armen und schob sie sanft von sich, damit er ihr in die Augen sehen konnte. Sie weinte noch immer. Er musste sich verhört haben. Denn warum sollte Johannes so etwas tun? »Aber wie kann das sein? Ich dachte, der Vorschuss hat euch geholfen? Wie hoch sind eure Schulden?« Oswald schüttelte den Kopf. »Das glaube ich nicht! Anna, wir gehören doch zusammen!« Bei diesen Worten schluchzte sie erneut auf, und wieder liefen ihr Tränen über das Gesicht.

»Vater sagt, dass die Schulden viel höher sind, als er ursprünglich angenommen hat. Aber er hat mir nicht die genaue Summe verraten. Ich denke, es sind an die hundert Gulden. Nur meine baldige Heirat mit dem Sohn eines anderen Papierers kann die Mühle noch retten.« Sie schniefte und fuhr sich mit ihrer Hand übers Gesicht. »Aber das will ich nicht. Ich muss die Schulden tilgen. Ich will dich heiraten. Keinen anderen.«

Oswald stand da wie versteinert. Was sagte sie da? Ein anderer Mann? Baldige Heirat? Er war wie vor den Kopf gestoßen und konnte keinen klaren Gedanken mehr fassen.

Anna hob erneut zu sprechen an: »Aber ich kann meinen Vater auch nicht im Stich lassen. Er hat nur noch mich und kann die Schulden nicht mehr bezahlen. Wenn seine Gläubiger ihr Geld nicht bekommen, landet er im Kerker.«

»Aber ich kann mir ein Leben ohne dich nicht vorstellen! Was wollten wir nicht alles zusammen tun … Das soll nun alles vorbei sein?« Oswald setzte sich auf den Brunnenrand. Ihm war, als hätte man ihm den Boden unter den Füßen weggezogen. Ihm schwindelte kurz. Dann sah er Anna wieder an. »Wir müssen doch etwas tun können. Und wenn ich nun in die Mühle einsteige?«

Anna erwiderte traurig seinen Blick. »Dann würdest du deine Familie im Stich lassen, und unsere Schulden wären dennoch nicht bezahlt. Sie brauchen dich doch gerade jetzt. Und du wirst bald deine eigene Druckerei haben. Willst du das alles aufgeben?«

Er antwortete nicht.

»Das Einzige, was wir machen können, ist, die Schulden zu bezahlen. Nur wie? Woher bekomme ich das Geld dafür, Oswald?«

Oswald rieb sich nachdenklich die Stirn. Langsam ordneten sich seine Gedanken wieder. Es musste einfach einen Ausweg geben! Es konnte nicht sein, dass er Anna aufgeben und ohne sie leben sollte. Doch was konnten sie tun?

Kapitel 37

»Es tut mir so leid für die beiden, Cordula!«, seufzte Magdalena, als sie in der Küche ihrer Freundin saß. »Er ist schwer getroffen. Er isst noch nicht einmal. Es ist, als wäre sein Herz gebrochen.« Magdalena stützte ihren Kopf in beide Hände. »Ich weiß nicht, was ich tun soll, oder wie ich den beiden helfen kann.« Cordula drückte ihr mitfühlend den Arm.

»Ich wünschte, ich hätte Geld, das ich ihnen geben könnte. Aber ich habe doch selbst Schulden bei der Regierung, die ich innerhalb eines halben Jahres zurückzahlen muss. Und ich habe Anna von dem geliehenen Geld bereits einen Vorschuss gegeben, obwohl ich es mir nicht leisten konnte. Was soll ich nur tun? Es kommt nicht infrage, dass ich mich noch mehr verschulde. Zumal wir nicht wissen, was uns die Zukunft noch alles bringen wird. Und ich am Ende selbst in den Kerker müsste, wenn ich meine Schulden nicht zurückzahlen kann.«

Cordula nickte. »Bei mir verhält es sich ähnlich. Ich kann den beiden auch nichts leihen. Wir müssen gleichfalls zusehen, wo wir bleiben. Die Pest hat uns einiges abverlangt. Und du weißt, Konrad ist ohnehin sehr geizig. Ich wünschte, ich hätte bessere Kunde für dich, Magdalena.«

»Anna ist in einer schlimmen Lage, aber gleichzeitig kann ich mir nicht vorstellen, dass ihr Vater seine Entscheidung leichtfertig getroffen hat. Alles, was ich von Oswald über ihn gehört habe, zeigt, wie fürsorglich sich Johannes immer um Anna gekümmert hat und wie sehr er ihr zugetan ist.« Magdalena senkte den Kopf.

»Das Wasser muss ihm bis zum Hals stehen. Und Töchtern fällt dann nicht selten die Rolle zu, die Familie mit einer Eheschließung zu retten. War es nicht vor Kurzem der Bäcker Walter, der vor lauter Schulden seinen Laden fast schließen musste? Und war es nicht seine Maritraut, die schließlich durch die Heirat mit einem anderen Bäckerssohn die eigene Bäckerei gerettet hat?« Cordula lehnte sich auf ihrem Stuhl zurück.

Magdalena nickte langsam. »Das ist mir auch eingefallen, als ich von Oswald hörte, was passiert ist. Es wäre natürlich wunderbar gewesen, wenn Oswald und Anna hätten heiraten können. Aber dafür muss er erst auf eigenen Füßen stehen, und das wird er nicht innerhalb der nächsten Monate. Das kann noch Jahre dauern.«

»Aber die Hoffnung auf eine Lösung des Problems müssen wir doch trotzdem nicht aufgeben, oder? Versucht er nun nicht alles, um ihnen mit den Schulden zu helfen? Wenn er genug Geld auftreiben kann, wird das Annas Vater doch sicher umstimmen.«

»Vielleicht … Aber wie gesagt, wer kann schon sagen, was noch so alles passieren wird.«

Kapitel 38

»Wieso will denn die Regierung eine neue Auflage der Eheordnung, obwohl es keinerlei Veränderungen an dieser gibt?«, fragte Oswald Georg, als die Familie zum Feierabend mit Michel beisammensaß, um Abläufe in der Druckerei und die nächsten Korrekturen zu besprechen.

»Ich habe gehört, dass diese Ordnung bei anderen Landesfürsten auf fruchtbaren Boden gefallen ist und sie darum auch in ihren Landen eine ähnliche Eheordnung herausgeben wollen. Wahrscheinlich brauchen sie dafür eine Vorlage. Allerdings sind das nur Vermutungen.« Georg kräuselte die Lippen und nahm einen großen Schluck von seinem verdünnten Wein. Er war erst heute wieder aus Stuttgart zurückgekommen, wo er mit dem Buchhändler Simon über die nächsten Lieferungen gesprochen hatte.

Oswald sah zu Magdalena. »Aber wir müssen zuerst das Buch von Vergerius zu Ende drucken, nicht wahr?«, fragte er, an sie gewandt.

»Ja, wir werden erst in zwei oder drei Wochen mit der neuen Eheordnung beginnen können. Ich hoffe, die Regierung wird so lange auf die Exemplare warten können. Wie viele sollen es noch einmal sein?«, fragte Magdalena nun wieder Georg.

»Es wird eine Auflage von zweihundert Exemplaren gewünscht, wie schon bei der letzten Ordnung.«

Bereits am Tag darauf ließ Michel Ulrich wissen, dass er einen wichtigen Hinweis für ihn habe. Die beiden trafen sich in einer kleinen Gasse, die kaum einsehbar war. Michel sagte: »Die Morharts planen eine Wiederauflage der Eheordnung.« – »Eine Wiederauflage?«, fragte Ulrich und sah erstaunt zu Michel.

»Ja, die Regierung möchte diese Publikation noch einmal herstellen lassen. In zweihundert Exemplaren, aber diesbezüglich bin ich mir nicht mehr ganz sicher.« – »Das ist interessant«, sagte Ulrich und sah Michel prüfend an. »Aber warum sollte die Regierung noch einmal die gleiche Ordnung nachdrucken?« – »Ich weiß es nicht, aber einer der Söhne der Buchdruckerin vermutet, weil diese Ordnung bei anderen Landesfürsten sehr gefragt ist.«

Ulrich verlagerte sein Gewicht von einem Fuß auf den anderen. »Nun gut, der Grund ist eigentlich nicht wichtig. Wichtig ist nur, dass dieser Auftrag erteilt wurde. Wann werden sie mit dem Druck beginnen?« – »Sie haben zuvor noch ein Buch, das sie fertigstellen müssen. Daher werden sie wahrscheinlich in zwei bis drei Wochen mit der Eheordnung anfangen.«

Ulrich kramte in seinem Geldbeutel nach ein paar Münzen und warf sie Michel zu. »Sag mir Bescheid, wenn du noch etwas Zusätzliches erfährst.« Damit drehte er sich um und ließ Michel in der Gasse zurück.

Ulrich überlegte auf dem Heimweg, wie er an ein altes Exemplar der Ordnung käme. Denn natürlich konnte er nicht einfach bei Magdalena eins kaufen. Auch wenn er einen Handlanger schickte, wäre das zu auffällig. Schließlich hatte er sie gerade erst mit einem anderen Buch im Preis unterboten und ihr damit schwer geschadet. Daher müsste er einen anderen Weg finden. Vielleicht könnte er einen Buchhändler aufsuchen? Spätestens in Stuttgart sollte er einen finden, der ihm ein Exemplar verkaufen konnte. Zufrieden schritt er durch die Straßen Tübingens.

Den ganzen Tag überlegte er, wie er nun weiter vorgehen sollte. Es war ihm nicht recht, dass Michel sich nicht mehr genau an die Anzahl der Exemplare erinnern konnte. Denn er, Ulrich, würde dann vielleicht einen Druck beginnen, bei dem er entweder zu viele oder zu wenige Exemplare herstellte. Er brauchte also auch noch eine Bestätigung, wie viele Bücher die Regierung tatsächlich benötigte. So wartete er geduldig auf den Regierungsboten, der des Öfteren nach Tübingen geschickt wurde. Als er ihn schließlich nach ein paar Tagen sah, lud er ihn wieder in die Druckerei zu einem üppigen Mahl ein. Er kredenzte ihm seinen guten Wein zum Essen und heuchelte dem Boten zudem Interesse am Wohlergehen seiner Familie vor. Nachdem sie schließlich einige Zeit zusammengesessen hatten, sprach Ulrich ihn auf den Druck an.

»Ihr habt letztens sicherlich meiner Schwiegermutter den Auftrag für den Wiederdruck einer der Ordnungen überbracht, nicht wahr?«

Der Bote rutschte unruhig auf seinem Platz umher. »Ihr wisst doch, dass ich Euch darüber keinerlei Auskunft geben darf.« – »Gewiss, aber Ihr könntet mir stattdessen ein Zeichen geben«, drängte ihn Ulrich.

Der Bote nahm hastig einen Schluck Wein und nickte dann.

»Ich möchte nur sichergehen, dass ich die Anzahl der Exemplare richtig verstanden habe. Es sind zweihundert, richtig?« Der Bote nickte. »Seht Ihr, das war doch nicht so schlimm. Dennoch habt Ihr mir damit sehr geholfen.«

Erleichtert erhob sich der Bote und verließ die Druckerei. Ulrich rieb sich die Hände. *Nun krieg ich dich, Magdalena. Wenn ich der Regierung zeige, dass ich tüchtiger bin als du, dann wird sie mir in Zukunft alle Aufträge geben.* Noch am gleichen Tag erstand er ein Exemplar der Eheordnung von einem durchs Land ziehenden Buchhändler. Das Buch war zwar fleckig und zerknittert, aber es würde seinen Zweck erfüllen.

Ulrich begann am nächsten Morgen, unverzüglich mit Kaspar die Wiederauflage vorzubereiten. Wenn sie sofort mit dem Drucken begannen, könnte er die Exemplare sogar schon liefern, bevor Magdalena mit ihrem Druck überhaupt angefangen hatte. Dieser Gedanke war so befriedigend, dass er Ulrich noch mehr beflügelte. Was würde er dafür geben, ihr Gesicht zu sehen, wenn sie merkte, dass die Regierung ihr keine Aufträge mehr gab, sondern ihm. Mit Eifer arbeitete er in der Druckerei von morgens früh bis spätabends. Selbst Katharina wunderte sich über seinen Tatendrang. So kannte sie ihn gar nicht. Er nahm sich noch nicht einmal mehr Zeit für sein Würfelspiel.

Nach drei Wochen hatte er den Auftrag tatsächlich größtenteils fertiggestellt. Gleich nachdem er den letzten Bogen für ein komplettes Exemplar gedruckt hatte, wartete er ungeduldig darauf, dass er trocknete. Dann legte er ein Exemplar zusammen, packte es ein und machte sich unverzüglich auf den Weg nach Stuttgart. Kaspar würde derweil die restlichen Exemplare fertigstellen.

Am herzoglichen Hof angekommen, ließ er sich voller Stolz dem Kammersekretär melden. Ulrich freute sich bereits auf die Summe, die er nach Ablieferung aller Exemplare von der Regierung erhalten würde. Was könnte er mit dem Geld nicht alles kaufen! Er würde sich noch mehr feine Kleider anfertigen lassen, damit ihn die Ratsherren endlich als ihnen ebenbürtig ansahen. Er schritt vor der Kanzlei auf und ab. Die Sonne bewegte sich über seinen Kopf hinweg, und Ulrich wurde langsam ungeduldig. Was brauchte dieser Regierungsbeamte denn so lange, um ihn zu empfangen? Unwirsch winkte Ulrich erneut einen Laufburschen zu sich. »Sag deinem Herrn, dass ich dringend mit ihm sprechen muss. Die Angelegenheit duldet keinen Aufschub. Es geht um eine wichtige Regierungsangelegenheit.« Ulrich wusste, dass das übertrieben war, aber er hatte schließlich schon lange genug gewartet. Außerdem erwies er der Regierung einen wichtigen Dienst, der auch entsprechend gewürdigt werden sollte.

Als Franz endlich erschien, begrüßte ihn Ulrich überschwänglich.

»Herr Kammersekretär, es ist mir eine große Freude, Euch endlich persönlich kennenzulernen.« Ulrich verbeugte sich tief.

Franz runzelte die Stirn. »Ihr seid also Ulrich Morhart der Jüngere. Der Stiefsohn unserer Buchdruckerin Magdalena Morhart.«

Es versetzte Ulrich einen Stich, dass er mit ihr direkt in Verbindung gebracht wurde. Aber er ließ sich nichts anmerken.

»Was gibt es so Dringendes, dass Ihr mich aus einer wichtigen Sitzung habt holen lassen?«, fragte Franz barsch. Ulrich lächelte ihn an und zog das Exemplar aus seiner Tasche. Er überreichte es dem Kammersekretär und verbeugte sich erneut. Schließlich wollte er einen guten Eindruck hinterlassen. »Die anderen hundertneunundneunzig Exemplare werden noch diese Woche folgen. Meine Männer arbeiten mit Hochdruck an deren Fertigstellung.« Ulrich lächelte erneut.

Franz nahm das Exemplar in seine Hand und begutachtete die Titelseite. Seine Stirn legte sich in Falten. Er sah Ulrich fragend an. »Warum gebt Ihr mir dieses Buch?« Ulrich nickte ihm zu. »Ihr habt den Auftrag zwar an die andere Druckerei vergeben«, antwortete Ulrich und vermied es dabei tunlichst, Magdalenas Namen auszusprechen, »aber ich kann Euch die Exemplare schon jetzt liefern.« Sein Lächeln wurde breiter.

Franz sah ihn weiterhin verständnislos an. »Ihr druckt unsere Ordnung unerlaubt nach und bringt sie mir dann auch noch persönlich, obwohl Ihr gegen das Gesetz verstoßen habt?«

»Nun, der Umstand, dass ich dafür keinen Druckauftrag hatte, wird im Hinblick darauf, dass Ihr die Exemplare nun früher erhalten werdet, doch gewiss zu vernachlässigen sein. Stattdessen wird dieses Buch nun am Anfang unserer jahrelangen guten Zusammenarbeit stehen.« Ulrich wunderte sich, dass er dem Regierungsbeamten wohl auf die Sprünge helfen musste.

»Dieser Umstand, wie Ihr es nennt, ist ein ernst zu nehmender Gesetzesbruch«, erwiderte Franz kalt. »Einer, mit dem Ihr auch bereits gut vertraut seid, wenn ich mich recht erinnere. Oder habt Ihr die unerlaubte Übersetzung der Kirchenordnung vor einigen Jahren etwa bereits vergessen?« Franz' Miene verhärtete sich. Ulrich suchte nach Ausflüchten.

»Aber, aber … Ihr habt den Druck doch in Auftrag gegeben. Seid Ihr nicht froh darüber, dass ich ihn nun schneller liefern konnte?« Ulrich war verstimmt, weil er seine Arbeit nicht genügend gewürdigt sah. Dabei hatte er in den letzten Wochen nichts anderes getan, als diesen Druck zu vollenden. Und nun wurde er wegen dieses kleinen Vergehens zurechtgewiesen? Er musste an sich halten, um seinen Ärger nicht offen zu zeigen.

»Nein. Wir sind nicht froh darüber. Es gab keinen Auftrag für die Wiederauflegung der Eheordnung. Eure Exemplare sind somit nicht nur unerwünscht, sondern auch gesetzeswidrig.«

»Das verstehe ich nicht. Ihr habt den Auftrag doch meiner Stiefmutter erteilt«, sagte Ulrich mit Nachdruck.

Franz musterte ihn eindringlich. Dann dämmerten ihm die Zusammenhänge. »Was immer Ihr auch gehört habt, scheint ein falscher Hinweis gewesen zu sein.« Ulrich schüttelte verständnislos den Kopf. Daher sagte Franz etwas lauter: »Es scheint, dass Euch jemand an der Nase herumgeführt hat. Ich kann daher nur wiederholen, dass es keinen Auftrag für die Eheordnung gab, und wir können sie auch nicht gebrauchen. Stattdessen habt Ihr eigenmächtig eine Ordnung nachgedruckt. Ohne unsere ausdrückliche Genehmigung. Dafür werdet Ihr zur Rechenschaft gezogen.«

Ulrich fühlte, wie sein Gesicht heiß wurde, aber noch nahm er sich zusammen.

»Wie? Was soll das heißen?«

»Das soll heißen, dass Ihr uns fünfzig Gulden bezahlen werdet und dass Ihr sämtliche Exemplare morgen früh sofort dem Pedell in Tübingen zu übergeben habt. Wenn nicht, werde ich diesen instruieren, die Bücher aus Eurer Druckerei in aller Öffentlichkeit zu konfiszieren.«

Ulrich schnappte nach Luft. Was ging hier vor sich? Hatte er sich denn nicht eigens noch von dem Regierungsboten bestätigen lassen, dass diese Auflage erwünscht war? Oder hatte er ihn nur nach der Anzahl der Exemplare gefragt? Ulrich konnte keinen klaren Gedanken mehr fassen. Er begriff einfach nicht, was hier gerade geschah.

»Ihr werdet die fünfzig Gulden dem Pedell bezahlen.« Franz wandte sich zum Gehen. Dann drehte er sich noch einmal um. »Und wenn Ihr Euer Geschäft behalten wollt, solltet Ihr in Zukunft weniger leichtgläubig sein.«

Langsam begriff Ulrich, was passiert war: Michel hatte ihm eine falsche Auskunft erteilt. Er konnte die Exemplare nicht verkaufen. Damit hatte er nicht nur das Geld für die Produktion verloren, sondern er wurde für die unerlaubte Drucklegung auch noch von der Regierung belangt. Dazu hatte sein Ansehen bei der Regierung gelitten. Sein Ärger kannte keine Grenzen. Wutschnaubend lief er zum Marktplatz in Stuttgart und schnauzte den ersten Fuhrmann an, ihn unverzüglich nach Tübingen zu bringen. Als er wieder in seine Druckerei zurückkehrte, wartete Katharina bereits auf ihn. In der Werkstatt arbeiteten die Männer immer noch an dem letzten Bogen.

»Hört sofort auf, ihr Versager!«, rief Ulrich ungehalten. Die Lehrlinge ließen erschrocken von ihrer Arbeit ab. Katharina kam zu Ulrich und wollte ihn umarmen, doch er stieß sie weg. »Was willst du, Weib?«, fragte er harsch. Sie kniff die Augen zusammen. »Was ist passiert?« Ulrich antwortete nicht, sondern ging auf das Weinfass zu. Die Lehrlinge stahlen sich unbemerkt davon, und Kaspar zog sich in den Hinterhof zurück. Katharina folgte ihrem Mann. »Was hat die Regierung gesagt?« – »Es gab gar keinen Auftrag«, schrie Ulrich wutentbrannt. Er stand vor dem Fass und versetzte ihm einen heftigen Tritt. Das Fass schwankte und fiel aus seiner Halterung. Langsam rollte es über den Boden.

»Was?«, entfuhr es Katharina. Sie schlug sich entsetzt eine Hand vor den Mund. »Wie kann das sein? Du hattest doch die

Information direkt von der anderen Druckerei und auch vom Regierungsboten.«

Wütend drehte sich Ulrich zu ihr um.

»Man hat mich hereingelegt. Und das wird uns nun teuer zu stehen kommen.« Er funkelte sie zornig an. Katharina wich unwillkürlich zurück. Sie hatte ihren Mann noch nie so aufgebracht erlebt. Sie versuchte, ihn zu beschwichtigen. »So schlimm kann es doch nicht sein. Mit dem nächsten Auftrag wirst du wieder punkten können.«

Seine Augen verengten sich. »Du verstehst es nicht. Das ist ein herber Schlag für unsere Druckerei. Ich habe Tag und Nacht geschuftet. Und nun muss ich alles dem Pedell übergeben! Und auch noch fünfzig Gulden bezahlen!«

Katharina schluckte, traute sich aber nicht mehr, etwas zu erwidern, um ihn nicht noch mehr zu reizen. Ulrich ging drohend einen Schritt auf sie zu. »Noch dazu habe ich mich vor der Regierung lächerlich gemacht. Bin auch noch selbst zum Kammersekretär hingegangen und habe ihm unter die Nase gerieben, dass ich mich habe täuschen lassen. Bestimmt lacht schon die gesamte Kanzlei über mich.«

Katharina versuchte erneut, ihn zu besänftigen. »Das tun sie bestimmt nicht.« – »Was weißt du schon, du dummes Weib.« Ulrich ging noch einen Schritt auf sie zu. Diese Beleidigung konnte Katharina nicht auf sich sitzen lassen. Schließlich hatte sie ihm schon oft genug geholfen. Ohne sie war er ein Nichts. Was erdreistete er sich nun, sie so zu beschimpfen. Sie baute sich vor ihm auf.

»In dem Fall bist wohl du das dumme Weib, wenn du dich so an der Nase herumführen lässt.« Noch bevor sie den Satz beendet hatte, wusste sie, dass sie zu weit gegangen war. Sie sah Ulrichs Hand erst, als es zu spät war. Sein Schlag traf sie mit solcher Wucht, dass Katharina zu Boden ging. Hatte er sie tatsächlich gerade ins Gesicht geschlagen? Er hatte noch nie die Hand gegen sie erhoben. Langsam rappelte sie sich auf. Sie sah ihm fest in die Augen. Leise sagte sie: »Mach das noch einmal, und du wirst es mir büßen.« Sie sah, wie der Zorn in Ulrich aufloderte, und glaubte für einen Moment, er würde erneut zuschlagen. Doch dann stapfte er wortlos zur Haustür und ließ sie mit einem Knall hinter sich ins Schloss fallen. Draußen irrte er ziellos durch die Straßen Tübingens. Er wusste nicht, wie lange er unterwegs gewesen war, doch langsam begann die Sonne unterzugehen. Sein Zorn war noch immer nicht verschwunden, klang aber langsam ab. Bis Ulrich etwas sah, das seinen Zorn erneut aufflammen ließ. *Ist das da vorne nicht Michel?* Ulrich traute seinen Augen nicht und beschloss, dem Studenten zu folgen. Der war offenbar auf dem Weg zurück in die Burgsteige. Ulrich schloss zu ihm auf. »Heda, Michel!«, sagte er, als er dicht hinter ihm war. Michel drehte sich um. Schnell überlegte Ulrich und bedeutete Michel dann, ihm in eine kleine Seitengasse zu folgen.

Nichts ahnend ging Michel ihm hinterher. Kaum war er in Ulrichs Reichweite, als ihm dieser auch schon unters Kinn schlug. Schmerz explodierte in Michels Kopf. »Entweder bist du ein Schwachkopf oder aber ein Verräter«, zischte Ulrich, der nur mit Mühe seine Stimme mäßigen konnte, weil er nicht die Aufmerksamkeit anderer Leute erregen wollte. »Lässt mich ein Buch drucken, das keiner braucht. Du hast mir gesagt, es handelt sich um die Eheordnung. Aber es war eine andere Ordnung, die nachgedruckt werden sollte. Ist das deiner Dämlichkeit geschuldet, oder bist du hinter meinem Rücken zu Magdalena übergelaufen?« Ulrich hatte Michel, der zu Boden gegangen war, am Kragen wieder nach oben gezogen, wobei er ihn grimmig ansah. »Einen Studenten habe ich mir schlauer vorgestellt. Aber in deinem hässlichen Kopf ist wohl nichts drin«, fügte er dann halblaut hinzu. »Solltest du aber inzwischen auf Magdalenas Seite gegen mich arbeiten, wirst du deines Lebens nicht mehr froh.« Drohend schüttelte er den Studenten. »Nicht nur, dass du mich viel Geld, Druckfarbe und Papier gekostet hast, du hast auch mein Ansehen beschädigt. Die Regierung hält mich nun für einen Dummling.« Während er Michel schüttelte, verpasste er ihm mehrere kräftige Backpfeifen. Dieser jammerte und schluchzte. »Aber vor allem wird Magdalena über mich lachen«, regte sich Ulrich weiterhin auf, und nur die Angst, öffentliches Interesse zu erregen, hielt Ulrich gerade noch davon zurück, einen Wutschrei auszustoßen. Dann ließ er Michel fallen, stampfte mehrmals außer sich vor Wut mit dem Fuß auf und schlug mit den Armen um sich. Schließlich holte er tief Luft, versetzte dem am Boden liegenden Michel wieder und wieder verächtliche Tritte. Erst als dieser sich nicht mehr rührte, ließ er von ihm ab.

Kapitel 39

In der nächsten Zeit fand Oswald keine Ruhe mehr. Er dachte angestrengt nach, bei wem er sich Geld leihen könnte. Als Erstes war ihm seine Tante Käthe eingefallen, die er daraufhin umgehend besucht hatte. Sie war die gut betuchte Schwester seiner Mutter, deren Mann eine äußerst einträgliche Gewürzhandlung betrieb. Als Oswald jedoch auf sein Anliegen zu sprechen kam, war er bei ihr auf Widerstand gestoßen.

»Was, ich soll dir hundert Gulden leihen? Bist du noch ganz bei Trost?« – »Aber du hast uns doch auch geholfen, als es uns vor ein paar Jahren nicht gut ging.« – »Ja, aber damals hatte ich euer Haus als Sicherheit. Willst du mir das nun erneut anbieten? Ich glaube nicht, dass deine Mutter dies zulassen würde. Weiß sie überhaupt, dass du hier bist?« Oswald wollte es zwar so aussehen lassen, als wäre er selbstverständlich mit Magdalenas Billigung zu ihr gekommen. Aber der Versuch misslang, und Käthe nickte wissend. »Also nicht, das habe ich mir schon gedacht«, meinte sie dann. Oswald schwieg zunächst, schlug dann aber vor: »Ich kann Euch das Geld zurückzahlen. Das versichere ich Euch. Ich bin ein guter Drucker und erhalte regelmäßig meinen Lohn.« Käthe schaute ihn durchdringend an. »Das glaube ich dir sogar, aber wie hoch ist der, und wie lange würde es dauern, bis du mir alles zurückgezahlt hast? Ein Jahr? Wohl kaum. Eher zwei Jahre. Und das ist zu lange«, sagte sie spitz. Enttäuscht verließ er die Gewürzhandlung.

Wieder zurück in der Druckerei, versuchte er es mit einer anderen Möglichkeit, die er in Betracht gezogen hatte. »Mutter, Ihr habt doch gute Verbindungen zu Professor Nikodemus. Meint Ihr, er würde Euch Geld leihen, welches Ihr dann wiederum an mich weitergebt?« Magdalena blickte skeptisch drein, entgegnete jedoch nichts. »Bitte! Ich flehe Euch an«, schob er nach.

»Oswald, er hilft doch schon Moritz mit einem Stipendium. Du weißt, dass auch die Professoren keine Reichtümer verdienen. Ich möchte ihm nicht das Gefühl geben, dass ich ihn ausnutze.«

»Aber Mutter, es geht um Anna und ihren Vater. Da könnt Ihr doch sicherlich eine Ausnahme machen?« – »Nein. Wir werden Nikodemus nicht um Geld bitten.« – »Aber Mutter!« – »Nein, ich will nichts mehr davon hören.«

Oswald erkannte, dass er so nicht weiterkam. Mittlerweile war er verzweifelt. Er würde Anna nicht heiraten können, ja er würde sie wahrscheinlich noch nicht einmal mehr sehen können, wenn sie einen anderen Mann ehelichen musste. Doch ohne sie hatte sein Leben keinen Sinn mehr. Und das alles nur, weil er keine hundert Gulden auftreiben konnte. Wieder und wieder ging ihm dieser Gedanke durch den Kopf. Woher bekam man Geld, wenn man es dringend brauchte? Er hatte von Männern gehört, die Geld verliehen, aber in der Summe sehr viel mehr zurückforderten, als sie geborgt hatten. Manche nannten sie Blutsauger. Als er Magdalena darauf ansprach, wehrte sie entschieden ab. Nie würde sie sich auf solche Geschäfte einlassen und wollte auch nicht, dass er es tat. Sie hatte damals, als Käthe ihr Geld geliehen hatte, auch händeringend nach anderen Verleihern gesucht, aber nie hätte sie Geld bei einem Blutsauger geliehen! Das war viel zu unsicher. Oswald war ratlos. Er kannte niemanden, der ihm hundert Gulden leihen konnte. Und von den Einzigen, die es offenbar konnten, sollte er sich laut Magdalena fernhalten. Es war zum Verzweifeln.

Kapitel 40

Michel lag schwer verletzt in der Gasse. Als er wieder zu sich kam, wurde ihm allmählich bewusst, was geschehen war. Ulrich hatte ihn übel zugerichtet. Er konnte sich nicht bewegen. In seinem Kopf hämmerte es. Er konnte kaum etwas sehen, wahrscheinlich weil eines seiner Augen zugeschwollen war. Es packte ihn ein unbändiger Hass auf Ulrich. Michel hatte nicht gewusst, dass der Titel des Buches, den er an Ulrich weitergegeben hatte, falsch gewesen war. Vielleicht hatte er sich verhört? Aber Ulrich hatte schließlich auch gesagt, dass er den Hinweis noch mit dem herzoglichen Boten abgleichen wollte. Mit zittrigen Händen versuchte Michel, sich aufzurichten. Doch er rutschte aus und landete wieder im Dreck. Er versuchte es erneut und fiel noch einmal hin. Tränen der Verzweiflung sammelten sich in seinen Augen. Er würde von sich aus nicht aufstehen können und musste auf Hilfe warten. Kraftlos sank er in sich zusammen und ließ seinen Tränen freien Lauf. Er wusste nicht, wie lange er so dagelegen hatte, als er plötzlich eine Stimme vernahm.

»Kann ich Euch helfen? Seid Ihr gefallen? Gibt es etwas, das ich tun kann?«

Er stöhnte. Sein Versuch, etwas zu sagen, scheiterte. Er brachte nur ein Krächzen hervor.

Die Stimme kam näher.

»Ist alles in Ordnung mit Euch? Soll ich den Bader holen?«

Unter Mühen brachte er ein Nein heraus.

Die Stimme kam noch näher.

»Ich würde Euch gerne aufhelfen.« Er fühlte eine sanfte Berührung an der Schulter und drehte sein Gesicht in die Richtung, in der er die Person vermutete.

»O Gott. Michel? Bist du das?«

Als er seinen Namen hörte, strengte er sich an, in das Gesicht der Person zu sehen. Es war eine Frau. Sie kam ihm bekannt vor. Aber er konnte sie nicht erkennen.

»Michel, ich bin es. Magda.« Als von ihm kein Zeichen kam, dass er sie erkannt hatte, sagte Magda: »Kannst du mich hören?« Er deutete ein Nicken an. »Kannst du aufstehen?« Michel schüttelte den Kopf. Allein diese Bewegung verlangte ihm seine ganze Kraft ab. »Dann warte hier. Ich werde jemanden zu Hilfe holen.« Magda drehte sich um und sprach den Erstbesten an, der ihr auf der Straße begegnete. Es war ein Knecht, der Michel zusammen mit ihr aufhalf und ihn langsam zur Druckerei brachte. Im Laden stand Magdalena.

»Ach du lieber Himmel! Was ist denn passiert?« – »Das weiß ich nicht. Aber er kann sich kaum noch bewegen. Er braucht unsere Hilfe«, sagte Magda.

»Selbstverständlich«, antwortete Magdalena und eilte schnellen Schrittes in den Produktionsraum, wo sie Georg und Oswald anwies, Michel nach oben zu bringen. Sie war entsetzt, als sie feststellte, wie schwer Michel verletzt war. Sein Gesicht war zerschunden, ein Auge völlig zugeschwollen. Seine Nase war gebrochen, aus dem Mund lief ihm Blut. Georg und Oswald hatten Michel, aus dessen Körper alle Kraft gewichen war, zwischen sich genommen und trugen ihn nun in seine Kammer, wo sie ihn auf seinen Strohsack legten. Magda und Magdalena versorgten seine Wunden, so gut es ging, und schickten auch nach Agnes, dem Kräuterweib, das Michel einen starken Schlaftrunk bereitete. Der Student schlief nach der Einnahme umgehend ein.

Während Magdalena auf ihn hinabschaute, sagte sie: »Georg, schicke Nachricht nach Stuttgart. Ich möchte wissen, ob wir richtiglagen.«

Georg erhielt die Antwort auf sein Schreiben schon am nächsten Tag. Der Buchhändler Simon, der inzwischen gute Beziehungen zum Hof pflegte und dort auch öfters von Hilfsburschen auf dem Laufenden gehalten wurde, berichtete von Ulrichs Besuch bei der Regierung. Die Unterhaltung zwischen ihm und Franz war von jemandem mit angehört worden, und Simon war von diesem Jemand noch am Abend des gleichen Tages über den Vorfall im Hof der Kanzlei informiert worden. Die Nachricht an Georg war knapp, aber sie enthielt den Titel des Werks, um das es dabei gegangen war.

»Ulrich hat also die Eheordnung gedruckt«, sagte Magdalena und sah dabei zuerst Georg, dann Oswald an. Magda wusste nicht, wie sie diesen Blick deuten sollte, und auch Moritz blickte seine Mutter fragend an. »Was bedeutet das? Seit wann druckt Ulrich für die Regierung?«

»Tut er nicht«, sagte Oswald, und plötzlich begann er, zu grinsen. Sein Grinsen wurde immer breiter, und auch Georg schmunzelte nun. »Mutter, da habt Ihr Ulrich aber einen herben Schlag versetzt.«

Magda begriff noch immer nicht. »Was redet ihr da? Was für einen Schlag?«

Aber Magdalena ging nicht auf ihre Fragen ein. Stattdessen wirkte sie nachdenklich. Sie stand auf, um ihre Gedanken zu ordnen. Erst nach einer Weile antwortete sie auf Georgs letzten Satz. »Ein herber Schlag mag es sein. Aber nun wissen wir, zu welchen Mitteln Ulrich greift, um uns aus dem Geschäft zu drängen. Er hat jemanden bei uns eingeschleust, der uns verraten sollte.«

»Das war doch zu erwarten, Mutter. Ihm ist jedes Mittel recht. Er scheut vor nichts zurück.«

Magdalena nickte. »Das bedeutet allerdings auch, dass wir nun zukünftig in Kauf nehmen müssen, dass noch andere Personen außer uns zu Schaden kommen. Aber wir mussten Michel einfach auf eine falsche Fährte locken. Dass Ulrich dies Michel so hart büßen lassen würde, konnten wir nicht verhindern.«

»Worüber redet ihr denn nur?«, sagte Magda nun lauter. »Sagt es doch endlich.«

Oswald räusperte sich. »Mutter war sich von Anfang an nicht sicher, ob wir Michel vertrauen konnten. Ich habe anfänglich noch gedacht, dass sie sich irrt, weil sie einfach zu misstrauisch ist. Trotzdem haben wir ihn auf die Probe gestellt und ihm erzählt, dass wir nicht die Kirchenordnung nachdrucken sollen, sondern die Eheordnung. Michel muss dies Ulrich erzählt haben, woraufhin dieser uns zuvorkommen und sich mit der Regierung gut stellen wollte.«

Magda war zuerst sprachlos. Dann sagte sie: »Woher wollt ihr denn wissen, dass es Michel war, der es Ulrich gesagt hat? Vielleicht hat er die Informationen von jemand anderem?«

»Wir haben nur Michel von dem angeblichen Nachdruck der Eheordnung erzählt. Es kann daher niemand anderer gewesen sein.«

»Und was bedeutet das nun?«

»Das bedeutet, dass Ulrich augenscheinlich seinen Ärger an dem Menschen ausgelassen hat, den er hier bei uns eingeschleust hat.«

»Ihr habt also Michels Leid bewusst in Kauf genommen.«

Magdalenas Blick suchte den ihrer Tochter. »Das sagte ich doch gerade eben. Ulrich zwingt uns mit seinem Verhalten dazu, auch andere in Gefahr zu bringen.«

Oswald fügte hinzu: »Wir mussten es tun. Schließlich geht es um unser aller Existenz. Wenn Michel tatsächlich die richtige Information an Ulrich weitergegeben hätte, wäre uns ein großer geschäftlicher Nachteil entstanden. Ulrich hätte uns mit seinem eigenen Druck schaden und uns die Regierung als Auftraggeber abspenstig machen können.«

Magda schüttelte den Kopf. »Und Michel? Er liegt nun schwer verletzt in seiner Kammer. War es das wert?«

Magdalena setzte sich neben Magda. »Dass ihn Ulrich so schwer verletzen würde, konnten wir nicht absehen. Aber Michel ist nicht unschuldig. Schließlich hat er sich bei uns eingeschlichen und unser Vertrauen schamlos missbraucht. Er hat mit uns gegessen, bei uns gewohnt, und das alles nur, weil er uns schaden wollte. Wir sollten uns ernsthaft überlegen, ob wir ihn deswegen nicht anzeigen. Jedenfalls wird er nicht länger bei uns wohnen.«

Magda sprang empört auf. »Ihr wollt ihn auch noch rauswerfen? Nun, da er nur wegen Euch so verletzt ist? Ihr seid herzlos.«

Moritz, der bisher nur schweigend dagesessen hatte, stellte sich unvermittelt neben seine Schwester. »Michel hat das nicht verdient. Als Pennal wird er ohnehin schon genug gequält.«

Magdalena schaute zu Oswald und Georg. Die beiden blickten zunächst verlegen auf den Tisch und dann erst zu ihrer Mutter. »Wo soll er denn hin?«, provozierte Magda. »Er kann sich kaum bewegen und soll sich nun eine neue Bleibe suchen?« Sie erhielt keine Antwort. »Das könnt ihr nicht tun. Ihr seid doch gute Christenmenschen.« – »Er hat uns hinters Licht geführt. Wer weiß, was er sonst noch so alles vorhatte«, warf Georg ein.

Seine Schwester funkelte ihn zornig an. Magdalena rieb sich nachdenklich die Nase.

»Du hast vollkommen recht, Georg. Aber Magda ebenfalls. Wir können ihn nicht in diesem Zustand vor die Tür setzen.« Magda sah ihre Mutter dankbar an. Doch deren Blick blieb hart. »Aber er wird die Druckerei verlassen, sobald es ihm wieder besser geht.«

Kapitel 41

Am nächsten Tag kam der Pedell Samuel Streler in die Druckerei Morhart. Magdalena stellte überrascht den Besen an die Wand, mit dem sie gerade den Laden auskehrte.

»Gott zum Gruße, Frau Buchdruckerin«, sagte er mit einer angedeuteten Verbeugung. Magdalena nahm ihre gewohnte Stellung hinter dem Ladentisch ein. Wahrscheinlich war er heute in seiner Eigenschaft als Buchbinder gekommen. Trotzdem redete sie ihn mit seinem Titel an. »Herr Pedell, seid Ihr wegen des neuen Druckes hier? Wenn ich mich recht erinnere, werdet Ihr wieder zehn Exemplare in helles Leder binden lassen wollen, nicht wahr? Die Fertigstellung der Exemplare wird aber noch etwas dauern.«

Er lächelte höflich. »Ja, aber deswegen bin ich nicht hier. Ich habe eine Nachricht vom Senat an Euch zu überbringen.«

Magdalena sah ihn gespannt an. »Ich hoffe, die Herren Professoren sind weiterhin mit meiner Arbeit zufrieden, oder gibt es einen Anlass zur Klage?«

»Durchaus nicht«, beruhigte er sie. »Aber es gibt einige Dinge, die wir mit Euch und Eurem Stiefsohn besprechen müssen. Findet Euch morgen zur Mittagsstunde im Senatszimmer ein.«

Magdalena kniff kurz die Augen zusammen. Sie musste sich alle Mühe geben, ihre Miene nicht unwillig zu verziehen. *Ich soll zusammen mit Ulrich zum Senat? Was soll das?* Unwillkürlich hatte sie wieder die letzte Unterredung mit dem Senat vor Augen. Sie, die gerade Witwe geworden war und nun um ihre Druckerei kämpfen musste, weil Ulrich sie als unfähig dargestellt hatte, das Geschäft seines Vaters weiterzubetreiben. *Was führt Ulrich jetzt wieder im Schilde?*

»Hat mein Stiefsohn diese Unterredung angeregt? Oder was für einen Grund gibt es für unser Zusammenkommen?«

»Es geht um verschiedene Dinge.« Samuel tat ihr nicht den Gefallen, diese genauer auszuführen. Stattdessen sah er sie prüfend an. »Gibt es noch etwas von Eurer Seite, das Ihr mit der Universität besprechen wollt?« *Er spielt mit seiner Frage doch nicht etwa darauf an, dass ich Ulrich falsche Informationen über den Regierungsdruck habe zukommen lassen? Woher sollte er davon wissen? Was ist zwischen Ulrich und der Regierung vorgefallen?*

»Nein. Aber vielleicht ergibt sich das morgen in unserer Unterredung.« Samuel nickte ihr daraufhin zu und verließ den Laden.

Magdalenas Gedanken kehrten zurück zu ihrem damaligen Gespräch mit dem Senat, auf das sie sich ausführlich vorbereitet hatte. Dazu blieb ihr diesmal keine Zeit. Außerdem wusste sie nicht, worauf sie sich überhaupt vorbereiten sollte. Aus welcher Richtung würde der nächste Schlag kommen? Sie war wegen der morgigen Unterredung so aufgewühlt, dass sie den Rest des Tages kaum noch an etwas anderes denken konnte. Magda bemerkte, dass ihre Mutter zum Teil recht fahrig war, aber der Streit wegen Michel hielt sie davon ab, nachzufragen, ob etwas vorgefallen war. Trotz aller Erklärungen konnte es Magda ihrer Mutter nicht verzeihen, dass sie Michels Verletzungen billigend in Kauf genommen hatte.

Erst beim Abendmahl, als auch Georg und Oswald bemerkten, wie geistesabwesend Magdalena war, und sie darauf ansprachen, erzählte sie von der Einladung des Senats.

»Das gefällt mir ganz und gar nicht«, sagte Georg und fuhr sich nachdenklich durch die Haare. »Und der Pedell hat sonst nichts gesagt? Ihr habt wirklich keine Ahnung, worum es geht?« Magdalena schüttelte nur den Kopf. Oswald trommelte mit den Fingern seiner rechten Hand auf den Tisch. »Worum könnte es denn gehen? Vielleicht um Michel? Aber damit würde sich Ulrich doch nur selbst angreifbar machen. Auch wenn wir nicht beweisen können, dass Michel von Ulrich bei uns eingeschleust wurde, hat er sich doch von ihm Informationen über uns geben lassen. Er kann uns nun also nicht dafür bezichtigen, dass diese Informationen falsch waren. Er ist schließlich in seine eigene Falle getappt.«

Magda spürte, wie ihr Zorn zurückkam. »Vielleicht wollen sie alle, die für Michels Verletzungen verantwortlich sind, verhören?«, sagte sie spitz, aber ohne die anderen dabei anzusehen.

Bevor noch ein weiterer Streit zwischen Mutter und Tochter entbrannte, sagte Georg schnell: »Vielleicht geht es aber auch um etwas ganz anderes. Gibt es irgendetwas, das uns zur Last gelegt werden könnte? Haben wir unwissentlich gegen ein Gesetz verstoßen? Was ist mit diesem Pfarrer und seiner windischen Übersetzung?«

»Nein, die wurde doch sogar von einem der herzoglichen Berater zum Druck empfohlen. Da haben wir uns nichts zuschulden kommen lassen. Es muss sich um etwas anderes handeln.«

Magdalena stützte das Kinn in ihre Hand. »Das denke ich auch. Sie wollen doch auch Ulrich sprechen. Und wir sind nicht nacheinander, sondern zusammen vor dem Senat. Und Ulrich wäre nicht anwesend, wenn es um Trubers Schrift ginge.«

Oswald setzte sich auf. »Was genau hat der Pedell denn gesagt?«

»Nicht viel. Nur dass es um verschiedene Dinge gehen wird.«

Magdalena verbrachte eine unruhige Nacht. *Will mir der Senat wieder Vorschriften machen? Muss ich irgendwelche Gebühren zahlen? Oder soll ich wieder eine Drucksache ausführen, um erneut meine Fähigkeiten unter Beweis zu stellen?* Sie wälzte sich in ihrem Bett von einer Seite zur anderen. Ihre Gedanken ließen sie nicht zur Ruhe kommen. Sie beschloss daher, aufzustehen, und ging vorsichtig mit einer Kerze in den Produktionsraum. In der Feuerstelle war noch Glut, und nicht weit davon entfernt lag Fräulein

Pfote zusammengerollt und schnarchte leise. Als Magdalena näher trat, hob die Katze kurz den Kopf und streckte sich, bevor sie wieder einschlief. Magdalena bückte sich und streichelte das Tier. Dann sah sie sich um. Die Presse stand still im Raum. Sie sah mächtig aus, beinahe sogar erhaben. Magdalena näherte sich ihr und strich über den Bengel. Was auch immer sie in der morgigen Unterredung zu erwarten hatte, sie würde alles tun, um diese Druckerei nicht zu verlieren.

Der Vormittag zog an ihr vorbei, ohne dass sie im Einzelnen wahrnahm, was um sie herum vorging. Sie bemerkte nur ab und zu, dass Oswald ihr einen Seitenblick zuwarf, aber er sprach sie nicht an, und sie wollte auch nicht erneut mit ihm über etwas reden, was sie ohnehin nicht mehr beeinflussen konnte. Schon weit vor der Mittagsstunde ging sie in ihre Kammer und machte sich zurecht. Sie zog ihr Arbeitskleid aus und streifte sich ihr schönstes Kleid über. Dazu steckte sie sich die Haare hoch und bedeckte sie mit einer feinen Haube aus Seide. Sie sah sich im Spiegel an und nickte bekräftigend. Ihre Augen wirkten nicht mehr müde, sondern wach und sogar etwas kampfeslustig. *Na, dann zeig mir mal, was du vorhast, Ulrich,* dachte sie und verließ ihre Kammer.

Als sie wenig später die Burgsteige hinabging, hörte sie bereits seine Stimme, die laut aus seiner Druckerei nach draußen drang. Magdalena beschleunigte ihre Schritte, damit sie nicht schon hier auf der Straße mit ihm zusammentraf. Wahrscheinlich erteilte er seinen Lehrlingen noch letzte Befehle, bevor er ging. Kurz darauf stand Magdalena bereits vor dem Gebäude, in dem sich das Senatszimmer befand. Sie atmete noch einmal tief durch und betrat dann das Haus. Das Zimmer befand sich im hinteren Teil, doch seine Tür war noch geschlossen, wie sie schon von Weitem sah. Zwar vernahm sie schon Stimmen hinter der Tür, doch sie wollte nicht stören, da es noch zu früh war, sondern warten, bis sie aufgerufen wurde.

Es dauerte nicht lange, bis Ulrich ebenfalls eintraf. Mit beschwingten Schritten kam er den Gang entlang. Er trug ebenfalls nicht mehr seine Arbeitskleidung, sondern hatte sich ein sauberes Hemd und ein Wams angezogen. Als er sie sah, verlangsamte er seine Schritte. Seine Miene verfinsterte sich, doch kurz darauf verzog er seine Lippen zu einem schiefen Lächeln.

»Werte Frau Stiefmutter. Ich würde gerne sagen, dass ich mich freue, Euch zu sehen, aber Ihr wisst schließlich, dass das Lügen eine Sünde ist.« Er zog geräuschvoll seine Nase hoch und wollte schon ausspucken. Doch dann besann er sich des Ortes, an dem er sich befand.

Magdalena lächelte kühl. »Um dein Seelenheil musst du dich nicht sorgen, mein lieber Stiefsohn. Du hast schon so oft gesündigt, da macht eine weitere Lüge keinen Unterschied mehr. Auf dich wartet ohnehin die Hölle.« Magdalena konnte sehen, wie er bei ihren letzten Worten kurz zusammenzuckte. Magdalena nahm es mit Genugtuung zur Kenntnis. Dann fasste er sich aber wieder.

»Bevor ich in die Hölle komme, werdet Ihr und Eure Brut im Armenhaus landen. Habt Ihr es Euch schon angesehen?«

Ehe Magdalena etwas entgegnen konnte, öffnete sich jedoch die Tür, und der Pedell trat auf den Gang. »Witwe Morhart und Meister Morhart, kommt herein.« Ulrich warf Magdalena einen letzten verächtlichen Blick zu und drängte sich dann an ihr vorbei, um als Erster das Senatszimmer betreten zu können. Drinnen machte er vor den Professoren sofort eine tiefe Verbeugung. Magdalena nahm zur Kenntnis, dass diesmal nur Professor Fuchs und Professor Demler an dem Tisch vor ihr saßen. Ein Stück von ihnen entfernt saß Cordulas Ehemann Konrad, der als Universitätsschreiber wie üblich alles, was gesprochen wurde, schriftlich festhalten würde, während der Pedell sich neben den Tisch mit den Professoren stellte und sich räusperte.

»Die heutige Unterredung wird nur von zwei statt allen vier

Professoren des Senats durchgeführt. Da die Geladenen die beiden Herren kennen, werde ich gleich zur Sache kommen.«

Magdalena schluckte. *Nun wird es ernst,* dachte sie.

»Wir wurden unlängst von der Regierung darauf hingewiesen, dass es erneut zu einem Verstoß gegen die Zensurordnung gekommen ist.« Ulrich platzte sofort heraus. »Das war ein Missverständnis. Ich wurde getäuscht …«

Doch Samuel schnitt ihm das Wort ab. »Eure Ausreden interessieren mich nicht. Ihr habt gegen die Bestimmung des Hofes verstoßen, indem Ihr ohne Genehmigung einen Regierungsdruck hergestellt habt.« Ulrich brummte noch etwas von bezahlter Strafe, doch Samuel ging nicht darauf ein. »Das Gesetz wurde nun also von Euch beiden missachtet. Ihr, Witwe Morhart, habt schließlich auch schon einmal unerlaubt einen Regierungsdruck hergestellt, für den Ihr keine Genehmigung hattet. Auch wenn dies schon etwas länger zurückliegt.« Nun sah Samuel Magdalena an. Die war jedoch klug genug, nicht wie Ulrich zu reagieren, sondern nickte nur. »Daher erachten wir es als notwendig, Euch noch einmal mit der Gesetzeslage vertraut zu machen.« Erst jetzt sah Magdalena, dass er ein Exemplar der Landesordnung neben sich auf dem Tisch liegen hatte. Er zog es zu sich heran und begann, die entsprechende Stelle über die Zensur laut vorzulesen.

Magdalena war mit dem Wortlaut bestens vertraut. Sie hatte damals nach dem Ärger mit der Kirchenordnung das Gesetz genau gelesen. Daher sah sie nun kurz zu Ulrich. Er stand da und ärgerte sich wohl immer noch über seinen Fehltritt bei der Regierung. Fast wünschte sich Magdalena, sie wäre dabei gewesen, als Ulrich die Drucke dort voller Stolz angeboten hatte. Dann durchfuhr sie eine Welle der Erleichterung. Sie wurden nur beide an das Gesetz erinnert, und sie musste sich auch nicht weiter mit Ulrich auseinandersetzen. Sie hatte sich also umsonst Sorgen gemacht.

Samuel blätterte eine Seite um und las weiter. Magdalenas Blick wanderte zu den beiden Professoren. Sie hatten beide noch kein Wort gesagt, und Professor Demler sah sogar etwas gelangweilt aus. Professor Fuchs erwiderte Magdalenas Blick kurz. Sie wusste, dass er während der Verlesung genau wie sie an das verbotene Pesttraktat dachte, welches sie beide ebenfalls im Geheimen hergestellt hatten. Dies war, Gott sei Dank, aber nie herausgekommen.

Endlich hörte Samuel auf zu lesen und erläuterte noch einige Punkte. Für Magdalena waren diese alle einleuchtend, doch sie achtete darauf, ihm interessiert zuzuhören und ab und an zustimmend zu nicken. In Gedanken sagte sie ihren Kindern schon, dass sie sich nicht mehr sorgen brauchten. Doch da kam Samuel noch auf eine andere Sache zu sprechen.

»Es gibt noch ein weiteres Anliegen, von dem ich Euch in Kenntnis setzen muss. In dieser Stadt gibt es zwar nur zwei Druckereien, aber diese sollten einige zusätzliche Regeln beachten, auch wenn es keine Druckerzunft in Tübingen gibt.«

Magdalena horchte auf.

»Da im Gegensatz dazu das Buchbinderhandwerk schon seit Jahrhunderten besteht und wir für dieses wichtige Grundsätze festlegen konnten, die allen Betreibenden zuträglich sind, werden wir nun auch für Euer Handwerk ein ausführliches Regelwerk schaffen, um es Euch an die Hand zu geben.«

»Was meint Ihr damit?«, fragte Ulrich, noch bevor es Magdalena tun konnte.

»Es soll zum Beispiel Bestimmungen für Lehrlinge geben. Mit diesen soll sichergestellt werden, dass sie in ihrer Lehre alle Arbeitsschritte des Druckens erlernen und nicht nur für niedere Arbeiten eingesetzt werden.«

Ulrich schnaubte und sagte: »Ich behandele meine Lehrlinge vorbildlich. Das braucht man mir nicht erst vorzuschreiben.«

»Das bestreitet auch niemand. Trotzdem werden wir nun daran arbeiten, einige Regeln für die Buchdrucker zu verschriftlichen.«

»Welche Bereiche wird dies noch betreffen?«, fragte Magdalena.

»Neben den Lehrlingen natürlich auch die Gesellen und die Hilfsbuben. Aber auch die Vererbung eines Betriebes und der Witwenstand werden in diese Regelung aufgenommen.«

»Was meint Ihr mit dem Witwenstand?« Magdalena beschlich ein ungutes Gefühl.

»Um die Qualität des Handwerks zu schützen, wird es in Zukunft nur noch möglich sein, als ausgebildeter Drucker einen Betrieb weiterzuführen.«

»Wollt Ihr mir etwa meine Druckerei streitig machen?«

»Nein. Es sei denn, Ihr heiratet erneut, und Euer Ehemann ist kein ausgebildeter Drucker.«

»Aber in diesem Fall könnten doch meine Söhne den Betrieb fortführen?«

»Soweit ich weiß, sind sie nicht mit dem Druckhandwerk aufgewachsen. War ihr Vater nicht ein Stadtschreiber?«

Plötzlich hörte Magdalena ein Schnauben. Ulrich stemmte die Hände in die Hüften. »Richtig, sie sind erst zu uns in den Betrieb gekommen, als sie schon älter waren. Nur ich als einziger leiblicher Sohn des ehemaligen Druckers hier in Tübingen habe das Drucken von Kindesbeinen an gelernt.«

Magdalena stand da wie vom Donner gerührt. »Aber was bedeutet das nun?«

Samuel hob die Hände. »Keine Sorge. Für Euch ändert sich nichts.« Magdalena atmete auf. »Es sei denn, Ihr würdet einen Mann außerhalb Eures Gewerbes ehelichen. Aber das wollt Ihr doch ohnehin nicht, oder?«

Magdalena wusste nicht, wie ihr geschah. Alle Augen richteten sich auf sie. Da ihr auf die Schnelle keine Entgegnung einfiel, schüttelte sie nur stumm den Kopf. Was Ulrich noch sagte, hörte sie nicht mehr. Er erging sich wohl wieder in Eigenlob und betonte, dass sein Vater bereits vor über dreißig Jahren nach Tübingen gekommen war. Der Gesichtsausdruck des Pedells ließ allerdings darauf schließen, dass er darauf nicht weiter einzugehen gedachte.

Als die Unterredung vorbei war, ging Ulrich stolzen Schrittes an Magdalena vorbei. Die Betonung seiner Kenntnisse vor dem Senat hatte ihn nach der vorangegangenen Ermahnung sichtlich wieder aufgerichtet. Da sie den gleichen Weg zurück in die Burgsteige hatten, schlug Magdalena absichtlich die entgegengesetzte Richtung ein, um sich nicht noch weitere Gemeinheiten von ihm anhören zu müssen. Sie ging an Knechten und Mägden vorbei, die auf den Gassen ihre Arbeiten verrichteten. Doch Magdalena nahm sie kaum wahr. Sie war gedanklich noch immer mit den letzten Ausführungen des Pedells beschäftigt. Irgendetwas daran bedrückte sie. Aber was? Sie wusste es nicht zu sagen und ging im Geiste deshalb noch einmal alles durch, was der Pedell im Einzelnen gesagt hatte. Er hatte jedenfalls nicht gesagt, dass sie verpflichtet war, zu heiraten. Im Gegenteil, er hatte gemeint, es könnte alles so weitergehen wie bisher. Sie würde der Druckerei weiterhin vorstehen. Was also machte ihr so zu schaffen?

Erst als ein paar Academisten an ihr vorbeigingen, dämmerte es ihr. Es ging ihr um Nikodemus. Cordula hatte im Grunde recht. Magdalena hatte weitaus mehr Gefühle für ihn, als sie sich eingestehen wollte. Sie freute sich, wenn er wieder einmal in den Laden kam, ertappte sich öfters dabei, an ihn zu denken, und wenn er sie berührte, durchströmte sie ein Glücksgefühl. Auch ihm war sie offensichtlich nicht gänzlich gleichgültig, das wusste sie. Aber Magdalena hatte noch nie darüber nachgedacht, wie es mit ihnen beiden weitergehen könnte. Falls sich aber mehr zwischen ihnen entwickeln sollte, müsste diesem Umstand zwangsläufig eine Heirat folgen. Sonst würden sie sich der unziemlichen

Beiwohnung oder der öffentlichen Hurerey, wie es manche nannten, schuldig machen. Und dies war eine schändliche Sünde. In der Landesordnung stand geschrieben, dass die Betreffenden auf solch ein Vergehen hin des Herzogtums verwiesen würden. Zudem wurde der Mann auch noch in den Kerker geworfen. Die Universität hatte zwar ihre eigenen Gesetze, aber Magdalena war sich sicher, dass der Senat in dieser Hinsicht nicht wesentlich anders urteilen würde. Das hieße, Nikodemus müsste in den Karzer und danach das Land verlassen. Und sie selbst würde alles verlieren. Aber eine Heirat bedeutete wiederum, dass sie die Druckerei verlor, denn ihre Söhne dürften sie nicht weiterführen. Sie war mittlerweile auf dem Marktplatz angekommen und sah dort, wie einige Krämerfrauen ihre Waren anpriesen. Magdalena seufzte tief. Sie ging mit schnellen Schritten in die Druckerei zurück, wo ihre Kinder schon gespannt auf sie warteten.

»Wie ist die Unterredung verlaufen? Ist etwas Schlimmes vorgefallen?«, fragte Georg.

Magdalena rang sich ein Lächeln ab. »Nein. Ulrichs Nachdruck der Eheordnung hat die Professoren nur dazu veranlasst, uns beiden noch einmal die Zensurgesetzgebung in Erinnerung zu rufen.«

»Sonst nichts? Gab es keine weiteren Auflagen oder die Aufforderung, zukünftig besser mit Ulrich zusammenzuarbeiten?«

Magdalena schüttelte den Kopf. Glücklich umarmte Georg, entgegen seiner sonstigen Gewohnheit, seine Mutter daraufhin impulsiv, und Magdalena drückte ihn fest an sich. Sie versuchte, alle anderen Gedanken zu verdrängen.

Kapitel 42

Moritz kam abends zurück in die Druckerei und gab nur ein kurzes Wort der Begrüßung von sich. Er war noch blasser als sonst. Magdalena sah ihm besorgt nach. Während Magda erneut mit ihren Brüdern wegen Michel stritt, beschloss Magdalena, ihrem Jüngsten nach oben zu folgen. Seit einiger Zeit schon war Magdalena aufgefallen, dass Moritz irgendetwas bedrückte. Er war zunehmend schreckhaft geworden. Als Greti bei einem vergangenen Abendmahl aus Versehen ein Teller zu Boden gefallen war, war Moritz entsetzt zusammengefahren und hatte sogar aufgeschrien, wenn auch nur leise. *Was ist mit ihm los?*, fragte sich Magdalena, als sie die Stiege hochging. Auch seine Bemerkung über Michel, dass dieser schon genug gequält würde, war ihr noch im Kopf. Magdalena versuchte zu rekonstruieren, wann sich Moritz' Verhalten zu ändern begonnen hatte. Schließlich musste sie sich eingestehen, dass dies schon mehrere Wochen her war, sie ihn wegen Ulrichs Rückkehr und all der damit verbundenen Unannehmlichkeiten allerdings bislang nie darauf angesprochen hatte. Stattdessen hatte sie sein verändertes Verhalten dem Umstand zugeschrieben, dass sich im Morhart'schen Haushalt seitdem so gut wie alles nur noch um das Geschäft drehte. Allerdings kam ihr nun auch der Gedanke, dass es eventuell mit der Aufnahme seines Studiums zusammenhängen könnte. Der Junge musste sich wahrscheinlich erst noch eingewöhnen. Angst brauchte er schließlich keine zu haben; seine Schulleistungen waren immer gut gewesen. Aber was ging dann in ihm vor? Sie klopfte an seine Kammer und öffnete die Tür.

»Moritz«, begann sie, als er sich zu ihr umdrehte. »Ist alles in Ordnung mit dir? Du bist in letzter Zeit so verschlossen.«

»Ja, Mutter«, wich er ihr aus und hielt dabei den Blick gesenkt. »Was soll denn nicht in Ordnung sein?«, ergänzte er noch, aber seine Tonlage verriet, dass er unsicher war. Magdalena gab sich damit nicht zufrieden. Er hatte etwas auf dem Herzen. Das stand für sie fest.

Magdalena schloss die Tür hinter sich. Er sammelte geistesabwesend seine Papiere ein. Doch seine Bewegungen waren langsam, und schließlich hielt er inne. Noch immer vermied er es, Magdalena in die Augen zu sehen.

Sie beschloss, erneut einen Vorstoß zu wagen, diesmal etwas direkter. »Mach mir nichts vor, Moritz. Ich sehe doch, dass dich etwas bedrückt. Willst du es mir nicht sagen?« Sie ging einen Schritt auf ihn zu, strich ihm übers Haar und legte ihre Hand auf seine Schulter.

Zuerst zeigte Moritz keinerlei Regung. Doch letztendlich löste die mütterliche Geste seine Anspannung. Trotzdem dauerte es noch einige Momente, bis er sprach. Er blickte langsam zu ihr auf und erwiderte scheu ihren Blick.

»Ach Mutter«, seufzte er. Dann legte er seine Hand auf die ihre, die nach wie vor auf seiner Schulter ruhte. Er drückte sie behutsam, sagte aber immer noch nichts. Erneut suchte er ihren Blick, und sie bemerkte, dass er mit den Tränen kämpfte. Seit er an die Universität ging, war er sehr schnell herangereift. Doch noch hatte er nicht alles Kindliche abgelegt. Soeben biss er sich auf die Unterlippe, wie er es schon als kleiner Junge immer gemacht hatte, wenn er versuchte, nicht zu weinen.

»Es ist …«, begann er und stockte dann wieder. Er holte erneut Luft und sah sich kurz in der Kammer um. Als wolle er sich versichern, dass er und seine Mutter allein und unter sich waren. Dann brach es aus ihm heraus.

»Es ist alles so schwierig … Ich weiß nicht, was ich tun soll.« Magdalena erschrak nun doch, obwohl sie etwas Ähnliches erwartet hatte. Sie ließ sich dies allerdings nicht anmerken, da sie unter keinen Umständen wollte, dass er sich ihr gegenüber wieder verschloss. Gleichzeitig überlegte sie fieberhaft, was er damit nur meinen könnte. Es war doch hoffentlich nichts Schwerwiegendes vorgefallen? Hatte er etwas angestellt? Laut sagte sie: »Moritz, du kannst es mir anvertrauen. Vielleicht finden wir gemeinsam eine Lösung.« Sie schenkte ihm ein aufmunterndes Lächeln, doch er senkte seinen Blick erneut. Er schien mit sich zu kämpfen, ob er das, was er so lange mit sich herumgetragen hatte, nun preisgeben sollte. Für einen langen Moment sagte er nichts. Dann gab er ein leises Stöhnen von sich.

»Ach Mutter, Ihr könnt mir auch nicht helfen.« – »Vielleicht doch. Versuch es einfach.«

Nun schaute er sie wieder an und nickte dann langsam.

»Es ist das Studium … Es ist viel härter und fordert mir viel mehr ab, als ich gedacht hatte.«

»Kommst du mit dem Lernen nicht zurecht?«

»Nein, das ist es nicht …«

»Was ist es dann?«

Er holte erneut tief Luft. »Den Lerninhalten kann ich gut folgen. Gerade erst letzte Woche bin ich sogar für meine Antwort gelobt worden.« Magdalena wollte ihm schon anerkennend die Hand tätscheln, als sich sein Gesichtsausdruck wieder verfinsterte. Daher beschloss sie, vorerst nichts zu sagen, sondern ihn weiterreden zu lassen.

»Ich bin Euch sehr dankbar für diese Gelegenheit, die Ihr mir gegeben habt. Denn ich weiß sehr wohl, dass mein Studium Euch und auch meinen Geschwistern mehr Arbeit bereitet, weil ich jetzt nicht mehr in der Druckerei mithelfen kann. Mir ist das alles bewusst. Aber …« Moritz machte eine kleine Pause. »Das Leben an der Universität ist sehr hart. Und ich meine damit nicht das Studieren, sondern die sonstigen Gepflogenheiten dort. Natürlich hatte ich schon vorab so einiges gehört … Die Studienanfänger haben es gemeinhin am schwersten. Ihnen wird ständig gezeigt, dass sie noch unwissend sind und ihnen ihre Unwissenheit erst ausgetrieben werden muss. Bei der Depositionsfeier wurden uns Neuen Eberzähne in die Mundwinkel gesteckt. Die mussten wir unter Androhung von Strafe im Mund behalten, während wir die uns gestellten Fragen beantworteten. Später wurden wir dann so lange geschüttelt, bis sie uns ausfielen. Die Zähne sollten Unmäßigkeit beim Essen und Trinken darstellen, was wir tunlichst vermeiden sollten, damit sich unser Verstand nicht verfinstert.« Moritz schluckte. »Dieser Teil der Feier war mir bekannt, und ich habe es mit Fassung getragen, auch wenn es wehtat. Aber dann zeigte sich, dass dies nur der Anfang war. Als Studienanfänger unterstehe ich nun einem älteren Studenten, der mich in die Studien einweisen und mir die Sitten und Gebräuche an der Universität zeigen soll. Dafür muss ich ihm einige Gegenleistungen erbringen. Ich dachte, dass es sich bei diesen Leistungen um solche Dinge wie Abschriften anfertigen oder Bücher besorgen handeln wird. Was natürlich nicht weiter schwer wäre. Doch darin hatte ich mich gründlich geirrt.« Wieder schwieg er. »Dieser Student ist von adeliger Herkunft. Und ich habe das Gefühl, dass er mir all die niederen Aufgaben aufträgt, die sonst seine Bediensteten für ihn erledigt haben. Ich muss täglich seinen Nachttopf leeren, seine Stiefel putzen, sein Gewand sauber bürsten … Das alles wäre noch nicht so schlimm. Aber er besäuft sich häufig, und ich muss dann sein Erbrochenes wegwischen, und wenn er sich in seiner Kammer mit seinen Kumpanen trifft, werde ich von ihm vorgeführt und beleidigt. Als ich es an einem dieser Abende einmal gewagt habe, ihnen zu widersprechen, haben sie dies sehr persönlich genommen und mich dazu gezwungen, Bier aus meinem Schuh zu trinken. Sonst hätten sie mich verprügelt.«

Magdalena verschlug es die Sprache. Sie wusste, dass einige

Studenten grob miteinander umgingen, aber dass Moritz derart traktiert wurde … Moritz hatte jedoch noch nicht zu Ende erzählt.

»Seit damals spielen diese Studenten mir auch noch üble Streiche. Einmal lockten sie mich in einen kleinen Raum und sperrten mich dort den ganzen Tag ein. Ich litt großen Hunger und vor allem Durst und war der Verzweiflung nahe, weil ich nicht wusste, ob sie mich je wieder rauslassen würden. Dadurch habe ich auch eine wichtige Vorlesung verpasst und bekam deswegen noch zusätzlichen Ärger. Ich möchte am liebsten gar nicht mehr aus dem Haus gehen. Wer weiß, was sie noch alles mit mir anstellen werden.«

»Aber warum hast du das keinem der Professoren gesagt?«

»Die Professoren hätten mir nicht geglaubt. Die Studenten haben sich mit den meisten von ihnen gut gestellt, laden diese häufiger zum Essen ein und bringen ihnen sogar Geschenke. Daher stellen sich die Professoren auch immer gleich auf ihre Seite. Und das nutzen sie aus. Ich kann nichts dagegen machen.« Er wimmerte.

Magdalena war entsetzt. »Das ist schrecklich, mein Junge. Ich werde mich umgehend bei Nikodemus beschweren. Wie kann er so etwas zulassen! Er ist schließlich dein Stipendiengeber und muss davon erfahren. Ich werde sofort zu ihm gehen!«

»Nein, Mutter. Bitte tut das nicht. Ich möchte nicht noch mehr Ärger bekommen. Was meint Ihr, was passiert, wenn die Studenten das erfahren?«

»Moritz, wir müssen etwas unternehmen. Es kann nicht sein, dass diese Studenten so mit dir umspringen.«

»Aber dann wird es nur noch schlimmer für mich werden.«

»Das weißt du nicht. So kann es allerdings nicht weitergehen.«

Sie drückte ihren immer noch protestierenden Sohn kurz an sich und ging dann auf direktem Weg zu Nikodemus.

Dessen Augen blitzten erfreut auf, als sie so unerwartet vor ihm stand. Er bat sie in sein Studierzimmer, wo er sie mit einer Handbewegung zum Sitzen einlud. »Magdalena! Meine Beste! Wir haben uns schon lange nicht mehr gesehen. Hattet Ihr Sehnsucht nach mir?« – »Ach Unsinn!« Magdalena, die noch immer stand, schnitt ihm mit einer Handbewegung das Wort ab. »Ich bin nicht zum Scherzen hergekommen, Nikodemus. Es geht um etwas Ernstes.«

Schlagartig wurde er ernst. »Was bedrückt Euch?« – »An der Universität herrschen Zustände, wie ich es nicht für möglich gehalten hätte, und Ihr, Nikodemus, scheint offenbar nichts dagegen zu unternehmen! Ich bin empört!« Ihre kurze Rede war heftiger ausgefallen als von ihr beabsichtigt. Wahrscheinlich auch, weil sie dabei wieder an die neuen Bedingungen für die Wiederverheiratung von Druckerwitwen gedacht hatte.

»Magdalena«, versuchte Nikodemus, sie zu beruhigen. »Was ist denn passiert?« Magdalena musste sich setzen, weil sie ihren schluchzenden Sohn urplötzlich wieder vor sich sah.

»Den Erstsemestern werden schreckliche Dinge angetan. Sie werden vorgeführt und beleidigt. Dabei sind es doch alles noch so junge Männer. Ich kann mir gut vorstellen, wie sehr dies ihre zarten Seelen trifft.« – »Wovon redet Ihr?«

Magdalena erzählte ihm daraufhin, was sie von Moritz über seine Peiniger erfahren hatte.

Nikodemus nickte langsam. »Das ist tatsächlich Usus bei Studienanfängern. Ihnen werden öfters Streiche gespielt. Aber es ist doch nichts Schlimmes passiert. Die Älteren haben das auch alles durchgemacht. Es ist eine Art Aufnahmezeremonie.« – »Pah.« In Magdalena keimte Wut auf. »Für Moritz ist es eine wahre Tortur. Öffentliche Zurschaustellung, Demütigung und wahrscheinlich auch Verletzungen. Was können wir dagegen tun?«

Nikodemus schwieg. Dann endlich sagte er: »Hat er denn von Verletzungen gesprochen? Oder sind das nur Eure Vermutungen?«

Magdalena sagte nichts, denn dabei handelte es sich tatsächlich nur um Mutmaßungen ihrerseits.

Also begann er erneut. »Wisst Ihr, das alles hört sich weit schlimmer an, als es in Wirklichkeit ist. Studenten werden öfters mal eingesperrt, das soll ein Scherz sein. Kein guter, das gebe ich zu. Aber auch kein Grund für den Universitätssenat, einzuschreiten.«

»Ihr wollt also nichts machen? Seit wann seid Ihr so hartherzig?«

Einen so scharfen Ton hatte Magdalena gegenüber Nikodemus noch nie angeschlagen. Sie funkelte ihn wütend an. Nikodemus wusste nicht, wie ihm geschah.

»Nun beruhigt Euch doch, Magdalena, ich erkenne Euch kaum wieder. Ohne solche Streiche ist man nicht zugehörig. Von mir aus könnt Ihr sagen, das durchgemachte Leid verbindet alte und neue Studenten. Außerdem lernen sie etwas dabei. *Non scholae sed vitae discimus.* Vielleicht ist das für Euch als Außenstehende nicht ersichtlich.«

Magdalenas Augen verengten sich. »Ist es nicht, Nikodemus!«, zischte sie. Es erboste sie, dass er sie nun zum ersten Mal, seitdem sie zusammenarbeiteten, herablassend behandelte. Natürlich war sie keine Akademikerin, aber sie war auch keine Bauersfrau. Ihr waren die meisten Gepflogenheiten an der Hohen Schule sehr wohl bekannt. Aber diese hier gingen ihr zu weit.

Nikodemus rutschte verlegen auf seinem Stuhl hin und her. »Ich wollte Euch nicht beleidigen, Magdalena. Aber vielleicht sollten wir das Gespräch ein anderes Mal weiterführen. Ihr scheint mir zu aufgewühlt zu sein.« Seine Worte waren besänftigend gemeint, erzielten jedoch genau die gegenteilige Wirkung.

»Ich sehe schon, Moritz muss auf unbestimmte Zeit weiterleiden, bevor Ihr etwas erwirken könnt. Falls überhaupt. Das ist mir nicht verständlich.« Abrupt stand sie auf. »Es war ein Fehler, hierherzukommen.« Sie ging zur Tür, trat hindurch und knallte sie hinter sich zu. Nikodemus sah ihr kopfschüttelnd nach.

Kapitel 43

Magda klopfte zaghaft an die Tür der Dachkammer. »Michel?«, fragte sie und lauschte. Als sie nichts hörte, öffnete sie leise die Tür. Falls er schlief, würde sie wieder gehen. Doch Michel lag mit offenen Augen auf seinem Strohsack und starrte an die Decke. Als er Magda auf sich zukommen sah, musterte er sie fragend. »Ich komme, um nach deinen Wunden zu sehen.« Sie setzte sich behutsam neben ihn und nahm ihm den Verband ab. Er stöhnte leicht, und sie hielt inne. »Ich hoffe, ich tue dir nicht allzu weh.« Er verzog das Gesicht.

»Nein, tust du nicht. Aber mein Arm schmerzt immer noch bei jeder Bewegung.«

Vorsichtig rieb Magda den Arm mit einer scharf riechenden Tinktur ein. Dann legte sie einen neuen Verband an.

»Warum bist du so nett zu mir, Magda?« Er beobachtete sie aufmerksam. Auch Magdalena war einmal an sein Lager gekommen, um nach ihm zu sehen, aber sie hatte sich ihm gegenüber kühl und abweisend verhalten. Michel war erst später in den Sinn gekommen, dass Magdalena geahnt haben musste, dass er für Ulrich arbeitete, ihm daher absichtlich falsche Informationen gegeben hatte und ihn nun für seinen Verrat verachtete. Magda tat dies offenbar nicht.

Magda schwieg. Sorgfältig betrachtete sie den Verband und zupfte ihn zurecht. »Ulrich hat mich bei Euch untergebracht, um Euch auszuhorchen«, brach es aus ihm heraus. Magda hob den Blick. »Aber warum, Michel? Warum wolltest du uns schaden?« Er drehte den Kopf weg, um sie nicht ansehen zu müssen.

»Er hat mich bezahlt. Ich brauchte das Geld. Ich habe vorher auch schon andere Leute ausgehorcht, aber …«

»Aber was?«, bohrte Magda nach.

»Aber bei euch ist mir bewusst geworden, dass es falsch ist, was ich mache. Ihr habt es nicht verdient, dass man euch Schaden zufügt. Ihr seid eine ehrliche Familie.«

Magda schnaubte. »Das, was meine Mutter dir angetan hat, war nicht richtig. Als sie den Verdacht gehabt hat, dass du für Ulrich arbeitest, hätte sie dich zur Rede stellen sollen, anstatt dich in Gefahr zu bringen.«

Michel drehte sich ruckartig zu ihr um. Die schnelle Bewegung sandte einen jähen Schmerz durch seinen Körper, der ihn zusammenzucken ließ. Dann sagte er: »Das sind scharfe Worte, Magda.«

Sie zuckte mit den Schultern. »Sie stimmen aber. Ich hätte nicht gedacht, dass meine Mutter so weit gehen würde.«

Michel sah Magda nachdenklich an. »Ulrich hat euch ziemlich viel Leid zugefügt. Ich kann daher verstehen, dass sich deine Mutter mit allen Mitteln dagegen wehrt, und mache ihr keinen Vorwurf daraus.«

Magda wollte etwas entgegnen, sagte dann aber doch nichts.

»Ich ärgere mich nur über mich selbst. Ich hätte wissen müssen, dass ich dabei auch zu Schaden kommen kann. Aber nun ist es zu spät. Ich werde meine Bleibe verlieren und betteln gehen müssen.«

»Das werden wir noch sehen«, sagte Magda bestimmt.

Magdalena war derweil wieder von Nikodemus zurückgekommen und begab sich umgehend zu Moritz. Der wirkte trotzig und sah nicht auf, als sie seine Kammer betrat.

»Ich hatte Euch gebeten, nicht zu gehen, Mutter.« – »Ja, das hattest du, und ich hätte auf dich hören sollen.«

Nun blickte er doch auf.

»Nikodemus wird nichts unternehmen. Aber wenigstens werden deine Peiniger nicht erfahren, dass du mir von ihnen erzählt hast und ich den Professor daraufhin um Hilfe gebeten habe.«

Sein Gesicht verzog sich missbilligend. Sie trat an sein Schreibpult.

»Wir werden das Problem auch ohne Nikodemus lösen. Hab keine Angst.« – »Wie denn? Ihr könnt mir nicht helfen.« In seinen Augen sah sie Ärger aufkeimen.

»Aber wir könnten uns doch noch an den Senat wenden. Einen Professor werden wir bestimmt finden, der etwas tun wird.«

»Nein, Mutter. Ich sage es Euch noch einmal. Ich möchte das nicht.« Sie trat einen Schritt zurück. »Ich werde das allein durchstehen.« Seine Miene verhärtete sich. »Und wenn Ihr nichts Weiteres zu sagen habt, muss ich mich nun meinen Studien widmen.«

Es war schon spät, doch Georg saß immer noch über die Briefe gebeugt, die er aus Augsburg und Nürnberg erhalten hatte. Es waren Schriftstücke von Buchhändlern, die ihm mitteilten, welche Bücher gerade gut verkauft wurden und welche nicht. Georg streckte sich und sah kurz auf. Die Kerze, die er neben sich aufgestellt hatte, flackerte. Er würde sie bald gegen eine neue austauschen müssen. Er gähnte kurz und wollte sich gerade erneut den Briefen zuwenden, als er hörte, wie sich ihm jemand näherte. Kurz darauf wurde auch schon der Vorhang zurückgezogen, und Greti erschien mit einem Teller und einem Becher in der Hand.

»Verzeiht, mein Herr. Doch wenn Ihr so spät noch arbeiten müsst, benötigt Ihr vielleicht eine Stärkung«, sagte sie schüchtern und ging langsam auf ihn zu. Sie stellte das Essen und den Wein vor ihm ab, trat gleich wieder einen Schritt zurück und machte einen Knicks.

»Greti«, seufzte Georg. »Ich hatte dir doch gesagt, dass du mich Georg nennen kannst. Und du brauchst auch nicht jedes Mal einen Knicks vor mir zu machen.« Er lächelte ihr zu. »Die Stärkung kann ich gut gebrauchen. Das ist sehr aufmerksam von dir.« Er nahm ein Stück Brot.

»Nimm dir doch auch etwas.« Er schob ihr den Teller hin, und sie griff zaghaft nach dem Laib.

»Danke, mein Herr«, sagte sie und fügte schnell hinzu: »Ich meine natürlich Georg …« Sie schlug die Augen nieder. »Ihr seid sehr großzügig.«

Georg lächelte amüsiert. »Ich wollte dich nicht in Verlegenheit bringen.« – »Das tut Ihr nicht. Ich bin gerne in Eurer Nähe. Und wenn Ihr abends noch so spät arbeiten müsst, möchte ich Euch gerne zur Hand gehen. Gibt es noch einen Wunsch, den ich Euch erfüllen kann?« Georg war geschmeichelt.

»Ich wollte sowieso gerade meine Arbeit für eine kurze Weile unterbrechen. Vielleicht möchtest du mir Gesellschaft leisten?« Beglückt rückte sie den nächststehenden Schemel heran und setzte sich zu ihm. Dabei berührte ihr Arm zufällig den seinen, wobei sich Georg nicht sicher war, ob es wirklich eine zufällige Berührung war. Doch Greti ließ sich nichts anmerken.

»Ich habe noch keine Gelegenheit gehabt, dich zu fragen, wie es dir bei uns gefällt. Hast du dich gut eingelebt?«, fragte er.

Greti sah ihn mit großen Augen an. »Ihr seid alle so gut zu mir. Ihr habt mich freundlich aufgenommen und gebt mir reichlich Lohn und zu essen.« Sie beugte sich näher zu ihm. Unwillkürlich kam Georg Magdalenas Warnung in den Sinn. Er rückte von Greti weg und setzte sich aufrecht hin.

»Greti«, sagte er weich. »Ich weiß nicht, ob ich richtigliege. Aber falls du dir Hoffnungen machst, muss ich dich enttäuschen. Ich …«, er begann zu stottern. »Eine Heirat ist nicht …«, er wusste nicht, wie er den Satz beenden sollte.

Doch Greti ergriff seinen Arm und drückte ihn sanft. »Aber wer spricht denn von Heirat?« Sie sah ihm tief in die Augen. Sie ließ ihre Hand zu seiner Brust gleiten und schließlich weiter hinab. Ihr Mund näherte sich seinem Ohr. »Lasst mich Euch dienen«, säuselte sie, und ihre Wange streifte die seine. Dann küsste sie ihn zaghaft auf die Lippen. Georg war überrumpelt und ließ es geschehen, denn ihre Berührungen fühlten sich gut an.

Doch plötzlich hörte er ein dumpfes Geräusch im Laden. Fräulein Pfote jagte anscheinend einer Maus hinterher und hatte dabei etwas umgeworfen. Alarmiert ergriff Georg Gretis Arme, drückte sie von sich weg und stand jäh auf. Für einen Moment wirkte Greti wütend, doch dann sah sie ihn wieder mit großen Augen an und flüsterte: »Wenn es Euch nach mir verlangt, wisst Ihr, wo Ihr mich finden könnt.« Damit verschwand sie so schnell, wie sie gekommen war. Georg starrte ihr nach. Schließlich wandte er sich wieder seinen Briefen zu.

Kapitel 44

Als Moritz am nächsten Morgen vom Universitätsgottesdienst zurückkam, ging er ohne Umschweife zu Michel in die Kammer. Der sah immer noch schwach und sehr mitgenommen aus. Doch die Wunden in seinem Gesicht begannen, bereits zu heilen.

»Wie geht es dir heute?«, fragte Moritz und näherte sich seinem Lager. Michel verzog die Mundwinkel.

»Mir tut noch immer alles weh. Ich kann mich kaum bewegen.« Er stöhnte. »Aber deine Schwester kümmert sich aufopferungsvoll um mich.« Er versuchte, sich aufzusetzen. »Was gibt es Neues an der Universität? Ist Professor Demler wieder zurück von seiner Studienreise?« Moritz nickte und erzählte Michel, der an einigen Stellen Kommentare einwarf, was sich inzwischen ereignet hatte. Als Moritz seinen Bericht beendet hatte, blieb er auf dem Boden neben dem Strohsack sitzen. Michel sah ihn fragend an. »Liegt dir noch etwas auf dem Herzen?« Moritz wandte den Kopf ab.

»Es ist …«, hob er nach einer Weile an, doch die Stimme versagte ihm. Michel musterte den Jüngeren. Er war blass und nervös. Seine Hände waren unruhig und fahrig.

»Er hat dir wieder zugesetzt«, schloss Michel. Moritz nickte kurz.

Michel war entsetzt. »Das muss aufhören!«

Moritz sah ihn nur aus tief liegenden Augen an. »Ich kann aber nichts dagegen machen. Meine Mutter hat mit einem befreundeten Professor darüber gesprochen, doch auch der wird nichts unternehmen. Ich weiß nicht mehr, was ich tun soll.«

Michel schüttelte den Kopf. Es musste doch irgendeine Lösung geben. Laut sagte er: »Ich habe schon öfters gehört, dass manche

Studenten über die Stränge schlagen. Aber bislang hat noch jeder der davon betroffenen jungen Studenten seine Sorgen für sich behalten und nicht über sie gesprochen.«

»Wer außer mir wurde denn noch so behandelt? Kennst du sie näher?«

»Ja, einige von ihnen sind in den Vorlesungen, die ich besuche.«

»Vielleicht sollte ich mich einmal mit ihnen unterhalten?«, fragte Moritz zaghaft.

»Das ist ein guter Einfall. Vielleicht könnt ihr gemeinsam einen Ausweg finden. Wenigstens könnt ihr eure Erfahrungen austauschen.«

In Moritz kehrte etwas Lebensmut zurück. Er war erleichtert, dass Michel ihm helfen wollte. Als er ging, kam ihm seine Mutter auf der Stiege entgegen.

»Wie geht es ihm?«, fragte sie.

»Es geht ihm schon besser.«

Magdalena nickte. »Gut, ich habe einiges mit ihm zu besprechen.« Sie trat in Michels Kammer, während Moritz sich in seine begab.

Magda war im Trockenraum, als sie über sich die laute Stimme ihrer Mutter vernahm. Ihr schwante nichts Gutes. Sie ging umgehend die kleine Stiege hinauf, die zur Dachkammer führte. Vor deren Tür angekommen, hörte sie Magdalena sagen: »Du wirst bis zum Ende der Woche deine Sachen packen und verschwinden. Was für eine Unverfrorenheit, meine Gutmütigkeit so auszunutzen.« Mit einem Satz riss Magda die Tür auf und sah ihre Mutter vor dem Studenten stehen. Sie hatte die Hände in die Hüften gestemmt und sah streng auf den zerknirschten Michel hinab. »Ich werde dir bis dahin zu essen geben, auch wenn du es nicht verdient hast, und weiterhin deine Wunden versorgen, aber es bleibt dabei, dass du dann unser Haus verlassen wirst!« Mit

Schwung drehte sie sich um und fand sich Magda gegenüber. »Was machst du denn hier?« – »Mutter, Ihr könnt ihn nicht rauswerfen!« – »Halt dich aus dieser Sache heraus. Und nun geh und hilf Greti in der Küche. Sie müsste schon mit den Vorbereitungen für das Mittagsmahl begonnen haben.«

Einen Moment lang überlegte Magda, ob sie sich ihrer Mutter widersetzen sollte, ließ es dann aber bleiben. Sie warf noch einen Blick auf Michel, den er jedoch nicht erwiderte, und ging geräuschvoll die Stufen hinab in die Küche. Für sie war das letzte Wort, was den Studenten betraf, noch nicht gesprochen.

Magda beschloss, als Erstes Wasser aus dem Brunnen zu holen. Sie zog die Hintertüre auf und spürte die Kühle auf ihrem Gesicht. Um sich zu beruhigen, atmete sie mehrmals tief ein und langsam wieder aus. *Er darf nicht gehen, sonst ist er verloren,* überlegte sie. *Mir muss etwas einfallen, wie ich Mutter umstimmen kann.* Entschlossen ging sie auf den Brunnen zu und ließ den Eimer hinab. *Ein erneuter Streit wird nichts bringen.* Sie kannte ihre Mutter. Magda zog den Eimer hoch und füllte das Wasser in den Krug, den sie mitgebracht hatte. Zurück in der Küche, füllte sie das Wasser in den Topf über dem Feuer.

Energisch begann sie, mit Greti das Gemüse zu schneiden. *Es muss einen anderen Weg geben. Es muss einen anderen Weg geben,* dachte sie immer wieder. Kurz vor dem Mittagsmahl kam ihr plötzlich eine Idee. Magda nahm gerade den großen Kessel vom Feuer, als Magdalena nach unten kam. Als alle am Tisch saßen, sprach Magdalena das Tischgebet. Während des Essens besprach sie mit Oswald und Georg die Arbeiten, die den restlichen Tag über noch erledigt werden mussten.

»Ich bin heilfroh, dass wir den nächsten Auftrag bekommen haben.«

Oswald nickte. »Obwohl das Fortbestehen der Druckerei doch schon einmal auf Messers Schneide stand.«

Bevor Georg etwas einwerfen konnte, bemerkte Magda schnell: »Damals wollten die Professoren Mutter sogar die Druckerei absprechen.«

Moritz blickte seine Schwester unvermittelt an. Seine Augen verengten sich, und als ihm bewusst wurde, was Magda vorhatte, war er verblüfft. Hatte sie wirklich vor, was er dachte?

Magdalena seufzte und schien keinen Verdacht zu schöpfen. »Das war eine leidvolle Zeit.« Ihr Ärger über das vorangegangene Verhalten ihre Tochter schien vergessen zu sein, erneut war sie in Gedanken bei ihrer ersten Anhörung vor dem Senat. Magda sah ihre Mutter an. Nun hatte sie Magdalena genau da, wo sie sie haben wollte. Jetzt musste sie nur noch besonders umsichtig vorgehen. Sie rührte betont langsam in ihrem Essen. »Aber …«, sie zog das Wort in die Länge, »… zum Glück haben die Professoren Euch die Möglichkeit gegeben, Euch zu bewähren. Ich mag mir gar nicht vorstellen, was sonst aus uns geworden wäre …« Sie ließ ihren Löffel sinken. »Wir wären auf der Straße gelandet. Niemand hätte uns mehr eine Unterkunft gewährt.« Sie hob ihren Kopf und sah ihrer Mutter unverwandt in die Augen, um im Stillen nachzulegen: *Und Michel würde das gleiche Schicksal erwarten.*

Nach einem Lidschlag setzte sie nach. »Michel braucht uns nun. Er braucht diese Unterkunft. Er bereut, was er getan hat, und hat sogar Verständnis dafür, Mutter, dass Ihr ihn vor die Tür setzen wollt.« *Während ich es nicht habe.* Magdalena senkte den Blick und aß schweigsam weiter. Auch die anderen waren verstummt. Bis auf Moritz, der sich auf Magdas Seite schlug.

»Es war damals gut, dass der Senat Euch eine Möglichkeit zur Bewährung gegeben hat, Mutter. Wir sollten daher tunlichst vermeiden, sie jemandem zu verwehren, der sie nun ebenso braucht wie wir einst.«

Als ihre Mutter weiterhin schwieg, setzte Magda erneut an. »Es wäre nicht richtig, ihn nun noch mehr büßen zu lassen.« Noch bevor Moritz seinerseits ein weiteres Argument anbringen konnte, sagte Magdalena laut: »Genug.« Ihr Tonfall war jedoch nicht mehr so schroff wie zuvor. Magda blickte zu Moritz und hoffte, dass sich ihre Mutter die Sache noch einmal überlegen würde.

Kapitel 45

Magdas Zurechtweisung hatte Magdalena doch mehr beschäftigt, als sie zugeben mochte. *War sie tatsächlich eine so hartherzige Frau? Konnte man ihre damalige Anhörung vor dem Senat denn überhaupt als eine Möglichkeit zur Bewährung ansehen, die man auch Michel gewähren sollte?* Sie konnte auf diese Fragen keine Antwort finden. Also begab sie sich zu Cordula, um diese um Rat zu fragen oder, im Gespräch mit ihr, zumindest wieder klare Gedanken fassen zu können.

»Was machst du denn für ein Gesicht, Magdalena?«, meinte ihre Freundin nur wenig später. »Hat dich jemand geärgert? Na, nun komm herein und setz dich. Wir sind ganz unter uns. Konrad musste zu einer Sitzung und kommt so schnell nicht wieder. Wir haben jede Menge Zeit. Ich brauche mich gerade um nichts zu kümmern. Ich muss ihm nichts kochen und habe auch sonst keine Arbeiten im Haus zu erledigen, sondern kann ganz für dich da sein«, sagte sie und führte Magdalena in Richtung der Bank, auf der mehrere dicke Kissen lagen. »Jetzt noch ein paar eingelegte Früchte oder lieber etwas Honigwein, und die Welt sieht schon wieder ganz anders aus.« Magdalena musste unwillkürlich lächeln. Selbst wenn sie heute auf ihre Fragen keine Antwort finden würde, tat es doch gut, sich Cordula anzuvertrauen.

Nachdem Magdalena etwas zur Ruhe gekommen war und sich mit Früchten und Wein gestärkt hatte, kam sie auf den eigentlichen Grund ihres Besuchs zu sprechen. »Cordula, ich weiß nicht, was ich mit Michel machen soll.« – »Michel, das ist doch der junge Student, der bei dir wohnt und in der Druckerei mithilft?«

Magdalena warf Cordula einen vielsagenden Seitenblick zu. »… und der ein Ausspäher Ulrichs ist!« – »Was?« Cordula hätte fast den Becher fallen lassen. »Ein Ausspäher Ulrichs? Aber … aber, wie kann das denn sein? Und woher weißt du das?« – »Er hat mir vor seinem Einzug recht eigenartige Fragen gestellt. Im Nachhinein ist mir auch bewusst geworden, dass er derjenige war, der das Buch bei mir gekauft hat, welches Ulrich später nachgedruckt hat. Du weißt doch …« – »Ja, die Sache mit dem Buch hast du mir erzählt. Was ich meinte – wie bist du darauf gekommen, dass Michel für Ulrich gearbeitet hat?« – »Wir haben ihm falsche Informationen über einen angeblich neuen Auftrag gegeben, die er tatsächlich an Ulrich weitergegeben hat.« – »Und der hat den Druck hergestellt und ist dann auf den Exemplaren sitzen geblieben? Wunderbar!« Cordula klatschte in die Hände. »Das war ausgesprochen schlau von euch! Wer hatte denn diese grandiose Idee?« Sie lachte immer lauter, und Magdalena hatte alle Mühe, sie vom Ernst der Lage zu überzeugen.

»Cordula, bitte, was mache ich denn jetzt mit Michel?« – »Willst du damit sagen, er wohnt noch bei euch? Magdalena! Ich hätte ihn umgehend hinausgeworfen, nachdem sich euer Verdacht bestätigt hat. Er hat dich schließlich ausgespäht.« Nach einer Pause fuhr Cordula fort: »Und jetzt ist Ulrich also wieder am Zug, dir Schaden zuzufügen. Dann wieder du. So lange, bis einer von euch bankreutig ist. Aber das wirst hoffentlich nicht du sein! Magdalena, schmeiß den Kerl raus. War das dein Problem, bist du deshalb gekommen? Dann haben wir es hiermit ja gelöst.« – »Ja, du hast recht, Cordula. Aber weißt du, Ulrich hat ihn so übel zugerichtet, dass ich sogar den Bader kommen lassen musste.« – »Geschieht ihm recht, Magdalena. Das hat er sich ganz allein zuzuschreiben. Nehmen wir einmal an, du hättest Ulrich keine falschen Informationen über den Druck zukommen lassen. Was wäre dann geschehen? Michel hätte dich weiterhin ausgespäht, und Ulrich hätte dir weiterhin Schaden zugefügt. Und wenn du es irgendwann herausgefunden hättest, was hättest du dann gemacht? Michel rausgeworfen. Womit er noch billig davongekommen wäre, denn Ulrich hat ihm doch sicher Geld für seine *Dienste* gegeben. Der arme Junge.« Der Spott in ihrer Stimme war nicht zu überhören. »Aber so ist es eben nicht gekommen. Stattdessen hast du nun Ulrich hereingelegt. Und auf diese Weise nicht nur Ulrich, sondern seine Helfershelfer gleich mit in die Schranken gewiesen. Das hast du gut gemacht, Magdalena. Prost.«

Magdalena konnte sich über dieses ironische Lob nicht freuen.

»Du müsstest Michel mal sehen, Cordula. Er hat eine ganze Reihe von Wunden und kann sich nicht bewegen. Er ist nicht viel älter als Moritz und tut mir von Herzen leid. Auch Magda hat mir schon Vorhaltungen gemacht und meinte, ich solle nicht so herzlos sein und ihn auf die Straße setzen.« – »Magdalena.« Cordula sah ihre Freundin beschwörend an. »Du musst dich entscheiden. Deswegen bist du auch gekommen, wie ich jetzt erkenne. Entweder du duldest einen Ausspäher Ulrichs unter deinem Dach und nimmst in Kauf, dass er dir ein zweites Mal schadet.« Magdalena nickte mit zusammengepressten Lippen. »Oder du wirfst einen Schwerverletzten auf die Straße.« Cordula hatte die beiden Alternativen absichtlich schärfer formuliert, um ihr die Entscheidung zu erleichtern. Aber Magdalena zuckte hilflos mit den Schultern.

»Ich weiß nicht, Cordula. Beides ist für mich gleichermaßen richtig wie falsch.« – »Dann müssen wir einen Mittelweg finden. Denk nach, Magdalena.« – »Ich bin nicht herzlos. Ich lasse ihn bei mir wohnen, bis es ihm wieder besser geht.« – »Gut. Und wenn er sich wieder bewegen kann und auch wieder zur Universität geht, dann müsst ihr alle ein Auge auf ihn haben, damit er sich nicht wieder mit Ulrich trifft.«

Magdalena atmete erleichtert auf. »Das wird zwar nicht einfach, aber wir können es versuchen.« – »Na, siehst du. Du musstest nur wieder einen klaren Kopf gewinnen.« – »Und du warst mal wieder Gold wert, Cordula.«

Magdalena drückte ihrer Freundin den Arm. »Magdas Worte haben dir wohl zugesetzt, wie?«, begann Cordula erneut. »Kritik von deinem kleinen Töchterlein? Aber unter uns, Magdalena. Sie ist nicht mehr klein. Was sie für die Ärmsten der Armen tut, ist in der Tat lobenswert. Deine Kinder werden erwachsen und finden nicht mehr alles richtig, was du machst.« Cordula lachte, und nach einem kurzen Moment stimmte Magdalena mit ein. »Und nun sag, was ist mit deinem Liebsten? Hast du dir zusammen mit ihm wieder Probedrucke angesehen?« Cordula kicherte in sich hinein, während Magdalenas Miene sich verfinsterte.

»Ach hör mir auf. Nikodemus kann mir gestohlen bleiben.« Cordula verschluckte sich am Wein.

»Was ist denn nun schon wieder?«, brachte sie hustend hervor. Magdalena gab nur ein Brummen von sich.

»Na komm, du kannst es mir ruhig sagen. Ich bleibe auch ernst«, sagte Cordula aufmunternd.

»Moritz hat Probleme an der Universität, und Nikodemus will diesbezüglich nichts unternehmen. Ich weiß nicht, wie ich jemals etwas für ihn empfinden konnte.«

Cordula wurde hellhörig. »Das sind aber ganz neue Töne. War er nicht immer dein Held?« – »Mag sein, aber nun habe ich endlich sein wahres Gesicht erkannt.«

Cordula betrachtete ihre Freundin eingehend. »Und das alles nur wegen Moritz? Oder ist da noch etwas anderes?« Magdalena gab ihr jedoch keine Antwort auf diese Frage, sondern starrte wieder düster vor sich hin.

Kapitel 46

»Langsam verliere ich die Geduld mit Euch.« Bartholomäus sah Ulrich durchdringend an. »Ich habe Euch geholfen, in Tübingen Fuß zu fassen, und Euch Hinweise gegeben, wie Ihr Eure Stiefmutter aus dem Feld räumen könnt. Doch nun hat sie Euch an der Nase herumgeführt, und Ihr habt einen falschen Druck angefertigt.«

»Es war aber Eure Idee, diesen Michel als Ausspäher zu nutzen. Also habt Ihr genauso versagt.« Ulrich saß Bartholomäus kampfeslustig gegenüber. Er war immer noch verärgert wegen seines Verlustes und konnte zudem die damit verbundene Demütigung nicht ertragen. Der empörte Blick des Kaufmanns auf seinen Vorwurf hin entging ihm aber, sonst hätte er bemerkt, dass er einen wunden Punkt bei Bartholomäus getroffen hatte.

Bartholomäus ärgerte sich nämlich darüber, dass Ulrich im Grunde recht hatte. Michel hatte in der Tat schlampig gearbeitet und hätte den Hinweis keinesfalls so leichtgläubig ohne zusätzliche Beweise an den Drucker weitergeben dürfen. Dabei hatte sich dieser Student in den vorangegangenen Monaten stets bewährt, obwohl er nur ein lausiger Protestant war. Dies wollte er jedoch nicht vor Ulrich zugeben. Daher sagte er mit eisiger Stimme:

»Mein lieber Herr Drucker, Ihr wart so dumm, einen Auftrag auszuführen, ohne Euch vollkommen sicher zu sein. Und in Eurer Überheblichkeit seid Ihr nicht auf den Gedanken gekommen, dass Eure Stiefmutter Euch gleichfalls hinters Licht führen könnte.«

Bartholomäus konnte an Ulrichs Gesichtsausdrück förmlich ablesen, wie es in ihm arbeitete. Doch sein Gegenüber blieb still und widersprach nicht, wahrscheinlich weil er den Vorwurf zumindest teilweise einzusehen schien.

Bartholomäus setzte hinzu: »Glaubt nicht, dass Ihr meine Geduld ewig strapazieren könnt. Wenn Ihr nicht endlich Erfolge zeigt, werde ich die Euch geliehene Summe vorzeitig zurückverlangen. Und zwar mit höheren Zinsen als vereinbart.«

Nun färbte sich Ulrichs Gesicht vor unterdrückter Wut tiefrot, allerdings sagte er noch immer nichts. Bartholomäus bereitete es eine gewisse Freude, Ulrich so herablassend zu behandeln. Er war zunehmend verärgert über den Buchdrucker, der sich so dumm anstellte. Im Vergleich zu den anderen Vorhaben, die Bartholomäus gerade mithilfe williger Studenten in die Tat umsetzte, war Ulrich mit Abstand der dämlichste Handlanger, den er hatte. Dies musste er ihn endlich einmal spüren lassen.

Bartholomäus lehnte sich auf seinem Stuhl zurück und musterte den Drucker. *Wahrscheinlich muss ich ihm noch einmal einen Anstoß geben, damit seine Unternehmungen endlich mehr Erfolg haben.* Er holte tief Luft und versuchte, sich auf Ulrichs geistige Ebene hinabzulassen.

»Nehmen wir an, Eure Stiefmutter muss einen größeren Auftrag ausführen, verfügt dafür allerdings nicht über alle dafür nötigen Materialien.«

Ulrich sah ihn verwundert an. Er wusste nicht, warum Bartholomäus plötzlich das Thema wechselte, antwortete ihm aber so schnell wie möglich. »Also Typen besitzt sie. Sogar griechische. Damit kann ich ihr nicht beikommen.« Bartholomäus seufzte. »Was denkt Ihr, könnte sie noch brauchen? Denkt doch nur einmal daran, was Ihr benötigt, wenn Ihr druckt.«

»Papier und Farbe«, platzte Ulrich heraus, froh, endlich die Antwort zu geben, auf die sein Gast offenbar gewartet hatte.

»Ihr seid ein kluger Mann!«, sagte Bartholomäus abschätzig. Doch Ulrich verstand seine Worte als aufrichtiges Lob und straffte die Schultern.

»Denkt nach, Ulrich. Was könnt Ihr mit diesem Wissen anfangen? Oder, noch einfacher gefragt, wie könntet Ihr dadurch Eurer Stiefmutter schaden?«

Zu seiner Genugtuung sah Bartholomäus, dass Ulrich endlich verstanden hatte, worauf er hinauswollte. »Ich könnte dafür sorgen, dass das von ihr benötigte Papier nicht ankommt.«

»Oder Ihr könntet es beschädigen. Wisst Ihr, Papier ist so fragil. Wasser und Feuer können da eine erstaunliche Wirkung erzielen.«

Er sah, wie Ulrichs Augen zu leuchten begannen. Endlich benutzte er seine Vorstellungskraft. *Was ist dieser Drucker doch nur für ein Simpel,* dachte Bartholomäus nicht zum ersten Mal.

»Ich könnte das Papier in einen Fluss werfen lassen oder jemanden beauftragen, es in Brand zu setzen.«

»Seht Ihr, nun habt Ihr einige Ideen formuliert, die Ihr durchdenken könnt. Ich werde Euch jetzt daher allein lassen und hoffe, dass Ihr nun endlich einen Plan ersinnt, der durchdacht ist und zum gewünschten Ergebnis führt.« Bartholomäus drehte sich kurz vor der Tür noch einmal um. »Wenn wir uns das nächste Mal sehen, werdet Ihr mir von Erfolgen berichten.« Ulrich nickte eifrig.

Kapitel 47

In der Papiermühle arbeiteten Anna und ihr Vater unermüdlich an dem Auftrag für Magdalenas Druckerei. Es war inzwischen Ende Februar, und zum Glück wurden die Tage spürbar länger. Sie waren auf mehr Tageslicht angewiesen, da sie es sich schon lange nicht mehr leisten konnten, Kerzen für ihre Arbeit nach Einbruch der Dunkelheit zu benutzen. Nach wie vor standen sie daher besonders früh auf und versuchten, alle Vorbereitungen für ihr Tagwerk in der Küche zu treffen, wo sie im Schein des Herdfeuers arbeiten konnten. Zu dem großen Bottich, in dem sich das Wasser mit den zerstampften Lumpen mischte, begaben sie sich, sobald die Dämmerung einsetzte. Ihre Werkzeuge waren inzwischen so abgenutzt, dass sie längst hätten ersetzt werden müssen. Aber auch hierzu fehlte das Geld. Traurig betrachtete Anna das Sieb in ihren Händen, in dem das Zeichen mit dem Ochsenkopf, welcher sonst immer deutlich auf ihrem Papier zu sehen war, kaum noch Spuren auf diesem hinterließ.

Seitdem sie mit Oswald gesprochen hatte, stürzte sich Anna in die Arbeit, weil sie insgeheim einen Entschluss gefasst hatte. Nachdem ihr wieder einmal aufgefallen war, wie sehr die Gehilfen bei der Arbeit fehlten, wusste sie, dass sie genau dort ansetzen musste. Früher hatten um den Bottich zwei Burschen gestanden, einer mit dem Schöpfsieb, der andere hatte die nassen Bogen Papier auf ein Stück Filz gelegt. Sie hatten auch noch einen dritten Jungen gehabt, der sich währenddessen um die Lumpen kümmerte, sie in kleine Stücke riss und ins Wasser tauchte, damit immer genug Papierbrei vorhanden gewesen war. Doch nun stand sie mit ihrem Vater selbst am Bottich und musste ihre eigentliche Arbeit immer wieder unterbrechen, um sich auch noch um die

Lumpen zu kümmern. Nicht nur, dass sie auf diese Weise weniger Papier pro Tag herstellen konnten, Anna und ihr Vater waren dadurch auch ständig beschäftigt und konnten kaum noch eine Pause einlegen. Lange würden sie diese Belastung nicht mehr durchhalten. Sie brauchten dringend wieder Unterstützung. Wenn sie auch nur einen Hilfsjungen oder ein Hilfsmädchen einstellten, würde das ihre Lage entscheidend verbessern, und sie könnten wieder mehr produzieren, sodass ihr Vater seine Schulden doch noch rechtzeitig begleichen konnte. Anna hoffte, dass dies schon genügen würde, um dem Papierer in wenigen Monaten nicht ihre Einwilligung zur Heirat geben zu müssen.

Wir brauchen nur diese Lieferung fertigzustellen, dann wird alles besser, dachte sie zum wiederholten Mal. In den letzten Wochen hatte sich Anna immer wieder an diesem Gedanken festgehalten. Er machte ihr die harten Arbeitstage in der Papiermühle erträglicher. Sobald sie das Papier nach Tübingen geliefert und das Geld dafür bekommen hätte, wollte sie ihren Vater endlich dazu bewegen, einen Teil der Summe für einen Gehilfen auszugeben. Auf ihrem Weg in die Stadt würde sie sich daher ganz genau nach einem solchen umsehen, und zwar bei den Leuten, die ihre Bleibe vor der Tübinger Stadtmauer hatten. Diese waren für gewöhnlich Landarbeiter und ärmere Handwerker, die sich die Mieten in der Stadt nicht leisten konnten. Anna tauchte erneut das Sieb in den Bottich.

Als sich schließlich der Februar dem Ende zuneigte, hatten die beiden erst zweieinhalb Ballen fertiggestellt, statt den verabredeten dreien. Trotzdem machte sich Anna mit dem Handkarren auf den Weg. Sie hoffte inständig, dass der fehlende halbe Ballen kein Problem sein würde, und war sicher, dass sie, sobald sie Hilfe in der Mühle hatten, den restlichen Auftrag zügiger erfüllen konnten. Der reparierte Karren war noch etwas schwergängig, und Anna musste ihm hin und wieder einen Tritt verpassen. Daher erlaubte sie sich zur Mittagsrast gerade einmal ein paar Augenblicke, um das Brot zu essen, das sie mitgenommen hatte. Ihren Durst stillte sie an einem Bach. Dann hetzte sie weiter und erreichte endlich die kleinen Häuser vor der Stadt Tübingen. Aus der Ferne sah sie an einem Feldrand ein paar Kinder spielen. Anna stach ein großes Mädchen ins Auge, das recht kräftig wirkte.

Nachdem Anna ein paar freundliche Worte mit ihm gewechselt hatte, kam sie gleich zur Sache: »Wirst du von deiner Familie nicht für die häusliche Arbeit gebraucht?« Das Mädchen schüttelte den Kopf. »Meine Schwestern helfen im Haus und meine Brüder auf unseren Feldern und auch bei den anderen Bauern. Mich schicken sie immer weg. Ich soll ihnen aus den Füßen gehen.« Missmutig zog sie ihren Hund an den Ohren. Der jaulte auf.

»Weißt du, ich arbeite in einer Papiermühle in Urach, und dort suchen wir gerade nach einem Mädchen, das so stark ist wie du.«

Verblüfft sah das Mädchen sie an. »Was, Ihr wollt mich einstellen? Was muss ich dafür tun? Würde ich dann auch einen Lohn erhalten, so wie mein Bruder, der als Knecht arbeitet?« Die Augen der Kleinen begannen zu leuchten.

»Natürlich. Du bekommst wöchentlich Lohn, kannst frei bei uns wohnen und musst dafür nur Lumpen zerreißen und sie in unser Stampfwerk bringen.« Dass der Lohn dafür geringer ausfiele als der Lohn eines Knechtes, musste Anna ihr schließlich nicht gleich sagen.

»Richtigen Lohn! Das klingt gut!«, rief das Mädchen.

»Wie heißt du denn, und wo kann ich deine Eltern finden, um mit ihnen alles Weitere zu besprechen?« – »Ich heiße Marie«, antwortete das Mädchen und führte sie darauf zu einem missgelaunten älteren Mann, der gerade Holz vor einem Häuschen mit schiefem Dach hackte. Anna wunderte sich, wie schnell er ihren Vorschlag annahm und noch nicht einmal um den Lohn feilschen wollte. Er schien froh zu sein, ein hungriges Maul weniger am Tisch zu haben.

»Ich komme morgen früh wieder, Marie, um dich mitzunehmen. Dann können wir zusammen nach Urach gehen.« Sie winkte dem Mädchen zum Abschied, das ganz aufgeregt neben seinem Vater stand, der sich schon wieder dem nächsten Stück Holz zuwandte.

»Sie kommt, Klaus. Ich habe sie gesehen! Sie spricht gerade mit einem Landarbeiter. Und einem Kind!«, rief der pockennarbige Kerl seinem Kumpan zu, und sein Gesicht verzog sich zu einem gehässigen Grinsen.

»Bist du dir sicher, Josef?«, kam die gelangweilte Antwort zurück. »Oder ist es wieder eine Bauersfrau, die etwas ganz anderes transportiert?«

»Nein, es ist die junge Frau mit den kurzen Haaren, genau wie der Drucker sie uns beschrieben hat. Die, die mit seinem Stiefbruder angebändelt hat. Die beiden Turteltauben sind wohl stadtbekannt, und es wird sogar gemunkelt, dass sie, wenn sie heiraten, bald eine Druckerei und eine Papiermühle besitzen.«

Sein Kumpan, der auf einem Strohballen ausgestreckt lag, richtete sich langsam auf. »Dann hätte der Drucker doch nicht ganz falschgelegen mit seiner Vermutung, wann die nächste Lieferung erfolgt.« Josef nickte und sah wieder hinaus. Dann stockte er. »Aber sie scheint weniger Papier zu liefern, als es uns dieser Drucker gesagt hat.«

Klaus horchte auf. »Weniger? Was heißt das?« Er erhob sich und stellte sich neben Josef ans Tor. Durch den leicht geöffneten Spalt hindurch sah er in der Ferne Anna auf das Gebäude zukommen.

»Hatte er nicht von einem ganzen Wagen gesprochen, den wir dem Drucker danach verkaufen können? Sie hat aber nur einen kleinen Handkarren bei sich, der noch nicht einmal ganz vollgeladen ist.«

Josef gab seinen Posten am Scheunentor auf, an dem er ausgeharrt hatte. »Was sollen wir nun machen? Denn das bedeutet, wir bekommen deutlich weniger Geld.«

»Na und? Wir überfallen sie trotzdem. Immerhin haben wir schon vier Tage lang hier warten müssen«, knurrte Klaus seinen Bruder an und strich sich dabei sein fettiges, langes Haar hinter die Ohren. »Dann wird uns das Mädchen eben den Verlust in Naturalien bezahlen müssen. Vor allem nachdem wir dem Bauern auch noch Schweigegeld dafür zahlen mussten, damit wir uns in seinem Schober ungestört aufhalten dürfen. Wenn sich der Buchdrucker sträubt, weil es nicht genug Papier ist, können wir es vielleicht auch woanders verkaufen.«

»Richtig«, stimmte Josef zu, der sich nun zu ihm umdrehte. Er sah ihm sehr ähnlich und besaß die gleichen groben Gesichtszüge. Nur hatte er noch weniger Zähne im Mund.

»Du weißt, wie wir nun vorgehen! Du wirst sie hier in die Scheune locken, wo wir beide sie uns dann vornehmen. Und bevor sie uns anklagen oder sonst irgendetwas anhaben kann, sind wir mit dem Geld für das Papier schon über alle Berge. Unsereins ist immer gesucht, wenn die feinen Herren sich nicht die Hände schmutzig machen wollen. Und wir fahren ganz gut dabei.« Auf dem Gesicht seines Bruders erschien ein widerliches Grinsen. »Und wenn wir dabei noch ein Mädchen beglücken können, ist es umso schöner. Ich hoffe, sie wird sich wehren wie die in Ulm, der wir es letztes Mal besorgt haben.« Er leckte sich schmatzend die Lippen.

»Ich denke, das wird sie tun«, entgegnete Josef. »Sie wirkt recht kräftig und ist gekleidet wie ein Junge. Ich musste zweimal hinsehen, um sie als Frau zu erkennen.«

»Du meinst, sie wird uns das Fürchten lehren? Das möchte ich sehen!«, gluckste Klaus vor Lachen. »Dass sie sich wie ein Junge kleidet, wird ihr aber auch nicht helfen. Wir werden ihr schon zeigen, dass sie eine Frau ist.«

»Pssst. Versteck dich! Ich werde sie in die Scheune locken. Du weißt, was du dann zu tun hast.«

Ohne ein weiteres Wort legte sich Klaus auf den lehmigen Boden der Scheune und begann laut zu stöhnen. Sein Bruder trat ihm unvermittelt in die Seite. »Nun hast du wirklich Grund zum Flennen«, flüsterte er dem am Boden Liegenden zu und ging schnell auf das Tor zu.

»Zu Hilf. Helft uns! Mein Bruder ist gestürzt!« Er riss das Tor auf und blickte wild in alle Richtungen, als sähe er sich nach einer Person um, die zufällig in der Nähe war. Aber da sich der Bauer mit seiner Familie auf einem anderen Feld befand, war außer Anna niemand da, der auf sie aufmerksam werden konnte. Zudem versuchte er, sie nicht direkt anzusehen, damit sie keinen Verdacht schöpfte. Anna hielt zuerst inne, um die Lage einzuschätzen. Leichtgläubig war sie anscheinend nicht. Doch Josefs Flehen überzeugte sie letztendlich, und sie verhielt sich genauso, wie er es beabsichtigt hatte. Sie ließ ihren Karren stehen und ging auf ihn zu.

»Was ist passiert? Wie kann ich helfen?«

»Es ist so schnell passiert …«, stotterte er und fuhr sich über das Gesicht. »Mein Bruder … es sieht nicht gut aus. Kommt schnell!« Er trat einen Schritt beiseite, um sie in die Scheune zu lassen. Anna ging vorsichtig hinein. Neben ein paar Strohballen sah sie den vermeintlich Verletzten liegen, der sich vor Schmerzen krümmte. Sie näherte sich ihm und beugte sich zu ihm hinab. Als sie bemerkte, dass der andere hinter sie trat, war es schon zu spät. Josef holte blitzschnell mit einem Holzknüppel aus. Der Schlag traf sie unvermittelt am Kopf, sodass sie auf den Verletzten stürzte.

Klaus rief ärgerlich: »Was soll das? Wir hatten doch noch etwas vor mit ihr?« Er rappelte sich auf und schob die bewusstlose Anna unsanft neben sich. Die rührte sich nicht mehr.

»Keine Sorge, der Hieb wird sie schon nicht umbringen. Die wird uns gleich noch gefügig sein. Du wirst schon sehen. Jetzt hol erst einmal den Karren rein.« Klaus knurrte etwas Unverständliches, tat dann aber, was ihm aufgetragen worden war. Er begab sich nach draußen und ging zum Handkarren mit dem Papier. Dort blickte er sich mehrmals um, bevor er den Karren schnell in die Scheune schob und das Tor sorgfältig schloss. Sein Bruder hievte derweil die Bewusstlose auf einen der vielen Strohballen, die in der ganzen Scheune verteilt lagen. Danach schlug Josef ihr ins Gesicht, damit sie wieder zu sich kam. Dabei murmelte er: »So ein schönes Kind möchte doch sicher beglückt werden. Und noch dazu von solch stattlichen Männern wie uns.« Er ließ seine Hand über ihren Hals zu ihrem Busen gleiten und umfasste ihn grob. Plötzlich erwachte Anna aus ihrer Bewusstlosigkeit und starrte Josef an. Bevor er irgendetwas tun konnte, stieß sie einen gellenden Schrei aus und begann auf ihn einzuschlagen. Er war so überrascht, dass er nicht merkte, wie sie plötzlich vom Strohballen hinunterrutschte. Nun war es ihr möglich, das Knie anzuwinkeln, und sie trat ihn mit aller Macht zwischen die Beine. Ein so durchdringender Schmerz durchfuhr ihn, dass er aufheulte und auf die Knie sackte. Anna war zwar immer noch benommen, trat ihm nun aber auch noch vor die Brust. Da kippte er wie ein nasser Sack nach hinten und krümmte sich vor Schmerz.

Schnell wollte sie die Möglichkeit nutzen und davonlaufen, nun da der erste Mann außer Gefecht gesetzt war. Sie rappelte sich mühsam hoch, doch bevor sie auf die Beine kam, sprang schon Klaus auf sie zu. »Hiergeblieben«, grunzte er und boxte ihr in den Magen. Für einen Augenblick wurde ihr schwarz vor Augen, und sie glaubte, sich übergeben zu müssen. Doch sie wehrte sich weiterhin mit der restlichen, ihr noch verbliebenen Kraft. Verzweifelt trommelte sie mit den Fäusten gegen seine Brust und schrie aus Leibeskräften. Dennoch gelang es ihm, sie auf das

Stroh zu drücken. Sein Bruder Josef wand sich derweil immer noch stöhnend auf dem Boden und hielt mit den Händen sein Gemächt. »Du Dreckstück!«, spie er hervor und funkelte Anna an. »Das werden wir dir heimzahlen!« Nach einer Pause meinte er an seinen Bruder gewandt: »In meinem Zustand wird sie von mir nicht mehr viel haben. Aber du sollst sie nehmen. Ich werde sie festhalten.« Anna begann, erneut zu schreien.

»Das Weib wird uns mit ihrem Geschrei noch die Bauern auf den Hals hetzen«, entfuhr es Josef. Schwerfällig kam er wieder auf die Beine. »Los, stopf ihr das Maul!« Doch sein Bruder hatte längst etwas anderes vor. Plötzlich hielt Klaus ein langes Messer in der Hand und drückte es Anna direkt an den Hals. Sie spürte, wie das kalte Metall in ihre Haut stach. »Schrei noch einmal, und ich werde zustoßen«, sagte er drohend. Anna verstummte vor Schreck. Sie überlegte fieberhaft, was sie noch tun konnte, um ihrem Schicksal zu entgehen. Der Mann hatte sie nun erneut auf die Strohballen gelegt und drückte ihre Beine mit seinem Knie nieder. Dann legte er sich fast mit seinem ganzen Körper auf Anna, die, selbst wenn sie gewollt hätte, nicht mehr schreien konnte, weil sie kaum noch Luft bekam. Mit der Linken hielt er ihre Handgelenke über dem Kopf fest, mit der Rechten drückte er nach wie vor das Messer gegen ihren Hals. Sie konnte nichts anderes tun, als sich zu ergeben. Zumindest schien ihr das im Augenblick die einzige Möglichkeit zu sein, ihr Leben zu retten, doch sie hoffte, dass sich vielleicht noch eine Gelegenheit zur Flucht ergeben würde. Der Mann konnte offenbar in ihren Augen lesen, dass sie noch nicht ganz aufgegeben hatte.

»Du meinst wohl, du könntest noch entkommen. Aber da hoffst du vergebens. Wir haben an alles gedacht. Wir haben sogar ein Seil, um dich zu fesseln.« Sein Satz endete in einem kehligen Lachen. Dann wandte er sich an Josef. »Wie lange dauert das noch? Reiß dich zusammen, du musst sie doch nur festhalten, während ich sie fessele. Danach kann sie keinen Widerstand mehr leisten und gehört ganz uns.« Als sein Bruder nichts erwiderte, gab er seiner Ungeduld nach und drehte sich kurz um.

Das war der Augenblick, auf den Anna gewartet hatte. Sie verschränkte die Hände zu einer großen Faust, sammelte ihre ganze Kraft und riss ihre Arme mit einem Ruck aus der Hand des Mannes. Dann schlug sie mit voller Kraft gegen seine Faust mit dem Messer, sodass es in seinem Oberschenkel landete. Er schrie auf. »Du Miststück!« Dann fasste er sich mit beiden Händen an die Wunde und sah sie entgeistert an, aber Anna war schon vom Strohlager heruntergerutscht und rollte sich auf die Seite, um schnell aufstehen zu können. Sie sah das Tor direkt vor sich und wollte losrennen. Doch da war der Pockennarbige bereits mit einem Knüppel hinter ihr. Sie machte noch einen Schritt Richtung Tor, dann traf sie der Knüppel mit aller Kraft am Kopf. Sie stürzte zu Boden und konnte sich nicht einmal mehr mit den Händen abfangen. Noch bevor sie auf dem Boden aufschlug, wurde ihr schwarz vor Augen.

»Du Idiot. Du hast sie umgebracht!«, rief Klaus. Er stand zusammengekrümmt neben den Strohballen. Josef ließ den Knüppel sinken und ging neben Anna in die Hocke. Eine Blutlache begann sich neben ihrem Kopf auszubreiten. »Wir verschwinden besser«, murmelte Josef. Klaus sah zum Karren hinüber. »Den musst du ziehen. Ich muss so schnell wie möglich zum Bader.«

Kapitel 48

»Komm zurück, du Strolch!«, rief Marie dem Hund hinterher, der sich plötzlich von ihr losgerissen hatte, um einem von ihm entdeckten Kaninchen nachzusetzen. Das Kaninchen flüchtete sich voller Angst vor seinem Verfolger in die Scheune, deren Tor leicht offen stand. Marie lief den beiden Tieren hinterher. Wenn sie es schaffen würde, dem Hund vorzeitig seine Beute zu entreißen, könnte ihre Familie heute Abend endlich wieder einmal Fleisch statt Mehlsuppe essen, freute sie sich. Als sie das Gebäude betrat, sah sie, dass sich die beiden Tiere auch hier eine wilde Verfolgungsjagd lieferten. Das Mädchen pirschte sich langsam an den Heuballen vorbei, um sich in einem günstigen Augenblick das Kaninchen zu schnappen und ihm den Hals umzudrehen. Gerade eben raste es in ihre Richtung, und sie beugte sich tief, um es packen zu können.

Plötzlich nahm sie aus dem Augenwinkel etwas wahr, das ihr nicht geheuer vorkam. Hinter einigen Strohballen sah sie doch tatsächlich … zwei Beine! Erstarrt blieb sie stehen – das Kaninchen war vergessen. Dann trat sie nach einer Weile langsam näher an die Strohballen heran und machte sich auf einen schrecklichen Anblick gefasst. Sie hatte in ihrem Leben nur wenige Tote gesehen, doch jedes Mal hatte sie ihr Anblick entsetzt. Kurz hielt sie inne und überlegte, was sie tun sollte. Vielleicht ihren Vater rufen? Dann würden ihre Brüder sie allerdings wieder einen Feigling schimpfen, weil sie sich die Person, die dort hinten lag, gar nicht genauer angesehen und ihnen folglich auch nichts über sie sagen könnte. Also nahm sie all ihren Mut zusammen und näherte sich Schritt für Schritt den Ballen. Schon bald sah sie den Körper in seiner Gänze auf dem Boden liegen. Am Kopf klaffte eine große blutende Wunde, und nicht weit von der Person entfernt befand sich ein Knüppel, auf dem sich ebenfalls Blut befand. Das Opfer war offenbar niedergeschlagen worden. Marie sog scharf die Luft ein. Versteckte sich der Täter etwa noch hier in der Scheune? Gehetzt sah sie sich um, doch sie konnte niemanden sehen, und auch sonst kam ihr weiter nichts verdächtig vor. Also ging sie weiter vorsichtig auf das Opfer zu. »Heda!«, sagte sie zaghaft und bemerkte, dass ihre Stimme zitterte. Marie stupste mit ihrem Fuß sachte das Bein des Niedergeschlagenen an, einmal, zweimal, doch der rührte sich nicht. Das Mädchen ging nun langsam um den Körper herum, um sich auch das zur Seite gewandte Gesicht des Opfers anzusehen. Vielleicht handelte es sich um eine Person aus ihrem Dorf. Marie kniete sich nieder und betrachtete das Gesicht genauer, das ihr bekannt vorkam. Dann traf sie die Erkenntnis wie ein Blitz. Das war doch die junge Papiererin vom Nachmittag! Marie hielt den Atem an. War sie wirklich tot? Das Mädchen entschied sich, noch einmal einen Versuch zu wagen. Mit lauter Stimme sagte sie: »Anna! Könnt Ihr mich hören?! Anna! ANNA!« Doch nichts geschah. Erst als sich das Mädchen abwandte und zurück zum Tor gehen wollte, um Hilfe zu holen, vernahm sie ein kaum hörbares Stöhnen. Marie sprang zurück an Annas Seite.

»Anna. Ihr lebt! Gott sei Dank!«, rief Marie erleichtert. Sie sah, dass Annas Lider flatterten. Offenbar versuchte sie, ihre Augen zu öffnen, was ihr jedoch nicht gelang.

»Wo … wo? Was ist …?«, stammelte sie, außerstande, einen ganzen Satz zu formulieren.

»Ihr seid in der Scheune. Ihr seid niedergeschlagen worden! Ich werde Hilfe holen. Ihr werdet wieder gesund!«, sprudelte Marie hervor und ergriff Annas Arm. »Ihr solltet Euch nicht bewegen, bis ich meine Eltern geholt habe. Meine Mutter wird Euch helfen können!« Schon rannte die Kleine los und schrie aus Leibeskräften nach ihren Eltern.

Maries Mutter kannte sich mit Wunden aus, jedoch hauptsächlich mit denen von Tieren. Sie versorgte Annas Kopf, so gut es ging, und bemerkte dabei zufrieden, dass die Wunde von allein aufgehört hatte zu bluten. »Ihr habt großes Glück gehabt. Das lässt hoffen, dass Euer Kopf innen heil geblieben ist und Ihr nicht blödsinnig geworden seid wie der Bäckersjunge, der nicht mehr richtig sprechen kann, seitdem er auf den Kopf gefallen ist«, beruhigte sie die Papiererin, während sie nach etwas suchte, aus dem sie einen Verband machen konnte. »Ihr könnt mein Unterhemd zerreißen«, sagte Anna schwach. Die Bauersfrau hielt inne, griff dann aber nach dem unteren Teil des Hemdes und riss einen Streifen davon ab. »Trotzdem sollten wir so schnell wie möglich nach einem Wundarzt schicken, der kann Euch …« Doch Anna unterbrach sie mit einem leisen, aber bestimmten »Nein«. Sie musste sich kurz sammeln, bevor sie weitersprechen konnte. »Ich habe kein Geld für einen Wundarzt.« Sie tastete an ihren Gürtel, an dem sich heute Morgen noch ein Geldbeutel befunden hatte. »Sie haben mir meine Münzen gestohlen.« Entmutigt wandte sie ihren Kopf ab. Dann kam ihr ein Gedanke. »Aber geht bitte in die Stadt. Lauft dort zur Druckerei Morhart. Die Familie kennt mich. Sie kann mir Geld leihen.« Sie richtete ihren Blick auf Marie, die schon im Begriff war, zu gehen. Doch ihre Mutter hielt sie zurück. »Die Tore zur Stadt sind bereits geschlossen. Heute Abend wird keiner mehr in die Stadt kommen.« Anna spürte, wie ihr die Tränen in die Augen stiegen. Sie hatte Grausames durchgemacht und war zu allem Übel auch noch zweifach bestohlen worden. Sie besaß kein Geld und kein Papier mehr! Es war zum Verzweifeln!

Die Bauersfrau drückte sanft Annas Arm. »Ihr könnt heute Nacht bei uns bleiben. Es ist zwar etwas eng bei uns, und wir schlafen alle auf dem harten Boden, aber für Euch werden wir schon noch ein Eckchen finden.« Dankbar nickte Anna leicht mit dem Kopf, obwohl ihr jede Bewegung wehtat. »Mein Sohn ist äußerst kräftig. Marie wird ihn holen, damit er Euch in unser Haus tragen kann.« Kaum war Anna in dem Haus der Bäuerin untergebracht, fiel sie in einen tiefen, traumlosen Schlaf.

Besorgt saß Oswald neben der schlafenden Anna. Magdalena hatte ihr Platz in ihrem eigenen Bett gemacht, damit sich die Kranke dort erholen konnte. Das Kräuterweib Agnes hatte erneut nach ihr gesehen und diesmal ein starkes Gebräu für sie dagelassen, welches Anna zwar widerwillig, aber dennoch tapfer über den Tag verteilt trinken musste. Es waren schon mehrere Tage vergangen, doch Anna ging es weiterhin schlecht. Nur selten wachte sie auf. Und wenn, dann war sie voller Kummer. Denn mit dem Raub der Papierlieferung war ihre letzte Hoffnung, die Uracher Mühle zu retten und Oswald doch noch heiraten zu können, endgültig zerplatzt. Sie sah Oswald mit traurigen Augen an und konnte sich der Tränen nicht erwehren. Obwohl Oswald versuchte, sie zu trösten, und ihr versprach, alles in seiner Macht Stehende dafür zu tun, dass sie keinen anderen heiraten musste, sah er in ihren Augen, dass sie nicht mehr daran glaubte.

Oswald betrachtete Annas geschundenen Körper und mochte sich nicht vorstellen, was sie durchgemacht hatte. An ihren Armen und Beinen waren Spuren eines erbitterten Kampfes zu sehen: Schürfwunden, Quetschungen und blaue Flecken. Und an das, was ihr sonst noch alles hätte widerfahren können, wollte er gar nicht erst denken. Oswald vergrub den Kopf in seinen Händen. Aber trotz allem hatte sie diesen Überfall überlebt. Das war zunächst das Wichtigste. Nach dem, was sie ihm bisher stockend berichtet hatte, waren es zwei Männer gewesen. Die beiden hatten es wohl auf reisende Händler abgesehen und Anna, als sie an ihnen vorbeizog, als eines ihrer Opfer ausgewählt. Doch längst hatte ihn der ungute Gedanke beschlichen, dass es sich dabei um keinen zufälligen Überfall handelte. Papier war zwar teuer, aber die wenigen Ballen, die sich auf dem Wagen befunden hatten, stellten keinen großen Reichtum dar.

Er streichelte Anna sanft über die Wange. Ihr linkes Auge war immer noch geschwollen, die aufgeplatzten Lippen verkrustet und ihr Gesicht leichenblass. *Wer hat dir das angetan?*, dachte Oswald mitleidsvoll. *Und vor allem warum? Wer hatte einen Nutzen davon?* Aber vielleicht hatten es die beiden Männer auch gar nicht auf einen Händler abgesehen, sondern tatsächlich auf ein junges Mädchen, dem sie Gewalt antun wollten. Diese Unholde! Wenn er sie in die Finger bekäme … Doch warum hatten sie dann den Handkarren mit dem Papier mitgenommen, anstatt ihn einfach stehen zu lassen?

»Wie geht es ihr?«, vernahm er die Stimme seiner Mutter hinter sich. Er hatte gar nicht gehört, wie sie in die Kammer gekommen war.

»Nicht viel besser als gestern. Sie schläft sehr viel.« Er seufzte. »Ich fürchte, sie wird noch ein paar Tage brauchen, bevor wir ihr zumuten können, zu ihrem Vater zurückzukehren. Ich werde mich nachher noch einmal nach einem Händler umtun, der nach Urach fährt und Johannes berichtet, dass Agnes erneut nach Anna gesehen hat.« Magdalena legte ihm mitfühlend die Hand auf die Schulter. Seit dem Überfall auf Anna war er außer sich vor Sorge. Er verbrachte jeden freien Augenblick am Bett der Kranken. Er hatte auch sofort nach Agnes schicken lassen und ihren Lohn bezahlt. Magdalena war erschüttert, die junge Frau so übel zugerichtet zu sehen. Ihr musste Schreckliches widerfahren sein, und sie ging davon aus, dass Anna sich nach Leibeskräften gewehrt hatte. Zum Glück war sie durch die viele harte Arbeit in der Papiermühle gestählt. Magdalena mochte sich nicht ausmalen, was passiert wäre, wenn Anna weniger kräftig und wehrhaft gewesen wäre.

»Komm, Oswald«, sagte Magdalena sanft. »Wir werden sie nun

etwas ruhen lassen und später wieder nach ihr sehen.« Er küsste Annas Hand und stand dann seufzend auf. Die beiden verließen die Kammer, und Oswald zog die Tür gut zu, damit Anna nicht durch Geräusche in der Werkstatt vorzeitig geweckt würde.

»Ich werde das Gefühl nicht los, dass es sich um keinen normalen Überfall gehandelt hat«, sagte Magdalena, während sie, dicht gefolgt von Oswald, die Stiege hinunterkletterte. »Wir erwarteten diese Lieferung. Wir brauchen gerade jetzt dringend Papier. Ich kann mich des Gedankens nicht erwehren, dass Ulrich da seine Finger mit im Spiel hat. Er ist zumindest derjenige, der am meisten davon profitiert.«

Sie setzte sich mit Oswald an den Küchentisch. Der schaute düster drein und nickte langsam. »Der Gedanke ist mir auch schon gekommen. Wir werden dadurch viel Zeit verlieren.«

»Aber wir brauchen so schnell wie möglich Papier. Sonst steht unsere Presse bald still. Das können wir uns nicht leisten. Wir müssen zu einem anderen Händler gehen. Und zwar schnell!« Als sie merkte, dass Oswald etwas darauf erwidern wollte, wiegelte sie sofort ab. »Danach sehen wir weiter. Zunächst aber müssen wir uns um unsere eigenen Probleme kümmern und werden von Friedhelm in Reutlingen Papier bestellen.«

Oswald hielt plötzlich inne und sah seine Mutter an. »Vielleicht brauchen wir das gar nicht. Wenn Ulrich wirklich hinter dem Überfall stecken sollte, befindet sich das Papier möglicherweise noch in seinem Besitz und …«

»Du denkst, er hat das Papier in seiner Druckerei? Er ist zwar blöd, aber so blöd?« Magdalena schüttelte leicht den Kopf. Oswald hob die Hände.

»Vielleicht hatte er noch keine Zeit, das Papier zu verstecken. Wir sollten es auf einen Versuch ankommen lassen.«

Magdalena sah ihn lange an. »Falls dem so ist, können wir es anhand des Wasserzeichens leicht erkennen. Wir haben noch ein paar unbedruckte Bogen. Du weißt nicht zufällig, Oswald, ob die Uracher ihr Schöpfsieb gewechselt haben?« Oswald schüttelte den Kopf. »Ich vermute nicht, aber ich werde Anna fragen, sobald sie wach ist. Selbst wenn sie es gewechselt haben, wird das Wasserzeichen aber sicherlich dem anderen ähnlich sehen.« In seinem Tonfall schwang dabei endlich wieder ein Teil des Tatendrangs, der seit Annas Überfall verschwunden war. Er ging mit entschlossenen Schritten wieder hoch zu der Kammer, in der Anna lag.

Kapitel 49

Nachdem Oswald kurz mit Anna gesprochen hatte, eilte er wieder nach unten zu Magdalena. »Der Lumpenhund. Ich werde gleich zu ihm hinübergehen und ihn zur Rede stellen.« »Langsam, langsam«, beruhigte ihn seine Mutter. »Du musst es ihm vor Zeugen beweisen. Nimm den Pedell mit und lass dir von Ulrich sein gesamtes Papier zeigen.« Oswald drückte den Arm seiner Mutter und rannte aus der Druckerei. Wenig später erschien er in Begleitung des Pedells und drei von dessen Männern in Ulrichs Werkstatt.

»Meister Morhart«, begann der Pedell ohne Umschweife. »Habe ich Euch nicht vor Kurzem erst an die Zensurgesetzgebung erinnern müssen? Und nun sollt Ihr erneut gegen ein Gesetz verstoßen haben? Ihr werdet beschuldigt, das Papier der Druckherrin Magdalena Morhart unrechtmäßig erworben zu haben. Zeigt mir und meinen Männern Euren gesamten Papiervorrat. Ich möchte die Wasserzeichen miteinander vergleichen. Und wehe Euch, Ihr verschweigt mir etwas!« Für einen Augenblick waren Ulrich, Kaspar und die beiden Gehilfen sprachlos. Ulrich war der Erste, der seine Fassung wiedererlangte. Er baute sich drohend vor Oswald auf. »Was erdreistet Ihr Euch, Gruppenbach?« Für Ulrich war es eine besondere Genugtuung, Magdalenas Söhne mit dem Nachnamen ihres leiblichen Vaters anzusprechen, vor allem auch deshalb, weil er den Universitätssenat erst letztens noch einmal auf die Verwandtschaftsverhältnisse hingewiesen hatte. »Habt Ihr nichts Besseres zu tun, als mich ohne Grund bei der Universität zu verleumden? Ich soll Euer Papier unrechtmäßig erworben haben? Dass ich nicht lache. Ich habe genug eigenes Papier und, das versteht sich von selbst, von wesentlich besserer

Qualität. Was für eine ungeheuerliche Anschuldigung. Einem ehrenhaften Bürger der Stadt Betrug und Diebstahl zu unterstellen!« Die letzten beiden Sätze hatte er besonders betont. Der Pedell zeigte sich von seinen Worten jedoch unbeeindruckt.

»Die Papiervorräte. Zeigt sie uns!«, sagte er nur kurz angebunden und streng. Ulrich machte sofort auf dem Absatz kehrt und wies seine Gehilfen an, dem Pedell und seinen Männern die Papiervorräte zu zeigen. Der Pedell nahm von mehreren Stapeln jeweils einige Bogen und hielt sie gegen das Licht. »Immer das gleiche Wasserzeichen«, kommentierte er. »Ist das von Eurem Papierer?« fragte er an Oswald gewandt.

Der betrachtete es genau. »Nein«, meinte er schließlich etwas betreten.

»Seht Euch noch einmal genau um, Männer!«, befahl der Pedell seinen Leuten.

Das reichte aber schon, um bei Ulrich einen neuen Wutanfall zu provozieren. »Ich habe es Euch doch gleich gesagt«, fuhr er den Pedell an. »In meiner Druckerei geht es ehrlich zu. Ich habe es nicht nötig, Papier zu stehlen. Und Ihr, Gruppenbach«, er sah Oswald scharf an, »seid auf der Hut. Wenn Ihr mich weiterhin verleumdet und beschuldigt, werdet Ihr es bitter bereuen. Ich werde Euch aus Tübingen vertreiben, und das, ohne gegen das Gesetz zu verstoßen. Und jetzt geht mir aus den Augen!« Die Männer suchten noch eine ganze Weile, doch Annas Papier fanden sie dabei nicht. Schließlich sagte der Pedell: »Wir müssen jeder Diebstahlsanzeige nachgehen. Aber in diesem Fall war sie wohl unberechtigt«, fügte er schon fast entschuldigend hinzu und nickte zum Abschied.

Draußen stand der Pedell noch kurz mit Oswald zusammen. »Er steckt hinter dem Überfall. Dessen bin ich mir sicher«, sagte der halblaut zu Samuel.

»Aber das könnt Ihr nicht beweisen, oder?«

Oswald blickte betreten drein. »Bis jetzt nicht.« – »Dann kommt wieder, wenn Ihr etwas habt«, sagte Samuel mahnend und zog mit seinen Männern ab.

Kaum waren die ungebetenen Besucher aus der Druckerei verschwunden, herrschte Ulrich seine Gehilfen an, ihn und Kaspar allein zu lassen. Die verängstigten Jungen ließen sofort alles stehen und liegen und verzogen sich in den Hinterhof. Kaspar vergewisserte sich, dass sie außer Hörweite waren, bevor er zu seinem Meister zurückkehrte. Ulrichs Gesicht verzog sich zu einem diebischen Grinsen. »Na, Kaspar, wie war ich? War ich überzeugend?« Er lachte gehässig.

»Du hättest nicht überzeugender sein können«, antwortete ihm sein Geselle, und die beiden Männer schlugen sich gegenseitig auf die Schulter.

»Das dumme Gesicht des Gruppenbachers entschädigt für vieles. Auch dafür, dass es leider bei Weitem nicht so viel Papier war wie erhofft.« Beide lachten. »Kaspar, es war ein sehr guter Einfall, das Papier fürs Erste bei deinem Vetter zu verstecken und den Karren gleich zu verkaufen. So können sie uns keinesfalls auf die Spur kommen. Vor allem aber werden wir, noch bevor sich Magdalena und ihre Brut von diesem Schlag erholen, schon zum nächsten ausholen«, sagte er genüsslich.

Magdalena ärgerte sich maßlos, als Oswald ihr erzählte, was vorgefallen war. »Er steckt hinter dem Überfall. Ich weiß es«, stieß Oswald immer wieder zwischen zusammengebissenen Zähnen hervor und schlug mit der rechten Faust in seine linke Hand. »Und ich werde es beweisen.« – »Nichts kannst du beweisen, mein Junge. Der Pedell und seine Männer haben gründlich nachgesehen und nichts gefunden.« – »Dann hat er das Papier irgendwo anders versteckt«, beharrte Oswald trotzig.

»Und das aus gutem Grund«, entgegnete Magdalena langsam.

»Auf diese Weise wissen wir schließlich nicht, wo wir danach suchen sollen. Er hat uns überlistet.«

Oswald knurrte. » Er setzte sich hin, stand dann aber sofort wieder auf und ging umher. Ulrich ist verantwortlich für das, was mit Anna geschehen ist, und dass wir nun bald kein Papier mehr haben. Das wird er mir noch büßen.« »Oswald, ich kann deine Wut und deinen Kummer verstehen«, sagte seine Mutter beschwichtigend. »Aber wie schon gesagt, wir können ihm nichts nachweisen. Und deshalb darfst du auch jetzt nicht den Fehler begehen, ihn herauszufordern. Darauf wartet er doch nur …«

Kapitel 50

Annas Rückreise nach Urach gestaltete sich schwierig. Oswald hatte es sich nicht nehmen lassen, sie zurück zur Papiermühle zu bringen. Er hatte ein Fuhrwerk gemietet, das groß genug war, dass sich die Kranke ausgestreckt auf seine Ladefläche legen konnte. Der Fuhrmann hatte den Wagen mit Decken gepolstert, doch sie kamen trotzdem nur sehr langsam voran, weil Annas Kopf immer noch wehtat und sie jede Unebenheit des Bodens spürte. Mehrfach mussten sie die Reise unterbrechen, weil sich Anna übergeben musste. Ihr war schwindelig, und ihr Gesicht war immer noch sehr blass. Oswald ging sorgenvoll neben dem Wagen her. Es tat ihm weh, sie so zu sehen. An einigen Stellen half er, den Wagen möglichst ohne Geruckel über Rinnen und Spalten zu fahren. Trotzdem stöhnte Anna bei jedem Stoß schmerzvoll auf. Sie machten viele Pausen, in denen Oswald Anna Wasser aus einem Schlauch einflößte. Allerdings konnte sie nur sehr wenig trinken. Je länger die Reise dauerte, desto schlechter ging es Anna. Oswald flüsterte ihr immer wieder tröstende Worte zu und hielt unablässig ihre Hand.

Da sie nur sehr langsam vorankamen, hatte Oswald auch eine Übernachtung in Reutlingen vorgesehen. Er hatte ursprünglich vorgehabt, in einem Wirtshaus einzukehren, aber Magdalena hatte ihn letztendlich überzeugt, bei Friedhelm vorbeizugehen, ihn nach Unterkunft für eine Nacht zu fragen und dabei auch die nächste Papierbestellung in Auftrag zu geben. Friedhelm, der mit Annas Vater öfters Geschäfte gemacht hatte, war erschrocken, als er Anna sah. Obwohl er gerade ein neues Lager baute und sich selbst ein wenig einschränken musste, stellte er ihnen eine geräumige Kammer im Anbau seines Hauses zur Verfügung, in der sogar ein Federbett stand. Oswald vermutete, dass diese Kammer für besondere Käufer vorgesehen war. Das Bett war weich und mit einigen Kissen bestückt, sodass Anna bequem und größtenteils schmerzfrei liegen konnte. Nachdem Oswald geholfen hatte, sie ins Bett zu legen, holte er ihr noch Suppe, die Friedhelms Frau zum Abendmahl bereitet hatte. Vorsichtig führte er Löffel für Löffel an ihren Mund. Nachdem sie alles aufgegessen hatte, schien wieder etwas Kraft in ihren Körper zurückzukehren.

»Ich werde mich nicht meinem Schicksal fügen«, sagte sie matt.

Oswald seufzte. »Ach Anna, was sollen wir denn tun?« – »Noch muss ich meine Einwilligung nicht geben«, sagte sie trotzig, und er sah dabei in ihren Augen einen schwachen Hoffnungsschimmer glimmen.

»Ich weiß nicht, wo du diese Zuversicht hernimmst«, flüsterte er und umfasste ihre Hände.

»Du weißt doch, es heißt schließlich nicht umsonst: ›Wenn die Hoffnung nicht wär, so lebt ich nimmer mehr.‹« Mühsam verzog sie ihre Lippen zu einem kleinen Lächeln.

»Jetzt munterst du mich auch noch auf, obwohl du die Verletzte bist. Dabei sollte es doch genau andersherum sein.« Er schmunzelte und strich ihr über die Wange.

»So ist es eben bei uns. Wir bestärken uns gegenseitig.« Stumm nickte er. Dann fügte sie hinzu: »Und nichts wird dies ändern.« Er hob den Blick und schaute ihr in die Augen. Dann beugte er sich langsam zu ihr herunter und küsste sie zart. Als er sich wieder aufrichtete, flüsterte sie: »Nicht dass du am Ende noch denkst, dass dies ein Abschiedskuss war.« Dann fielen ihr die Augen zu, und er verließ leise das Zimmer.

Gedankenverloren ging Oswald langsam zurück ins Haupthaus. Dabei führte ihn sein Weg an einem der Lager des Papierhändlers vorbei. Die Papierstapel waren zum Teil größer als Oswald. Er betrachtete sie lange. Und erst jetzt wurde ihm bewusst, wie dankbar er im Grunde seiner Mutter dafür sein musste, dass sie noch immer das meiste Papier aus Urach bezog, obwohl es in letzter Zeit so viele Schwierigkeiten in der dortigen Papiermühle gegeben hatte. Es wäre ein Leichtes für Magdalena gewesen, nur noch in Reutlingen zu kaufen. Aber sie hatte es nicht getan. Er wandte sich ab und ging in die Wohnstube. Friedhelms Frau saß mit den Kindern vor der Feuerstelle und erzählte ihnen eine Geschichte. Etwas von ihnen entfernt saß Friedhelm über sein Rechnungsbuch gebeugt. Oswald setzte sich zu ihm.

»Das scheint ein schwerer Unfall gewesen zu sein.« *Es war kein Unfall,* dachte Oswald, sagte aber nichts. »Aber zum Glück hat die gute Anna Euch an ihrer Seite.« Er wartete wohl darauf, dass Oswald ihm mehr über eine mögliche Hochzeit der beiden erzählen würde. Schließlich hatte er die Blicke, die sich die beiden Verliebten immer wieder zugeworfen hatten, nicht übersehen können. Doch Oswald äußerte sich nicht dazu. Auch wenn ihn Friedhelm dies wahrscheinlich nicht nur aus geschäftlichem Interesse fragte, wollte Oswald ihm nicht von den Schwierigkeiten der Uracher Papierer berichten. Es würde noch früh genug bekannt werden.

»Es ist sehr freundlich, dass Ihr uns bei Euch aufnehmt. Das gibt mir die Gelegenheit, Euch um drei Ballen Papier zum üblichen Preis zu bitten. Wenn Ihr Ende der Woche schon liefern könnt, wird Euch meine Mutter sofort bezahlen. Sonst erhaltet Ihr das Geld am Ende des Monats.«

»Es freut mich, zu hören, dass Ihr so viel bestellen wollt. In letzter Zeit sind allerdings sehr viele Aufträge zusammengekommen. Unter anderem hat Euer Stiefbruder eine größere Menge Papier bestellt.« Oswald wandte sich ab, damit Friedhelm nicht sah, dass er das Gesicht verzog. »Ich muss Euch daher einen höheren Preis berechnen und werde auch erst in zwei Wochen einen Ballen liefern können.«

»Höherer Preis? Und nur ein Ballen Papier?« Oswald drehte sich wieder zu Friedhelm und musterte ihn.

»Es tut mir leid, Herr Drucker. Aber Papier ist gerade in Reutlingen schon fast Mangelware. Nicht nur ich habe viele Bestellungen. Von den anderen Papierhändlern werdet Ihr Ähnliches hören.«

Oswald wog seine Möglichkeiten ab. Einerseits musste er Papier beschaffen und deshalb sicher noch mit anderen Händlern in Reutlingen sprechen. Andererseits würde er, wenn Friedhelm die Wahrheit gesprochen hatte, bei diesen auch nicht viel ausrichten können. Und er musste noch mit Anna weiterreisen. Er entschied das Problem mit der Papierlieferung erst nach seiner Rückkehr nach Tübingen anzugehen. Anna war ihm wichtiger.

Oswald bestellte daher den einen Ballen und wurde mit Friedhelm handelseinig. Der zog das Rechnungsbuch zu sich heran und notierte den Auftrag. Beim Anblick des Buches fiel Oswald etwas ein.

»Bei Euch scheinen die Geschäfte trotz der allgemeinen Papierknappheit sehr gut zu gehen«, machte Oswald einen Vorstoß.

Friedhelms Feder kratzte über das Papier. »Ich kann nicht klagen. Wir haben inzwischen weitere Papiermühlen, die uns beliefern, und, wie schon gesagt, sehr viele neue Abnehmer.«

»Wäre es dann für Euch denkbar«, begann Oswald vorsichtig, »Johannes einige Dutzend Gulden zu verleihen? Nun, da Anna so schwer verletzt ist, wird seine Produktion schleppend laufen.« Gespannt wartete er auf die Antwort.

»Ihr beliebt zu scherzen, junger Drucker. Ich weiß, dass Johannes das Wasser bis zum Halse steht. Das Geld, das ich ihm bereits geliehen habe, werde ich sicherlich nicht mehr wiedersehen.« Zum Beweis blätterte er im Rechnungsbuch und zeigte Oswald, dass er Johannes bereits mehrfach Geld geliehen hatte. Oswald sah sich die Einträge an. Manche Verleihungen lagen schon über ein Jahr zurück. Wie hatte es nur so weit kommen können? Und warum hatte Johannes nichts gesagt?

Zum Morgenmahl half Oswald Anna, ein wenig Brei zu essen. Ihr war es nicht recht, anschließend wieder auf den Wagen steigen zu müssen, aber sie hatte keine andere Wahl. Langsam zogen sie gen Urach. Mit jeder Meile, die sie näher an die Papiermühle brachte, wurde Anna bedrückter. »Ich möchte zwar nur allzu gern aus diesem Wagen heraus. Aber wenn wir angekommen sind, heißt das auch, dass du gehen wirst«, sagte sie schwach. Er entgegnete nichts. Mit seinen Gedanken war er bei der Papiermühle. Machte es überhaupt noch Sinn, nach weiteren Geldgebern zu suchen? Gab es nicht vielleicht noch andere Möglichkeiten?

Als sie die Papiermühle vor sich liegen sahen, kam Johannes aus der Tür und auf den Wagen zugerannt. Weil er Anna nicht umarmen konnte, wollte er ihr nicht wehtun, streichelte er ihr wiederholt über die Beine. Verzweifelt rief er: »Anna! Mein Kind! Was musst du durchgemacht haben!« Seine Stimme brach. Als sie vor dem Haus angekommen waren, wollte er sie aus dem Wagen heben, doch Anna bestand darauf, dass Oswald ihr dabei half. Behutsam schob dieser einen Arm unter ihre Kniekehlen und den anderen in Höhe der schmalen Schultern unter ihren Rücken. Dabei vermied er, daran zu denken, dass dies wahrscheinlich das letzte Mal war, dass er ihr so nahe sein konnte. Als sie auf ihrem Strohsack lag, kniete Johannes neben ihr nieder und umfasste ihre Hand. Oswald bezahlte derweil den Fuhrmann und atmete tief durch, bevor er wieder ins Haus ging. Mit Johannes sprach er nur das Nötigste, obwohl er merkte, dass Annas Vater ein schlechtes Gewissen ihm gegenüber hatte. Doch nach allem, was er inzwischen über dessen Schulden erfahren hatte, hielt sich sein Mitgefühl in Grenzen.

Kapitel 51

Als Oswald wieder in Tübingen war, versuchte er, sich mit Arbeit von seinem Kummer abzulenken. Doch all seine Erkundungen bestätigten, dass Papier im Umland momentan sehr schwer zu erstehen und dazu sehr teuer war. Deshalb wollten sie vorerst mit dem einen Ballen aus Reutlingen arbeiten. Vielleicht würde sich die angespannte Lage auf dem Papiermarkt in ein paar Wochen wieder entspannen. Eines Morgens brachte ein Professor seine Disputation in die Druckerei und ließ Magdalena wissen, dass er zweihundert gedruckte Exemplare benötigte, die er an ausländische Professoren verschicken wollte. Magdalena war erleichtert, dass sie – obwohl die Reutlinger Lieferung noch nicht angekommen war – noch genügend Papier für diesen einen Auftrag hatten. Allerdings würden sie sich anstrengen müssen, da sie keinen einzigen Bogen verschwenden durften, waren doch nur noch etwas mehr als zweihundert übrig. Wie ein stolzer Pfau war der Professor in der Druckerei herumstolziert und hatte mehrfach betont, welche Bedeutung sein Forschungsbeitrag für die Academisten in der ganzen Welt hätte. Magdalena hatte ihm mehrere Probedrucke liefern müssen, die er und seine Studenten gewissenhaft gelesen hatten. Fast hatte sie den Eindruck gewonnen, als hätte es sich hierbei um einen Wettbewerb gehandelt, wer von ihnen die meisten Druckfehler finden würde. Doch selbstverständlich waren es nur wenige Fehler gewesen.

Am Samstag, kurz nach dem Morgenmahl, ertönte ein gellender Schrei in der Druckerei. Magda, die gerade im Trockenraum die Blätter zusammenlegte, ließ diese vor lauter Schreck fallen. Das stetige Geräusch der Presse verstummte. Stattdessen hörte sie unten laute Stimmen. Sie hastete zur Stiege und hielt sich am Geländer fest, während sie so schnell wie möglich nach unten lief. Oswald saß auf dem Boden, er starrte auf seine Hände, sein Gesicht war kreidebleich. Magda erschrak. So hatte sie ihren großen Bruder noch nie gesehen. Georg stand neben ihm und war ganz aufgelöst.

Als er Magda sah, trug er ihr auf: »Lauf sofort zum Bader. Oswald hat sich in der Presse beide Hände eingeklemmt. Er braucht Hilfe.« Seine kleine Schwester stürmte sofort los, und im gleichen Moment kam auch schon Magdalena von draußen hereingelaufen.

»Was ist denn passiert? Ich habe bis in die Burgsteige hinaus einen Schrei gehört.« Dann fiel ihr Blick auf den am Boden sitzenden Oswald. Der betrachtete ungläubig seine mittlerweile roten und dick geschwollenen Hände. Er war nicht in der Lage, auf ihre Frage zu antworten.

»Er hat sich beide Hände eingeklemmt«, antwortete Georg stattdessen. »Er hat sich … ich weiß auch nicht, wie das geschehen konnte.« Er war schreckensbleich und sah sorgenvoll auf seinen Bruder. Magdalena warf noch einen letzten Blick auf Oswald und ging dann zur Presse, um sie sich anzusehen. Der Griff des Schlittens war kaputt. Sie sah Georg fragend an, der daraufhin kopfschüttelnd sagte: »Der Griff war heute Morgen locker, und wir konnten ihn nicht festziehen. Daher haben wir ihn abgenommen, und Oswald hat den Schlitten mit den Händen unter die Presse geschoben. Aber irgendwie rutschte der Schlitten plötzlich tiefer unter die Platte. Ich weiß auch nicht, aber in all den Jahren, die wir hier drucken, ist uns das noch nie passiert.« Plötzlich schwankte Oswalds Oberkörper, und Georg konnte ihm gerade noch rechtzeitig die Hände unter die Achseln schieben, bevor er zur Seite kippte.

»Setz dich hinter ihn, Georg, damit du seinen Kopf in deinen Schoß legen kannst. Und du, Greti«, sagte Magdalena zur Magd, die inzwischen dazugekommen war, »du holst einen Eimer Wasser, damit wir seine Hände kühlen können.«

Kapitel 52

Greti stand mit den Holzscheiten, die sie für das Feuer geholt hatte, zuerst nur da und sah betroffen auf Oswald. Dann legte sie das Holz ab, warf noch einen mitleidsvollen Blick auf Georg und eilte in den Hinterhof hinaus. Magdalena hörte das quietschende Geräusch des Gewindes, während Greti schnell den Eimer in den Brunnen hinabließ. Wenig später kam sie mit dem vollen Eimer zurück in die Küche gestürzt und kniete sich neben Oswald. Magdalena nahm die Hände ihres Sohnes, die nun feuerrot waren. »Bring sofort die beiden großen Holzschüsseln, Greti«, befahl sie und füllte, sobald die Magd zurück war, das Wasser in die Schüsseln und stellte sie rechts und links neben Oswald. Dann legte sie Oswalds Hände vorsichtig in das kühle Wasser. Oswald stöhnte leise auf.

»Wo bleibt denn nur der Bader?«, fragte Georg ungeduldig. »Er wohnt doch gar nicht weit weg.« Er sah wieder auf Oswalds Hände. Noch immer fassungslos meinte er: »Es ist mir ein Rätsel, wie das passieren konnte. Wir arbeiten doch schon jahrelang unfallfrei zusammen.« – »Mach dir keine Vorwürfe. Es ist nicht deine Schuld, Georg«, sagte Magdalena. Etwas leiser, damit Oswald es nicht hören konnte, fügte sie hinzu: »Dein Bruder war sicherlich nur unachtsam. Er ist mit seinen Gedanken ständig bei Anna.«

Plötzlich stöhnte Oswald. Mit leiser Stimme sagte er: »Es war Ulrich. Ich weiß es.«

Magdalena kniete sich neben ihn. Auf seiner Stirn stand Schweiß. »Aber, Junge. Wie soll er das denn getan haben?«

Oswald zuckte hilflos mit den Schultern.

»Bevor wir noch weitere Schuldige suchen, warten wir erst einmal ab, was der Bader sagt. Vielleicht ist es gar nicht so schlimm.«

Sie mussten noch eine geschlagene Stunde warten, bis der Bader endlich zu ihnen kam. Greti schöpfte zwischendurch noch mehrmals frisches Wasser, um es gegen das warm gewordene auszutauschen. Oswald hatten sie derweil auf einen Strohsack gebettet, um es ihm etwas angenehmer zu machen.

Magda, die, seitdem sie vom Haus des Baders zurückgekehrt war, unentwegt zur Haustüre lief, um zu sehen, ob der Bader endlich käme, saß nun neben ihrem Bruder und strich ihm immer wieder mitleidig über das Haar. Endlich kam er. Magdalena hörte ihn im Verkaufsraum und ging ihm sofort entgegen. Sie sah an seinem hochroten Gesicht, dass er gerannt war. »Wo ist der Verletzte?«, fragte er atemlos. Magdalena geleitete ihn zu Oswalds Lager. Georg und Magda standen auf und stellten sich etwas abseits.

Prüfend sah sich der Bader abwechselnd Oswalds Hände an, die er vorsichtig aus den Wasserschalen nahm. Die Kühlung, die Oswald anfangs noch geholfen hatte, wirkte nun wohl nicht mehr, denn ihm standen die Schmerzen ins Gesicht geschrieben. Als der Bader einen seiner Finger bewegen wollte, schrie Oswald auf. »Das sieht nicht gut aus«, meinte der Bader daraufhin, kramte in seiner Tasche und zog ein kleines Fläschchen hervor. Er setzte es Oswald an die Lippen und half ihm, es in einem Zug auszutrinken. »Das wird die Schmerzen vorerst lindern«, erklärte er Magdalena. Als er merkte, dass Oswald ruhiger wurde, begann er erneut, sich die Finger anzusehen. »Die Hände sind übel zugerichtet, an der rechten sind sogar zwei Finger gebrochen. Ich kann die Knochen richten und die rechte Hand verbinden. Außerdem werde ich Euch gleich die Zutaten aufschreiben, die Ihr in der Apotheke zu einer Salbe zubereiten lassen müsst. Euer Sohn muss die rechte Hand unbedingt schonen, damit sie nicht verkrüppelt. Er wird die Presse eine lange Zeit nicht bedienen können.«

Kapitel 53

Magda und Georg halfen Oswald langsam die Stiege hoch, damit er sich in der Schlafkammer ausruhen konnte. Die Medizin, die ihm der Bader gegeben hatte, hatte nicht lange gewirkt. Magdalena schickte Greti deshalb in die Apotheke, um dort die verschriebene Salbe und einen Trank gegen seine Schmerzen zu holen. Das junge Mädchen nickte kurz, legte sich ein Tuch um, ergriff den Korb und machte sich auf den Weg. Magdalena ging inzwischen in den Hinterhof und lehnte sich bekümmert an den Brunnenrand. Nachdem die beiden Geschwister wieder nach unten gekommen waren, stellte sich Magda neben ihre Mutter und Georg. »Was nun?«, fragte Magdalena sorgenvoll. »Wir müssen doch unbedingt diese Disputation zu Ende bringen. Sonst wird der Professor zu Ulrich gehen. Das müssen wir verhindern.«

»Ohne Oswald werden wir den Auftrag nicht zu Ende drucken können. Jedenfalls nicht so schnell, wie es der Professor von uns erwartet. Ich fürchte daher, er wird ohnehin zu Ulrich gehen. Wir können nichts dagegen tun.«

»Wenn wir doch wenigstens mehr Papier hätten … Ulrichs Überfall auf Anna, der momentane Papiermangel und Oswalds Unfall zwingen uns nun in die Knie.«

Georg seufzte. »Wir brauchen nun dringend Ersatz für Oswald, und wir brauchen schnell mehr Papier«, sagte er.

»Aber was ist, wenn wir keinen Ersatz für Oswald finden? Ulrich wird auf diese Weise doch noch an sein Ziel kommen«, erwiderte Magdalena verärgert.

»Es wird schon nicht so schlimm werden«, tröstete Magda ihre Mutter. »Ich werde noch mehr mitarbeiten und meine anderen

Verpflichtungen verringern. Wir werden schon einen Ausweg finden.« Doch in ihrer Stimme schwang ein gewisser Zweifel mit.

Magdalena sah ihre Tochter an. »Das ist lieb von dir. Aber auch wenn du und ich nun mitarbeiten, werden wir Oswald nicht ersetzen können. Dazu sind wir einfach zu langsam. Und wir können genauso wenig warten, bis jemand angelernt ist, weil wir Ulrich *jetzt* die Stirn bieten müssen und *sofort* jemand brauchen, der etwas von diesem Handwerk versteht. Jeder Tag zählt. Es war schon früher sehr schwierig, geeignete Männer zu finden, auch die Tagelöhner, die wir einmal hatten, haben sich als Fehlgriff erwiesen.« »Aber was können wir sonst noch machen?«, fragte Georg. »Damals, als wir mit dem Landrecht Probleme hatten, konnten wir wenigstens noch Jakob um Hilfe bitten. Aber der ist nun auf Wanderschaft und kann uns nicht mehr unterstützen …«

»Wir brauchen jemanden, der schnell arbeiten kann.« Eine Zeit lang sagte keiner etwas. Dann richtete sich Magdalena auf und ging wieder in die Druckerei, wo ihr Blick zufällig auf ein Buch fiel, das sie von der Frankfurter Messe mitgebracht hatte.

Kapitel 54

Seit Ulrich ihn zusammengeschlagen hatte, waren schon einige Tage vergangen, doch Michel musste dringend einen Besuch machen, den er nicht länger aufschieben konnte. Er war bisher nur selten aufgestanden und versuchte es nun langsam ein weiteres Mal. Als ihm schwindelig wurde, stützte er sich an der Wand ab und biss die Zähne zusammen. Das, was Ulrich ihm angetan hatte, war nur ein Vorgeschmack auf das, was ihn erwartete, wenn er nicht schnellstens diesen Besuch machte. Er stieß sich von der Wand ab und kam schließlich ohne Hilfe zum Stehen. Er ging auf die Türe zu und öffnete sie. Dabei hoffte er, auf dem Weg nach unten keinem zu begegnen, denn sonst müsste er sich schnell eine Ausrede einfallen lassen. Langsam ging er Stufe für Stufe die erste Stiege hinab, die von seiner Kammer zum ersten Stock führte. Immer wieder blieb er stehen und horchte, konnte aber im gesamten Haus kein Geräusch hören. Dann tappte er vorsichtig die zweite Stiege hinunter, die zum Essbereich führte. Doch auch als er an deren Ende angekommen war und von dort in den Produktionsraum schauen konnte, war keiner der Morharts zu sehen, und auch von Greti weit und breit keine Spur. Stattdessen hörte er Stimmen im Hinterhof. So schnell er konnte, humpelte er, immer noch unter größter Anstrengung, in den Ladenbereich und kurz darauf ungesehen durch die Haustüre. Draußen lehnte er sich zunächst erschöpft an die Wand, um erneut Kräfte zu sammeln. Dann gab er sich einen Ruck und ging die Burgsteige hinunter. Er versuchte dabei, einen größtmöglichen Bogen um Ulrichs Druckerei zu machen. Immer wieder schwanden ihm die Kräfte, und er musste sich an eine Hauswand anlehnen. Und einmal musste er sich sogar auf eine niedrige

Mauer setzen, weil er beim besten Willen nicht mehr weitergehen konnte.

Endlich war er an dem Haus angekommen, zu dem er sich aufgemacht hatte. Um auf sich aufmerksam zu machen, benutzte er den Türklopfer. Zunächst betätigte Michel diesen aber so zaghaft, dass er das Klopfen selbst kaum hörte. Mit äußerster Kraftanstrengung ließ er den Klopfer daher ein weiteres Mal gegen die Tür fallen. Nach einer kurzen Weile erschien eine Magd, die ihm die Türe öffnete. Sie sah ihn scheu an und fragte nach seinem Begehr. Kaum hatte er ihr gesagt, was er wollte, ließ sie ihn eintreten und schloss die Türe wieder. Mit schnellen Schritten geleitete sie ihn zu der Kammer, in der er schon mehrmals gewesen war. Sie bat ihn, kurz zu warten, und verschwand dann für einige Zeit in der Kammer, um ihrem Herrn den Besucher anzukündigen. Michel erschrak bei dem Gedanken, dass ihn der Herr des Hauses vielleicht nicht empfangen wollte und die Magd ihn wieder wegschicken würde. Doch schon öffnete sich die Türe, und er wurde eingelassen. Die Magd machte einen Knicks und ließ die beiden Männer allein. Bartholomäus stand am Fenster und schaute in die Dämmerung hinaus. »Meinst du, es war ein guter Einfall, dich hier blicken zu lassen?«, sagte er, ohne sich zu Michel umzudrehen.

»Ich denke, Ihr solltet aus meinem eigenen Mund erfahren, was sich zugetragen hat.« – »Ändert das etwas an der Tatsache, dass du deinen Auftrag nicht ausgeführt hast? Ich glaube nicht. Du solltest dir das Vertrauen der Druckerin erschleichen und hast es nicht geschafft.«

»Der Auftrag gestaltete sich weitaus schwieriger als anfänglich angenommen. Ich hatte nicht damit gerechnet, dass sie einen Angriff von Ulrich erwarten würde.« Michel hatte auf dem Weg hierher beschlossen, die Schuld auf sich zu nehmen. Er wollte um jeden Preis vermeiden, Bartholomäus zu verärgern. Denn er hatte gehört, dass Bartholomäus mit Handlangern, die einen seiner Aufträge nicht zufriedenstellend ausführten, kurzen Prozess machte. Was das in seinem Fall bedeutete, wagte er sich nicht auszumalen. Als Bartholomäus nichts entgegnete, fuhr er fort: »Sie hat mir von Anfang an nicht vertraut, doch das hat sie mir nicht gezeigt, sondern mir stattdessen falsche Informationen gegeben.«

Bartholomäus blickte noch immer aus dem Fenster. Lange sagte er nichts. Als er schließlich zu sprechen begann, klang seine Stimme verächtlich. »Du hast dich also von einem einfachen Handwerksweib hinters Licht führen lassen?«

Michel klammerte sich verzweifelt an die Stuhllehne vor ihm, zumal er sich vor Schmerzen kaum noch auf den Beinen halten konnte. »So einfältig, wie sie erscheinen mag, ist sie aber nicht. Immerhin kann sie sich offenbar recht gut gegen Ulrich behaupten.« Er unterbrach sich, um nicht zu positiv über Magdalena zu sprechen. »Aber obwohl es zu dieser ersten Niederlage kam, bin ich immer noch sicher, ihr Vertrauen gewinnen zu können. Vor allem ihre Tochter scheint besonders an mir interessiert zu sein, und das kann ich mir zunutze machen.« Als Michel zu Ende gesprochen hatte, hielt er den Atem an. Was würde Bartholomäus nun tun? Würde er sich darauf einlassen, oder hatte er sich dafür zu sehr über ihn geärgert? Michel spürte, wie die Angst in ihm hochstieg. Er hatte schon überlegt, dass er notfalls überhastet die Stadt verlassen müsste. Hauptsache, er käme mit heiler Haut wieder aus dieser Sache heraus … Selbst wenn er dann alles aufgeben müsste, wofür er so hart gearbeitet hatte: sein Studium an der Universität, dessen Abschluss ihm ein besseres Leben ermöglichen sollte.

»Mit anderen Worten, du möchtest deinen Fehler wiedergutmachen?« Bartholomäus drehte sich jäh zu ihm um. Sein unheimlicher Blick durchbohrte Michel geradezu.

Dem Studenten lief es kalt den Rücken herunter. Michel versuchte, seine Stimme so fest wie möglich klingen zu lassen. »Ja, das möchte ich. Und ich werde Euch dieses Mal nicht enttäuschen.« Eine Zeit lang sahen sie einander in die Augen. Dann wandte Bartholomäus seinen Blick wieder von ihm ab und ging auf seinen Schreibtisch zu.

»Warum sollte ich dir noch einmal vertrauen?« – »Vielleicht, weil Ihr der Meinung seid, dass meine bisherigen guten Dienste diesen einen Fehlschlag aufwiegen?«, erkundigte sich Michel, obwohl er befürchtete, dass seine Frage etwas zu forsch war. Aber er musste jetzt alles aufs Spiel setzen, um Bartholomäus zu besänftigen und in Tübingen bleiben zu können. Doch Bartholomäus antwortete nicht. Michels Unruhe wuchs. Er dachte bereits widerwillig an seine Flucht und bereitete sich darauf vor, ohne eine Antwort entlassen zu werden, als Bartholomäus doch noch zu sprechen begann. Dabei wählte er seine Worte mit Bedacht.

»Noch einmal werde ich es nicht dulden, dass du mich enttäuschst. Und wenn doch«, er schnalzte mit der Zunge, »dann gnade dir Gott!« – »Ich werde Euch nicht enttäuschen. Und ich habe auch bereits eine Idee, wie ich mein Fehlverhalten wiedergutmachen kann.« – »Das will ich hoffen. Und nun verschwinde!«

Michel nickte in einem Anflug von Erleichterung.

Kapitel 55

Das Bürschchen wähnt sich in Sicherheit, dachte Bartholomäus, als er dem Studenten hinterhersah. Er schüttelte den Kopf. Für Michel hatte Bartholomäus sich bereits etwas Besonderes überlegt. Der Student hatte es versäumt, nach seinem Misserfolg nicht sofort aus der Reichweite von Bartholomäus zu fliehen. Stattdessen hatte er gedacht, er würde noch eine zweite Gelegenheit bekommen, sich zu beweisen. Bartholomäus hatte sich überlegt, Michel einstweilen in diesem Glauben zu lassen. Denn wenn er nichts Böses erwartete, wäre er eine leichtere Beute für das, was Bartholomäus mit ihm vorhatte. Und er hatte sich bereits überlegt, was er mit ihm tun wollte. Zwei Handlanger würden Michel zu einem schreckhaften Pferd in einen engen Stall sperren, das bei der Anwesenheit eines Menschen wild nach allen Seiten hin ausschlagen würde. Zwischen schweren Verletzungen und seinem Tod wäre dann alles möglich. Letzteres würde dazu führen, dass Bartholomäus sich nicht weiter um Michel sorgen müsste. Wenn er allerdings *nur* schwer verletzt wäre, würde er sein Versagen für den Rest seines Lebens büßen und zudem auch wissen, wem er dies zu verdanken hatte. Denn die beiden Handlanger würden ihm noch schöne Grüße von Bartholomäus ausrichten, bevor sie gingen und ihn den Hufen des Pferdes überließen. Das Ganze musste natürlich so aussehen, als handele es sich dabei um einen tragischen *Unfall,* vielleicht durch das Versehen eines unerfahrenen Stalljungen, sodass Michel Bartholomäus hierfür nicht zur Rechenschaft ziehen konnte. Und für die beiden Handlanger, die das Ereignis seinen anderen Handlangern weitererzählen würden, wäre es ein anschauliches Beispiel dafür, was ihnen allen blühen würde, sollten sie sich jemals solch ein Vergehen leisten wie Michel. Sie würden Bartholomäus' Aufträge danach sicher gewissenhafter in die Tat umsetzen als bisher.

Auch für die Buchdruckerin war ihm schon etwas eingefallen. Da diese Witwe Neuankömmlingen wie Michel kein Vertrauen schenkte, hatte Bartholomäus eben auf einen ihrer Vertrauten zurückgegriffen. Es gab immer einen, der sich gegen den Rest stellen würde, vor allem wenn man den richtigen Anreiz für ihn fand. Damit konnte er nun die Buchdruckerin zu Fall bringen. Es bereitete Bartholomäus schon jetzt große Freude, sich ihr Gesicht vorzustellen, wenn sie herausfände, wer sich gegen sie gewandt hatte.

Kapitel 56

Michel gelang es, ungesehen wieder in die Druckerei Morhart und in seine Kammer zurückzukehren. Als es Zeit für das Abendmahl wurde, entschied sich Michel, hinabzugehen, um der Familie zu zeigen, dass es ihm schon etwas besser ging. Schwerfällig stieg er die Treppen herunter. Als Magda ihn kommen sah, eilte sie an seine Seite und half ihm, die letzten Stufen zu bewältigen. Er sah, dass sich die Familie um den Tisch herum versammelt hatte. Michel wusste nicht so recht, ob er geduldet war. Den bedrückten Gesichtern konnte er entnehmen, dass etwas passiert sein musste. Magdalena würdigte ihn keines Blickes. Doch Magda nickte ihm zu und bedeutete ihm, Platz zu nehmen. Die Herrin des Hauses protestierte nicht, und so ließ sich Michel umständlich am Tisch nieder.

»Die schwere Arbeit an der Presse erfordert viel Kraft. Nur wenige in Tübingen können uns daher helfen. Ist vielleicht jemand Neues in die Stadt gekommen, der kräftig genug für diese Arbeit erscheint?«, fragte Georg. »Das wäre ein großer Zufall.« Michel beobachtete, wie die Familie darauf in Schweigen verfiel und sich ihre Mienen verdüsterten. Er bemerkte auch, dass Oswald fehlte, und schlussfolgerte daraus, dass er wohl ausgefallen war. Warum, wusste er nicht.

Nach einer Weile sagte Magdalena: »Wir brauchen dringend Ersatz für Oswald. Und zwar schnell.« »Aber wo sollen wir ihn herbekommen, Mutter? Es gibt nur eine weitere Druckerei in Tübingen, und die wird uns ganz bestimmt keine Hilfe anbieten.« Georg schnaubte verächtlich. »Und von dieser Druckerei wollen wir auch gar keine Hilfe.« – »Aber es gibt keine andere Druckerei im näheren Umland. Wir sind die einzigen beiden Druckereien im ganzen Herzogtum. Das heißt, wir müssen jemand anstellen, der nicht aus dem Druckhandwerk kommt. Das bedeutet aber wiederum, dass wir ihn erst anlernen müssen. Und das kann dauern.«

»Ich könnte Margarethe Egenolff in Frankfurt um Rat bitten. Sie hat mir auf der Messe angeboten, dass ich mich an sie wenden könnte, wenn ich Fragen hätte. Wahrscheinlich hat sie damit zwar eher Fragen zu Auflagen und Preisen gemeint. Und wer weiß zudem, ob sie uns in unserer Lage überhaupt helfen kann. Aber einen Versuch ist es wert.« – »Gut, Mutter. Ich hole Euch sofort Federkiel und Papier, damit Ihr der Druckerin schreiben könnt«, bot Magda an. Man merkte, dass zwischen den beiden immer noch etwas stand und Magda versuchte, es wiedergutzumachen. Doch noch bevor sie sich vom Tisch entfernen konnte, hielt ihre Mutter sie zurück. »Dabei handelt es sich um ein größeres Anliegen, Magda. Das kann ich nicht einfach in einem Brief darlegen. Vielleicht geht der Brief auch verloren oder kommt erst nach Monaten an. Wir brauchen aber so schnell wie möglich eine helfende Hand. Außerdem muss ich wahrscheinlich verhandeln, und das mache ich am besten vor Ort.«

»Was wollt Ihr damit sagen, Mutter? Dass Ihr nach Frankfurt fahren müsst?« – »Mir wird wohl nichts anderes übrig bleiben.« – »Aber Mutter«, protestierte Georg. »Wollt Ihr die Druckerei etwa für diese Zeit schließen?« – »Ja, ich sehe keinen anderen Ausweg. Wir können ohnehin gerade keinen Auftrag annehmen, da wir kaum mehr Papier haben! Das könnte ich aber aus Frankfurt mitbringen. Da herrscht hoffentlich kein Papiermangel.«

Georg schluckte. *Die Druckerei schließen? Für einen unbestimmten Zeitraum?* »Aber was soll ich dann den Buchhändlern sagen? Wenn die hören, dass wir für einige Tage nicht öffnen, könnte sich sehr schnell das Gerücht verbreiten, dass wir bankreutig sind. Sie würden zumindest vermuten, dass wir Lieferschwierigkeiten haben. Das sollten wir tunlichst vermeiden.«

»Darauf müssen wir es nun ankommen lassen. Gleich morgen nach dem Gottesdienst werde ich mich umhören, welche Händler am Montag nach Frankfurt fahren, und mich ihnen anschließen.«

Wenig später stand Georg in der Kammer, die er sich mit Oswald teilte. Sein Bruder lag auf dem Strohlager und starrte an die Decke. Er sah Georg nicht an, als der die Tür hinter sich schloss und auf sein Lager zutrat. »Mutter will die Druckerei schließen!«, zischte er. Aber Oswald zuckte nur mit den Schultern. »Hast du gehört, was ich gesagt habe? Das sollte sie nicht tun. Sie weiß wohl nicht, was das bedeutet. Das kann ins Auge gehen.« Doch Oswald sagte noch immer nichts. Georg kniete sich neben ihn.

Da drehte Oswald sich unter Ächzen von seinem Bruder weg. Seine Hände schmerzten immer noch sehr. »Es ist sowieso alles egal«, murmelte er teilnahmslos. Georg setzte sich auf sein eigenes Strohlager. Es schmerzte ihn, seinen Bruder so leiden zu sehen. Dann kam ihm eine Idee. Wenn die Druckerei nun schließen musste, könnte er diese Zeit nutzen. Georg richtete sich auf und ging zur Tür, um unten am Esstisch einige Briefe zu schreiben.

Kapitel 57

Auch wenn er nun mit der Familie zusammengesessen hatte, wusste Michel, dass Magdalena ihn am liebsten schon heute vor die Türe gesetzt hätte. Er musste sich daher schnellstmöglich etwas einfallen lassen, um Magdalena gänzlich von sich zu überzeugen. Magda hatte ihm nach dem Essen von Oswalds Unfall erzählt. Seitdem dachte Michel unentwegt an Oswald und die Druckerei. Dabei kam ihm auch eine Möglichkeit in den Sinn, die allerdings nicht rechtens war, weshalb die Morharts sie wohl auch nicht in Betracht gezogen hatten. Allerdings müsste Michel dafür zuerst die Zustimmung von zwei Personen einholen, die er dazu brauchte. Deshalb beschloss er, am nächsten Tag nach dem Gottesdienst mit den beiden zu reden.

Der Sonntag verlief wie schon so viele andere. In der Familie Morhart bereitete man sich auf den Gottesdienst vor. Magda half Oswald dabei, seine Sonntagstracht anzulegen, denn er war trotz seiner Verletzungen nicht davon abzuhalten, die Kirche zu besuchen. Trotz seines eigenen Unfalls dachte er nur an Anna und wollte für ihre Gesundheit beten. Gemeinsam machten sie sich schließlich alle auf den Weg zur Kirche. Magdalena blieb ab und zu stehen, um sich mit einigen Händlern zu unterhalten. Einige Kirchgänger sahen mit Bedauern auf Oswalds dick verbundene Hände und erkundigten sich nach seinem Befinden. Aus dem Augenwinkel sah Michel auch Ulrich und Katharina zusammen mit ihren Kindern und den Lehrlingen zum Gottesdienst gehen. Natürlich versuchten sie dabei, Magdalena, deren Familie und Michel, so gut es ging, zu übersehen. Dennoch konnte Ulrich es sich nicht verkneifen, einen neugierigen Blick auf Oswalds Hände zu werfen. Auch Katharina sah zu ihm hin, und Michel konnte sich nur allzu gut vorstellen, wie die beiden sich später über den verletzten Oswald amüsieren würden. Der selbstgefällige Gesichtsausdruck Ulrichs erfüllte Michel erneut mit Wut. Dieser Kerl hatte ihn übelst zugerichtet! Dann aber konzentrierte er sich lieber auf die beiden, mit denen er später ins Gespräch kommen wollte. Der Gottesdienst zog sich hin, und so hatte Michel viel Zeit, um sich zu überlegen, wie er sich ihnen am besten nähern konnte. Er müsste vorsichtig dabei vorgehen, damit niemand Verdacht schöpfte.

Nach dem Gottesdienst wurde noch eine Verordnung des Herzogs verlesen. Das Wildbretschießen hatte in letzter Zeit wieder überhandgenommen und wurde nun strengstens verboten. Die Leute reagierten mit unwilligem Gemurmel, vor allem einige Studenten äußerten ihren Unmut darüber. Sie waren der Ansicht, dass ihnen als Adeligen das Recht der Jagd immer und überall zustand.

Nachdem schließlich alle Kirchgänger das Gotteshaus verlassen hatten, standen noch viele Leute auf dem Platz davor zusammen, um über die Verordnung zu reden. Michel sah, wie Ulrich sich nun bei einigen Adeligen anbiederte, die sich besonders über das Gesetz ereifert hatten. Wahrscheinlich hoffte er, sie dadurch als neue Käufer zu gewinnen. Michel ging langsam mit Magdalena und den Ihren über den Platz. Noch immer schmerzte ihn jeder Schritt, aber er ließ sich nichts anmerken. Immer wieder blieb Magdalena stehen, um mit anderen Kirchbesuchern zu sprechen. Michel wägte ab, wann er die Familie verlassen konnte. Magda versuchte, ein Gespräch mit ihm anzufangen, aber er antwortete ihr nur kurz angebunden, sodass sie es schließlich aufgab. Sie tat Michel zwar leid, aber darauf konnte er jetzt keine Rücksicht nehmen. Er ließ sich nach und nach ein Stück zurückfallen und blickte sich unauffällig um. Die beiden, auf die er es abgesehen hatte, standen noch bei Katharina, die sich angeregt mit ihrer

Nachbarin unterhielt. Sie beachtete die zwei gar nicht. Schließlich drehten sie sich von ihr weg und gingen zurück nach Hause. Michel folgte ihnen, so gut er konnte, über den Platz und war dabei darauf bedacht, kein großes Aufsehen zu erregen. Aber die meisten, an denen er vorüberging, interessierten sich nicht für ihn. Sie waren in ihre Gespräche vertieft.

Bevor er den Vorplatz endgültig verließ, drehte Michel sich noch einmal um, und sein Blick begegnete dabei dem Magdalenas. Es war nur ein kurzer Moment. Sie hatte sich, während sie mit einem Buchbinder sprach, etwas geistesabwesend umgeschaut. Nun, da sich ihre Blicke kreuzten, konnte er in ihrem deutlich die Abneigung erkennen, die sie ihm gegenüber hegte. Ihr Blick drückte erneut aus, dass sie ihm noch immer nicht traute. Schnell drehte er sich weg und versuchte, möglichst unschuldig auszusehen. Sein Vorhaben durfte nicht misslingen! Er hoffte inständig, dass Magdalena nicht beobachtet hatte, wer wenige Augenblicke zuvor in die gleiche Richtung gegangen war, die er jetzt einschlug.

Er ging noch einige Schritte betont langsam, nachdem er sich schon außerhalb des Blickfelds von Magdalena wähnte. Dann drehte er sich noch einmal um und sah, dass sie ihn nicht mehr beobachten konnte, weil nun eine Hausmauer zwischen ihnen war. Er sah, dass die beiden, für die er sich interessierte, weit vor ihm liefen. Also beeilte er sich unter größter Anstrengung, zu ihnen aufzuschließen. Seine Beine schmerzten stark. Aber er biss die Zähne zusammen. Er musste einigen Leuten ausweichen, die langsam nach Hause spazierten. Endlich war er bis auf wenige Meter an die beiden herangekommen. Der eine von ihnen hatte wohl gerade etwas Lustiges erzählt, denn der andere lachte herzhaft. Michel spürte Anspannung in sich aufkommen. Was er vorhatte, konnte auch ins Auge gehen. Er musste seine Worte wohl überlegen und die zwei zunächst an einen abgelegenen Ort führen, an dem sie nicht von neugierigen Augen beobachtet werden konnten. Er holte noch einmal tief Luft und trat auf die beiden zu, die inzwischen kurz stehen geblieben waren, weil sie einer jungen Professorentochter mit großem Busen hinterherstarrten. »Was für eine Augenweide, nicht wahr? Sie ist, soweit ich weiß, noch nicht verlobt.«

Die beiden drehten sich zu Michel um, und ihre Blicke streiften seinen Umhang, der ihn als Studenten auswies. »Ihr könnt mir glauben. Unter uns Studenten ist die holde Sarah der Traum so manch schlafloser Nächte.« Die beiden sahen ihn erstaunt an. Sie waren es nicht gewöhnt, dass ein Student mit ihnen sprach. Stephan, der Größere der beiden, fand zuerst seine Stimme wieder.

»Das mag für euch Studenten stimmen, aber für unsereins ist sie unerreichbar«, sagte er mit leichtem Bedauern.

Ein schlauer Bursche, dachte Michel. *Er ist sich also bereits bewusst, was er im Leben erreichen kann und was nicht. Selbst wenn er später Meister in seinem Handwerk wird, ist es unwahrscheinlich, dass eine Professorentochter ihn jemals zur Kenntnis nehmen wird.* »Da irrt ihr euch, denn auch für einen mittellosen Studenten wie mich ist sie unerreichbar.«

Alle drei nickten einmütig. »Ich habe ein Angebot für euch, das für euch interessant sein dürfte. Wenn ihr etwas Zeit habt, würde ich euch dieses Angebot gerne unterbreiten.« Marcus, der Kleinere der beiden, schaute darauf Stephan an, und Michel sah förmlich, wie dieser nachdachte. »Was für ein Angebot?«, fragte er vorsichtig. Die erste Hälfte von Michels Vorhaben war damit aufgegangen. Er hatte ihr Interesse geweckt. Jetzt musste er nur noch dafür sorgen, dass sie sich woanders ungesehen unterhalten konnten. »Das würde ich euch gerne ausführlicher erläutern. Aber lasst uns einen geeigneteren Ort aufsuchen, an dem wir ungestört sind.« *Und an dem uns keiner sieht,* fügte er in Gedanken hinzu. Er sah, wie die beiden innehielten und einen weiteren Blick tauschten. Dann entschied Stephan wohl, dass man Michel trauen konnte, und nickte zustimmend. Michel führte sie in eine ruhige Gasse, die so sehr mit Schweinekot verschmutzt war, dass sie von den meisten Leuten gemieden wurde. Einer der Nachbarn benutzte die Gasse wohl als Schweinestall, obwohl dies verboten war. Michel ging an den Tieren vorbei und stellte sich nach ein paar Schritten hinter einen kleinen Schuppen, wo er vom Eingang der Gasse aus nicht mehr gesehen werden konnte. Und da die Gasse gleich danach eine Biegung machte, konnte er auch von ihrem anderen Ende aus von niemandem mehr entdeckt werden. Die beiden folgten ihm.

Michels Bemühen, nicht aufzufallen, ließ sie vorsichtig werden. »Was habt Ihr vor, was wollt Ihr von uns?«, fragte Stephan, während Marcus sicherheitshalber einen Schritt hinter ihm ging. »Wolltet Ihr uns nicht ein Angebot machen? Oder habt Ihr etwa vor, uns auszurauben?«

Michel legte schnell seinen Zeigefinger auf den Mund. »Das Angebot, das ich euch machen will, ist für euch zwar gut, könnte mich aber in große Schwierigkeiten bringen. Ich möchte euch dabei helfen, euch aus eurer unangenehmen Lage zu befreien.« – »Wie kommt Ihr darauf, dass wir uns in einer unangenehmen Lage befinden?«

Statt einer Antwort schob Michel zuerst den Umhang und dann den Ärmel seines Hemdes nach oben. Selbst im Dämmerlicht der Gasse konnten die beiden die vielen Blutergüsse und Schwellungen auf seinem Arm noch ausmachen. »Die hat mir euer Lehrmeister Ulrich zugefügt. Und wenn ich mich nicht sehr irre, behandelt er euch nicht weniger grob. Er ist ungezügelt und gewalttätig.« Michel sah, dass Marcus sich seinen Arm besonders gründlich anschaute und dann zu Stephan sah. Der schaute sich Michels Arm ebenfalls an, sagte aber nichts. »Und woher sollen wir wissen, dass dies Ulrich war? Vielleicht habt Ihr auch Streit mit einem anderen Studenten gehabt.« Michel hatte erwartet, dass sie ihm nicht sofort glauben würden, und sich daher gut überlegt, was er sagen konnte, um ihre Zweifel zu zerstreuen. »Ich hatte ursprünglich den Auftrag, das Buch von Wanner bei Magdalena Morhart zu kaufen, damit Ulrich es günstiger nachdrucken konnte. Danach sollte ich in ihrer Druckerei helfen und Ulrich auf diese Weise Informationen über ihre Geschäfte liefern. Die Druckerin hat sein Spiel jedoch durchschaut und mir falsche Informationen vermittelt. Als Ulrich dies merkte, hat er seinen Ärger an mir ausgelassen.« So ganz schienen die Jungen noch nicht überzeugt. Zwar hatte sich der Kleinere inzwischen aus der Deckung des anderen gewagt, aber die Haltung der zwei drückte weiterhin Bedenken aus. Michel überlegte, ihnen nun endlich das Angebot zu unterbreiten, damit sie nicht das Interesse verloren. »Nachdem mich Ulrich verprügelt hat und mein Betrug bekannt geworden war, hätte ich der Druckerei Morhart verwiesen werden sollen, doch Magdalena hat Gnade walten lassen. Ich bin mir sicher, dass sie euch gerne bei sich aufnehmen würde, wenn ihr euch von eurem Druckherrn lossagt.« Michel verfolgte, wie sich darauf ein freudiger Ausdruck auf Marcus' Gesicht breitmachte, der allerdings nur so lange währte, bis Marcus zu Stephan blickte, der Michel mit versteinerter Miene ansah.

»Aber wir können uns doch nicht von unserem Herrn lossagen. Wir haben einen Eid geschworen. Den können wir nicht brechen. Wenn wir dies tun, müssen wir zehn Gulden bezahlen. Das hat uns der Pedell eingeschärft.« – »Ich bin mir sicher, dass Magdalena diese Strafe für euch zahlen würde. Und ihr könntet ihr das Geld später zurückzahlen. Ihr habt bestimmt gehört, dass ihr Sohn Oswald einen Unfall erlitten hat. Daher braucht sie nun dringend Hilfe in der Druckerei. Ihr beide wäret ihr daher mehr als willkommen. Wahrscheinlich wird die Strafe sowieso nicht so hoch ausfallen, da Ulrich es sich mit einigen Universitätsangehörigen verdorben hat.« Ganz sicher war er sich, was diesen letzten

Punkt betraf, zwar nicht, da Ulrich in Bartholomäus einen mächtigen Fürsprecher hatte und der Pedell, nach allem, was er gehört hatte, sehr auf die Einhaltung der Regeln achtete. Aber er hielt es für unklug, dies zu erwähnen. Er sah, wie es in Stephan arbeitete. Offenbar konnte er Michels Idee etwas abgewinnen, der ihm einen Ausweg aus seiner Lage bot, aber etwas schien ihn weiterhin zurückzuhalten. Er überlegte sich seine Worte wohl.

»Das klingt nach einem guten Angebot«, sagte er langsam und bedächtig. Er blickte zu seinem Kameraden, der unmerklich nickte. Michel hörte das große *Aber* jedoch schon, bevor Stephan es aussprach. »Aber was wird Ulrich mit uns machen? Das wird ihm ganz und gar nicht gefallen. Selbst wenn wir ihm die Strafe bezahlen. Dass wir ausgerechnet auch noch zu seiner verhassten Stiefmutter gehen, würde er uns niemals verzeihen, sondern seine Wut an uns auslassen und uns halb totschlagen, wenn nicht sogar Schlimmeres.« Auch mit diesem Einwand hatte Michel gerechnet.

»Wir lassen euch natürlich niemals allein. Ulrich wird euch nichts anhaben können. Wir werden zusammen zur Kirche gehen, zusammen zu Versammlungen auf dem Marktplatz … Überall wird immer einer von uns auf euch achtgeben können.« Als er sah, dass sie sich nicht entscheiden konnten, sagte er: »Lasst es euch in Ruhe durch den Kopf gehen. Ihr braucht euch nicht gleich zu entscheiden. Ich bin mir aber sicher, dass es euch bei Magdalena Morhart deutlich besser ergehen würde.«

Kapitel 58

Es war für Magdalena nicht leicht, einen Händler zu finden, der nach Frankfurt fuhr. Doch sie konnte nicht länger warten. Sie hatte keine Wahl. Sie musste so schnell wie möglich aufbrechen. Also beschloss sie schließlich, sich ohne einen ihr bekannten Händler an Bord eines Schiffes zu begeben. Das Schiff sollte am Nachmittag ablegen, und Magdalena packte gerade ihre Tasche, als Magda in Tränen aufgelöst vom Hof ins Haus gestürmt kam. »Mutter, es ist etwas ganz Schlimmes passiert.« Sie setzte sich an den Tisch und wischte sich mit dem Ärmel ihres Kleides über die Augen. Obwohl es in letzter Zeit zwischen Mutter und Tochter öfters Streit gegeben hatte, konnte Magdalena nicht anders, als sie in den Arm zu nehmen.

»Was ist denn, Kind?«, sagte sie sanft und strich ihr übers Haar.

»Fräulein Pfote schreit und humpelt ganz arg.« Magda, die sehr an ihrer Katze hing, schluchzte hemmungslos. In Magdalenas Armen beruhigte sie sich langsam wieder.

»Wo ist Fräulein Pfote jetzt?« – »Sie liegt in ihrem Korb und sieht aus, als hätte sie große Schmerzen. Vielleicht kann ich den Bader rufen. Der hat auch Oswald geholfen.« – »Ich glaube, es wäre besser, wenn wir zur Bauersfrau draußen vor der Stadtmauer gingen, die Anna gepflegt hat. Der Bader kennt sich mit Tieren wahrscheinlich nicht so gut aus wie sie. Bauersfrauen wissen besser, wie man ein verletztes Tier pflegt, schließlich sind sie auf die Gesundheit ihrer Tiere angewiesen.«

Magda schaute mit geröteten Augen zu ihrer Mutter hoch. »Aber Ihr müsst doch nach Frankfurt reisen«, stieß sie hervor.

Magdalena zog sie noch fester an sich. »So viel Zeit muss sein. Ich weiß doch, wie viel Fräulein Pfote dir bedeutet.« – »Ach Mutter«, sagte Magda, und Magdalena kam es so vor, als täte es ihrer Tochter leid, dass sie in letzter Zeit so widerspenstig ihrer Mutter gegenüber gewesen war.

»Komm«, sagte Magdalena und zog Magda mit sich. Sie holte ein Tuch aus ihrer Kammer und ging mit ihrer Tochter dann in den Produktionsraum. Dort lag die Katze, wie von Magda beschrieben, ganz elendig in ihrem Korb. Sie hatte die Augen geschlossen, aber man konnte ihr anmerken, dass etwas nicht in Ordnung war. Magdalena näherte sich langsam dem Korb und schlang das Tuch so um ihn herum, dass die Katze nicht herausspringen konnte. Dann gingen sie und Magda schnellen Schrittes zum Bauernhof.

Die Bauersfrau sah sie schon von Weitem und ließ ihre Arbeit auf dem Feld ruhen, um ihnen entgegenzugehen. »Grüß Gott, Frau Druckerin«, sagte sie und schaute auf den Korb. »Was führt Euch zu mir?« Sie war Magdalena immer noch dankbar dafür, dass sie sie so reich entlohnt hatte, weil sie sich um Anna gekümmert hatte. Als sie jedoch Magdas trauriges Gesicht sah, wurde sie ernst. »Es ist doch nichts Schlimmes passiert? Es haben sich doch nicht etwa diese Unholde noch einmal bei Euch blicken lassen? Wir halten hier die Augen offen. Haben aber nichts Auffälliges mehr gesehen.« – »Nein. Aber uns bringt eine andere traurige Sache her«, sagte Magdalena.

»Meine Katze ist verletzt und hat Schmerzen«, führte Magda aus. Dann hielt sie der Bauersfrau den Korb entgegen, den sie in den Händen hielt, und zog das Tuch vorsichtig auseinander, damit die Bauersfrau Fräulein Pfote sehen konnte.

»Kommt mit ins Haus«, sagte die Frau, und die beiden folgten ihr in die Wohnstube. Dort roch es nach Kohl und Zwiebeln. Die Bauersfrau nahm das Tuch vom Korb und betastete mit geübten Händen das verletzte Tier. Als sie das linke Hinterbein berührte, stieß die Katze einen Schmerzensschrei aus. »Ich vermute, das Bein ist gebrochen.«

Magda riss die Augen weit auf. »O nein!« – »Aber Genaueres kann ich erst sagen, wenn ich die Katze ein paar Tage beobachtet habe. Lasst sie am besten hier. Keine Sorge, ich werde mich gut um sie kümmern. Wenn wir Glück haben«, sagte sie an Magda gewandt, »geht es deiner Katze bald wieder gut.«

Magdalena legte ihrer Tochter beruhigend den Arm um die Schulter. »Das ist das Beste für die Katze. Wir lassen sie hier.« Sie hörte von fern, wie die Kirchenglocken die Mittagsstunde schlugen, und wurde unruhig. »Vielen Dank, dass Ihr uns helft«, sagte sie knapp. »Ich muss los. Das Schiff wartet nicht.«

Kapitel 59

Magdalena musste mit ihrer Tochter nach Hause laufen und in Windeseile ihre restlichen Sachen zusammenpacken. Schließlich erreichte sie gerade noch rechtzeitig das Schiff, das sie neckaraufwärts tragen sollte. Es war recht klein und schien schon sehr alt zu sein, denn die Bretter knarrten unter jedem von Magdalenas Schritten. Magdalena war als einzige Reisende in Tübingen zugestiegen. Es befanden sich jedoch noch drei weitere Passagiere an Bord, ein Ritter mit seinem Knappen und ein älterer Mann, bei dem Magdalena vermutete, dass es sich um einen Kaufmann handelte. Der nickte Magdalena jedoch nur kurz zu und schien kein Interesse an einem Gespräch zu haben. Der Ritter war im Gegensatz zu ihm jedoch sehr gesprächig. »Welch eine Freude, eine weitere Begleitung auf unserer Reise zu haben«, sagte er, als Magdalena kam. Er rückte zur Seite und lud sie ein, sich neben ihn zu setzen. »Bisher verlief die Fahrt recht schweigsam.« Er warf einen Blick auf den Kaufmann, der so tat, als habe er ihn nicht gehört. Der Kaufmann hielt ein Buch vor sich hin und gab vor, es zu lesen, doch seine Augen bewegten sich nicht. Magdalena wandte sich darauf wieder dem Ritter zu, der die Gelegenheit nutzte, um zu sagen: »Gestattet, dass ich mich Euch vorstelle.« Er räusperte sich und sah zu seinem Knappen hinüber, der schwerfällig aufstand und den Schild seines Herrn in die Höhe hielt. Dann leierte er einige Sätze herunter, die er anscheinend jedes Mal vortragen musste, sobald sich sein Herr jemandem vorstellte.

»Dies ist Ritter Kunibert aus dem ehrenwerten Hause derer zu Falkenstein, Sohn des großen Heinrich von Berg und Nachfahre des Kreuzritters Friedrich.« Als er mit seiner Aufzählung fertig war, verbeugte er sich und ließ sich wieder auf seinen Sitz plumpsen. Doch der Ritter räusperte sich erneut, und der Knappe sprang wieder auf, als hätte er etwas Wichtiges vergessen, und fügte noch hinzu: »Holde Maid, Ihr steht unter unserem Schutz und müsst Euch vor nichts fürchten.« Er sah zu seinem Herrn hinüber, der wohlwollend nickte und ihm diesmal mit der Hand ein Zeichen gab, sich zu setzen. Magdalena hatte bisher nur von einem der genannten Namen gehört. Ihr erster Mann, der Stadtschreiber von Dornstetten gewesen war, hatte das Adelsgeschlecht Falkenstein einmal erwähnt. Wenn sie sich recht erinnerte, war es eins der kleineren Häuser. »Das ist sehr freundlich von Euch. Ich bin Magdalena Morhart, die Buchdruckerin von Tübingen, und muss diese dringende Geschäftsreise allein antreten. Ich bin Euch daher sehr dankbar, wenn Ihr Euch meiner bei Bedarf annehmt.«

Magdalena war in der Tat dankbar, hoffte aber, dass sie auf seine Hilfe und die des Knappen nicht angewiesen sein würde. Denn sollte es tatsächlich zu einem Überfall kommen, wusste sie nicht, ob der Ritter sie gut verteidigen könnte. Sie musterte kurz den Mann an ihrer Seite. Er trug einen festen Waffenrock, aber darunter wirkte er weit weniger stark und behände, als es ihrem Bild von einem wackeren, wehrhaften Ritter entsprach. Er zählte wahrscheinlich mehr als sechzig Lenze. Seine Wangen waren gerötet, und er schien dem Wein an diesem Tag schon ausgiebig zugesprochen zu haben, wie sie an seinem Atem feststellen konnte. Aber der Dolch, den er an seinem Gürtel trug, flößte ihr Vertrauen ein, und sie war sich sicher, dass er ihn auch zu benutzen wusste. Der Knappe wirkte im Gegensatz zu ihm zwar jünger und beweglicher, hatte aber eine recht füllige Figur für einen jungen Mann. Er sah nicht so aus, als würde er auch nur einen Handschlag mehr machen, als von ihm verlangt wurde. Für Kriegsdienste war er in Magdalenas Augen gänzlich ungeeignet. Falls er je Arbeit am Bengel verrichten müsste, würde ihn diese schon nach wenigen Stunden an den Rand der Erschöpfung treiben.

Aber er machte den Eindruck, als hätte er sein Herz am rechten Fleck.

Während das kleine Schiff den Neckar hinunterfuhr, war Magdalena froh, dass es nicht allzu sehr schwankte. Sie war bisher nur selten mit dem Schiff gefahren, hatte aber gehört, dass einige Leute die vom Wasser verursachten Bewegungen nicht vertrugen. Der Ritter begann ohne Umschweife, Geschichten aus seinem Leben zu erzählen. Bei einigen seiner weitschweifigen Ausführungen war sich Magdalena jedoch nicht sicher, ob die wiedergegebenen Ereignisse wirklich so stattgefunden hatten. Manch eine seiner Heldentaten erschien ihr etwas übertrieben. Der Knappe schien das alles schon öfter gehört zu haben, denn er hatte die Augen halb geschlossen und öffnete sie nur, wenn das Schiff eine abrupte Bewegung machte. Der Kaufmann hingegen schien schon tief zu schlafen. Nach einer längeren Erzählung eines seiner Abenteuer hielt der Ritter plötzlich inne und wandte sich seiner einzigen Zuhörerin zu. »Genug von mir. Habt Ihr denn auch schon einmal ein Abenteuer überstanden?« – »In der Tat«, entgegnete Magdalena. »Und nicht nur eins.« Damit holte sie aus und erzählte ihm von der Furcht einflößenden Begegnung mit den Wegelagerern auf dem Weg nach Straßburg, von den Gräueln der Pest und den rücksichtslosen Plünderern in Tübingen sowie von dem erbitterten Kampf mit ihrem Stiefsohn um ihre Existenz. Sie konnte sehen, wie der Ritter mit jeder neuen Geschichte, die sie zu erzählen begann, die Augenbrauen hob. Verwunderung stand ihm ins Gesicht geschrieben. Als er sie aufgefordert hatte, etwas zu erzählen, hatte er wohl mit eher belanglosen Geschichten gerechnet.

»Mein liebes Kind, da habt Ihr einiges erlebt«, sagte er und legte Magdalena mitfühlend eine Hand auf den Arm. »Da müsst Ihr aber aus einer starken Familie stammen.« – »Ja, das tue ich. Mein Großvater war Konrad Breuning. Seine Tochter war meine Mutter.« – »Breuning? *Der* Konrad Breuning?«, sagte er unvermittelt.

Nun war es Magdalena, die ihn verwundert ansah. »Ihr kennt meinen Großvater?« – »Selbstverständlich, liebes Kind. Mein Vater hat damals in Tübingen Juristerei studiert und zu Konrad Breuning aufgeschaut. Er wollte anfangs seinem Vorbild folgen, aber dann wurde Eurem Großvater dieser schreckliche Verdacht, er würde gegen den Herzog intrigieren, zur Last gelegt.« Es war lange her, dass ein Fremder so gut über ihren Großvater gesprochen hatte. »Es ist eine Schande, dass ihm so ein leidvolles Schicksal widerfahren ist.« Magdalena war dem Ritter dankbar, dass er ihr die Einzelheiten der grausamen Folter ihres Ahnen und seiner anschließenden öffentlichen Enthauptung ersparte. Obwohl viele der Ansicht waren, ihr Großvater sei unschuldig gewesen, gab es doch auch eine beträchtliche Anzahl von Württembergern, die sie verachteten, weil sie seine Enkelin war. Sie wollte gerade antworten, als sie plötzlich den lauten Schrei des Schiffsherrn hörte. »Alle festhalten!«

Kapitel 60

Noch bevor sich Magdalena zum Schiffsmann umdrehen konnte, um festzustellen, warum er diesen Befehl gerufen hatte, spürte sie bereits, dass das Schiff kräftig zu schaukeln begann. Und zwar so heftig, dass sogar Wasser hereinschwappte. Verärgert schrie der Kaufmann auf, als er einen Schwall Wasser abbekam. »Verdammt noch mal, was ist hier los?« Sein Obergewand war komplett durchnässt, und das Buch war ihm aus der Hand gefallen. Er versuchte, sich zu bücken, um es aufzuheben, doch das Schiff schwankte erneut heftig.

Unwillkürlich hielt sich Magdalena am Arm des Ritters fest und sah, dass der Kaufmann inzwischen zu Boden gegangen war. »Was ist hier los?«, stieß sie hervor. Sie sah, wie die Landschaft neben ihr nur so vorbeischoss.

»Es muss eine Stromschnelle sein«, gab der Ritter zur Antwort. »Wir sind bestimmt gleich wieder in ruhigeren Gewässern.« Doch Magdalena nahm Besorgnis in seiner Stimme wahr. Ihr Blick glitt zu seinem Knappen hinüber, der sich ängstlich an der Bordwand festhielt. In diesem Augenblick kam auch schon die nächste Welle und traf ihn. Es war eine deutlich größere Welle als zuvor, und der Knappe musste wohl Wasser geschluckt haben, denn er begann zu husten und konnte sich gar nicht mehr beruhigen. Er hustete und hustete, und plötzlich traf ihn eine weitere Welle. Magdalena befürchtete schon, er würde ersticken. Doch da stand der Ritter vorsichtig auf. »Gute Frau, ich fürchte, Ihr müsst Euch kurz woanders festhalten.« Magdalena griff ängstlich hinter sich und schlang ihre Arme um den Mast. Das Schiff schnellte immer noch unaufhaltsam den Fluss hinunter. Hinter sich hörte Magdalena die Schiffsleute durcheinanderrufen. Sie versuchten, die wenige Ladung, die sie hatten, zu sichern, damit sie nicht über Bord ging. Vor sich sah sie, wie der Ritter versuchte, langsam zu seinem Knappen zu gelangen. Der Junge rang verzweifelt nach Luft. Magdalena hätte ihm gern geholfen, traute sich jedoch nicht, den Mast loszulassen, bei diesem wild schaukelnden Schiff. Inzwischen hatte der Ritter die wenigen Schritte zu seinem Knappen geschafft. Er hielt sich ebenfalls an der Bordwand fest und begann, dem Jungen kräftig auf den Rücken zu klopfen. Endlich spuckte der einen Schwall Wasser aus und schnappte gierig nach Luft. »Du wolltest dich doch wohl nicht vor mir aus dem Leben schleichen?« Mit hochrotem Kopf holte der Knappe noch immer japsend Luft, nickte seinem Herrn aber dankbar zu. Der legte seinem Knappen die Hand auf die Schulter, drehte sich dann um und wollte gerade zurück zu Magdalena gehen, als alles ganz schnell geschah. Ein jäher Ruck ließ das Schiff erzittern. Magdalena schrie auf, als sie urplötzlich nach vorne geworfen wurde. Sie schlug hart mit ihren Knien und Händen auf dem Holzboden auf. Ein scharfer Schmerz durchfuhr sie. Für einen Moment fehlte ihr die Kraft, sich aufzurappeln, um zu sehen, was passiert war. Da hörte sie einen erneuten Schrei: »Mann über Bord!« Magdalena, die sich nur mühsam vom Boden erheben konnte, hörte, wie die Schiffsleute von hinten herbeigeeilt kamen. Noch während sie rannten, wies der Schiffsherr seine Leute an, ein Seil zu holen. Als Magdalena sich endlich aufgerappelt hatte, sah sie zu ihrem Erstaunen, dass das Schiff vollkommen still lag. Was mochte passiert sein? Sie warf einen Blick zu der Stelle, an der eben noch der Ritter gestanden hatte, doch er war nirgends zu sehen. Der Knappe starrte verängstigt auf das wild wogende Wasser um sie herum. Einer der Schiffsjungen warf das Seil mit einem weiten Wurf zu dem Ritter, der augenscheinlich vor dem Boot im Wasser trieb, auch wenn sein Kopf nicht zu sehen war. Vielleicht hatte er sich verletzt oder war bewusstlos. Der Schiffsherr zog sich bis aufs

Unterhemd aus und sprang, ohne zu zögern, von Bord. Im wilden Wasser hatte der Schiffsherr sichtlich Mühe, sich über Wasser zu halten. Dennoch schwamm er mit beherzten Bewegungen auf den Ritter zu. Kurz bevor er ihn erreichte, schnappte er sich das Seil und bekam im nächsten Augenblick auch die Kleidung des Ritters zu fassen. Dann allerdings schien es ein Problem zu geben. Die beiden Schiffsleute stürzten sich auf das Ende des Seils, das über Bord zu gleiten drohte. Im letzten Augenblick konnten sie es zwar noch greifen, aber das Gewicht der beiden Männer in den wilden Fluten zerrte unaufhaltsam an ihnen. Fast drohten die beiden selbst über Bord zu gehen. Da sprang der Knappe auf und packte am Seil mit an. Auch der Kaufmann stürzte herbei und zog aus Leibeskräften mit. Zwar konnten sie das Seil nun festhalten, doch gelang es ihnen nur mit allergrößter Anstrengung, die beiden Männer an seinem anderen Ende Stück für Stück Richtung Schiff zu ziehen. Trotz ihrer Schmerzen schleppte sich nun auch Magdalena zu den anderen und versuchte, ihnen so gut wie möglich zu helfen. Als die beiden Männer sich dem Boot näherten, sah Magdalena, dass der Schiffsherr versuchte, den Kopf des Ritters über Wasser zu halten. Endlich war er so dicht am Schiff, dass er sich an der Bordwand festhalten konnte. Die beiden Schiffsleute streckten dem Schiffsherrn bereits ihre Hände entgegen, doch da nun alle, samt Magdalena, auf einer Seite des Schiffes standen, drohte das Schiff Schlagseite zu bekommen. »Nein«, rief der Schiffsherr durchdringend, »ihr bringt das Schiff noch zum Kentern!«

Kapitel 61

Die Schiffsleute bleiben, wo sie sind. Die anderen gehen zurück auf die gegenüberliegende Seite!«, befahl er, worauf Magdalena, der Kaufmann und der Knappe die wenigen Schritte nach drüben hetzten. Dem Schiffsherrn gelang es nun unter größter Anstrengung, den Ritter ans Boot heranzuziehen. Der hatte sein Bewusstsein inzwischen zurückerlangt und versuchte, sich ebenfalls festzuhalten. Doch obwohl das Schiff nun offenbar feststeckte, schoss das Wasser nach wie vor an ihm vorbei, und dem Ritter fehlte die Kraft, sich an die Schiffswand zu klammern. Dem Schiffsherrn wiederum war es kaum noch möglich, den Ritter länger festzuhalten. Er keuchte vor Anstrengung. »Das Seil«, prustete er. Doch die beiden Schiffsjungen sahen sich nur verständnislos an. Sie hielten das Seil immer noch in ihren Händen, bis einer endlich begriff, was der Schiffsherr meinte. Mit vor Aufregung zitternden Händen knotete er eine große Schlinge in das Seil. Damit zielte er auf den Kopf des Ritters und warf sie ins Wasser, doch sie landete weitab. Schnell zog er das Seil zurück ins Boot und versuchte es erneut. Wieder ohne Erfolg. »Mach schneller, Junge. Ich kann mich nicht länger halten!«, rief der Schiffsherr verzweifelt. Bevor der Junge einen dritten Versuch unternehmen konnte, mischte sich jedoch der Kaufmann ein. Er bedeutete dem anderen Jungen, der bisher nur neben seinem Kameraden gestanden hatte und kreidebleich war, statt seiner zu Magdalena und dem Knappen auf die andere Seite zu gehen, während er dessen bisherige Position einnahm. Dort griff sich der Kaufmann das Seil, prüfte den Abstand zum Ritter und warf dann mit viel Schwung die Schlaufe aus dem Boot hinaus. Sie landete in greifbarer Nähe des Ritters, der seinen Arm ausstreckte und die Schlaufe zu fassen bekam. »Steckt Eure beiden Arme hindurch und zieht das Seil fest um Euren Oberkörper. Dann haltet Euch mit beiden Händen daran fest«, befahl der Schiffsherr. Mit letzter Kraft folgte der Ritter seinen Anweisungen. Daraufhin ließ der Schiffsherr den Kragen des Ritters los, das Seil straffte sich, und der Kaufmann hielt mit großer Kraft und Unterstützung des Bootsjungen das andere Ende des Seils fest, sodass der Ritter nicht wieder flussabwärts getrieben wurde. Um das Gewicht des Ritters erleichtert, konnte der Schiffsherr sich nun mit beiden Armen an der Bordwand festhalten und sich mühsam an ihr hinauf ins Boot ziehen, wo er kurz erschöpft zusammenbrach.

Sobald er wieder zu Kräften gekommen war, kroch er in den hinteren Teil des Bootes, damit der Ritter auf die gleiche Weise ins Boot geholt werden konnte. Der Kaufmann und der Schiffsjunge mussten den Mann mit vereinten Kräften über die Bootswand ziehen. Er fiel wie ein nasser Sack auf die Planken und rührte sich nicht mehr.

»Mein Herr!«, rief der Knappe und wollte schon zu ihm laufen, doch Magdalena hielt ihn zurück.

»Du bringst uns noch zum Kentern«, sagte sie.

Stattdessen beugte sich der Kaufmann über den Ritter und rief dem Jungen zu: »Deinem Herrn geht es gut!« Sorgenvoll sah sich Magdalena zum Schiffsherrn um. Der keuchte zwar noch, hatte sich aber inzwischen wieder aufgerappelt. »Wir sind auf eine Sandbank aufgelaufen. Aber das Schiff scheint kein Leck zu haben. Wir müssen schleunigst von der Sandbank herunterkommen. Ihr beiden«, sagte er an die Jungen gerichtet, »kommt vorsichtig zu mir. Ich brauche Eure Hilfe.« Die beiden taten, wie ihnen geheißen worden war. Wegen des laut rauschenden Wassers konnte Magdalena kaum hören, was die drei besprachen.

Der Kaufmann hatte den Ritter inzwischen auf den Rücken gelegt. Unter ihm hatte sich schon eine große Pfütze gebildet, da aus seiner Kleidung immer noch Wasser lief. »Seid Ihr verletzt? Tut Euch irgendetwas weh?«, fragte der Kaufmann. Der Ritter stöhnte, schien aber keine Schmerzen zu leiden. Damit das Schiff keine Schlagseite bekam, zog der Kaufmann den Ritter in die Bootsmitte, wo ihn Magdalena und nun endlich auch der Knappe näher betrachten konnten.

»Da siehst du es, Junge«, richtete der Ritter endlich das Wort an seinen Knappen, »unser beider Zeit ist noch nicht gekommen. Du wirst mir wohl noch länger meine Stiefel putzen müssen.«

Der Knappe wirkte erleichtert. »O mein Herr. Ich dachte schon, es ist zu Ende mit Euch.« Nach einer ganzen Weile konnte sich der Ritter wieder aufsetzen.

Wenig später hörte Magdalena am Heck laute Stimmen. Die beiden Schiffsjungen stritten sich mit ihrem Herrn. Magdalena meinte Worte wie »Ich mache das nicht« zu hören und wunderte sich, was da wohl vor sich ging. Der Ritter hatte eine Vermutung. »Einer der beiden wird wohl zum Rumpf des Schiffes hinabtauchen müssen, um zu sehen, wie wir am besten von dieser Sandbank herunterkommen.« – »Ich würde das auch nicht freiwillig tun wollen«, brummte er.

Kapitel 62

Diese Strömung ist teuflisch. Sie hat an meinen Kleidern gezerrt, und ich konnte kaum gegen sie ankämpfen. Wenn der Schiffsherr mich nicht gerettet hätte, wäre ich wahrscheinlich ertrunken.« Er schauderte.

»Ich war schon in vielen Kämpfen, aber solch eine Strömung ist weit gefährlicher, weil sie unberechenbar ist.« Magdalena sandte ein stummes Gebet gen Himmel. Hoffentlich würden sie nicht doch noch kentern. Wenn sie alle über Bord gingen, hätte sie in diesem wilden Wasser wahrscheinlich keine Möglichkeit, zu überleben. Nun war sie es, die erschauderte. Magdalena wollte sich nicht ausmalen, was noch passieren könnte. Der Kaufmann unterbrach die beklemmende Stille, die nach den Worten des Ritters entstanden war. »Nun geht doch nicht gleich vom Schlimmsten aus. Ich bin schon öfter in einer ähnlichen Lage gewesen, aber immer wieder heil aus ihr herausgekommen. Zumindest hat das Schiff kein Leck. Sonst sähe es schlimmer aus.« Magdalena betrachtete ihn und wunderte sich über seine Anteilnahme. Er hatte bisher nicht gerade freundlich auf sie gewirkt. Im Heck des Bootes wurde der Streit zwischen den beiden Schiffsjungen immer lauter. Der Schiffsherr versuchte zu schlichten, doch offenbar vergebens. Der kleinere der zwei riss sich wutentbrannt seine Mütze vom Kopf, schmiss sie aufs Deck und verschränkte die Arme vor der Brust. Vehement schüttelte er den Kopf. Der andere tat es ihm gleich und setzte sich zudem noch auf die Bank neben ihm, so als wolle er sich nicht wieder von ihr fortbewegen. Der Schiffsherr seufzte.

»Ich hätte nicht übel Lust, jetzt einfach einen von euch zu bestimmen. Ihr habt den Eid geschworen, meinen Befehlen Folge zu leisten, bevor ihr in meinen Dienst gekommen seid. Aber ich möchte das Los entscheiden lassen.« Er hob zwei von den Strohhalmen auf, die noch von der letzten Ladung an Deck lagen. Er kürzte einen davon und hob ihn hoch, damit ihn die beiden Jungen sehen konnten. »Wer den Kürzeren zieht, muss ins Wasser.« Er sah die beiden eindringlich an, bis sie widerwillig nickten. Dann umschlossen seine Hände jeweils einen Halm, die er sodann hinter seinem Rücken verschwinden ließ. Dort wechselte er die Halme mehrfach in seinen Händen. Anschließend nickte er den Jungen zu und forderte sie auf, sich eine Hand auszusuchen. Der kleinere wählte zuerst und atmete hörbar auf, als er erkannte, dass er den längeren Halm gewählt hatte. Wütend schrie der größere Schiffsjunge auf. Er stampfte mit dem Fuß auf die Planken. »Es ist entschieden«, sagte der Schiffsherr. »Du legst jetzt am besten alle Kleidungsstücke ab, die du nicht brauchst, damit sie dich im Wasser nicht unnötig in die Tiefe ziehen, und bindest dir danach das Seil, mit dem wir dich sichern, um den Leib.« Der Junge regte sich zunächst nicht, doch dann zog er sich, immer noch wütend, langsam aus, bis er nur noch seine Unterhose anhatte. »So kommst du wenigstens einmal zu einem Bad«, versuchte der Schiffsherr, einen Witz zu machen, doch der Junge blickte ihn nur finster an. Er ging zum Rand des Schiffes, band sich das Seil um den Oberkörper, dessen anderes Ende sein Kamerad sowie sein Herr nun zur Hand nahmen, und ließ sich ins Wasser gleiten. Die Strömung zerrte augenblicklich an ihm, und die beiden Schiffsleute hatten sichtlich Mühe, ihn mithilfe des Seils zu sichern. Der Junge atmete mehrmals tief ein und verschwand dann unter der Wasseroberfläche. Es dauerte eine ganze Weile, bis er schnaufend wieder auftauchte.

Der Schiffsherr half ihm zurück ins Boot. Hastig zog sich der Junge wieder an und ließ sich dann erschöpft auf eine Bank fallen. »Konntest du etwas ausmachen da unten? Wie lang ist diese Sandbank?« – »Sie scheint nicht so lang zu sein. Wir stecken auch nicht allzu tief im Sand fest. Das Schiff scheint unbeschädigt zu sein.«

Der Schiffsherr atmete erleichtert auf. »Dann wird uns hoffentlich ein vorbeifahrendes Schiff herausziehen können.«

Sie mussten insgesamt etwa eine Stunde warten, dann machten sie am Horizont ein Schiff aus, das in ihre Richtung fuhr und fast doppelt so groß war wie ihr eigenes. Der Schiffsherr und die Jungen begannen laut zu rufen und wild zu winken. Ein Schiffsjunge auf dem anderen Schiff winkte zurück und verständigte dann seinen Herrn. Der verlangsamte daraufhin die Fahrt seines Schiffes, indem er das Segel am Bug einholte. Die Schiffsjungen des größeren Schiffes standen nun im Bug in Hörweite, und so rief der Schiffsherr ihnen kurz zu, dass sie auf eine Sandbank aufgelaufen waren und er ihnen nun ein Seil zuwerfen würde, das sie bei sich am Heck festmachen sollten, um sein Schiff auf diese Weise von der Sandbank zu ziehen. Ohne ein weiteres Wort zu verlieren, warf er ihnen das Seil zu. Die Jungen auf dem anderen Schiff folgten seinen Befehlen, liefen sofort zum Heck und machten das Seil dort fest, während der Schiffsherr nun seinerseits das Seil am Bug seines eigenen Schiffes befestigte. Dann warteten alle gespannt darauf, dass sich das Seil straffte, während das eine Schiff an dem anderen vorbeifuhr. Magdalena, die direkt neben dem Schiffsherrn am Bug stand, spürte, wie das Boot langsam von der Sandbank glitt. Allmählich kamen sie wieder in die Mitte des Flusses und wurden schneller. Der Schiffsherr und seine Jungen brachen in Jubel aus. Nachdem die Besatzung des anderen Schiffes das Seil zurückgeworfen hatte, brachten sie ihr Schiff auf seinen ursprünglichen Kurs. Der Abstand zwischen den beiden Booten vergrößerte sich schnell. Das vor ihnen fahrende Schiff war deutlich größer und schwerer, und so hatten sie nicht einmal die Möglichkeit, sich bei der anderen Bootsmannschaft zu bedanken.

Das Ganze hatte sie viel Zeit gekostet, und so war die Sonne schon fast untergegangen, als sie den Hafen erreichten, in den sie der Hafenmeister allerdings zu dieser späten Stunde nicht mehr einlaufen ließ. Sie konnten gerade noch sehen, wie das Schiff, das sie gerettet hatte, als letztes einlaufen durfte. Der Ritter wandte sich an Magdalena. »Wir werden die Nacht wohl an Bord unter freiem Himmel verbringen müssen.«

Magdalena verbrachte eine sehr kalte und unangenehme Nacht an Deck. Sie hüllte sich fest in ihren Reiseumhang, doch er konnte sie kaum gegen die Kälte schützen, die sich vom Gewässer her ausbreitete. Auch der Kaufmann schien kein Auge zuzutun. Er rieb sich immer wieder seine Arme und Beine.

Erst als der Morgen graute, ertönte endlich die Glocke im Hafen, die verkündete, dass die Tore bald geöffnet wurden. Die ersten Schiffe lichteten bereits die Anker und bereiteten sich auf das Einlaufen vor.

Der Rest der Reise verlief für Magdalena ohne weitere Zwischenfälle. Sie musste in Mannheim, wo der Neckar in den Rhein mündete, auf ein anderes Schiff umsteigen. In der Stadt gab es eine Menge Reisende, die wie Magdalena den Rhein hinunterfahren wollten. Und so musste sie zunächst mit einigen Schiffsherrn verhandeln, bis sie endlich ein Schiff gefunden hatte, auf dem sie bis nach Frankfurt mitfahren konnte. Diesmal war es ein deutlich geräumigeres Schiff, das große Mengen Holz geladen hatte. Magdalena setzte sich zu den wenigen Passagieren, die am Bug noch Platz finden konnten. Es war ein windiger Tag, und das Schiff schaukelte trotz seiner Größe.

Kapitel 63

Moritz ging durch die große Aula, in der soeben eine Versammlung stattgefunden hatte. Schnell hatten sich die Studenten danach zerstreut. Nur er war etwas länger geblieben, weil er sein mitgebrachtes Tintenfass umgestoßen und daraufhin noch seinen Platz hatte säubern müssen. Nun lief er mit eiligen Schritten auf den Ausgang zu. Doch bevor er die Tür öffnen konnte, wurde diese schon aufgedrückt, und Philipp stellte sich Moritz in den Weg.

»Du bist ungeschickt, Spulwurm! Das dulde ich nicht!«, knurrte er ihn an. »Als mein Diener verlange ich von dir, dass du mehr Sorgfalt an den Tag legst.«

Moritz erstarrte. Philipp hatte in der letzten Zeit seltener nach ihm schicken lassen. Moritz hatte schon geglaubt, dass seine Pein bald ein Ende haben würde, doch diese Hoffnung zerbarst, als er nun den Gesichtsausdruck des Älteren sah. Der zeigte nichts als reine Bosheit und die Vorfreude auf das, was er Moritz nun antun würde.

»Ich habe mir schon etwas für dich überlegt. Du wirst dich sicherlich freuen.« In seinen Worten schwang so viel Häme mit, dass es Moritz eiskalt über den Rücken lief. Was hatte Philipp mit ihm vor? Waren die Schikanen, denen er bereits ausgesetzt worden war, nicht schon schlimm genug gewesen? Moritz war sich sicher, dass er diesmal noch mit einer Steigerung rechnen musste.

»Ich werde nach dir rufen lassen, wenn es so weit ist.« Er grinste breit, und Moritz erschauderte. Er versuchte, sich nichts anmerken zu lassen, konnte aber nicht verhindern, dass seine Hände zu zittern begannen. »Und nun entschuldige mich. Ich werde mit Professor Demler speisen.« Philipp stieß die Tür auf und ließ

Moritz in der großen Aula zurück. Moritz hörte die Schritte des anderen auf dem Gang langsam verhallen. Er traute sich nicht, ebenfalls aus der Aula zu gehen, und bewegte sich nicht vom Fleck. Was sollte er tun? Wie lange würde er dies noch aushalten können? Lange stand er einfach nur benommen vor der Tür. Bis sie sich plötzlich erneut öffnete. Schon begann Moritz' Herz, wild zu klopfen, weil er dachte, dass Philipp zurückgekehrt sei. Doch es war nicht Philipp. Es war Michel. »Was machst du denn noch hier, Moritz?«, fragte er und musterte den Knaben. Der wich seinem Blick aus. »Hat er dir wieder zugesetzt?« Moritz nickte langsam. »Das muss endlich aufhören.« Michel ließ die Bücher, die er in der Hand hielt, sinken. Langsam ging er zu einer Bank, setzte sich und legte seine Bücher neben sich. Dann sah er wieder Moritz an.

»Moritz, du solltest ein Gesuch beim Senat einreichen, in dem du darum bittest, einem anderen Studenten zugeteilt zu werden. Auch soll die Universität festlegen, welche Dienste dieser von dir verlangen darf, damit er dich nicht erneut ausnutzen kann.«

Moritz sah ihn entsetzt an. »Ich soll *was?*« Seine Augen waren weit aufgerissen. »Wenn Philipp das erfährt, wird er sich von mir verraten fühlen.«

»Aber es kann so nicht weitergehen, Moritz!«

»Es ist doch nicht mehr lange …«

»Nicht mehr lange? Du hast noch nicht mal die Hälfte der Zeit hinter dich gebracht.« Moritz entgegnete nichts. Er ging auf die Bank zu und nahm neben Michel Platz. Dann seufzte er tief.

»Aber wer sagt mir, dass ich mit meinem Gesuch Erfolg haben werde? Philipp genießt viel höheres Ansehen als ich.«

»Vielleicht. Aber vielleicht auch nicht. Wie wäre es, wenn wir noch mehr Studenten finden, die zusammen mit dir ähnliche Gesuche einreichen würden?« Moritz wurde hellhörig, sagte aber nichts. Also fuhr Michel fort: »Wenn wir noch mindestens zwei andere Studenten fänden, die sich in einer ähnlichen Lage befinden wie du, könnte der Senat zum Handeln gezwungen sein.« Moritz hob den Kopf. Er schien neue Hoffnung zu schöpfen. »Wie sollen wir die Studenten finden?«

»Wir werden alle Studienanfänger fragen. Ich bin mir sicher, dass es einigen genauso ergeht wie dir. Nur traut sich keiner, etwas zu sagen. Aber wenn du ihnen von dir erzählst, werden sie vielleicht den Mut haben, gemeinsam mit dir etwas zu unternehmen.«

Kapitel 64

ANFANG MAI 1557

Diesmal bot sich Magdalena ein ganz anderer Anblick von Frankfurt als der, den sie während der Messe von der Stadt gewonnen hatte. Nicht nur, dass sich deutlich weniger Menschen durch die Straßen und Gassen schoben, es gab auch einige Häuser, die augenscheinlich leer standen. Magdalena vermutete, dass sie nur während der Messezeiten vermietet wurden. Die Vorrichtungen, die für die vielen Verkaufstische gedacht waren, hingen nun ungenutzt an den Hauswänden.

Magdalena näherte sich der Leonhardskirche. Sie wollte zunächst eine kleine Kerze zum Dank für ihre sichere Ankunft anzünden. In der Kirche sah sie Gerüste, doch keine Handwerker. Offenbar waren die Arbeiten am Ausbau des Gebäudes eingestellt worden. Magdalena fand schließlich einen kleinen Seitenaltar, neben dem sie in einem Kasten einige neue Kerzen liegen sah. Sie warf ein paar Münzen in den Opferstock und nahm sich dann eine davon, die sie entzündete, während sie ein Gebet sprach. Danach ließ sie ihren Blick durch die Kirche schweifen. Neben ihr stand eine alte Frau, ebenfalls in ein Gebet vertieft. Etwas weiter entfernt standen mehrere Geschäftsmänner zusammen, die sich leise unterhielten. Der Pfarrer war nicht zu sehen.

Nach weiteren Momenten der Andacht verließ Magdalena schließlich die Kirche und begab sich zur Egenolff'schen Druckerei. Schon aus der Ferne hörte sie die vertrauten Geräusche der Druckerpressen. Sie hoffte, dass auch ihre Presse in Tübingen bald wieder so klingen würde, sobald sie erneut mit genügend

Helfern drucken konnten. Magdalena steuerte auf die Druckerei zu, als sie einen jungen Burschen sah, der auf sie zukam. »Wollt Ihr wissen, wie es um die Stadt steht, edle Dame?«, fragte er, noch bevor er sie erreicht hatte, mit seiner durchdringenden Stimme. Magdalena sah aus dem Augenwinkel, wie ein zweiter Mann, der nach seinem Äußeren zu urteilen ein Edelmann war, näher kam. Der Bursche hatte über seinem linken Arm viele Druckbogen liegen, von denen er nun den obersten aufnahm und ihn Magdalena hinhielt. »Ich kann Euch die neue Kunde auch vorlesen, wenn Ihr mich dafür bezahlt«, raunte er ihr zu und schaute zu dem herankommenden Mann hinüber. »Von allen Verkäufern hier habe ich die neuesten Nachrichten. Ihr werdet keinen finden, der Euch ausführlicher unterrichten kann.«

Magdalena hätte sich gerne einen Moment Zeit genommen. Doch noch wichtiger war ihr, schnellstmöglich zum eigentlichen Zweck ihrer Reise zu kommen. Sie schüttelte daher nur kurz den Kopf und ging an dem Burschen vorüber. Der Mann hinter ihr blieb jedoch stehen und kaufte sich ein Exemplar.

Nach wenigen Schritten gelangte sie endlich in die Druckerei Egenolff. Magdalena war schon einmal hier gewesen, als sie nach der Messe der Druckerin, wie vereinbart, ihre Bücher und das Fass vorbeigebracht hatte. Dennoch fiel ihr erneut auf, wie groß die Druckerei war. Schon der Ladenbereich war deutlich größer als der in ihrer Tübinger Druckerei. Es gab darin nicht nur eine, sondern sogar zwei Theken, auf denen sich jeweils einige Papierstapel türmten. Auch waren mehrere Ansichtsexemplare ausgestellt, manche sogar in einem Holzgestell. An den Wänden standen Regale, die vom Boden bis zur Decke reichten und in denen die Bücher nach verschiedenen Themen geordnet waren. Hauptsächlich handelte es sich dabei um theologische Werke, über denen in großen Lettern »Theologici« stand. Es waren alles Bücher im Folioformat, weswegen sich auch die Zahl 2 neben dem Wort in der Überschrift befand. Darunter waren die »Juridici«, gefolgt von den »Medici«. Als sie das letzte Wort las, empfand sie plötzlich eine gewisse Wehmut, denn sie musste unwillkürlich an *ihren* Mediziner Nikodemus denken, mit dem sie im Streit auseinandergegangen war. Mittlerweile befand er sich wieder auf einer längeren Studienreise, für die er von der Universität sogar beurlaubt worden war. Magdalena hatte deshalb keine Gelegenheit mehr gehabt, sich mit ihm auszusprechen.

An der hinteren Theke war derweil eine heftige Diskussion entstanden. Zwei Käufer, deren Umhänge deutlich kostbarer wirkten als Magdalenas gesamte Kleidung, ereiferten sich deutlich hörbar gegenüber dem Verkäufer über mehrere Druckbogen, die sie in der Hand hielten.

»Dies ist nicht das Buch, das es vorgibt zu sein. Es wurde niemals in Wittenberg gedruckt! Das Druckbild ist viel zu unsauber. Einige Wörter kann man gar nicht lesen. So etwas würde in Wittenberg nie gedruckt werden«, hörte Magdalena den einen sagen. »Seht her«, hob er erneut an, ohne dem Verkäufer Zeit für eine Antwort zu lassen. »Hier ist ein Fehler und dort ein weiterer. Man kann kaum den Sinn des Textes erschließen.« Nun sprach der Verkäufer, doch seine Stimme war deutlich leiser und klang beschwichtigend. Magdalena konnte nur wenige Wortfetzen verstehen, und ihr wurde bewusst, dass genau dies beabsichtigt war. Sie sollte als Käuferin nicht verschreckt werden. Nun eilte auch schon ein weiterer Verkäufer auf sie zu, um sie in ein Gespräch zu verwickeln.

»Womit kann ich Euch behilflich sein?«, fragte er und deutete eine Verbeugung an. Ähnlich dem anderen Verkäufer trug auch er ein schlichtes Wams über seinen Beinlingen und dazu einen Gürtel mit auffälliger Schnalle.

»Ich bin Magdalena Morhart aus Tübingen. Ob Margarethe Egenolff wohl Zeit für mich hat?«

Magdalena hoffte inständig, dass sie nun nicht zu hören bekäme, dass ihre Reise umsonst gewesen war, da die Frankfurter Buchdruckerin sich nicht im Haus befand, krank geworden war oder selbst gerade auf Reisen war.

Doch keine ihrer Befürchtungen trat ein. Der Verkäufer begutachtete sie einen kurzen Moment, wohl um festzustellen, ob sie die Wahrheit sagte. Er kam schließlich zu dem Schluss, dass dem so war, nickte ihr kurz zu und wollte schon im hinteren Bereich der Druckerei verschwinden, als die Stimmen der Herren an der anderen Theke wieder lauter wurden. Offensichtlich wollte der Verkäufer nicht, dass Magdalena noch Weiteres über die fehlerhaften Wittenberger Drucke erfuhr, drehte sich daher noch einmal zu ihr um und sagte dann: »Wenn Ihr mir bitte folgen wollt, hier entlang.«

Magdalena merkte, dass es ihm eigentlich nicht recht war, sie auf der Suche nach seiner Herrin mitzunehmen, doch es blieb ihm nichts anderes übrig. Zunächst gingen sie in den Produktionsraum, wo Magdalena mehrere Pressen sah, an denen junge Männer schwitzend arbeiteten. Auch sie verwendeten, wie in der Tübinger Druckerei, eine Sanduhr, um den Wechsel an der Presse anzuzeigen. Mit einem Blick wurde jedoch klar, dass sich die Meisterin nicht hier aufhielt. Außer den Männern an der Presse gab es nur noch einen Korrekturleser, der ganz vertieft neben zwei Setzern saß und aufmerksam einen Bogen las. Er schaute noch nicht einmal auf, als Magdalena und der Verkäufer an ihm vorübergingen. Magdalena erwartete, dass sie nun in das Lager gingen, das wahrscheinlich deutlich größer war als ihr eigenes.

Doch Magdalena irrte sich. Im nächsten Raum, den sie betraten, befand sich alles andere als ein Lager. Es war ein kleiner Raum, dessen Wände sich jedoch nur schwer ausmachen ließen, weil in seiner Mitte zwei kleine Öfen standen, aus denen dichte

Rauchwolken stiegen, die so gut wie alles vernebelten. In die Oberfläche der Öfen war jeweils eine Mulde eingearbeitet, in der sich eine silbrige Flüssigkeit befand. *Eine Schriftgießerei! Und das in der eigenen Druckerei!* Magdalena blieb stehen und ging ungeachtet des Verkäufers langsam auf die Öfen zu. Das Gießen von Lettern hatte Magdalena nur selten gesehen. Vor den Feuerstellen saß jeweils ein Mann, der ein kleines Instrument in der Hand hielt. Langsam entnahmen die Gießer mit einem Schöpflöffel ein wenig Flüssigkeit aus der Mulde und gossen sie vorsichtig in das Instrument. Dann warteten sie ein paar Augenblicke, öffneten dieses und entnahmen ihm eine kleine Letter.

»Kommt weiter. Ich fürchte, Meisterin Egenolff ist auch hier nicht zu finden.« Nur unwillig wandte sich Magdalena von dem interessanten Geschehen ab. Der Verkäufer achtete nicht weiter darauf, sondern herrschte stattdessen den Hilfsjungen an, der den Boden fegte. »Du musst die Fenster öffnen, damit der Raum hier nicht zur Räucherbude wird. Wie sollen die Schriftgießer sonst arbeiten?« Magdalena hatte den Hilfsjungen bislang gar nicht bemerkt. Er hatte sich wohl in einer der hinteren Ecken aufgehalten. Als er näher trat, sah sie, dass er ungefähr so alt war wie Moritz, ihr Jüngster. Unterwürfig verbeugte er sich vor dem Verkäufer, der nur ein paar Jahre älter sein konnte, und begab sich dann zu den beiden Fenstern, um sie zu öffnen. Sofort lichtete sich der Rauch. »Das hättest du doch selbst merken müssen«, fuhr der Verkäufer fort und strafte den Jungen mit einem strengen Blick.

»Es tut mir leid, mein Herr. Es ist doch meine erste Woche hier. Bitte verzeiht«, antwortete der mit weinerlicher Stimme.

»Wenn ich dich noch einmal bei einer solchen Unachtsamkeit ertappe, wird es auch bei dieser einzigen Woche bei uns bleiben«, gab der Verkäufer barsch zur Antwort.

Plötzlich wandelte sich sein Gesichtsausdruck, und er schenkte

Magdalena ein freundliches Lächeln. »Kommt bitte hier herüber. Ich bin sicher, dass Meisterin Egenolff oben im Lager zu finden sein wird.«

Sie steuerten auf eine Stiege zu, über die sie die Schriftgießerei verließen. »Nach Euch«, sagte der Verkäufer und wies die Stufen hinauf. Magdalena hielt sich am Geländer fest, tat dies jedoch nur aus Gewohnheit. Denn die Stiege war äußerst groß und die Stufen so breit, dass sie diese auch hätte freihändig gehen können. Sie vermutete, dass sie eigens so gebaut worden war, damit die Gehilfen selbst mit einer Vielzahl von Bögen schnell und sicher an ihr Ziel gelangten.

Oben angekommen, übernahm der Verkäufer wieder die Führung. Der erste Stock erstreckte sich über der gesamten Fläche des unteren Geschosses. Über dem Buchladen befand sich ein großer Lagerraum, in dem zwei Jungen Bogen zusammenlegten und leise miteinander sprachen. Magdalena wollte nicht zu neugierig sein und trat erst gar nicht ein. Zumal der Verkäufer schon mit einem raschen Blick festgestellt hatte, dass sich seine Herrin auch hier nicht aufhielt, ebenso wenig wie in einem zweiten Lagerraum.

Der Verkäufer wandte sich etwas verlegen an Magdalena und hob entschuldigend die Hände. »Es tut mir aufrichtig leid. Ich hatte vermutet, dass sie hier sein würde. Allerdings haben wir seit Kurzem auch noch das Obergeschoss eines Nachbarhauses gemietet, um dort weitere Drucke lagern zu können. Vielleicht befindet sich meine Herrin dort.«

Er ging die Stiege wieder hinab ins Erdgeschoss und von dort hinaus auf die Straße und in den Eingang des nächsten Hauses, in dem ein Papierhändler zu wohnen schien. Überall waren Bogen in verschiedenen Formaten zu sehen. Magdalena kannte zwar die größeren Papierhandlungen in den Reichsstädten, doch diese war deutlich größer und auch für das gut betuchte Bürgertum gedacht. Allerdings waren die Räumlichkeiten im Vergleich zu denen der Druckerei kleiner. Sie erklommen gemeinsam die enge Stiege, wo sie schließlich auf Margarethe Egenolff stießen, die in ein Gespräch mit einem Mann vertieft war.

Kapitel 65

Der Verkäufer stellte sich so hin, dass seine Herrin ihn sah, er ihr Gespräch aber nicht unterbrechen musste, sondern höflich abwarten konnte, bis sie sich an ihn wandte. Margarethe Egenolff sprach mit gedämpfter Stimme, doch als sie den Verkäufer wahrnahm, hielt sie abrupt inne. Ihre Augen wanderten kurz zu Magdalena. Sie ließ sich aber nicht anmerken, ob sie die Buchdruckerin aus Tübingen erkannt hatte. Stattdessen warf sie ihrem Gesprächspartner einen vielsagenden Blick zu und beendete unmittelbar danach das Gespräch mit ihm. Der Mann verließ, ohne die Neuankömmlinge dabei anzusehen, sofort den Raum, und Magdalena hörte nur noch seine schnellen Schritte auf der Stiege.

Für einen kurzen Moment stand Margarethe noch gedankenverloren da. Dann schaute sie den Verkäufer streng an, der sich darauf anschickte, ihre unausgesprochene Frage zu beantworten. »Entschuldigt, dass ich Euch störe. Ich wusste nicht, dass Euch heute Herr …«, er hielt schnell inne, da er Magdalena den Namen des gerade gegangenen Mannes nicht nennen wollte.

»Schon gut.« Margarethe winkte ab, schien gedanklich aber noch immer mit dem gerade geführten Gespräch beschäftigt zu sein. Denn es dauerte noch einen Moment lang, bis sie dem Verkäufer und Magdalena schließlich ihre volle Aufmerksamkeit schenkte. Sie betrachtete ihre Besucherin nun etwas gründlicher als zuvor, und noch bevor der Verkäufer etwas sagen konnte, rief sie: »Ach, seid Ihr nicht die Tübinger Buchdruckerin? Die Witwe Morhart?«

»Ganz recht. Ich bin nach Frankfurt gereist, um mit Euch zu sprechen. Vielleicht könnten wir …«, sie drehte sich kurz zu dem

Verkäufer um, »in Ruhe miteinander sprechen, wenn Ihr Zeit habt?« Der Verkäufer verstand und zog sich zurück.

Magdalena dachte, es sei das Beste, direkt zur Sache zu kommen. Sie hatte schon viel Zeit auf der Reise verloren und musste nun schnell handeln. Daher fuhr sie fort: »Ich bin in einer Notlage. Einer meiner Söhne, die mir in der Druckerei zur Hand gehen, hat sich verletzt und kann nun nicht mehr drucken. Ich brauche daher dringend für ihn Ersatz und hoffe, Ihr könnt mir helfen. Es wäre für ein paar Monate, aber je früher der Mann bei uns anfangen kann, desto besser. Wir haben einige wichtige Publikationen, die die württembergische Regierung bei uns in Auftrag gegeben hat.«

Margarethe Egenolff nickte. »Ich hoffe, Eurem Sohn ist nichts allzu Schlimmes widerfahren?« Noch bevor Magdalena darauf antworten konnte, fügte sie schon hinzu: »Bitte kommt doch mit mir zurück in die Druckerei. Wir haben die Räumlichkeiten hier zwar gemietet, aber für solche Geschäftsgespräche bevorzuge ich meine eigenen vier Wände.«

Zurück in der Druckerei, durchquerten die beiden Frauen die Schriftgießerei, in der die Rauchschwaden fast gänzlich verschwunden waren, und stiegen in den ersten Stock. Dort führte Margarethe ihren Besuch in einen kleinen Raum. In ihm standen ein Tisch und mehrere Stühle sowie griffbereit eine Karaffe Wein mit Bechern. Mit einer Handbewegung lud Margarethe Magdalena ein, sich zu setzen, und goss ihr etwas zu trinken ein. »Ich will sehen, wie ich Euch helfen kann.«

Nachdem Magdalena ihr von dem Unfall im Hause Morhart erzählt hatte, schwieg Margarethe einen Augenblick.

»Dies ist sehr bedauerlich, vor allem wenn Ihr keinen Ersatz in Tübingen oder Umgebung finden könnt. Hier in Frankfurt gibt es zwar mehrere Druckereien, aber trotz unseren großen Messen finden dennoch nicht allzu viele Arbeit suchende Drucker ihren

Weg hierher. Sie gehen eher nach Augsburg und Nürnberg. Auch Wittenberg wird immer attraktiver für sie. Das letzte Mal, dass mich ein Drucker gefragt hat, ob er bei mir arbeiten kann, liegt schon einige Monate zurück. Aber selbstverständlich werde ich den nächsten, der bei mir anfragt, zu Euch nach Tübingen schicken. Nur weiß ich nicht, wann das sein wird. Ob in ein paar Tagen oder erst in ein paar Monaten. Ich fürchte, mehr kann ich nicht für Euch tun.«

Magdalena hatte sich jedoch während ihrer Reise schon gedacht, dass es noch einiger zusätzlicher Argumente bedürfte, damit Margarethe ihr half.

»Ich hatte gehofft, dass ich mir einen Gesellen von Euch ausleihen könnte, dem ich dann natürlich seinen wöchentlichen Lohn ausbezahlen werde. Da Ihr sicherlich momentan viel zu tun habt, soll es Euer Schaden nicht sein.« Magdalena legte einen prall gefüllten Beutel mit Münzen auf den Tisch, den sie zuvor von ihrem Gürtel gelöst hatte. Das Geld darin war ein Teil der Verleihung, die sie von der Regierung erhalten hatte. »Hier sind Münzen im Wert von zehn Gulden, die ich Euch für den Ausfall eines Eurer Gehilfen zahlen kann. Das mag nicht Eure gesamten Kosten decken, aber ich kann Euch zusätzlich auch noch einige Bücher verkaufen, die wir gerade in Tübingen herstellen. Sicherlich findet Ihr bei Euch in Frankfurt den ein oder anderen Abnehmer dafür. Ich habe außerdem noch eine Liste von Büchern, die wir ebenfalls zum Kauf anbieten. Falls Ihr welche von diesen erstehen möchtet, werde ich sie Euch selbstverständlich für einen günstigeren Preis verkaufen. Wir haben seit diesem Jahr nämlich eine größere Buchhandlung in unserer Druckerei und verkaufen auch auswärtige Titel.«

Plötzlich wurde Margarethe hellhörig. »Ihr habt auch eine Buchhandlung? Ihr seid also nicht nur eine Druckerei, die für den Hof arbeitet?«

»Nein. Wir sind eigenständig. Der Hof bezahlt uns für jeden einzelnen Auftrag, aber wir produzieren auch eigene Titel, die wir dann verkaufen. Selbstverständlich müssen wir uns dabei an die geltenden Zensurgebote halten. Darüber hinaus unterliegen wir aber keinen besonderen Reglementierungen. Aber strenge Zensurgesetze habt Ihr hier in Frankfurt sicherlich auch.«

Es war Magdalena, als sähe sie für einen Lidschlag lang ein spöttisches Lächeln auf den Lippen ihres Gegenübers. Dann nickte Margarethe. »Sicherlich. Diese Gesetze sind mir wohlbekannt.« Dann überlegte sie, hob ihren Becher und setzte zum Trinken an. Als sie einen kräftigen Zug genommen hatte, sagte sie: »Wisst Ihr, vielleicht kann ich Euch doch aus Eurer misslichen Lage helfen.«

Magdalena traute ihren Ohren kaum und hatte gleichzeitig das Gefühl, dass sie nun vorsichtig sein sollte. Daher fragte sie harmlos: »Ach? Wie denn?«

Ihr Gegenüber lächelte nun verschwörerisch. »Wisst Ihr, ich habe zurzeit selbst ein kleines Problem. Wenn Ihr mir versichert, dass Ihr es für Euch behaltet, werde ich Euch darüber erzählen. Ihr könnt mir nämlich im Gegenzug für meine Hilfe bei dessen Lösung behilflich sein.«

Magdalena nickte, und Margarethe fuhr fort. »Nun, nachdem mein Mann verstorben war, hatten wir recht schnell geldliche Schwierigkeiten.« Magdalena nickte, konnte sie sich doch nur allzu gut an die Herausforderungen erinnern, die sie nach dem Tod ihres Mannes zu bewältigen gehabt hatte. Sie fragte sich, ob Margarethe ebenfalls mit einem missgünstigen Stiefsohn aus einer früheren Ehe gestraft war.

»Ich habe daraufhin eine … sagen wir etwas waghalsige Entscheidung getroffen.« Magdalena zog die Augenbrauen hoch.

»Ich sah, wie gut sich auf den Messen die Titel aus Wittenberg verkaufen ließen. Kaum ein Wittenberger Buchhändler ging mit leeren Händen heim. Ganz im Gegenteil. Meist hatten sie ihre Drucke schon innerhalb der ersten Tage verkauft. Die Leute rissen ihnen die Bücher förmlich aus den Händen. Und da kam mir eine Idee. Warum sollten die Leute von einer Messe auf die nächste warten müssen, um dort Wittenberger Bücher zu erhalten? Wieso könnten sie sie nicht auch hier in Frankfurt bekommen? Selbstverständlich gibt es in dieser Stadt schon Buchhändler, die auch Wittenberger Drucke verkaufen, doch schien mir deren Absatz insgesamt noch nicht ausgeschöpft zu sein. Daher habe ich ebenfalls angefangen, die Bücher hier in meiner Buchhandlung auszustellen. Allerdings … nun, wie soll ich sagen … handelt es sich bei meinen Drucken um … nun … Nachdrucke.«

Magdalena stutzte. »Nachdrucke? Also Neuauflagen?«

»Sozusagen. Nur weiß der ursprüngliche Drucker nicht, dass seine Bücher hier erneut gedruckt wurden.«

Magdalena stieß dies unangenehm auf, ließ sie Margarethes Vorgehen doch sofort an Ulrich und seinen unerlaubten Nachdruck denken. Das war auch Margarethe nicht entgangen.

»Ihr müsst Euch um den Drucker keine Sorgen machen. Er ist einer der wohlhabendsten in Wittenberg. Ich habe lediglich versucht, in einer Zeit der Bedrängnis eine gute Lösung für das Fortbestehen meiner Druckerei zu finden.«

Das konnte Magdalena nun wiederum verstehen. Sie hatte schon viel von den Druckern in Wittenberg gehört, für die die Stadt eine wahre Goldgrube zu sein schien, sofern sie dort für die Reformatoren arbeiteten. Luthers Bibel war damals in wenigen Wochen in einer Stückzahl von dreitausend Exemplaren verkauft worden, und dabei kostete ein Exemplar über zwei Gulden. Deren Drucker musste sich ein goldenes Näschen verdient haben. Wenn Margarethe versuchte, in einer schwierigen Lage durch einen Wittenberger Nachdruck etwas Geld zu verdienen, ließ sich das, genau betrachtet, außerdem nicht mit dem Vorgehen ihres Stiefsohnes vergleichen. Denn Ulrich hatte ihr Buch nur nachgedruckt, um ihr, Magdalena, zu schaden. Zudem befand sich seine Druckerei auch noch in der gleichen Stadt wie die ihre, und nicht wie in Margarethes Fall mehrere Tagesreisen von der Ursprungsdruckerei entfernt. Trotzdem hatte Margarethe eindeutig gegen das Gesetz verstoßen. Wenn sie den Druck selbst hergestellt hatte, musste sie als Druckort Frankfurt und nicht Wittenberg nennen, auch wenn die Nennung des letzten deutlich mehr Geld brachte. Tat sie dies nicht, war das eine klare Umgehung der Zensurgesetze, die mit einer Strafe verbunden war.

»Und wie kann ich Euch nun helfen?«, fragte Magdalena immer noch vorsichtig, da sie sich auf kein verbotenes Geschäft einlassen wollte. Denn die Regierung behielt sie und ihre Druckproduktion beständig im Auge, und würde sie nun einen Titel verkaufen, der sich als Fälschung herausstellte, konnte dies auch für sie gefährlich werden.

»Ich habe noch einen Restbestand des Druckes. Es sind noch etwa vierhundert Exemplare, die anderen tausendsechshundert habe ich schon verkauft. Nur werden in letzter Zeit immer mehr Stimmen in der Stadt laut, die die Echtheit der Drucke anzweifeln. Daher wäre es mir ein besonderes Anliegen, die restlichen Drucke schnellstmöglich und am besten außerhalb Frankfurts zu verkaufen. Wenn Ihr sie mir alle auf einmal abnehmen würdet ... könnte ich wahrscheinlich auch in der nächsten Zeit auf einen meiner Gehilfen verzichten und ihn zu Euch schicken.« Sie lächelte, doch ihr Blick war durchdringend. Nun war Magdalena diejenige, die den Becher bedächtig zur Hand nahm, kurz innehielt und dann trank.

»Nun … das ist ein interessantes Angebot. Doch sicherlich lasst Ihr mir eine Nacht Bedenkzeit? Schließlich muss ich mir die Sache gut überlegen.«

Sie las in Margarethes Augen, dass ihr dies nicht recht war. Aber sie erhob keinen Einwand dagegen.

»Gut. Überlegt es Euch, aber teilt mir Eure Entscheidung bis zum Morgenmahl mit.« Sie erhob sich. »Habt Ihr bereits eine Unterkunft für die Nacht gefunden?«

Magdalena schüttelte den Kopf. Daraufhin überlegte Margarethe erneut. »Ich empfehle Euch das Wirtshaus Das goldene Reh. Dort wird das Stroh für die Stube täglich ausgetauscht, und es stinkt nicht so wie in anderen Herbergen. Wenn Ihr mich nun entschuldigt. Ich habe noch einige Dinge zu erledigen.«

»Selbstverständlich.« Magdalena stand auf und folgte Margarethe wieder nach unten. Diese geleitete sie noch bis auf die Straße und wies ihr die Richtung zum Wirtshaus. Als Magdalena schon im Begriff war, zu gehen, sagte Margarethe noch: »Wir sehen uns morgen. Wir beginnen mit dem Hahnenschrei zu arbeiten und nehmen dann unser Morgenmahl in der ersten Arbeitspause ein.«

Magdalena ging bedächtig die Straße entlang. Sie hatte darauf gehofft, dass sich Margarethe Egenolff ihr gegenüber zuvorkommender zeigen würde. Denn wenn Oswald geschäftlich nach Urach reiste, bot man ihm stets an, im Haus des Papierers zu übernachten, damit er sich zusätzliche Reisekosten sparen konnte. Andererseits war es Magdalena unter den bestehenden Umständen gar nicht so unrecht, für sich zu bleiben, auch wenn sie dadurch mehr Geld ausgeben musste. Denn sie war sich unsicher, ob sie auf den Vorschlag von Margarethe Egenolff bezüglich der Wittenberger Drucke eingehen sollte. Was war jedoch die Alternative?

Magdalena fand das Wirtshaus mit einigen Schwierigkeiten, nachdem sie mehrere Leute nach dem Weg dorthin gefragt hatte. Es war recht unscheinbar und leicht zu übersehen. Aber Margarethe sollte recht behalten. Die Herberge war zwar karg, aber sauber. Außerdem war sie nicht allzu gut besucht, sodass Magdalena sich sogar eine eigene Kammer leisten konnte, statt mit den anderen Reisenden gemeinsam auf dem Boden der Stube zu schlafen. Des Nachts wachte sie mehrmals auf und grübelte über die mögliche Abmachung bezüglich der Wittenberger Nachdrucke. Sie wollte unter keinen Umständen Schwierigkeiten mit der württembergischen Regierung bekommen. Vor allem weil sie erst vor Kurzem erneut an die Zensurgesetzgebung erinnert worden war. Andererseits brauchte sie dringend Ersatz für Oswald. Sie kannte niemanden, der schnell hätte einspringen können. Sie würde also wohl oder übel auf den Handel mit Margarethe Egenolff eingehen müssen, auch wenn ihr bei der Sache alles andere als wohl war.

Als sie der Buchdruckerin ihre Entscheidung am nächsten Morgen mitteilte, nickte diese zufrieden. Sie hatte damit gerechnet, denn sie wusste, dass der Ausfall eines wichtigen Gehilfen in der Druckerei große Schwierigkeiten in der Produktion mit sich brachte.

»Gut. Ich werde Euch die vierhundert Exemplare schnellstmöglich schicken. Ihr müsst diese natürlich nicht gleich bezahlen. Seid Ihr auf der nächsten Messe?«

»Ich selbst werde diesmal nicht kommen, aber mein Sohn. Doch er wird Euch dann nur die Hälfte des Preises bezahlen. Die andere Hälfte erhaltet Ihr auf der darauffolgenden Messe, was Euch sicherlich nichts ausmachen wird?«

Magdalena hatte sich dies in den frühen Morgenstunden noch überlegt. Schließlich würde es eine sehr stattliche Summe werden. Die Druckerin konnte nicht auch noch von ihr verlangen, dass sie diese augenblicklich beglich, nachdem das Geschäft so urplötzlich abgeschlossen worden war.

»Nun gut. So sei es. Ich werde den Schuldschein ausstellen, den Ihr mir noch unterzeichnet. Ich habe in der Zwischenzeit schon mit einem meiner Drucker gesprochen. Marcus wird in zwei Wochen zu Euch nach Tübingen reisen und dann ein Fass mitbringen, in dem sich die vierhundert Exemplare befinden.«

Margarethe stand auf, doch Magdalena blieb noch sitzen. »Ihr habt doch sicherlich gute Beziehungen zu den hiesigen Papierhändlern. Vor allem zu dem, der Euch einen zusätzlichen Raum vermietet hat?« Margarethe schaute sie von oben herab an und nickte langsam.

»Dann könntet Ihr mir sicherlich acht Ballen Papier zu Euren guten Konditionen vermitteln, richtig?«

Schließlich tue ich Euch einen viel größeren Gefallen, indem ich Euch Eure verbotenen Nachdrucke abkaufe, als Ihr mir, wenn Ihr mir einen Eurer vielen Gehilfen ausleiht, dessen wöchentlichen Lohn ich zudem noch bezahle.

Margarethe verzog ihre Lippen zu einem schiefen Lächeln.

»Acht Ballen? Mehr benötigt Ihr nicht? Meine Bestellungen umfassen regelmäßig fünfzig Ballen. Und dafür bekomme ich selbstverständlich auch gute Konditionen.«

Nach einer Weile fügte sie hinzu: »Aber ich werde Euch dem Papierhändler vorstellen, damit er weiß, dass Ihr von mir kommt. Dann könnt Ihr selber mit ihm verhandeln.«

Magdalena verhandelte lange mit dem Papierhändler und musste ihm zum Schluss sogar zwanzig Ballen abkaufen – die sie jedoch für einen deutlich besseren Preis erhielt als in ihrer Heimat. Schließlich verabschiedete sie sich. Sie war erleichtert, dass ihr Besuch nicht vergebens gewesen war, auch wenn sie deutlich mehr Geld ausgegeben und nun ein neues Problem mit den Wittenberger Drucken hatte. Doch vielleicht fände sie dafür zusammen mit Oswald und Georg eine Lösung. Sie fand noch am selben Tag auf einem kleinen Schiff Platz, das wieder gen Süden fuhr. Das Wetter war diesmal sonnig und der Wind mäßig, sodass ihre Heimfahrt unbeschwerter ablief.

Kapitel 66

MITTE MAI 1557

»Das ist ein gefährliches Spiel, Mutter. Wenn wir nur ein paar Dutzend Exemplare von diesem Nachdruck hätten, bräuchten wir uns vielleicht keine Sorgen zu machen. Aber vierhundert? Ihr wisst selbst am besten, dass die Regierung ein wachsames Auge auf uns hat. Wenn der Betrug auffällt, wird die Regierung ihre weiteren Aufträge gewiss an Ulrich vergeben.« Georg wusch sich die Hände im eiskalten Wasser des Brunnens, das er mithilfe des Eimers heraufgezogen hatte. Seine Finger waren nach der Arbeit nun besonders schmutzig, weil er sowohl setzte als auch mit den Ballen die Farbe auftrug. Magdalena kam nicht umhin, zu denken, dass er es ihr immer noch nachtrug, dass sie die Druckerei während ihrer Reise nach Frankfurt geschlossen hatte. Doch soweit sie beurteilen konnte, hatte die Druckerei dadurch bisher kaum Schaden erlitten.

Oswald stand neben ihm. Seine verletzten Hände waren noch immer verbunden, und er konnte nach wie vor nur wenige Bewegungen ausführen.

»Das ist alles meine Schuld. Wenn ich achtsamer an der Presse gewesen wäre, dann befänden wir uns nun nicht in dieser Zwickmühle.« Er ließ den Kopf hängen und seufzte.

»Ach, mein Sohn. Das war nicht deine Schuld, sondern ein Unfall. Das hätte jedem passieren können. Wir werden schon irgendwie aus dieser Sache herauskommen.« Magdalena warf ihm einen mitfühlenden Blick zu. Dann wechselte sie das Thema. »Ich habe schon überlegt, ob wir die Bücher nicht einfach an fahrende Buchhändler weiterverkaufen, die sie dann im Umland an den

Mann bringen. Auf diese Weise könnten wir die Spur, die zu unserer Druckerei führt, besser verwischen.«

»Aber es wäre immer noch Betrug«, sagte Georg und schüttelte den Kopf. »Wenn das rauskommt, werden wir auch noch unsere Beziehungen zu den Buchhändlern gefährden. Am liebsten würde ich die Bücher einfach verbrennen, aber dazu kosten sie uns schlichtweg zu viel Geld.«

»Es ist wirklich eine verfahrene Angelegenheit.« Magdalena setzte sich auf den Brunnenrand und seufzte. »Aber was sollte ich denn tun? Wir brauchten dringend Ersatz für Oswald, weil wir uns keinen weiteren Verzug in der Produktion leisten können. Deshalb habe ich mich auf den Handel eingelassen. Am liebsten würde ich die Bücher irgendwem anders vermachen. Aber wie sollte das gehen?«

Oswald blickte plötzlich auf. »Das ist die Idee. Wir schieben sie Ulrich unter! Wenn der mit den Nachdrucken erwischt wird, dann haben wir gleich zwei Fliegen mit einer Klappe geschlagen.«

»Ja«, sagte Magdalena achselzuckend. »Darüber habe ich auch schon nachgedacht. Aber wie könnten wir ihm die Bücher unterschieben? Er wird schließlich nie im Leben Bücher von *uns* kaufen. Oder er würde ahnen, dass mit ihnen etwas nicht stimmt. Er ist zwar ein übler Kerl, aber dumm ist er nicht.«

Georg pflichtete seiner Mutter mit einem Kopfnicken bei. Doch Oswald überlegte laut weiter.

»Ulrich hat uns so viel Unglück beschert. Und er hat Anna überfallen lassen. Ich bin mir mehr als sicher, dass er hinter diesem Überfall steckt. Sie hätte dabei ums Leben kommen können. Ulrich verdient es, dass wir uns an ihm rächen.«

»Im Grunde stimme ich dir zu, Oswald. Ulrich ist der Nagel zu meinem Sarg. Aber glaube mir, Sohn, es gibt keine Möglichkeit, ihm die Drucke irgendwie unterzuschieben. Wir können sie ihm doch nicht einfach vor die Haustür stellen. Und außerdem sollten wir wenigstens einen Teil unseres Geldes für diese Bücher wieder zurückerhalten.«

»Es ist einfach verzwickt.« Georg warf ärgerlich die Kelle zurück in den Eimer.

Kapitel 67

Am Nachmittag übergab ein Kramer einen Brief an Georg, den er aus Nürnberg mitgebracht hatte. Der öffnete ihn in der nächsten Pause und ging dann schnellstens zu seinem Bruder. Oswald hatte sich in ihre gemeinsame Schlafkammer zurückgezogen, war jedoch hellwach, als Georg eintrat. »Oswald! Hör zu! Vielleicht ist das der Ausweg!« Sein Bruder richtete sich mühevoll auf. Georg hob kurz den Brief in die Höhe und überflog dann noch einmal seinen Inhalt. »Mir hat vor einiger Zeit ein Buchhändler in einem Brief geschrieben, dass er erfahren hat, dass eine Druckerei verpachtet wird. Ich bin ursprünglich über diese Nachricht hinweggegangen, habe später aber noch einmal nachgefragt. Die Konditionen dafür sind alles andere als schlecht, denn der Pächter hat fast alle Möglichkeiten eines Eigentümers. In diesem Fall verhielt es sich sogar so, dass der ursprüngliche Eigentümer, der zuerst seine Druckerei verkauft hatte, sie dann wieder vom neuen Besitzer gepachtet hat. Das heißt, er hat nicht nur gute Pachtkonditionen bekommen, sondern auch noch viel Geld für den Verkauf seiner Druckerei.«

Verständnislos sah Oswald seinen Bruder an. »Warum erzählst du mir das? Hat das irgendetwas mit den Nachdrucken zu tun? Oder möchtest du damit etwa sagen, wir sollen diese Druckerei hier verkaufen? Mutter würde das niemals zulassen!«

»Nein, darauf wollte ich nicht hinaus. Sondern darauf, dass vielleicht auch«, er machte eine bedeutungsvolle Pause, »Papiermühlen verkauft und gepachtet werden können.«

Oswald blickte ungläubig auf. »Du meinst, Annas Vater verkauft seine Mühle, hat danach keine Schulden mehr, kann aber die eigene Mühle weiterhin als Pächter betreiben?«

»Ja, und er braucht seine Tochter folglich auch nicht mehr einem anderen Mann zur Frau zu geben! Oswald! Das wäre es doch!«

Oswald war zunächst sprachlos, doch dann begannen sich seine Gedanken zu überschlagen. Anna müsste nicht heiraten. Die Uracher könnten schuldenfrei sein und Johannes die Mühle pachten!

Aber wo würde er einen Käufer finden, der die überschuldete Mühle zunächst kaufte, um sie danach wieder zu verpachten? Und das Ganze dazu noch, bevor Johannes' Schuldner ihn verklagten? Oswald wollte mit einem Mal aufstehen, stützte sich dabei geistesabwesend mit seinen Händen ab und heulte auf. Er wartete, bis die erste Schmerzwelle nachgelassen hatte, dann versuchte er es erneut.

»Ich muss sofort nach Urach. Ich muss mit Johannes reden!«, keuchte er, während er sich aufrappelte.

Georg hielt ihn am Arm fest. »Oswald, es ist schon später Nachmittag. Du schaffst es nicht mehr vor Einbruch der Dunkelheit nach Urach.« Oswald warf einen Blick aus dem Fenster. Sein Bruder hatte recht. Er würde es heute nicht mehr schaffen.

»Dann werde ich wenigstens versuchen, noch einen Händler zu finden, der mich morgen auf seinem Fuhrwerk mitnehmen kann. Dann bin ich noch schneller bei Johannes.«

Oswald erkundigte sich bis tief in die Nacht bei allen Händlern, die den Morharts bekannt waren. Einige sagten ihm zwar, dass sie in den nächsten Tagen fahren würden, aber so lange wollte er nicht warten. Erst nach dem Abendmahl fand er endlich einen Gewürzhändler, der schon am nächsten Morgen losfahren und ihn mitnehmen wollte. Allerdings nur bis nach Reutlingen. Er konnte den Anbruch des nächsten Tages kaum noch erwarten. In Reutlingen angekommen, fragte er überall nach einer Möglichkeit zur Weiterfahrt. Aber er fand niemanden, der den Weg nach Urach in den nächsten Stunden antreten würde. Oswald wurde ungeduldiger, je mehr Zeit verstrich. Schließlich entschied er sich, den Rest der noch vierstündigen Reise zu Fuß anzutreten. Er war zwar immer noch nicht wieder ganz bei Kräften, aber er musste einfach nach Urach. Koste es, was es wolle.

Endlich in Sichtweite der Mühle angekommen, sah er Johannes im Mühlengraben arbeiten. Als dieser Oswald erblickte, richtete er sich auf und stellte sich breitbeinig hin. Dann sah er die verbundenen Hände. »Ach Gott. Was ist passiert?« Oswald berichtete ihm knapp, was geschehen war.

»Johannes, ich bin gekommen, um mit Euch über Annas Hochzeit zu sprechen.« Johannes räusperte sich und wechselte den Rechen, den er hielt, von einer Hand in die andere. Oswalds Erscheinen war ihm augenscheinlich unangenehm.

»Da gibt es nichts mehr zu besprechen«, sagte er schließlich und wich dabei Oswalds Blick aus. Dann fügte er noch hinzu: »Es tut mir leid, aber sie muss einen anderen heiraten.«

»Muss?«, fragte Oswald. *Hättet Ihr Eure Mühle mit mehr Sorgfalt geführt, müsste Anna Euch jetzt nicht retten.* Doch er bemühte sich weiterhin um einen ruhigen Tonfall, so als würde es um die Lieferschwierigkeit des Papieres gehen und nicht um seine Zukunft mit Anna.

»Hat Anna Euch denn nichts erzählt?«, sagte Johannes daraufhin und wurde noch verlegener. »Um die Mühle steht es nicht gut. Wir brauchen Geld, wenn wir überleben wollen. Und es gibt einen anderen Papierer, der es uns geben will und kann.«

Oswald nickte verständnisvoll. »Das verstehe ich natürlich. Immerhin steht Eure Existenz auf dem Spiel.« Als er sah, dass Johannes daraufhin erleichtert und zugänglicher wirkte, wagte er einen neuen Vorstoß. »Wie schlimm ist es?«

»Sehr schlimm! Ich sehe keinen anderen Ausweg, als auf das Angebot einzugehen, welches mir unterbreitet wurde.« Er seufzte. »Das Angebot ist sehr großzügig. Ich darf weiterhin die Mühle leiten, und Anna und ihr Ehemann«, er sah bei seinen letzten Worten zu Boden, »werden mir dabei zur Hand gehen. Wenn ich nicht mehr bin, werden die Eheleute die Mühle übernehmen können. Für Anna und ihre Kinder wird somit gesorgt sein.«

Oswalds nach außen getragene Ruhe wurde einer harten Probe unterzogen. Er musste sich geradezu dazu zwingen, Annas Vater nicht mit Vorwürfen zu überschütten.

»Ihr sagt, Ihr habt nun größere Schulden. Um welche Summe handelt es sich?«, wollte Oswald wissen.

Doch Johannes rückte zunächst nicht mit der Sprache heraus. Schließlich sagte er: »Insgesamt sind es hundertfünfzig Gulden.«

Oswald schluckte. Das war weitaus mehr, als Anna angenommen hatte. »So viel? Wie konntet Ihr es nur so weit kommen lassen? Wieso habt Ihr vorher nichts gesagt?«, brach es nun doch aus Oswald heraus.

Johannes versteifte sich. Er sah von oben auf den Drucker herab. »Ich muss Euch wohl keine Rechenschaft darüber ablegen, wie ich meine Geschäfte führe.« Er drehte sich um und wollte bereits zurück zum Haus gehen, als Oswald ihn aufhielt.

»Ich wollte Euch nicht verärgern«, fügte er schnell hinzu. Johannes blieb stehen, wandte Oswald aber noch immer den Rücken zu. »Ich habe einen Vorschlag.« Als Johannes sich fragend umdrehte, wollte Oswald wissen: »Habt Ihr schon einmal über eine Pacht nachgedacht?«

»Eine Pacht? Wie meint Ihr das? Ich soll meine Papiermühle verpachten? Aber das würde uns nicht helfen, sondern viel zu lange dauern, bis wir wieder etwas Gewinn machen. Einige meiner Gläubiger, die mir den Großteil geliehen haben, haben schon die Geduld verloren. Sie möchten, dass ich ihnen meine Schulden bis spätestens Juli zurückzahle. Ich kann sie nicht weiter vertrösten.«

»Nein. Ihr verpachtet nicht, sondern Ihr pachtet.«

Johannes fuhr sich durch die Haare. »Ich verstehe nicht …«

»Ihr müsstet die Papiermühle dafür zuerst verkaufen, und dann könntet Ihr sie pachten.«

»Was? Verkaufen? Kommt nicht infrage. Ich habe diese Mühle eigenhändig gebaut. Ich habe sie zu dem gemacht, was sie ist. Ich verkaufe sie auf keinen Fall.«

»Aber Ihr könntet sie dann pachten und hättet dementsprechend zunächst Geld, um Eure Gläubiger zu befriedigen. Und Ihr könntet Lehrlinge einstellen. Wenn Ihr dann wieder gut verdient, kauft Ihr die Mühle einfach zurück.«

Johannes überlegte lange.

»Das gefällt mir nicht.« Er schüttelte den Kopf.

Oswald wurde unruhig. Johannes musste doch einsehen, dass dies eine gute Lösung für alle war.

»Warum? Ihr würdet doch weiterhin in der Mühle arbeiten.«

»Aber was ist, wenn der neue Besitzer der Mühle sich die Sache anders überlegt? Was ist, wenn er die Mühle selbst betreiben möchte? Was ist, wenn er mir aus anderen Gründen einfach so die Pacht kündigt? Vielleicht weil er umbauen möchte? Ich mache mich dadurch abhängig … und das ist mir zu riskant.«

Aber Oswald war nicht bereit, so schnell aufzugeben.

»Man könnte eine Mindestlaufzeit im Vertrag festlegen. Vielleicht könnt Ihr darin sogar mit aufnehmen lassen, dass die Mühle, falls sie erneut verkauft werden soll, zunächst Euch angeboten werden muss. Und zwar zu einem guten Preis.« *Und ich würde persönlich darauf achten, dass Ihr nicht wieder über so einen langen Zeitraum hinweg Schulden anhäuft.* Oswald kam wieder das Rechnungsbuch von Friedhelm mit Johannes' Schuldeinträgen in den Sinn.

Der fuhr sich erneut durch die Haare.

»Ich kann verstehen, dass Ihr Euch dies überlegen müsst.«

»Ich brauche es nicht zu überlegen. Wo soll ich denn so schnell einen Käufer und noch dazu Verpächter finden? Ich habe außerdem noch nie von anderen Papiermühlen gehört, dass die verpachtet wurden. Das heißt, es müsste zunächst überhaupt jemand gefunden werden, der sich darauf einließe und mit dem ich die Konditionen aushandeln könnte. Die Suche würde schlichtweg zu lange dauern.«

Seinen Worten nach zu schließen schien Johannes nicht mehr ganz abgeneigt zu sein.

»Ich mache Euch einen Vorschlag.« Oswald hob seine verbundenen Hände in die Höhe. »Mit denen kann ich momentan sowieso nicht arbeiten. Aber ich kann mit Leuten sprechen und Erkundigungen einholen. Lasst uns dies doch drinnen besprechen. Dann kann ich auch nach Anna sehen.«

Kapitel 68

»Es gibt Hoffnung«, platzte Oswald heraus, als er zurück in die Druckerei kam. Seine Mutter lächelte matt. »Hoffnung, dass wir diese elenden Wittenberger Nachdrucke loswerden?«

Oswald nahm umständlich seinen Reiseumhang ab. »Nein, Hoffnung für mich und Anna.« – »Schön, mein Junge.« Mehr sagte sie nicht.

»Das heißt, Annas Vater würde die Papiermühle tatsächlich verkaufen und anschließend pachten?«, fragte Georg, der hinter dem Setzkasten hervorkam. »Das sind doch gute Nachrichten.« Er stellte sich neben seinen Bruder. »Gibt es denn in Urach jemanden, der die Papiermühle kaufen würde?« – »Nein, ich habe mich schon umgehört. Aber vielleicht könntest du dich ebenfalls erkundigen? Die Buchhändler, mit denen du in Kontakt stehst, kennen vielleicht jemanden oder sind sogar selbst interessiert.«

Georg nickte. »Das mache ich. Die Briefe, die ich gestern geschrieben habe, liegen noch hier. Ich werde sie noch einmal öffnen und eine Notiz hinzufügen.«

»Gut, Oswald«, sagte Magdalena. »Dann kannst du dich nun wieder verstärkt unserem anderen Problem widmen. Was machen wir mit diesen vermaledeiten Nachdrucken?« Beim Abendmahl hingen alle ihren Gedanken nach. Magda versuchte zwar einige Male, ein Gespräch in Gang zu bringen, gab es aber schließlich auf und löffelte ihren Teller mit Eintopf nun ebenfalls schweigsam aus. Georg schien regelrecht geistesabwesend zu sein. Er murmelte ständig vor sich hin, doch keiner verstand ein Wort von dem, was er sagte. Doch wurde er darauf angesprochen, antwortete er nur knapp und unwirsch.

Auch am Morgen sprach die Familie Morhart nur wenig miteinander. Schließlich kam die Papierlieferung aus Frankfurt an, sodass Magdalena damit beschäftigt war, diese im Lager unterzubringen, während Georg seine Aufgaben an der Presse verrichtete, als ob er sich ablenken wollte. Als Magdalena einen Stapel Papier aus dem Lagerraum zur Presse brachte, sah sie, wie Oswald und Michel sich leise im Hinterhof unterhielten. Dem Studenten ging es seit einigen Tagen wieder besser, sodass er nun häufiger seine Kammer verließ und sich in der Druckerei aufhielt. Kurz war Magdalena versucht, hinauszustürmen, um ihren Sohn beiseitezunehmen und ihn daran zu erinnern, dass die Informationen über die Nachdrucke nicht für die Ohren anderer bestimmt waren. Vor allem nicht für die Ohren von Michel. Diesem durchtriebenen Studenten traute sie immer noch nicht über den Weg. Doch sie hielt sich im letzten Moment zurück. Oswald wusste sicherlich selbst, dass er über die Nachdrucke kein Wort gegenüber anderen verlieren durfte.

Wenig später suchte Oswald das Gespräch mit ihr und Georg. »Mach mal eine kurze Pause«, sagte er, worauf Georg bereitwillig innehielt. Er wischte sich den Schweiß von der Stirn, zog den Hocker vor dem Setzkasten zu sich heran und setzte sich.

»Ich habe sowieso gerade die letzte Seite beendet. Da kommt mir eine Pause gerade recht. Was gibt es?«

»Ich glaube, ich weiß nun, wie wir es anstellen werden.«

»Du meinst …« Aber Oswald unterbrach ihn.

»Mir ist inzwischen eine Idee gekommen, wie wir Ulrich geschickt hinters Licht führen können, und ich habe sie auch schon an Michel ausprobiert.« Bevor seine Mutter etwas entgegnen konnte, hob er die verbundenen Hände und versicherte: »Natürlich habe ich ihm nichts von den Nachdrucken erzählt, sondern mich so vage ausgedrückt, dass er keine Rückschlüsse auf unser … sagen wir *schwieriges* Buch ziehen kann.«

»Das gefällt mir trotzdem nicht, Oswald. Ich möchte nicht,

dass Michel etwas über uns weiß, mit dem er uns in der Hand hat. Die Gefahr, dass er damit sofort wieder zu Ulrich läuft, um Geld zu bekommen, ist einfach zu groß.«

»Ich versichere Euch, Mutter, ich war vorsichtig! Im Übrigen bin ich mir sicher, dass wir Michel vertrauen können. Aber ich habe ihm trotzdem nur einige wenige Einzelheiten genannt, noch dazu hauptsächlich erfundene.«

Magdalena war davon alles andere als überzeugt, aber sie wollte dennoch hören, was Oswald zu sagen hatte. Daher nickte sie ihm auffordernd zu und behielt ihre weiteren Bedenken zunächst für sich.

»Folgendes wird passieren. Es wird ein Mann hier in Tübingen mit einem Fass voller bedruckter Bogen ankommen. Ulrich weiß nicht, dass es sich hierbei um den Frankfurter Drucker handelt, der bei uns in der Druckerei arbeiten soll. Er hat diesen Mann noch nie gesehen, es könnte also auch irgendein Buchhändler sein. Schließlich haben wir unsere Kontakte zu Buchhändlern zunehmend ausgebaut. Wenn Ulrich nun von jemand erfährt, dass die Drucke im Fass sehr wichtig für uns sind und wir damit große Gewinne machen werden, könnte ihm doch auch geraten werden, dass er versuchen soll, uns die Ware vor der Nase wegzukaufen.«

Georg zog die Augenbrauen zusammen. »Nehmen wir an, dass Ulrich diese Geschichte tatsächlich glaubt – überhaupt, wer soll sie ihm eigentlich erzählen? –, was hindert ihn dann daran, denjenigen nicht einfach überfallen zu lassen? Das hat er doch schon einmal getan und könnte es wieder tun.« Er vermied es, dabei Annas Namen zu nennen.

»Ja, das könnte er. Aber zum einen wird der Frankfurter Drucker mit dem Schiff ankommen und befindet sich somit in unmittelbarer Nähe des Stadttors. Wenn dort ein Überfall auf ihn stattfände, würden die Stadtsoldaten eingreifen und ihn eventuell sogar verhindern. Aber selbst wenn der Überfall vor der Stadt gelänge, könnte Ulrich die Drucke nicht bei sich verkaufen, ohne sich als Drahtzieher des Überfalls zu erkennen zu geben.«

»Aber er könnte sie doch auch einem fahrenden Buchhändler verkaufen? Oder warten, bis Gras über die Sache gewachsen ist?«, warf nun Magdalena ein.

»Sicher. Das könnte er tun. Aber das würde viel länger dauern, als das Papier zu verkaufen, das er Anna geraubt hat. Und wir dürfen nicht vergessen, sein größtes Problem seid Ihr, Mutter. Er hasst Euch, mit Verlaub gesagt. Er wird keine Gelegenheit auslassen, um Euch zu schaden und zu ärgern. Und was würde Euch wohl mehr ärgern, als wenn er Eure Drucke plötzlich bei sich verkauft? Würde das nicht zeigen, dass er ein besserer und erfahrenerer Drucker ist als Ihr? Er sieht einen Vorteil für sich und sein Geschäft, und er ergreift ihn, ohne zu zögern.« Er sah, wie seine Mutter immer zorniger wurde. Also hob er beschwichtigend die Hände und machte eine kurze Pause, fuhr aber fort, bevor sie etwas sagen konnte.

»Einfacher ausgedrückt: Ulrich ist in dieser Hinsicht berechenbar, und das könnte uns von Nutzen sein. Wenn wir es mittels eines Handlangers schaffen, ihm weiszumachen, dass wir diese dringende Lieferung erwarten, dann wird er so reagieren, wie ich es beschrieben habe. Die zwei Dinge, die wir nun erledigen müssen, sind folgende: Zum einen müssen wir den Frankfurter Drucker ins Vertrauen ziehen.«

Magdalena, die sich inzwischen wieder beruhigt hatte, nickte nun sogar und meinte: »Das dürfte sich bewerkstelligen lassen. Wir müssen ihn vor seiner Ankunft in Tübingen abpassen, oder aber ihm eine Nachricht zukommen lassen, in der genau steht, wie er vorgehen soll, wenn er von Ulrich auf die Wittenberger Drucke angesprochen wird. Und dass wir Margarethe Egenolff die Drucke selbstverständlich auch dann noch bezahlen werden, wenn sie an Ulrich gehen. Seine Herrin wird also keinen Nachteil haben.«

Oswald nickte. »Die andere Sache ist weitaus schwieriger. Wir müssen es so einfädeln, dass Ulrich dieser Geschichte Glauben schenkt und die Drucke tatsächlich kauft. Aber wie? Natürlich wird er keinem von unserer Familie glauben, auch unseren Bekannten wird er nicht vertrauen. Die Information muss von jemandem kommen, an dessen Wort er nicht zweifelt und von dem er vielleicht sogar schon vorher wichtige Informationen bekommen hat.«

»… und der heißt Bartholomäus.«

Erschrocken blickten sich alle drei um. Unten an der Stiege stand Michel. Er sah ein wenig verlegen aus. »Ich weiß, ihr vertraut mir nicht«, sagte er zu den dreien. »Und ihr habt allen Grund dazu. Denn ich habe euer Vertrauen missbraucht.« Er kam einen Schritt auf Magdalena und ihre Söhne zu. »Aber ich werde alles tun, um dies wiedergutzumachen.«

Magdalena war entrüstet. »Hast du uns etwa belauscht? Das ist eine Unverschämtheit.«

Georg stellte sich neben seine Mutter. »Du siehst doch, dass wir hier ein vertrauliches Gespräch führen. Was fällt dir ein, uns zu belauschen?«, herrschte er den Studenten an. »Hatte ich dir außerdem nicht aufgetragen, die Bogen des neuen Buches zusammenzulegen? Du kannst unmöglich schon fertig damit sein.« Seine Augen funkelten vor Wut.

Auch Oswald war aufgebracht. Wenn er nicht mit Michel gesprochen hätte, wäre der wahrscheinlich gar nicht auf die Idee gekommen, die Familie so dreist zu belauschen. Oswald hätte sich am liebsten dafür geohrfeigt. Warum hatte er überhaupt das Gespräch mit Michel gesucht? Seine Mutter hatte recht, man konnte diesem Burschen einfach nicht über den Weg trauen. Doch dann stutzte er. Was hatte Michel da gesagt? Bartholomäus?

Immer noch verärgert, aber auch neugierig ging er auf den Studenten zu. »Nun, wir können es im Moment nicht ändern, dass du uns belauscht hast. Glaube mir, das wird noch Folgen für dich haben. Aber was genau hast du gemeint, als du Bartholomäus gesagt hast?«

Eingeschüchtert kam Michel noch näher. Er zog sein Bein nach, sein Gesicht war noch immer geschwollen, und er machte einen elendigen Eindruck. Hätte er sich nicht schon so viel geleistet, hätte Magdalena fast Mitleid mit ihm haben können.

»Nun, ich glaube, ihr habt schon die Bekanntschaft mit dem Tuchhändler gemacht. Auf jeden Fall kennt er eure Druckerei sehr gut. Er war es, der mich an Ulrich verwiesen hat, welcher mir dann wiederum sagte, ich solle eine Kammer hier mieten.« Er stockte, denn er wollte die Familie Morhart nicht noch einmal an seinen Vertrauensbruch erinnern. Daher kam er schnell auf das eigentliche Thema zurück.

»Bartholomäus führt irgendetwas im Schilde. Er hat großes Interesse daran, dass Ulrichs Druckerei floriert, während eure Geschäfte immer schlechter gehen sollen. Zunächst dachte ich, dass er dies nur macht, weil er Ulrich einen Kredit gewährt hat, damit er überhaupt eine Druckerei eröffnen kann.« Er sah, dass ihn die drei ungläubig ansahen. Sie fragten sich wahrscheinlich, woher er all dies wusste.

»Nun, ich habe ihn einige Male belauscht und war auch zugegen, als er sich einmal mit Ulrich unterhielt«, erklärte er daraufhin von sich aus. »Bartholomäus hat das Ulrich geliehene Geld nach der Eröffnung der Druckerei, soweit ich weiß, bislang nicht von ihm zurückverlangt. Es scheint ihm also nicht ums Geld zu gehen. Er ist äußerst durchtrieben und auch sehr gefährlich, und ich weiß nicht, was er vorhat. Aber ich weiß, dass Ulrich ihm vertraut und seinem Rat folgt. Wenn wir«, er stockte erneut und räusperte sich, »ich meine natürlich *ihr,* mithilfe eines Handlangers Ulrich weismachen könntet, dass die Hinweise von Bartholomäus stammen, könnte euer Vorhaben gelingen.«

Als Michel geendet hatte, richteten sich die Augen aller auf Magdalena. Wie würde sie nun entscheiden? Schenkte sie Michel überhaupt Glauben?

Nach einer langen Weile meinte sie schließlich: »Ich möchte dies allein mit meinen Söhnen besprechen.« Ihre Stimme klang hart und abweisend. Das Wort *allein* betonte sie besonders. »Du gehst solange in den Hof, aber so, dass wir dich dabei im Auge behalten können. Wir rufen dich, sobald wir eine Entscheidung getroffen haben.«

Georg setzte nach. »Und damit du uns keinesfalls hören kannst, brichst du dort die Form auseinander, die ich eben noch zum Drucken benutzt habe. Dabei sollte es laut genug zugehen.«

Magdalena nickte und bedeutete Michel dann, sich nach draußen zu begeben. Nachdem er gegangen war, stellten sich alle drei Morharts so, dass sie Michel sehen konnten. Schon bald hörten sie das Klirren der Lettern, die eine nach dem anderen einzeln in einen Eimer geworfen wurden. Das Geräusch kam ihnen besonders laut vor, als würde Michel absichtlich viel Lärm verursachen.

»Nun, was sagt ihr?«, flüsterte Magdalena. »Ich traue diesem Burschen weiterhin nicht. Wer garantiert uns, dass er uns nicht bei der nächsten Gelegenheit wieder an Ulrich ausliefert?«

»Ich mag den Burschen genauso wenig wie Ihr. Allerdings ist seine Geschichte sehr detailliert. Dass er sich dies gerade alles erst ausgedacht hat, bezweifele ich«, flüsterte Georg zurück. Die beiden blickten nun zu Oswald.

»Und wir müssen auch bedenken, welche Alternativen wir haben. Wir kennen außer diesem Bartholomäus sonst niemanden, dem Ulrich vertraut und dem er die Informationen abnehmen würde. Sie müssen also von ihm kommen. Wir können es drehen und wenden, wie wir wollen, aber etwas Besseres wird uns so schnell nicht einfallen.«

Magdalena und Georg blickten Oswald lange durchdringend an. Keiner von ihnen war mit dieser Lösung zufrieden. Aber sie mussten nun handeln. Mit einem Seufzer willigte Magdalena schließlich ein. Sie suchte Michels Blick und winkte ihn wieder zu sich ins Haus.

»Nun gut. Wie würdest du das Ganze denn anstellen? Schließlich kannst du wohl kaum zu Bartholomäus gehen und ihn darum bitten, Ulrich diese Lüge aufzutischen, oder?«

»Nein, ich würde meinen Mitstudenten Karl fragen, der Bartholomäus schon öfters als Bote gedient hat, Ulrich in dessen Namen eine Botschaft zu überbringen. Das muss natürlich alles hinter Bartholomäus' Rücken passieren. Günstigerweise ist er zurzeit auf Reisen. So hat Ulrich schlichtweg keine Möglichkeit, die Botschaft bei Bartholomäus zu überprüfen. Aber ich bin überzeugt, wenn wir es geschickt anstellen, wird Ulrich den Schwindel glauben. Ihr vergesst vielleicht, was mir dieser Halunke angetan hat. Es wird mir eine persönliche Genugtuung sein, es ihm zu vergelten.«

Georg baute sich mit verschränkten Armen vor Michel auf, besah sich seine Schwellungen im Gesicht und meinte dann: »Ich nehme dir ab, dass du dich dafür an Ulrich rächen möchtest. Aber warum wendest du dich gegen Bartholomäus? Hast du nicht selbst gesagt, dass er durchtrieben und sehr gefährlich ist?«

Für einen Moment wusste Michel nicht, was er entgegnen sollte. Doch dann entschied er sich, die Wahrheit zu sagen.

»Ich möchte ebenso wenig wie Karl länger in die Machenschaften von Bartholomäus verwickelt sein. Deswegen hoffe ich, dass ihr mir helft. Ich möchte so schnell und so weit weg wie möglich an eine andere Universität wechseln. Dann könnte ich neu anfangen und mein Studium fortsetzen. Karl hingegen möchte seine

Studien ganz aufgeben und zurück nach Hause gehen. Ihr müsstet also nur mir helfen.«

Georg schüttelte den Kopf. »Wie sollen wir das denn machen? Dazu müsstest du dich direkt an die Universität wenden.«

»Oder Ihr«, Michel sah Magdalena an, »sprecht für mich mit Professor Fuchs. Wenn einer meinem Wunsch nachkommen kann, dann er. Und zügig muss es sein, denn Bartholomäus wird schon bald zurückkehren. Uns läuft die Zeit davon. Würde ich mich selbst an den Professor wenden, müsste ich länger auf eine Unterredung warten, während er Euch ohne Voranmeldung empfängt.«

Alle Augen richteten sich nun auf Magdalena. Sie schwieg lange. Dann schüttelte sie den Kopf.

»Nachdem du mir und meiner Familie Schaden zufügen wolltest, soll ich dir auch noch einen Gefallen tun? Du kannst froh sein, dass du immer noch hier wohnst. Ich werde dir nicht noch mehr entgegenkommen.« Nun war sie es, die ihre Arme vor der Brust verschränkte.

»Seid Ihr sicher? Ihr wärt die Wittenberger Drucke los und hättet Ulrich eins ausgewischt. Ist es Euch das nicht wert, ein Gespräch mit Professor Fuchs zu führen? Er macht sich für Euch gewiss die Arbeit, mich an eine andere Universität zu senden.«

Magdalena rührte sich nicht, aber Michel sah, dass sie über seine Worte nachdachte. »Und es gäbe einen weiteren Vorteil für Euch: Ihr wärt mich ein für alle Mal los, wenn ich die Stadt verlasse.«

Magdalena überlegte noch einmal. Dann sagte sie: »Ich werde sehen, ob ich mit Professor Fuchs einig werde.«

Sie begab sich ohne Umschweife zum Professor. Der war zwar zunächst erstaunt, mit welchem Wunsch sie zu ihm kam, meinte aber, er könne Michel ohne Weiteres mit einem Empfehlungsschreiben nach Rostock schicken, da er gute Beziehungen zum dortigen Rektor unterhalte. Im Gegenzug für seinen Gefallen nannte er Magdalena mehrere Bücher, die sie für ihn besorgen sollte.

Noch am gleichen Abend ging Karl zu Ulrich in die Druckerei. Michel hatte genau mit ihm durchdacht und besprochen, was er zu Ulrich sagen sollte.

Karl betrat die Druckerei. Die Glocke zum Feierabend musste gerade geläutet worden sein, denn die beiden Lehrjungen hatten sich schon darangemacht, die Presse zu säubern. Der Druckherr war verärgert, dass ihn so spät am Abend noch ein Student aufsuchte.

»Kommt morgen wieder, wenn ich das Geschäft öffne! Ich kann mich heute nicht mehr um Euer Anliegen kümmern«, sagte Ulrich, obwohl er im Gegensatz zu den Lehrjungen nicht arbeitete, sondern nur mit seinem Gesellen Kaspar am Tisch saß und würfelte.

»Es ist dringend«, sagte Karl, genauso wie er es mit Michel besprochen hatte. »Ich habe eine Nachricht für Euch von … Ihr wisst schon«, er vermied es, den Namen zu nennen, und entsprach damit einer Instruktion, die ihm Bartholomäus schon öfters für die Botengänge, die er für ihn erledigte, gegeben hatte. Obwohl Karl bisher nur wenig mit Ulrich zu tun gehabt hatte, erkannte der Drucker ihn dennoch wieder.

»Was willst du denn diesmal?«, fragte Ulrich.

»Ich habe eine wichtige Nachricht für Euch, die ich aber nur Euch und keinem anderen unterbreiten darf.« Der Student warf einen eindringlichen Blick auf Kaspar.

Ulrich verzog unwillig das Gesicht, denn er hatte Kaspar nicht alles in Bezug auf Bartholomäus gesagt. Natürlich wusste der Geselle, dass Bartholomäus Ulrich Geld geliehen hatte, damit der eine zweite Druckerei in Tübingen eröffnen konnte. Doch Ulrich hatte immer darauf geachtet, dass Kaspar nichts von den anderen

Machenschaften mitbekam. Wann immer ein Bote von seinem Gönner gekommen war, hatte Ulrich so getan, als würde er Kaspar nach Erhalt der Botschaft über deren Inhalt ins Vertrauen ziehen. Doch in Wahrheit hatte er ihm so gut wie nichts oder etwas vollkommen anderes erzählt. Schließlich wollte Ulrich so wenige Mitwisser haben wie möglich. Man wusste letztendlich nie, wer sich plötzlich gegen einen wandte.

Also drehte sich Ulrich nun zu Kaspar um und sagte so laut, dass ihn auch die Lehrlinge verstehen konnten: »Lasst mich mit ihm allein.« Während die Lehrlinge daraufhin sofort nach draußen gingen, blieb Kaspar allerdings sitzen. Er schaute vom Studenten zu Ulrich und wieder zurück und überlegte wohl, ob er nicht einfach sein Bier zu Ende trinken sollte. Schließlich setzte er den Becher an und nahm einen langen Schluck. Ulrich sagte nichts und wartete darauf, dass er endlich ging, doch innerlich ärgerte er sich über den dreisten Gesellen. Er hätte ihm schon längst Einhalt gebieten sollen. Schließlich war er jetzt ein angesehener Drucker in Tübingen, und die, die für ihn arbeiteten, hatten seinen Befehlen unverzüglich Folge zu leisten.

Als Kaspar den Becher endlich geleert hatte, rülpste er laut und erhob sich träge. Ohne Ulrich eines weiteren Blickes zu würdigen, schlurfte er zur Tür und ging hinaus, allerdings ohne sie hinter sich zuzumachen. Ulrich musste nun selbst zur Tür gehen, um sie ins Schloss zu ziehen. Dabei stieß er einen leisen Fluch aus.

Karl stand noch immer an der gleichen Stelle und tat so, als hätte er nichts von alldem mitbekommen. Ulrich wandte sich ihm zu. »Was gibt es denn nun so Dringendes?«, herrschte er ihn an. »Möchte dein Herr etwa sein Geld? Das habe ich nicht. Das kannst du ihm gleich sagen. Die Geschäfte laufen nicht gut.«

Karl schüttelte den Kopf. »Mein Herr lässt Euch etwas mitteilen, das Euch helfen kann. Er hat in Erfahrung gebracht, dass

Eure Stiefmutter einen Handel eingegangen ist. Sie wird in den nächsten Tagen ein Fass aus Frankfurt erhalten, in dem sich mehrere Hundert Exemplare eines Wittenberger Drucks befinden, der sich in Frankfurt sehr gut verkaufen lässt. Sie möchte den Druck hier verkaufen und wird damit wohl ein äußerst gutes Geschäft machen.«

Ulrich schnaubte verächtlich. »Und warum reibt mir dein Herr dies unter die Nase? Möchte er mir zeigen, um wie viel besser dieses verfluchte Weib es versteht, Bücher mit großem Gewinn zu verkaufen?« Ärgerlich schlug er mit der Hand gegen die Tür, die er gerade geschlossen hatte.

»Aber nicht doch«, beeilte sich Karl zu sagen. »Mein Herr hält große Stücke auf Euch.« Der Student hoffte inständig, dass er mit diesem Lob nicht zu weit gegangen war. Aber Michel hatte ihm geraten, Ulrich Honig ums Maul zu schmieren. Hoffentlich lag er damit richtig. Noch bevor Ulrich etwas entgegnen konnte, redete Karl auch schon weiter. »Mein Herr möchte, dass Ihr mit Eurer Schläue den Handel nicht nur verhindert, sondern ihn auch noch zu Eurem Vorteil nutzt.« Karl bemühte sich, einen glaubwürdigen Gesichtsausdruck aufzusetzen. Doch Ulrich sah ihn gar nicht an. Er ließ von der Tür ab und ging nun auf den Tisch zu, wo er seinen Becher nahm und ihn erneut füllte. Dem Studenten bot er nichts zu trinken an.

»Daher schlägt mein Herr vor, dass Ihr den Händler noch vor dem Stadttor abfangt. Dort könnt Ihr ihn sicher dazu bewegen, die Lieferung Euch zu überlassen, indem Ihr anbietet, ihm diese auf der Stelle zu bezahlen.«

»Womit denn? Ich habe kaum Geld.«

»Mein Herr hat gesagt, wenn Ihr nicht genug Geld habt, wäre es gut, wenn Ihr welches auftreiben könntet. Denn wahrscheinlich wird Euch dieser Handel das Doppelte, wenn nicht sogar das Dreifache Eurer Kosten wieder einspielen. Und Ihr müsst dazu noch nicht einmal nach Frankfurt reisen. Der Gewinn fällt Euch also regelrecht in den Schoß.«

Bei diesen Worten sah Ulrich Karl zum ersten Mal ins Gesicht. Dem Studenten wurde unwohl. Doch er bemühte sich, dem Blick des Druckers standzuhalten.

»Das Dreifache, sagst du?« Ulrichs Miene veränderte sich. Plötzlich befürchtete Karl, dass er die Lüge durchschaut hatte. Michel hatte ihm zwar eingeschärft, so hoch zu greifen, aber Karl kam es zu viel vor. Das Dreifache einspielen? Das war doch ein Ding der Unmöglichkeit? Insgeheim rügte Karl sich dafür, dass er nicht einfach nur vom Doppelten gesprochen hatte.

Doch urplötzlich begann Ulrich, aus voller Kehle zu lachen, und warf dabei seinen Kopf weit nach hinten. »Das Dreifache! Und dazu muss ich nichts weiter machen, als diese Bücher zu kaufen, die auch noch direkt vor meine Haustür geliefert werden. Was für ein schönes Geschäft!« Er schlug sich mit der Hand auf den Oberschenkel, während er weiter lachte. Dann rieb er sich die Hände und wischte sich über die Augen.

»Und noch dazu kann ich meiner Stiefmutter eins auswischen.«

Dann wurde er ernst. Er sah Karl durchdringend an. »Aber ich weiß nicht, ob ich genügend Geld habe.« Und nach einem kurzen Moment des Schweigens murmelte er, mehr zu sich als an seinen Gast gewandt: »Wie viel werde ich brauchen? Reicht das, was ich noch habe?« Dann sah er den Studenten wieder an. »Wann kommt dein Herr zurück? Und wann kommt die Lieferung an?« Er winkte aber fast im gleichen Moment wieder ab. »Die genaue Zeit der Lieferung kennst du wahrscheinlich nicht, denn es kann schließlich einiges dazwischenkommen auf dem weiten Weg von Frankfurt bis nach Tübingen. Aber sag, wann kommt Bartholomäus wieder?«

Karl zuckte unmerklich zusammen. Auf die Idee, dass Ulrich

ihm diese Frage stellen könnte, war Michel nicht gekommen. Nun musste Karl sich spontan etwas einfallen lassen. Und zwar schnell. Zudem musste die Antwort so ausfallen, als käme sie direkt von Bartholomäus. *Schnell, Karl! Überleg!*, mahnte er sich innerlich.

»Ihr wollt wissen, wann er zurückkommt, damit Ihr ihn um Geld bitten könnt? Ich fürchte, mein Herr wird Euch leider in dieser Sache nicht unterstützen können. Das hat er mir mitgeteilt, weil er Eure Frage schon erwartet hat.« Ulrich schien dies zu glauben. Wer weiß, was zwischen den beiden schon bezüglich des geliehenen Geldes vorgefallen war.

»Nun gut, Junge. Wenn ich alles zusammennehme, was ich habe, wird es hoffentlich reichen. Habt Ihr sonst noch irgendwelche Nachrichten für mich?« Als Karl dies verneinte, stand Ulrich auf, begleitete Karl noch bis zur Tür und entließ ihn dann nach draußen.

»Michel, bist du da?« Moritz kletterte die Stiege zur Dachkammer hoch. »Ich habe nicht nur zwei, sondern sogar drei Studenten gefunden, die mit mir das Gesuch einreichen werden. Ich hätte nie gedacht …« Er stieß die Tür zur Dachkammer auf und blieb auf der Stelle stehen. Michel legte seine Sachen in die kleine Truhe, die er mitgebracht hatte. »Was machst du denn da?« Entgeistert sah Moritz ihn an. »Willst du uns etwa verlassen?« Dann verfinsterte sich sein Gesichtsausdruck. »Hat das meine Mutter verlangt? Will sie dich nun doch rausschmeißen?« Er war schon im Begriff, die Stiege wieder herunterzuklettern, als Michel ihn am Arm packte.

»Nein, Moritz. Ich gehe, weil ich es angeboten habe.«

Moritz blickte ihn erstaunt an. »Warum?«, war das Einzige, was ihm einfiel. Er folgte Michel wieder in die Kammer und stellte sich neben die Truhe.

»Erzähl mir erst einmal, was die anderen Studenten gesagt haben«, überging Michel die ihm gestellte Frage.

Moritz stutzte, sagte aber: »Sie wurden ähnlich behandelt wie ich. Einer von ihnen wurde sogar geschlagen. Wir haben auch schon einen Professor gefunden, der für uns sprechen wird.« Michels Lippen verzogen sich zu einem leichten Lächeln.

»Mit der Unterstützung eines Professors stehen eure Aussichten noch besser, als wenn ihr nur ein Gesuch einreicht.« Michel setzte sich auf die Truhe. »Wisst ihr schon, wann die nächste Senatssitzung stattfinden wird?« Moritz setzte sich neben ihn.

»Schon nächste Woche. Uns wurde versichert, dass unser Gesuch darin verlesen wird. Das heißt, dass die Entscheidung darüber schon bald gefällt werden kann.« Moritz schien sichtbar erleichtert zu sein. »So, aber nun sag mir, warum du, um Himmels willen, deine Sachen packst?«

Michel stützte sich auf der Truhe ab und zog seine Schultern nach vorn. »Ich muss einen wichtigen Botengang für deine Mutter machen«, schob er als Grund vor. Das hatte er mit Magdalena abgesprochen, weil so wenige Menschen wie möglich wissen sollten, dass er die Stadt für lange Zeit verlassen würde.

»Aber warum musst du für einen Botengang deine Sachen packen?« Moritz ließ seinen Blick durch die leere Kammer gleiten.

»Es gibt noch etwas Dringendes, das ich erledigen muss«, antwortete Michel darauf knapp. Wenn Magdalena wollte, könnte sie Moritz von Michels Vorhaben bezüglich Bartholomäus und Ulrich erzählen.

»Aber du kommst doch wieder, oder?«

»Natürlich«, log er leichthin, obwohl er sich nicht sicher war, wie viele Jahre bis zu seiner Rückkehr ins Land ziehen würden – falls er überhaupt je das Herzogtum Württemberg noch einmal aufsuchte.

Kapitel 69

»Verdammt, hier waren schon wieder Mäuse und haben das Papier beschädigt. Das gibt es doch nicht!« Verärgert nahm Oswald einen Stapel Blätter in die Hand. Die Schmerzen waren inzwischen auszuhalten, und er konnte seine Finger sogar schon wieder zum Teil bewegen, wenn auch nur langsam und vorsichtig. Allerdings würde es noch Wochen dauern, bis er wieder an der Presse arbeiten konnte. Es bereitete ihm jedoch kaum Mühe, die Blätter durchzusehen. Nun inspizierte er die Ränder und sah sie sich genauer an. Die kleinen Bissspuren wiesen eindeutig auf einen Nager hin. Die Ecken der Bogen waren sogar gänzlich abgenagt.

»Was ist denn das?«, fragte Oswald und führte eines der Blätter näher an seine Augen. »O nein! Sie haben hier auch noch andere Spuren hinterlassen.« Er schnippte ein kleines braunes Kothäufchen von dem Blatt und rümpfte die Nase.

»Mutter, wo seid Ihr?«, rief er dann laut aus dem Lager. Magdalena antwortete ihm vom Absatz der Stiege aus: »Was gibt es denn?«

»Kommt herunter. Ich muss Euch etwas zeigen.« Er hörte, wie sie die Stiege hinunterkletterte. Wenig später trat sie neben ihn. »Was sagt Ihr dazu?« Er hielt ihr den Bogen hin. Sie begutachtete ihn. »Ist es denn möglich? Nur weil unsere Katze nicht mehr hier ist, kommen so viel mehr Mäuse ins Lager?«

Oswald vermutete, dass es auch damit zu tun hatte, dass ihr Lager nun mit den zwanzig Ballen Papier aus Frankfurt fast schon zu voll war. Doch er behielt diesen Gedanken für sich. Stattdessen beugte er sich hinab und schaute hinter den nächsten Stapel. »Ich fürchte, es sind nicht nur ein paar. Schaut, hier.«

Magdalena sah, dass sich hinter dem Stapel noch mehr Mäusekot befand. »Wir müssen sie unbedingt fangen. Wenn sie beginnen, sich zu vermehren, kann uns das ruinieren. Wir können nur hoffen, dass es noch nicht zu viele sind. Wir schauen am besten gleich in jedem Raum nach. Hoffentlich sind sie bisher nur im Lager.«

Die beiden teilten sich auf, um die Räume im oberen Teil des Hauses zu untersuchen. Nach einer Weile trafen sie sich wieder im Produktionsraum. Georg setzte dort gerade eine neue Seite und hielt inne. Er sah die beiden fragend an.

Oswald erklärte: »In all den Räumen, in denen ich nachgesehen habe, fand ich mehr Mäusekot als üblich. Alle Fallen, die wir aufgestellt haben, sind bereits zugeschnappt, wir müssten also noch mehr aufstellen.« Magdalena nickte. »Das denke ich auch.«

»Verdammt. Das ist ernst. Nicht nur, dass sie das bereits Gedruckte annagen, sie werden sich auch an unseren Papiervorräten vergehen.« Georg sackte auf seinem Schemel zusammen. »Aber wir hatten doch bisher keine Probleme mit Mäusen. Ist das wirklich nur, weil Fräulein Pfote nicht da ist?«

»Ich weiß es nicht, Junge«, seufzte Magdalena. »Ich weiß nur, dass wir nun dringend handeln und die Mäuse möglichst rasch loswerden müssen.«

»Wir müssen uns zunächst einen Überblick darüber verschaffen, was sie schon alles angenagt und beschädigt haben. Und wir müssen das Lager, so gut es geht, leer räumen. Aber zuallererst müssen wir mehr Fallen aufstellen. Ihr beide geht sofort in die Stadt und kauft so viele, wie ihr tragen könnt.« Dann korrigierte sie sich: »Nein. Wartet. Wenn ihr beide jetzt viele Fallen kaufen geht, könnte sich herumsprechen, dass wir eine Mäuseplage haben. Das wäre nicht gut fürs Geschäft. Wir sollten die Sache möglichst nicht an die große Glocke hängen.«

»Aber Mutter, wir brauchen mehr Fallen. Und zwar schnell«,

drängte Oswald. »Wir können nicht die Hände in den Schoß legen, nur weil es sonst ein Gerücht über zu viel Ungeziefer bei uns geben könnte.«

»Ja! Das weiß ich doch! Ich überlege schon«, murmelte Magdalena. »Wie wäre es, wenn wir versuchen, mehrere Katzen einzufangen, die sowieso hier auf den Straßen herumstreunen? Danach werden wir bei all unseren Bekannten – ohne besonderes Aufsehen zu erregen, versteht sich – nachfragen, ob sie uns eine Falle ausborgen können.«

Oswald nickte nachdenklich. »Nein, die Katzen würden hier drinnen auch viel beschädigen und mehr Schaden als Nutzen anrichten. Es sind nicht alle Katzen so wie Fräulein Pfote. Manche balgen sich laufend, andere verrichten ihre Geschäfte, wo es ihnen beliebt, und machen wahrscheinlich noch mehr Schmutz als die Mäuse.«

»Aber die Idee mit den ausgeborgten Fallen ist gut. Und wir sollten dazu noch einige Köder kaufen. Besonders saftigen Speck und viele Nüsse. Die kosten zwar einiges, sind aber wirksam. Dann werden wir die Fallen mehrmals täglich prüfen und, wenn nötig, neu bestücken. So können wir aufkommende Gerüchte in der Stadt jedenfalls vermeiden.«

Georg grübelte immer noch. »Und was machen wir mit den vielen Mäusekadavern? Wie sollen wir die beseitigen, ohne dass es einer mitbekommt?«

»Da wird uns schon noch etwas einfallen«, entgegnete Oswald.

Georg schüttelte den Kopf. »Aber wenn wir dadurch auch noch Ratten anlocken, haben wir nichts gewonnen. Stell dir allein mal den Geruch der toten Biester vor. Der wird noch viel mehr Ungeziefer anlocken.«

»Gut, dann werde ich die Kadaver abends einsammeln und in den Fluss werfen. Sollen sie doch dort von den Ratten gefressen werden!«

Am Nachmittag brachten Oswald und Georg etliche Fallen von Nachbarn und Freunden nach Hause. Die beiden versicherten ihrer Mutter, vorsichtig nach den Fallen gefragt zu haben und dass auch niemand Verdacht geschöpft habe. Magdalena hatte in der Zwischenzeit drei Pfund Nüsse und Speck gekauft und in kleine Stücke geschnitten. Sie legten die Köder in die Fallen und stellten diese in den Ecken aller Räume auf. Derweil trugen sie stapelweise Papier in den Produktionsraum, damit sie mehr Platz im Lager hatten. Schon wenige Stunden später fanden sie die ersten toten Tiere.

»Es wirkt«, sagte Magdalena erleichtert. »Wenn das so weitergeht, werden wir sie schnell los sein.«

Doch in den nächsten Tagen bemerkten sie immer wieder Kot und Flecken auf dem Papier, als hätten sich die Mäuse zwischenzeitlich doch vermehrt.

»Warum kommen sie ausgerechnet in unser Haus? Gibt es irgendetwas bei uns, was sie anlockt?«, fragte Magdalena verzweifelt, als sie schon wieder alle Fallen leerten und die Kadaver auf einen kleinen Haufen legten. »Meint ihr, es könnten die Köder sein? Aber ich habe sie dick in Papier eingewickelt, in einen Krug mit Deckel getan und diesen in unserer Vorratskammer versteckt. Sie sollten den Speck und die Nüsse eigentlich nicht riechen können. Es ist zum Verzweifeln!«

»Witwe Morhart?«, vernahmen sie da eine Stimme aus dem Verkaufsraum. Erschrocken sah Magdalena ihre Söhne an. »Wir haben ganz vergessen, dass einer von uns den Laden beaufsichtigen sollte, falls Käufer kommen«, sagte sie, sprang auf und hastete, so schnell sie konnte, die Stiege hinunter. Sie trat in den Raum und bereitete sich schon auf einen Studenten oder Gelehrten vor, der sie aufsuchte, doch es war jemand anderer.

Sie brauchte einen Moment, doch dann rief sie laut: »Ihr seid endlich da! Wie war die Reise von Frankfurt hierher? Ihr seid schnell gereist! Hoffentlich gab es keine Zwischenfälle?«

Der Frankfurter Drucker nickte. »Nein, alles lief wie am Schnürchen«, brummte Marcus zufrieden und blickte ihr dabei tief in die Augen.

Magdalena verstand sofort, dass er mit ihr noch Vertrauliches unter vier Augen zu besprechen hatte. »Na, Ihr müsst nach Eurer Reise doch hungrig und durstig sein. Kommt mit mir, damit Ihr Euch stärken könnt.« Sie schloss die Eingangstür hinter ihm und geleitete den Drucker zusammen mit Oswald und Georg danach in die Küche, wo keiner etwas von ihrem Gespräch mitbekommen konnte.

Nachdem sie Marcus zu essen gegeben und er seinen Durst gestillt hatte, begann er zu erzählen: »Zum Glück hat mich Euer Bote noch in Mannheim erreicht. Er hatte sich vor den Schiffen postiert, die den Neckar herunterfahren, und hielt Ausschau nach mir und dem Fass. Als er mich gefunden hatte, berichtete er mir von Eurem Vorhaben und ging dann seiner Wege. Ich glaube, er wollte weiter gen Norden reisen.«

Magdalena nickte. Michel hatte die Nachricht auf seinem Weg nach Rostock also rechtzeitig übermitteln können. »Und danach seid Ihr weiter mit dem Fass nach Tübingen gereist?«

»Ja, und das sogar recht schnell, weil es der Herr des Schiffes eilig hatte. Als ich hier am Flussufer ankam, tat ich so, als müsste ich mich zunächst etwas ausruhen, damit meine Ankunft von möglichst vielen Leuten bemerkt wurde. Ich verzichtete darauf, mir einen Lastenträger zu nehmen, und versuchte, das Fass selbst zu tragen. Da es sehr schwer war, hielt ich öfters an und setzte es ab. Aber von Eurem Stiefsohn war weit und breit nichts zu sehen. Erst als ich durch das Stadttor gegangen war, kam plötzlich ein kleiner Junge auf mich zu. Er sagte, sein Herr wolle, dass ich auf meinem Weg zu Euch zuerst in seiner Druckerei vorbeischaue, weil er mir ein wichtiges Geschäft vorzuschlagen hätte. Der Junge zeigte mir auch den Weg dorthin und übergab mir sogar einen kleinen Lohn für meine Mühe.« Der Drucker riss sich ein weiteres Stück Brot vom Laib ab.

»Der Junge schickte zusätzlich noch einen anderen Burschen los, der den Drucker auf meine Ankunft vorbereiten sollte. Sodann lieh ich mir einen kleinen Karren, auf dem ich nun endlich das Fass abstellen konnte, und zog diesen eigenhändig bis zur Burgsteige. Dort sah ich schon den Drucker, der vor seinem Haus stand und mich laut begrüßte. Er lud mich in sein Haus ein. Dort sah ich auf dem Tisch bereits einen Becher Bier bereitstehen. Neben dem Drucker stand auch noch sein Geselle, der mich freundlich grüßte, und wir drei setzten uns an den Tisch. Das Fass hatte ich neben dem Tisch abgestellt. Dann begann der Geselle ein Loblied auf den Drucker zu singen. Dieser habe gute Kontakte zur Universität, er kenne den Stadtrat und würde auch für die württembergische Regierung arbeiten.«

Magdalena schnaubte verächtlich, denn Ulrich hatte bisher noch keinen einzigen Auftrag der Regierung erhalten. Schließlich stand er nach dem unerlaubten Nachdruck nicht gerade in deren Gunst. »Ulrich lügt wie gedruckt«, sagte sie und schüttelte den Kopf.

»Dank Eurer Vorwarnung war ich mir dessen bewusst und erzählte ihm daraufhin von der Druckerei in Frankfurt. Er hörte mir eine Weile zu, dann lenkte er das Gespräch aber wieder auf seine Produktion und seinen Bücherverkauf. Endlich kam er zur Sache. Er habe gehört, dass sich in meinem Fass vierhundert Exemplare eines Wittenberger Druckes befänden, die ich an Euch liefern solle, die Ihr mir allerdings noch nicht bezahlt hättet. Daher wolle er nun anbieten, mir die Bücher abzunehmen und mich, im Gegensatz zu Euch, auf der Stelle zu bezahlen.«

Die Morharts sahen Marcus daraufhin gespannt an. »Ich hoffe doch«, warf Magdalena ein, »dass Ihr daraufhin nicht gleich auf sein Angebot eingegangen seid? Ulrich hätte sonst misstrauisch werden können!«

»Natürlich nicht.« Der Drucker griff nach einem Stück Fleisch und aß es. »Ich habe Erfahrung mit geschäftlichen Verhandlungen. Zu Messezeiten lernt man vieles.«

»Wie ging es danach weiter?«, fragte Georg ungeduldig.

»Nun, ich habe Ulrich natürlich gesagt, dass es eigentlich um einen fest vereinbarten Handel mit seiner Stiefmutter geht. Aber dass die Frankfurter Druckerei natürlich gerne auch darüber hinausgehende Geschäftsbeziehungen nach Tübingen unterhalten würde. Dann habe ich ihn gefragt, wie hoch denn die Summe sei, die er mir zahlen würde. Er schlug achtzig Gulden vor, und ich winkte mit der Begründung ab, dass meine Herrin darauf nicht eingehen würde. Dazu müsse er mir schon hundertzwanzig Gulden zahlen. Letztendlich ließ ich mich noch etwas herunterhandeln, und er händigte mir hundertzehn Gulden aus.«

Erst jetzt bemerkte Magdalena, dass der Drucker ein Tuchbündel bei sich hatte, welches er nun neben sich auf die Bank legte. Er entknotete es und zeigte auf drei große Taschen, die prall gefüllt waren. Magdalena konnte es nicht glauben: Ihr riskantes Vorhaben war in der Tat aufgegangen.

»Ich werde Euch gleich Euren Anteil dafür geben, dass Ihr Euch auf den Handel mit meinem Stiefsohn eingelassen habt. Danach werden wir genauso vorgehen, wie wir es besprochen haben. Ulrich soll schließlich nicht gleich Verdacht schöpfen, dass mit den Drucken etwas nicht stimmt.«

Sie sah zu ihren Söhnen, die sich schon bereit machten, Ulrich einen Besuch abzustatten. »Vielleicht könntet Ihr uns begleiten?«, fragte Magdalena den Drucker. »Ihr könnt Euch selbstverständlich im Hintergrund halten, aber Eure Anwesenheit würde unserem Auftreten noch mehr Glaubwürdigkeit verleihen.«

Kurz danach gingen die vier gemeinsam die Burgsteige hinunter zu Ulrichs Haus. Sie fanden den Hausherrn gerade über das Fass von Marcus gebeugt, während Kaspar sich einen der Drucke genauer ansah. Als er seine ehemalige Herrin kommen sah, stieß er Ulrich an.

»Nun seht. Die Buchdruckerin und ihre Sippschaft«, sagte er spöttisch. »Seid Ihr gekommen, um Euch zu beschweren?« In der Zwischenzeit hatte sich auch Ulrich zu den Neuankömmlingen umgedreht. »Ihr wollt wohl Einspruch einlegen?«, sagte er hämisch und grinste.

»Das ist eine Unverschämtheit«, stieß Magdalena hervor. »Ihr habt uns betrogen! Das ist mein Fass. Das sind meine Bücher. Was erdreistet Ihr Euch, darin herumzuwühlen?«, fuhr sie möglichst zornig fort und stampfte, um ihren Worten Nachdruck zu verleihen, mit dem Fuß auf den Boden. Georg trat an ihre Seite.

»Das werden wir melden. Die Universität wird das nicht zulassen.«

»Ach, wird sie das nicht? Ich denke, da dürftet Ihr Euch wohl umsonst bemühen. Schließlich habe ich für dieses Fass und seinen Inhalt bezahlt. Und zwar sofort und die volle Summe. Damit ist der Handel abgeschlossen.« Siegesbewusst hielt er eines der Bücher in die Höhe. »Das sind nun alles meine Bücher. Ihr könnt aber gerne eins kaufen, wenn Ihr wollt.« Dann fügte er noch hinzu: »Aber an Eurer Stelle würde ich mich beeilen, denn ich glaube, die Exemplare werden mir demnächst geradezu aus der Hand gerissen werden.« Sein triumphierendes Grinsen wurde noch breiter.

Während Magdalena und Ulrich stritten, ging Magda durch die für diese Tageszeit ungewöhnlich ruhige Druckerei ihrer Mutter. Moritz war zu einer Vorlesung gegangen, nur sie und Greti waren noch im Haus. Während die Magd schon vorher in die Küche gegangen war, das Abendmahl vorbereitete und den Kohl schnitt, wollte Magda ihrer Familie anderweitig helfen und die Fallen kontrollieren. Sie hatte ihre Brüder schon häufig dabei beobachtet, wobei diese ihre Mithilfe immer mit der Begründung abgelehnt hatten, dass die Mäuse manchmal noch nicht tot, sondern nur verletzt wären und erst noch erschlagen werden mussten. Doch Magda fühlte sich dieser Aufgabe durchaus gewachsen. Der Anblick der toten Tiere stellte für sie kein Hindernis dar, und sie hielt sich auch für stark genug, die Fallen zu öffnen. Falls sie ein Tier fände, das noch nicht ganz tot war, würde sie es ihren Brüdern überlassen.

Leise ging sie, um die Tiere nicht zu verschrecken, in das Lager. Die meisten Papierberge waren schon aus dem Raum gebracht und die verbliebenen von den Wänden weggerückt worden, damit man freie Sicht auf den Boden hatte, auf dem die Nager entlangliefen. Magda näherte sich leise der ersten Falle und sah, dass sie zwar zugeschnappt war, sich aber keine Maus darin befand. Der Köder war jedoch weg. *Die Mäuse müssen schlauer geworden sein,* dachte Magda bei sich und pirschte sich zur nächsten Falle. Doch diese war ebenfalls leer, und auch die, die neben ihr stand. *Komisch,* dachte Magda. Alles war still um sie herum. Doch da, da hörte sie etwas. Das Mädchen hielt den Atem an. Sie hörte ein Rascheln. Aber es hörte sich nicht so an, als stammte es von einer Maus, sondern von etwas Größerem. *Hoffentlich ist es keine Ratte,* dachte Magda plötzlich. Trotzdem überwog die Neugier, zu sehen, was es denn genau war.

Vorsichtig, um kein Geräusch zu machen, schlich Magda näher heran. Sie ging langsam auf den großen Papierberg in der Ecke des Raums zu und schaute vorsichtig durch die Lücke zwischen ihm und dem nächsten, kleineren Stapel. Doch sie sah keine Ratte. Ganz im Gegenteil. Magda wollte ihren Augen nicht trauen.

Das war doch Greti! Sie hockte auf dem Boden. Aber es sah nicht so aus, als ob sie ebenfalls eine Falle leeren wollte. Stattdessen hörte Magda plötzlich, wie die Falle zuschnappte, und sah, wie

Greti den Speck aus ihr herausnahm. Sie warf ihn vorsichtig in den Papierberg vor sich. Dann zog sie eine große Kiste zu sich heran.

Was macht sie da bloß?, fragte sich Magda.

Greti öffnete vorsichtig den Deckel der Kiste und trat dann schnell einige Schritte zurück, damit die Mäuse, die nun herauswuselten, ihr nicht allzu nah kamen oder sogar über die Füße liefen.

Magda erstarrte. Die Mäuse waren also gar nicht zufällig in der Druckerei, sondern gezielt ausgesetzt worden. Und noch dazu von Greti.

»He, Greti!« Magda konnte sich nicht länger zurückhalten. »Was tust du da, bist du von allen guten Geistern verlassen?« Sie rannte auf Greti zu und packte sie an den Armen, während sie gleichzeitig mit der Linken versuchte, die Kiste wieder zu schließen und die restlichen Mäuse am Entkommen zu hindern. Greti war zunächst überrumpelt. Dann wehrte sie sich jedoch nach Kräften. Sie befreite sich und versetzte Magda einen heftigen Stoß. Das Mädchen taumelte und fiel gegen einen Papierberg. Der schwankte und fiel nach hinten um. Die Bogen flogen alle durcheinander.

Die Magd wirkte jetzt gar nicht mehr schüchtern, sondern kampfeslustig. »Du dummes Gör. Was denkst du dir?« Greti stemmte die Hände in die Hüfte und baute sich vor der am Boden liegenden Magda auf.

»Ich?«, gab diese zurück. »Die Frage ist, was du hier machst. Du hast die Mäuse in unser Haus gebracht!« Magda wollte sich aufrappeln, doch Greti stieß sie mit einem Fuß zurück.

»Was erlaubst du dir? Wir haben dich hier aufgenommen und in unserer Mitte willkommen geheißen. Und so vergiltst du es uns?«, fragte Magda aufgebracht. Erneut versuchte sie sich aufzurappeln, aber auch diesmal drückte sie Greti erbarmungslos nieder.

»Wenn du mich nicht auf der Stelle aufstehen lässt, dann wirst du es bereuen.«

Greti stieß ein unangenehmes Lachen aus.

»Du willst mir drohen? Du? Du kapierst doch genauso wenig wie deine dumme Mutter und deine stumpfsinnigen Brüder, was hier eigentlich läuft.«

»Was ist denn auf einmal mit dir los, Greti? Du bist gar nicht wiederzuerkennen.«

»Du hast überhaupt nichts gemerkt, oder?« Die Magd lachte erneut. »Ich bin einfach zu gut in dem, was ich mache. Die schüchterne Greti, das haben mir schon so viele vor euch abgenommen. Aber ehrlich gesagt, habt ihr es mir auch allzu leicht gemacht. Es war ein Kinderspiel sozusagen. Eigentlich hatte ich anfänglich nur vor, euch zu beklauen, aber dann bekam ich ein weitaus besseres Angebot. Als Oswald den Unfall an der Presse hatte, habt ihr noch nicht einmal daran gedacht, dass ich etwas damit zu tun haben könnte. Ihr seid alle dumm. Ihr habt stattdessen sogar angenommen, es sei die Schuld deines Bruders, weil er nur noch an seine Papiererin denken konnte und unvorsichtig war. Meinetwegen hätte er sich noch weit schlimmer verletzen können.«

Sie verzog ihr Gesicht zu einer Fratze. Magda hörte mit Entsetzen, wie skrupellos Greti war. Was hätte Oswald alles passieren können. Zorn durchfuhr sie, und sie verspürte den Drang, Greti zu ohrfeigen. Sie versuchte aufzustehen. Doch wieder war Greti schneller. Diesmal stellte sie sich sogar auf die rechte Hand des Mädchens. Magda heulte vor Schmerz auf.

»Heul nur, es wird dir nichts bringen. Ist nicht deine ganze Familie außer Haus? So schnell werden sie nicht wiederkommen. Und auch dein geliebter Michel ist nicht zur Stelle.« Sie musterte Magda aufmerksam.

»Sieh es ein. Keiner kann dir nun helfen. Du bist mir ganz und gar ausgeliefert.« Sie verlagerte ihr Körpergewicht nun gänzlich auf Magdas Hand. Die heulte erneut auf. Die Farbe wich aus ihrem Gesicht, und sie begann zu zittern. Ängstlich schaute sie zu der Magd hoch, die es sichtlich genoss, in Magdas schmerzverzerrtes Gesicht zu sehen.

»Was willst du von mir?«, brachte Magda keuchend hervor. Der Schmerz war kaum aushaltbar. Dann hörte sie, wie etwas in ihrer Hand brach. Es war ein lautes Knacken, und sofort rollte eine Welle des Schmerzes durch Magdas Körper, und ihr entfuhr ein gellender Schrei.

»Nun, ich weiß noch nicht, was ich mit dir machen soll, nachdem du mich erwischt hast. Du könntest mich nun verraten.« Spöttisch sah sie auf Magda herunter, als wäre dies nur ein Spiel. Doch nach all dem, was Magda gerade von ihr erfahren hatte, wusste sie, dass sie nicht allzu glimpflich davonkommen würde. Greti würde alles tun, damit sie sie nicht verraten konnte.

Dann sprach die Magd weiter. »Eigentlich bist du gar kein Problem, wie mir gerade einfällt.« Greti weidete sich am Schrecken in den Augen ihres Opfers. Dann blickte sie auffällig auf den dicken Holzklotz, der zum Beschweren der Bogen auf einem der Papierberge lag. Ohne große Mühe fasste Greti hinüber und griff sich den Klotz. Magda schwante Schreckliches. Sie versuchte erneut, ihre Hand zu befreien, doch Greti wehrte all ihre Versuche ab.

»Du mühst dich vergebens«, lächelte Greti auf Magda hinab, die nun sah, dass sie den Klotz schon in ihrer rechten Hand schwang. »Es wird nicht lange dauern. Das verspreche ich dir.« Ihr Grinsen wurde breiter, während sie mit dem Arm weit ausholte. »Gute Nacht, Magda«, war das Letzte, was Magda noch hörte, bevor ihr die Sinne schwanden.

Als sie wieder zu Bewusstsein kam, konnte sie sich nicht bewegen. Sie wusste auch nicht, wo sie war. Doch dann merkte sie, dass sie langsam über den Boden gezogen und schließlich mit dem Oberkörper aufrecht gegen etwas Raues gelehnt wurde. Als Nächstes griffen Hände unter ihre Achseln, und sie wurde nach oben gezogen und auf Steine gesetzt. Magda war nach wie vor benommen und konnte kaum etwas sehen. Sie wusste immer noch nicht, wo sie war, und wollte sich wehren, hatte jedoch zu wenig Kraft. Schon packte Greti Magdas Beine und drehte sie in die entgegengesetzte Richtung. Magda merkte nun, dass sie auf dem Rand eines Schachtes saß und ihre Beine in diesen hineinhingen. Sie versuchte, sich in ihrer Verzweiflung mit den Händen am Rand festzuhalten, als sie ein rasender Schmerz durchfuhr, der von ihrer mittlerweile geschwollenen Hand ausging. Nur für einen Augenblick ließ sie den Rand los. Das nutzte Greti aus und versetzte ihr einen heftigen Stoß, sodass Magda ins Dunkle stürzte.

Kapitel 70

Nur wenig später hastete Greti aus dem Haus. Sie wollte unter gar keinen Umständen mit jemandem zusammentreffen. Ein wahres Glück, dass sie so lange in der Druckerei alleine gewesen war. Greti hätte den Morharts auf die Schnelle keine gute Erklärung für Magdas Abwesenheit und die Kampfspuren im Lager liefern können. Hinzu kam noch, dass Oswald sie in der letzten Zeit ihrer Meinung nach etwas zu argwöhnisch beobachtet hatte.

Die Sonne schien unbarmherzig auf sie herab, es gab kaum Schatten, in den sie sich zurückziehen konnte, um von möglichst wenigen Leuten gesehen zu werden. Umso sorgsamer achtete sie daher darauf, nicht allzu schnell zu gehen. Um keinen Verdacht zu erregen, zog sie sich ihr Tuch enger um die Schultern und neigte den Kopf, damit sie ihr Gesicht wenigstens halbwegs vor neugierigen Blicken verbergen konnte. Auch wenn noch niemand wissen konnte, was sie getan hatte, wollte sie vermeiden, dass sie auf ihrem Weg zu Bartholomäus aufgehalten und in ein Gespräch verwickelt wurde. Denn die Morharts würden nach ihrer Rückkehr sicherlich nach ihr und Magda suchen, weshalb sie sich schnellstmöglich in Sicherheit bringen musste. Bei Bartholomäus wäre sie das.

In Gedanken ging sie noch einmal die Geschehnisse der letzten Monate durch. Bartholomäus hatte sie vor Wochen zu sich bringen lassen und ihr eröffnet, dass er von ihrem Geheimnis wusste. Wie er das herausgefunden hatte, war Greti ein Rätsel, hatte sie doch niemandem davon erzählt. Nur der adelige Student, der sie mit in sein Bett genommen hatte, konnte ihm erzählt haben, dass sie ein Kind erwartete. Bartholomäus hatte angeboten, Greti zu helfen. Dafür sollte sie im Gegenzug einige Aufträge für ihn in der Morhart'schen Druckerei verrichten. Als sie hörte, dass sie dort heimlich die Presse beschädigen sollte, hatte sie insgeheim gehofft, dass sich Georg verletzen würde. Schließlich hatte er sie verschmäht, als sie sich ihm angeboten hatte, um ihm, falls Bartholomäus seinem Versprechen nicht nachkäme, ihr Kind unterschieben zu können. Beim Aussetzen der Mäuse hatte sie allerdings nicht vorhersehen können, dass sie von Magda erwischt würde. Auf die Schnelle hatte sie nicht gewusst, was sie tun sollte, nur dass sie auf jeden Fall verhindern musste, dass Magda sie verriet. Also hatte sie das Mädchen zunächst verschwinden lassen. Vielleicht würde es nie wieder sprechen können. Allerdings hatte Greti durch ihre Flucht aus der Druckerei den Verdacht auf sich gelenkt, etwas mit Magdas Verschwinden zu tun zu haben.

Greti fröstelte es, obwohl es ein warmer Tag war. Sie versuchte möglichst, nicht an die schweren Ketten und den Schmerz zu denken, denen sie ausgeliefert sein würde, wenn man sie ihrer Taten überführte und zur Rechenschaft zog. Das alles gefiel ihr ganz und gar nicht, aber was hätte sie sonst machen können? Diese blöde Göre war einfach wie aus dem Nichts aufgetaucht, dabei hatten ihre Brüder sie doch noch gemahnt, sie möge sich nicht um die Fallen kümmern. Das hatte sie nun davon. Dennoch gab es auch eine leise Stimme in ihrem Kopf, die sich wünschte, dass das Mädchen überleben würde. Auch wenn Greti keinesfalls überführt werden wollte. Sie musste mit Bartholomäus sprechen.

Endlich war sie an seinem Haus angekommen und benutzte den Türklopfer. Als die Magd ihr die Tür öffnete, huschte Greti hinein und schloss die Tür selbstständig hinter sich. Verblüfft sah die Magd sie an. »Was ist Euer Begehr?«, fragte sie. Verächtlich antwortete Greti: »Was denkst du wohl? Ich möchte deinen Herrn sprechen. Geh und sag ihm, dass ich da bin. Und beeil dich.« Als die Magd sich nicht sofort in Bewegung setzte, fügte sie noch hinzu: »Wird's bald? Ich habe nicht den ganzen Tag Zeit.«

Kurz darauf wurde sie in eine Kammer gerufen, in der Bartholomäus am Schreibtisch saß. Er hielt ein kleines Stück Papier in der Hand und wirkte verärgert. Gerade hatte ihn die Nachricht erreicht, dass die Buchdruckerin ihrem Stiefsohn Bücher untergeschoben und zu allem Ärger dazu auch noch Bartholomäus' Namen missbraucht hatte. Er hätte die Sache mit Michel, als er zuletzt bei ihm gewesen war, gleich zu Ende bringen sollen, anstatt noch länger damit zu warten.

Greti räusperte sich, sie wollte ihn nicht stören, aber ihre Angelegenheit konnte nicht länger warten.

»Was ist?«, sagte Bartholomäus scharf und blickte ihr in die Augen.

»Ich komme, um Euch einen weiteren Erfolg zu melden. Dieser Buchdruckerin habe ich fürs Erste das Handwerk gelegt.«

Sie spürte, wie Bartholomäus' Blick weicher wurde. Er sagte allerdings nichts.

»Ich habe heute weitere Mäuse in der Druckerei ausgesetzt und die aufgestellten Fallen unschädlich gemacht. Mit den Nagern werden sie nun ein paar Wochen zu kämpfen haben. Mäuse vermehren sich schließlich äußerst schnell.«

Bartholomäus sagte immer noch nichts. Er schaute sie nur weiterhin an.

»Auch habe ich dieser vorwitzigen Tochter der Druckerin eine Lektion erteilt.«

Nun endlich fragte Bartholomäus: »Eine Lektion?«

»Ich habe sie aus dem Weg geräumt.«

»Du hast sie getötet?« Anerkennend hob er die Augenbrauen.

»Nicht ganz. Aber die Familie muss sie erst einmal finden, und wer weiß, in welchem Zustand sie dann sein wird. Jedenfalls werden sie vorläufig nicht zum Drucken kommen.«

»Gut gemacht. Dann kannst du nun zurückgehen. Schließlich ist dein Auftrag noch nicht vollständig erledigt.«

Greti biss sich auf die Lippen. »Also …«, stammelte sie. Von ihrer Selbstsicherheit war so gut wie nichts mehr übrig geblieben. »Zurückkehren kann ich nicht.«

Der Blick von Bartholomäus verhärtete sich wieder. Es kam Greti geradezu vor, als durchbohre er sie.

»Dieses Mädchen … also, es hat gesehen, wie ich die Mäuse aussetzte.«

Bartholomäus schloss die Augen und sog geräuschvoll die Luft ein.

»Warum hast du ihr dann nicht endgültig den Garaus gemacht?« Sie erstarrte. Sie war zwar viel härter, als sie es den Leuten vorspielte … Aber hatte er gerade wirklich von ihr verlangt, dass sie bis zum Äußersten ging? Sie erschauderte.

Bartholomäus ließ seine Augen geschlossen und lehnte sich in seinem Stuhl zurück. Dann öffnete er sie wieder. Doch er sah sie nicht an. Er nahm einfach den Brief zur Hand und las weiter. Greti wusste nicht, was sie sagen sollte. Da schnarrte Bartholomäus: »Nun, dann bist du für mich nutzlos.«

»Aber … ich habe Euch doch gute Dienste geleistet. Ich habe doch alles getan, was Ihr mir aufgetragen habt. Ihr könnt mich doch jetzt nicht so einfach wegschicken?«

Bartholomäus schwieg, blickte aber nach wie vor nicht von seinem Schriftstück auf.

»Bitte, Herr!« Greti wurde immer verzweifelter. »Ich kann auch andere Dienste für Euch ausführen. Dienste, die Ihr in Eurem Schlafgemach in Anspruch nehmen könnt.« Sie zwang sich zu einem verführerischen Lächeln und ging mutig einen Schritt auf seinen Schreibtisch zu.

»Nein«, kam es entschieden zurück. »Wie gesagt, du bist nun für mich nutzlos.« Er blickte immer noch nicht auf. Was konnte sie nur tun? Sie konnte nicht zurück zu den Morharts. Er musste ihr helfen! Sonst würde ihr ein schlimmes Schicksal drohen.

»Bitte, Herr!« sagte sie erneut. Dann begannen ihr, die Tränen über die Wangen zu laufen. »Ihr seid meine letzte Rettung. Ihr müsst mir helfen.«

»So, muss ich das?«

»Ja, ich bin doch schwanger.«

Bartholomäus schüttelte den Kopf.

In einem letzten verzweifelten Versuch warf sich Greti Bartholomäus zu Füßen. »Wenn Ihr keine Verwendung mehr für mich habt, dann gebt mir doch wenigstens etwas Geld, damit ich die Stadt verlassen kann.« Sie schluchzte laut auf.

Seufzend legte er sein Schriftstück beiseite. »Nur damit ich es richtig verstehe. Du hast dich erwischen lassen, sodass ich nun keinen Ausspäher mehr im Haushalt dieser vermaledeiten Buchdruckerin habe. Und dafür soll ich dich auch noch entlohnen?« Seine Worte trafen sie wie ein Schlag. Sie zuckte zusammen. Schon wollte sie gehen, da kam ihr auf einmal ein Gedanke. Sie nahm all ihren Mut zusammen und drückte ihren Rücken durch, sodass sie aufrecht vor ihm stand.

»Nun, wenn Ihr mich nicht entlohnen wollt, dann werde ich allen von Euren Machenschaften erzählen. Ich werde Euch beschuldigen, dass Ihr mich zu diesen Missetaten angestiftet habt. Dann werdet Ihr genauso wie ich in den Kerker geworfen. Das wollt Ihr doch sicher nicht, oder? Also gebt mir nun Geld. Dann verspreche ich, Euch nie wieder zu belästigen.«

Er stand langsam vom Schreibtisch auf. »Du willst mir drohen?« Er kam um den Schreibtisch herum und ging drohend ein paar Schritte auf sie zu. Ängstlich wich sie vor ihm zurück.

»Nein … das habt Ihr falsch verstanden … das wollte ich gar nicht …«, stotterte sie und wich immer weiter zurück, bis sie die Wand in ihrem Rücken spürte.

Doch da war er schon bei ihr. »Ich glaube, ich habe durchaus verstanden, was du mir sagen willst.« Er entblößte seine Zähne zu einem schiefen Grinsen. Plötzlich schnellten seine Hände nach vorne und legten sich um ihren Hals. Sie waren groß und kräftig und schnürten Greti die Luft ab. Aus Leibeskräften begann sie, sich zu wehren, aber er drückte nur umso fester zu. Sie merkte, wie ihr die Kräfte schwanden. Das Letzte, was sie noch hörte, war sein Flüstern. »Jetzt bekommst du, was du verdienst.«

Kapitel 71

Der Streit zwischen Ulrich und Magdalena dauerte recht lange und drohte sogar, handgreiflich zu werden. Aber Oswald und Georg gingen schließlich dazwischen und hielten Magdalena scheinbar davon ab, Ulrich zu schlagen.

»Schafft mir dieses Weib aus den Augen!«, rief Ulrich wutentbrannt zum Schluss. »Ihr alle seid in meinem Haus nicht willkommen. Schert Euch zum Teufel.«

Nur widerstrebend verließen Magdalena und die Ihrigen Ulrichs Haus. Der Drucker Marcus hatte sich, wie besprochen, die ganze Zeit über im Hintergrund gehalten. Sie gingen lautstark redend die Burgsteige hinauf, um den Anschein zu erwecken, wie sehr sie sich noch immer über Ulrich ärgerten. Sobald sie alle durch die Ladentür gegangen waren, schloss Magdalena schnell die Tür, überprüfte kurz, dass alle Fenster geschlossen waren, und machte eine triumphierende Geste.

»Wir haben es geschafft. Wir haben ihn tatsächlich aufs Kreuz gelegt. Er hat uns alles geglaubt. Und wir haben nun sein Geld«, sagte sie und umarmte ungestüm ihre beiden Söhne. Oswald schüttelte den Kopf.

»Ich hätte nicht gedacht, dass er so leicht zu täuschen ist. Michel hat uns in der Tat einen guten Dienst erwiesen. Ich hoffe, seine Reise nach Rostock verläuft nicht zu beschwerlich.«

Georg tätschelte seiner Mutter die Schulter. »Wir haben es geschafft. Die Bücher sind wir los. Und dafür hat Ulrich uns auch noch Geld gegeben, das wir nun zur Tilgung unserer Schulden verwenden können.«

Marcus setzte sich an den Tisch und rieb sich müde die Augen.

»Wir werden die Presse erst mal ruhen lassen.« Oswald setzte sich neben ihn, und Marcus sah ihn dankbar an. Er wirkte kräftig, aber auch erschöpft nach der langen Reise, als er seine Ellenbogen auf den Tisch stellte und sein Kinn in die rechte Hand stützte. »Kommt, ich zeige Euch das Haus. Ihr könnt Euch, wenn Ihr wollt, auch in die Dachkammer zurückziehen und ein wenig schlafen.« – »Gut«, nahm er Oswalds Angebot mit einem Nicken an.

Die beiden gingen langsam durch den Produktionsraum und den Laden. Oswald zeigte Marcus dabei einige Bücher, die sie erst letztens fertiggestellt hatten, sowie das Manuskript für das Buch, an dem sie gerade arbeiteten. Marcus begann nun, seinerseits zu plaudern. Schnell stellte sich heraus, dass er aus Ulm kam und einen Schwager hatte, der unter anderem auch einen Buchhandel führte. »Wenn Ihr möchtet, schicke ich ihm Kunde über Eure Bücher. Vielleicht will er einige kaufen. Mein Schwager ist immer an guten Geschäften interessiert.«

»An guten Geschäften? Er würde nicht zufällig eine Papiermühle kaufen und danach verpachten wollen?«

Marcus zuckte mit den Schultern. »Das würde ihn vielleicht tatsächlich interessieren. Wie gesagt, wenn er ein gutes Geschäft machen kann, ist er nicht abgeneigt.«

Oswald traute seinen Ohren kaum. »Ihr scherzt doch nicht etwa?« Er trat an Marcus heran.

»Nein, ich denke, dass er dies durchaus in Erwägung ziehen würde.« Oswald erkundigte sich nach dem Namen des Schwagers und wo er zu finden sei. Dann drehte er sich zu den anderen um. »Mutter, Ihr braucht mich doch nicht mehr. Ihr habt doch nun Ersatz für mich.« Magdalena nickte. »Geh nur, mein Junge. Hoffentlich findest du jemanden, der heute noch nach Ulm aufbricht.«

»Wo ist eigentlich Magda?« Magdalena schaute sich um.

»Sie kümmert sich sicherlich wieder um die Notleidenden. Und Greti scheint Besorgungen zu machen. Die beiden sind sicherlich abends wieder zurück«, sagte Oswald, während er sich bereits seinen Reiseumhang überstreifte. Kurz danach verließ er das Haus. Marcus zog sich derweil in die Dachkammer zurück, und Georg öffnete die Briefe, die für ihn abgegeben worden waren.

»Simon schreibt, dass er schon wieder mehrere Exemplare von Heinrich Bebels *Facetiarum* nach Heidelberg verkauft hat«, sagte Georg, nachdem er den ersten Brief gelesen hatte. Nachdenklich ging seine Mutter ohne ein weiteres Wort auf die Truhe zu, in der sie noch einige Exemplare dieses Druckes aufbewahrte. Sie öffnete sie und kam zu dem Schluss, dass sie nur noch fünf Exemplare besaßen. »Wenn der Druck so gefragt ist, sollten wir eine neue Auflage anbieten.« Sie ging mit dem Buch in der Hand zum Verkaufstisch und legte es darauf ab. »Aber erst sehen wir es uns genau an. Vielleicht können wir bei seinem Nachdruck Platz sparen.« Gemeinsam blätterten sie langsam Seite für Seite um. An einigen Stellen hielten sie inne und überlegten, ob sie den Text verändern wollten. Georg schlug außerdem vor, eine andere Schrift zu verwenden, und holte ein paar Lettern der Schriften, die für ihn infrage kamen. Er hielt sie neben die Seiten, damit sie sich ein Bild davon machen konnten, wie der Text wirken würde. Doch dann verwarf er die Idee wieder. Anschließend überlegten sie lange, wie hoch die Auflage sein sollte. »Die Auflage sollte nicht allzu groß sein. Vielleicht zweihundert Exemplare.« – »Aber Mutter, das Buch scheint sich doch gerade gut zu verkaufen. Habt Ihr Befürchtungen, dass Ulrich wieder nachdruckt?« – »Nein, aber ich habe Bedenken, dass uns andere Drucker zuvorkommen. Als wir das *Facetiarum* 1555 nachgedruckt haben, erschien im selben Jahr auch eine Ausgabe bei Samuel Apiarius in Bern.«

»Gut. Für zweihundert Exemplare brauchen wir …«, Georg zählte die Bogen und rechnete dann leise vor sich hin, »dreitausendvierhundert Bogen.«

Magdalena bestätigte seine Annahme. »Die haben wir nun dank der großen Lieferung aus Frankfurt im Lager.«

Georg sah auf: »Das Lager! Das erinnert mich an die Mäuse. Ich werde noch einmal nach den Fallen sehen.«

»Tu das.«

Georg ging weg, kurz darauf ertönte ein lauter Schrei.

»Mutter! Kommt! Schnell!« Magdalena hastete in großen Schritten zu ihm. Im Lager herrschte ein heilloses Durcheinander. Die Papierstapel, die sie noch hier gelagert hatten, nachdem die meisten in den Produktionsraum gebracht worden waren, waren fast alle umgeworfen. Das waren sicherlich keine Mäuse gewesen! Hatte hier etwa ein Kampf stattgefunden? Aber zwischen wem?

»Was ist hier passiert?«, stieß sie hervor. Georg hatte sich gebückt und nach den Mäusefallen gesehen. »Die sind alle zugeschnappt. Aber leer.« Stirnrunzelnd hob er eine hoch und betrachtete sie genauer. »Die hat auch keinen Köder mehr …« Er griff nach einigen anderen. Bei ihnen verhielt es sich ebenso. »Es scheint, hier hat jemand die Fallen bewusst unschädlich gemacht. Magda und Greti waren es bestimmt nicht.«

Plötzlich beschlich Magdalena das Gefühl, dass den beiden irgendetwas zugestoßen war. Angst packte sie. Was war hier in ihrer Abwesenheit bloß geschehen? »Ich glaube nicht mehr, dass Magda bei den Notdürftigen ist und Greti einige Besorgungen macht. Irgendetwas stimmt hier nicht.« Magdalena sah sich suchend um. Dann begann sie, nach den beiden Mädchen zu rufen. Als sie keine Antwort erhielt, wandte sie sich an Georg. »Wir müssen zuerst das Haus gründlich absuchen. Weck Marcus! Schaut in jeder Kammer nach! Vielleicht sind die beiden noch im Haus und haben sich verletzt …« Magdalena hastete in den Produktionsraum, während Georg hinauf zur Dachkammer stieg, um Marcus zu holen. In jeder Ecke schauten sie nach. Sie entzündeten sogar Kerzen, um auch die dunkelsten Winkel auszuleuchten. Doch von den beiden Mädchen war nichts zu sehen. Nach einer Weile kamen sie wieder im Lager zusammen. Fieberhaft überlegten sie, wo die Mädchen sein könnten. Waren Magda und Greti vielleicht zu einem Verletzten gerufen worden? Hatte es einen Zwischenfall gegeben? Hatte eine der beiden einen Unfall gehabt, und sie waren zusammen zum Bader gegangen?

»Wir sollten bei den Nachbarn nachfragen. Vielleicht haben die etwas mitbekommen?«, schlug Georg schließlich vor, und Magdalena nickte.

»Das machst du. Ich bleibe währenddessen hier, falls sie in der Zwischenzeit wiederkommen!«

Obwohl es viele Erklärungen für die Abwesenheit der Mädchen gab, spürte Magdalena, wie sich Verzweiflung in ihr breitmachte. Tief in ihrem Inneren wusste sie, dass Magda etwas zugestoßen sein musste. Sie wäre niemals aus dem Haus gegangen, ohne Magdalena eine Nachricht zu hinterlassen, wo sie sich aufhielt. Magdalena wusste, dass sie ihre Tochter so schnell wie möglich finden musste. Sie benötigte vielleicht Hilfe, und je länger sie diese nicht bekam, desto schlimmer könnte alles werden. Aber wo war sie? Wo mussten sie nach ihr suchen? Wenn sie doch nur einen Hinweis hätten.

Georg verließ die Druckerei, um mit den anderen Bewohnern der Burgsteige zu sprechen. Er ging von Haus zu Haus und fragte besorgt, ob irgendjemand die beiden jungen Frauen gesehen oder vielleicht sonst irgendetwas Ungewöhnliches bemerkt hätte. Viele Nachbarn zeigten sich daraufhin ebenfalls besorgt. Sie schlossen sich sogar zu einem Suchtrupp zusammen und wollten durch die Gassen und Straßen der Oberstadt gehen und nach den Mädchen suchen.

Schließlich war es fast Mitternacht, als sich Georg wieder in der Druckerei einfand. »Es macht keinen Sinn, noch länger in der Dunkelheit weiterzusuchen. Wir sollten zusehen, dass wir etwas Schlaf bekommen und dann beim ersten Licht des neuen Tages die Suche fortsetzen.«

Wortlos ging er hinaus in den Hof, um Wasser zu holen, und zog mit beiden Händen die Abdeckung des Brunnens herunter. Noch bevor er den danebenstehenden Eimer in der Hand hatte, hörte er plötzlich ein leises Wimmern aus dem Schacht. Es war zu dunkel, um etwas zu sehen, doch Georg war plötzlich angespannt. Laut rief er in den Brunnen hinab: »Wer ist da?«, und beugte sich tief über den Rand nach unten, um besser hören zu können, ob sich dort etwas regte. Doch er konnte keinen Laut vernehmen. »Magda? Greti? Seid ihr es?«, rief er nochmals, als er keine Antwort erhielt. Dann hörte er eine matte Stimme »Hilfe« sagen.

In Windeseile lief Georg zurück zum Haus. Außer Atem rief er: »Jemand ist im Brunnen. Vielleicht sogar beide. Sie brauchen Hilfe.« Magdalena und Marcus sprangen von der Bank auf. Georg lief mit Marcus ins Lager. »Wir müssen ein starkes Tau finden, um sie hochzuziehen«, erklärte Georg, ging zu einem Regal und zog einen Strick heraus.

»Das wird nicht reichen«, sagte Marcus und schaute in einem anderen Regal nach. »Verdammt. Hier ist nichts Geeignetes. Vielleicht hat ein Nachbar ein Tau?«

Schon war Georg bei der Tür und lief auf die Straße. Währenddessen war Magdalena zum Brunnen gerannt. Auch sie konnte niemanden im Schacht sehen, aber sie rief hinab: »Haltet durch. Es wird nicht mehr lange dauern. Wir holen euch da raus. Seid ihr verletzt?« Doch es kam nur ein weiteres Wimmern.

Im nächsten Atemzug rief Magdalena Marcus zu: »Hol sofort den Bader aus der Unterstadt. Sie werden ihn benötigen! Sag ihm, wir wissen nicht, wie schwer sie verletzt sind. Lauf, so schnell du kannst!« Marcus hastete davon.

Magdalena schien es endlos zu dauern, bis Georg zurückkam. Er hatte auch einen Nachbarn mitgebracht, der bei der Rettung helfen wollte. »Es ist zwar kein Tau, aber ein starkes Seil. Hoffentlich wird es halten. Aber vielleicht sind die beiden Mädchen nicht mehr in der Lage, sich an dem Seil festzuhalten. Also werde ich mich in den Brunnen hinablassen und das Seil unter ihren Achseln festzurren. Ihr könnt sie dann nacheinander hochziehen.« Magdalena nickte ihm nur knapp zu. Ihr war vor lauter Sorge ganz schlecht. Georg sah sich prüfend im Schein zweier Kerzen die Walze über dem Brunnen an, an der sie gewöhnlich den Eimer herunterließen. »Die allein wird mein Gewicht nicht tragen. Ihr beide werdet das Seil zusätzlich festhalten müssen.«

»Sei vorsichtig, Junge! Nicht dass dir auch noch etwas zustößt«, sagte Magdalena mit schwacher Stimme.

Kurz nickte er ihr zu. Dann knotete er ein Ende des dicken Seils so zusammen, dass es eine Schlaufe ergab, in die er sich hineinsetzen konnte. Darauf legte er das Seil über die Winde und kletterte über den Rand des Brunnens. Im Schacht versuchte er, sich, so gut es ging, unter Einsatz seiner Hände und Füße in der Mitte des Brunnens zu halten, während Magdalena und der Nachbar das Seil immer tiefer hinabließen. Das Weinen wurde lauter.

»Keine Angst. Ich komme«, beruhigte Georg. Er konnte nun nichts mehr sehen. Vollkommene Dunkelheit umgab ihn, und er verließ sich ganz auf seine Hände und Füße, die beständig die Brunnenwand berührten, während er mit dem Seil herabgelassen wurde. Dabei bewegte er sich sehr vorsichtig. Nicht dass sich noch ein Stein löste und den Mädchen auf den Kopf fiele. Schließlich fühlte er an seinen Füßen Wasser. Er wusste, dass das Wasser im Brunnen nie besonders tief war, und konnte nun auch den Boden spüren. Allerdings konnte er nach wie vor niemanden ausmachen, sondern erahnte nur, wo die Mädchen sein mussten.

»Wer ist da?«

Magda antwortete leise. »Nur ich.« Zu mehr schien ihre Kraft nicht zu reichen.

»Gib mir deine Hand. Ich helfe dir in die Schlaufe. Dann wirst du nach oben gezogen«, sagte er sanft zu seiner kleinen Schwester. Er tastete mit seiner Hand nach ihr und bekam die ihre zu fassen. Sie war eiskalt und zitterte. Er fuhr ihren Arm bis zum Ellenbogen hoch und zog Magda dann zu sich heran. Schnell kletterte er aus der Schlaufe, zog sie ihr über Kopf und Schultern und zurrte sie dann fest.

»Du musst dich gut an dem Seil festhalten. Kannst du das?«

»Meine eine Hand tut so weh. Aber ich werde mich mit meiner anderen daran festhalten.«

Georg rief nach oben: »Es ist nur Magda! Ich ziehe dreimal an dem Seil, wenn ihr sie hochziehen könnt. Danach lasst ihr mir das Seil wieder herunter, damit ich ihr folgen kann.«

Er drückte Magda kurz an sich. Sie hatte die ganze Zeit über bis zur Hüfte im Wasser gestanden und zitterte am ganzen Leib. Dann zog er wie verabredet am Seil, und Magda wurde langsam nach oben gezogen.

Als sie endlich in der Nähe des Randes war, reckte sich Magdalena so weit sie konnte nach vorn in den Schacht, griff Magda unter den Achseln und zog sie langsam mithilfe des Nachbarn das letzte Stück hinauf. Wenig später holten sie auch Georg nach oben. Er ließ sich keuchend auf dem Rand des Brunnens nieder. Magdalena hatte ihre Jüngste derweil vorsichtig auf den Boden gelegt und rannte nun ins Haus, um mehrere Decken zu holen und das Mädchen darin einzuwickeln.

Zurück im Hof, rieb Magdalena angestrengt zunächst Magdas Arme und Beine. Georg dankte derweil dem Nachbarn für seine Hilfe und gab ihm sein Seil zurück. Der fragte, ob er sonst noch etwas für die Familie tun könne, doch Georg verneinte und begleitete ihn noch bis zur Haustür. Als Georg wieder zurück war, sagte Magdalena sanft zu Magda: »Kannst du dich daran erinnern, was passiert ist? Wie bist du in den Brunnen gekommen?«

Magda zitterte immer noch. Dann begann sie stockend zu

sprechen: »Es war Greti … Sie hat Mäuse ausgesetzt … Ich habe sie dabei gesehen … Sie hat mich in den Schacht hineingeworfen.« Sie schluchzte auf.

Georg wurde blass. Er schüttelte entgeistert den Kopf. »Warum sollte Greti so etwas tun?«

»Weil sie auch schon für den Unfall an der Presse gesorgt hat.« Georg und Magdalena trauten ihren Ohren nicht.

»Was sagst du da?« Doch das Mädchen ließ erschöpft den Kopf hängen.

»Wo bleibt denn nur der Bader?«, murmelte Georg ungeduldig und strich Magda über den Rücken. »Wir sollten sie in die Nähe des Feuers bringen, dort kann sie sich weiter aufwärmen.«

Kurz darauf legten sie Magda auf den Boden nahe der Feuerstelle und sorgten dafür, dass sie gut zugedeckt war.

Georg war ganz durcheinander. »Ich verstehe einfach nicht, was passiert ist. Warum sollte Greti Mäuse aussetzen und für einen Unfall an der Presse sorgen? Und warum sollte sie Magda in den Brunnen werfen? Magda hätte dabei sterben können! Das ergibt doch alles keinen Sinn.«

Magdalena schwieg und dachte nach, während sie ihre Tochter nicht aus den Augen ließ.

Langsam ging Georg im Raum auf und ab. Dabei murmelte er unablässig vor sich hin. Schließlich blieb er stehen. »Magda ist doch ganz durcheinander. Sie hat sich bestimmt geirrt. Greti hat uns nicht betrogen. So etwas würde sie nicht tun.«

Er musterte seine Mutter. Die holte tief Luft. »Würde sie das tatsächlich nicht tun? Hast du Michel denn sofort durchschaut?« Magdalena blickte zu ihrem Sohn auf, der sich auf die Lippen biss.

»Du meinst, Greti hat auch im Auftrag von Ulrich gehandelt?«

»Ich weiß es nicht.«

Endlich hörten sie Geräusche an der Haustür und eilige Schritte auf sich zukommen. Marcus stellte sich nun zu den anderen, und der Bader kniete sich neben Magda.

»Stellt sofort Wasser für ein heißes Bad auf. Sie braucht Wärme!«, befahl er, und Georg lief zum Brunnen zurück.

Der Bader untersuchte das Mädchen und stellte fest, dass seine Hand gebrochen war und es einen schweren Schlag auf den Kopf erhalten hatte.

»Den Bruch werde ich richten und die Wunde am Kopf mit einer Tinktur versehen müssen«, sagte er an Magdalena gewandt. Die war starr vor Schreck. War das beim Sturz passiert, oder hatte Greti dies Magda bereits zuvor angetan?

Der Bader sagte, nun wieder leise an Magda gerichtet: »Ich muss dir nun wehtun, mein Kind. Aber die Knochen dürfen nicht krumm zusammenwachsen.«

Er tastete vorsichtig ihre Hand ab, umfasste dann das Handgelenk und machte mit der anderen eine ruckartige Bewegung. Magda schrie aus Leibeskräften. Dann wurde ihr Körper schlaff. Der Bader zog darauf ein Fläschchen und eine Binde aus seiner Tasche, umwickelte damit ihre Hand und rieb mit der Tinktur vorsichtig ihren Kopf ein.

Sobald das Wasser heiß geworden war, trug Georg es in mehreren Eimern hinauf in den Badezuber. Als er den letzten Eimer geleert hatte, kam er zurück und nahm seine Schwester vorsichtig auf den Arm, um sie ebenfalls nach oben zu bringen. Magdalena folgte den beiden. Gemeinsam zogen sie Magda aus, legten sie behutsam in das warme Wasser, wobei sie die verbundene Hand aussparten und über den Rand des Zubers hinaushängen ließen. Georg ging daraufhin zurück zum Bader, um ihn zu bezahlen und ihm ein paar Kreuzer extra für den nächtlichen Besuch zu geben. Dann raunte er Marcus zu: »Wir müssen auf der Stelle zum Pedell. Er und seine Männer müssen Greti finden.«

Kapitel 72

Bartholomäus tauchte seine Hände in die Waschschüssel, wusch sie sorgfältig und trocknete sie danach mit einem feinen Tuch ab. Eine Leiche in einer Stadt mit einem Fluss zu beseitigen war ein Leichtes. Für nur wenig Geld konnte man meist zwielichtige Gestalten anheuern, die ohne Fragen zu stellen ein schweres, in Tuch gehülltes Etwas in den Fluss warfen.

Seine bisherigen Misserfolge ärgerten Bartholomäus aber zunehmend. Diese Magd hatte die Unverschämtheit besessen, ihm zu drohen, und Michel hatte ihn verraten. Die Magd war für ihre Dreistigkeit bestraft worden, und Michel würde schon bald zu spüren bekommen, mit wem er sich angelegt hatte. Auch wenn er die Stadt verlassen hatte, würde Bartholomäus ihn finden. Was ihn allerdings am meisten ärgerte, war, dass die Buchdruckerin einfach seinen Namen verwendet hatte, um ihrem Stiefsohn eine Falle zu stellen, in die dieser auch noch dumm genug war, hineinzutappen. Plötzlich bemerkte er, dass seine Finger die Waschschüssel so fest umklammerten, dass seine Knöchel weiß hervortraten. Dann nahm er sie hoch, um sie nur kurz danach wieder fest auf die Kommode zu stoßen. Das Wasser schwappte hinaus und durchnässte seinen Umhang. Das machte ihn nur noch wütender. Fluchend nahm er die Schüssel erneut in die Hand und schleuderte sie gegen die Wand. Der Ton zerbarst, und das Wasser ergoss sich auf den Boden. Heftig atmend sah er, wie sich das Wasser auf den Holzbrettern verteilte. Dann schloss er die Augen. Er duldete solche Ausbrüche nicht, besonders nicht bei sich selbst. Er zwang sich dazu, langsamer und tiefer zu atmen. Schließlich erlangte er seine Fassung wieder. Aber die Wut war geblieben.

Er musste unverzüglich mit Ulrich reden. Am liebsten hätte er ihn seinen gesamten Zorn und seine tiefe Verachtung spüren lassen, aber er hatte schon zu viel Geld investiert, um den Drucker nun einfach fallen zu lassen. Bartholomäus legte sich seinen Umhang um. Er würde dem Buchdrucker noch vor seinem heutigen Arbeitsbeginn die Leviten lesen. Und er würde ihm den Befehl erteilen, von nun an regelmäßig zu ihm zu kommen, um ihm Bericht zu erstatten.

Als er wenig später vor dessen Tür stand, war diese noch geschlossen, obwohl die Sonne inzwischen aufgegangen war. Die Tür erzitterte unter seinem heftigen Klopfen. Doch nichts rührte sich im Haus. Er klopfte erneut, diesmal noch lauter. Endlich, nachdem eine geraume Zeit vergangen war, konnte Bartholomäus im Inneren der Druckerei das Schlurfen von Schritten hören. Langsam öffnete sich die Tür, und ein verschlafener Ulrich stand im Rahmen.

Ungeduldig drückte Bartholomäus die Tür auf und ging an Ulrich vorbei ins Haus hinein. »He, was soll das?«, grunzte der, da er noch nicht erkannt hatte, wer vor ihm stand. Dann aber war er schlagartig wach. »Ach, Ihr seid es. Entschuldigt, mein Herr. Mit Eurem Besuch zu so früher Stunde habe ich nicht gerechnet. Bitte verzeiht.« Er fuhr sich mit den Fingern durch die Haare, um einen ordentlicheren Eindruck zu machen, sah dann aber, dass er immer noch sein Nachtgewand trug, und strich verlegen daran herab. Bartholomäus verdrehte die Augen.

Ulrich meinte nun: »Zunächst meinen herzlichsten Dank für Euren Hinweis auf das Bücherfass. Ich habe dem Händler das Fass abkaufen können. Es war nicht einfach, aber es ist mir gelungen. Ich bin nun der stolze Besitzer von vierhundert Exemplaren dieses meisterlichen Druckes. Wir haben uns daher gestern eine kleine Feier erlaubt.« Als er Bartholomäus' Blick bemerkte, beeilte er sich zu versichern: »Natürlich nur mit wenigen Gästen.«

»Idiot«, sagte Bartholomäus nur verächtlich. Ulrich stand da wie vom Donner gerührt.

»Aber … ich verstehe nicht«, stammelte er.

»Ihr seid auf eine Täuschung hereingefallen. Einer meiner Vertrauten hat in Erfahrung gebracht, dass diese Bücher eigentlich für Eure Stiefmutter bestimmt waren …«

Ulrich schnitt Bartholomäus das Wort ab. »Ja, deswegen habe ich sie ihr auch vor der Nase weggeschnappt.« Als Bartholomäus nur unwirsch die Hand hob, fügte Ulrich noch hinzu: »Und zwar auf Eure Empfehlung hin!«

»Nein.« Bartholomäus' Stimme klang eiskalt. »Mein Vertrauter hat gehört, wie ein von der Buchdruckerin Morhart instruierter Mann mit dem Frankfurter Buchverkäufer vor seiner Ankunft hier in Tübingen gesprochen hat. Er hat dem Verkäufer mitgeteilt, dass Ihr nun wohl versuchen werdet, die Bücher zu kaufen, und dass er auf diesen Handel eingehen soll. Eure Stiefmutter wollte also, dass Ihr die Bücher an ihrer Stelle kauft.«

Ulrich blickte ihn ungläubig an. »Aber warum? Das macht doch keinen Sinn.«

»Macht es nicht? Auch dann nicht, wenn mit diesen Büchern irgendetwas nicht stimmen sollte? Mir erscheint es jedenfalls augenfällig, dass Eure Stiefmutter diese Bücher nicht selbst verkaufen wollte. Und nun frage ich mich, wisst Ihr und könnt darauf schwören, dass diese Bücher nicht gegen Gesetze verstoßen? Vielleicht sind es verbotene Bücher, vielleicht sind sie unerlaubt nachgedruckt worden.«

»Aber Ihr habt mir doch dazu geraten, diese Bücher zu kaufen?«

»Nein, eben nicht. Wer auch immer mit Euch gesprochen hat, war kein von mir entsandter Bote, sondern jemand, der so tat, als würde er mit Euch in meinem Namen sprechen.«

Ulrich verstand nicht. »Aber diesen Boten habt Ihr doch schon öfters zu mir geschickt? Es ist einer der Studenten, die für Euch arbeiten. Karl ist sein Name.«

Wütend funkelte Bartholomäus Ulrich an.

»Ich weiß daher nicht, was Ihr nun von mir wollt. Ich habe nur getan, was Ihr mir geraten habt. Es ist also ganz allein Euer Fehler, wenn Eure Boten nicht das tun, was sie tun sollten.«

Bartholomäus war angesichts dieser unverschämten Erwiderung für einen Moment sprachlos. Er hatte Ulrich offenbar falsch eingeschätzt. Statt ihn kniend um Verzeihung zu bitten, wurde er nun auch noch aufmüpfig. Das würde die weitere Zusammenarbeit mit ihm deutlich erschweren.

Ulrich setzte erneut an. »Und nun sitze ich hier also mit vierhundert Drucken, die ich nicht verkaufen kann? Ich musste dafür mein letztes Geld ausgeben. Und nun mache ich damit nicht nur keinen Gewinn, sondern im Gegenteil einen hohen Verlust. Und das alles nur wegen Euch.« Er war laut geworden. Katharina, die wie üblich oben an der Stiege lauschte, zuckte zusammen. So hatte sie ihn schon lange nicht mehr erlebt.

Die Antwort von Bartholomäus war so leise, dass Katharina sie kaum hören konnte. Dennoch entging ihr die Verachtung nicht, die dabei in seiner Stimme lag. »Wagt es nicht, mich für Eure Blödheit verantwortlich zu machen. Ohne mich wärt Ihr nichts. Ihr wärt schon längst bankreutig und hättet niemals eine Druckerei in Tübingen eröffnen können. Ich bin es gewesen, der Euch aufgebaut hat. Mir habt Ihr alles zu verdanken. Dieses Haus, diese Pressen«, er streckte seinen Arm aus und drehte ihn langsam, um den ganzen Raum zu zeigen, »dies alles ist meins. Ohne mich hättet Ihr nichts.«

»Pah«, polterte Ulrich. »Was bildet Ihr Euch ein? Ich hätte es auch ohne Euch geschafft. Ich bin ein sehr guter Drucker. Ich arbeite mit wichtigen Reformatoren zusammen. Sie geben ihre Werke nur bei mir in Auftrag. Und das soll ich alles nur durch Euren Einfluss geschafft haben?« Er schnaubte. »Das ist lächerlich.« Dann setzte er noch eins drauf. »Meine Verluste von gestern sind allein Eure Schuld, und ich erwarte, dass Ihr sie mir ersetzt.«

Bartholomäus konnte sich nur noch mit Mühe beherrschen. »Ich warne Euch, legt Euch nicht mit mir an. Ihr wisst nicht, mit wem Ihr es zu tun habt. Macht nicht den Fehler, mich zu unterschätzen.«

Ulrich rief verärgert: »Von Euch lasse ich mich nicht einschüchtern!«

»Das solltet Ihr aber, wenn Euch Euer Leben und das Eurer Familie lieb ist«, zischte Bartholomäus.

Ulrich stapfte darauf wortlos zur Tür und öffnete sie mit Schwung. »Ihr wagt es, mich zu bedrohen? Noch dazu in meinem eigenen Haus. Hinaus mit Euch.«

Da in der Burgsteige schon einige Leute unterwegs waren, die nun neugierig zur Druckerei blickten, beschloss Bartholomäus, ohne weitere Erwiderung das Haus zu verlassen, um kein Aufsehen zu erregen. Für alles Weitere wäre es ungeschickt, würde er nicht nur als Käufer, sondern als jemand angesehen, der mit Ulrich in einer engeren Verbindung stand. Zumal er inzwischen zu der Erkenntnis gelangt war, dass es zu lange dauern und – aufgrund von Ulrichs Unfähigkeit – auch nie gelingen würde, diese Druckerei als sein Werkzeug zu gebrauchen. Seine Druckerei könnte niemals die Morhart'sche übertreffen und ihm auch nicht dabei helfen, die Reformen der Württemberger auszuspähen. Bartholomäus würde nur Erfolg haben, wenn er nun zu schärferen Maßnahmen überging.

Beinahe musste er schon lächeln, als er an Ulrich vorbei durch die Tür ging. *Du hast soeben deinen Untergang besiegelt,* hätte er am liebsten noch zu Ulrich gesagt. Doch der Gedanke, dass dieser noch nicht einmal ahnte, in welcher Gefahr er nun schwebte, freute Bartholomäus noch mehr.

Kapitel 73

Noch immer aufgebracht ging Bartholomäus durch die Straßen. So hatte man ihn noch nie beleidigt. Kein Mensch hatte es bisher gewagt, ihn derart zu behandeln und ihn dazu auch noch aus dem Haus zu werfen. Er hätte diesen Drucker am liebsten direkt noch an Ort und Stelle in seine Schranken verwiesen, aber die vielen Zuschauer vor der Druckerei hatten ihn davon abgehalten.

Er bog in die Gasse ein, die zu seiner Unterkunft führte, und ging in Gedanken noch einmal seine Intentionen durch. Er hatte bisher versucht, Ulrich aufzubauen, damit dieser zunächst seiner Stiefmutter den Garaus machte, um dann alleiniger Drucker im Herzogtum zu sein. Da ihm dies nur mit Bartholomäus' Hilfe möglich war, wäre er danach ein williges Werkzeug in Bartholomäus' Händen gewesen, das ihn über die Irrlehre der Ketzer auf dem Laufenden hielt und ihm mit hier verbotenen Druckschriften half, den katholischen Widerstand zu organisieren. Dazu hatte Bartholomäus Verschiedenes ersonnen, von dem allerdings das meiste nicht so gelaufen war, wie er es sich gedacht hatte. Eigentlich hätte Michel als Späher im Morhart'schen Haus dafür sorgen sollen, dass Ulrich durch seine Informationen einen entscheidenden Vorteil gegenüber seiner Stiefmutter haben würde. Aber die Witwe hatte Michel durchschaut und ihm falsche Hinweise gegeben. Danach hätte die Magd, die inzwischen ebenfalls insgeheim für Bartholomäus arbeitete, eigentlich dafür sorgen sollen, dass einer der Söhne der Witwe so schwer verletzt würde, dass er nicht mehr arbeiten konnte und die Produktion in der Druckerei zum Stillstand kam. Doch auch das war schiefgegangen. Denn der älteste Sohn der Witwe hatte sich zwar verletzt, wäre aber in einigen Monaten wieder einsatzfähig. Und für die Zwischenzeit hatte die Witwe schon Ersatz für ihn gefunden, wenn man den neuesten Gerüchten Glauben schenken durfte. Dann sollte die Magd, die bereits die Katze aus dem Weg geräumt hatte, eigentlich für eine Mäuseplage in der Druckerei sorgen und so das Papier für den Druck, aber auch die schon hergestellten Bücher beschädigen. Doch dann hatte die Magd unsorgfältig gearbeitet und sich zudem auch noch erwischen lassen.

Alles in allem musste sich Bartholomäus also eingestehen, dass sein Vorhaben nicht nur nicht aufgegangen, sondern sogar gescheitert war. Zudem hatte sich die Morhart als weitaus klüger erwiesen, als er gedacht hatte, und ihn zu allem Übel auch noch mittels seines eigenen Boten hereingelegt. Und zu guter Letzt war dieser einfältige Ulrich auch noch unverschämt geworden, obwohl er, Bartholomäus, ihm jede erdenkbare Unterstützung hatte zukommen lassen.

Bartholomäus war inzwischen an seinem Haus angekommen, ging durch die Eingangstür und schmetterte sie voller Wut hinter sich zu. Aus dem Augenwinkel sah er, wie seine Magd erschrocken etwas fallen ließ. Er kümmerte sich nicht darum, und sie ging ihm, nachdem sie es wieder aufgelesen hatte, sicherheitshalber aus dem Weg.

Bartholomäus wusste, dass er nun rücksichtslos vorgehen musste, wenn er weiterhin die Reformen des Herzogs ausspähen und auf diese Weise den katholischen Widerstand stärken wollte. Und er konnte dabei nicht länger auf die beiden Druckereien setzen, die gerade in Tübingen arbeiteten. Die Witwe hatte ihn durchschaut. Und Ulrichs Hass auf seine Stiefmutter war zwar ein guter Antrieb gewesen, ihr zu schaden, aber ihm fehlte für die Umsetzung die nötige Umsicht und Klugheit. Bartholomäus würde so nicht weiterkommen.

Ihm blieb also nur noch das eine: Tabula rasa. Ein neuer Anfang. Und zwar ein ganz neuer Anfang. Er bräuchte einen anderen Drucker. Am besten jemand, der mit Tübingen nichts zu tun hatte. Jemand von außerhalb. Jemand, der fähig und willens war, in Bartholomäus' Sinn zu arbeiten. Doch dieser Jemand würde nur kommen, wenn er sicher sein konnte, in der Stadt der alleinige Drucker zu sein.

Als Allererstes musste Bartholomäus daher die beiden Druckereien außer Gefecht setzen. Er könnte etwas Gift besorgen und es Ulrich in seinen widerlichen Wein schütten. Dazu müsste er nur zu ihm in die Druckerei gehen und sich zum Schein mit ihm versöhnen. Wenn dieser Stümper dann seinen letzten Atemzug tat, könnte sich Bartholomäus zudem an seinem Anblick ergötzen. Bartholomäus lehnte sich in seinem Stuhl zurück, um sich dies auszumalen. Allein schon die Vorstellung befriedigte ihn zutiefst.

Doch dann kamen ihm Zweifel. Denn wenn er Ulrich aus dem Weg geräumt hätte, und er zweifelte nicht im Geringsten daran, dass ihm das gelingen würde, gäbe es immer noch seinen Gesellen. Und der würde sicherlich nicht lange warten, um die Nachfolge Ulrichs anzutreten. Wahrscheinlich hatte er schon jetzt ein Auge auf Ulrichs Frau geworfen, die ihm dann als Meisterwitwe auch einigen Besitz übertragen würde.

Hinzu kam noch, dass es sich deutlich schwieriger gestalten würde, Magdalena zu erledigen. Die war nun auf der Hut und vermutete wahrscheinlich schon, dass ihre Magd für ihn gearbeitet hatte. Ihr Gift zu verabreichen wäre nahezu unmöglich. Vielleicht könnte er stattdessen versuchen, einen ihrer Söhne gegen sie auszuspielen, aber das würde zu lange dauern.

Er musste also viel rigoroser vorgehen. Und zwar so brutal, dass sie alle vernichtet wurden. Ein für alle Mal.

Er erhob sich von seinem Stuhl, ging hinüber zum Fenster und blickte hinaus. Gleich neben ihm in der Ecke des Raumes knisterte das Feuer und verbreitete wohlige Wärme. Einer der fast durchgebrannten Scheite brach plötzlich entzwei, und Teile davon fielen durch den Rost. Aus reiner Gewohnheit überprüfte Bartholomäus, ob dabei Funken in den Wohnbereich geflogen waren. Doch dem war nicht so. Er nahm den Haken, der neben der Feuerstelle stand, und stocherte gedankenverloren in der Glut herum.

Dann verzogen sich seine Mundwinkel zu einem teuflischen Grinsen. Feuer! Das alles reinigende Feuer! Er lachte leise auf. Dass ihm dieser Einfall nicht schon früher gekommen war. Bartholomäus ging langsam zurück zu seinem Stuhl, hielt seinen Blick aber unverwandt auf das Feuer gerichtet. Mit ihm könnte er auf einen Schlag beide Druckereien zerstören. Von ihnen würde nichts übrig bleiben. Dass damit gleichzeitig auch all das Geld, das er in Ulrichs Druckerei gesteckt hatte, in Flammen aufgehen würde, nahm er billigend in Kauf. Schließlich wären dann auf einen Streich auch alle ketzerischen Bücher verschwunden sowie die Materialien, um neue zu drucken. Und sollten doch einige Familienmitglieder überleben, wäre das auch nicht schlecht. Denn sie würden sich gegenseitig der Brandstiftung beschuldigen. In Tübingen wusste schließlich jeder, dass die beiden Familien zerstritten waren.

Er stellte sich vor, wie beide Druckereien lichterloh brannten. Rote Flammen brachen aus den Fenstern. Die Ziegel auf den Dächern platzten, die tragenden Balken des Dachstuhls zerbarsten und krachten zusammen. Alle Umstehenden würden Abstand wahren, da die Hitze nur so aus den Häusern herausschoss. Deren Wände wären rußgeschwärzt, und man könnte sogar noch aus weiter Ferne die Schreie ihrer Bewohner hören. Wie sehr hatte er es doch immer genossen, die schrecklichen Ketzer brennen zu sehen. Ihm war, als würde er wieder den ihm willkommenen Geruch von verbranntem Fleisch riechen. Nur durch Feuer konnten Ketzer gereinigt werden. Und genau das sollte den beiden Buchdruckern und ihren Familien widerfahren. Denn sie hatten sich schuldig gemacht, indem sie die gottlosen Gedanken der Ketzer durch ihre Arbeit weiterverbreiteten.

Die Idee, die beiden Druckereien in Brand zu setzen und damit endgültig zu vernichten, gefiel ihm immer besser. Zufrieden rief er nach seiner Magd. »Bringt mir einen Becher Wein, gutes Kind!«, sagte er und sah, dass sie ihn aufgrund seiner freundlichen Worte ungläubig musterte. Eben war er noch verärgert gewesen. Sie rannte schnell in die Küche, um seinem Wunsch zu entsprechen.

Kapitel 74

Magdalena hatte die restliche Nacht am Bett ihrer Tochter verbracht. Sie hatte ihr immer wieder die Decke fest um den Körper gelegt, ihr heißen Wein gebracht und abwechselnd ihre Hände und Füße massiert. Doch Magdas Körper wärmte sich nur langsam auf. Zu langsam, denn mittlerweile war schon das Morgenmahl vorüber, und Magdalena sorgte sich zunehmend. Hoffentlich würde ihre Jüngste dies überstehen. Sie wirkte so schwach und zerbrechlich.

Während Magdalena Magda betrachtete, machte sie sich schwere Vorwürfe. Sie hätte sie nicht mit Greti allein lassen dürfen. Bei dem Gedanken an Greti stieg Wut in Magdalena auf. Sie hatte die junge Frau hier aufgenommen. Und sie war ihr schließlich empfohlen worden. Doch was sie gemacht hatte, war unverzeihlich. Ihr musste bewusst gewesen sein, dass Magda bei dem Sturz zu Tode kommen konnte. Magdalena erschauderte, als sie sich vorstellte, was passiert wäre, wenn sie Magda nicht rechtzeitig gefunden hätten. Greti sollte ihr nie wieder unter die Augen treten. Magdalena strich ihrer Tochter sanft über die Wange. Noch immer war das Gesicht des Mädchens kalt. Magdalena stand auf. Sie wollte kurz mit Georg sprechen, der sich mit Marcus bereits ans Tagwerk gemacht hatte.

»Wir müssen den Bader erneut rufen. Magdas Zustand hat sich immer noch nicht gebessert. Marcus – werdet Ihr ihn holen?«

Marcus, der sich mit dem Ärmel den Schweiß von der Stirn wischte, nickte.

»Ihr werdet ihn wahrscheinlich suchen müssen. Der Bader sagte mir, dass er heute einige Termine in der Unterstadt hat.

Hoffentlich findet Ihr ihn schnell«, sagte Magdalena. »Beeilt Euch, ihr geht es nicht gut!« Ohne ein weiteres Wort verließ Marcus die Druckerei.

Georg trat an seine Mutter heran. »Magda ist stark. Sie wird es schaffen, und der Bader wird wissen, was zu tun ist.« Doch Magdalena vernahm auch in seiner Stimme Besorgnis. Am liebsten hätte er wohl ebenfalls am Bett seiner Schwester gesessen, doch er musste zusehen, dass die Produktion in der Morhart'schen Druckerei wieder anlief. Zudem waren sie noch nicht einmal dazu gekommen, zu überprüfen, wie groß der Schaden war, den die Mäuse angerichtet hatten. Wenigstens gingen diese nun zahlreich in die Fallen.

»Hast du in der letzten Stunde schon die Fallen geprüft, Georg?«, fragte Magdalena.

»Ja. Sie waren wieder alle voll. Es ist eine wahre Plage.«

Er setzte erneut an. »Es ist unglaublich, dass Greti uns so hintergangen hat. Sobald der Pedell sie findet, wird sie uns Rede und Antwort stehen müssen. Auf jeden Fall wird es immer wahrscheinlicher, dass sie im Auftrag von Ulrich gehandelt hat.«

Magdalena hielt unwillkürlich inne. »Da hast du wahrscheinlich recht. Wir sollten weiterhin auf der Hut sein!«

Georg blickte sie darauf entsetzt an. »Meint Ihr, er heckt bereits eine neue Bosheit aus?«

»Damit müssen wir rechnen. Dieser Mensch wird sich so schnell nicht zufriedengeben. Und wie wir gesehen haben, hat er keine Skrupel.« Georg nickte knapp.

»Ich gehe wieder zu Magda und bete dafür, dass sich unser Vater im Himmel erbarmt und sie wieder gesunden lässt!« Sie wollte gerade die Stiege hochgehen, als sie die Ladenglocke hörte und Nikodemus ins Haus treten sah.

»Ich bin, so schnell ich konnte, gekommen, nachdem ich von dem Unglück, das Eurer Tochter zugestoßen ist, gehört habe. Darüber, dass sie im Brunnen gefunden wurde, wird bereits in der ganzen Oberstadt gesprochen. Wie geht es ihr?« Die Sorge stand ihm ins Gesicht geschrieben.

Kurz überlegte Magdalena, ihn abzuweisen, doch es war aufmerksam, dass er gekommen war. Und als Medizinprofessor könnte er vielleicht auch einige Hinweise geben, wie es Magda bald besser gehen könnte. Deswegen sagte sie: »Es geht ihr immer noch nicht gut. Ich habe gerade erneut nach dem Bader schicken lassen. Aber vielleicht habt Ihr die Güte, nach ihr zu sehen?«

»Natürlich. Nichts lieber als das.« Sie sah, dass er erleichtert war, weil sie ihn nicht abgewiesen hatte. Im Vergleich zu Magdas Schicksal kam Magdalena ihr Streit mit Nikodemus nun kleinlich und unwichtig vor. Als sie vor dem Bett standen, untersuchte Nikodemus Magda fürsorglich und murmelte dabei Verschiedenes vor sich hin. Nach einer Weile wandte er sich wieder Magdalena zu. »Es ist ein schwerer Fall von Hypothermie. Ihr Körper verliert zu viel Wärme. Ihr müsst ihr Warmes zu trinken geben und sie besonders warm halten.« – »Das Gleiche hat der Bader auch gesagt, und wir haben es beherzigt. Aber es geht ihr trotzdem nicht besser. Was können wir noch tun, was wir noch nicht getan haben? Es muss doch etwas geben«, sagte Magdalena besorgt.

Nikodemus rieb sich an der Stirn. »Purgation würde sie zu sehr schwächen. Ein Aderlass auch …« Er schritt vor dem Bett auf und ab und warf immer wieder einen Blick auf das Mädchen. Dann sagte er nachdenklich: »Ihr könntet einen Ziegelstein nehmen und ihn in Eurer Feuerstelle erwärmen. Sobald er heiß ist, legt Ihr ihn mit der Feuerzange in ein feuerfestes Gefäß und dieses dann zu ihr ins Bett. Aber Ihr müsst vorsichtig sein, damit Magda sich im Schlaf nicht daran verbrennt und schwere Verletzungen erleidet. Ihr dürft sie also nicht aus den Augen lassen und solltet regelmäßig fühlen, ob die Körperstelle, neben der das Gefäß liegt, nicht zu heiß wird.«

»Und das wirkt?« Magdalena schaute ihn hoffnungsvoll an. »Ja, ich habe Studien darüber gelesen.«

Magdalena konnte nicht anders, als ihn zu umarmen. »Ach Nikodemus«, sagte sie und legte ihren Kopf an seine Brust.

»Macht Euch keine Sorgen. Eure Tochter wird wieder gesund.« Er schloss seine Arme um sie und drückte sie fest. Magdalena spürte, wie sie sich fallen ließ. Er strich ihr behutsam über den Rücken. Lange standen sie einfach nur so da, und Magdalena wünschte sich, die Zeit würde stehen bleiben. Es kam ihr vor, als läge ihr Streit schon Jahre zurück. Wie von selbst stellte sie sich nach einer Weile auf die Zehenspitzen und suchte mit ihren Lippen die seinen. Kurz zuckte er zusammen, und schon dachte sie, er würde sie von sich stoßen. Doch dann erwiderte er ihren Kuss leidenschaftlich und löste damit ein Feuerwerk der Gefühle in ihr aus. Ihr war, als hätte sie ihr Leben lang nach etwas gesucht, das sie nun endlich gefunden hatte. Ihr Herz klopfte wild, und alles um sie herum schien nicht mehr zu existieren. Es gab nur noch sie und Nikodemus.

Nur mit größter Willenskraft beendete Magdalena schließlich ihren Kuss. »Wir dürfen das nicht tun«, flüsterte sie und schüttelte leicht den Kopf, während er sie verständnislos ansah.

»Aber Magdalena, ich fühle doch wie Ihr«, sagte er sanft. »Ihr seid die Einzige, für die ich tiefe Gefühle hege.« Seine Worte trafen sie bis ins Mark.

»Aber ich kann nicht an Eurer Seite sein. Ich darf nicht.« – »Ihr dürft nicht?« – »Nein, wenn wir die Druckerei behalten wollen, darf ich nur einen Drucker heiraten. Denn meine Söhne dürfen die Werkstatt nicht übernehmen.«

Nikodemus schaute sie nachdenklich an, hielt sie aber immer noch fest in seinen Armen. »Ach Magdalena«, seufzte er und drückte sie erneut an sich. Sie konnte seinen Herzschlag hören. Ihr kamen die Tränen.

»Warum nur muss ich diese schwere Entscheidung treffen?«, schluchzte sie daraufhin.

Plötzlich hörte sie, wie Magda in ihrem Bett wimmerte. »Um Himmels willen. Der Stein. Ich muss ihn sofort ins Feuer legen.« Sie löste sich abrupt aus seinen Armen und wischte sich die Tränen ab, bevor sie überstürzt die Kammer verließ.

Kapitel 75

Gegen Abend stand Bartholomäus vor der Tür zu Ulrichs Druckerei. Einer der Lehrlinge, der ihn gesehen hatte, lief zu Ulrich. »Meister. Vor der Druckerei steht der Herr Bartholomäus.« – »Was zum …?« Wutentbrannt eilte Ulrich zur Tür, während er sich die verschmutzten Hände an einem Lappen abrieb. Bartholomäus, der ihn kommen sah, machte schon von Weitem beruhigende Gesten.

»Meister Morhart«, hob er an, noch bevor Ulrich irgendein Wort sagen konnte. »Meister Morhart, ich war heute Morgen etwas zu heftig«, sagte Bartholomäus in einem demütigen Tonfall, der ihm einige Überwindung abverlangte.

»Man hat Euch schmählich hintergangen, und Ihr habt eine Menge Geld verloren. Und das alles nur«, er warf einen lauernden Blick auf den Drucker, »weil man Euch weismachte, die Nachricht käme von mir.« Bartholomäus war stolz auf seine Vorstellung des reumütigen Geschäftspartners. »Ich habe Euch daher eigens ein Fass guten Weins als Wiedergutmachung mitgebracht. Und ich würde mich freuen, wenn wir alle zusammen auf weiterhin gute Geschäfte anstoßen würden: Ihr, Eure Frau, Euer Geselle, Eure Lehrlinge und ich. Natürlich habe ich auch das Geld, um das man Euch betrogen hat, bei mir.« Bei diesen Worten klopfte er auf eine große Tasche.

Bei Ulrich war die anfängliche Wut erst dem Erstaunen und dann der Erleichterung gewichen. Er konnte kaum glauben, was er da hörte. »Ihr gebt mir mein Geld zurück?! Und seid auch nicht länger verstimmt? Und wir arbeiten wie zuvor zusammen?« Er streckte Bartholomäus einladend seine Arme entgegen. »Kommt herein, kommt herein. Kaspar und Katharina, kommt und seht, wer hier ist. Wir haben etwas zu feiern.« Als sie wenig später beieinandersaßen und einen Becher Wein in der Hand hielten, erhob sich Ulrich. Er war sichtlich entspannt, dass sich seine Geldsorgen so unverhofft im Nichts aufgelöst hatten. Auch die beiden Lehrlinge, die es nicht gewohnt waren, vor dem Ende ihrer Arbeit mit dem Meister Wein zu trinken, kicherten vor sich hin. Nur Ulrichs Kinder schmollten, denn Katharina hatte ihnen verboten, den starken Wein zu trinken. Ulrich war bester Stimmung, sah jedoch begehrlich auf die Tasche, die Bartholomäus immer noch neben sich liegen hatte. »Lasst uns auf das Wohl von Herrn Bartholomäus, unseren Freund und Geschäftspartner, trinken!« Das Wort Freund war vielleicht etwas unangemessen, aber Bartholomäus schien sich nicht daran zu stören. Er lächelte huldvoll und prostete dann Ulrich, Katharina, Kaspar und den Lehrlingen zu. Nachdem sie einen Schluck genommen hatten, blickte Ulrich seine Frau etwas fragend an, aber die schüttelte den Kopf. Der Wein schmeckte anders, wahrscheinlich weil er von besserer Qualität war, als sie es gewohnt waren. Nach zwei Bechern Wein waren die beiden heiter und hatten gerötete Wangen. Auch Bartholomäus stimmte dann und wann in ihr Lachen ein, auch wenn er recht wenig trank und öfters zum Abort gehen musste. Das wäre wahrscheinlich die fette Gänsekeule vom Mittag, die ihm nicht gut bekäme, entschuldigte er sich. Die anderen langten umso mehr zu, und ihre Stimmen wurden immer lauter. Besonders Ulrich stieg der Wein zu Kopf, und er berichtete von den gewinnhaften Geschäften, die zu tätigen er sich für die nächsten Monate vorgenommen hatte. Die Kinder waren immer leiser geworden. Und den Lehrlingen fielen schon die Augen zu, während Kaspar bereits leise schnarchte. Als Ulrich schließlich Katharina an sich zog und sie küsste, beschloss Bartholomäus, sie zu verlassen. Er winkte ihnen zum Abschied noch einmal zu und versicherte, er fände allein hinaus. Sie könnten ruhig sitzen bleiben, was Katharina und Ulrich erleichtert zur Kenntnis nahmen.

Kapitel 76

Um den Schein zu wahren, warf Bartholomäus die Eingangstür geräuschvoll ins Schloss, nur um sie dann wenig später wieder leise zu öffnen und einen Spalt weit offen zu lassen. Sicherheitshalber hatte er auch eines der Fenster nur angelehnt, damit er später unbemerkt wieder ins Haus gelangen konnte. Kaum hatte er die Druckerei verlassen, begab er sich schon in eine dunkle Gasse und übergab sich ein letztes Mal. Der Wein, den er mitgebracht hatte, war mit Schlafmittel versetzt gewesen. Um keinen Verdacht zu erregen, hatte er mit den anderen mitgetrunken, jedoch nur wenig, und sich zwischendurch mehrfach auf dem Abort übergeben. Er konnte es nicht riskieren, in dieser Nacht unaufmerksam zu sein. Zu viel stand auf dem Spiel.

Danach ging er schnellen Schrittes nach Hause, um die letzten Vorbereitungen zu treffen. Als Bartholomäus einige Stunden später wieder vor der Druckerei stand, hatte er keine Mühe, hineinzugelangen. Im Haus rührte sich nichts. Es hatte sich niemand die Mühe gemacht, den Tisch abzuräumen. Alles stand noch genauso da, wie er es in Erinnerung hatte. Ulrich, seine Frau und seine Kinder waren wohl in ihre Schlafgemächer gegangen. In der warmen Küche lagen Kaspar und die Lehrlinge auf dem Boden, als wären sie direkt von der Bank hinabgerutscht, weil sie es nicht mehr bis in den Druckraum geschafft hatten. Vorsichtig stieß er einen der Lehrjungen mit dem Fuß an, aber der rührte sich nicht, sondern schnarchte weiter. *Leider werdet ihr nicht merken, wie ihr durch das Feuer gereinigt werdet!,* dachte Bartholomäus und begab sich nun ohne weitere Rücksichtnahme mit seinem großen Beutel in den Druckraum. Dort nahm er zuerst die Tasche mit dem Geld, die er Ulrich mitgebracht hatte, wieder an sich. Danach verteilte er mehrere Papierstapel auf dem Boden, legte Decken und Lumpen darauf und übergoss alles mit dem von ihm mitgebrachten Öl, das er wiederum mit Stroh abdeckte. Als er fertig war, sah er sich zufrieden um.

Dann entzündete er einige Holzscheite in der Glut des Feuers in der Küche und legte sie auf die abgedeckten Papierstapel. Das Stroh fing sofort Feuer und griff dann auf die mit Öl getränkten Lappen und Decken über. Mehrere Flammenherde loderten nun im Produktionsraum. Außer dem unheimlichen Rauschen der Feuersäulen war kein Geräusch zu hören. Bartholomäus spürte die Hitze in seinem Gesicht und warf noch einen Schemel in die gierigen Flammen, bevor er verschwand.

In seinem Eifer hatte er jedoch nicht bemerkt, dass er gesehen worden war. Die kleine Anna hatte ihr Schlafgemach verlassen, weil ihr Bruder sie wieder geärgert hatte. Er war sauer darüber, dass er nichts von dem mitgebrachten Wein hatte trinken dürfen, und hatte sie – als sie allein in ihrer Kammer gewesen waren – immerfort getreten. Es war nicht das erste Mal, dass er sie vor dem Zubettgehen quälte, worauf sie sich angewöhnt hatte, in die Küche zu gehen, um dort zu warten, bis er eingeschlafen war. An manch einem Abend hatte sie sich vor dem Feuer sogar noch mit dem jüngeren Lehrling unterhalten. Selbst er wurde manchmal von ihrem Bruder geärgert, und weder ihre Mutter noch ihr Vater unternahmen etwas dagegen.

Als sie auf ihrem Weg nach unten den Fuß auf die erste Stufe setzte, hielt sie jedoch inne. Etwas war nicht in Ordnung. Es roch viel rauchiger und war unten viel heller als sonst. Sie machte einen weiteren Schritt und kauerte sich auf die nächste Stufe. Von hier aus konnte sie einen Blick in den Produktionsraum werfen. Sie sah gerade noch, wie Bartholomäus das Haus verließ, während sich die Flammen unten immer weiter ausbreiteten. Sie knisterten und knackten laut.

Anna war wie versteinert. Was sollte sie tun? Sollte sie hinunterlaufen? Doch außer ihr war niemand wach, der Alarm schlagen konnte. Sie musste ihre Eltern wecken. Sonst würden alle sterben. Mit zittrigen Knien und klopfendem Herzen ging sie wieder die Stiege hinauf. So schnell ihre wackeligen Beine es zuließen, ging sie zur Schlafkammer ihrer Eltern. Das Schnarchen ihres Vaters hörte sie schon, bevor sie die Tür aufstieß. Anna tastete sich zum Lager vor und bekam den Arm ihrer Mutter zu fassen. Sie schüttelte ihn heftig, doch ihre Mutter gab nun ebenfalls einen lauten Schnarcher von sich. Anna zog verzweifelt an deren Arm. Sie musste doch wach werden! Doch noch immer rührte sich ihre Mutter nicht.

Schließlich schüttelte Anna sie an der Schulter, worauf endlich ein leises Knurren ertönte.

»Lass mich los …« Doch Anna ließ nicht los. »Mutter, Ihr müsst sofort aufstehen!«, rief sie verzweifelt.

»Nein«, kam es matt zurück. Mit einem Ruck befreite sich Katharina aus dem Griff ihrer Tochter.

»Mutter«, drängte Anna. »Es brennt! Kommt schnell!«

Wie zur Bestätigung zerplatzten in diesem Moment einige Fensterscheiben mit lautem Knall.

Endlich wurde Katharina wach und stieß Ulrich schlaftrunken an. Als dieser ebenfalls einigermaßen zu sich gekommen war, rappelten sich beide auf und taumelten regelrecht auf die Stiege zu, wo sie sich während des Hinabgehens stark auf dem Geländer abstützen mussten. Mit vor Schreck weit aufgerissenen Augen standen sie schließlich am Ende der Stiege und starrten zunächst bewegungslos in den Produktionsraum, der mittlerweile in Flammen stand. Katharina fasste sich als Erste. »Wir müssen etwas tun. Schnell, Ulrich. Mach doch etwas«, kreischte sie.

Draußen eilten die Nachbarn herbei, auch aus dem Morhart'schen Haushalt. Nur Magdalena war bei der immer noch sehr schwachen Magda geblieben. Niemand konnte sich erklären, wie mitten in der Nacht ein so gewaltiges Feuer hatte ausbrechen können. Magdalena hatte Georg und Marcus in Panik aus dem Haus laufen hören, denn das Feuer musste gelöscht werden, bevor es auf die anderen Häuser übergriff. Doch Magdalena konnte und wollte sich nicht von der Seite ihrer Tochter entfernen. Damit diese den Aufruhr nicht mitbekam, summte Magdalena leise ein Lied und hoffte inständig, dass die Kranke das laute Rufen und Schreien nicht hören würde.

Doch was war das? Magdalena hörte urplötzlich ein anderes Geräusch. Es kam von unten. Doch es befand sich außer ihr und Magda niemand mehr im Haus. Sie tätschelte Magda noch einmal beruhigend den Arm und ging dann vorsichtig die Stiege hinunter. Sie meinte ein Licht flackern zu sehen, aber das konnte auch von draußen kommen. Das Geräusch wurde lauter. Es kam aus dem Produktionsraum. Dort sah sie eine Gestalt im dunklen Umhang. Magdalena nahm leise den Knüppel vom Haken.

»He! Ihr da! Was macht Ihr da? Hört sofort damit auf!«, rief sie mit lauter und gebieterischer Stimme. Doch die Gestalt fuhr ungerührt in ihrem Tun fort, nahm weitere Bogen von den Papierstapeln, die sie aus dem Lager hierhergeschafft hatten, zerknüllte diese und warf sie vor sich auf den Boden. Magdalena stand für einen kurzen Moment verdutzt im Raum und konnte sich nicht erklären, was hier vor sich ging. Dann versuchte sie, sich der Gestalt in den Arm zu werfen. Magdalena wurde jedoch zurückgestoßen und fiel zu Boden. Sie schlug heftig mit den Knien auf. Ihr entfuhr ein lauter Schmerzensschrei. Als sie hochschaute, erkannte sie die Gestalt, die sich ihr nun zuwandte. »Bartholomäus!«, rief sie erstaunt und erschreckt zugleich. »Was macht Ihr hier, und wie kommt Ihr überhaupt hier herein?« Erst jetzt sah sie hinter ihm Flammen, auf die er die Bogen warf.

Statt einer Antwort blickte er geringschätzig auf sie hinab. Im

Flackern des nun immer größer werdenden Feuers sah sein Gesicht wie eine Fratze aus. Er ging drohend auf sie zu. Magdalena war wie gelähmt. Der Knüppel war ihr aus der Hand gerutscht und lag nun weit von ihr entfernt. Sie vernahm ein schnarrendes Geräusch. Erst kurze Zeit später stellte sie fest, dass es Worte waren.

»Das Feuer ist eine Urangst des Menschen. Wenn es in der Nachbarschaft brennt, eilen alle zu Hilfe. Dabei vergessen sie häufig, ihre Häuser beim Verlassen zu schließen.« Er lächelte Magdalena an, während er weiteres Papier ins Feuer warf. »Eure Söhne sind da keine Ausnahme. Sie haben die Tür weit offen stehen lassen. Es war förmlich eine Einladung für mich.« Bartholomäus griff sich nun den obersten Bogen eines anderen Papierstapels, der neben dem Setzkasten stand. *Verdammt!*, schoss es Magdalena durch den Kopf. *Hier drin ist viel zu viel Papier.* Erschrocken sah sie auf die Stapel, die sich in Bartholomäus' unmittelbarer Nähe befanden.

»Ihr könnt mich nicht aufhalten.« Er warf weiteres Papier in die Flammen. »Was ich mir einmal vorgenommen habe, bringe ich auch zu Ende.« Unvermittelt trat er ihr unters Kinn. Sein Fuß traf sie so heftig, dass sie meinte, ihr Kopf würde zerplatzen. Um sie herum drehte sich alles. Verzweifelt rang sie nach Luft. Sie musste etwas tun! Sie durfte nicht zulassen, dass der Produktionsraum ein Opfer der Flammen wurde. Japsend und keuchend versuchte sie, sich aufzurappeln, doch Bartholomäus drehte sich erneut zu ihr um, holte noch einmal aus und traf sie diesmal vor die Brust. »Wehrt Euch nicht. Das Feuer wird Euch erlösen.«

Ihr blieb die Luft weg. Das Blut pochte in ihren Adern. Jeder Atemzug schmerzte. Langsam wurde ihr schwarz vor Augen. Sie fühlte, wie ihre Kräfte schwanden.

MAGDA! Sie lag völlig hilflos in ihrer Kammer. Sie würde sich nicht allein retten können. Magdalena durfte nicht aufgeben. Sie musste ihre Tochter in Sicherheit bringen. Und wenn es das Letzte wäre, was sie tat.

Sie musste unbedingt aufstehen. Sofort. Ein stechender Schmerz durchfuhr ihren Körper, als sie sich auf die Knie hochrappelte.

»Habt Ihr noch nicht genug?« Bartholomäus' Stimme dröhnte in ihrem Kopf. Sie sah, wie er wieder näher kam und versuchte, nach hinten auszuweichen, aber da hob er schon das Bein. Es schnellte nach vorne. Doch diesmal kam ihm Magdalena zuvor. Sie konnte seinen Tritt mit dem Arm abwehren. Ihre unerwartete Gegenwehr brachte ihn ins Stolpern, und er geriet dadurch nah an die Flammen. Zu nah.

Sein Umhang fing Feuer. Er bemerkte es zuerst nicht. Verächtlich heftete er seinen Blick auf die am Boden kauernde Frau. »Ihr meint, Ihr seid stärker als ich?« Doch Magdalena hörte ihn kaum. Sie starrte wie gebannt auf die Flammen am Saum seines Umhangs. Langsam fraßen sie sich nach oben. Er folgte ihrem Blick. Mit einem Fluch wollte er den Umhang abstreifen, kam dabei jedoch mit der Hand in die Flammen. Vor Schmerz schrie er auf. Panisch blickte er sich um, sah aber nichts, womit er die Flammen ersticken hätte können. Seine Bewegungen wurden immer hektischer. Magdalena schien er gänzlich vergessen zu haben. Er stieß einen Wutschrei aus und fluchte laut. Dann rannte er kopflos auf die Straße.

Magdalena versuchte derweil, in den Stand zu kommen. Sie musste das Feuer löschen, drohte es doch, auf einen weiteren Papierstapel überzugreifen. Sie wusste nicht mehr, wo ihr der Kopf stand. Die Flammen schlugen immer höher, doch sie konnte sich kaum bewegen. Alles schmerzte. Ihr wurde schwarz vor Augen, und sie sank ohnmächtig zu Boden.

Kapitel 77

Schau mal, Oswald, ich kann sogar schon aufstehen.« Anna setzte sich langsam auf und kam vorsichtig auf die Beine. Sie schwankte noch stark und hielt sich an der Wand fest. Doch ein Lächeln lag auf ihrem Gesicht. Oswald hatte am Türrahmen zu ihrer Kammer gestanden. Nun kam er auf sie zu und wollte ihr die Hand reichen. Aber sie gab ihm ein Zeichen und machte dann aus eigener Kraft einen kleinen Schritt vorwärts. Schließlich ließ sie sich ächzend wieder auf ihren Strohsack nieder. »Übertreiben soll ich es aber nicht, sagt der Bader.« Oswald nahm ihre Decke und legte sie behutsam über ihren Körper. Anna wirkte immer noch sehr schwach, und ihr wurde schnell schwindelig. Sie schloss die Augen, um neue Kraft zu sammeln. Anschließend sah sie Oswald wieder an.

»Was gab es denn nun so Dringendes, das du vorhin unbedingt noch mit meinem Vater besprechen musstest?«

Oswald blickte sie geheimnisvoll an. »Ich habe wahrscheinlich einen gefunden.«

»Einen was?«, fragte sie. Als er nicht antwortete, überlegte sie. Plötzlich wurden ihre Augen größer. »Du meinst doch nicht … willst du damit etwa sagen …?« Begeistert nickte er. »Ich habe, wie es aussieht, tatsächlich einen Käufer für die Mühle gefunden, der sie im Anschluss an euch verpachten würde.«

Sie faltete ihre Hände und schickte ein Dankesgebet gen Himmel.

»Er wird nächste Woche kommen und mit Johannes über den Vertrag sprechen.«

Anna fehlten die Worte. Sie konnte es nicht fassen. War dies wirklich wahr?

»Kneif mich, Oswald, damit ich weiß, dass ich das nicht träume.« Er streichelte ihr sanft über die Stirn. »Du träumst nicht. Aber ich kann es selbst kaum glauben.«

»Bedeutet das, dass wir doch heiraten können?«

Statt einer Antwort zog er ein kleines Amulett aus seiner Hosentasche. »Was ist das?«, fragte Anna neugierig.

»Es ist ein Glücksbringer für Liebende, damit sie baldmöglichst ihre Hochzeit begehen können.« Obwohl es ihr sichtlich wehtat, reckte sie sich ihm entgegen und umarmte ihn gerührt. »Dann kann uns nun nichts mehr dazwischenkommen.« Sie gab ihm einen langen Kuss. »Ich hatte dir doch gesagt, dass es zwischen uns keine Abschiedsküsse gibt.«

Kapitel 78

Franz ritt langsam auf seinem Pferd auf die Burgsteige zu. Noch sah er nichts. Aber die Berichte über den Brand in den einzigen beiden Druckereien des Landes hatten ihn so beunruhigt, dass er sich selbst ein Bild machen wollte. Er stieg vom Pferd und überließ es einem Burschen, der es in die Stallungen des Schlosses Hohentübingen brachte, damit es dort gefüttert und getränkt werden konnte. Dann ging er auf die Druckerei von Magdalena Morhart zu. Die Außenwände des Hauses ließen noch keine Schlüsse zu, wie schlimm es um das Innere der Druckerei bestellt war. Als er diese betrat, empfing ihn ein durchdringender Brandgeruch. Dort, wo einmal ein Vorhang den Ladenbereich vom Produktionsraum abgetrennt hatte, hingen nur noch verkohlte Reste. Da sich niemand im Verkaufsraum befand, ging er auf die Stofffetzen zu und lugte in den hinteren Bereich der Druckerei.

Er vernahm ein Husten aus der Richtung der Stiege. Langsam kam dort die Herrin des Hauses nach unten. Sie ging schwerfällig und musste sich dabei auf das Geländer stützen. Im Gesicht hatte sie mehrere Brandwunden. Ihr linker Arm lag in einer Schlinge, die um ihren Hals hing. Am Kinn hatte sie einen Bluterguss.

»Herr Kammersekretär«, entfuhr es ihr, als sie ihn sah. »Was macht Ihr hier?«

»Ich hörte, dass in Eurer Druckerei ein Feuer gewütet hat. Ich hoffe, Ihr und Eure Familie habt es heil überstanden?« Die Buchdruckerin war am Ende der Stiege angekommen und setzte sich erschöpft auf die unterste Stufe. Sie seufzte. »Wenn mein Sohn Georg nicht gewesen wäre …« Sie vergrub kurz ihren Kopf in den Händen. Dann drückte sie die Schultern durch und blickte ihm ins Gesicht. Der Kammersekretär zog sich einen Schemel heran und setzte sich zu ihr.

»Mein Sohn Georg lief zusammen mit unserem Gehilfen ungeachtet der Gefahr zurück in unser brennendes Haus. Die beiden versuchten, mit allem, was ihnen zur Verfügung stand, das Feuer zu löschen. Schließlich kamen noch andere hinzu, und gemeinsam schafften sie es, den Brand zu löschen.«

Sie hielt inne, um neue Kraft zu schöpfen. Das Reden strengte sie sichtlich an. Franz warf ihr einen mitleidvollen Blick zu. Nach einer Weile fuhr Magdalena fort.

»Aber die Druckerei hat sehr gelitten«, sagte sie tonlos. »Seht selbst.« Sie machte eine Geste in den Raum hinein und blieb weiterhin sitzen. Franz drehte sich um, damit er in die Druckerei schauen konnte. Überall sah er angesengtes Papier, verbogene Lettern und halb verbrannte Bücher. Die Presse war schwarz vor Ruß. Aber sie stand noch und schien benutzbar zu sein.

»Wie schlimm ist es?« Er drehte sich wieder zu ihr um.

»Es ist zum Verzweifeln. Wir hatten zuvor Schwierigkeiten, Papier zu bestellen. Und dann, als wir endlich welches hatten, ist uns fast alles verbrannt.« Mutlos ließ sie ihre Schultern hängen. »Und nicht nur das. Es sind auch viele unserer Publikationen vernichtet worden. Wir werden alles ersetzen müssen.« Dann schob sie nach: »Aber es ist nicht das erste Mal, dass wir die Druckerei neu aufbauen müssen.«

Franz nickte stumm. Dann fragte er sie: »Ich hörte, es soll Brandstiftung gewesen sein. Habt Ihr gesehen, was passiert ist?«

Magdalena senkte den Kopf. »Das habe ich. Ich kam zufällig hinzu, als der Mann das Feuer gerade entfacht hatte. Aber er wurde schon vom Herrgott gerichtet, wie mir später gesagt wurde. Er ist bei lebendigem Leib verbrannt. Nur weiß ich immer noch nicht, warum er unsere Druckerei niederbrennen wollte.« Franz seufzte. »Da Ihr ohnehin dazu verpflichtet seid, Regierungsgeheimnisse zu wahren, sehe ich keine Veranlassung, Euch seine Gründe vorzuenthalten. Aber nicht hier.« Mit einem letzten Blick durch den Raum deutete er auf den Hinterhof. Er reichte ihr den Arm, damit sie zusammen mit ihm den Produktionsraum verlassen konnte. Obwohl sie geschwächt aussah, hatte sie, wie Franz bemerkte, dennoch einen festen Griff. Als sie am Brunnen standen, erläuterte er ihr mit gedämpfter Stimme: »Die Regierung hat schon vor einiger Zeit in Erfahrung gebracht, dass sich ein Ausspäher in Tübingen befindet, der von den Katholen beauftragt worden war, unsere Reformen aufzuhalten. Zudem hatten wir Kenntnis davon, dass er sich hier als Tuchhändler ausgegeben und es auf die beiden Druckereien abgesehen hatte. Aber wir haben nichts gegen ihn unternommen, weil wir hofften, dadurch an seine Auftraggeber heranzukommen.«

Magdalena sah ihn erschrocken an. »Ein katholischer Ausspäher? Hier in Tübingen?«

Franz nickte, räusperte sich und machte dann unvermittelt eine bedauernde Geste. »Was wir allerdings nicht bedacht haben, war der Umstand, dass er dazu übergehen würde, die Druckereien zu vernichten.« Erneut räusperte er sich, bevor er fortfuhr: »Ich habe daher bereits mit dem Herzog gesprochen. Da Ihr nun zu einem unschuldigen Opfer geworden seid, werden wir Euch beim Wiederaufbau Eurer Druckerei unterstützen. Die Euch geliehene Summe müsst Ihr mir selbstverständlich erst später zurückzahlen, und wir gewähren Euch noch einen weiteren Betrag in derselben Höhe.«

Erleichtert atmete Magdalena auf. »Und was ist mit meinem Stiefsohn? Seine Druckerei hat ebenfalls erheblichen Schaden erlitten.« – »Auch darüber hat die Regierung entschieden. Aber da bisher noch kein Regierungsdruck an ihn gegangen ist, werden wir nur Euch unterstützen.«

Epilog

ENDE JUNI 1557

Etwas mehr nach links«, keuchte Georg. Die Anstrengung war ihm ins Gesicht geschrieben. Sein Kopf war hochrot, während er mithalf, die neue Presse vom Ladenbereich in den Produktionsraum zu befördern. Oswald war neben ihm und versuchte, seinem Bruder, so gut es ging, mit seinem Oberkörper beim Schieben zu helfen, ohne dabei seine Hände zu belasten. Mittlerweile trug er keine Verbände mehr, und zwei Finger seiner rechten Hand steckten in ledernen Stützen.

Am anderen Ende der Presse zogen auf der rechten Seite Magdalena und der Fuhrmann, der die Presse gebracht hatte, während auf der gegenüberliegenden Seite Moritz und Marcus anpackten. Magda unterstützte die beiden dabei mit ihrer gesunden Hand, da sie mit der gebrochenen noch keine Arbeit verrichten durfte.

»Wiegt die Presse wirklich nur acht Zentner? Sie kommt mir viel schwerer vor.« Moritz ächzte, Schweiß rann über seine Stirn.

»Unsere alte war genauso schwer. Und wir haben sie sogar ohne Marcus verladen können. Also schaffen wir das nun auch«, antwortete Magdalena.

»Da konnte ich aber auch noch meine Hände benutzen!«, japste Oswald. »Wir haben es doch gleich geschafft«, warf Magda schwer atmend ein.

Es dauerte noch eine ganze Weile, aber schließlich stand die neue Presse neben der alten. Die war durch den Brand angesengt, der Bengel schwarz und die metallenen Teile durch die Hitze teilweise verbogen worden. Die Familie hatte die Presse so gut wie möglich reparieren lassen. Und da von dem Geld, das ihnen die Regierung gegeben hatte, noch etwas übrig geblieben war, hatte Magdalena sich dazu entschlossen, endlich die zweite Presse zu kaufen. Ulrich war von dem Brand zwar schwer getroffen worden, doch begann er bereits wieder zu drucken, sodass Magdalena ihm die Stirn bieten musste. Es hatte mehrere Wochen gedauert, bis die neue Presse von Nürnberg nach Tübingen gebracht worden war, doch nun, da sie im Hause Morhart an ihrem Platz stand, wusste Magdalena, dass sie die richtige Entscheidung getroffen hatte.

Nach der Arbeit ließen sich alle erschöpft neben den beiden Pressen nieder. Magdalena ließ ihren Blick durch den Raum schweifen. Die Reparaturen hatten diesmal längst nicht so viel Zeit in Anspruch genommen wie nach ihrer Rückkehr aus Reutlingen. Das Mauerwerk hatte nur wenig gelitten, sie mussten keine Hinterlassenschaften von anderen Bewohnern aus der Druckerei entfernen, und nur wenige hölzerne Gegenstände wie das Regal und der Esstisch hatten ersetzt werden müssen. Die Ladentheke war größtenteils noch in Ordnung. Auch zwei verbrannte Setzkästen und zwei geschmolzene Schriften waren bereits wieder ersetzt worden.

Das Papier hatten sie erneut aus Frankfurt liefern lassen, da die Reutlinger Preise immer noch erhöht waren.

»Es ist gut, Marcus, dass Ihr noch zwei Wochen länger geblieben seid als verabredet«, wandte sich Magdalena an den Drucker. Der entgegnete: »Ihr habt mir schließlich auch einen höheren Lohn bezahlt als meine Herrin.« Magdalena dachte an Margarethe Egenolff. Gegen zwei zusätzliche Wochen hätte sie bestimmt nichts einzuwenden. Aber Magdalena würde ihren Drucker bald zurückschicken müssen, auch wenn sie ihn weiterhin gut gebrauchen könnte. Schließlich wollte sie das Entgegenkommen der Frankfurter Druckerin nicht ausreizen.

Mühsam erhob sich Oswald. »Magda, hilfst du mir die Dachkammer herzurichten? Morgen kommen Anna und ihr Vater, um die Verlobung zu besprechen.« Ein Lächeln stahl sich trotz seiner Erschöpfung auf sein Gesicht. Seine Schwester ging schmunzelnd mit ihm zur Stiege und versuchte nicht auf Fräulein Pfote zu treten, die auf der untersten Stufe lag. Magdalena sah ihr nach. Dass Magda bei dem Sturz in den Brunnen und nach der langen Zeit im Wasser nichts Schlimmeres zugestoßen war, grenzte an ein Wunder.

Die Glocke im Ladenbereich ertönte. Magdalena stand auf und sah sich kurze Zeit später Nikodemus gegenüber. Ihr Herz begann, schneller zu klopfen. Sie musste sich erst räuspern, bevor sie ihn begrüßen konnte. »Ich bringe Euch die Korrekturen.« Er legte einen Packen Bogen auf den Verkaufstisch. »Und hier ist ein Brief von Michel aus Rostock. Ein Professor hat ihn mir bei seinem Besuch überreicht.«

Magdalena nahm den Brief an sich. »Den werde ich beim Abendmahl der Familie vorlesen.«

»Ich habe gehört, Moritz ist nun einem neuen Studenten unterstellt?«, fragte Nikodemus leichthin, doch Magdalena wusste, dass er seine Frage besonders vorsichtig formuliert hatte. Er wollte wohl den alten Ärger nicht neu entfachen. Ohne weitere Ausführungen antwortete sie ihm: »Ja, Moritz lernt viel von ihm. Es ist eine wahre Erleichterung.«

Nikodemus legte seine Hand auf die von Magdalena. »Es tut mir leid, dass ich so hart zu Euch war, als Ihr deshalb zu mir gekommen seid. Ich habe lange über das nachgedacht, was Ihr mir gesagt habt, und bin mittlerweile zu der Überzeugung gelangt, dass man den Umgang mit den Pennalen besser reglementieren sollte. Als ich hörte, dass Euer Sohn ein Gesuch eingereicht hat, habe ich dies zum Anlass genommen, um den Senat in seinen Überlegungen zu beeinflussen. Ich habe neue Regeln vorgeschlagen, die nun auch umgesetzt werden. Und wenn es noch einmal ein Problem gibt, werde ich den Senat unverzüglich erneut aufsuchen.«

Sie drehte ihre Hand um, damit sie die seine umfassen konnte, und drückte diese nun zärtlich. In seinen Augen sah sie Sanftheit. »Vielleicht könntet Ihr auch mit dem Senat über einen anderen Beschluss sprechen – ich meine den, der meine Wiederverheiratung betrifft …« Er zog die Augenbrauen hoch. Dann verstand er, und seine Mundwinkel verzogen sich zu einem Lächeln.

Nachwort

Nachdem *Die Herrin der Lettern* im Dezember 2019 erschienen war, war die Resonanz erfreulich groß. Innerhalb von wenigen Wochen war das Buch schon in der 4. Auflage, die ersten Lesungen wurden organisiert, und ich war auch zu Gast im TV, um den Roman vorzustellen. Dann brach die Pandemie aus. Lesungen wurden abgesagt oder immer wieder verschoben, doch es war auch eine Zeit, die ganz ähnliche Abläufe wie bei dem frühneuzeitlichen Pestausbruch erkennen ließ, den Magdalena Morhart 1554/1555 erlebte. Dies beflügelte meine Ideen für einen Fortsetzungsroman. Denn Magdalena Morhart hatte sich und ihre Familie Anfang 1555 (am Ende des ersten Romans) zwar vor der Pest retten können – doch was wurde aus ihrem Geschäft? Wie konnte sie nach diesem Tiefschlag wieder zu der erfolgreichen Buchdruckerin werden, die ihre Druckerei noch über weitere fünfzehn Jahre hinweg leitete? Wie hatte sie die Zeit in Reutlingen, wo sie ausharrte, bis die Pest in Tübingen überstanden war, wohl empfunden? Und wie konnte sie ihr Geschäft wieder aufbauen? Vor allem da ihr neidischer Stiefsohn 1556/1557 ebenfalls nach Tübingen zurückkehrte und ihr mit einer eigenen Druckerei starke Konkurrenz machte? Diese Fragen sowie die überaus freundlichen und zum Teil sehr ausführlichen Rückmeldungen von meinen Lesern bestärkten mich, *Das Haus der Buchstaben* zu schreiben.

Auch gediehen zu dieser Zeit meine Forschungen zu anderen Buchdruckerinnen im 16. Jahrhundert, nicht nur im deutschsprachigen Bereich, sondern in ganz Europa, und ich konnte noch viele wichtige Quellen in Bibliotheken und Archiven einsehen. Nachdem die ersten Konferenzen im Sommer 2020 wieder stattfanden (sei es digital oder in persona), konnte ich mich wieder mit internationalen Experten austauschen und somit weitere spannende Einblicke erhalten, die ich nur allzu gerne in den Roman eingebaut habe. Parallelen zu dem wohl wichtigsten Drucker seiner Zeit, Christophe Plantin (gest. 1589), ließen sich ziehen, vor allem in Bezug auf die Arbeit seiner Töchter in der Druckerei. Diese übernahmen dort nämlich interessanterweise eine Reihe von Aufgaben, unter anderem auch das Korrekturlesen. Offensichtlich lasen sie sogar griechische und hebräische Texte, obwohl sie die Sprache nicht vollständig beherrschten. Dennoch konnten sie die Zeichen im Manuskript mit denen auf den Druckbögen mühelos vergleichen und leisteten damit einen wichtigen Beitrag im Familienunternehmen. Auch hat sich gezeigt, dass die Druckerin Katharina Rebart in Jena, die etwas später als Magdalena aktiv war, nicht nur eine Druckerei leitete, sondern auch einen Buchhandel in Frankfurt am Main besaß und eine Papiermühle in der Nähe von Straßburg. Sie besuchte diese Orte des Öfteren und führte zudem das Rechnungsbuch selbstständig, wie wahrscheinlich viele andere Buchdruckerinnen zu dieser Zeit.

Für den Roman, der nun den Zeitraum von 1555 bis 1557 umfasst, habe ich mich auf drei große Themenkomplexe konzentriert. Zum einen auf die herausfordernde Zeit nach der Pest, zum anderen auf das riskante Druckwesen und schließlich auf die Wirren während der Reformationszeit. Die Flucht nach und das Leben in Reutlingen müssen mit großen Schwierigkeiten verbunden gewesen sein. Ob es ein adäquates Gebäude gab, welches von vorneherein für die Einrichtung einer Druckerei geeignet war, ist fraglich. Schließlich musste es bestimmte Eigenschaften aufweisen, wie zum Beispiel verstärkte Böden, die die Last der schweren Presse, des Druckmaterials sowie der zahlreichen Papierbögen aushielten. Auch durfte im Haus keine übermäßige Feuchtigkeit herrschen, damit die Drucke schnell trockneten und bei längerer Lagerung nicht schimmelten. Zudem sollten in der Werkstatt keine kleinen Nagetiere sein, die das Papier und die Bücher hätten annagen und verunreinigen können. Für einige Wochen wäre eine unzureichende Unterkunft vielleicht noch erträglich gewesen. Doch erschwerend kam damals hinzu, dass über einen langen Zeitraum hinweg unklar war, wann die Universität nach Tübingen zurückkehren würde. Die Universität war aber nicht nur ein wichtiger Auftraggeber für die Morharts, auch die Stadt Tübingen war wirtschaftlich abhängig von ihr. Das bedeutete, dass selbst wenn die Pest in Tübingen überwunden war, die Stadt erst wieder aufblühen konnte, nachdem die Universität zurückgekehrt war.

Darüber, wie die von Magdalena und den Ihren verlassene Druckerei nach deren Rückkehr aussah, lässt sich nur spekulieren. Die Universität hatte in ihrer Abwesenheit den Pedell mit der Beaufsichtigung der Universitätsgebäude betraut. Aber ob eine Druckerei bewacht wurde und, wenn ja, wie, bleibt dahingestellt.

Das Druckgewerbe, durch seine komplexen Abläufe eines der schwierigsten Gewerbe der Frühen Neuzeit, war in Tübingen nicht durch eine Zunft organisiert, die den Wettbewerb hätte reglementieren können. Dies verschaffte Magdalena durchaus Freiheiten. So wurden Buchpreise beispielsweise nicht festgelegt (ähnlich der heutigen Buchpreisbindung). Doch bedeutete dies auch, dass Magdalena es erdulden musste, dass ihr Stiefsohn zur Jahreswende 1556/1557 wiederkehrte und ebenfalls eine Druckerei in Tübingen eröffnete – und zwar nur wenige Häuser von ihrer eigenen Druckerei entfernt. Von Anfang an machte er ihr starke Konkurrenz und druckte u. a. das Buch von Valentin Wanner nach, der maßgebliche Kritik an der katholischen Messe geübt hat. Der Text des Buches war in einer kleineren Schrift gesetzt, wodurch Ulrich weniger Papier benötigte und das Buch günstiger anbieten konnte.

Das Urheberrecht, wie wir es heute kennen, wurde erst in den Jahrhunderten nach Magdalenas Wirken eingeführt. Unerlaubte Nachdrucke waren im 16. Jahrhundert gang und gäbe im Gewerbe und führten nicht selten auch zum finanziellen Ruin eines Druckers. Um diesem und anderen Missständen im Gewerbe Einhalt zu gebieten, wurden daher vom Kaiser auch strengere Zensurregeln erlassen, die im Reich jedoch höchst unterschiedlich umgesetzt wurden. Auch Rohstoffmangel war ein Problem des Gewerbes, und die Kosten für Papier konnten stark fluktuieren.

Eine besondere Freude hat es mir bereitet, über die Frankfurter Messe zu schreiben. Sie war damals wie heute eine der wichtigsten Veranstaltungen für das Buchgeschäft. Im Gegensatz zu heute wurden damals jedoch bei Weitem nicht nur Bücher gehandelt, sondern auch fromme Bilder, Tafeln, Geschnitztes, Kleider, kandierte Früchte, Spiegel, Konfekt, Lorbeeren, Messer, Briefe, Kreuze, Wein, Pelze und vieles andere mehr. Die Messe fand sowohl im Frühjahr als auch im Herbst statt und umfasste gewöhnlich die sogenannte Geschäftswoche, in der Waren angepriesen, und die Zahlwoche, in der Geschäfte abgeschlossen wurden. Dabei tätigten viele ihre Verkäufe nicht nur im Kaufhaus und im Leinwandhaus, sondern auch in zahlreichen privaten Häusern und auf den Straßen. Dies alles zog unzählige Besucher von nah und fern an, die ihre Unterkünfte zum Teil sogar für zwanzig Messen im Voraus mieteten. Für Magdalena Morhart, die vielleicht zum ersten Mal eine Messe im Herbst 1555 besucht hat, muss die Reise viele interessante Eindrücke bereitgehalten haben.

Die Reformationszeit barg ebenfalls großes Konfliktpotenzial. Im September 1555 wurde zwar der sogenannte Augsburger Religionsfrieden geschlossen, allerdings waren viele Zeitgenossen noch skeptisch, ob und wie lange die unterschiedlichen Konfessionen nebeneinander geduldet werden würden. Spione waren vermehrt in ganz Europa aktiv, so wie der im Herzogtum Württemberg 1568 festgenommene spanische Mönch, der sich als Konvertit ausgegeben hatte. Auch viele Händler, die aufgrund ihres Berufes häufig reisten und auf diese Weise Geheimnisse erfuhren, gaben diese an Regierungen weiter. Einer der bedeutendsten Reformatoren war Primus Truber, der 1555 in der Morhart'schen Druckerei zunächst das übersetzte Matthäus-Evangelium in den Druck gab. Er war zuvor wahrscheinlich in Nürnberg abgewiesen worden, weil sich die dortigen Drucker mit der brisanten Publikation (die in einer ihnen unbekannten Sprache abgefasst war) nicht strafbar machen wollten.

Durch die Einführung des neuen Glaubens und die damit verbundene Förderung der Bildung war es immer mehr Studenten möglich, an Universitäten zu gehen, teilweise sogar mit Stipendien. Für die übrigen, meist adeligen Studenten waren diese vergleichsweise ärmeren Kommilitonen oft ein Ärgernis, da sie ihnen ihr Privileg zu studieren streitig machten. Zwischen ihnen kam es in den Universitätsstädten zu zahlreichen Auseinandersetzungen. Insgesamt konnten die Umgangsformen an der Universität äußerst rau sein, wie man anhand des Brauchs der Deposition sehen kann, ein teilweise recht brutales und demütigendes Aufnahmeritual (lat. depositio cornuum – dt. das Ablegen der Hörner der Unwissenheit). Zusätzlich hatten in Tübingen die neuen Studenten als Pennal einem älteren Studenten für einen Zeitraum von fast zwanzig Monaten zu dienen, in denen sie vielfach weiter erniedrigt wurden. Nur bei allzu drastischen Vergehen schritt der Universitätssenat ein.

Die Details einer Deposition, in der Studenten manchmal Eberzähne eingesetzt wurden, die sie im Mund behalten mussten, während sie Fragen zu beantworten hatten, habe ich genauso wie andere interessante Einzelheiten über den Alltag in den Roman einfließen lassen: Es war möglich, sich Bücher aus der Universitätsbibliothek auszuleihen, um sie abzuschreiben, anstatt ein Exemplar kaufen zu müssen; Studenten wohnten in privaten Häusern zur Miete; Vorreden für gedruckte Bücher wurden häufig ganz zum Schluss hergestellt, weswegen man genau kalkulieren musste, wie viel Platz im Buch frei gelassen werden sollte; für die Fertigstellung wichtiger Produkte konnten Handwerker eine Erlaubnis erhalten, auch sonntags arbeiten zu dürfen; die Lieder von Martin Luther waren auch im Herzogtum Württemberg weit verbreitet; manch ein Drucker, der in Geldnot geriet, konnte seine Druckerei verkaufen und sie anschließend wieder pachten.

Auch dieses Mal habe ich versucht, in der Erzählsprache Wörter zu vermeiden, die erst später in den deutschen Sprachgebrauch übergegangen sind: Finanzen (17. Jh.), Lebensmittel (17. Jh.), Konkurrenz (18. Jh.), Situation (wird im 16. Jh. im militärischen Zusammenhang genutzt), um nur einige Beispiele zu nennen. Dabei habe ich mich am Frühneuhochdeutschen Wörterbuch sowie dem Digitalen Wörterbuch der deutschen Sprache orientiert. Beide werden von der Akademie der Wissenschaften zu Göttingen beziehungsweise der Berlin-Brandenburgischen Akademie der Wissenschaften zur Verfügung gestellt und sind online verfügbar: https://fwb-online.de; https://www.dwds.de. Bei der linguistischen Recherche habe ich auch schöne Wörter und Redewendungen gefunden, die es zu Magdalenas Zeiten bereits gab: ins Bockshorn jagen, kalkulieren, Passagiere, Pfaffenfurz und Fantasie sind einige davon.

Da dies aber ein Roman für moderne Leser sein soll, habe ich mich auch einiger weniger Ausdrücke bedient, die erst nach Magdalenas Leben verwendet wurden. Ich hoffe, Sie können mir dies nachsehen, und dass es mir auch diesmal gelungen ist, die Zeit um 1550 für Sie lebendig werden zu lassen.

Glossar

Abecedarium Veröffentlichung des Primus Truber, mit welcher das Lesen in der slowenischen (windischen) Sprache gelehrt werden sollte

Academist Student an einer Universität

Artistenfakultät Fakultät der sieben freien Künste (Artes liberales) an mittelalterlichen und frühneuzeitlichen Universitäten, die der Vorbereitung auf das Studium von Theologie, Jura und Medizin diente

Ballen Papierzählmaß. Ein Ballen umfasst fünftausend Bogen Druckpapier

Batzen Münze im schweizerischen, süddeutschen und österreichischen Raum. Fünfzehn Batzen ergeben einen Gulden

Bengel Holzstange, die mit der Spindel der Presse verbunden ist. Durch kräftiges Ziehen senkt sich die Spindel samt dem an ihr angebrachten Tiegel ab und drückt das Papier fest auf den eingefärbten Satz

Bierdörfer Dörfer mit einer eigenen Brauerei

Bogen Großer Papierbogen, der nach dem Bedrucken für die verschiedenen Buchformate (z. B. Oktav) gefaltet wird. Buchdrucker wurden üblicherweise nach der Anzahl der Druckbogen bezahlt, die sie für die Drucklegung der Bücher benötigten

Burse Universitätsgebäude, in dem gelehrt wurde und in dem auch einige Studenten wohnten und aßen

Deposition Aufnahmezeremonie für Studienanfänger an der Universität

Druckballen Mit Pferdehaar gefüllte Lederballen, die mit jeweils einem Handgriff versehen sind, um so die Druckfarbe gleichmäßig auf den Satz auftragen zu können

El Imperio Kurz für El Sacro Imperio Romano Germánico, zeitgenössischer spanischer Ausdruck für das Heilige Römische Reich Deutscher Nation

Folio Für dieses Buchformat wird ein Druckbogen einmal gefaltet, wodurch sich zwei Blätter ergeben

Format Beruht auf der Anzahl der Faltungen eines Druckbogens. Je mehr Faltungen vorgenommen werden, desto kleiner wird im Prinzip das Format des Buches

Gulden Münze und Recheneinheit. Fünfzehn Batzen ergeben einen Gulden

Hijo Spanisch für »Sohn«

Interim Hier das Augsburger Interim. Kaiser Karl V. führte 1548 eine provisorische Kirchenordnung ein, die bis zur endgültigen Klärung der theologischen Streitigkeiten zwischen Katholiken und Protestanten durch ein Konzil gelten sollte (lat. interim = inzwischen). Das Interim sollte in Glaubenslehre und Gottesdienst die Protestanten zur katholischen Kirche zurückführen und wurde durch kaiserliche Truppen in Württemberg überwacht. Das Interim wurde 1552 aufgehoben

Karzer Gefängnis der Universität

Kreuzer Münze. Sechzig Kreuzer ergeben einen Gulden

Non scholae sed vitae discimus Lateinisch, bedeutet: Nicht für die Schule, sondern für das Leben lernen wir (Zitat nach dem römischen Autor Seneca)

Offizin Druckerei

Oktav Für dieses Format wird ein Druckbogen dreimal gefaltet, wodurch sich acht (lat. octo) Blätter bzw. sechzehn Seiten ergeben

Pedell Bediensteter an einer Universität, war u. a. für die Ordnung und Einhaltung der Universitätsgesetze zuständig

Pennal Studienanfänger, der in Tübingen einem älteren Studenten für ein Jahr, sechs Monate, sechs Wochen, sechs Tage und sechs Stunden zu dienen hatte

Privileg (für einzelne Publikationen) sollte vor Nachdruck schützen, wurde u. a. vom Kaiser verliehen

Schlitten Beweglicher Teil der Presse, mit dem das zu bedruckende Papier unter den Tiegel geschoben wird

Setzen Buchstaben und Zeichen werden mithilfe eines Winkelhakens zu Zeilen zusammengesetzt

Universitätsangehörige waren sowohl Professoren und Studenten als auch Handwerker in den universitätstypischen Gewerben wie z. B. Buchdrucker und Buchbinder. Sie alle unterstanden nicht der städtischen, sondern der universitären Gerichtsbarkeit

Universitätssenat Entschied über alle wichtigen Universitätsbelange, auch bei Streitigkeiten zwischen Universitätsangehörigen

Windisch Slowenisch

Winkelhaken Werkzeug für den Setzer, der mithilfe des Winkelhakens die Zeilen eines Textes setzt

Zierung Verzierung

Weiterführende Literatur

Die Aktivität von Buchdruckerinnen in der Frühen Neuzeit wird seit einigen Jahren intensiv in der internationalen Forschung untersucht. Zu Magdalena Morharts Leben, ihrer Produktion und der Konkurrenz durch ihren Stiefsohn ist folgender Artikel maßgeblich: *Saskia Limbach, »Life and Production of Magdalena Morhart. A Successful Business Woman in Sixteenth-Century Germany«, in: Gutenberg-Jahrbuch 94 (2019)*

Die Bücher, die Magdalena Morhart gedruckt hat, sind im »Verzeichnis der im deutschen Sprachbereich erschienenen Drucke des 16. Jahrhunderts« recherchierbar (www.vd16.de).

Einen sehr guten Überblick über Buchdrucker, ihre wirtschaftliche Lage und ihre Publikationen gibt: *Christoph Reske, Die Buchdrucker des 16. und 17. Jahrhunderts im deutschen Sprachgebiet (2015)*

Über den Erfinder des Buchdrucks mit beweglichen Lettern, sein Leben und die Auswirkungen der Schwarzen Kunst: *Stephan Füssel, Johannes Gutenberg (2019)*

Zu den Anfängen des Buchgewerbes in Tübingen: *Gerd Brinkhus, Wilfried Lagler und Claudine Pachnicke, Eine Stadt des Buches. Tübingen 1498–1998 (1998)*. Sowie: *Hans Widmann, Tübingen als Verlagsstadt (1971)*

Das Leben und die Gebräuche an der Tübinger Universität sind beschrieben in: *Michael Weiß, Bücher, Buden, Burschenschaften. Tausend Semester Tübinger Studentenleben (1991)*

Zur Bedeutung der Frankfurter Messe siehe: *Michael Rothmann, Die Frankfurter Messen im Mittelalter (1998)*

Akribisch recherchiert,
hochspannend und authentisch.

Sophia Langner

DIE HERRIN DER LETTERN

Historischer Roman

Tübingen 1554: Als Ulrich Morhart, der einzige Buchdrucker Württembergs, überraschend stirbt, geht die Druckerei an seine Frau Magdalena und seinen Sohn Ulrich über – und für Magdalena beginnt eine harte Zeit. Sie hat zwar bereits seit Jahren in der Werkstatt mitgeholfen und sogar das Zeichen der Druckerei entworfen, doch stößt sie plötzlich bei den Gehilfen auf Widerstand: Sie sehen eher ihren Stiefsohn Ulrich als ihren neuen Meister an und können eine Frau als Herrin nicht akzeptieren.

Doch als sich ihr Stiefsohn als unfähig erweist und den Betrieb fast zugrunde richtet, trifft Magdalena eine folgenschwere Entscheidung: Sie übernimmt die alleinige Leitung der Druckerei. Von nun an hat sie nicht nur ihren Stiefsohn gegen sich, sondern auch viele Einwohner der Stadt, denn eine Frau als Herrin einer Buchdruckerei verstößt gegen die göttliche Ordnung! In den unruhigen Zeiten der Reformation muss Magdalena bald nicht nur um ihr Ansehen, sondern um ihre Existenz kämpfen …

DROEMER